广东省原创精品出版资金扶持项目
现代中国大文学史论　第四卷
李　怡　主编

西学东渐与中国新旧体诗话的分野

彭继媛　著

2013年度教育部人文社会科学研究一般项目（13YJA751038）成果

羊城晚报出版社
·广州·

图书在版编目（CIP）数据

现代中国大文学史论．第4卷，西学东渐与中国新旧体诗话的分野 / 李怡主编；彭继媛著．—广州：羊城晚报出版社，2015.9

ISBN 978-7-5543-0209-5

Ⅰ．①现… Ⅱ．①李… ②彭… Ⅲ．①现代文学—文学史—中国 ②诗歌史—中国—现代 Ⅳ．①I209.6 ②I207.209

中国版本图书馆CIP数据核字（2015）第145315号

西学东渐与中国新旧体诗话的分野

Xixue Dongjian yu Zhongguo Xinjiuti Shihua de Fenye

策划编辑 张灵舒
责任编辑 黄初镇 张灵舒
责任技编 张广生
装帧设计 杨亚丽
责任校对 张名娟
出版发行 羊城晚报出版社
（广州市天河区黄埔大道中309号羊城创意产业园3-13B 邮编：510665）
网址：www.ycwb-press.com
发行部电话：（020）87133824
出 版 人 吴 江
经　　销 广东新华发行集团股份有限公司
印　　刷 广州市穗彩印务有限公司（广州市天河区大灵山路19号B幢）
规　　格 787毫米×1092毫米 1/16 印张23.5 字数380千
版　　次 2015年9月第1版 2015年9月第1次印刷
书　　号 ISBN 978-7-5543-0209-5 / I・226
定　　价 56.00元

总序：回到“大文学”本身

李 怡

“回到文学本身”，曾经是一个美丽的倡议。20世纪80年代，有感于中国文学受制于社会政治这些“文学之外”的现实，我们提出“回到文学本身”，注重“文学之内”的研究，强调“审美性”。也就是从那个时候开始，一代中国人觉悟到谈论文学不再等同于政治表态，也有别于道德教育，对“文学作品”思想与文字的鉴赏从此成为一件意趣盎然的事情，这是中国文学批评复苏的基础，也是《名作欣赏》闪亮登场的历史背景。《名作欣赏》，一个似乎意味着文学普及的名字，在80年代的意义却远远超过了“大众普及”，而成为广大文学研究学者自我训练的起点，在当时，数量众多的活跃一时的文学研究者都与《名作欣赏》结缘，或者贡献自己的新锐见地，或者长篇连载，甚至就是在此发表处女之作。

进入90年代以后，“文学形势”陡变。一方面是文学在社会生活中逐渐失去了轰动效应，另一方面则是越来越多的文学研究者都逾越了“文学”的边界，在历史学、政治学、经济学与思想史的领域里一展身手，文学研究尤其是中国现当代文学的研究日益跨出了“文学”的范畴，成为其他学科特别是现代政治学、思想史、社会学的一种材料。进入新世纪以后，西方“文化研究”的范式更在中国流行开来。“文化研究”最早产生于50年代的英国，其先驱人物是威廉姆斯（R. Williams）与霍加特（R. Hoggart）。霍加特在1964年创办的英国伯明翰当代文化研究中心是第一个正式成立的“文化研究”机构，从80年代开始，“文化研究”在加拿大、澳大利亚及美国等地迅速发展，至今，它几乎已成为一个具有全球影响的知识领域。“文化研究”进一步打破了文学与各种社会文化之间的间隔，将文学作为社会文化关系版图中的有机元素，其重点不在品味文学的审美个性，而是掂量和解剖其中的“文化意义”，特别是热衷挖掘社会结构中种种的阶级、权力、性别与民族的关系。可以看到的现实是，“文化研究热”已经以汹涌澎湃之势在中国高校与学术机构中蔓延开来，每年我们都可以读到这样的学位论文：在文学的学科标志下尽力展开的却是关于社会文化与历史问题的广泛讨论，文学现象不过只是其中的部分材料而已。

西方的解构主义也以“文学性扩张”的判断给予这样的思路莫大的鼓励。乔纳森·卡勒告诉我们：“如今理论研究的一系列不同门类，如人类学、精神分析、哲学和历史等，皆可以在非文学现象中发现某种文学性。西格蒙德·弗洛伊德和雅克·拉康的研究显示了诸如在精神活动中意义逻辑的结构作用，而意义逻辑通常最直接地表现在诗的领域。雅克·德里达展示了隐喻在哲学语言中不可动摇的中心地位。克列德·洛维—斯特劳斯描述了古代神话和图腾活动中从具体到整体的思维逻辑，这种逻辑类似文学题材中的对立游戏(雄与雌，地与天，栗色与金色，太阳与月亮等)。似乎任何文学手段、任何文学结构，都可以出现在其他语言之中。”①

文学内容的日渐稀少的确令我们对“文学”的曾经的痴迷遭逢尴尬，越来越多的“文学之外”的知识领域的入侵让我们对自己的学科归属不无焦虑，甚至“绝望”：

没有人对诸如文学叙述、描写和修辞，以及审美经验这类东西感兴趣。失去了这些探讨的现当代文学研究还有什么理由再撑着文学这张招牌呢？

传统的文学学科，更不用说现当代学科，正面临前所未有的挑战。堡垒最容易从内部攻破，这回文学的困境不是来自外部其他强势学科的挤压，而是自己要改弦更张。就像一位黄花闺女，不是受到外部强迫，而是自己打定主意跃跃欲试要出台——这有什么办法？

写下这些文字，并不是要对别人说三道四，也包括对我们自己在内的文学

---

① 乔纳森·卡勒：《文学性》，马克·昂热诺等：《问题与观点：20世纪文学理论综论》，史忠义等译，天津：百花文艺出版社，2000年，第40—41页。

同仁们的警示。因为我们每个人都难以在潮流之外，没有人能够被幸免，也没有人能够被赦免。正像当年杀死上帝一样，我们每个人可能都是杀死文学的刽子手，如现在不放下屠刀的话。[①]

就是我自己，也因为文学史叙述一再为抽象的理论所占据而充满困惑：文学史究竟是什么史？我曾经试图提出：“我们当今的文学史实际上是一种凌驾于文学现象之上的“知识结构”，严重忽略了对文学作品（也就是文学“原典”）的把握和理解新的文学史写作必须认真解决如何让文学史的教学与学习回到文学作品这一根本，如何通过文学史的讲述呈现文学自身的魅力、如何让文学史的学习成为进入现当代精神殿堂的趣味无穷的过程等问题。”[②]

当然，所谓学科的“规范”其实并不可能获得完全的共识，我们也无法断定跨越性的研究在未来就不能成为一个独立自足的新的学科，形成新的学术的规范。这里的关键在于，当我们跨出了文学，试图在历史学、哲学、经济学、政治学等其他领域里寻求伸展的时候，也同时对自己提出了更高的要求——无论我们怎样将“文学”作为材料，最终都必须在其他学科中取得真正的发现，换句话说，以“文学”为跳板，我们最后要达到的“高度”必须符合其他学科的水准。比如我们可以借用左翼文学的社会批判主题说明20世纪30年代的中国社会状况，但30年代的中国是不是就如我们这些文学材料中所描述的那样呢，“文学”自己就不足够了，能够检验我们结论的一定是历史学的相关“规范”，我们也可以通过延安文学的发展探讨中国特色的“现代化”之路，但是进入社会史、经济史与政治史的领域，可供我们比照分析的主要不是文学的想象，而是一系列丰富的数据与案例，在这个时候，我们既有的知识显然已经面临着极大的挑战。近几年来，在突破文学边界，进入“文学之外”的道路上大步前行的研究中，已经出现了这样的尴尬，例如新左派的中国现代文学研究，总是希望将延安——十七年——“文革”的文学历程肯定为“反现代性的现代性”的文化硕果，殊不知，不仅其他从事中国现当代文学的学人难以认同，就

---

① 陈晓明：《绝望地回到文学本身——关于重建现当代文学研究规范的思考》，《南方文坛》2003年1期。

② 李怡：《文学史是什么史？——关于“中国现代文学史”的新思考》，《陕西师范大学学报》2010年5期。

是近现代史学界与中共党史的学者也颇不以为然。

跳出“文学”的框架，在更大的范围内表述问题，看起来是超逸了文学，其实骨子里却依然动用着文学的想象，所以就无法真正回答“文学之外”的问题。这样的尴尬实在值得我们深思。

那么，回到文学自身，是不是就真的可行？真的理所当然，真的理直气壮呢？

如前所述，虽然我们目睹了这一口号在20世纪80年代的激动人心的“拨乱反正”之功，也见识了跳出“文学”之后的种种尴尬和困惑，但是，平心而论，对于中国现当代文学研究“如何更文学”其实也还有进一步讨论的空间。

在80年代，“回到文学自身”的诉求既美丽，更正义，因为我们曾经的文化专制让一切关于文学的讨论都无可选择地纳入了政治表态的范畴，在这时，重申“文学”的价值，其理由不仅在于文学，更在于恢复人基本的言论权利与自由思维的权利。正是在这样一种“正义”的向度上，我坚持高度肯定这一口号的历史意义，并且主张继续研究和光大这一伦理正义的可能，对于90年代就此的诸多批评都不予认同。但是，我们也同时发现，在当时，对于伦理正义的强烈渴求的确远远超过了对于口号内涵与学理的细致分析，比如什么是“文学”？什么又是真正的“文学本身”？中国现当代文学的“本身”究竟意味着什么？在当时，在未经严格的学术追问的时候，我们有意无意地将这一“文学本身”视作某种固定不变的东西，赋予它某种本质性的猜想，比如思想的现代性，语言的白话，等等。

正是这样未经追问的模糊给了90年代的质疑以机会。当然，这不是说在今天，所有自“文学”逃逸的学人都出自同样的思想基础，但至少其中相当多的人们是逐渐感受到了“文学”的不稳定、不可靠，从而企图在“文学之外”的领域捕捉某种真切的事实。比如，我们曾经说，追求“现代”的思想是中国现代文学的重要内涵，但问题在于，深入的考察却告诉我们，这些所谓的“现代”思想却千差万别，胡适有胡适的现代观，陈独秀有陈独秀的现代观，一向质疑的鲁迅更与他们迥然有异，更不要说左翼、右翼与延安道路了；白话呢？虽然可以解释中国新文学的主流，但是后来的考证也逐渐证明，新文学并不就是“中国现代文学”的全部现实，何况新文学作家本人也有放下白话，重操文言的选择。如此一来，“中国现当代文学本身”究竟是指什么呢？我理解，就是类似的困惑吸引我们的研究者开始迈出（或者说“解构”）了“文学”的大门，企图在一个更宽泛的社会文化发展的层面上寻觅现代中国人的切实追求，而“文学”逐渐降低为社会文化整体面貌的组成元素之一。诚如有学者所指出的那样：

我们说中国的20世纪是一个非文学的世纪，是指20世纪的中国文学从来就没有被作为一个独立的领域得到自足性的发展。在20世纪文学的发展过程中，文学自身的本体性要求未能得到充分的张扬，文学的审美特性未受到足够的重视……政治化思潮影响和制约着20世纪大多数年代文学的基本走向。就20世纪文学而言，如果不顾历史的氛围，忽略文学生长的特殊政治背景，仅从纯文学的角度切入，可能难以对各种文学现象作出合理的评价。①

在今天，随着中国现当代文学诸多历史事实的逐步澄清，我们已经越来越清晰地意识到，现代中国作家与现代中国知识分子一样，等待他们关怀和解决的“问题”决不只是作为“艺术”的文学，在更多的时候，文学的问题、艺术的问题是不得不纳入更大的也更为复杂的社会文化的整体问题框架中来加以思考的，而且问题本身的错综复杂与历史的流变繁复也使得这些问题一点也不单纯，介入和处理问题的方式也需要不断地调整，在这个时候，抽象、笼统地谈论“回到文学本身”显然也是空虚的，无的放矢的。

既不便抽象地诉求“回到文学本身”，又不能因为超逸“文学”而陷落到四不像的尴尬，那么，我们还有没有努力的方向呢？在我看来，一个可供思考的方向就是：继续回到文学，但不是那种理想化的“纯文学”，而是包含了诸多社会文化信息的“大文学”。中国现当代文学的学术未来，也许就在“回到大文学本身”。

回到大文学本身，也就意味着我们的中国现当代文学研究应该把对“文学”的关注融入对社会历史的总体发展格局之中，也就是说，在20世纪，既然文学本来就不能独善其身，那么就不妨最充分地尊重这一基本的历史事实，将文学的阐释之旅融通于寻找历史真相之旅，这里有现代中国政治理想的真相，

---

① 朱晓进等：《非文学的世纪——20世纪中国文学与政治文化关系史论》，南京：南京师范大学出版社，2004年，第3页。

经济生态的真相，也有社会文化整体发展的深刻烙印，与历史对话，将赋予文学以深度，与政治对话，将赋予文学以热度，与经济对话，将赋予文学以坚韧的现实生存品格。

回到大文学本身，最终体现“本身”的还是“作品”，也就是说，所有文学与社会历史的对话并不意味着我们要离弃文学作品，直接讨论现代中国的历史、政治与经济；恰恰相反，进入“文学之外”，是为了最终返回“文学之内”，这里的“内”不是抽象的本质化的事物，就是实实在在存在的文学作品本身，就是说，对所有历史文化的考察、分析并不是要确立我们新的历史学、社会学、政治学与经济学，而是深化和完善文学作品的“阐释学”。

回到大文学本身，我们的理性认知与感性想象、知识社会学的考辨与感悟体验式的批评也有可能获得更好的结合。20世纪90年代以后的学术发展，曾经以对理性规范的强化来排除文学的感性想象，以知识论的建构质疑体验论的缺陷，其实，即便是在“文学之外”的最抽象的理性思辨之中，我们也难以摆脱骨子里的文学想象，反倒是不能自我承认的这种“想象”干扰了本该“不必想象”的社会科学的认知。与其让想象与感性如此扭曲地存在，不如为他们重新确立安身立命的“结构”。如果我们力主回到以作品阐释为旨归的“大文学”，那么保留和发挥我们的感性想象也就是“文学”的题中之义；与此同时，跨出“文学”的“小”，纳入“文学之外”的“大”，也让其他的思维方式与认知方法有了一席之地，让历史学、政治学、经济学等等的社会科学认知模式有机会进入文学研究，弥补我们既往学术的种种不足。

目 录

引论：中国现代旧体诗话与新体诗话的概念辨析

在中国文学批评史上，诗话自北宋时代崛起以来，一直以中国古代诗歌评论的专著形式而跻身于文苑诗坛，作家云蒸，著述繁复，众彩纷呈，流布世代，显示出了旺盛的艺术生命力。千余年来不断地流变和演进，诗话始终保持着自己的论诗传统，这正如刘德重、张寅彭在其著作中明确指出“诗话是我国古代诗学著作所特有的形态，它是一种以笔记体为基本形式，具有理论批评性质、记事杂录性质或讲说诗法性质的诗学著作。”[①]即诗话作为传统诗学的一种著述形式，它的存在是与传统旧体诗的写作和研究密切联系在一起的。而走过宋的崛起、金元的衰落、明代的复兴、清代的鼎盛，时至五四新文化运动之后，中国诗话发生了历史性的创新和变革，出现了旧体诗话和新体诗话并存的局面。这正如蔡镇楚在其著作中也指出，“在中国诗话史上，诗话的语言形式和创作规范，一般以‘五四’时期为界限。五四以前的历代诗话，都是文言体式，即使是晚清诗话中的‘新派诗话’也不例外；而‘五四’之后，诗话创作的语言形式有文言，也有白话，而以白话为主。这种语言形式的变化，也正是诗话的历史性转变的新的起点。”[②]可见五四新文学运动以摧枯拉腐之势猛烈地冲击着传统文化的古堡，开创了诗话创作新局面的起点。他在其论著中还具体指出“现代诗话”是指以普通话为语言形式又含有新内容的“新体诗话”，“旧体诗话”是指在五四新文化运动中仍然以文言为语言形式、以复古崇古为创作旨归的诗话。[③]刘德重、张寅彭持以类似的观点：“从我国文学发展史和

① 刘德重、张寅彭：《诗话概说》（修订本），合肥：安徽教育出版社，2009年，第3页。

② 蔡镇楚：《诗话学》，长沙：湖南教育出版社，1990年，第163页。

③ 以上新旧诗话的区分详见蔡镇楚：《诗话学》，长沙：湖南教育出版社，1990年，第164—165页。

文学批评发展史来看，20世纪第二个十年出现的新文学运动，将我国文学分成了古代（含近代）文学和现代（含当代）文学两个时期。在这以后，白话新诗已逐渐取代了文言旧体诗。尽管旧体诗的写作至今仍有一定的生命力，但在现代文坛上毕竟已不占重要地位。现代诗论与传统诗论固然有一定的联系，但实际上是两个系统。因此今人撰写的诗话，可以根据其研究对象和表达方式分属两个系统。例如钱钟书先生的《谈艺录》，钱仲联先生的《梦苕庵诗话》、《清诗纪事》，都是以古代旧体诗为研究对象，在表述上也大体采用文言及传统方式，它们与古代诗话的统绪是一脉相承的。……至于那些以现代白话新诗为谈论对象的新诗话，只是借用传统诗话之名，已无传统诗话之实，它们实际上应当属于现代诗论，而不应再纳入传统诗话的范畴。”[①]张寅彭也说：“民国诗学著作，例有说旧体诗与说新诗之别，当分为二目。本目所收，以说旧体诗为限。此一类著作，得承晚清旧体诗创作大复盛之势，又隐得其时西学大炽背景之助，故其说或被指为保守，实于旧体诗之总结，已颇有新义可采。至于说新诗者，其对象、旨趣皆与之判然大别，如任钧《新诗话》专说新诗，朱光潜《诗论》兼说新、旧诗乃至西诗等，故宜分别观之。”[②]在此前辈学者对今之诗话分属的体系和新旧体诗话的概念做出了明确的界定和辨析。即20世纪的中国诗话分属两个体系，一类为以文言写作、以言说旧体诗为主的旧体诗话，可视为清诗话之延续；另一类为用白话文书写以言说新诗为主兼谈西诗、旧体诗的新体诗话。有学者将20世纪新体诗话和旧体诗话统称为“现代诗话”。[③]为了与历代诗话称谓上的区别以及20世纪新旧体所处的现代语境，本文分别对20世纪新旧体诗话分别称之为“现代新体诗话”、“现代旧体诗话”。

考订蔡镇楚《石竹山房诗话论稿》列举的近两百条现代诗话书目（其中有一部分旧体诗话）[④]、张寅彭《新订清人诗学书目》所附1912—1949

---

① 刘德重、张寅彭：《诗话概说》（修订本），第9—10页。

② 张寅彭：《新订清人诗学书目》，上海：上海古籍出版社，2003年，第174页。

③ 参阅复旦大学2007年汤保华硕士学位论文《现代诗话研究》。

④ 需要指出的是蔡镇楚在《石竹山房诗话论稿》中辑20世纪诗话著作或其尚非著作或存佚不明仅各家著录的诗话目录近两百条，其中既辑以言说旧体诗为主的由云龙《定庵诗话》、沈其光《瓶粟斋诗话》、屈向邦《粤东诗话》等多部诗话，也辑以言说新诗、旧诗乃至西诗的朱光潜《诗论》与专说新诗的任钧《新诗话》，戴望舒《望舒诗论》，等等，统称之“现代诗话”。这一安排，似乎与他在《诗话学》中对“新体诗话”、“旧体诗话”界定有些出入。蔡镇楚：《石竹山房诗话论稿》，长沙：湖南文艺出版社，1995年，第422—445页。

一百六十六条以言说旧体诗的诗学著作书目以及蒋寅《清诗话考》[①]附录的45条旧体诗话书目，加之近代以来随着报刊事业的发展，现代旧体诗话的创作数量仍是非常庞大的。李德强在其论文《中国近代报刊诗话的流变》中说："近代随着报刊文学的兴起，像诗话、文话、小说话、剧话等大量出现于报中。就诗话的创作和刊载而言，它的数量更是惊人。自1905年至1919年14年间，近代报刊共刊载出二百九十九种诗话作品"。[②]不仅如此，他还指出"近代报刊诗话的数量已经非常庞大，其密度并不亚于清诗话"。[③]而据笔者的收辑，粗略估计目前自1912年至1949年37年间散见于各报纸杂志的报刊旧体诗话也可高达400多种。具体有《拜经楼诗话》、《半山诗话》、《残月晓风之楼诗话》、《苍云阁诗话》、《春池馆诗话》、《春暖堂诗话》、《解颐诗话》、《寸楼诗话》、《蹉跎室诗话》、《单云阁诗话》、《读书斋诗话》、《佛教诗话》、《非战诗话》、《高咏楼诗话》、《个影庐诗话》、《耕云草堂诗话》、《合肥诗话》等。在此需要说明的是蔡镇楚在其论著《中国诗话史》（修订本）[④]中将夏敬观《唐诗说》，施蛰存《唐诗百话》，茗溪生《闺秀诗话》，杨香池《偷闲庐诗话》，梁乙真《民族英雄诗话》，胡山源《幽默诗话》，彭子兰《湘湄诗话》，龙汇川《汇川诗话》，金燕《香奁诗话》，朱辛彝《双溪诗话》，钱仲联《梦苕庵诗话》，钱钟书《谈艺录》，等等，诗话界定其为新体诗话，但这些诗话从体例、言说方式、卷帙分类与传统诗话并无大异，基本上承接了传统诗话的批评形式和批评文体。因此本书仍将其纳入了现代旧体诗话的研究范畴。值得一提的是钱钟书《谈艺录》突破"中体西用"的文化、思维模式，站在中西文化、中西诗学的交汇点上探讨普天下共有的"诗眼"、"文心"。这种"打通"式的研究使得《谈艺录》不仅在内容上，更在方法论上成为中国诗话上难以逾越的顶峰。[⑤]其现代性是有目共睹的。但《谈艺录》用的是诗话词话的方式，连书名也是采用明代徐祯卿诗话《谈艺录》的

---

① 蒋寅：《清诗话考》，北京：中华书局，2004年，第651—690页。

② 李德强：《中国近代报刊诗话的流变》，《北京科技大学学报（社会科学版）》2012年第4期。

③ 同上。

④ 蔡镇楚：《中国诗话史》（修订本），长沙：湖南文艺出版社，2001年，第390—391页。

⑤ 李洲良：《诗话的顶峰——钱钟书〈谈艺录〉的历史地位和治学启示》，《哈尔滨工业大学学报（社会科学版）》2001年第2期。

书名，其著作中仍能较为清晰地感受到中国文论的话语言说方式，因此本书将钱钟书《谈艺录》纳入了现代旧体诗话的论说范畴。数量如此丰厚的现代旧体诗话，尤其是1919年之后的旧体诗话却多年来散藏于全国各地，鲜有人关注。笔者虽然曾经奔波于国内一些大图书馆之间，抄写拍照，查漏补缺，得到了一些比较珍贵的第一手资料，但一时之间也确实难以收集齐备，因此本书论述所依托的资料未能总揽全貌，不能不抱挂一漏万之憾。应该说20世纪现代旧体诗话承接着清代诗话的余绪保持着足够的勇气韧性地存在着，直到1948年具备了很明显现代特征的旧体诗话的顶峰之作钱钟书《谈艺录》的出现才慢慢走向衰微。共和国成立之后还有侯传勋《意园诗话》[①]、陈声聪《兼于阁诗话》[②]等少量的旧体诗话。

相对于现代旧体诗话难逃日趋衰落的宿命，具有新形势和新内容的现代"新体诗话"，不仅打破了旧体诗话的统一天下，而且最终取代了旧体诗话的历史地位。新体诗话仍可沿用传统诗话体制分类的方法大致分为"以诗论事"、"以诗论辞"两大类别。民国时期[③]延续了古代诗话"论诗及事"随笔闲谈形式的诗话有关露《大众诗话》，一行《鲁迅诗话》，高疆《今人诗话》，锡金《鲁迅诗话》，忙蜂《忙蜂室诗话》，朱维之《赞美诗话》，岂明《姑恶诗话》，静闻《鼓楼诗话》，八仙《闺媛诗话》，时人《扑克诗话》，李湘萍《丘八诗话》，重甫（辑）《僧诗话（一）》，黄声远《抗战诗话》，正之《诗话》，名贤《诗话》，章泽英《诗话》，路易士《诗话钞》，斯尔螽《书简诗话》，白虹《喷饭诗话》，郭绍虞《照隅室诗话》，徐志摩《杂记》，王季思《岳坟诗话》，汪蔚云《读诗杂记——"新诗"诗话》，钱畊莘《严州永兴客店题壁诗话》，饶蒙侃《新诗话》，德征《新诗话》，天婴《新诗话》，今虚《新诗话》，方敬《新诗话》，追灵《新年诗话及其他》，苑苑《新婚诗话》，耿耿《舞场诗话》，任钧《新诗话》，朱自清《新诗杂话》，等等，数十种诗话。任钧曾说"诗话大半是偶感随笔，信笔拈来，片言中肯，简练亲切，是其所长；但是它的短处在零乱琐碎，不成系统，有时偏重

① 刊于《建设》1960年第8卷第10期。

② 陈声聪：《兼于阁诗话》，直排铅印本，上海：上海出版社，1985年。

③ 本书根据"中华民国"和"中华人民共和国"的成立将20世纪大体分为民国时期和共和国时期，因而诗话也可大体分为民国时期诗话和共和国时期诗话。

主观，有时过信传统，缺乏科学的精神和方法。”[①]他的《新诗话》随性漫谈的写法是很突出的。朱自清《新诗杂话》（1947）序言中也说：“我就用《新诗杂话》作全书的名字，另外给各篇分别题名。我们的‘诗话’向来是信笔所至，片片段段的，甚至琐琐屑屑的，成系统的极少。本书里虽然每篇可以自成一单元，但就全书而论，也不是系统的著作。因为原来只打算写一些随笔。自己读到的新诗究竟少，判断力也不敢自信，只能这么零碎的写一些。所以便用了‘诗话’的名字，将这本小书称为《新诗杂话》。不过到了按着各篇的分题编排目录时，却看出来这十五节新诗话也还可以归未几类，不至于彼此各不相干。”[②]朱自清《新诗杂话》同样延续了传统诗话随性漫谈的写法。需要注意的是以上新体诗话不仅形式上有着很明显传统诗话的特征，而且题名大多明确标示为“诗话”。而以下一些新体诗话虽然不用“诗话”名称，但遗留了传统诗话对话、片段、诗味等特征，如梁宗岱《诗与真》、《诗与真二集》中不少论文如《谈诗》、《论诗》、《论画》等文章在形式上非常自由洒脱，很接近传统文论的评点诗话，在片段式、感悟式的结构中阐释了文学中的许多重要现象，继承了古代诗话的形式，有灵活简洁之长处，无呆板冗长之弊端。戴望舒的《诗论》无疑是直觉感悟式的，无论是思想还是表达方式，他都接续了传统感悟式诗论的传统。他没有预先给出一个“诗”的定义，然后围绕它分门别类，条分缕析。而是不厌其烦地进行现象描述，用打比方的方式迂回说明，力图让别人去领悟那没有被他言说出来的“诗”是什么。不仅戴望舒《望舒诗论》、《诗论零札》[③]有传统诗话的特征，艾青《诗论》也是如此，“《诗论》采用生动的类概念，随处格言隽语，定位灵活，含论于象，诗的气质很浓，既是中国风格，又有现代色彩；既是简洁隽永的古代诗话的继承，更是‘以资闲谈’的古代诗话的大飞跃；既是诗论，又是诗一般的理论。”[④]由此可见，艾青《诗论》虽形式上零散独立，有着诗话的特征，但其对新诗创作的思考所表现出的现代品格却又是诸多新体诗话所难以企及的。而有的新体诗话

---

① 任钧：《诗论》抗战版序，南京：正中书局，1948年。

② 朱自清：《新诗杂话》，北京：三联书店，1984年，第2页。

③ “戴望舒《诗论零札》采用的也是诗话的这种文体，艾青的文体显然直接受到了戴望舒的影响”。吕进、岩佐昌暲：《中国与日本：中国现代诗学的昨天与今天》，《文艺研究》2007年第6期。

④ 吕进、岩佐昌暲：《中国与日本：中国现代诗学的昨天与今天》，《文艺研究》2007年第6期。

之“话”的故事成分逐渐消失，一改传统诗话“闲谈”的特点，也不再仅停留在对诗歌本事的阐说，而重视对诗歌进行系统的理论研究，如胡怀琛《诗歌学A B C》，傅东华《诗歌原理A B C》，刘麟生《中国诗词概论》，徐敬修《诗学常识》，谢无量《诗学指南》，洪为法《绝句论》，刘文蔚《诗学含英》，孙俍工《诗底原理》，范况《中国诗学通论》，朱光潜《诗论》，刘圣旦《诗学发凡》，杨启高《唐代诗学》，李广田《诗的艺术》，蒋伯潜《诗论》，等等，大量具有明显现代性特征的诗学论著，尤其是朱光潜《诗论》（1948）是中国现代文论史上一部具有开创意义的专著，堪称“中国现代诗学的第一块里程碑。”[①]而某些现代新体诗话明确显示出西方批评观念及批评文体对其的影响，例如杨鸿烈就曾宣称他的《中国诗学大纲》的宗旨就是要“把中国各时代所有论诗的文章，用严密的科学方法归纳排比起来，并援引欧美诗学家研究所得的一般诗学原理来解决中国诗里的许多困难问题。”[②]又如江恒源在《中国诗学大纲》中关于诗学问题的思考没有采用传统的诗话形式，而是借鉴了西方诗学的文体形式，全书分为“通论”、“诗的定义”、“诗的起源”、“诗的分类”、“诗的组合原素”、“诗的作法”、“诗的功能”、“诗的演进”和“结论”九个部分，这种章节和篇目的创设在文体形式上已经十分现代了。而宗白华《美学散步》中如《新诗略谈》、《中国诗画中所表现的空间意识》等论文虽算不上意义严格的现代新体诗话，[③]但为了显示“诗话”这种传统诗学批评方式在现代语境中的独到思虑和发展方向，本书仍将其纳入到了现代新体诗话的范围。共和国时期，由于种种原因，诗话曾经遭受了较长时间的冷落，仅有少量的新体诗话如李季（1922—1980）《兰州诗话》（原刊《红旗手》，1959年第1期到第7期），闻山（1927—2011）《新诗话》（载《诗刊》，1963年十月号，1964年十一、十二月号），等等。时至20世纪80年代，以白话文为语言形式的现代新体诗话才大量出现，仅明确命名为“诗话”的大致就有《鲁迅诗话》、《沫若诗话》、《臧克家诗话》、《流沙河诗话》、《现代诗话》、《楚天诗话》、《中外诗话》、《窑台诗话》、《西湖诗话》、《文谈

---

① 李黎：《中国现代诗学的第一块里程碑——读朱光潜先生的〈诗论〉》，《读书》1986年第8期。

② 杨鸿烈：《中国诗学大纲》“自序”，北京：商务印书馆，1928年。

③ 汤保华：《现代诗话研究》，华中师范大学2007年硕士论文，第47页。

诗话》、《郭沫若历史剧〈屈原〉诗话》、《黑牢诗话》、《长征诗话》、《一得诗话》、《林以亮诗话》、《咏鸟诗话》、《群芳诗话》、《古典诗词艺术探幽》、《诗词抉微》、《胡适诗话》等。值得一提的是鲁迅、胡适、郭沫若等作为学贯中西的学者，他们在新文化运动中曾无意识地写了不少新体诗话，但都没有集结成本。直到20世纪八九十年代南京师范大学吴奔星等将其诗话整理和汇编，如《鲁迅诗话》、《郭沫若诗话》、《臧克家诗话》、《胡适诗话》等11种此类诗话。古往今来，中国诗话之作有各种不同的创作形态：一是自撰诗话，如欧阳修《六一诗话》；二是他辑诗话，后人根据其论诗之语而编辑成诗话者，如苏轼《东坡诗话》，黄庭坚《山谷诗话》。辑录前人论诗之语而成诗话，是中国诗话史上一种不可忽视的诗话现象。因此本书将吴奔星汇编的《鲁迅诗话》、《郭沫若诗话》、《臧克家诗话》、《胡适诗话》等同样纳入了研究范围。清末民初，曾有丁福保其人辑成《历代诗话》正、续编，虽收录欠全，亦已洋洋大观，蕴藏着很多古代文论和美学资料。而新体诗话作为历代诗话的继承与发展，多年来未加整理，吴奔星等对其的整理和汇编使得"诗话"在新时期得到了必要的关注和长足的发展。对于现代新体诗话的发展，汤保华曾这样明确指出："诗话创作出现的这种新形势、新机制、新成就，不仅说明中国诗话这种独特的诗歌评论样式，具有极其旺盛的艺术生命力，而且表明五四新文学运动所开创以'白话'为正宗的新的语言形式和创作规范，正在新的形势下得到了全面的继承和充分的拓展。"[①]20世纪80年代一些以白话文书写的新体诗话的出现意味着诗话虽在现代已成强弩之末，但是它灵便的形式有时还为论诗谈艺者所乐用，依然保持者某些为逻辑演绎式的论文体所不及的长处。

现代新体诗话因其现代性特征被视为中国现代文论建构中必不可少的一部分自不必说，而一些诗学建构成绩颇为突出的现代新体诗话如梁宗岱《诗与真》，朱光潜《诗论》，艾青《诗论》，戴望舒《诗论零札》，等等，目前学界研究颇丰，但个体研究者相对多，从"诗话"的角度宏观把握者少。目前新体诗话的整体研究仅有汤保华《现代诗话研究》[②]和蔡镇楚《中国诗话史》中

① 汤保华：《现代诗话研究》，复旦大学2007年硕士学位论文，第11页。
② 汤保华：《现代诗话研究》，复旦大学2007年硕士学位论文。

第七章从“诗话的历史转变、诗话史的新变、现代诗话发展的新趋势”[①]三个方面专谈新体诗话。而现代旧体诗话作为与中国现代文论著作（包括新体诗话）并存于现代语境中的传统文化的一支，一直因单线性的现代文学史研究弊端备受冷落。但正如中国古典诗话是中国古典文学中的一个组成部分一样，现代旧体诗话也应该是中国现代文学中的一个组成部分。需要说明的是本书所研究的现代旧体诗话定为1912年以来的旧体诗话。这一方面是由于目前的现当代文学史大都将所谓“现代文学”的起始年份定于1917年，但1912年至1917年间的旧体诗话著作是比较繁荣的时段，值得引起相当的重视。另一方面或者说更重要的是因为从1917年《新青年》杂志提倡“文学革命”作为现当代文学史的起始时间，其中寓含着一个基本的思想原则，这就是以白话文学作为现代文学的基本体式。这一划分方式无疑是值得质疑的。它不仅本身在逻辑上就有欠缺，它的起始划分是以思想观念与文学观念的变革为前提，但它的终结划分依据则是以政治体制的变化为依据，而且这一划分原则将大量的、高水平的旧体诗词、诗话批评、通俗文学等等排斥在现代文学之外，极大地遮蔽了中国现当代文学本来具有的极其丰富的内容。这一文学史建构的弊端其实在20世纪80年代就已经被学界意识到了。20世纪80年代中期，陈平原、钱理群等当代学者提出“二十世纪中国文学”的概念，将中国新文学的源头上溯至1898年，就已经具备了重新诠释“现代”概念的学术意图。因为：“观念的更新需要对历史事实更为全面的认识，尤其需要重新回到历史现场，触摸历史。这是‘重写文学史’的基础和首要前提，也是百年文学研究进入深化期的根本标志。此前‘中国现代文学史’重点叙述的只是此期延续‘五四’彻底的反传统精神的新文学，而那些直接秉承着中国传统文学血脉的通俗文学作品和旧体诗词、诗话论著，却往往被弃而不论。而这些文学现象，尤其是旧体诗词、诗话论著最能体现出20世纪中国文学对中国传统文学的传承，是此期文学的有机构成部分。”[②]本书赞同这种现代文学史观。历史本来是一个时间概念，虽然从意义的维度来划分历史时段能够更清晰地把握住历史的本质，但意义的维度是一种危险的维度，不仅对意义的维度的理解首先因人而异，因时而变，而且意义维度的

---

① 蔡镇楚：《中国诗话史》（修订本），长沙：湖南文艺出版社，2001年，第379—424页。

② 陈学祖：《重建文学史的概念谱系——以“民国文学史”概念为例》，《学术界》2009年第2期。

清晰势必带来丰富历史内容的简约化。所以，有必要从时间的维度上来重建“现代文学史”。在此“现代”被约定为一个“时间概念”，它不包含“现代的”、“现代性”之类的性质判断与价值认定，从而使现代旧体诗话著作纳入现代文学史的研究成为可能。

综上所述，80年代以来“重建文学史”的呼声使得20世纪旧体诗话纳入“现代文学史”的研究成为可能。事实上现代新旧体诗话虽然同处中西、新旧杂糅的20世纪的现代诗学语境，但却分属不同的诗学体系，存在着明显的分野，这正如有学者也说：“在漫长的中国诗歌发展史上，传统的诗话词话曾是古代诗歌理论的最主要的形态与载体。就像新诗与旧诗形态上的巨大反差一样，新诗理论与传统的诗话词话也存在明显的分野。20世纪的中国新诗理论是伴随着新诗的诞生与发展，处在现代化进程中的一种全新的诗学形态，与我国过去的任何一个时代的诗歌理论相比，无论就内涵、就规模、就实践性而言，都是空前的。”①可见现代新旧体诗话分别显示出现代与传统的两种不同的诗学力量，有着各自相对独立的诗学建构，但是除却“白话”、“文言”的表达方式及言说对象的差异，现代新旧体诗话却存在着诸多的相似，这不仅体现在新旧体诗话在体式上越来越系统化，而且诸多新旧体诗话在现代语境中对传统与现代、东方与西方两种要素进行着各自不同程度的融合，可以说20世纪现代新旧体诗话看似彼此分离，却又存在着某种内在的契合，但最终分道扬镳，成为20世纪现代诗学建构中一个耐人寻味的诗学现象。本书运用“回到文学本身”的方法，将20世纪中国新旧体诗话同时纳入研究视野，力图对西学东渐中的20世纪新旧体诗话创作本身作一宏观的、整体的观照，以深入探讨诗话进入现代文学阶段之后新旧体诗话的分野、契合及再次的分离，从而彰显诗话这种传统的诗学批评方式在西学大炽中的深刻变化以及20世纪新旧体诗话在现代民族文学理论建构中的不可或缺的思想资源。

---

① 吴思敬：《中国新诗理论:在现代化进程中的诗学形态》，赵敏俐主编：《中国诗歌研究》第2辑，北京：中华书局，2003年，第292页。

第一编

西学东渐中新旧体诗话批评主体的现代性

新旧体诗话作为发生在现代语境中的诗学批评，其学术的发展同研究主体的意识及其活动息息相关，学术研究主体的素养和取向在一定程度上是学术兴衰存亡的根本保障。因此探究现代新旧体诗话各自的诗学建构及在某种程度上的契合乃至最后的分道扬镳必然要对新旧诗话作者在19世纪末至20世纪初西学东渐的社会文化背景中的现代性嬗变的程度作首要的关注。高举思想文化启蒙大旗的新体诗话作者因参与社会事务、知识结构、文化思想上的现代性毋庸讳言，而陈衍、吴宓等旧体诗话作者常被视为顽固的保守主义者，但他们同样在西学盛行的民国时期实现了向新型知识分子的现代转型。在此，发生了现代嬗变的20世纪新旧体诗话作家怀着同样的开启明智、拯救国家的苦心，但对现代性不同程度的追求决定了他们文化选择上的不同，而这最终决定了他们在诗学建构和文化建构的不同。

清末民初，中国输入西学呈急速增长趋势，20世纪初达于极盛。随着西学的大量涌入，中国传统文化的危机也随之发生，其突出表现即为儒家正统地位的逐渐丧失。“儒家逐渐脱离其中心位置，对时代精英再无昔日的吸引力，他们在思想和行动上都纷纷远离这种正统思想，而成为其叛逆。相反，时代精英们对西学却趋之若鹜，顶礼膜拜，与儒家的门庭冷落形成了鲜明的对照。”[①]而儒家正统地位的失落直接导致的其一结果便是中国古代王朝为了弘扬儒家文化而推举的科举考试制度被废除，新式教育日益蓬勃发展起来。新式教育中教会学校、官办学校、民办学校新型学校以及留学生运动四种途径共同培育了大批新型知识分子队伍，这些新型知识分子无疑具有与传统士大夫不同的特点，庄桂成认为“他们首先具有独立的人格，他们不再仰赖于清廷而生存，而是成为职业作家、批评家或者是报人。晚清新型知识分子靠固定职业收入或稿费而生存，而独立的生活来源使他们在进行文学批评的时候，不再刻意去获取统治者的欢心，去维护所谓的‘道统’、‘文统’。其次，晚清知识分子具有开阔的学术视野和良好的中西学知识结构。与传统士大夫相比，他们的学术视野要开阔得多，即是晚清众多守旧的士大夫们只读‘圣贤书’，‘华夷之辨’和与之相连的‘华夏中心’观念是他们对世界秩序的基本看法。相反，新型知识分子努力汲取西学营养，成为学贯中西的学者。”[②]以此来观照20世纪诗话作家，一部分现代旧体诗话批评家在中西文化汇流之际的晚清就已汇入了新型知识分子的庞大队伍中。值得注意的是发生转型的旧体诗话作家一部分大致出生于晚清，而大都是旧士大夫出身，曾以科举入仕，科举废除不再依附朝廷生活，诗学活动横跨晚清民国两时期。而一部分旧体诗话作家大致出生于晚清民初，早年接受过比较完整的旧式教育，稍后接受新式教育（包括出洋留学），其诗学活动主要在民国时期尤其是五四运动以后。前后两辈旧体诗话作家都以编辑报刊、任教新式学堂、作专门撰稿人等方式独立生活，然而前后两辈旧体

---

① 马敏：《中国文化教程》，武汉：华中师范大学出版社，2002年，第414页。

② 庄桂成：《中国文学批评现代转型发生》，北京：中国社会科学出版社，2007年，第41—42页。

诗话作家因身处时段和接受新式教育的程度不同，他们发生嬗变的程度也有所差异。需要注意的是一大部分旧体诗话作家固守传统一隅走不出或根本不愿走出传统士大夫的视域范围，甚或有些旧体诗话作家发生了现代嬗变之后却在新文化运动中又回归传统以抗拒现代性的入侵，表现了嬗变过程中的多样性和复杂性。然而20世纪旧体诗话作家中的先锋之士在新旧知识并存、中西文化激烈碰撞的民国时期的现代嬗变却是有迹可循的，并且随着中外学术文化的交流，外国主要是欧洲的优秀文学作品和先进的文艺美学思想逐步介绍到中国，一些诗话作家逐渐蜕变为学者型的批评家，他们融合了中外文学理论和哲学美学思想，在批评中依据一定文艺观念和理论框架对文学现象作研究性的解读，同时注重规律和总结理论体系的建构。而这一切都意味着传统诗学的批评主体在中西汇流的清末及20世纪发生了真正的现代性转变。相对来看，绝大多数的现代新体诗话作家与后辈旧体诗话作家有着几近相同的接受教育、从事公共职业的背景，仅有的不同在于前辈新体诗话作家在新文化运动中趋新求变的强度和力度远远超过旧体诗话作家，如此就不用提那些不曾接受旧式教育、甚或出生在新文化运动之后的后辈新体诗话作家本身固有的现代性特征。诗话作为传统的诗学批评，其现代转型不是少数人所能解决的，而是一个集体的结果。因此本编将从社会角色承担和知识结构或思想文化构成两方面来整体考察20世纪现代新旧诗话批评主体现代性呈现的递嬗过程。

第一章　中国新旧体诗话作家社会角色的变化

清末民初在中国历史上是一个十分重要的时期，这一时期的社会政治、经济、文化思想等主要方面都发生了深刻的变化，伴随着这一变化而来的是中国知识分子的转型。而新型知识分子异于传统知识分子的特色，首先在于他们社会角色的变化，即他们具有了一定的资产阶级政治思想意识并以各自不同的方式积极投身于社会变革实践中。

旧体诗话作家社会角色的变化在书写《饮冰室诗话》的梁启超身上首次得到显现。在时局动荡的晚清梁启超参与公车上书、担任《时务报》主笔等推崇变法维新，《饮冰室诗话》是其宣传“诗界革命”运动极其柔韧有力的理论武器。梁氏对时局的忧虑以及其变革的倾向都意味着他自觉对民族启蒙、救亡责任的主动承担，这种社会角色的变化在清末民初引领了一时风尚。而《在山泉诗话》的作者潘飞声旧学精湛，其参入南社投身于资产阶级的革命实践同样实现了传统知识分子的角色变化。民国建立后，共和制度的确立和国民政治生活的空前自由，使得社会分工更加开放和多样化，旧体诗话的一部分作者踏着晚清先行者的脚印，主动而迅速地实现着自我社会角色的现代转型。

从流派的角度来看这种作者社会角色的转型，首先要提到的是当时如日中天、影响很大的同光派诗话作家。其代表人物《石遗室诗话》作者陈衍是典型的旧学出身，但他与林纾等人联名上书反对割让辽东半岛、台湾等领土的行为、《求是报》在他的主笔下因关涉中外新闻、中外法律法规、译文和轶闻、理论科学的译介和小说连载等面貌焕然一新以及其积极筹办《商务报》从关注变法、研究新政转入研究实业等等说明陈衍与传统意义上的知识分子有了很大的不同。此外同光派诗话作家郭则沄、汪国垣、王礼培等早年也参与社会变革实践。郭则沄曾任浙江金华知府，后署浙江提学使，创机织学堂。《光宣诗坛点将录》作者汪国垣辛亥革命前曾参加同盟会。《小招隐馆谈艺录》作者王礼培曾任湖南湘乡县新式学校学监，华兴会成员，并于留日期间加入了同盟会。同光派在学术思想上通常被“五四”新文化运动的主将们斥之以保守，但从他们的职业履历上看，他们或者支持过变法，或者参加过同盟会，或者投身于实业救国，其实他们都是那个时代知识分子中的先进者。

其次要提到的是南社诗话作家。与同光派作家不一样，南社诗话作家在当时与赫赫有名的进步文学团体“南社”联系在一起，无疑具备了更为耀眼的现代光芒。南社受孙中山先生领导的同盟会的影响，取“操南音，不忘本也”之意，鼓吹资产阶级民主革命，提倡民族气节，反对满清王朝的腐朽统治，为辛亥革命做了非常重要的舆论准备。南社成员不仅在各种报刊上发表了大量鼓吹革命的诗文，还满腔热血参加革命战斗。《诗学纲要》、《巢南诗话》的作者陈去病，南社创始人之一。早年参加同盟会，在推翻满清帝制的辛亥革命和讨伐袁世凯的护法运动中做出了重要贡献。《民权素诗话·燕子龛诗话》作者苏曼殊是清末民初萃集革命与创作于一身的“奇人异僧”。《诗学》作者黄节早年受业于简朝亮的读书草堂，在风起云涌的时代是民族、民主的革命家。《无尽庵诗话》作者周实用自己年轻的生命祭奠了武昌起义。《民族诗话》作者宁调元，参加过华兴会、同盟会，创办《洞庭波》杂志，参与编辑《民报》，主编《帝国日报》，创办《民声日报》等，是民主主义革命家和杰出的新闻工作者，牺牲于袁世凯屠刀下。《孑楼诗词话》、《丽白楼诗话》作者林庚白参加京津同盟会，同陈模一起创立“黄花碧血”社，以暗杀手段牵制清朝余孽，帮助孙中山召开国会非常会议，领导护法。

投身于民族实业尤其是投身于新闻报刊业，对于许多南社诗话作家来说，更是一个特别适合于自我社会角色转型的选择。《愿无尽庐诗话》作者高旭是同盟会第一批成员之一。与柳亚子共同主办革命刊物《复报》，挥泪泣血以鼓吹革命，被视为国内出版物之最强音。《栩园诗话》作者陈栩，曾自办《著作林》和《艺林新报》，受聘任上海《游戏杂志》编辑，任《女子世界》编辑，《申报》副刊及《自由谈》编辑兼撰稿人，并以创办民族工商企业而闻名。《作诗百法》作者刘铁冷，曾为上海《民权报》主笔，与蒋著超创办《民权素》月刊，与徐枕亚等创办《小说丛报》月刊。《蔽庐非诗话》、《听雨楼诗话》作者及《民权素诗话》编纂者蒋箸超，曾任《民权报》编辑，与刘铁冷创刊《民权素》。《南社诗话》作者胡朴安，曾先后在上海《民立报》、《太平洋报》、《中华民报》任编辑。《海天诗话》诗话作者胡怀琛，与柳亚子主办《警报》，佐柳亚子办《太平洋报》，后又任文明、广益、进步书局编辑、商务印书馆编辑、上海市通志馆编纂。《钝安脞录》作者傅熊湘，曾与宁调元等创办《洞庭波》杂志，与胡适、丁洪海等创办《竞业旬报》，与张默君创办《江苏大汉报》，后任《长沙日报》总编辑，针对当时社会上流传的“中国非袁世凯莫能治”之说，以犀利的眼光，辛辣的笔调抨击袁世凯。《然脂馀韵》作者王蕴章，曾任《小说月报》专职编辑并兼编《妇女杂志》。《恤簃诗话》作者闻宥，曾先后在上海申报馆商务印书馆编辑部工作。《未完楼诗话》作者李澄宇，曾创办《岳阳日报》，因赞成共和，在湖南新闻界颇有影响。蔡镇楚曾说“为鼓吹革命，南社成员曾大量创作诗话，据不完全统计，现存‘南社诗话’多达40余部。”①遗憾的是如柳亚子《磨剑室诗话》，陈闳慧《剑庐诗话》，戚牧《绿衫野屋诗话》，奚囊《逢云小阁诗话》，胡蕴《半兰旧庐诗话》，姚锡钧《止观室诗话》，庞独笑《灵薤阁诗话》，庄先识《庄庄诗话》，朱慕家《南社诗话》、《新新诗话》，方延楷《习静斋诗话》，等等，只存书目而难以查寻，然而以柳亚子为首的南社诗话作家作为现代旧体诗话批评者最初的崛起者和佼佼者，他们以提倡民族气节为号召，应和民族民主革命，辛亥革命前反对清王朝的种族压迫和专制统治，武昌起义后社员在各地欢欣鼓舞地迎接革命，上海许多革命报刊大都为南社成员主持，形成南社文学的极盛时期。袁世凯登台后，南社成员又尖锐地揭露袁的阴谋诡计，不少成员为此慷慨捐躯。由此可见，南社成员以创办报纸、刊物宣传革命主张、提倡革命文学以及自己的革命实践实现了传统知识分子向革命的转化。

另外，还有一些身份自由的旧体诗话作家如严天骏、由云龙、赵炳麟、陈融、刘永济等，也以实际行动承担起民族救亡、启蒙的重任，实现了自我社会角色的现代转型。《苍云阁诗话》作者严天骏积极兴办学堂，在文敞宫新建两廊校舍，传播新学，革旧创新，发起研究教育，创设教育会，对地方教育事业做出一定的贡献。《定庵诗话》作者由云龙，曾参加反袁世凯护国一役之谋

① 蔡镇楚：《诗话学》，长沙：湖南教育出版社，1990年，第165页。

划。《香宋杂记》作者赵熙支持维新变法，为助熊克武、黄复生购讨袁军械，担保巨额贷款。《柏岩感旧诗话》作者赵炳麟曾参加“公车上书”，并上书弹劾袁世凯“包藏祸心”。《颙园诗话》作者陈融，同盟会会员，民国时曾身居要职。《旧诗话》作者刘永济，辛亥革命爆发时赶赴海南岛，动员并协助其四兄刘滇生起义。《春秋后妃本事诗》作者李步青，参加武昌起义。《卧雪诗话》作者袁嘉谷，曾任学部编译图书局局长、宪政馆谘议官、实录馆纂修官。先后任过云南盐运使、省务委员、云南省图书馆馆长、东陆大学教授等职务。而《清代闺阁诗人征略》汇编者施淑仪，作为女性她在清末民初于崇明创办女校，自任校长，身体力行地为备受屈辱的中国旧式女性社会角色的转变提供了最好的范本。

纵览以上旧体诗话作者，绝大多数的人是以自己的革命实践实现了向新型知识分子的转型，那些经历了戊戌变法和辛亥革命的诗话作者，如出生较早的陈衍不仅参加了清末的维新变法运动，而且编撰《求是报》，旨在了解西方，思考西潮冲击下的中国所存的问题，筹办《商务报》也意在研究实业救国。而绝大多数出生在19世纪70年代至90年代的传统诗话作者，在救亡、启蒙声响四起的晚清民初，或加盟革命团体，或创办时报，都曾积极投入到社会革命的实践中。其中王礼培、宁调元是华兴会成员，陈去病、宁调元、高旭、胡朴安、林庚白、陈融、汪国垣、刘大白为同盟会成员。与此同时南社诗话作者纷纷创办时报以传递民主革命心声、辅助支持资产阶级民主革命，如高旭等十一位南社诗话作家投身报刊业，身兼作者与出版家、记者与实业家，掌控了当时主要的舆论阵地，为近代民主革命的兴起创造了声势浩大的宣传舆论，因此当时在革命党内，曾有南社是同盟会宣传部之誉。此外，陈栩创办民族商业以救国，郭则沄、严天骏创办新式学堂，陈去病、苏曼殊、陈融、林庚白、周实、宁调元、王礼培、由云龙、李步青等亲历革命战斗，周实、宁调元为革命献出了宝贵生命。而吴宓、邵祖平、胡山源等活动虽然主要在五四时期缺少了革命战斗的激情，然而他们在新文化革命时期或创办《学衡》参与到民族文化的重建或主创“弥洒社”为繁荣新文学付出一份努力也是对变革现实的积极参与。而上述绝大多数传统诗话作者同时还是新式学堂教师，其中包括出生在19世纪50年代的陈衍，出生于19世纪70年代至90年代之间黄节、王蕴章、汪国垣、陈去病，以及出生于19世纪90年以后的吴宓、白采、闻宥、王遽常等，他们或在内忧外患的晚清民初介绍西学新知的同时出书办报，宣传变革救国，影响了一批又一批的学子，或在文化之争成为时代首要话题的五四时期后主讲古典文学或西洋文学甚或新文学体现其不同的文化理想，教师的地位不仅解决了他们独立谋生问题，更为其提供了实现社会理想的舞台。另外还有个别传统诗话作者以“议政”而不是“参政”的方式参与国家政治权利的事务，如林庚白民国初曾任众议员，非常国会秘书长，后又任国民政府立法院立法委员，郭则沄民国后任北洋政府政事堂参议、铨叙局局长，署国务院秘书长等，陈融曾身居要职等等，这同样有区别于封建时代士大夫依附于政治权力并从中受益的传统。总而言之上述旧体诗话作者在清末至民国时期以来积极参与社会公共事务主动担负起民族救亡、思想文化启蒙的重任而绽露出的熠熠光芒照亮了20世纪旧体诗话作者整体庞大而略显灰暗的队伍。与中国传统知识分子相比，这些旧体诗话作者具有更强的危机意识、更为豁达的开放态度和更为迫切的变革意识，他们的思想和活动也主要是围绕建立一个独立、富强、民主的民族国家而进行。可以说，旧体诗话作家作为新型知识分子的一部分，在中华民族处在“数千年来未有之变局”的情势下，不甘作书斋里的学者，冲出传统儒学营垒，承担起历史赋予他们的救亡图存、振兴中华的神圣使命，基本完成了社会角色的变化。当然，在此也必须看到，走过了中华民族危机四伏的戊戌、辛亥时期，当一批新型的知识分子以决然背叛传统文化的激进姿态倡导新文化运动之后，只有少数的传统诗话作者如胡怀琛、胡山源、胡朴安、林庚白等在民主和科学精神的感召下，认同新文化运动并具体参与到新文化的实践中来，绝大多数的上述传统诗话作家虽然也接受自由和民主的新观念，但新文化运动对于传统文化从形式到内容的批判与变革主张，无异于对旧体诗话作者的釜底抽薪。即便有的旧体诗话作家想要挤进新文化阵营也不是很容易，就如同范罕在《蜗牛舍说诗新语》中说：“吾之所以仍作五七言者，殆欲于难中求易。倘令我改作新体诗，正是易中求难矣。”[①]即是说新文化阵营所借助的新工具、新手段已不是从传统文化中走出的诗话作者所能从容驾驭的。因此不少的旧体诗话作者在大学讲坛主讲古典文学甚或隐居研究古典文学与收辑古典资料反对新文化运动，一时之间又回归了传统。

---

① 范罕：《蜗牛舍说诗新语》，张寅彭主编：《民国诗话丛编》第二册，上海：上海书店出版社，2002年，第556页。

以此角度来审视以胡适、鲁迅、郭沫若、朱自清、朱光潜、梁宗岱、戴望舒等为代表的20世纪前辈新体诗话作家，在新文化运动时期，他们作为现代知识分子真正形成并活跃于历史舞台。这个时期，他们基本上离开了政治舞台，在公共社会领域通过大学课堂和报纸杂志开创自己的言论领域，他们不再依附政治，不依附于任何阶级，不为一己之私而为社会、大众发言，凭着个人的知识、信仰和精神对传统、社会、政治展开评判。事实上他们作为新文化运动的倡导者和实践者，其于这个时期的文学创作和文学批评本身就担负着救亡图存、振兴中华的神圣使命。自五四新文化运动兴起，学者们面对着中国积贫积弱遭受列强侵略的局面，痛感中国文化之低劣，而对西方文化怀抱着无比景仰之情，以为只要接受了西方文化，就能使中国重新富强，使中华民族重新振兴。于是大量吸收引进西方理论，并以之作为利器，对中国传统理论进行清算，进行“批判的分析和研究”。应该说新体诗话作家同时具备强烈的政治批判意识和文化批判意识，他们不仅身体力行地参与到新文化运动中思想革命的洪流中，而且以自己的创作实绩践行着改革社会的理想，在此文化革命与文化改造直接成了一种思想武器。必须承认，“五四”时期的文学革命和文化革命是以一种激进的立场出现的，大多数新文化的先驱们对中国文化思想采取了一种深恶痛绝的姿态，他们以西方激进的思想文化和自由主义立场改造并重建中国古典文化，对中国古典哲学思想和诗学思想进行一种崭新的解释，与诸多旧体诗话作家极力保护国粹的立场形成了强烈对抗。具体来看《胡适诗话》[①]作者胡适（1891—1962），新诗的奠基者，作为学贯中西的学者，他在尝试从事新诗创作的同时，还把相当大的精力放在理论的阐述上。《鲁迅诗话》作者鲁迅（1881—1936），新文化运动的领导人，左翼文化运动的支持者之一。《郭沫若诗话》作者郭沫若（1892—1978），中国新诗的重要奠基人之一，新文化运动的重要旗手。《大众诗话》作者关露（1907—1982），“九一八”事变后，参加上海妇女抗日反帝大同盟。加入“左联”，参加“中国诗歌会”的活动。《诗歌原理A B C》作者傅东华（1893—1971），文学研究会的成员，曾在上海大学、上海中国公学任教并从事翻译，一度任商务印书馆编译员。

---

① 《胡适诗话》、《鲁迅诗话》、《郭沫若诗话》、《臧克家诗话》是吴奔星等汇编整理的诗话。为了称说方便，本文将《胡适诗话》的作者称为胡适，《鲁迅诗话》的作者称为鲁迅，类似的《郭沫若诗话》、《臧克家诗话》等也是如此。

《绝句论》的作者洪为法（1899—1970），曾为创造社成员，与周全平等合编创造社刊物《洪水》。《诗底原理》的作者孙俍工（1894—1962），曾任复旦大学教授，南京国立编译馆任人文组编译等。《新诗话》作者任钧（1909—2003），从20世纪30年代起便以诗作为“武器”参与反帝反封建的斗争，曾历任太阳社、左翼作家联盟，中国诗歌会、中华全国文艺界抗敌协会成员。《新诗杂话》作者朱自清（1898—1948），是文学研究会的早期会员，参与发起新文学史上第一个诗歌团体“中国新诗社”，创办第一个诗歌杂志《诗》月刊等。《诗与真》、《诗与真二集》作者梁宗岱（1903—1983）曾于北京大学法文系、复旦大学外国文学系等学校任教。《旧诗新话》作者刘大白（1880—1932），是新诗的倡导者，尝试派代表诗人之一。以上所举新体诗话作家均在共和国成立前创作了诗话作品，其诗学批评本身被赋予了救亡图存、振兴中华的神圣职责。而那些在共和国成立之后仍坚持新体诗话创作的如邹问轩、李木庵、闻山、孙克恒、蒋祖怡、艾治平、林以亮等作为现代知识分子参与社会实践、变革现实的自觉与热情不言而喻，他们也同样以自己的创作实绩和诗学批评践行着改革社会的理想，其文化革命与文化改造也同样是一种无形的思想武器。如《诗话》（1963）的作者邹问轩（1914—1966），参加过中国共产党领导的“一二·九”爱国学生运动，是左联成员，后加入中国共产党。《新诗话》（1963）作者闻山（1927—2011）曾就读于昆明西南联大外文系，参加过闻一多先生为导师的联大新诗社，并从军赴印度抗日，参加地下革命工作，加入中国作家协会。《窑台诗话》（1984）作者李木庵（1884—1959），五四运动后在马克思主义思想影响和进步人士帮助下，开始走上革命道路。参加北伐战争，是西安事变的积极参与者之一。《现代诗话》的作者孙克恒（1934—1988），1957年毕业于北京大学中文系，先后在兰州大学、兰州艺术学院任教。教学之余，致力于现代、当代诗歌研究与评论。《诗词抉微》的作者艾治平（1925—）毕业于北京大学文学院中文系，曾参加第四野战军南下工作团，任总团部《改造报》见习记者等。类似之处不一一列举。以上可见共和国时期的新体诗话作者也多在民族国家危亡之际积极投身于革命事业，而作为新型知识分子他们往往是学院出身，具有较深厚的文学史知识和较强的理论思辨能力，且多在高校、文学研究单位或文艺报刊、文艺出版社的编辑部门工作。社会角色的不断变更以及所受到的严格的学术训练使得他们能有意识地致力于新诗理论研究与批评，并使之成为现代文化建设中极其富有时代气息的一部分。

相继走过风云跌宕的晚清，吸纳新潮、脱离陈套的五四时期，硝烟四起的战争年代以及万象更新的新时期，20世纪诸多新旧体诗话作者参与社会实践、变革现实的诉求已与中国历代的传统知识分子表现出了极大的差异，完成了新旧体诗话作者的集体现代转型。但是需要注意的是这个时期的新旧体诗话作者因归属于不同的文化阵营，他们扮演的社会角色尽管相似，但却有着不同的文化选择和文化批判的力度。例如，新体诗话作者作为变革社会的参与者和实践者，在现代社会语境中致力于思想革命的同时也非常注重古典诗学的改造与现代诗学的重建，并极富创建性地为中国思想文化与诗学带来了全新的东西，完成了知识分子在新时期的政治角色和文化角色的双重转型。然而值得注意的是随着新诗的阵地日渐稳固，越来越多的新体诗话作者开始回过头来考虑中国现代诗学与古代诗学的衔接了，这正如卞之琳曾这样说："在白话新体诗获得了一个巩固的立足点以后，它是无所顾虑的有意接通我国诗的长期传统，来利用年深月久、经过不断体裁变化而传下来的艺术遗产。"[①]现代学者吴思敬曾这样说："从历时性角度说，诗学文化融合表现为新诗学文化与旧诗学文化之间的千丝万缕的联系。任何新诗学文化都是从旧诗学文化的母体中脱胎出来的，并为未来的更新的诗学文化发展提供了条件。"[②]由此可见，无论是旧体诗话作家和新体诗话作家在20世纪的现代语境中作何程度的现代嬗变，以怎样的身份实现其社会角色的改变，其与传统文化血肉相连的关系却是永远也无法斩断的。

---

① 卞之琳：《戴望舒诗集序》，戴望舒：《戴望舒诗集》，成都：四川人民出版社，1981年，第3页。

② 吴思敬：《中国新诗理论:在现代化进程中的诗学形态》，赵敏俐主编：《中国诗歌研究》第2辑，北京：中华书局，2003年，第296页。

第二章　新旧体诗话作家知识结构的变化

中国封建王朝的科举取士是以八股为形式，以四书五经为内容。儒家学说是传统士大夫普遍认同的思想信仰，是传统官僚政治的理论支柱。而科举废止后，新型知识分子异于传统知识分子其次还主要在于其知识结构的变化，他们或经国内新式学校、国外留学教育，或受西方先进文化的熏陶，知识结构发生了质的变化，与此同时其价值尺度、生活尺度、道德准则、政治理想等思想文化也同样发生了现代转变。清朝诗话《饮冰室诗话》作者梁启超、《在山泉诗话》作者潘飞声等之所以会在晚清投入到资产阶级的维新运动就在于他们知识结构上的变化。梁启超自幼在家中接受的是传统教育，赴京会试回粤路经上海，看到介绍世界地理的《瀛环志略》和上海机器局所译西书，眼界大开。后师从思想趋新的康有为，“先生乃教以陆、王心学，而并及史学西学之梗概。自是决然舍弃旧学，自退出学海堂，而日请业南海之门，生平知有学自兹始。”[①]戊戌变法失败后梁启超则为逃脱当政者的追捕而东渡日本。日本是19世纪末20世纪初西学传入中国的重要途径，梁启超的避难成了其接受并传播西方文化最直接的方式，也成了其思想转变的绝好时机。而且为了宣传和读书的需要梁启超不得不学习日语，这就为梁启超打开了通向西方学术的一扇大门，也促使他成为思想上中西合璧的学者，其思想视域为之一新。潘飞声执教于柏林大学汉文学在于其深厚的旧学功底，其客居海外四年，游历西欧诸国，外国的文明及进步，使其眼界大开。而加入南社后与丘逢甲、居巢、居廉、吴昌硕、黄芦、黄宾虹等成为至交无疑大大开阔了其思想境界。如果说梁启超、

① 梁启超：《饮冰室合集·文集之十一》，北京：中华书局，1989年，第67页。

潘飞声等在西方文化的熏染中接受了西方资产阶级民主思想开启了晚清诗话批评主体现代转型的先河，然而这种转型毕竟是有限的。到了20世纪，一部分旧体诗话作者和新体诗话作者在新旧知识中西文化思想并存时代空间，才真正将表层知识结构的变化所带来的深层思想文化的变化演绎得更为复杂和深刻。在此需要说明的本章主要叙述的是新旧体诗话作家尤其是旧体诗话作家因国内新式教育或国内时代风尚所导致的知识结构的变化，而那些因有留学经历知识结构、思想文化嬗变得更为明显和深刻的诗话作家另安排一章着重述之。

在探讨诗话作家的知识结构的变化之前，有必要对译界泰斗严复作简要介绍。因为如果说梁启超关注现实社会、林纾翻译西洋小说的行为方式给予同时代人或后来者巨大影响，那么严复给予国人的却是真正的启蒙思想和西方人文精神的影响。严复的《论世变之亟》、《原强》、《辟韩》、《救亡论》四篇论文，大力宣传西方资产阶级民主、民权思想，公开提倡“尊民叛君”、“尊今叛古”。其翻译出版英国赫胥黎的《天演论》用“物竞天择，适者生存”的进化论学说作为变法维新、救亡图存的理论依据。正是在这样的学理层面，严复之后的中国新学思想的追随者，开阔视野把学习目光投向整个西方近现代以来的科学、人文、哲学以及法律政治思想。与严复同时代的《石遗室诗话》作者陈衍就是一个很好的例证，其知识结构在此阶段也发生了变化，有学者明确指出严复是陈衍同乡好友之一，其对陈衍思想文化的影响是有迹可循的。[①]在晚清重商才能救国是中国一大批觉醒的知识分子的共识，对农商关系的不同看法是他们与旧式的士大夫乃至顽固派们的思想分界线之一。严复在翻译《天演论》之后又续译《原富》，他倡导西方自由主义的经济政策，目的同样是救国家于贫弱之中。报界领袖梁启超对《原富》进行了广泛的宣传。应该说陈衍与梁启超、严复等人是英雄所见略同。几乎与此同时，陈衍与河濑合译商业经济学的著作。其实陈衍早在主编《求是报》时就大力鼓吹“务财、训农、通商、兴工、敬教、劝学、使贤、任能各要务”，这些论述虽然未脱离“经邦济国”传统思想痕迹，但已吸收“中外时务”之政治策略，跟上了时代的步伐。在政治文化思想方面陈衍均与维新派保持一致，主张学习西方，改革封建制度，尽

① 林东源：《坚守在荒寒之路——陈衍评传》，福州：福建教育出版社，2006年，第82页。

管受资产阶级维新派思想的局限，不以推翻腐朽落后的封建制度为目的，但他对清王朝的批判，主张学习西方、加强练兵、整顿国防等思想在当时是进步的，代表了当时进步的知识分子的思想，具有一定的思想启蒙意义。纵观20世纪现代旧体诗话的作家群体，陈衍是属于年长者，他和严复等一样最早接受了西学东渐的洗礼，知识结构、思想上尚且发生了变化，那么晚辈旧体诗话作家和新体诗话作家身处中西文化汇流的晚清民初之际，接受新式教育并相继历经晚清败亡、民国肇建、五四运动、“九一八”事变等内忧外患，知识结构的变化所导致思想上的变化就更自然了。

在庞大的诗话作家队伍中，以下旧体诗话作家知识结构、思想文化的变化同样是有迹可循的。《民族诗话》作者宁调元曾于长沙明德学校第一期速成师范班学习。“明德学校学堂是留日归国的著名教育家胡元倓创办的新式学堂，他聘用了一大批思想进步、学识丰富的革命志士如黄兴等人来校执教，他们常以‘革命排满’思想启迪学生。1905宁调元赴日本早稻田大学学习法学，在此期间，黄兴、陈天华等人对宁调元的思想影响很大。”[①]《南社诗话》作者胡朴安，多读《民约论》、《自由原理》、《天演论》等新书，摒弃经史子集不读，专喜读鼓吹革命之小册子，旧的观念为之改变。1923年与柳亚子创建新南社[②]，支持新文化运动。《然脂馀韵》作者王蕴章，通晓英语，主编《妇女杂志》和《小说月报》期间，“‘旧式’文人固然占大多数，但似乎从未排斥过新式人物的登场。‘瑟庐’、叶圣陶等被后人视为真正的‘五四’启蒙家或新文学家的名字早在1918年就出现在《妇女杂志》……”[③]在编辑《小说月报》期间增设新浪潮栏目，其接受新知识新文化的影响可见一斑。《无尽庵诗话》作者周实，曾于少年时喜读美国独立史、法国革命史，并于南京两江师范学堂学习时接触西方新学和革命思潮。他目睹清廷腐败，外侮日亚，时时以革命和救国为念。而尤其是加入南社之后，其革命思想更为自觉。《海天诗话》作者胡怀琛，曾于上海入育才中学就读，学习外语和新学，喜读徐光启、利玛

---

① 唐建明：《宁调元生平及思想论述》，湖南师范大学2001年硕士论文，第6页。

② “新南社实际上是在中国共产党的直接影响下，以国民党左派为骨干的、统一战线性质的新文学团体。”王尭：《南社始末》，《中国社会科学》1980年第1期。

③ 刘慧英：《被遮蔽的妇女浮出历史叙述——简述初期的〈妇女杂志〉》，《上海文学》2006年第3期。

窦等人译撰的书籍，思想倾向进步。此后参加南社和革命宣传工作，接受了资产阶级的民主革命思想。五四新文化运动后，关注新诗的发展并创作大量的新诗。《光宣诗坛点将录》作者汪国垣，青年时便开始阅读西欧史书，并从留学日本亲友处购得日文版欧美各国史籍。尤喜读《清议报》、《时务报》、《国闻报》，对西洋历史逐步产生兴趣。《旧诗话》作者刘永济，曾先后在长沙明德中学、上海复旦公学、天津高等工业学校、北京清华留美预备学校学习。《无尽藏斋诗话》作者邵祖平，曾于江西高等学堂学习，江西高等学堂由1902年创办的江西大学堂于1905年改名而来，为清末“废科举兴学堂”政策下的产物。《孑楼诗词话》、《丽白楼诗话》作者林庚白，曾先后入天津译学馆、天津北洋客籍学堂、京师大学堂预科接受新式教育。而其对中国民主革命运动的情势和矛盾的深入参与和认识使得他一方面怀疑国民党的前途和中国的革命，可又难以割舍与自己关系悠久的国民党，另一方面他也同情社会主义，[①]凸显了他思想上的矛盾。《七言绝句作法举隅》、《诗词杂话》的作者冯振曾于上海南洋中学，上海高等工业专门学校接受新式教育，且熟习英文，曾以英文论文考取留学美国（后因经济问题未能成行）。《幽默诗话》作者胡山源，曾考入美国办的一所教会学堂——励实中学堂、杭州之江大学。教会学校是当时中国境内的西式学堂，在课程的设置上，与中国传统的教育已有很大不同。它在教学内容上与中国传统学校最大的不同就是开设了自然科学知识课程，与此同时，英语是教会中、小学校重要的教学内容。胡山源作为翻译家的身份正是其接受中西双重教育的见证。在胡山源身上，知识结构的变化所导致的思想文化的变化是很明显的，在革命浪潮高高掀起的五四时期，他不仅创建新文学团体“弥洒社”，积极联络文学青年投身新文学运动的同时，还积极从事小说、新诗、散文、戏剧等创作。《绝俗楼我辈语》作者白采，时代思潮的影响使他离

---

① 郭隽杰在《时代诗人林庚白》一文中说：从林庚白青少年时代指点江山、激扬文字的雄姿，他已经跻入了左右中国命运的罡风圈里了，为什么到了壮年何以一事无成呢？他在《自传》里这样解剖道：“我终是含有矛盾性的性格、欲求、生活方式，很多思想冲突，更因着东方民族性‘忠于所事’之旧道德观念，支配我，驱使我，对于和我历史悠久的革命的政党——国民党，不能够忘情，虽则我也怀疑着中国的革命和国民党的前途。”这自白是坦诚的，严肃的，也是符合实际而真实的，我以为林庚白的人格魅力正是在于此。既然“很同情于‘社会主义’”，“革命的热情依旧很丰富”，则势必不见容于国民党反动派；既然“受着士绅阶级传统的影响”，“终诗离不了政客的意识”，自然也还走不上无产阶级革命的道路。《南京理工大学学报（哲学社会科学版）》1998年第3期。

开了封建主义家庭。而后所就读学校——上海美术学校以其开放的理念、创新的魅力和勇气使其开阔了眼界，接受“五四”新思想、新文化的熏陶。“随着‘五四’革命的大潮，漂出了旧的阶级，而且正在向新的阶级漂拢，成为一个思想进步的民主主义者。”[①]《秋窗呓语》作者秦佩珩，曾就读于燕京大学，燕京大学是哈佛大学挂钩的姊妹学校，秦佩珩在此不仅选修了经济学、统计学、国际汇兑等课程，还选修了文学、历史等课程，而郭绍虞先生开设的“文学批评史”尤给予他很大影响，步多马教授（Pro.Brecee）所开的“莎士比亚”课程，其中那些所谓四大悲剧都给予他很大的影响。[②]《雕虫诗话》作者刘衍文，接受知识文化熏染的青年时代为新文化运动启蒙科学思想早已深入人心的时期，其常在上海等地报刊上发表杂文、文艺评论、新诗、童话、小说、散文等就是其现代知识结构的体现。《看忙楼诗话》作者严士弘是辜鸿铭的弟子，其师学博中西，是清朝时期精通西洋科学、语言兼及东方华学的中国第一人。《少岑诗话》作者黎系业（1908—1979）1924年考入武昌湖北省立第一师范学校，1927年3月入武昌中山大学学习。需要注意的是一些诗话作者虽然在国内新式学堂学习，但专修的却是古典文学，如《乐府古辞考》作者陆侃如，曾于北京大学中文系毕业，考入清华大学研究院专攻中国古典文学。《梦苕庵诗话》作者钱仲联1926年毕业于无锡国学专修馆，无锡国专早期教学的特色之一就是读古籍原著。《国耻诗话》作者王遽常也曾入无锡国专学习。事实上无论是陆侃如当时所就读的北京大学还是钱仲联和王遽常所就读的无锡国专，为了适应培养现代教育人才的需要这些学校都曾作了一定的改变，如无锡国专在课程设置上增设了中国文化史、中国哲学史、文学史、国学概论、哲学概论、西洋文学史、文艺批评、教育学等许多概论性的课程。以上可见，上述传统诗学批评家在新式的学堂接受新式的学术训练必将导致其古典诗学的研究向现代的转型。

新体诗话作家作为20世纪中国新诗理论的创建者，其接受新式教育所产生的知识结构的变化而导致的思想文化的变化不言而喻。列举如下略观之：《大众诗话》的作者关露，曾于1928年前后于上海法科大学、台湾中央大学

---

① 刘洪元：《白采其人其作评介》，《中国现代文学研究丛刊》1986年第2期。

② 秦佩珩：《秦佩珩自传》，《秦佩珩学术文集》，郑州：中州古籍出版社，1999年，第947—952页。

学习，在此期间迷恋上新诗，开始进行创作。《中国诗学大纲》的作者江恒源（1885—1961），1901年（光绪二十七年）中秀才，1902年到南京参加乡试，读到一些新文化书刊，接受了新思潮，1917年入北京大学国文系深造。《诗歌原理A B C》作者傅东华(1893—1971)1912年毕业于上海南洋公学中学部，1920年加入文学研究会。此后，在上海大学、上海中国公学任教并从事翻译，一度任商务印书馆编译员。《中国诗词大纲》的作者刘麟生（1894—1908）早年毕业于上海圣约翰大学政治系。《绝句论》的作者洪为法，在扬州省立第五师范读书时，大量阅读中外小说并习作。《诗的艺术》的作者李广田1923年考入济南第一师范后，开始接触"五四"以来新思潮、新文学。《诗论》的作者蒋伯潜（1892—1956）1920年考入北京高等师范国文系，在钱玄同、胡适、鲁迅诸名师的熏陶下，学业日进。《汾水诗话》作者刘伯伦（1901—1960）1915年曾就读于南昌市洪都中学，次年转入江西省立第一中学。除自学学校课程外，还学习外文，英文、俄文、日文都达到了能够翻译的水平。《现代诗话》作者孙克恒（1934—1988）毕业于北京大学中文系；《林以亮诗话》作者林以亮（1919—1996）毕业于燕京大学西语系；《一得诗话》的作者吕进1963年毕业于西南师范大学外语系。类似之处不一一列举。

西学东渐，是自16世纪以来东西方文化交流的一个发展过程。西学东渐在明清之际便已形成，西学在宫廷中受到统治者的重视。"而晚清新式学堂的兴起，不仅是传统科举制度没落，书院私塾教育不适应社会发展需要的必然结果，还与清政府统治陷入内外交困的统治危机有关。甲午战败，中国面临着亡国灭种的危机，迫在眉睫的民族危机迫使知识分子开始走上历史舞台，维新变法思潮应运而生。康有为、梁启超、谭嗣同等维新志士企图通过变法来挽救岌岌可危的国势，为此在教育领域里进行了废八股、改策论、兴学校等诸多改革。虽然'百日维新'被保守派镇压，但教育改革的浪潮一经掀起，便一发不可收拾。八国联军侵华之后，清政府被迫改弦易辙，于1901年颁布上谕，宣布实行'新政'，教育改革首当其冲。以京师大学堂的整顿为契机，各省相继掀起了兴办新式学堂的热潮。"[①]而新式学堂开设的课程，"包括了西学的基本

---

① 张立程：《西学东渐与晚清新式学堂教师群体研究》，中国人民大学2006年博士学位论文，第4页。

门类，既有数学、几何、地理、化学、物理、历史、政治、伦理、哲学、法律等自然科学、社会科学方面的基础课程，也有采矿、冶炼、造船、工程测量、地质等应用技术方面的课程。这些学科知识通过教师传授给学生，由学生在实践中加以应用，促使其思想观念发生转变，并进而影响其家人、亲戚、朋友等，扩展了西学的传播范围，西学的影响日渐深入人心，中西文化的交流也日渐频繁起来。”[①]因此在西学传播的内容形成一股不可逆转的文化交往潮流之时，上述无论是宁调元等前辈旧体诗话作家还是秦佩珩等后辈旧体诗话作家都不同程度接受了新式教育，如此就不用提新体诗话作者接受新式教育所带来的深刻的变化，他们知识结构包括思想文化的嬗变是必然趋势。而值得一提的是陈衍作为旧体诗话的上一辈作家，治学仍遵循传统之路，“但他在学术观点方面已经开始关注西学，重视实务。而在教育方面，陈衍主张将中西两种教育体系有机结合，建立新式学堂，采用西学来补充中学。他主张利用传统私塾来推广西学，提倡家庭聘请精通西学之人或西人为教习，教其子弟，或一家请一人，或数家合请一人，‘使国家不费一公帑，而天下增无数西学之人才也。’”[②]“陈衍一生从事经史文学研究，服务教育界，其思想随时代变迁而有所发展，较之一般思想顽固的旧学家，显得较为开通，因而能够于清末民初活跃在政界、学界。他精研经史古文，成为民初国学保存运动的一位重要人物。他所走之路，在清末民初思想界与学界具有典型的代表性，可以视为旧式教育向新式近代教育过渡的一位代表。”[③]陈衍尚且如此，如此就不用提在国内接受新式学堂的教育以及留学归来的教师对新式学堂教师队伍注入的鲜活力量了。由此可见，清末民初以来新式学堂以及新式教师的存在为新旧体诗话作者知识结构、思想文化的变化酝酿了必备的条件。

---

① 张立程：《西学东渐与晚清新式学堂教师群体研究》，中国人民大学2006年博士学位论文，第44页。

② 同上，第118页。

③ 同上，第119页。

第三章　留学背景与旧体诗话作者的知识结构转变

清末民初，由于富国强兵的强烈愿望，以及交通便利，国门打开和西方庚子赔款返还助学等实际原因，中国青年赴海外留学掀起了20世纪的第一次热潮。前往西方留学的青年学子大多数学习科学技术，政治经济，但也有一些青年到西方学习人文科学，这当中有些留学者后来就成为20世纪新旧体诗话作者的中流砥柱。这些新旧体诗话作家因留学背景或西方文化背景而导致的知识结构、思想文化的现代性嬗变，无疑更为鲜明和深刻。

在旧体诗话作家中比较有代表的是《愿无尽庐诗话》作者高旭，《钝安脞录》作者傅熊湘，《燕子龛诗话》作者苏曼殊，《旧诗新说》作者刘大白，《蜗牛舍说诗新语》作者范罕，《寥音阁诗话》作者俞大纲，《草堂之灵》的作者杨钧，等等，尤以《英文诗话》、《空轩诗话》作者吴宓和《谈艺录》作者钱钟书的创作成就及其现代转型最为突出。以下简要述之：《愿无尽庐诗话》作者高旭在辛亥革命后积极阅读《清议报》等维新报刊，并在《清议报》、《新民丛报》、《新小说》、《选报》、《政艺通报》等刊物上写诗鼓吹变法，其传统的知识结构渗入了资产阶级革命的新的素养。后东渡日本，就读于法政大学，接触了卢梭的《社会契约论》、美国独立宣言以及达尔文的进化论等更多的西方知识，这使他系统地接受了西方的天赋人权与民主自由、平等观。《钝安脞录》作者傅熊湘，曾留学日本弘文学院，习师范及警务。弘文学院的课程，时间分配最多的是日文，其次便是体操，另外有地理历史、数学、理科、图画、英语等。作为南社的发起人之一，日本的学习经历导致了他知识结构的变化，也促使他接受了资产阶级民主思想的影响，因此他也曾是反帝反封建反独裁的斗士，但由于对中国传统文化无比挚爱，他对新文化运动极为反感。他和一些湘籍诗人“主张文学的渐进，反对文言改白话，更反对白话诗。主张从传统文化中寻找挽救社会的利器，夸大了文化的功能。”[①]《民权素诗话·燕子龛诗话》作者苏曼殊于年少懵懂时期接受了中西混合式教育。他曾跟从西班牙博士罗弼·庄湘学习中英文，又跟随表兄林紫垣来到横滨，在华侨办的大同开始了为期四年的学习，在此跟随康有为的弟子学习中国文学，由香港皇仁学院的毕业生教习英文。[②]随后苏曼殊在早稻田大学修读一个高级预备课程，1903年考进日本成城学校读书，接受现代西方的正规教育。[③]这样的教育经历，使得曼殊精通英、日、法、梵四种文字，使他对中西文化都能深得其中三昧，他接受过西方个性解放、人道主义、民主主义、无政府主义、空想社会主义等思潮的影响。[④]《寥音阁诗话》作者俞大纲，早年就读于上海光华大学以及北平燕京大学研究院，曾留学加拿大。上海光华大学、燕京大学都是当时著名的教会大学，沿引了西方近代教育模式。而燕京大学就是以融贯中西为办学目标。而后俞大纲留学加拿大，更为其知识的学养注入了鲜活的血液提供了好的机遇。《空轩诗话》作者吴宓，自小不仅学习传统的“四书五经”等科目，同时还学习《泰西新史揽要》、《西方十九世纪史》等课程。而后留学美国，师从美国新人文主义领袖欧文·白璧德研习比较文学、西方文学和哲学，与其新人文主义理论产生共鸣，初步形成自己的文化观，即将中西旧文明精魂贯通的思想。《谈艺录》作者钱钟书，少年时代接受私塾和新式学堂双重教育。深厚的家学渊源为其打下了坚实的古文根基，曾先后在无锡东林小学、美国圣公会办的苏州桃坞中学、美国圣公会办的无锡辅仁中学、清华大学外文系学习，后又赴英国牛津大学、巴黎大学研究院学习深造，因而对欧洲文化与文学有了更深入的理解。钱钟书作为中西贯穿的学者其真正意义上的现代转型无疑为新型知识分子提供了一个极好的范本。此外《蜗牛舍说诗新语》作者范罕、《草堂之灵》的作者杨钧都曾游学日本接受西方文化的熏陶。

---

① 有关对傅熊湘的述评引自胡迎建：《论南社中的湖南醴陵诗人》，《南京理工大学》2005年第5期。

② 李殴梵著、王宏志等译：《中国现代作家的浪漫一代》，北京：新星出版社，2010年，第58页。

③ 本章有关苏曼殊的知识结构的变化的资料来源于尚东玲：《苏曼殊》，杨群主编：《中华民国史·第九册·传四》，成都：四川人民出版社，2006年，第272—273页。

④ 杨丽芳：《论苏曼殊在中西文化冲撞中的心灵眩晕》，《晋东南师范专科学校学报》2001年第2期。

有留学经历的新体诗话作家，略举一二以观之。《鲁迅诗话》作者鲁迅1902赴日本留学，入东京弘文学院学习日语。《胡适诗话》作者胡适1910年考取“庚子赔款”第二期官费生赴美国留学，于康乃尔大学先读农科，后改读文科。1915年入哥伦比亚大学研究院，师从哲学家杜威。《美学散步》作者宗白华（1897—1986），1920年赴德国留学，在法兰克福大学、柏林大学学习哲学、美学等课程，是我国现代美学的先行者和开拓者，被誉为融贯中西艺术理论的一代美学大师。《郭沫若诗话》作者郭沫若，1914年曾留学日本，在九州帝国大学学医。《诗与真》作者梁宗岱，中学时嗜读古今中外著名文学家的作品。1924年赴法留学，到法国后开始用法文写诗，与法国象征派诗歌大师瓦雷里相识相知，并将其诗作译成中文，寄回国内刊在《小说月报》上，使法国大诗人的精品首次与中国读者见面。《诗底原理》作者孙俍工，1924年赴日本入上智大学研究德国文学。《诗论》作者朱光潜（1897—1986），1925年出国留学，先后肄业于英国爱丁堡大学、伦敦大学，法国巴黎大学、斯特拉斯堡大学，熟练掌握英、法、德语，翻译了300多万字的作品。《旧诗新话》作者刘大白，在国外居留多年，广泛接触了欧美文化。《诗论》作者艾青（1910—1996），1928年到巴黎学习绘画，接触欧洲现代派诗歌。《望舒诗论》作者戴望舒（1905—1950），1932曾赴法国，在巴黎大学、里昂中法大学肄业或旁听，从事著、译活动。《新诗话》作者任钧，1928年到上海复旦大学学习，后在日本早稻田大学文学部留学。《新诗杂话》的作者朱自清，1931年留学英国进修语言学和英国文学，后又漫游欧洲五国。《赞美诗话》作者朱维之（1905—1999），1932年毕业于日本中央大学研究科，是基督教文化与文学研究专家，外国文学和比较文学研究的一代大师级学者，曾翻译弥尔顿《失乐园》、《复乐园》等著作。《新诗话》的作者饶孟侃（1902—1967）1924年赴美国芝加哥大学留学。

中国自19 世纪 70 年代初开始派遣学生留学外国。“清末因甲午战争中国战败的刺激，清政府派遣官员赴日留学，探究日本自强的原因所在，一般知识分子也纷纷自费前往。那么中国自戊戌变法到1908 年前后共十年左右的时间，这一时期留学趋向主要流日本。特别是 1904 年爆发的日俄战争，最终日本战胜了欧洲列强之一的俄国，中国朝野上下再次震惊不已，学习日本的热潮于此时达到了高峰。日本面对清政府的留学生政策，采取了笼络中国的政策，吸引中国留学生前来日本学习考察，日本教育界也为中国留学生提供便利，开办了日化学堂、成城学校清国留学生部、宏文学院、同文书院、早稻田大学清国留学生部等学堂或机构，因此负笈东渡的中国学子越来越多，1906年达到高潮，人数据估计有8000名上下。”①留日群体如此庞大，所习科目也多种多样。留日学生到日本后最易被宏文学院和同文书院录取。整体而言，当时的留日学生在专业选择上范围较广，初期尤以军事、法政、师范科为主。以上旧体诗话作家如《愿无尽庐诗话》作者高旭、《钝安脞录》作者傅熊湘、《民权素诗话·燕子龛诗话》作者苏曼殊、《蜗牛舍说诗新语》作者范罕，新体诗话作家鲁迅、郭沫若等就是在这一留日高潮中东渡日本学习法学、师范等新的知识。而时至1909 年至20世纪20年代末，留学生的潮流由日本开始涌向了美国，他们成为留学的主流。1909年清政府在北京成立了游美学务处。其主要职责之一就是专门考核和选拔留美生。为了克服留美生在美国大学学习上的困难，在选拔赴美留学生的同时，游美学务处还抓紧筹建留美肄业馆。1910年12月，学部奏请将留美肄业馆改称清华学堂。清华学堂在教育教学等方面，充分借鉴美国学校的经验，对当时的旧教育进行了改革，在课程设置、教材选用及校规校纪制定等方面，完全按美国教育模式进行。后来，自费留美也成了其中的主要渠道之一，而值得一提的是“留美自费生最初虽没有资格限制，但他们中很多人出身于教会学校，基础较好。教会学校的学习，使其具有良好的英语基础和相对完整的新式教育。这些自费生大多来自于富裕家庭，在国内也受过很好的教育。总体来说，留美生的留学基础大多数都比较好。”②以上政府的举措以及留美学生本身在国内受教育的状况为其深入接纳融汇西方知识文化做好了充分的准备，这也是留美的诗话作家如吴宓、钱钟书之所以成为学贯中西的学者、成为旧体诗话作家发生现代转型最为明显和深刻的原因之一。事实上不管上述新旧体诗话作家是留日还是留美抑或是留欧等留学经历，这对于新旧体诗话作家都是一份难得的人生阅历，其留学的背景为其接受、融汇西方新型知识提供了最直接、最亲密、最便捷的方式。

晚清以来中国急剧变革的社会现实与僵化停滞的传统思想文化之间裂痕日

---

① 实藤惠秀：《中国人留学日本史》，北京：三联书店，1983年，第39页。

② 李文俊：《清末民初留日热潮与留美热潮之比较》，《理工高教研究》2009年第4期。

益扩大，这为西方思想文化的传入提供了条件和可能。在炮火的掩映下，西方资本主义文化及新思想不断传入，戊戌变法、辛亥革命后掀起了西方思想文化输入的热潮，而到了五四时期，对西方思想文化的译介和输入更是达到了空前的繁荣阶段，西方思想文化中以科学、民主、自由和个体价值为核心的现代观念铺天盖地席卷而来，一场由新型知识分子倡导的现代性思想启蒙运动洪涌而至。而“当时无论是中央政府还是各省军阀，都无法有效地控制大学、期刊、出版社及中国知识界，对军阀黑暗统治现状的不满及对西方民主政治的向往，促动着人们将一元的、初步的、简单化的政治对比引入复杂的文化机制转型之中。”[①]加之新式报刊的发行，新式学堂的建立，留学生的派遣及其学成归国等多重因素共同促成晚清至民国时期一个知识流动丰富且思想极为活跃的时代空间的形成。在这样的时代境遇中，上文所提及的诸多现代新旧体诗话作家封闭、僵化的知识视野被打开，保守的思想文化被打破，其积极参与公共事务的实践以及其拥有的新旧知识结构、中西合璧的思想文化，展示了现代新旧诗话批评主体的现代性。如果说晚清《饮冰室诗话》作家梁启超在晚清其现代性光芒引领了一时风尚，那么上述新旧体诗话的作者在融汇新旧知识、中西文化所表现出来的对民族、国家重任的担当和勇气，对民主、自由等西方人文精神的向往和追求以及沟通中西思想文化的学者风范让历代诗话作者黯然失色。20世纪新旧体诗话作家所表现出来的现代性是有目共睹的，但需要注意的是囿于时代的藩篱以及他们自身的局限性所至，新旧体诗话作者身上仍然带有无法抹去的传统因素。如在旧体诗话作家的庞大队伍中，除胡光国、陈衍出生在19世纪四五十年代，秦佩珩、刘衍文出生在20世纪初，其中绝大部分旧体诗话作家出生于19世纪70年代至20世纪之间，清末民初起伏跌宕的时代境遇蕴蓄并决定了旧体诗话作家复杂丰富的思想文化变化流程，接受资产阶级民主革命思想的影响是他们的共性，他们在蜕变为新型知识分子过程中对西方民主、自由思想的向往是一致的。只是时至五四新文化运动之后，当白话新诗的诗歌体式成为新型知识分子拥戴西方民主、科学思潮的象征时，旧体诗话作家对新诗的不同态度彰显了他们不同的思想流变。陈衍、汪国垣、王礼培等许多旧学精湛的诗话作家作为先进的知识分子，其在民国时期基本上于大学讲坛、文化馆、隐逸书

---

① 周俊旗、汪丹：《民国初年的动荡》，天津：天津人民出版社，1996年，第197页。

斋从事古文教学或古典文学的研究，一直坚守着传统文化的研究。黄节、傅熊湘等南社诗话作家极力推崇资产阶级民主革命但极力反对新诗，当然随着时局的变化柳亚子、胡朴安等参加新南社拥护新文化运动，林庚白、苏曼殊、白采尝试作新诗表现出拥抱西方思想文化开阔的胸怀，而林庚白在接受西方新思想的过程中的同时接纳西方资本主义、马克思科学主义的影响所表现出来的坚定兼容的态度与苏曼殊在新旧文化间的徘徊和苦闷形成了鲜明的对比。学衡派诗话作者吴宓、南社诗话作家胡怀琛、林庚白主张新旧体诗、中西思想文化的融合，体现了一定的文化保守主义，但反之又是其思想现代性的体现。俞大纲从一个传统的文人师从徐志摩成为现代诗派新月诗派的成员彰显了其现代性的嬗变。钱钟书从旧学精湛的知识分子转而主张中西文化的“打通”，并致力于中西文化的共同话语空间的建构更是体现了其思想文化的深刻流变。总之，现代旧体诗话作家在中西文化交汇的晚清、民国时期其思想文化的现代嬗变表现出了一定的多样性和复杂性。例如以陈衍为首的前辈旧体诗话作家，他们在新旧并存的社会中积极求新创变，与传统的封建士大夫比较起来已彰显新质，然而这种现代嬗变毕竟是有限的，对于新思想的接受他们更偏重于政治方面，并未达到更深的文化层次，而其中多数以遗民自居。而一些后辈旧体诗话作家，他们的文化（文学）活动则均在“五四”之后，早年大都接受过比较完整的旧式教育，以致在稍后接受新式教育（包括出洋留学）乃至受到五四新文化运动的洗礼之后，虽然可能形成积极进步的社会政治倾向不存在所谓遗民的情绪，但他们对传统文化的执着坚守和追求却是不改初衷的，这也是发生了现代嬗变的旧体诗话作家仍执着于书写“旧体诗话”以及倾向于古典诗学研究或古典文学资料收辑的原因。这正如有学者说：“在新的时代文化背景之下，知识分子开始了新的、双向的角色认同。一方面，他们在内忧外患交迫、民族生死存亡的时代条件下，继承并发扬士大夫忧国忧民、以天下为己任的传统，‘铁肩担道义，妙手著文章’，自觉担当反对帝国主义和封建主义的先锋；另一方面，他们又开始萌生与政治决裂、向知识回归的自我意识，远离污浊的政治疆场，退缩到静谧的图书馆、实验室之内，潜心钻研，以卓越的学术成就服务于社会，以此一并实现知识与人格的价值。”[①]正是在这样的情势下，20世纪现代旧体诗话作家一方面深受西方文化的熏陶参与资产阶级革命实践完成社会角色的转变，另一方面潜心进行古典诗学批评，执着于传统文化的承继。相对来说，投身于五四新文化运动的现代新体诗话作家，他们以为只有以“根本解决”的激烈方式，才能为中华民族摆脱贫困和混乱、走上现代之路，“因为辛亥革命后的失望情绪之普遍存在，‘革命尚未成功’口号之成为群众心声，方才提醒人们，古老的中华要完成最后蜕变，仍有更深层的变化有待进行”[②]，因此他们发动了这场史无前例运动式的甚至有些极端的文学革命，提倡白话文，反对文言文，推崇并引进西方文化，对传统文化采取了激烈的全盘否定的态度，而他们创作的现代新体诗话作为现代文学批评的一部分，在各方面都体现出启蒙主义的价值观念：理性、纯正的趣味、科学的思维，总体上表现出了更为深刻更为坚定的现代性。然而尽管如此，传统的力量却是很大的，新诗和新诗评论家其实都很难摆脱它的影响，传统无声无息地浸润，也使得他们虽然坚持白话书写，但仍然选择了“诗话”这一中国所特有的诗学品评方式。虽然新体诗话与旧体诗话分属不同的诗学体系，但新体诗话仍旧是传统诗话在西学东渐中思想被解放、视野被拓展后的发展和变化。而同处20世纪现代语境的新旧体诗话可以说都是在民族传统与外来影响的冲撞、融合中，在对传统文化与外来文化的双重超越中发展起来的。因此20世纪发生现代嬗变的新旧体诗话作家无一不是现代性与传统性并存，而在这蚕蛹破茧的艰难蜕变中，他们怀着同样的开启明智、拯救国家的苦心，但对现代性不同程度的追求决定了他们文化选择上的不同，而这最终决定了他们在诗学建构和文化建构的不同。然而尽管上述现代新旧体诗话作者在现代性的追求中最终呈现出不一样的姿态，但他们从戊戌变法、辛亥革命、五四运动、抗日战争一路蹒跚且又坚定走来，不管他们在各个阶段扮演何种社会角色，知识结构、思想文化作何等程度的改变，他们能异于传统士大夫保持着经济上的独立人格，拥有着中西知识结构就意味着他们拥有了不同时段新型知识分子的共同现代性。

---

① 何晓明：《百年忧患——知识分子命运与中国现代化进程》，上海：东方出版中心，1997年，第21页。

② 同上，第111页。

第二编
西学东渐中的旧体诗话传统性与现代性

20世纪旧体诗话产生于现代语境，势必呈现出新旧杂陈的复杂品格及其独有的审美价值、历史价值。本编突破过去以诗歌语言（文言与白话）和诗体（格律与自由）为标准将传统与现代简单对立的二元论思维模式，在新诗诗学精神、感知方式、表达方式等与中国古典诗学之间更为内在和深层的精神联系中发掘和探讨旧体诗话在“欧风美雨”侵袭、新文化运动异军突起的现代文化语境中的传统承继性及其现代性转型，凸显旧体诗话作为传统诗学力量在文论现代转型中不可替代的作用及其在中国现代诗学体系整合建构中的理论意义，从而将旧体诗话作为现代中国诗学文论体系建构潜在资源意义提升为一种显在资源。

第一章　西学东渐中的同光派诗话

同光派[①]活动的后期即民国时期，是旧文学发生蜕变、新文学酝酿崛起的转型时期，诗歌之外的文体如话剧、白话散文、翻译小说、谴责小说、政治小说等各体文学的逐渐兴起以及诗歌领域内先后发生的“诗界革命”和南社的分流，白话诗的崭露头角，还有其他复古诗派的并存，都影响并遏制着同光派的生存空间，尤其南社的团体自创社就与同光派相抗衡，以胡适为首的文学革命健将们指名道姓反对陈三立和郑孝胥为首的同光派[②]更可见其水深火热的生存

---

① 葛春蕃认为中国文学批评中概念的模糊性，长期以来“体”“派”不分，“同光体”和“同光派”也长期地混为一谈，这种情况在最早运用这个概念的陈衍那里就出现了。而“体”是“文体”，指的是“文学作品的语言存在体” 是一种文学样式，区别于另一种文学样式的本质特征；“派”是“流派”，指的是“文学的群体化现象”，是“在一定历史时期中具有相近或相同的文学观念、创作倾向、艺术追求和美学风格的作家群体。”用“同光体”一词代替“同光派”当然是可以的，但考虑到现在的文学理论概念中，“体”“派”有明显的界限，为了论述的方便，故称之为“同光派”。本文借用了此称呼。葛春蕃：《古今之际：晚清民国诗坛上的同光派》，复旦大学2007年博士论文。

② 1916年4月17日，胡适在《吾国文学三大病》中就说“吾国文学大病有三：一曰无病呻吟。哀声乃亡国之征，况无所为而作耶?二曰摹仿古人。文求似左史，诗求似李杜，词求似苏辛。不知古人作古，吾辈正须求新。……三曰言之无物。谀墓之文，赠送之诗，固无论矣。即其说理之文，上自韩退之《原道》，下至曾涤生《原才》，上下千年，求一墨翟庄周乃绝不可得。诗人则自唐以来，求如老杜《石壕吏》诸作，及白香山新乐府《秦中吟》诸篇，亦寥寥如凤毛麟角。晚近惟黄公度可称健者，余人如陈三立、郑孝胥，皆言之无物者也。文胜之弊，至于此极，文学之衰，此其总因矣。”（胡适：《吾国文学三大病》，姜义华主编：《胡适学术文集·新文学运动》，北京：中华书局，1993年，第5页）稍后，在《文学改良刍议》中又说“昨见陈伯严先生一诗云：‘涛园抄杜句，半岁秃千毫。所得都成泪，相过问奏刀。万灵噤不下，此老仰弥高。胸腹回滋味，徐看薄命骚。’此大足代表今日‘第一流诗人’摹仿古人之心理也。其病根所在，在于以‘半岁秃千毫’之工夫作古人的抄胥奴婢，故有‘此老仰弥高’之叹。若能洒脱此种奴性，不作古人的诗，而惟作我自己的诗，则决不致如此失败矣。”（胡适：《文学改良自议》，姜义华主编：《胡适学术文集·新文学运动》，第22页）并宣布“与其作一个‘真诗’，走‘大道’，学这个，学那个的陈伯严、郑苏龛，不如作一个实地试验，‘旁逸斜出’，‘舍大道而弗由’的胡适。”（胡适：《逼上梁山——文学革命的开始》，姜义华主编：《胡适学术文

境遇。然而尽管四面楚歌，积淀着丰厚文化底蕴的同光派在他人的口诛笔伐中表现出异常的冷静和极好的涵养，面对来自胡适等的批评，他们对此多报以沉默，正如1922年8月，郑孝胥在为陈三立的诗集写序时说“既有重名于天下，七十老翁何所畏惧？岂能以山川风月之辞与后生小子争轻重哉！”这句话可看作同光派对胡适等人批评的一种回应，也可看作同光派在各种反对声中坚守自我生存空间的最好理由，即作为传统伦理和传统价值的守护人他们拥有着“重名于天下”的自信乃至自负。事实上，同光派诗人不仅在话语上为沉默的应对找到合理的解释实现了自我的安慰及解脱，更在行动上为此生存做出坚韧的努力，这体现在同光派以及与同光派有关系的人仍在默默地进行理论上的探索和创作上的实践，他们仍活跃在文坛与大学讲坛上，他们的影响即使到了民国时期也未全部消歇。民初（1912—1917）明显是同光派影响最著的时期，1917以后，随着新文学力量的出现，同光派的生存空间开始受到挤压，但并未如人们想象的那样脆弱，直到1920年代以《学衡》、1930年代以《青鹤》为主要阵地来发表一些同光派年轻诗人的作品。从《庸言》、《东方杂志》、《学衡》、《青鹤》可以看出民国时期同光派诗人群体始终有自己的刊物作为阵地。这个阵地诚然在新文学的逼迫下日益狭窄，但如果认为古典诗派完全丧失和新文学抗衡的能力，则恐怕是向壁虚谈。旧派文学的衰落是一个不争的事实，但并非等同于其完全退出历史舞台。“不要说20年代的旧体文学的创作数量大于新文学，1936年，‘英国伦敦举行国际笔会，邀请中国代表参加，其时派代表二人，一胡适之，代表新文学，一陈三立，代表旧文学。’可见当时旧文学的社会影响。一直到40年代，文言作品依然在报刊和著作中时有出现。”[①]杨扬在其论文中肯定了同光派在民国时期的诗学影响，他说：“五四新文化运动之后，宋诗派的影响已远不如从前，换句话说，新文学运动的代表人物已压倒其他各类传统文学人物而成为国内文坛及学术界的主角，新的文化价值体系也已取代了晚清宋诗运动的评价体系，而成为引导国内文学发展的主导因素。在这

集·新文学运动》，第212页。）直到他去世的1962年，还对秘书胡颂平说：“你看完陈三立《散原诗集》吗？这里面没有一首诗使我感动的。”（吴奔星选编：《胡适诗话》，成都：四川文艺出版社，1991年，第651页。）可以说他对陈三立的态度一生未变。（承上码注②）

① 袁进：《中国现代文学中的旧体文学亟待研究》，《河南大学学报（社会科学版）》2002年第1期。

种文化背景下，宋诗派的影响基本限定在传统诗文的研究范围内。他们中的许多人在大学任教，如陈衍、林学衡、汪辟疆等，主讲的课程大都是中国古代诗文方面的内容。另一些人则转向学术研究，如沈曾植等。”①并从史料出发，证实胡适的白话诗与宋诗“作诗如作文”的关系，并且认为郁达夫、钱钟书都受到“同光体”诗风的影响。葛兆光在《从宋诗到白话诗》更是具体阐述了白话新诗从初始的粗糙书写蜕变为精致之体，无论是外在的作诗方法还是内在的构思技巧、内蕴担负都承传着宋诗的传统，他说：“从白话诗运动的主将们浸润于中国文化，谙熟中国古典诗歌这个事实中，从当时盛行宋诗的这一背景中，我们应当看到白话诗恰恰与他们所反对的中国古典诗歌有某些似反实正的渊源，在这里，我们尤其要拈出的是白话诗运动的精神与宋诗‘以文为诗’趋向的微妙关系。”②“也许，正是到了白话诗，宋诗‘凸现意义’的诗歌观念与‘以文为诗’的语言形式才真正地达到了前所未有的极致。”③因此当我们重新审视与思考白话新诗与本土文化资源的关系之时，一向被目为遗老遗少被视为“顽固派”的同光派在20世纪的诗学活动理应受到重视。当然也许新文化人所承传的宋诗传统融合了现实生活及世界文化的经验而与同光派的诗学建构及诗学影响不尽相同，但不管怎样同光派在20世纪前半叶张扬起宗宋的大旗并为之积极做出努力势必影响到新文化人对宋诗传统的选择。本章拟从同光派传统诗学建构、新文学新诗观念中的“同光派”资源以重新认识同光派在现代文学史上的价值与地位。

一、同光派诗学传承与嬗变

宣传诗歌理论主张的诗选、诗话是诗派张树旗帜、扩大声名的重要条件，尤其是在传媒方式迅速发展的20世纪，影响较大的流派，如湖湘派、诗界革命派、南社莫不如此，同光派也不例外。20世纪同光派最为突出和最具代表性的诗话著作是陈衍的《石遗室诗话》（三十二卷）和《石遗室诗话续编》（六卷），

---

① 杨扬：《晚清宋诗运动与“五四”新文学——对二十世纪中国文学与本土文化资源关系的思考》，《天津社会科学》1998年第5期。

② 葛兆光：《从宋诗到白话诗》，《文学评论》1990年第8期。

③ 同上。

其弟子黄曾樾辑《陈石遗先生谈艺录》以及陈衍《辽诗纪事》（十二卷）、《金诗纪事》（十六卷）等补充并丰富了他的诗学思想。此外还有汪辟疆《光宣诗坛点将录》、《光宣以来诗坛旁记》，王礼培《小招隐馆谈艺录》，夏敬观《忍古楼诗话》、《学山诗话》、《唐诗说》，郭则沄《庚子诗鉴》（七卷）、《十朝诗乘》（二十四卷）两本诗话，等等，均以诗记史，以诗证史，尤其《十朝诗乘》可与晚清杨钟羲赫赫有名的《雪桥诗话》相媲美。诗话文本之多显见同光派在诗学方面的努力。而从卷帙之繁富、文献之丰富、诗学主张之深邃、影响之大等方面综合考察同光派的诗话著作，被誉为“历代诗话之冠”①的《石遗室诗话》在同光派的诗话中稳操胜券。作为同光派的领军人物，陈衍的《石遗室诗话》不仅影响了同光派诗人，而且几乎影响其他的传统诗人。同光派后辈诗人汪辟疆、王礼培、夏敬观对陈衍的诗学既有传承也有嬗变。他们的诗话论著与陈衍的诗话成为同光派构建传统诗学体系中最为重要的一部分。在此需要说明的是本章主要是对同光派诗学主张略作考察，因此偏于记录诗史的诗话文本仅稍提而已。

目前学界对陈衍诗论阐述比较多，但为了整体地把握同光派诗学发展和嬗变，略述如下：向来论陈衍诗学理论，必提“三元”说与“诗人之诗与学人之诗合”说，此二说为陈衍诗论纲目，前者为陈衍首创。陈衍是同光派的诗歌理论家，此二说可以看成是同光派的共同主张。针对诗坛上从宋代一直到明代乃至清初强分唐诗与宋诗、宗唐诗而贬宋诗的风气，陈衍在《石遗室诗话》中提出了诗莫盛于“三元”的主张：余谓诗莫盛于“三元”，上元开元，中元元和，下元元祐也。君（沈曾植）谓三元皆外国探险家觅新世界、殖民政策，开埠头本领，故有“开天启疆域”云云。余言今人强分唐诗、宋诗，宋人皆推本唐人诗法，力破余地耳。②宋诗是“宋人皆推本唐人诗法，力破余地耳，”陈衍强调了宋诗力破唐人余地而有其变化和特色，肯定了宋诗的创变意义。陈衍指出宋诗是唐诗的“变相”、“变化”，其实是以唐诗作为支撑，又给宋诗一条活路，这就肯定了宋诗本身的异于唐诗的自己的特质，肯定了学问、理趣、生新、翻案、层折、生涩奥衍、清苍幽峭这些新的诗学概念系统存在的价值。

① 黄霖：《近代文学批评通史·近代卷》，上海：上海古籍出版社，1996年，第125页。

② 陈衍：《石遗室诗话》，张寅彭主编：《民国诗话丛编》第一册，上海：上海书店出版社，2002年，第21页。

郭延礼认为陈衍“进而指出，宋人能力破唐人余地，有变化，在继承传统的基础上有创新，这就为‘同光体’宗宋提供了理论依据。”[①]学习唐人诗法，又有所变化创新，正如钱钟书所云：“这一点不像（唐诗）之处恰恰就是宋诗的创造性和价值所在。”[②]而陈衍将三元重心落在了杜、韩、黄，就是推重他们力破唐诗余地的创变精神。《石遗室诗话》卷十四突出地表述了杜甫、韩愈、黄庭坚等人之诗，是唐诗的变化、变相：自咸、同以来，言诗者喜分唐、宋，每谓某也学唐诗，某也学宋诗。余谓唐诗至杜、韩而下，现诸变相，苏、王、黄、陈、杨、陆诸家，沿其波而参乎错综，变本加厉耳。[③]唐代杜、韩而下，诗风大变，宋代各大家追随杜韩之变化而来，又变本加厉。也即杜、韩与苏、王、黄、陈、杨、陆诸家都是在诗史上追求创新与变化的诗人，更直接地说，他们的变都是针对唐诗的变。另外“三元”落脚在杜、韩、黄，也就是落脚在宋诗。宋诗的典型特色是造硬语、押险韵，以议论为诗，以文为诗，形成平淡、老劲、瘦硬风格。这些特色在“元祐”趋于成熟，而其源头则在杜、韩处。陈衍侧重杜、韩、黄，实际是抓住了唐诗向宋诗转变的三个关键阶段，也是勾勒了宋诗从开端到高峰的发展脉络。三元说，为纠专学盛唐之弊，从理论上落实于开元、元和、元祐，给后人指示了较为宽阔的诗学途径。但是中国古典诗歌有着远比三元更丰富广阔的诗学途径。作为一个理论，它是近代宗宋的口号与指南，落实到具体创作，它必然具有更大的包容性。从光宣间的宋诗发展来看，诗学途径已经拓宽，显然不囿于三元，就陈衍而言，他心中必然有着更广泛的学习对象。黄曾樾《陈石遗先生谈艺录》序云：“而吾师陈石遗先生，则不唐不宋，不汉、魏，不六朝；亦唐亦宋，亦汉亦魏，亦六朝。《三百篇》为体，经史诸子百家为用。其著诗话，编诗钞，鼓吹之力，盖自有说诗选诗以来，得未曾有焉。”[④]需要指出的是同光派诗人沈曾植曾提出与“三元”相类似的说法叫“三关”，指元嘉、元和、元祐这三个关键。后面的“两关”与陈衍的后“两元”相同，前一“关”则从开元上溯到了六朝的元嘉，到了陶渊明、谢灵运的时代。陈衍的“三元说”和沈曾植的“三关说”虽然不尽一致，但他们

---

① 郭延礼：《中国近代文学发展史》，济南：山东教育出版社，1991年，第484页。

② 钱钟书：《谈艺录》，北京：中华书局，1996年，第3页。

③ 陈衍：《石遗室诗话》，张寅彭主编：《民国诗话丛编》第一册，第203页。

④ 黄曾樾：《陈石遗先生谈艺录·序》，张寅彭主编：《民国诗话丛编》第一册，第700页。

将诗歌的高潮由唐代向外延意在开拓更广大的古典诗歌师承范围的思路是一致的。由此可见，“三元说”或者“三关说”所蕴含的是一种“走变通之路，采兼容之法”的诗学精神。这正如钱仲联、严明曾指出的那样“陈衍倡导博学百家诗法，其要点还是在于变通。无论唐诗、宋诗，其妙处都从变通前代诗歌中而来。后代人学唐学宋，最应学的就是这种变通脱化工夫，而不是固有的格调。”[①]而“三元说”更深层的诗学价值被胡晓明一语中的，他说：“唐宋一并泯除，上达风雅，即由学古转向开新，由诗艺取法转向人文工夫。这使其超越了传统唐宋诗之争，不期然而然地关涉到诗学及其相关联的文化存亡问题。”[②]周薇认为此言深刻揭示了陈衍唐宋不分的诗学意义：不限于一般的诗艺探讨而寄托了深厚的人文关怀，文化关心。作为总结唐宋之争的核心诗论的“三元”说自然也具有同样的意义。诗宗“三元”，不限于一般的诗艺探讨，也不仅仅在指示近代诗人的学诗途径，其中寄寓着陈衍提倡变风变雅，振兴诗教，关注现实人生的重要的诗学思想。[③]刘世南也说：“原来唐诗正声，最宜铺叙述功德，歌咏生平，而抒兴亡盛，衰之感则以宋为宜。”[④]追溯文学史，以社会人生关怀为重心的风雅诗教就在开元杜甫，元和韩、元、白，宋代欧、苏、黄处。近代道咸同光诗人由宗唐转为宗宋的深层原因也正是时代风会之下弘扬诗教的需要。查屏球先生云：“元和一代士人在政治上多经历了一次较大的起落。因此，他们诗中情感多与政治的兴衰联系在一起……他们（沈曾植、陈三立等）钟情于元和时代的诗歌，还在于对这一段中兴悲剧史有着深切的理解。他们带着自己的痛苦体验来认识元和一朝的历史。他们以感同身受的方式来认识元和一朝历史，体会元和诗歌思想情感。”[⑤]可见提倡三元，不仅只关系诗艺的学习，而且关涉到政治情感、人文精神、社会关怀等更多的内容。

“诗人之诗与学人之诗合”之说并非陈衍独创，而是一种总结。[⑥]清初自

---

① 钱仲联、严明：《袁枚和陈衍——论诗坛盟主对清诗发展的积极影响》，《江海学刊》1995年第1期。

② 胡晓明：《唐宋诗之争:陈衍诗学的近代转义》，《古代文学理论研究》（19辑），上海：华东师范大学出版社，2001年，第396页。

③ 周薇：《陈衍诗学研究》，华东师范大学2006年博士论文，第59页。

④ 周薇：《“三元”说之宗宋及其诗学价值指向》，《西南大学学报（社会科学版）》2007年第4期。

⑤ 查屏球：《三元说与中唐枢纽的学术因缘》，《复旦大学学报》2000年第2期。

⑥ 黄霖：《近代文学批评史》，上海：上海古籍出版社，1993年，第130页。

钱谦益、黄宗羲、朱彝尊起，到乾嘉时期的姚鼐、翁方纲等不少名家都重视学问，因此早有“诗人之诗”与“儒者之诗”或“诗人之诗”与“文人之诗”的提法。道、咸间的宋诗派，大都是学问家，又企图以标榜宋诗来救神韵、性灵之弊，一般都重视积理养气，以考据入诗。陈衍本人亦重经史学问，因此在总结历史经验的基础上，自然地提出了“学人之言与诗人之言合”的理论。而陈衍虽没有在诗论中将“学人之诗”与“诗人之诗”概念做出具体明确的阐述，但作为陈衍诗学中的重要概念“学人之诗”从本质上说是以宋诗为基础而更加突出学问、理趣的诗歌，而“诗人之诗”多以唐诗特征即凸显兴象玲珑、自然天成、情景交融、物我为一为主的诗歌。一味作学人之诗，可能偏入生硬枯涩、理足趣少；而一味作诗人之诗，可能流于空泛浅薄、有韵寡意。因此陈衍“学人之诗与诗人之诗合”的审美理想，为动辄尊唐抑宋、尊宋抑唐的混乱诗坛，带来一股清新气息，为唐宋之际传统诗歌发展到极盛而再变之后凝滞的诗歌创作，指出了一个方向。如果说“三元说”是通过外在的继承与创新的关系联系唐宋诗歌，以达到唐宋不分的目的，而“盖合学人、诗人之诗合二而一之也”则是试图从内部将唐诗与宋诗加以弥合，以结束诗学界分唐界宋的陋习。“诗人之诗与学人之诗合”是对“三元说”、“唐宋不分”诗学观的具体落实。它与“三元”说一样，具有融合唐宋、整合诗学的意义，也共同完成着陈衍的古典诗学建构。然而在“诗人之诗与学人之诗合”之说中，陈衍仍着力于后者：“余平生论诗，以为必具学人之根柢，诗人之性情，而后才力与怀抱相发越。”[①]“素未尝学问，猥曰吾有别才也，能为之乎？”[②]可见他把学问、理趣看成是基础，是第一位的，但也不偏执地忽视才力因素，认识到“有别才者，吐属稳，兴味足耳，”[③]这样的诗才具有诗意。因此陈衍的“三元说”和“诗人之诗和学人之诗合”的诗学主张归根结底是宗宋的诗学。正因为在评诗论诗宗宋倾向上，《石遗室诗话》及续编，所收录者主要是具有宋诗意味的诗人诗作，“仆前后两编《诗话》，嗣复合成一编，无虑三十万言，咸同以来诗

---

① 陈衍：《石遗室论诗文录》，钱仲联编：《陈衍诗论合集》，福州：福建人民出版社，1999年，第1076页。

② 同上，第1057页。

③ 同上。

家，殆亦十得八九矣。”[①]粗略统计，《石遗室诗话》评论闽籍同光派诗人，加上非闽籍在闽生活的同光派诗人，约达全书的四分之一左右。不仅如此，陈衍还高度品评同光派诗人的诗作，如称郑孝胥的诗作“沈挚之思，廉悍之笔，一时殆无与抗手。”[②]“郑海藏为近日清苍幽峭一派之魁垒，而沈曾植、陈散原实为生涩奥衍一派，而散原奇字，乙庵益以僻典，又少异焉，其全诗亦不尽然也。”[③]类似的品评不一而足。

汪辟疆的诗学主张在《光宣诗坛点将录》中光宣诗人与梁山好汉的比附对应之间得到显现。作为同光派的诗论家，汪辟疆最重的是宋人，尤其是黄、陈。陈三立的“宋江”地位即是由“双井风流谁得似，西江一脉此传薪”获得的。其他特为指出的有：陈宝琛“初学黄陈，后喜临川”；范当世作《中秋玩月》诗，而“苏黄至竟有渊源”；曾习经“由玉溪入手而能上穷明远、宣城，下揖黄陈”；沈曾植初学涪翁，后诵法梅宛陵，晚年出入杜、韩、梅、王、苏、黄间；左绍佐诗在昌黎、东坡间；杨曾荦诗学江西；俞明震诗在柳州、简斋之间；李刚已从涪翁直溯杜韩；夏敬观、姚永概同出梅宛陵；李宣龚诗似荆公、后山、嘉州；叶在琦诗从山谷、后山入；林纾晚学东坡、简斋；陈书用力于杜、白、苏、后山、诚斋诸家外，终寝馈于山谷；何振岱学放翁；周达兼得临川、后山、简斋之风；丘逢甲出入太白、子美、东坡、遗山间；吴保初诗劲婉似荆公；冒广生祈向后山；而罗（罗惇曧、罗敷庵）诗有东坡、后山之风；顾印愚宗玉溪、玉局；严复诗树骨浣花，取径介甫等，不一而足。学宋诗是同光派的理论基础，事实上汪辟疆虽然一直坚持江西诗派的主张，褒扬同光派，但也能兼容其他诗派的观点。他认为：“近人学宋诗多有参唐者，最好。”[④]张之洞很不满同光派，但汪辟疆认为张之洞的诗其实与同光派宗趣上无多大差别，只是张直溯杜甫，而同光派借径山谷罢了，“广雅精探流略，胸罗雅故，余事作诗人，故能才力雄富，士马精妍，比事属辞，归诸雅切，正与闽赣派诸家异曲同工也。”[⑤]汪辟疆也很喜广

① 陈衍：《石遗室诗话续编·叙》，张寅彭主编：《民国诗话丛编》第一册，第475页。
② 同上，第21页。
③ 同上，第48页。
④ 汪辟疆：《汪辟疆说近代诗》，上海：上海古籍出版社，2001年，第287页。
⑤ 汪辟疆：《近代诗派与地域》，《文艺丛刊》（南京）1935年2卷2期。

雅诗，用“淹雅闳博”来誉之。可见汪氏论诗并没有因宋废唐，汪氏论诗不仅并举唐宋，还扩大了诗歌师古的范围，致力于汉魏八代的王闿运被他推为诗坛旧头领，陈诗“敝精力于中晚”，得其首肯：“孰谓中晚不可为邪？”吴用威诗风神摇曳，被推许为新城（王渔洋）嗣响。汪氏对中晚唐诗歌推崇与陈衍“三元说”对唐“开元”、“元和”所代表的盛唐、中唐的推崇是有所区别的，而汪氏推举王闿运以及通过推许吴用威来肯定王渔洋，与陈衍对王闿运和王渔洋的否定态度截然相反。[①]陈衍主张“诗人之诗与学人之诗合”，那么他反对“主神韵”的王渔洋很好理解。陈衍反对王闿运，一则因为王闿运是宋诗派和同光派之间最大的诗家，要宣扬尊宋理论，必须予以清算；二则王闿运的影响力不小，当时诗人或曾信奉其诗说，如陈三立[②]，或坚持其理论，如陈锐，其诗坛地位不容低估。陈衍反对王闿运颇有与其一争诗坛霸主的嫌疑。当然陈衍之批评王闿运就不仅是领袖地之争，也含有正本清源的意思。清代宋诗运动的先驱翁方纲诸人曾经把学问强调到了不适当的程度，造成宋诗派的某些作品成为书本的展览，失去了诗歌本来的特色。因此陈衍说：“不先为诗人之诗，而径为学人之诗，往往终于学人，不到真诗人境界。盖学问有余，性情不足也。”因此陈衍只是把性情当作诗的起点，学问性情相济才显得圆通。但是王闿运推崇六朝诗，把性情提到应有的高度，正可以用来药治宋诗派过重学问之弊，沈曾植提出“三关说”[③]等有可能正是从这里得到的资源。值得注意的是汪辟疆作为同光派诗人，给予他诗学影响最大的不是陈衍，而是同光派诗人陈三立和陈宝琛，与二陈的长期交往，

---

① 陈衍：“王湘绮除《湘军志》外，诗文皆无可取。诗除一二可备他日诗乘资料外，馀皆落套。”黄曾樾：《陈石遗先生点艺录》，张寅彭主编：《民国诗话丛编》第一册，第703页。

② 当时尽管公认陈衍与陈三立齐名，但陈衍对陈三立的诗学评价却并不高，或者说：“陈散原文胜于诗”；或者说：“所谓高调者，音调响亮之谓也。如杜之‘风急天高‘是也。《散原精舍诗》则正与此相反。”（黄曾樾：《陈石遗先生谈艺录》，张寅彭主编：《民国诗话丛编》第一册，第703页。或许不无争领袖的意识，可以和其评价王闿运互参。）

③ 沈曾植和陈衍关于“三元”的异同，有着并不简单的思路。陈氏之说，所选择的学诗是从苏黄及江西诗派入手，经过韩愈，最后到达杜甫，或者反过来说，是诗歌由杜甫开始导引的必然之路，为宋诗和后来的宗宋提供了有力的理论根据。而沈曾植的诗学却并非宋调所能限制，陈衍在《石遗室诗话》（张寅彭主编：《民国诗话丛编》第一册，第354—355页。）中就指出他“以平原、康乐之骨采，写景纯、彭泽之思致”，和六朝深有渊源。沈曾植“三关”，指元嘉、元和、元祐这三个关键。后面的“两关”与陈衍的后“两元”相同，前一“关”则从开元上溯到了六朝的元嘉，到了陶渊明、谢灵运的时代。

使汪辟疆在潜移默化中接受了同光派的诗歌理论和创作主张。[①]而陈衍与陈三立、陈宝琛的诗学差异也必然反映在陈衍和汪辟疆之间。陈衍在《光宣诗坛点将录》被拟为“朱武”，“中年以诗名，顾非甚工。至说诗，则居然广大教主矣。朱武在山寨中，虽无十分本事，却精通阵法，广有谋略。”[②]在老辈的心目中，能说诗终不如能作诗重要，汪评不无微词。而汪对陈衍的态度不能不提到陈宝琛，他曾对汪辟疆说：“余诗随所止寓兴，不可更易。石遗辑师友诗及《近代诗钞》，余诗皆从木庵处瘝录。见诗题不具者，以意为之，颇乖余旨。”[③]暗示陈衍其实也并不总是内行，汪辟疆和陈宝琛深有渊源，汪氏对陈衍抱此看法应非无缘无故。同光派内部确实存在着派别差异，撇开一些外在的因素不说，仅从诗学上来看汪辟疆与陈衍的差异，只能说明陈衍与汪辟疆虽然都推崇宋诗，但两人又存在着诗学宗趣上的差异。然而尽管如此，汪氏在具体的诗学评论中难免不受其影响。江左派的金和，曾被人推为中国密尔顿、莎士比亚，但汪辟疆认为其虽然“才高体大，但其诗气尽韵竭，理不厚，意不深，即之心喜，味之索然。”[④]“初学读之，鲜不惊其瑰玮，按实以求，胥臣蒙马，内质全非，叶公好龙，伪体宜别。”[⑤]金和之诗当属诗人之诗，但汪辟疆认为其诗“理不厚，意不深，即之心喜，味之索然”，徒有气韵性情而无学问深度，初读悦人，久品无味，可见汪氏对金和诗歌的品评合乎陈衍“诗人之诗与学人之诗合”的诗学批评标准。综上所述，汪辟疆论诗遵从本派宗宋的诗学，且能兼容其他诗派的观点，他对陈衍颇有微词，那么论诗能抱兼容之法与其说是不囿于陈衍的“三元说”，还不如说他遵从了沈曾植提出的“三关说”，但到底是“三元”还是“三关”已不足论述，重要的是汪辟疆论诗终归是传承了同光派“变通之法和兼容之术”的诗学精神。汪氏《点将录》中推举主性情的王闿运，不反对重“神韵”的王渔洋，却又批驳仅为诗人之诗的金

---

① 胥明义、马卫中：《慧眼观诗照如镜——汪辟疆近代诗歌研究》，《苏州职业大学学报》2003年第2期。

② 汪辟疆：《光宣诗坛点将录》，张寅彭主编：《民国诗话丛编》第五册，上海：上海书店出版社，2002年，第325页。

③ 胥明义、马卫中：《慧眼观诗照如镜——汪辟疆与近代诗歌研究》中说陈衍《近代诗钞》完成时，陈衍选了比汪小10岁、成名较晚的林学衡的诗，而汪诗一首没选。时人还认为陈衍《近代诗钞》把福建同乡和与自己唱和的诗歌选录太多。《苏州市职业大学学报》2003年第2期。

④ 汪辟疆：《光宣诗坛点将录》，张寅彭主编：《民国诗话丛编》第五册，第346页。

⑤ 汪辟疆：《近代诗派与地域》，《文艺丛刊》（南京），1935年2卷2期。

和，前后看起来颇为矛盾。其实不然，汪不仅赞王闿运、王渔洋，还在《点将录》和《近代诗派与地域》同时对宗宋却能变化熔铸、自成体格的同光派诗作进行称赞，[①]原因就在于他主张一代有一代的文学，一代有一代的诗学批评标准，这仍然是其兼容开阔的诗学精神的体现。他否定金和的诗人之诗，就在于他承续了陈衍在新的时期提出的"诗人之诗与学人之诗合"的新的诗学批评标准，汪氏虽与陈衍有论诗上的差异，但并非完全反对，在《点将录》他将陈衍置于朱武的位置就在于肯定其论诗的谋略，作为同一派后辈诗论家，他的诗论必定会受到陈衍诗学的影响。

同光派诗人王礼培《小招隐馆谈艺录》在建构诗史的过程中表现了同光派重宋的诗学主张。《小招隐馆谈艺录》总共四卷，曾被称其为"早期中国文学史开山之作"。[②]论诗的重点在宋诗，王氏叙述了宋诗演变的历史概貌。它始于欧（欧阳修）、梅（梅圣俞），成于苏（轼）黄（黄庭坚），王安石则挺立其间，鼎足而三。王氏谈艺虽然尊"黄"，但并不偏重江西，对列名江西宗派图中的作家只论列了陈师道、韩驹、晁冲之，吕木中等人及学黄而不人于江西、下开江湖派的曾几。此外，评论了有小东坡之称的唐庚，对南宋则评述了尤杨陆范四家，而以刘克庄、四灵殿后，篇末附论了九僧。作为同光派诗人他不因尊宋而抑唐，他在《小招隐馆谈艺录·自序》中就表明了"不曲说以徇己，不凭虚以骋辩"论诗态度，《论唐代诗派》一卷对唐诗发展脉络的梳理以及对唐人在诗歌艺术创造上的高度成就尤其是盛唐人在古体、近体创作中所达到的高度完美的艺术境界的盛赞，都可显见王氏论诗坚守"唐宋并举"的诗学眼光，不仅如此，他还严厉批评主张"诗必盛唐"即把盛唐作为唯一的标准并据此否定和排斥北宋的明七子："其旨非汉魏六朝盛唐之诗不观，标榜门户，入主出奴，浮响虚弦，皮剥肤附，其于温柔敦厚之教，未始有闻也。"[③]然而王氏虽然推崇盛唐诗艺，但并不主张学习盛唐，他认为盛唐的艺术境界"未易可几"，"今人开口学杜，终身只

---

① 汪辟疆：《近代诗派与地域》以近代诗人学宋为例，指出他们。虽"取径宋贤"，但却在许多方面超越了宋人……近代诗人将诗人之诗与学人之诗完美结合，使诗歌达到了一种绝妙的境界。参见胥明义、马卫中：《慧眼观诗照如镜——汪辟疆与近代诗歌研究》，《苏州职业大学学报》2003年第2期。

② 郑伟章、姜亚沙：《湖湘近现代文献家通考》，长沙：岳麓书社，2007年，第197页。

③ 王礼培：《小招隐馆谈艺录（四）》，《船山学刊》1987年第2期，第109页。

得排场框廓，与嘉靖七子之喧豗，同一学盛，同一不得要领，何以诗教？”[①]与其从难以言传的“妙悟”去捕捉盛唐人“未易可几”的风格，还不如“从中唐入，途径易循，自易为功”，以渐悟而求艺术的奥秘。他主张诗艺之学习应从中唐入手。韩愈是中唐一位勇于创新、别开生面的诗人，几乎所有的宋诗大家，都在有意无意之间选择韩愈为师法对象，因此王氏用了一定的篇幅来论述韩愈，认为其“自辟径路，嶔其崭绝，驱驾气势于严重奥衍之中，恣为排傲，其才力足以弥绝群彦，文起八代之衰，诗亦毋绝攀附。”[②]“韩公之变化盛唐，是能以坦易纡徐换其高浑涵宏之境。”[③]王礼培对韩愈的重视与陈衍对杜甫、韩愈“变”的重视是一致的。由此可见王氏主张学习唐诗尤其对中唐诗歌的描述可见同光派“三元说”的旨趣。值得注意的是“三元说”蕴含创变的审美理想成为王礼培在论诗的过程中最基本的诗学主张，在论述唐诗发展渊源时他指出：汉以来，“五言为作诗之极功”，“浑阜渊穆，自成境界，别乎三百篇之旧”，而“唐贤境界，又别乎汉魏晋宋”，唐人“抽思本之三百，遣辞依乎汉魏晋宋，而又能自异，此唐人之所以为唐也。”“中唐之变化盛唐，是能以坦易纡徐换其高深涵宏之境”[④]有自己的特色，而诗歌发展到宋朝也不得不变，因“山川景物、天地氤缊，被唐贤吸收略尽”。[⑤]宋诗的可贵之处正在于学唐而能自异于唐，“苏出于白，而白无其趣。黄出于杜，而杜少其奥。是非牢笼万象，翕辟阴阳，智慧环生，糟粕已净，驱使古人而不泥于古人者，其孰能与于斯？”[⑥]总结诗歌发展时他也说：“盖夫诗者，民俗歌谣贞淫正变之所以出也。代兴之际，承〔踵〕（嬞）流风，浸渍时会，潜移默转。唐之承隋，宋之承唐。……”[⑦]由此可见王礼培论诗不仅承传了陈衍倡导的“三元说”，还将其所蕴含的创变精神诠释得更为细致和深入。

此外同光派“学问与性情”之辩同样在王氏《小招隐馆谈艺录》得其凸显。首先他对主情韵的司空图、尤其是王渔洋进行了尖锐的批评，“司空表圣

---

① 王礼培：《小招隐馆谈艺录（一）》，《船山学刊》1986年第1期，第122页。
② 同上。
③ 同上。
④ 同上。
⑤ 王礼培：《小招隐馆谈艺录（二）》，《船山学刊》1986年第2期，第119页。
⑥ 同上。
⑦ 王礼培：《小招隐馆谈艺录（四）》，《船山学刊》1987年第1期，第113页。

'不著一字，尽得风流'之旨为二十四品之一，岂可据以概作诗之全？且阮亭之旨，不过于声调求其圆适，以云神韵，十不一二。"[①]"七子从盛唐之面貌以求之，阮亭亦未能鞭辟近里，其于七子同而异、异而同者也。贻害诗教，自扶藩篱，亦诈而已矣，人攻七子，吾攻阮亭，彼不落边际之说，嘲弄风月可耳，语以清庙明堂之大、典章文物之盛则废矣。"[②]反对作诗只鼓吹神韵。指出今人作诗弊端时说："今人伏案拈管，便为眼前光景，意中字句纠缠，笔端若冻蝇投窗，挥之不去，其故何也？学识不充，胸次不超，鄙吝复生，势所必至。"[③]直陈反对作诗只道眼前物，而没有学问。批评宋初之诗"盖砌帖多则性情少，典故多而寄托废。"[④]主张诗歌有性情，不堆砌典故。由此可见王礼培论诗主张不废性情同时注重学问。而王氏关于性情与学问的诗学回答更在夸赞苏（轼）、黄（庭坚）、指出元祐时期宋人的特色时得到彰显："致力于典章国故之弘规，师友名臣之言论，仰观俯察，敷陈咏叹，是非得失之故，往往籍诗篇以发其端绪。贞淫正变，即由此出，不徒以寄慨芳草美人为托物起兴之辞也。所以别乎唐贤，而为宋贤，置之唐贤集中而不能拟似，舍是而言宋诗，区区较量景物，比别字句，夫岂宋人精神所系？……宋人以体量为形，以空灵为神。……故其于经史词典，只撷其精英，不以搜僻索隐为能。"[⑤]王氏认为元祐时期宋人作诗不徒以托物象起兴，而同时能借典章经史以寓理趣是其与唐人区别之所在，加之宋人作诗"以体量为形，以空灵为神"既重视诗歌的质实形貌，又注重气韵精神的空灵流动，引用典故也能恰到好处。王礼培对元祐时期苏、黄"情与理合一"宋诗之肯定足见其恪守"性情与学问合"的诗学主张，与陈衍关于"诗人之诗与学人之诗合"的诗学主张是一脉相承的。

同光派后起诗人夏敬观《忍古楼诗话》[⑥]、《学山诗话》[⑦]、《唐诗说》[⑧]

---

① 王礼培：《小招隐馆谈艺录（四）》，《船山学刊》1987年第2期，第112页。

② 同上。

③ 王礼培：《小招隐馆谈艺录（二）》，《船山学刊》1986年第2期，第120页。

④ 同上。

⑤ 同上。

⑥ 此书原分十一篇，连载于《青鹤》杂志第四卷各期，即在1935年至1937年间。

⑦ 本书据上海图书馆藏夏敬观《同声月刊》论著自订本校点。此本是由历年发表于《同声月刊》上之著作汇订而成，文中且有夏氏校改之墨迹。诗话原发表于《同声月刊》第一卷第三至第八号、第十号、十一号（均在1941年）。今据著者自订本首为刊行。

⑧ 1975年台北河洛图书出版社出版之夏敬观《唐诗说》，主要内容包括了《唐诗评》中评唐诗

三本诗话论著中，《唐诗说》包括《唐诗评》、《唐诗说（续）》、《八代诗评》等部分。《忍古楼诗话》中辑录了同光派诗人诸如华焯、杨昀、王聘三、诸宗元、李详、沈子培、罗掞东、黄秋岳、王允皙、俞明震、胡朝梁、陈弢庵、周树谟等大量的诗歌。粗略估计同光派诗人的诗歌占了诗话所录诗歌的百分之八十以上。夏敬观高度品评了同光派同仁及其诗作。例如品评华焯“其诗冷峻深刻，绝弃凡响，自成一家言。孤吟无侣，除二、三同里，罕与世接。世几不知吾乡僻间，有此足迹远屏、操行高洁之诗人也。”[①]“大凡诗之至者，深入须能浅出。生涩而语晦，藻密而意浅，以云学孟学韩，皆无是处。澜石未有此病也。”[②]“肯堂以文为诗，大都气盛言宜，如长江大河，一泻而下。滋蔓委屈，咸纳其间。”[③]王聘三“其诗沈著无凡响。”[④]称述罗掞东《江陈紫修事》五言一篇“叙事委屈尽致，以文为诗，集外遗珠，不无惋惜”[⑤]等等，夏敬观推崇同光派诗歌注重从宋诗“冷峻深刻”的风格、“以文为诗”的诗学手段等来作品评，可见夏氏论诗宗宋的倾向。如果说《忍古楼诗话》主要以辑录和品评同光派诗人的作品体现夏氏宗宋的诗学主张，那么《学山诗话》则以诗存史记录逸事风俗为主，诗话间或录入了袁爽秋、郑孝胥、陈伯严等同光诗人的诗歌，但都不过是为了录诗存人，诗学上的品评相对来说是比较少的。相形之下，《学山诗话》对张文襄诗作的高度评价是不同寻常的，“文襄此诗，纯学东坡，笔力矫健，百余年来，纱帽头诗，当首屈一指。”[⑥]张文襄作诗走的是一条糅合唐宋，采北宋欧阳修、苏轼、王安石诸家诗歌而出以唐人（主要是杜甫、韩愈）格调，和同光派由黄庭坚上溯杜甫、韩愈有着很大差异。夏氏对张文襄的高度品评以及《忍古楼诗话》、《学山诗话》收录品评了其他派

（承上码注⑧）人李、杜等八篇，《唐诗说（续）》即《唐诗概说》，论唐代109位诗人，《诗概诠说》即诠释刘熙载《诗概》之篇，另有三篇附录。其中《唐诗评》及《唐诗概说》，夏敬观曾以“玄修”之署名发表于1941年6月至1942年5月的《同声月刊》上。夏氏各本诗歌选注有长沙商务印书馆本、上海商务印书馆本、台北商务印书馆本。此外有曾克端纂集《梅宛陵诗评注》（台北：商务印书馆，1983年）；《八代诗评》载《同声月刊》第1卷第2号，1941年1月20日（署名“冬士”）。

① 夏敬观：《忍古楼诗话》，张寅彭主编：《民国诗话丛编》第三册，第4页。

② 同上，第4页。

③ 同上，第6页。

④ 同上，第8页。

⑤ 同上，第19页。

⑥ 夏敬观：《学山诗话》，张寅彭主编：《民国诗话丛编》第三册，第37页。

别诗人诸如易顺鼎、林琴南、康有为、林则徐、文云阁等的诗作，都可见夏敬观和陈衍等一样“唐宋诗并举”、“走变通之路，采兼容之法”。虽然在诗学的探索上我们并不否定陈衍在具体的诗学活动中有远比“三元说”更为广阔的诗学视野，例如他追溯“诗人之诗与学人之诗和”最好的诗学典范远在“三百篇”。但是陈衍虽然提出了“唐宋诗并重”的诗学观念，可重点仍在宋诗，诗话中对唐诗的推崇实在是很有限的，而对唐代诗人的推崇多指向杜甫、韩愈、白居易等诗作，李白等唐代重要诗人都不曾提及。抛开陈衍争占诗坛主盟而贬斥王闿运私心不论，陈衍对诗宗汉魏六朝的王闿运从诗学上的否定在于陈衍认为王氏摹古太过，才有“正惟其不能辨，不必其为湘绮之诗也”①、“王湘绮除《湘军志》外，诗文皆无可取。诗除一二可备他日诗乘资料外，余皆落套”②的论断。与陈衍不同的是，夏敬观在创作《忍古楼诗话》、《学山诗话》之即书写八篇唐诗说诸如《说杜》、《说李》、《说王孟韦柳》、《说韩》、《说孟》、《说元白》、《说李商隐》、《说韩偓》以评点诗话的方式重新论定唐代重要诗人的价值，《唐诗说》续篇集中对唐代百余诗人风格及价值作系列的论断。诗人的评说不仅清晰地展现了唐诗发展的轮廓，也真正体现了他唐宋并重的诗学主张以及其博大融通的论诗立场。就陈衍论诗向来少提及李白来说，夏敬观以《说李白》一章来专谈李白，较之陈衍对李白诗的忽视，夏氏之说实显示了他的独特性。不仅如此，夏敬观还在王湘绮《八代诗选》的基础上，作《八代诗评》，深入研讨汉魏六朝乐府古诗，他说王闿运的《八代诗选》“于汉魏诗研求功深，其言盖深有得于心者，非浮泛之评也。”③他还说“自近人专从唐宋人诗入手，乃有薄汉魏六朝为选体者，是欲矫明七子摹仿之弊，而数典忘祖也。不知明七子诗，正坐徒在形貌，则其学李杜者亦然，是不善学也。今人不知学，其弊与等明七子等。”④针对晚明竟陵派、晚清宋诗派之流弊发出这种批评，他一针见血地指出独宗唐宋，徒得形貌，都不是真正的“知学”、“善学”。善学者，必然如沈曾植所说“寻杜韩数骨之本”，溯

---

① 钱仲联编：《陈衍诗论合集》，福州：福建人民出版社，1999年，第886页。

② 黄曾樾：《陈石遗先生谈艺录》，张寅彭主编：《民国诗话丛编》第一册，第703页。

③ 夏敬观辑论：《八代诗评》，载《同声月刊》第一卷第二号，1941年1月20日，署名“冬士”，第14页。

④ 同上，第13页。

源汉魏，研习六朝，奠基既厚，方能发为高辞。由此可见同光派诗论家陈衍、汪辟疆、王礼培都在不同程度地奉行着同光派“走变通之路、采兼容之法”的诗学精神。然而他们的兼容之法仍是有限的，他们的诗学主张最终都倾旂于宋诗，而直到夏敬观才真正走上诗学的融合之路。正如有学者说：“夏敬观论诗实是合众家之长，他所关注的既有汉魏六朝乐府古诗，南朝新声，又有唐宋诸大家，既有专论汉魏六朝八代诗的《八代诗评》、专论唐诗的《唐诗说》……可以说夏敬观的诗学思想是兼容陈衍所说的‘同光体’二派的，并且形成了一种兼容贯通，平实通达的诗学审美理想。”[①]因此夏氏兼容贯通的诗学观不徒以体现在吉光片羽的品评中，更在于他的整个诗学体系体现了兼容开阔的诗学精神。

中国传统诗论发展到晚清，在一些基本的理论问题上，除了综合调和前人之说，几乎已提不出新的概念和思想。陈衍的诗论不仅是同光派的理论基础，而且由于他是一位重要的传统诗学思想理论家因而有条件有能力站在历史的高度对宋诗运动及整个清代的宗宋诗学做出一定程度的总结，三元说以及学人之言与诗人之言合是他理论中最有价值的部分。“三元说”[②]虽说为陈衍首创，但清代宗宋诗学始终围绕着杜韩苏旋转，其实就是对此特征的简明概括，陈衍关于学人之言与诗人之言合也带有总结的性质并有补偏救弊之意，学人之诗、诗人之诗及其关系是清代诗学一个贯穿始终的问题，清人这种审美追求到陈衍的“学人之言与诗人之言合”可以说是一个简明的概括，把宗宋诗派的理论有力地推进了一步。作为同光体诗派的魁首与理论家陈衍在近现代旧体诗坛的影响是巨大的。这种影响不仅体现在他的理论影响了一代诗风，在他的诗学主张的影响下，同光派从无到有，进而发展壮大，形成了20世纪成员众多、时间最长、影响最大的一个古典诗学流派。并且他的诗学主张直接影响了汪辟疆、王礼培、夏敬观等同光派后辈诗论家的传统诗学批评。汪辟疆、王礼培、夏敬观的诗学批评都不同程度抑或不同侧重地承续了陈衍“三元说”和“诗人之诗与

---

① 陈谊：《夏敬观诗学研究述论稿》，《夏敬观年谱》，合肥：黄山书社，2007年，第247页。

② 陈衍在《石遗室诗话》中提出了诗莫盛于“三元”的主张：余谓诗莫盛于“三元”，上元开元，中元元和，下元元祐也。君（沈曾植）谓三元皆外国探险家觅新世界、殖民政策，开埠头本领，故有“开天启疆域”云云。余言今人强分唐诗、宋诗，宋人皆推本唐人诗法，力破余地耳。”张寅彭主编：《民国诗话丛编》第一册，第21页。

学人之诗合”的宗宋诗学，同时将“三元说”所蕴含的创变、融汇精神渗透到各自的诗学体系的建构中，可以说汪辟疆、王礼培、夏敬观三者的诗学批评与陈衍的诗学批评有着不可分割的血肉关系，又有着其独到的变通。同光派诗学继承中有嬗变，这也可视为同光派诗论家对陈衍提出“三元说”诗学所蕴含的变通精神最好的诠释。

二、新文学诗学观念中的“同光派”资源

发生在1917年前后的新文学运动是中国文学史上的一件大事情，从此，文言慢慢地退出了文学领域，取而代之的是白话。这场轰轰烈烈的文学运动的兴起和发展有着多方面的原因，如外国文学的影响、报纸杂志的大量发行、新一代知识分子的知识结构等等。在新文学运动过程中，以胡适为首的文学革命健将们在散文方面反对的是被斥为“桐城谬种”的桐城派末流林纾和姚永概等人，在诗歌方面反对的是以陈三立和郑孝胥为首的同光派。1916年4月17日，胡适在《吾国文学三大病》中就说“吾国文学大病有三：一曰无病呻吟。哀声乃亡国之征，况无所为而作耶？二曰摹仿古人。文求似左史，诗求似李杜，词求似苏辛。不知古人作古，吾辈正须求新。……三曰言之无物。谀墓之文，赠送之诗，固无论矣。即其说理之文，上自韩退之《原道》，下至曾涤生《原才》，上下千年，求一墨翟庄周乃绝不可得。诗人则自唐以来，求如老杜《石壕吏》诸作，及白香山新乐府《秦中吟》诸篇，亦寥寥如凤毛麟角。晚近惟黄公度可称健者，余人如陈三立、郑孝胥，皆言之无物者也。文胜之弊，至于此极，文学之衰，此其总因矣。”稍后，在《文学改良刍议》中又说“昨见陈伯严先生一诗云：‘涛园抄杜句，半岁秃千毫。所得都成泪，相过问奏刀。万灵噤不下，此老仰弥高。胸腹回滋味，徐看薄命骚。’此大足代表今日‘第一流诗人’摹仿古人之心理也。其病根所在，在于以‘半岁秃千毫’之工夫作古人的抄胥奴婢，故有‘此老仰弥高’之叹。若能洒脱此种奴性，不作古人的诗，而惟作我自己的诗，则决不致如此失败矣。”[①]并宣布“与其作一个‘真

① 胡适：《文学改良刍议》，《胡适学术文集·新文学运动》，北京：中华书局，1998年，第22页。

诗'，走'大道'，学这个，学那个的陈伯严、郑苏龛，不如作一个实地试验，'旁逸斜出'，'舍大道而弗由'的胡适。"①直到他去世的1962年，还对秘书胡颂平说："你看完陈三立《散原诗集》吗？这里面没有一首诗使我感动的。"②可以说他对陈三立的态度一生未变。上述可见新文化运动的大将胡适是把同光派置于新文学运动的对立面来理解的，但同光派作为晚清民初影响最大的诗学派流，其对新文学诗学观念的影响却是有迹可循的。目前学界对晚清宋诗运动与现代白话诗的渊源关系已有所关注，笔者为了本书观点阐述的完整性，在此借目前学界研究成果略一述之。

1. 作诗如作文的理论主张

道、咸以降，占据文坛主导地位的是宋诗运动。不仅当时文坛的主要人物在文学主张上都倾向于效法宋诗，如程春海、何绍基、祁春圃、魏源、曾国藩、郑珍、莫友芝等，反对专事盛唐，强调学宋诗，特别是学黄庭坚；而且这一派的影响所及，差不多贯穿了整个晚清文学。③如前有程、何、曾领衔的"宋诗派"，后有陈三立、沈曾植、陈衍为代表的同光派诗人。即是说在"五四"新文学诞生之前，宋诗运动是文学领域中最具影响的文学思潮，而当时的中国诗坛正处在"宋诗"余波未尽的时代，据说当时人纷纷摹拟宋诗，甚至连杜甫都被斥为"颓唐"④，而胡适也说"最近几十年来，大家都爱谈宋诗，爱学宋诗"，⑤"这个时代之中，大多数的诗人都属于宋诗运动"。⑥胡适在日记中说自己自小学诗时，读的是白香山的东西。到美后，诗文方面读得最多的，是《王临川集》、《山谷诗》、黄黎洲《南雷诗历》等⑦。他在《白话文学史》、《逼上梁山》中他几次说到宋诗：其实所谓'宋诗'，只是作诗如说话而已。我认定了中国诗史上的趋势，由唐诗变到宋诗，无甚玄妙，只

---

① 胡适：《逼上梁山——文学革命的开始》，《胡适学术文集·新文学运动》，第212页。

② 胡适：《胡适诗话》，成都：四川文艺出版社，1991年，第651页。

③ 陈衍："道咸以来，何子贞（绍基）、祁春圃（寯藻）、魏默深（源）、曾涤生（国藩）、欧阳石间东（辂）、郑子尹（珍）、莫子思（友芝）诸老，始喜言宋诗。"陈衍：《石遗室诗话》，张寅彭主编：《民国诗话丛编》第一册，第18页。

④ 柳亚子：《胡寄尘诗序》引畏庐语。

⑤ 胡适：《北宋诗》，《国语文学史》，合肥：安徽教育出版社，2006年，第85页。

⑥ 欧阳哲生编：《胡适文集》第3卷，北京：北京大学出版社，1998年，第227页。

⑦ 杨扬：《晚清宋诗运动与"五四"新文学》，《天津社会科学》1998年第5期。

是作诗更近于作文，更近于说话……宋朝大诗人的绝对贡献，只是在于打破了六朝以来的声律束缚，努力造成一种近于说话的诗体。并且他直言不讳地承认——“我那时（指1915年）的主张颇受了读宋诗的影响，所以说‘要须作诗如作文’，又反对‘琢镂粉饰’的诗。”[①]在此胡适虽没有介绍选择阅读宋诗文的原因，但交代了其“作诗如作文”的思想来源，不难发现这是晚清文坛同光派推崇宋诗之风尚使然。在胡适的眼里宋诗是这样的：“依我看，宋诗的特别性质全在他的白话化。换句话说，宋人的诗的好处是用说话的口气来作诗；全在作诗如说话。”[②]那么胡适“作诗如作文”倡导浅显自然的白话诗似乎与同光派效法黄庭坚、梅尧臣、王安石诗歌创作上雕章琢句、翻新求奇、力图化神奇这一面大相径庭，事实上以陈三立、陈衍、沈曾植为代表的同光派诗人，论诗中都主张遵从自然情感。陈衍《石遗室诗话》卷八中说：“作诗文要有真实怀抱，真实道理，真实本领，非靠着一二灵活虚实字，可此可彼者，斡旋其间，便自诧能事也。”[③]在《近代诗钞·沈曾植》中，陈衍又说：“诗虽小道，然却是自己性情语言，且时时足以发明哲理。”[④]郑孝胥力主诗歌要平易畅达，他称颂江湜的诗“笔力精深语能浅，诗境尤难在逼真。”即便是以诗句“声涩奥衍”著称的陈三立，在“恶俗恶熟”的同时，还有追求自然平实的另一面。如在《陶渊明》一诗中，他称颂陶“此士不在世，饮酒竟谁省？想见咏荆轲，了了漉巾影。”[⑤]在《黄山谷》中，他又推崇黄诗“馋刻造化手，初不用意为。”[⑥]认为诗句的锤炼，终须以自然的面貌呈现。沈曾植作诗喜用僻典奇字，但也有字句极为平实的诗作，如《题赵吴兴〈鸥波亭图〉》、《简天琴》、《懊侬曲》，写得浅易平实、清言见骨。同光派诗人这些自然平和诗句，较多反映个人的日常生活感受，或体现他们对古往今来时事的感叹，如陈三立、沈曾植反映戊戌变法及外国列强危害中国的一些诗篇，不仅有强烈的现

---

① 姜义华编修：《胡适学术文集·新文学运动》，北京：中华书局，1998年，第198页。

② 欧阳哲生编：《胡适文集》第8卷，北京：北京大学出版社，1998年，第74页。

③ 王运熙主编：《中国文论选·近代卷（上）》，南京：江苏文艺出版社，1996年，第521—522页。

④ 钱仲联编校：《陈衍诗论合集》，福州：福建人民出版社，1999年，第900页。

⑤ 陈三立：《漫题豫章四贤像拓本·陶渊明》，陈衍编辑：《近代诗钞》，北京：商务印书馆，1923年，第997—998页

⑥ 同上，第998页。

实感，而且诗句也较为浅易。[①]由此可见晚清同光派的作诗理论以及在具体的诗学创作中同样是传承了宋诗“以文为诗”自然清浅的传统。至于同光派诗作多字句深涩枯冷，在于同光派诗人为纠专学盛唐之弊所导致内容空疏之文风的艺术探索。其实早在同光派之前，何绍基、郑珍、莫友芝等前辈清诗宋诗派诗人都强调学问对于文学创作的促进作用。而晚清宋诗派的代表同光派并没有人会反对诗歌必须表现情感的观点，但他们对一味注重性灵以致诗文内容空疏的文风持反对态度。因此在这样的情况下陈衍提出了“诗人之诗与学人之诗合”且偏重于“学人之诗”的诗学主张，推崇黄庭坚所说的“无一字无来历”，援引杜甫的“读书破万卷，下笔如有神”作为文学史的经验实在是一种积极求变的诗学态度，而同光派对学问入诗的强调与宋诗在“以文为诗”的同时又要求做到“用字必有来历，押韵必有出处”，尽显其“以才学入诗”之特色[②]无疑是一致的。由此来看，胡适强调宋诗“以文为诗”作诗原则，只是强调宋诗“以文入诗”以白话入诗这一方面，而没有看到宋诗的其他方面。胡先骕评价胡适“对于中外诗人之精髓，从未有深刻之研究，徒为肤浅之改革谈而已”[③]。而杨扬却认为“胡先骕的批评意见，倒是从反面说明了胡适在接受晚清宋诗运动的影响的同时，又有自己的发挥。”[④]回瞻胡适批评同光派的原因主要在于同光派诗作对古人的模仿和内容的空疏，胡适在这种情况下提出创作“作诗如说话”的白话诗也旨在纠正时弊，进行诗学上的探索和创新。事实上同光派取法宋诗，不能简单等同于复古运动，也是在复古名义下的变革，是对中国近代诗文新途的开掘。[⑤]同时也是对宋诗“以文为诗”的作诗原则所包含的创变精神的自觉传承。只是同光派与胡适等新文化人的差异就在于同光派对诗歌的探索基本上还是停留在传统诗文的范围内，他们的创变只是在传统范围内重新调整文化秩序，并没有从根本上摆脱复古的模式。而胡适等辈却能在中西文化的相互参照中来审视中国传统文化，提出变革的具体方案。然而虽然同

---

① 以上有关同光派诗人主张自然情感的资料均来自杨扬：《晚清宋诗运动与“五四”新文学》，《天津社会科学》1998年第5期。

② 葛兆光：《从宋诗到白话诗》，《文学评论》，1994年第4期。

③ 胡先骕：《评〈尝试集〉》，孙尚扬、郭兰芳编：《国故论衡——学衡派文化论著辑要》，北京：中国广播电视出版社，1995年，第293页。

④ 杨扬：《晚清宋诗运动与“五四”新文学》，《天津社会科学》1998年第5期。

⑤ 同上。

光派持守古典传统的立场使他们在理论认识上无法迸发出像胡适那样的“明明白白”的对于“作诗近于作文”、“近于说话”的重视和自觉，但他们传承与张扬宋诗的诗学传统及创变精神对胡适最终选择走“作诗如作文”道路、提出“一时代有一时代之文学”[①]的现代观念的影响却是深刻的。

2. 主知尚理的作诗原则

其实胡适拈出“作诗如作文”和“琢镂粉饰的诗”都在宋诗的范畴内，而后者是宋诗运动以来的主流，前者却是非主流。胡适强调前者而反对后者，是以非主流反抗主流文学的一个革新思路。因此以胡适为代表的初期白话诗人是新诗史上循着宋诗路径进行创作的最早一批诗人，他们不仅在同光派对宋诗的推崇声音传承宋诗传统开掘出中国新诗的荒蛮之路，同时延续着宋诗主知尚理的诗学生命。

新文学代表人物经过五四运动之后对待同光派的态度也趋于和缓。杨扬在其论文《晚清宋诗运动与“五四”新文学》对其进行了梳理，为了更为清楚地阐述，罗列如下：20年代，郑振铎在为《小说月报》编《中国文学研究》专时，收录了陈衍的《散体文正名》一文。商务印书馆自1915年邀陈衍在《东方杂志》续写诗话，一直刊发到第十八卷止，并于1929年出版《石遗室诗话》三十二卷本。30年代，胡适在《逼上梁山——文学革命的开始》与《〈中国新文学大系〉第一集导言》中，肯定宋诗运动所强调的“作诗如作文”的主张。朱自清在40年代发表的《什么是宋诗的精华》及《论雅俗共赏》中，肯定晚清宋诗运动“以俗为雅”的诗歌探索路径，认为值得新诗借鉴[②]。由此可见宋诗传统作为新诗资源的客观存在，其中也离不开同光派诗人对此的传承和强化。例如侯长生在其论文中认为同光派诗人大多接受了宋诗“以理为诗”的创作方式，但继承的同时他们不仅仅在诗中说“理”，更重要的是，他们强调诗歌的理趣。理趣诗不同于一般的哲理诗和“以议论为诗”，所强调的在一个趣字，

---

① 胡适说：文学，随时代而变迁者。一时代有一时代，因时进化，不能自止。（《文学改良刍议》，《新青年》第2卷第5号，1917年1月1日）居今日而言文学改良，当注重“历史的文学观念”。一言以蔽之曰：一时代有一时代之文学。此时代与彼时代之间，虽皆有承前启后之关系，而决不容完全抄袭；其完全抄袭者，决不成为真文学。愚惟深信此理，故以为古人已造古人之文学，今人当造今人之文学。（《历史的文学观念论》，《新青年》第3卷第3号，1917年5月1日。）

② 朱乔森编著：《朱自清全集》第3卷，南京：江苏教育出版社，1996年，第14、219页。

要求诗有理且有趣，否则就成了理学家之诗，只有理障而无理趣。而陈衍主张诗歌要能“时时发明哲理”就是着眼于理趣而言，在他看来，理趣是诗人的感情和智慧的结晶，而理趣诗则是由诗人的理性引发而来，它不是单纯的物理，事理，而是情、景、理三者结合而成。陈衍最欣赏的则是杨万里的理趣，在陈衍的诗作中，大半是模山范水之作，陈衍也多次强调自己是在从山水中体悟道理，他说：“然得自放于山颠水涯，则幼时之流连景光，览物玩华，意中有欲言而未能言者，将如获故物。”[①]强调了在自然山水中有独得之趣，“意中有欲言而未能言者，将如获故物”一句则有捕捉童心、反省物理之意。沈曾植论诗也重视诗之“理”，只是他所谓“诗独不可为见道因乎”？则点明了沈曾植的诗理与理学家的共同之处，都有将诗歌作为说理或见道的工具倾向。[②]与之相对应的是白话新诗作为新文化倡导人疗救人生、改造社会的文学武器，说理成为“这时期诗的一大特色。”[③]朱自清曾指出：“新诗的初期，说理是主调之一。新诗的开创人胡适之先生就提倡以诗说理。”[④]新文学运动另一健将陈独秀的诗作也是带有宋诗的风格，喜欢议论，表现哲理。今之学者杨景龙《主情、主知与主趣——诗论新诗发展史上的唐诗、宋诗和元曲路径》[⑤]更是将新文学时期主知的大多数诗人括囊其中，他说：“周作人、沈尹默、刘大白、陈衡哲、徐玉诺、朱自清等人都喜欢以诗言理，郭沫若、宗白华认为诗应当以‘哲理做骨子’，冰心也称她的《繁星》组诗不是诗，只是一些‘另碎的思想’。时至三四十年代，卞之琳、废名、林庚、金克木、徐迟、吴奔星等作品形成了中国新诗领域一脉不绝的主知传统，他们创作善于从日常琐碎的题材中提取‘意趣’、‘理趣’，传达只可意会难以言传的哲理玄思。徐迟在30年代就提出过‘放逐抒情’的口号，使诗不再以情动人而以思启人，来达到‘知性’的目的。40年代的九叶诗人群，对一向被奉为圭臬的‘诗是情感’的信条颇为不满，并对之进行了大胆的矫正。他们认为：‘诗只是激情流露的迷信必

① 陈步编：《陈石遗集》，福州：福建人民出版社，2001年，第44页。
② 侯长生：《同光体派的宋诗学》，复旦大学2007年博士论文，第61页。
③ 朱自清：《〈中国新文学大系〉诗集导言》，上海：良友图书印刷公司，1935年。
④ 朱自清：《诗与哲理》，《新诗杂话》，北京：三联书店，1984年，第23页。
⑤ 杨景龙：《主情、主知与主趣——诗论新诗发展史上的唐诗、宋诗和元曲路径》，《文学评论》2004年第6期。

须击破，没有一种理论危害比放纵感情更为厉害。’”[1]这些主知尚理的现代诗歌所透露出来的洗练清新之气、质实简洁之风无不与宋诗包括同光派诗作“议论”、“主理”、“瘦劲”、“奇僻”、“枯淡”的诗风遥相呼应。

传统如血脉流传，滋养着现实。如上所论，20世纪中国新诗“作诗如说话”、“主知尚理”的诗学原则与宋诗有着深刻的内在联系，新诗在与传统的语言形式断裂之后仍然可以纵向承传中国古典诗学的一脉血缘。在此，同光派曾作为新文学的对立面，其于晚清民初对宋诗诗学原则的践行以及对宋诗运动的大力提倡给予了新文学发起人及后来者无穷的诗学营养和精神储备，新诗因此沟通了深远的诗艺渊源，获得了更为宏大的诗学背景。新诗在不断吸收西方诗歌营养的同时，也在更深的层次上不断汲取来自纵向传统的滋养而发育成长。现代学者陈希曾说：“中国现代诗学产生的动力主要依据西方文化和诗学，但其中也借鉴了本土传统资源，古典诗学传统在反传统的现代性追求过程中成为积极甚至是至关重要的力量。”[2]而具体到宋诗传统，陈希说：“从晚清延续至民国的诗坛，宋诗派是影响最大、持续最长的坚守传统的艺术流派，其中同光体诗标志着整个近代学宋诗潮发展的最高峰，是古典诗歌艺术令人留恋的暮霭余晖。现代诗学的‘智性’并不完全等于‘说理’或‘理智’，与宋诗之理趣有一定的区别，但是宋诗‘以理为诗’还是与现代智性诗有相近的内涵，至少在审美方式上有相通之处——诉诸情感之外的范畴，而这种宋诗的东方因子对中国现代诗人选择西方‘智性’诗歌还是或多或少发生了作用，这种作用更多的是以‘集体无意识’形态和隐形方式间接呈现出来的。”[3]由此可见，同光派作为传统诗学流派，其于西学东渐的晚清、民国时期张扬宋诗传统的诗学活动理应受到重视。

随着清朝政府的轰然坍塌中国传统文化赖以生存的载体已不复存在，这在视传统文化为生命的旧体诗人和诗学批评家是绝对不能接受的，传统文化是他们终其一生也不会改变的信仰，是他们附和在封建体制之上的精神食粮。因此

---

① 杨景龙：《主情、主知与主趣——诗论新诗发展史上的唐诗、宋诗和元曲路径》，《文学评论》2004年第6期。

② 陈希：《中国现代诗学范畴》，广州：中山大学出版社，2009年，第49页。

③ 同上，第220页。

在新旧驳杂、喧嚣异常的大舞台幕后，依旧有一批旧派文人恪守着中国古典诗歌创作传统，把毕生的精力致力于旧体诗歌创作，仍旧有一批传统诗论家者执着地探索古典诗学理论，对传统诗学进行总结。而20世纪旧体诗话作为诗论家孜孜以求以蕴蓄其深厚文化内涵的传统诗学大厦，同光派为其搭建、建成所起的作用就显得举足轻重了。首先陈衍作为同光派的魁首，是他在20世纪初期创作他创作出规模、影响最大传统诗学论著《石遗室诗话》及续编，提出“三元说”、“诗人之诗和学人之诗合”、“诗患浅俗”、“主张真情实感”、“追求一种清瘦苍劲的美学风范”等等诗学主张，致力于传统诗学的构建，自信地承担起挽救民族文化传统的重任，不仅如此他的诗学精神还引领了后辈同光同仁，汪辟疆、王礼培、夏敬观等也在进行着古典诗学的总结，而这种诗学体系的构建中不仅继承了陈衍的诗学主张还对其有更为深入的理解，值得一提是汪辟疆《光宣诗坛点将录》别致的品评方式以及对当下诗人的品评更是加强了同光派在民国诗坛的影响力。而夏敬观《忍古楼诗话》更在有意品评陈衍《石遗室诗话》中没有提到的同光诗人如华焯等，可说是对《石遗室诗话》的补充。更为重要的是陈衍和同光派的代表诗人郑孝胥、陈三立等苦心经营着这一流派的诗体创作，追求清苍幽峭、生涩奥衍的诗歌风格，力求在形式上另辟蹊径，把诗歌创作推向一个新的高度，凄美而又壮烈地展示了中国古典诗歌最后的辉煌。而恰巧正是同光派在西学盛行的20世纪对宋诗传统的践行和倡导极大地影响了新体诗人对宋诗的关注和对宋诗创作原则和创变精神的传承，新文学中“作诗如说话”、“主知尚理”的诗学观念都与宋诗“以文为诗”、“以理入诗”的观念有着一脉相承的亲缘关系，20世纪新文学的同光派本土资源因此得以关注。有学者说：“‘芳林新叶催陈叶，流水前波让后波’，一时代有一时代的文学，文学有其自身演变规律，同光派最终退出诗坛是历史的必然，这是无法逆转的客观事实。”[①]但同光派作为中国历史上最后一个退出诗坛的古典诗歌流派，其诗歌创作、诗学理论均在当时的新、旧派文人中产生过不小的影响。而到1937年陈衍去世，号称“神州袖手人”的陈三立在日寇侵占北平后绝食而亡，第二年郑孝胥也病逝，同光派的影响才逐渐销声匿迹。然而尽管曾风华一时的同光派最终被滚滚而来的时代潮流所吞没，但同光派构建传统诗学以

---

① 周晋华：《同光体诗人的荒寒之路》，《邢台学院学报》2010年第3期。

及同光派张扬的宋诗运动对新诗创作的种种启发却浓墨重彩地实现了其生命的辉煌和永恒。因此，虽然同光派被胡适等新文化倡导人视为顽固派加以否认，然同光派在当人们试图突破单一的研究视野而重新审视宋诗运动留下的文学史影响以及新文学运动对这种影响的接纳时，同光派在西学东渐中的古典诗学建构以及其巨大的诗学影响作为可以真实触摸的传统文化资源存在是不可忽略的。

第二章 西学东渐中的南社诗话

南社和同光派同为晚清民国诗坛上的两大学术流派，当同光派陈衍以《石遗室诗话》、汪国垣以《光宣诗坛点将录》等为其派扬名振声、扩大影响之时，南社诗话作家也不甘示弱，为鼓吹革命，他们曾大量创作诗话，据不完全统计，现存“南社诗话”多达40多部。①遗憾的是诸多“南社诗话”只存诗话名目难以查找，本书仅凭据有限的资料如高旭《愿无尽庐诗话》，周实《无尽庵诗话》，曼昭《南社诗话》，胡朴安《南社诗话》，胡怀琛《海天诗话》，姚锡钧《储玉尺楼诗话》，傅熊湘《说诗一昔话》、《钝安脞录》，闻宥《悃簃诗话》，废雅《说诗一昔话》，高君定《致爽轩诗话》，林庚白《孑楼诗词话》、《丽白楼诗话》和胡怀琛《海天诗话》，朱剑芒《南社诗话》，等等，南社诗话中唐宋诗学之争及其革命倾向简要述之。

一、南社诗话唐宋诗学之争

“唐宋诗之争”是中国文学史与中国文学批评史上一大公案，延续了近千年。而民国初期南社诗话中唐宋诗学之争的现象，实际上是传统诗学在现代中国的最后一次论战。随着白话运动的兴起，唐宋之争也逐渐为文人所摒弃。让

---

① 南社诗话：柳亚子《魔剑室诗话》，谈文红《海盐诗话》，陈栩《栩园诗话》，陈闳慧《剑庐诗话》，戚牧《绿衫野屋诗话》，高旭《愿无尽庐诗话》，周实《无尽庵诗话》，奚囊《逢云小阁诗话》，胡蕴《半兰旧庐诗话》，姚锡钧《止观室诗话》，庞独笑《灵蕤阁诗话》，庄先识《庄庄诗话》，朱慕家《南社诗话》、《新新诗话》，方廷楷《习静斋诗话》，胡韫玉《南社诗话》，胡怀琛《海天诗话》、《萨坡赛路诗话》，等等。蔡镇楚：《诗话学》，长沙：湖南教育出版社，1990年，第165页。

人深思的在南社诗话所展现的这场唐宋诗学之争中，同光派的身影一直影影绰绰闪现其中。

南社诗话内部的唐宋诗学之争最初的导火线即为柳亚子于1912年2月27日在《民声日报》上指责同光派诗人郑孝胥、陈三立“貌饰清流，中怀贪鄙，吐言成章，少苍凉遒上之音，私以艰深自文浅陋，遂提倡所谓江西诗派者。”1912年3月，高旭发表《愿无尽庐诗话》，他并没有对柳亚子批评郑、陈二人做出正面的反应，他只是在谈到高燮之诗以为“时若叔诗雅近宋贤，与郑苏堪尤相类，取境虽未高，而几经洗伐，始成佳构，亦煞费苦心也。”①高燮是南社的核心人物，高旭认为他的作品与郑孝胥相类似，可见他对郑孝胥等同光派诗歌并无恶感。事实上《愿无尽庐诗话》作者高旭，南社元老之一，且年长柳亚子十岁，论诗不废宋人。他曾说：“作诗不可不学古人，亦不可太学古人。宋明以来，学杜者众矣，然多得其皮骨，能得杜之神髓者，六人而已，退之、义山、子瞻、鲁直、半山、放翁是也。以其虽学杜而仍有己之本色，己之气概；若并此而无之，则即为伪诗人而已，又何贵者！故余谓不可太学古人。……作诗用书卷则深厚，不用则单薄，然不善用书卷者，反致意为词累。如王荆公诗，纯用白描，不使典故，弥觉遒劲清真，可知文字不专以富丽为工矣。”②柳亚子对陈、郑的诘难很快引起了南社诗人且又是陈三立的诗弟子姚锡钧的不满，1912年4月24日姚锡钧在《太平洋报》上发表《论诗绝句二十首》，对同光派代表诗人如范肯堂、郑孝胥、陈三立等人多有褒扬。③1914年，柳亚子发表《论诗六绝句》，批评同光派与其他学古诗派，矛盾开始激化，他说：“郑、陈枯寂无生趣，樊、易淫哇乱正声。一笑嗣宗广武语：而今竖子尽成名。”④南社的另一位诗人王德钟则更严厉地批判同光派诗人的诗作是“孔雀有文，

---

① 《天铎报》1912年3月21日。

② 高旭：《愿无尽庐诗话》，《高旭集》，北京：社会科学文献出版社，2003年，第542页。

③ 大苏奔放黄九炼，并为斯人风骨健。丰城龙剑折磨多，销尽锋铦犹作气。（通州范伯子肯堂）。佶屈微达袁伯业，五言疏隽转劲绝。齐名龙剑当日非等伦，老子韩非讵相契。（桐庐袁爽秋昶）。海内宫商有正声，瓣香谁为拜诗盟？庾郎生被清流误，竟使微云点太清。（郑海藏孝胥）。螺洲高隐文章伯，八俊风流硕果存。欲识致光魏阙意，金銮一记最消魂。（侯官陈伯潜宝琛）早年风概越公儿，晚岁津梁老导师。地下抚宁应张目，剩将大句作雄奇。（义宁陈伯严三立）。姚锡钧：《论诗绝句二十首》，《太平洋报》1912年4月24日。

④ 柳亚子：《论诗绝句二十首》，转引自杨天石、王学庄编著：《南社史长编》，北京：中国人民大学出版社，1995年，第380页。

不掩其毒。”[①]柳亚子此次对同光派的责难引起了姚锡钧的更为强烈的不满，1916年姚锡钧在《民国日报》连载《储玉尺楼诗话》，继续称赞同光派诗人，“同光而后，北宋之说昌，健者多为闽士，如海藏、石遗、听水诸家，以及义宁陈散原。其人生平可以勿论，独论其诗，则皆不失为一代作者矣！”[②]盛赞郑孝胥、陈衍、陈宝琛以及赣派诗人陈三立。驳斥吴虞对陈三立诗的批评：“成都吴又陵邮示所著《秋水集》一卷。又陵诗宗中晚唐，论诗不主西江，尤诋今之为宋诗者，颇与亚子同调，而与余意微相左。然其诗故清超绵丽，‘尽脱恒蹊也。……又陵又有《题散原精舍诗后》云：‘宗派西江几废兴，诗流标榜信难凭。玉珧终恨生风病，浪拟涪翁恐未能。’此议伯严诗亦有是处，而未尽然。伯严诗高者沉雄恣肆，殆摩昌黎之垒，而少变其蹊径；惟微病琐碎，则过于好奇之病耳。”[③]认为吴对陈氏的评价过于严厉。其间傅熊湘《说诗一昔话》（1916年8月8日）分析陈三立的诗：“七律莫盛于唐，宋代继之，遂开新响。山谷，其一大宗也，近人惟陈散原能为之。然散原之诗，固不能尽以山谷限。今海内号为宋诗者，大抵幕绘散原，非真宋诗也。尝谓学宋诗有三道，一曰重，二曰拙，三曰大。重处易见，拙处难知，至于大，则非充实光辉莫能企也。散原诗颇能尽大字之妙，而不甘用拙，故时有装头作脚之嫌。柳亚子论诗，有‘郑陈枯寂无生趣’之语，余意散原运思至苦，每有所作，必搜冥剔幽而出之，顾才不足称，不能为讳也。若郑之《海藏楼》，则刍狗矣。亚子《论诗六绝句》，于湘绮、郑、陈、樊、易及当代诸人，一笔抹倒，而独推闻人林述庵。亚子倡唐诗者也，以海内竞尚陈散原，且山谷而不讲，安望少陵？亚子宗唐之说益孤掌矣!”[④]在此傅熊湘全面中肯地分析陈三立诗歌的特点，明确反对柳亚子对郑、陈等诗人的全盘否定。而在《钝安脞录》中傅熊湘称赞同光派诗人俞明震七律极多佳构，其深至者，几不让散原独步。[⑤]在此需要补充的是比柳亚子稍后的胡适因提倡新诗固然把陈郑等人的诗歌作为靶子，但他认为，

---

① 王德钟：《静春堂诗集序》，《南社》第二十集，1917年7月。

② 湘君：《储玉尺楼诗话》，《民国日报》1916年1月26日，转引自杨天石、王学庄编著：《南社史长编》，第412页。

③ 同上，第437页。

④ 废雅：《说诗一昔话》，《长沙日报》1916年8月8日—9日。转引自杨天石、王学庄编著：《南社史长编》，第426页。

⑤ 傅熊湘：《钝安脞录》第2卷，铅印本，长沙鸿飞印刷局，民国二十年（1931年），第22页。

柳亚子等人的诗歌在艺术上还不如陈郑诸人的诗歌。1916年10月1日，《新青年》上发表了胡适致陈独秀的信：“尝谓今之文学之腐败极矣：其下焉者，能押韵而已矣。稍进，如南社诸人，夸而无实，滥而不精，浮夸淫琐，几无足称者（南社中间亦有佳作。此所讥评，就其大概言之耳）。更进，如樊樊山陈伯严郑苏堪之流，视南社为高矣，然其诗皆规摹古人，以能神似某人某人为至高目的，极其所至，亦不过为文学界添几件赝鼎耳，文学云乎哉！”[①]胡适对南社诗歌的不屑，深深刺痛了年轻气盛的柳亚子，他在1917年4月23日致书杨铨时说“胡适自命新人，其谓南社不及郑陈，则犹是资格论人之积习。南社虽程度不齐，岂竟无一人能摩陈郑之垒而夺其鳌弧者耶？”[②]胡适当时是留学美国的年轻学生，柳亚子想不到自己竟和同光派这些遗老被相提并论，尤其不能容忍的是在留学生眼中南社竟然逊色于同光派。胡适等新文学因素的介入，使得论战局势陷入更为复杂的局面。

在南社内部关于宗唐宗宋的激烈交锋期间，南社诗人蒋箸超在《民权素》刊夫须《夫须诗话》，南村（杨达均）《摅怀斋诗话》。夫须赞郑孝胥、范肯堂：“郑太夷京卿孝胥《海藏楼诗》，茹藻而不露，敛才而不放；精能之至，乃见平澹；萧寥高旷，一语百折。唐之姚武功、宋之陈去非，往往有此意境。同时通州范无错明经当世，亦主张宋人者，思想笔力，亦复空世所有。然以较海藏，则犹不逮。无他，一则极其才思而才思极，一则不极其才思而才思亦自无不极也。”[③]称“海藏楼诗风骨高绝，一篇之中，往往无精语可见，而气韵自尔不凡，此最难到。其诗作《微月》、《盟鸥榭雨夜独坐》、《霜夜》《望月怀沈子培》、《入山》、《待月》为最足指日。”[④]南村（杨达均）高度评价袁爽秋：“文学治行，一时无两。庚子之役，以抗疏劾端刚被戮，闻者惜之。张香涛为诗吊之，情文并茂。诗曰：‘七国联兵竟叩关，知君却敌补青天。千秋人痛晁家令，曾为君王策万全。’‘民言吴守治无双，士道文翁教此邦。黔首青衿各私祭，年年万泪咽中江。’‘西江魔派不堪吟，北宋新奇是雅

① 胡适：《致陈独秀》，姜义华编：《胡适学术文集·新文学运动》，北京：中华书局，1998年，第16页。

② 柳亚子：《与杨杏佛论文学书》，《民国日报》1917年4月27日。

③ 蒋抱玄辑，夫须：《民权素诗话·夫须诗话》，张寅彭主编：《民国诗话丛编》第五册，上海：上海书店出版社，2002年，第207—208页。

④ 同上，第208页。

音。双井半山君一手，伤哉斜日《广陵》琴。’”[①]并录他人挽诗以示对袁爽秋逝去的哀痛。赞陈三立：“近时名辈，讲求作诗者，多学宋人黄山谷、梅宛陵一派，力矫平弱浮浅之习，可谓知所务矣。惟学识不富，才力不敌，多有寒俭枯涩之病。惟义宁陈伯严所著《散原精舍诗》，傀丽奇特，足以自成一家，阅之可以知诸家造诣之深浅。”[②]南村首先认为同光派诗人学黄、梅为时务俊杰，其诗可矫平弱肤浅之习俗，但学问不足，多有寒俭枯涩之病。肯定中有批评，然作者笔锋又一转惟推举陈散原诗作：“散原各体诗，其胜人处在有轮囷郁勃之气，行乎其间，非筋缓脉弱者所能学步。然其造句链字之法，亦异常新警，多为前人所未道过。”[③]可见其对散原诗歌的喜爱。夫须和南村都是从艺术上肯定同光派诗人，而且南村肯定同光派之时也指出同光派的缺点，并不盲从同光派。《民权素》刊物作为民初大型综合性文学杂志，代表了民初的文学思想主流，蒋箸超作为南社诗人同时又作为《民权素》刊物的主编，他刊载《夫须诗话》和南村《摅怀斋诗话》亦即可以看作是对南社内部唐宋之争的回应。

1917年6月24日闻宥在《民国日报》发表《恤簃诗话》，其对同光派的维护以及对柳亚子等的嘲讽引来了双方更为激烈的言语交锋。《恤簃诗话》引录郑孝胥未刊诗六首，赞誉其为“清神独往，一扫凡秽，零金片玉，诚可珍也。”[④]他认为柳亚子等批评同光体乃是“一二有志之流，所作抗然有幽并气，特质美未学，目空一切，西江诸集，咸加诋諆，坐是复不免有执蝘蜓以嘲龟龙之诮矣。”[⑤]1917年6月28日至29日，柳亚子发表文章，激烈批评了闻宥等人对同光派的鼓吹，他说：“国事至清季而极坏，诗学亦至清季而极衰。郑、陈诸家，名为学宋，实则所谓同光派，盖亡国之音也，民国肇兴，正宜博综今古，创为堂皇矞丽之作，黄钟大吕，朗然有开国气象，何得比附妖孽，自陷于万劫不复耶！其罪当与提倡复辟者同科矣！……政治坏于白洋派，诗学坏于西江派。欲‘中华民国’之政治上轨道，非扫尽北洋派不可；欲‘中华民国’之

---

① 蒋抱玄辑，南村：《民权素诗话·摅怀斋诗话》，张寅彭主编：《民国诗话丛编》第五册，第226页。

② 同上，第230—231页。

③ 同上，第231页。

④ 《民国日报》1917年6月9日。

⑤ 《民国日报》1917年6月24日。

诗学有价值，非扫尽西江派不可。反对吾言者，皆所谓乡愿也。”（《民国日报》1917年6月28日—29日）柳亚子此文，标志着唐宋诗之争的升级。将同光派斥为“亡国之音”、“妖孽”，表明论争已超出一般意义的诗学论争而演变为人身攻击。其后南社内部宗唐宗宋两派纷纷发表文章，各不示弱，双方责难愈演愈烈，参与的人越来越多，双方势同水火。直到1917年10月17日，柳再次当选为南社主任后，双方虽还在相互反驳，但开始慢慢地偃息旗鼓。1917年12月9日，南社诗人高君定发表《致爽轩诗话》明确指出南社耆宿高燮诗风受陈三立影响：“叔父吹万先生于古文学最深，所著《吹万楼文存》，兼有湘乡、柏枧之长，诗似甘亭，尤似梅村，近乃稍为伯严。有《吊庞檗子即题其诗词遗稿》云：‘沉吟郁处笺愁地，历劫频年厌世人。自吐孤怀入绵邈，独携奇泪动凄辛。低徊每觉情无尽，俯仰谁怜迹已陈。欲向灵岩问樵唱，残阳莽莽下城闉。’其《散原精舍集》中语也。”[①]高燮是南社的创始人之一，其言论具有相当的影响力，他早在唐宋之争最激烈的时候即1917年10月2日发表《与蔡哲夫书》（一）（《中华新报》，1917年10月2日）批评柳亚子，如果说之前反柳的言论均来自一些不太重要的南社成员，此不啻于一颗重磅炸弹，其观点也标志着南社核心层的分裂。

值得提出的是南社内部，也有相当一部分人主张宗唐宗宋毕竟只是文学宗趣的不同，彼此之间无须剑拔弩张。1917年8月4日胡朴安于《民国日报》发表《与柳亚子书》支持柳对同光派的批评，但劝他不必过于计较：“江西派之宋诗，纵佳句，必经几许做作。如剪彩为花，终乏真意。清之季年，陈、郑之徒，专为此体，窥其用心，亦以避熟趋生，借以见长耳。此风一播，人争趋之。夫衣裳剑佩之中，偶来一黄冠草履者，人或以为异；若尽黄其冠，草其履，将厌弃之不暇，奚暇异之！足下大声挞伐，具有同心；继而思之，亦可谓多事矣。某之诗，仆从未过目，雅不欲论。语云誉我者我之友，毁我者亦我之友。既非相知之雅，并无一面之缘，誉固无从誉，毁亦无从毁，非仅仆不欲毁，亦愿足下不必毁之也。骂蝇之文，讨蚤之檄，终是游戏，一经认真，未免过于重视。明珠弹雀，昔人所讥。仆爱足下，敢以此规。”“夫衣裳剑佩之中，偶来一黄冠草履者，人或以为异；若尽黄其冠，草其履，将厌弃之不暇，

---

① 高君定：《致爽轩诗话》，《民国日报》1917年12月9日。

奚暇异之！”文坛流派的兴衰交替，自有其演变的规律，胡朴安的观点可以代表相当一部分诗人的见解。

事实上上述南社诗话所反映的南社内部的论战，不仅是一场诗学论争，更是宗唐与宗宋派及其背后所代表的政治势力和文化影响的相互角力。[①]柳亚子曾在《我与朱鸳雏的公案》一文中毫不隐讳地说：“我呢，对于宋诗本身，本来没有什么仇怨，我就是不满意于满清的一切，尤其是一般亡国大夫的遗老们。……在《南社》第五集上替胡寄尘兄作诗集叙，已在痛骂同光体的元老了。”[②]从柳的自白中可见柳亚子倡导唐诗、反对一切学宋诗的人尤其反对同光派诗人是出于政治原因而非文学的原因，也由此可见1917年发生在南社内部的唐宋诗之争，其实是南社与同光派的唐宋之争到了已不再是艺术趣尚上的分歧，而被涂抹上了浓浓的政治色调。而其实身份的不同注定南社、同光派在政治上的不同选择。南社成员在晚清大多未博取功名，这与同光派诗人多是科举出生不同。同光派诗人大多为清朝遗老，流寓上海，结社（如超社、汐社）吟诗、文酒唱和成为他们远离现实、麻醉自我心灵、消闲排遣和怡情适性的方式，名士风雅掩盖着他们内心深处复辟怀旧之思。钱仲联曾这样评说同光派诗人：“除少数曾参加维新运动以外，不少人都是封建统治阶级的高级官吏和封建文人，在近代尖锐复杂的政治斗争中，思想保守，有的清亡后以遗老自命，有的在政治上堕落成为人们所不齿的反动派”（《近代诗坛鸟瞰》）。其实，同光派中只有少数人趟进了复辟的浑水，陈三立、陈衍等同光派领袖则选择了远离政治的风波，陈三立拒任日本伪职而绝食死，是有民族气节的诗人。而同光派诗人的诗作，也有不少是用来抒写忧国伤时、牢骚不平的情怀，其中不少揭露清王朝腐朽无能的诗作，恰可称为变风变雅之作。但同光派遗民的身份注定与肩负着推翻旧朝并于民主共和国寄予无限希望的南社在政治立场上几乎势如水火。柳亚子为其社员胡怀琛诗作序时盛赞林纾早期的尊唐主张，指斥同光派诗人效忠清政府，声称：“余与同人倡南社，思振唐音以斥伧楚，而

① 李德强：《唐宋诗之争：南社文人群关于报刊诗话的最后诗学论争》，《北京工业大学学报（社会科学版）》2012年第6期。

② 柳亚子：《我与朱鸳雏的公案》，柳无忌编：《柳亚子文集·南社纪略》，上海：上海人民出版社，1983年，第149页。按：柳亚子的这篇文章是我们研究同光派与南社关系的重要材料，因为他1917年是南社内部分裂的重要当事人，但毕竟是二十年以后的回忆文章，出现一些记忆上的失误在所难免，如柳说，朱锡钧骂他“执蝘蜓以嘲龟龙片”，实际上，这话是闻宥说的。

尤重布衣之士，以为不事王侯，高尚其志，非肉食者所敢望”（《胡寄尘诗序》）[①]，“伧楚”应指同时各种与南社对立的论调以及一些诗风萎靡的旧文学流派。因思想上极力鼓吹革命柳亚子势必与胜朝遗老同光派反其道而行之。再说同光派诗作虽然艺术上多是借鉴杜少陵、韩昌黎、黄山谷，注重句法句式字法，精心刻意求工，然而其末流面临时代的巨变，他们逃避现实，诗歌追求“荒寒”之境，刻意模拟宋诗技巧，反浅俗，主张写诗不作“人人能道语”和“人人所喜语”，把诗歌衍变为玄奥的拗句僻典。因而同光派后辈诗作钩章棘句、僻涩聱牙弊端使得政治上反对同光派的柳亚子提倡唐音，欲以盛唐大气磅礴之气来扫除诗坛刻意雕琢炼字之习，一场来自南社和同光派之间的争斗一触即发。然而南社与同光派诗人之间的斗争却没有引起这两大诗派的直接交锋，反而引起了南社内部关于如何评价“同光体”及其同光派诗人的激烈争论，导致南社内部产生了巨大的分歧，并最终以南社解体、同光派不战而胜但终究落下恶名而拉上历史帷幕。而南社内部之所以因同光派而引起唐宋之争，就在于南社作为革命的诗社不是以探讨诗艺为目的、因艺术趣尚相近而结社的社团，况且南社诗人最盛时有上千人，也不可能要求有划一的艺术趣旨。而在南社成立前后，正是新旧文学斗争最为激烈的时期。此时，“同光体”诗风依旧笼罩着诗坛，他们广树坛坫，标榜声华，一部分南社诗人自不免受其影响，在诗学宗趣和诗歌创作倾向上表现出明显的宗宋倾向。那么柳亚子南社诗人等因政治的原因而全盘否定同光派，势必引起他们的不满，一场在南社内部没有硝烟的唇舌之战剑拔弩张。

随着南社的分裂和新诗以绝对的优势占领了诗坛的显赫地位之后，新旧体诗走过了水火不容的对峙期而逐渐走到可以并存的阶段，类似于柳亚子从政治的角度对同光派的尖锐批评已不复存在，南社内部唐宋之争的文化背景变成了永久逝去的光景。这诚如有学者总结：“南社的这次诗学论争，在一定程度上真正打开了论诗的眼光。姚光当选为南社主人之后，即坚决反对‘斤斤于唐宋之辩’（《紫云楼诗集序》），而是强调‘作诗不分唐宋，独写情怀真性灵’（《论诗》）的诗学思路，对以后的报刊诗话产生了重要影响。”[②]走过水火

① 胡迎建、朱玉华：《论南社与同光派》，《南京理工大学学报（社会科学版）》2003年第2期。

② 李德强：《唐宋诗之争：南社文人群关于报刊诗话的最后诗学论争》，《北京工业大学学报》（社会科学版）2012年第6期。

不容的对峙期，南社诗人已经开始用理性的诗学态度总结南社内部的这场唐宋之争，并对同光派诗学创作做出较为公正的批评。

胡朴安创作于20世纪30年代前后的《南社诗话》对1917年南社内部的唐宋之争做出了极其冷静的总结，他说“以上对于唐诗宋诗之议论，是余日后偶有所感而记者，并非当日加入战争之文章。”[①]在诗话中胡朴安简要回顾了自己因柳亚子反对南社诗人朱鸳雏喜学宋诗而与柳的书信往来后指出柳亚子反对同光派的政治立场：“亚子之掊击宋诗，非文艺之观念，是政治之观念。因排清朝故，而排清朝之遗老；因排清朝遗老所为之宋诗。其檄文有云：若非革命成功，宋诗已送中国至于万劫不可复回之地云云。”[②]揭示了这场唐宋之争不仅只是文学流派之间的争端，它已脱离了文学艺术自身的探讨，诗歌研究与时代政治目的相呼应，且沦为政治之工具，以至于相互谩骂与人身攻击。因为南社诗人批评的标准不尽在诗文本身好坏，而是转为政治的责难。胡朴安在诗话中引用其弟胡寄尘平心之论来表明自己的诗学趣尚：“宋诗如西洋油画，善刻画；唐诗如中国水墨山水，善写意。黄山谷诗曰：‘江流画平沙，分派如迴笔，油画也。’韦苏州诗曰：‘归棹洛阳人，残钟广陵树，水墨山水也’”[③]作者认为唐诗、宋诗各有其特点，不应随意偏废任何一方，而具体到到底学唐还是学宋，他认为：“宋人之诗，自有一种写事之能。学唐诗不成，变为打油；学宋诗不成，尚是讲话。吾人学诗，未能至于至善之境，与其为打油之唐诗，不如为讲话之宋诗，此指宋诗之浩浩落落，款款悬悬，明显恬淡之诗而言也。如晏元献、钱文僖、杨大年、刘之仪之学李义山，梅圣俞之学王右丞，王黄州之学白乐天，欧阳永叔之学韩退之，郭功夫之学李供奉，盛公量之学韦苏州，石延年之学杜牧之，朱元晦之学陈子昂，此种宋诗与唐诗无甚大异。而学宋诗者，必谓陈无己之诗，如‘九皋鹤唳，深林孤芳’。……江西派自涪翁崛起，一扫古今，独抒胸臆，破弃声律，如黄钟、大吕之音，世不之知……是犹乞人饱墦间之粱肉，而以嚼菜者为寒俭也。江西派二十九人，除上所举外，无不戛戛独造，不落恒溪。此学宋诗者推崇江西派之言，可谓极至（致）矣。而

---

① 胡朴安：《南社诗话》，曼昭、胡朴安：《南社诗话两种》，北京：中国人民大学出版社，1997年，第126页。

② 同上，第125页。

③ 同上。

吾总觉其晦涩其旨，吞吐其辞，有背（悖）于诗以言情之意。讲话而人不懂，又不如打油之为愈也。”[①]在此，作者从“与其为打油之唐诗，不如为讲话之宋诗”到“讲话而人不懂，又不如打油之为愈也”回旋往复的阐述中，唐诗尤其是宋诗的长处及缺点都得以体现，而作者品评同光派之公允诗学态度也得以彰显。

南社诗人林庚白《孑楼诗词话》、《丽白楼诗话》尤其值得一提，诗人林庚白学诗先从同光体，其诗话文本中多见其与同光派的交往足迹及对同光派的品评，在此由衷的赞美和犀利的批评融为一体。《孑楼诗词话》多处品评并辑录同光派诗人的作品。对陈衍、黄荫亭、林敦谷、梁众异等诗歌给予好评，如“林暾谷‘今日好山撑不近，明朝须换小船来’之句，真白描圣手也。[②]陈弢庵（宝琛）《春阴》四首，“辞极清丽。”[③]但林庚白对同光派并不是一味地进行好评，如“黄秋岳诗工力甚深，微嫌其食古耳。喜用典实，亦其一短，此则以秋岳擅骈俪文所累。近见其《奔牛车次》一律极佳，而必曰‘金缕’，曰‘鸾肠’，曰‘酥靥’，似太堆砌矣。”[④]肯定中有批评。并称“逊清同光以来诗人，最不喜沈子培。乙庵喜用僻典及生涩之字面，大类鸠盘荼故为搔首弄姿者然。然乙庵诗亦间有平易近人者，如‘此去海门原咫尺，浪花何事白人头’，直是山谷诗中绝句之上乘者也。”[⑤]他还以为“若不以人废言，伪国务总理郑孝胥，故是一代作者。”[⑥]自称和郑孝胥于客秋赋《重阳》一律，“以诗论，亦当压倒郑作，属辞，隶事，自觉尤为精切”。[⑦]郑、林诗作孰优孰劣暂且不论，林庚白敢于向前辈挑战，可见其批评的勇气。并称“陈石遗先生著述等身，在老辈中，思想似较佳。其诗集早经行世，近作乃益精进，风格亦视往时略有异。录其《庚午春尽日花光阁送春》……皆不脱旧诗人意识之窠臼。此自是时代，所限，未足为先生病也。”[⑧]林庚白从时代的

---

① 胡朴安：《南社诗话》，曼昭、胡朴安：《南社诗话两种》，第126页。
② 林庚白：《孑楼诗词话》，张寅彭主编：《民国诗话丛编》第六册，第120页。
③ 同上，第122页。
④ 同上，第128页。
⑤ 同上，第107页。
⑥ 同上，第117页。
⑦ 同上，第114页。
⑧ 同上，第117页。

因素分析陈衍诗歌的弊端，客观而公正。林庚白《丽白楼诗话》称誉陈弢庵“诗以昌黎、荆公、眉山、双井为依归，落笔不苟，而少排奡之气。不甚似荆公，于其他三家，皆有所得。诋之者病其有馆阁气，非笃论也”。[①]并记录自己与黄曾樾初次见面曾“劝其多读半山、后山诗，荫亭善之。及陈石遗之门，诗益有进。近二三年，屹然作者矣。”并称其《雨花泉》、《登台城》《寄李问渠》、《有感》、《游甘陵燕子窝》、《久无诗对月感赋》、《不寐》、《重九和梦梅》、《贵阳宿工桥》等数首诗“皆有真情感”。[②]上述可见《孑楼诗词话》和《丽白楼诗话》对大多数同光派诗人多抱以推崇赞美的态度。事实上林庚白对同光派的品评如夸赞林旭白描圣手以及黄曾樾诗有真情实感等足显其宗宋的诗学审美标准。不仅如此，他在《丽白楼诗话》中说“唐宋两代诗，先后媲美，无所轩轾。”[③]显然是对陈衍唐宋并举的承传。然而《孑楼诗词话》和《丽白楼诗话》最耐人寻味的是林庚白对同光派严厉的批判：“同、光以来诗人词客，间亦不乏卓绝者，顾什七失之胶柱刻鹄。彼将求古人之残骸于墟墓中，而不顾其远于现实之生活，抑亦非善学古人。”[④]“逊清同、光以来诗人，学宋仅得其貌似。”[⑤]“清同光以来，为诗者号祧唐祖宋，而大都取法于荆公、后山、山谷、简斋、宛陵、诚斋诸人。其尤笃古者，则高言杜、韩，或王、孟、韦、柳。然一究其实，祖宋则近似矣，祧唐则未也。抑所谓祖宋，亦仅从句法着眼。其弊之极，肉胜于骨；以骨胜者，又往往捋扯古人之枯骨，而张之以皮。顾所以致此者，真感苦少，其意境又皆囿于古人之意境也。”[⑥]反对同光派泥古不化，缺少真情实感。又“民国以来作者，沿晚清之旧，于同、光老辈，资为标榜，几于父诏其子，师勖其弟，莫不以老辈为目虾，而自为其水母。不知同、光诗人之祖宋，与宋四灵、明七子之学唐，直无以异，盖皆貌其面目、声音，而遗其精神也。……当世、孝胥、三立，则诗才与气力，故自不凡。而孝胥诗情感多虚伪，一以矜才使气震惊人，三立则方面太狭，当世则外似博大，而内犹局于绳尺，不能自开

① 林庚白：《丽白楼诗话》，张寅彭主编：《民国诗话丛编》第六册，第140页。
② 同上。
③ 同上，第133页。
④ 林庚白：《孑楼诗词话》，张寅彭主编：《民国诗话丛编》第六册，第99页。
⑤ 林庚白：《丽白楼诗话》，张寅彭主编：《民国诗话丛编》第六册，第137页。
⑥ 同上，第134页。

户牖……”[①]更是批判了同光派诗歌徒有宋诗面貌而遗其精神。林庚白作诗取径同光体，他对同光派的批评可谓切中要害。林庚白之所以肯定同光派诗人又否定同光派，一方面在于林曾请陈三立、郑孝胥、陈衍为其评诗，除陈三立以惯常的对后辈的鼓励使之于林庚白外，其他二位宋诗派领袖对其评价甚低，使自负才高八斗的林庚白伤透了心。[②]如果仅以个人情感因素的原因而如此批驳同光派，未免显得过激。但从诗学上来看，林庚白对同光派的辛辣的批评中也隐含其苦心，他说：“十年前郑孝胥诗今人第一，余居第二。若近数年，则尚论今古之诗，当推余第一，杜甫第二，孝胥不足道矣。”[③]他否定杜甫否定郑孝胥推举自己在于“余之处境，杜甫所无，时与世皆为余所独擅，杜甫不可得而见也，余之胜杜甫于此，非必才力凌铄之也。”[④]即林氏认为已胜杜胜郑的原因就在于其得天独厚拥有前人无法表现的现世处境。由此可见林庚白强烈地批驳同光派在于林庚白论诗同陈衍一样主张作诗需要变风变雅，需要重视现实性。事实上到了20世纪陈衍、郑孝胥、陈三立由于时代的限制，其思想仍囿于传统士大夫范围，而林庚白治社会主义之学，旁及欧美文学，同光派老辈与林庚白这一代年轻诗人所理解的时代和诗歌意境已有所不同。但是同光派人并非一直泥古不化，针对清末民初时的不实诗风，陈衍也曾指出“作诗文要有真实怀抱，真实道理，真实本领，非靠着一二灵活虚实字，可此可彼者，斡旋其间，便自诧能事也。”[⑤]只是同样的弊病又出现在学同光体的后辈中，正如汪辟疆在《光宣诗坛旁记》中有一段话描述了当时后辈学诗的情景：“至陈散原、郑海藏二家出，世之言诗者又不肯诵法苏、黄、王、陈，而群奉散原、海藏二集为安身立命之地。其人既少书卷，徒恃其一二空灵字句、生硬句

---

① 林庚白：《丽白楼诗话》，张寅彭主编：《民国诗话丛编》第六册，第135页。

② “偶过上海，出所为诗示陈三立、郑孝胥使评定。三立夙喜少年能诗者，于余诗颇辱过誉，评云：‘大作与明七子为近，才气充溢行间，绝句尤酷肖渔洋。’诵工部‘眼中之人吾老矣’之句，为之叹绝。孝胥则题二绝句，致其讽劝，有‘喜子能诗通性命，何妨取径近艰辛’之句。余虽喜三立之誉，而愤孝胥之讽，寻自忖度，余诗技不佳，孝胥讽余，特以傲余耳，必求所以胜孝胥者，攻读益肆。民国三年，刊《急就集》，流传旧京，诗渐有进，仍不能拔于所谓同光体之窠臼。嗣后又有《舟车集》，视《急就集》无大差别，陈衍选入近代诗钞者，可什之一，余雅不自惬，私以为余诗才堪与乡人李宣龚辈颉颃，容犹不逮，何以轶孝胥，遂废诗不作。”林庚白：《〈吞日集〉自序》，《丽白楼遗集》（上卷），北京：中国人民大学出版社，1996年，第383页。

③ 林庚白：《丽白楼诗词话》，张寅彭主编：《民国诗话丛编》第六册，第141页。

④ 同上。

⑤ 陈衍：《石遗室诗话》，张寅彭主编：《民国诗话丛编》第一册，第112页。

法，可彼可此者，钩抹成文，已为宋诗末路矣。”[①]王逸堂也在《卧雪诗话》中说“今人学宋诗者，色如枯柴，声如击缶。”[②]他们以老辈为目虾而自为水母，学古而不善于变化，过于注重雕镂章句，林庚白的批驳正是针对这些偏颇做出的一个纠正。而胡适也说“宋诗运动的参照对象是中国传统文学，而不是20世纪中国人的感受与经验，故‘同光体’诗人脱不掉拟古的习气”。[③]因此林庚白从早年对同光派的追慕到后来对同光派的反叛和超越，其中不仅体现了林庚白作为南社诗人注重诗歌现实功利作用，而且体现了林庚白从同光派老辈那里承传了论诗主张变风变雅的诗学精神，延续了同光派的诗学理论生命。

其实诗歌是宗唐还是祧宋，明清以来一直争论不休，但他们所争，是出于不同的审美判断。时至清末民初南社内部唐宋之争在于柳亚子作为“南社”宗唐派的代表，加之胡适竟然以为同光派胜于南社，这对于年轻气盛满怀着革命热情的柳亚子意味着极大的羞辱，因此他对同光派的批评愈加显得刻薄，南社作为一个革命派诗社与同光派作为晚清遗老派别之间的对立因柳亚子等的尖锐批评凸显出来。然而如果说柳亚子从革命角度否定作为遗民的同光派有一定的道理，但他对陈郑诸人出仕清朝并成为清朝遗老对他们的文学成就一笔抹杀不是一种理性的诗学批评态度。上述南社诗话作者姚锡钧、傅熊湘、闻宥、高君定均因柳亚子等对同光派过激批评而一律支持同光派诗人就是对柳亚子等人的批驳。他们虽说是南社诗人，但政治上的革命倾向并不影响他们对同光派诗学的认同，这也就使他们不顾柳亚子等的强烈反对依然决绝地传达着对同光派诗人的喜爱、欣赏并于无意及无形中扩大着同光派的诗学影响，这与同光派诗话如陈衍《石遗室诗话》、夏敬观《忍古楼诗话》、汪国垣《光宣诗坛点将录》对同光派诗作多给予好评有着诗学上的某种契合，同光派诗学为南社诗话作家传承并以此得以扩大，这于最先发起对同光派诘难并一步步扩大事态的柳亚子所始料未及的。而让人深思和值得玩味的是同光派作为争论的另一方并没有直接参与这场争论，同光派诗话中几乎找不到任何关于南社诗人的只言片语。而只有在1917年的《郑孝胥日记》中，可以见到两条关于南社的记载：“上海有

---

① 汪辟疆：《汪辟疆文集》，上海：上海古籍出版社，1988年，第565页。

② 王逸堂：《卧雪诗话》，张寅彭主编：《民国诗话丛编》第二册，第441页。

③ 陈方：《从清季宋诗运动探寻中国古典诗学特征》，《中山大学学报（社会科学版版）》1997年第1期。

南社者，以论诗不合，社长曰柳弃疾，字亚子，逐其友朱鸫雏。众皆不平，成舍我以书斥柳。又有王无为《与太素论诗》一书，言柳贬陈、郑之诗，乃不知诗也”；“南社社友登报，举高吹万者为社长；柳弃疾以逐朱玺、成舍我事被放。”[①]沸沸扬扬的唐宋诗之争，在郑孝胥这里被轻描淡写地一笔带过，这恰恰说明了同光派在20世纪初期强大的影响力以及对这场争斗的不屑。相对于柳亚子等在新旧交替的时代试图让同光派为清朝的覆亡买单的倾向，姚锡钧、傅熊湘、闻宥等南社诗人从艺术角度肯定同光派诗人显得更为公正和合理。有意思的是柳亚子等主张诗歌应具备现实功利性却可以在同光派诗学中找到契合，周薇曾这样说：“同光派首领陈衍提出诗宗‘三元’，不限于一般的诗艺探讨，也不仅仅在指示近代诗人的学诗途径，其中寄寓着陈衍提倡变风变雅，振兴诗教，关注现实人生的重要的诗学思想。”[②]遗憾的是以柳亚子为代表的南社诗人在大破大立的时代只关注到同光派的遗民身份、士大夫的情绪以及同光派后辈诗人的作诗弊端所带来的消极影响，并没有全面理性地考察与同光派诗作以及与同光派诗学契合的可能性。不过值得欣慰的是当南社与同光派走过政治的抗衡期，林庚白对同光派看似矛盾又狂妄的批评之中恰恰彰显了南社作家主张在古典传统诗词中注入新的精神气质和思想内涵的作诗观念，这显然是契合了同光派变风变雅的诗学主张，南社与同光派诗学上的联系得以显现。上述可见，南社作为革命诗学流派其与同光派虽然存在着政治上的某些对立，但诗学上的关联却是无法否定的。不用说诸如姚锡钧、傅熊湘、闻宥等对同光派诗学的认同，而且随着时代的发展，同光派的诗学主张为南社诗人林庚白等传承并被赋予更多的时代内蕴和现实意义，可以视为南社诗人对陈衍“三元说”诗学所蕴含的变通精神所做的别致而耐人寻味的诠释。

二、南社诗话的革命倾向

南社是1909年柳亚子与陈去病、高天梅等同盟会员成立的民主革命的文学

---

① 《郑孝胥日记》，1917年8月7日，北京：中华书局，1993年。

② 周薇：《陈衍诗学研究》，华东师范大学2006年博士论文，第59页。

团体。他们推崇“唐音”和辛词，在一次雅集时于条例上写道：“本社以研究文学，提倡气节为宗旨。”[①]南社同仁以诗为战斗武器为国民革命而作，是以政治斗争为号召而结社的，柳亚子就曾这样说：“我们发起的南社，就是想和中国的同盟会做犄角的。因为民族主义，本为中国历史上的产物。赵宋朱明的后代，更有鲜艳的血史，在文学界上占着重要的位置，所以我们的提倡，就侧重在民族主义那一边”（《南社纪略·新南社成立布告》）。南社诗人对南社诗歌的界定更能看出南社创作诗歌的革命性要求，胡朴安为柳亚子主编的《南社诗集》作序，认为南社文章是“时代之产生物”，“于思想言，为革命之先驱”，“于文艺言，开解放之先路”。又说：“南社文章，不失为时代之产生物，为工为拙，吾不得而知。惟南社时代，应有合于南社时代之文章，非汉非唐，非宋非明，非李非杜，非陶非柳，发个人之性情，起时代之衰颓。”[②]而当时的南社成员多是文学青年，他们鼓吹革命，以推翻清室为职志，对建立民国充满了希望和信心。辛亥革命前他们反对清王朝的种族压迫和专制统治，武昌起义后社员在各地欢欣鼓舞地迎接革命，上海许多革命报刊大都为南社成员主持，形成南社文学的极盛时期。袁世凯登台后，南社成员又尖锐地揭露袁的阴谋诡计，不少成员为此慷慨捐躯。而在实际的创作中他们试图通过发扬传统精神来唤起国民的爱国之心，维持民主革命的一线命脉。这正如高旭在《南社启》中曾呼唤国魂的归来，他指出：“国有魂，则国存；国无魂，则国将从此亡矣！夫人莫哀于亡国，若一任国魂之飘荡失所，奚其可哉！然则国魂果何所寄？曰：寄于国学。欲存国魂，必自存国学始；而中国国学之尤为可贵者，端推文学。”[③]正是出于对国魂归来的呼喊，南社诗人多从传统文学中发掘革命资源，因此南社旧体诗话从一出现就承载着革命的使命，即集中体现南社诗人呼唤国魂、宣传民主革命的思想，其本身就是革命诗话的一部分。[④]南社诗话

---

① 1914年3月29日，南社第十次雅集，决定接受柳亚子的意见，采取主任制。鉴于有少数社员依附袁世凯，会议通过的条例中特别规定：“本社以研究文学，提倡气节为宗旨。”郑逸梅：《南社丛谈》，上海：上海人民出版社，2006年，第11页。

② 王顺贵：《“旧瓶新酒”：唐宋诗之争在南社的回光返照》，《中国近代文学国际学术研讨会暨第十三届近代文学年会论文集》，2006年7月。

③ 高旭：《南社启》，《民呼日报》1909年10月17日，转引自朱文华、李德强：《近代报刊诗话的创作与传播》，《合肥工业大学学报》2012年第4期。

④ 朱文华、李德强以为清末民初出现了以宣传民主革命为己任的新型诗话，即革命诗话。详见《近代报刊诗话的创作与传播》，《合肥工业大学学报》2012年第4期。

作为革命诗话，首先多爱国之情，慷慨之音，诗话注重诗品和气节，欣赏雄浑寄托之作。

高旭《愿无尽庐诗话》云："诗贵乎复古，而固不刊之论也。然所谓复古者，在乎神似，不在乎形似。……今之作诗有二弊：其一病在背古，其二病在泥古。要之，二者均无当也。苟能深得古人之意境、神髓，虽已至新之词采点缀之，亦不为背古，谓真能复古可也。故诗界革命者，乃复古之美称。"①作者论诗以复古思想为宗，力图通过继承和发扬诗歌的优秀传统来保存国魂。但实际强调的是以复为变，有着鲜明的革命色彩。黄霖先生曾指出："高旭所要复之'古'，乃是指国之'粹'，国之'魂'，实在即当时被理想化了的中国古代的优秀传统和民族精神。正是在这种意义上，他指出创造新意境，新理想，新感情的诗界革命即是'复古之美称'。换言之，文学界的'革命与复古'，乃一而为二，二而为一，在精神上是完全相通的，因此这位高擎'复古大旗'的南社主将始终是革新诗歌的积极实践者和热情倡导者。"②高旭在诗话中为南社成员进一步确立了诗歌创作的革命方向，他这样写道：《小叙》曰："发乎情，止乎礼义。"记曰："温柔敦厚，诗教也。"盖诗之为道，不特自矜风雅而已。然所谓发乎情者，非如昔时之个人私情而已；所谓止乎礼义者，亦指其大者、远者而言。如有人作为歌诗，鼓吹人权，排斥专制，唤起人民独立思想，增进人民种族观念，其所谓止乎礼义而未尝过也。若此者，正合温柔敦厚之旨。或曰：如子之论，叫嚣极矣，岂有合于孔圣之诗旨耶？不知《巷伯》之诗，讥刺奸佞，恶之至甚，乃欲"投畀有北"。《墙有茨》、《相鼠》诸诗，其措辞亦不尚含蓄。可知孔子所以不删者，正以为有合诗教耳。夫"温柔敦厚"四字，岂可专于其词而决之乎？决之于诗人之心而已。苟其人以温柔敦厚之心出之者，词虽激，又奚伤于大雅乎！不然，无其心而专以和平柔顺之言以取悦于世，又曷贵哉！孟子曰：固哉，高叟之为诗也。余之论诗，其亦庶乎免矣。③高旭在中国传统的"温柔敦厚"的诗学概念融入了"鼓吹人权，排斥专制，唤起人民独立思想，增进人民种族观念"的资产阶级民族民主革命的思想的观念，并以为这种诗歌言辞激烈，但只要诗人坚持温柔敦厚的作

---

① 高旭：《愿无尽庐诗话》，《民权素》1915年6月6日，第10页。

② 黄霖：《近代文学批评史》，上海：上海古籍出版社，2007年，第471页。

③ 高旭：《愿无尽庐诗话》，张寅彭主编：《民国诗话丛编》第五册，第198—199页。

诗原则，努力表现出含蓄深沉的艺术格调，尽量保持中正平和的心态，诗人也可以发出自己的“怨刺”，这种诗歌仍然是合乎中国传统诗歌“温柔敦厚”的诗教观念的。高旭标举了资产阶级民族民主革命的创作宗旨，使得中国传统的“温柔敦厚”的诗学概念在新的时代具有新的内涵。

在南社诗话中，周实《无尽庵诗话》所表现出来的革命倾向是很突出的。首先他对诗话拟所古今诗区分为两大类，一为忧时悯俗类，一为陶情淑性类。而前者又区分为三类，其中一类即“凡思君爱国怀人之作”。[①]在诗话中，周实对叛变弃国、无节操之人进行了辛辣的批评，如批评吴梅村“名士作贰臣，气节扫地”[②]，批评作亡国之臣赵孟頫及模仿其书画之后人“恬不知耻，甚至作为此语甘受千秋唾骂……世有仿其诗文摹其书画者，吾不知其心肝何在”。[③]并对历史上谄媚他族之人进行了极为愤怒的批评，如针对司空表圣句云：“汉儿尽作胡儿语，争向城头骂汉人。”郑所南句云：“汉室公顷周勃少，河梁朋友李陵多。”陈白沙句云：“镌功奇石张弘范，不是胡儿是汉儿”。作者发出这样的激愤之语：“吾读此等语，吾惟发指，吾惟肉战，吾欲哭而泪已枯，吾欲愤而肝已裂。嗟夫，一张弘范犹可诛也，至普天下之为张弘范者竟滔滔而皆是，则诛不胜诛矣。嗟夫，兔死狐悲，芒焚蕙叹，虽禽兽草木之无知，犹能自爱，其类彼为张弘范者，固俨然人也，胡乃自屠自戮以献媚于他族，是直禽兽草木不若也。”[④]周实在诗话中不仅严厉地背叛国家之人，也同样对具有革命斗志之人及其能唤起爱国情怀的诗歌进行热情的推崇和辑录。如以为当时民主革命志士秋瑾，多感世之诗，其《黄河舟中感赋》和《长崎晓发口占》所表现出来的“女侠之思想襟抱足使吾辈须眉愧死无地，即以末枝诗论亦足以上抗老杜，况馀子哉”。[⑤]此外他以为历史上忧国忧民上诸如杜甫之诗展现的是“何等胸襟”[⑥]，郑所南“所著心史，语语朴直，除伤时念乱杀赋复仇外，别无所陈说，反之覆之络之绎之而不见有一词之废。吾才

① 周实：《无尽庵诗话》第1卷，《无尽庵遗集》，铅印本，上海国光印刷所，民国元年（1912年），第1页。

② 同上。

③ 同上。

④ 同上。

⑤ 周实：《无尽庵诗话》第1卷，《无尽庵遗集》，第5页。

⑥ 周实：《无尽庵诗话》第2卷，《无尽庵遗集》，第1页。

乃诵之，以为可以起顽振懦”。[①]陆游、郑所南之诗“惓怀君国，至死不忘，其一致也。”[②]尤为值得一提的是周实对陶渊明的赞赏，与世人对陶渊明作诗“胸有元气，自然流出，读之觉与《三百篇》，去人不远”的崇拜不同的是，周实以为陶渊明“名臣之后，处易代之时，惓怀君国，奋欲图报。洎乎大运已倾倒，无可无力，乃退而以诗酒，桑麻自隐，然慷慨激昂，艰苦卓绝之语，时时溢于楮墨。今略记于此，以见先生乃当知仁人志士，未可以岩栖石隐之流目之。或谓先生谦和恬淡，钝任自然，岂知先生之心者哉”。[③]陶渊明看似恬淡，但实是报国无望之后的退隐，其诗作创作中时时有慷慨激昂，艰苦卓绝之语。周实在吉光片羽之中实现了其诗学批评的真知灼见，也恰到好处地体现了其倾向革命诗学的主张。周实这样强调其作诗的主张：“作诗要有气骨，有识见，然后乃可措词，无懦，否则徒词费耳。”[④]其中有“气骨”是对诗歌具备一种坚定和决然气概甚或一种道德品质的要求，强调的仍然是对民族国家命运的自始至终的承担。身处乱世之秋，周实进一步强调应该作与时代相适应的诗作，如他这样陈述：“《乐记》曰：凡音者，生人心者，情动于中故形于声，声成文谓之音。是故治世之音安以乐，其政和；乱世之音怨以怒，其政乖；亡国之音哀以思，其民困。声音之道，与政通矣。夫古之乐歌即古之诗草也。诗《三百篇》，皆被诸管弦而登诸庙堂者也。其中变风变雅之诗人，因犹盛而危明，哀时而念乱，故不能复为雍容揄扬之音，亦其时改使然。尔近有伧奴，言诗开口便求兴会，以为是主人生福命也，殊不知尔禄富贵乃傥来之，俄顷，荣华何关人身心学问之事，况乎众生之哀乐，实与运会相转移，虽有大力莫之能挽，使强起而换之，转成谬种矣。当太平之日，而好为危苦之言，是谓无病呻吟。富流杂之际而好为吉祥之语者，是之谓有忧而喜，无病而呻，有忧而喜必非人情矣。世有非人情而可与言诗者乎？”[⑤]作者举出《乐记》“声音之道，与政通”的主张及今人在乱世之秋开口言兴会之乖谬言行，提出“非人情者不可与言诗”的结论。由此可见，作为南社诗话作家，周实强调的是为革

① 周实：《无尽庵诗话》第2卷，《无尽庵遗集》，第3页。
② 同上。
③ 同上，第9页。
④ 同上，第8页。
⑤ 同上，第1页。

命而歌的写作。

曼昭《南社诗话》和胡朴安《南社诗话》是专为南社革命党人之好文学者所作的诗话。曼昭《南社诗话》在自序中说："南社为革命结社之一，创于清末，以迄于今，已有三十年之历史。其所揭橥，为文章气节。其所谓文章，革命党人之文章；所谓气节，革命党人之气节。特在清末，于内地不能不隐约言之耳。故革命党人之好文章者，无不列籍其中。其所为文辞，先后见于《南社丛刊（刻）》，搜罗美备，人无间言。惟诗话之作，则尚阒然无闻。窃不自揣，欲从事于此，每有所得，辄著于篇，不分先后，盖排比整理，不妨俟之异日也。"[①]胡朴安在原版序中说："回忆往日文酒之会，不觉怦怦于心，因取社友之诗，写为诗话。"[②]曼昭《南社诗话》涉及于右任、方君瑛、朱执信、汪精卫、沈荩、何克夫、林天羽等三十余位南社革命党人的革命历程及诗事、诗作。辑录黄摩西"沉着痛快，回肠荡气，令人激昂不能自已"之《调寄洞仙歌》"神州沉矣，问天公何苦，做尽伤心赚今古。剩青山一片，收拾英魂，算配得江左梅花阁部。瘴江风浪恶，惨绿愁红，欲采芙蓉已暮秋。破碎旧山河，青骨红颜，总付与无凭气数。正此际重看劫灰然，有壮士耨锄，美人桴鼓"[③]以略见南社诗人之深沉忧国情思。记载自己读《辛巳泣蕲录题词》之深切感慨，"自清康雍乾三朝，以全力消灭吾民族思想，于是以君臣之义，灭夷夏之防。'舜东夷之人，文王西夷之人，'遂为一般学子所乐道。而凡束发受书者皆惟秀才进士是求，恬然无复廉耻之色。《国粹学报》诸人起而矫之。首在故纸堆中检出吾民族思想，使读书识字者，于此恢复其民族的自觉与自信力。此不仅为倒满计，直为中国民族争生计。《奴才歌》云：'大清入关三百年，我的奴才做惯了，何况大德大法大日本，换个国号任便叫。'《汪精卫集》中有云：'庚子联军入京，居民竟以黄纸书大德国顺民等字榜于门。此等意识，何自来乎？诚检扬州十日，嘉定屠城诸记，以黄纸榜大清顺民于门者免死，则知此非一朝一夕之故。其由来远矣。欲不为大德国顺民，请自不为大清顺民始。'此等宣传鼓吹，不但适用于倒满以前，中国民族一日不能平等，则此等宣传鼓吹一日不可以已。呜呼！此恐非以提倡新文化自命者如胡适之诸人所能

① 曼昭：《南社诗话》，曼昭 、胡朴安：《南社诗话两种》，第3页。
② 胡朴安：《南社诗话》，曼昭、胡朴安：《南社诗话两种》，第84页。
③ 曼昭：《南社诗话》，曼昭 、胡朴安：《南社诗话两种》，第3页。

了解也。诚然，吾国民族思想当受近世民主民生思想所陶冶。不然，则其意识不能越章太炎孙少侯一步。然此乃取长补短所宜尔，并非谓民族思想遂可唾弃不顾，而视为过时之物也。”[①]在此曼昭认为中国民族一日不平等就不能不鼓吹民族思想，而这种对从故纸堆中检出民族思想的鼓吹恐怕不是以提倡新文化自命者如胡适之诸人所能了解的，他还认为我国的民族思想当受近世民主民生思想所陶冶。作为南社诗话作家曼昭对处于危亡之际的中华民族命运有着深深的忧虑。值得一提的是曼昭肯定南社艺文在历史上的地位：“民族主义思想，于明末为尤盛。治经学者以顾亭林、黄梨洲、王船山三先生为之魁。治文学者亦众，若岭南之屈翁山、陈元孝，亦其表表者也。自康熙间开博学鸿词科后，一时学士文人高尚其志者，戢戢然如豚入笠。诚所谓‘西山薇蕨吃精光，一阵夷齐下首阳’者。虽其朴学或文学犹得著称于时，然文彩（采）虽存，本实已拨，其价值不过如髹漆马桶而已。雍乾以后，坠绪薇茫，直至南社兴起，始继志述事，且发挥而光大之。故南社艺文在中国历史上确有相当之位置。无论胡适之辈如何巧诬丑诋，不能损其毫末也。”[②]强调南社艺文对民族主义思想的弘扬。

胡朴安《南社诗话》论及南社革命党人的革命历程及诗事、诗作，而这些人都是南社的重要社员，在南社的发展中起过不同的作用。这里辑录了高旭、陈去病、周实、宁调元、傅熊湘、宋教仁、苏曼殊、李叔同、潘飞声、诸贞壮、马君武、胡寄尘等数十位南社革命志士之诗和事迹来激发世人的革命斗志，其中宋教仁、周实、宁调元等为国捐躯诸的南社诗人的作品尤能发挥诗歌的社会功能。如宋教仁《晚泊》“日落浦风急，天低野树昏。孤舟依浅渚，秋月照征人。家国嗟何在，乾坤渺一身！夜阑不成寐，抚剑独怆神。”[③]表达深沉的忧国之思。傅熊湘一诗以略见南社诗人在战争失败后陷入离乱之中的悲壮情怀：“黯黯山河澹落晖，大江东去鹊南飞。边风仆朔寒侵甲，海气沉冥月上扉。叹逝已伤朋归尽，观心应念生死微。竭来一息无穷世，独有空王可慰饥。”[④]高旭《南社哀吟十二首》所表现的凄苦之情是那个时代的革命家心声的真实写照，具有很强的感染力，如《哀周实丹》：“周郎询可儿，我曲君能

---

① 曼昭：《南社诗话》，曼昭、胡朴安：《南社诗话两种》，第67页。

② 同上，第73—74页。

③ 胡朴安：《南社诗话》，曼昭、胡朴安：《南社诗话两种》，第95页。

④ 同上，第95页。

顾。回思白门游，清泪如雨注。惜哉称正平，竟死于黄祖”[①]等。周实是南社诗人中为革命最早献出青春和生命的。因此，胡朴安也说：“实丹之诗，不仅守声律，而有横厉无前之概”。周诗的这种风格，在《痛苦四章》中表现得非常突出。周实还写过《岁莫杂感》律诗，胡朴安认为它“虽无有《痛苦四章》之横厉”，但笔力“怦怦潜跃。譬如鸷鸟出卵，虽羽毛未丰，不同凡禽。”[②]而牛仰山在诗话《校点说明》强调南社作为文学社团的创新对近代文学变革的作用尤为值得一提，他说南社“作为一个文学社团，它标榜‘一洗前代结社之弊，作海内文学之导师’（《南社启》）主张‘唐宋元明都不管，自我模范铸诗才。须从旧锦翻新样，勿从今魂脱古胎’（马君武《寄南社同人》）还明确提出以拜伦、但丁等外国诗人为师，取其所长，铸入诗章，改革中国文学，对近代文学的变革起了促进作用。”[③]而南社的变革“须从旧锦翻新样，勿从今魂脱古胎”，即是在保存国粹的基础上对西学的引进，这正如黄节在《国粹学报叙》中曾痛心疾首地说：“海波沸腾，宇内士夫痛时事之日亟，以为中国之变，古未有其变，中国之学，诚不足以救中国。于是醉心欧化，举一事，革一弊，至于风俗习惯之各不相侔，靡不惟东西之学说是依。”[④]可知南社诗人试图“以西方学理为烛，照亮国学之精义”。即试图打通中西学术，以中证西来昌明国学，进而光大国学以存立国之本。而南社诗人所推崇的意大利诗人但丁，具有理性意识思考民族现实与未来的胸襟；英国诗人拜伦，积极勇敢地投身革命，是一个为理想战斗一生的勇士。他们为理想而战、为国家民族而忧的精神气魄以及其气势宏伟、锋芒毕露的诗作与南社诗人的精神气质与创作精神是一致的。

朱剑芒《南社诗话》辑录了南社有关史实和南社诗人慷慨激烈之作。其中大觉“未溺死灰仍帝制，难将热血换民权”、“大错已成添国耻，宝刀未试为余羞”、“披龙探虎知无我，投笔荷戈更有谁”等诗句，以及大觉与作者针对袁世凯盗国之秋的唱和之辞：“不信江山终破碎，奈无人物定安危！读书万卷

---

① 胡朴安：《南社诗话》，曼昭、胡朴安：《南社诗话两种》，第95页。

② 同上。

③ 同上，第86页。

④ 叶瑞昕：《国学在新文化运动前的一场自救运动：论20世纪初的保存国粹思潮在中国文化发展史上的价值》，《安徽大学学报》2002年第1期。

宁甘隐，磨剑十年大有为。天意苍茫我独醒，头颅一抚一心悲。”[①]等诗句，尤能体现南社诗话的革命倾向。

此外诸多南社诗话以辑录少许诗作以表明其革命倾向。如竺仙《青芬室诗话》辑录辛亥之役中光复皖省首义之人吴烈士讳旸谷，临死绝命诗一章：“来来去去本无因，只觉区区不忍心。拚着头颅酬死友，敢将多难累生灵。”[②]辑录革命健者黄钟杰“声情悲壮，真可泣鬼神而惊风雨”绝命诗二首：“无论风雨荡残舟，皇汉衣冠作楚囚。我欲鞭雷重起陆，好教割破一天秋。”“久将身世付虫沙，生死原来只刹那。大好头颅向天掷，血中溅出自由花。”[③]秋梦《民权素诗话·绮霞轩诗话》推举“以韵语发挥种族思想”之诗，除岳武穆《满江红》一阕，陈白沙《厓山题壁》一诗，还有张苍水集中《戊戌冬怀》八律，其一律云：“九边锁钥断胡烽，醪纩先朝费岁供。猾夏已无秦塞险，防秋岂复汉家封？黄河冻解应回马，碧海波扬欲起龙。寄语金微多旧戍，草枯蓬折为谁从？”又《和定西侯张侯服留题金山六首》之一云：“飞榷十载误逋臣，蹀血凭谁破玄真？霸就鸱夷原去越，兵连牛女正当闽。投鞭不觉江流隘，传檄兼闻铙吹新。正为君恩留一剑，莫教龙气渡延津。” 作者以为“其于种族之辨，亦凛若秋霜。特当时民权之说未明，不免迷于君臣之义。但爱国之情，溢于言表，数百年后，读之犹有生气。”[④]豁庵《民权素诗话·豁庵诗话》辑录“有革命之思想者”无名氏于南京钟鼓楼东大钟亭题壁云：“太息神州事，夷氛满域中。睡狮何日醒？惊世一声钟。”[⑤]傅熊湘《钝安脞录》称说“秋瑾为革命党中女界第一人，其词豪情侠骨，足与斯人称矣”。[⑥]胡怀琛《海天诗话》详细列举了拜伦的生平事迹。[⑦]类似之处不一一列举。

晚清以来，随着中国文明优势在西学东渐的风暴中渐渐丧失，知识界的向西方学习以挽救民族危亡的呼声越来越强烈。梁启超提出的“诗界”、“文

---

① 朱剑芒：《南社诗话》，马以君主编：《南社研究》第六辑，广州：中山大学出版社，1992年，第234页。

② 竺仙：《民权素诗话·清芬室诗话》，张寅彭主编：《民国诗话丛编》第五册，第205页。

③ 同上，第206页。

④ 秋梦：《民权素诗话·绮霞轩诗话》，张寅彭主编：《民国诗话丛编》第五册，第238页。

⑤ 豁庵：《民权素诗话·豁庵诗话》，张寅彭主编：《民国诗话丛编》第五册，第253页。

⑥ 傅熊湘：《钝安脞录》，《钝安遗集》第一卷，铅印本，长沙鸿飞印刷局，民国二十一年（1932年），第6页。

⑦ 胡怀琛：《海天诗话》，张寅彭主编：《民国诗话丛编》第五册，第310—312页。

界”、“小说界”戏曲界等系列的革命，就是在这种文化焦虑直接导致的文化信仰危机中产生的，在他的号召和倡导下，戏曲，小说等通俗文学的社会功用受到追捧，并有志于取代诗文的正宗地位，传统文学的格局也发生了相应改变。南社诗人高旭、马君武、于右任等南社诗人早年均有游学日本、反清革命的共同经历，他们是梁启超热心响应者和积极实践者。例如高旭这一时期仅发表于《清议报》、《新民丛报》、《新小说》上的诗作就达近百首之多，大都具备新派诗的特征。[①]因此在激情的革命年代，传达进步知识分子的心声，为革命呐喊很自然就成了南社诗话的重要内容，在此南社诗话本身所具有的诸多功能突破了诗歌的理论化形态，而是带有了更为复杂的社会和文学功能，在内忧外患中徘徊的南社知识阶层对诗话的复杂心态已经超出了诗话本身。

在20世纪初的国粹主义思潮和民族主义思潮中，南社活跃于晚清民初的思想界和文化界，意图以文学之名而发救国之志，为辛亥革命造势。南社文人受新思潮的激荡而渴望变革，同时又难以摆脱成长于其中的旧文化渊源的羁绊。需要提出的是“国粹”这一概念是从日语中引入的。1902年，梁启超出于对戊戌变法后欧化之风日盛、民族文化之精华见弃于青年的隐忧，认为适时借鉴和倡导日本“国粹说”可预防学习西方矫枉过正而导致的文化偏执；而民族主义则产生于推翻异族统治，挽救国家于危亡之中。因此，晚清民国以来，西学大炽，国难横生，南社成员的活动重心转向积极鼓吹革命，其国学活动也一直存续，《国粹学报》始终和南社同声相应。而南社的国学活动，其一即为南社诗人主要创作旧体诗以抒发慷慨的革命豪情、伤春悲秋的情思，淡泊志远的悠然，酬唱应和的诗情，旧体诗已经融入了南社诗人的骨血之中，成为其精神的不可磨灭的符号。其二他们创作南社诗话构建传统诗学批评体系。南社诗话主要产生在20世纪初，除了周实《无尽庵诗话》、宁调元《民族诗话》、傅熊湘《钝安脞录》等辑录成书，南社诗话多为篇幅不长的报刊诗话，因为诸多南社成员从事报刊事业为诗话的刊登提供了诸多的便利，有学者统计到：“从1911年到1913年初，南社成员发展到400余人，民国成立前后倡言革命赞成共和的报刊中，据初步统计，在上海、北京、广东、长沙四市，共有南社成员133人在

① 龚喜平：《南社诗人与中国诗歌近代化》，《西北师范大学》2002年第2期。

35家报刊担任主笔、撰述和编辑。”[①]南社诗话的刊登和传播不仅传递着南社诗人的革命呼声，同样体现着政治上激进的南社诗人力图保存国粹的苦心。可是朝气蓬勃而又激情四溢的南社成员，他们呼唤“国魂”、渴望变革。但另一方面，浓重的旧学底色已经在他们的世界观和人生观中打下了深刻的烙印，激情的诗人们试图在时代更迭中找到新学与传统的完美契合点，新派诗、南社诗话等就是他们融合新旧的极好的尝试。但历史的变革最终证明，“谋新务去其陈，惟其旧的太多，新的就难以生根立命”。[②]因此南社从它一出世就打上时代所具有的杂陈新旧、半生不熟、矛盾多变的历史烙印，注定了南社以批判旧文坛领袖登场、以被新文坛主将批判而收场的历史命运。尽管如此，南社诗话却是民族主义、国粹主义盛行中极为特殊的一个存在，其构建的诗学虽打着复古的理论，但却是以复为变，有着鲜明的革命色彩，其本身就是旧中寓新，新旧杂陈的矛盾存在。以高旭《愿无尽庐诗话》、周实《无尽庵诗话》、林庚白《丽白楼诗话》为代表的南社诗话在西学东渐的20世纪初期不但丰富了中国传统诗话的理论成果，也打上了时代深深的烙印。

三、西学东渐中的其他旧体诗话

20世纪的旧体诗话是在古代诗话的基础上发展起来的，它与传统诗话有着密切的联系，无论是内容、风格、体制、类型都与古代诗话一脉相承。在数百种的旧体诗话中，除了从诗话作者来划分的显赫一时的同光派诗话、南社诗话，从诗话内容上看，为数颇丰的闺秀诗话、滑稽诗话无疑是20世纪旧体诗话颇有代表性的存在。

1. 闺秀诗话

女性文学自明尤其在清尤其受到关注，在蔚为大观的诗话著作中，一个极为醒目的类别就是闺秀诗话。通常所谓闺秀诗话，是指记载、评论女性诗歌创作的著作，而不是指女性撰写的诗话。需要指明的是，这里的闺秀上至帝妃

---

① 李海珉：《南社兴衰纪略》，《社会科学战线》2008年第3期。

② 熊罗生：《论南社在辛亥革命中的地位和作用》，吴江县政协文史资料研究委员会、吴江县柳亚子纪念馆《纪念南社成立八十周年专辑》，吴江县政协文史资料研究委员会（印制者），1987年，第20页。

下至平民，不仅有名媛，也有青楼方外。自明江盈科《闺秀诗评》、明方仲贤《宫闱诗史》到清陈维崧《妇人集》，王端淑《名媛诗纬》，袁枚《袁枚闺秀诗话新编》，梁章钜《闽川闺秀诗话》，丁芸《闽川闺秀诗话续编》，沈善宝《名媛诗话》，淮山棣华园主人撰《闺秀诗评》，陈芸《小黛轩论诗诗》，王琼《名媛诗话》，雪平女士《红梅花馆诗话》，杨全荫《绾春楼诗词话》，李家恒《闺秀诗话》等。随着西学的渐入以及中国的民族解放思潮兴起，妇女解放思潮和妇女诗文创作之风自晚清愈演愈烈。时至20世纪，仍然有为数不少的闺秀诗话对女性文学进行关注。如无闷女士《凝香楼奁艳丛》，许慕西《苍崖室诗话》，雷瑨辑《青楼诗话》，王蕴章《然脂馀韵》，雷瑨、雷瑊辑《闺秀诗话》，施淑仪《清代闺阁诗人徵略》，苕溪生《闺秀诗话》，金燕《香奁诗话》，周瘦鹃（辑）《绿靡芜馆诗话》、《闺秀丛话》，杨芬若（辑）《绾春楼诗话》，无闷《香艳诗话》，仰广《闺秀诗话》，李玉成《两株红梅室闺秀诗话》，亶父《闺秀诗话》，吴君豪《名闺诗话》，作茧生《闺秀诗话》，病愁生《女友诗话》、《女交诗话》，姚民哀《妇女诗话》，范海容《闺秀诗话》，吴君豪《名媛诗话》，梅花道人《青楼诗话》，桂英《女子诗话》，俞陆云《清代闺秀诗话》，萧云峯《闺秀诗话》，淮鹿《名闺诗话（未完）》，凤兮《闺秀诗话（未完）》，啸云《香闺诗话》，阶青《清代闺秀诗话（一）》，梁彦《妇女诗话》，萧瑟庵主（辑）《漆室诗话》，凌霄汉阁主《诗话随笔：八旗才女》，等等。

与相历代闺秀诗话相比，20世纪闺秀诗话在闺秀诗评整体上呈现出极其鲜明的承继性，但承继中也有一定的开创。

20世纪闺秀诗话延续了历代闺秀诗话的择诗标准、品评诗歌旨趣等。自古以来，女人“无才便是德”的“德才”观点使女性的“才”与“德”一直处于矛盾之中，“德”占着主要的位置，“才”从属于“妇德”。传统的女性“德才”观使得诸多闺秀诗话选诗普遍重妇德但不废才艺，清代大量出现的闺秀诗话基本上践行着这样的择诗标准。例如丁芸《闽川闺秀诗话续编》“多录节烈之作，并且有意识地将节妇烈女的绝命诗聚集于一处来点评”。[①]恽珠《闺秀正始集》“是集所选，以性情贞淑、音律和雅为

① 周少华：《晚清民初诗歌批评转型研究》，华中师范大学2011年博士论文，第25页。

最，风格之高尚。其余事至女冠缁尼，不乏能诗之人，殊不足当闺秀，概置不录”。[①]这正如美国学者曼素恩曾说：“在恽珠的时代，大户人家妇女的‘才’从属于妇德的一统天下。真正的‘才女’首先是一位闺秀。”[②]到了20世纪，诸多闺秀诗话依然沿用了古代重视“德”的择诗标准。如王蕴章《然脂馀韵》收录原则甚严，“惟节烈之作，广为甄采，匪云有裨阴教，庶几少挽颓风”[③]正因秉持传统女德，王蕴章对当时女教甚为不满，大有世风不古之叹，“晚近女教日婾，跅驰不羁者，率以欧化为藉口，读此诗第一绝，可谓先得我心。”[④]不仅如此，他还强调其编“绝少香艳之作，以吟弄风月，无稗诗教，且易溺志气也”。[⑤]上述可见王蕴章《然脂馀韵》所选录的闺秀上至名门下至贫民，甄选标准仍旧以德为中心，辅之以才艺和学问。瘦鹃《闺秀丛话》是以人为主，多纪人纪事，高扬女教，认为忠孝节烈，足称吾国女界之光，并且也收录了不少品格高尚的西方女性入诗话。俞陛云《清代闺秀诗话》“举孝慈贞节英毅清高坚苦之懿行。悉载于篇。庶几不泯其人。藉以扬芬烈而资兴感。乃余辑诗之微旨也”。[⑥]李玉成《两株红梅室闺秀诗话》通过张藻、张凌仙、申屠氏等女性的其人其事传递着作为处在“三从四德”之内的贤妻良母形象，并把德才兼备当作闺秀诗人的理想性典范。凌霄汉阁主《诗话随笔：八旗才女》通过对八旗才女如乾隆时代将军明瑞夫人、伊嵩阿之妻、德龄之母坤秀、兰轩女士其人其事的辑录同样传达的是对德才兼备且遵守传统贞节观女性的推崇。例如作者称赞为夫而悬梁自杀的伊嵩阿之妻不但才女，节女，且是万古常昭之女宗也。[⑦]亶父《闺万古秀诗话》表彰节烈，不以道学为然，对于闺秀诗作持把玩的态度，有着传统文人的雅好，多叙写红袖添香伉俪唱和邂逅艳遇之类。金燕《香奁诗话》仍旧不离男子玩视的心态，怜香惜玉，偎红依翠，部分纪事甚为俗鄙。以上20世纪闺秀诗话在择取闺秀诗作均表现出

---

① 施淑仪：《清代闺阁诗人征略》，王英志主编：《清代闺秀诗话丛刊》，南京：凤凰出版社，2010年，第169页。

② ［美］曼素恩：《缀珍录——十八世纪及其前后的中国妇女》，南京：江苏人民出版社，2005年，第158页。

③ 王蕴章：《然脂馀韵》，王英志主编：《清代闺秀诗话丛刊》，第627页。

④ 同上，第706页。

⑤ 王蕴章：《然脂馀韵》，张寅彭主编：《民国诗话丛编》第五册，第115—116页。

⑥ 俞陛云：《清代闺秀诗话》，《同声月刊》1942年第1卷第12期，第25页。

⑦ 凌霄汉阁主：《诗话随笔：八旗才女》，《华文北电》1942年第2卷第8期，第7—8页。

批评家极其浓厚的男权意识。然而彰显着男权意识的女子“德才”观并非一成不变。晚清西学渐进，思想日趋解放的国人开始公然反对旧式的女子“德才”观，如《安徽名媛诗词征略》载合肥杨开森语：“夫我国数千年来，重男轻女，相习成风。侏儒鄙论，甚有‘女子无才便是德’之言。闺秀贤淑，罕事吟哦，故名姝之以文学建帜骚坛迥逊须眉。幸而山川贤气，钟毓才媛。”[①]因此在这样的世风之下，女子的“才”才渐被重视，茗溪生在《闺秀诗话》中说：“世称女子不宜有才，似也，然无才者尽贤淑耶？衡州王仲景孝廉云：‘女子以色胜，才则可有可无耳；至于贤与不贤，何系乎此？’余则谓常以才者必有情，深于情者必有德，故才实不可少。”[②]而亶父《闺秀诗话》中辑录石生类似观点：“长于才者必有情，深于情者必有德，才固不可少矣。”[③]施淑仪所撰的《国朝闺秀诗人征略》凡例中所言，“是编偏重文艺，凡诗文词赋书画考证之属有一艺专长足当闺秀之目者皆录之，非是虽有嘉言爵行概不著录。”[④]是书以才为本，辅之以德。无闷女士《凝香楼奁艳丛》序中强调的是“所取皆阐扬风雅之余波，荟萃贤豪之轶事”。许慕西《苍崖室诗话》也说“人谓女子无才便是德，吾不信也”。[⑤]其次20世纪闺秀诗话在品评诗歌旨趣上表现出与传统审美的一致性。明代钟惺在《名媛诗归》中就提出女子诗的应具备“真”与“清”的特点。清淮山棣华园主人在《闺秀诗评》中：“近人言诗，往往尚风格而不取性灵，甚至阅女子诗亦持此论，尤为迂阔。深闺弱质，大率性灵多，学历少，焉得以风格律之？故予所录诸作，取其温柔袅娜，不失女子之态者居多。”[⑥]因此历代的闺秀名媛诗词多婉约清雅。20世纪闺秀诗话辑录的女性诗作也多具备这样的特点。其中以如雷瑨、雷瑊《闺秀诗话》最有代表性，其所辑录的闺秀诗，基本以“清健不俗”、“清灵”、“清仓”、“清新婉约”、“清逸”、“清丽”等来品评。茗溪生在《闺秀诗话》自称“情

---

① 光铁夫：《安徽名媛诗词征略》，《清代闺秀诗话丛刊》，南京：凤凰出版社，2010年，第2452页。

② 茗溪生：《闺秀诗话》，《清代闺秀诗话丛刊》，第1674页。

③ 亶父：《闺秀诗话》，《妇女杂志》1917年第3卷第11期，第2页。

④ 施淑仪：《清代闺秀诗人征略》，上海：上海书店，1987年，第5页。

⑤ 许慕西：《苍崖室诗话》，《家庭杂志》1915年第1卷第1期，第12页。

⑥ 淮山棣华园主人：《闺秀诗评》，《清代闺秀诗话丛刊》，南京：凤凰出版社，2010年，第2278页。

奴”，[①]诗论重性情，总体上不离文人雅士的诗酒风流之旧习，选诗重性情，不尚魄力。他说：“大凡闺秀诗，清丽者多，雄壮者少。藻思芊绵者多，襟怀旷达者少”，因此其闺秀诗话中品评之语有“柔情绰约”、“清艳”、“清适可爱”、“清丽”等。王蕴章《然脂馀韵》论诗主性灵，如“王华云，闲为韵语，自然流出，皆天伦至性之言”，[②]“澹仙诗词俱妙，出于性灵”。[③]其评诗之语也多为“清婉”、“清丽”、“清妙”、“清警”、“清俊迈俗”、“清新俊逸”、“婉约清空”、“清轻婉丽”、“清隽韶秀”等。苕溪生《闺秀诗话》诗论重性情，苕溪生自称“情奴”，其《闺秀诗话》总体上不离文人雅士的诗酒风流之旧习，选诗重性情，不尚魄力。亶父《闺秀诗话》也重“清妙”，许慕西《苍崖室诗话》评端淑卿《绿窗书稿》中《采莲诗》、《咏隋柳》诸诗皆“清丽可诵”。[④]王凤娴《悲感二女遗物》绝句四首皆“沉郁苍凉，清丽可诵。”等等，类似之处不一一列举。

20世纪闺秀诗话同历代大多数女性诗话一样，书中所采诗的内容基本不出抒写女性情感、描写女性生活之范围：或道人生际遇、叹身世不幸、明贞孝心志，或吟风弄月、留恋光景、亲友唱和。这正如啸云在《香闺诗话》中说：“吾国专制时代，女学不昌，闺阁中之能诗者，是不多见。即有之，亦为礼教所严束，香闺翰墨，不敢露人间。虽有清词丽句，亦湮没而无闻，故前代闺词，得传诵于今日者，殆如凤毛麟角，士林惜之。”[⑤]但闺秀自晚清始从狭窄的个人闺阁走向广阔的社会领域，她们诗作从无言的闺怨趋向对于家国的忧患，晚清以来受时政影响，豪放风格的闺秀诗更是得以广为流传。面对世变女性的创作自然会发生变化，这自然会引起闺秀诗话作家对于女性写作的省视。尤其值得一提的是桂英《女子诗话》，篇幅虽小，但却对女性提出了异于古代的新要求：“古代社会家庭之情状，恒描写于名人诗歌中，读少陵兵车行，足见当时妇人，只知儿女之私情，不急国家之大难，称足耻也。然古之妇人，岂尽若是；不观宋刘孟熙征妇词乎？曰：征妇语征夫，有身当殉国，君为塞下

① 苕溪生（辑）：《闺秀诗话》第2卷，台湾：广文书局有限公司，1982年，第3页。
② 王蕴章《然脂馀韵》，张寅彭主编：《民国诗话丛编》第五册，第13页。
③ 同上。
④ 许慕西：《苍崖室诗话》，《家庭杂志》1915年第1卷第1期，第9页。
⑤ 啸云：《香闺诗话》，《青天汇刊》1930年第1期，第49页。

士，妾作山头石。慷慨激昂，深知爱国之大难，方诸南北美战时之妇人，无当逊色。”[①]在此桂英针对世人以为中国古代女子“只知儿女之私情，不急国家之大难是一种耻辱”的情况，指出中国古代诸多慷慨激昂之征妇词意味着中国古代并不缺乏深知国之大难之女人。在此可知现代社会对女性的评判已有异于传统的标准，要求女人参与公共事务，这与专制社会要求女性以相夫教子，主持家政为要的标准已经有了很明显的不同。而在具体诗作的品评上，自晚清以来，闺秀诗话诗评者一般多肯定去脂粉气或偏向男子风格诗作，20世纪的闺秀诗话亦不例外，如王蕴章《然脂馀韵》其记载闺阁诗事，如同袁枚《随园诗话》，范围广泛，但能突破女性创作常规之作赏誉有加。如“绝无脂粉之态”。[②]甚至直接以士子作比，“闺中之王、孟也”、“瓣香青莲者也”。[③]此外辑录诗歌如黄易瑜《题海沤女性诗集》云：“独立平权并自由，放言高论震神州。温柔敦厚风人旨，今见闺中第一流”，“旷代清才李易安，秋花格调共高寒，一篇国家兴亡恨，我亦低徊不忍看”。[④]带有强烈的时代气息。雷瑨《闺秀诗话》“豪健真挚，无愧史笔，皆世间奇女子也”[⑤]“无拈脂弄粉之习”[⑥]“慷慨激昂在香奁中颇不易得”[⑦]之类的评语。施淑仪《清代闺阁诗人征略》作者对女杰的强烈崇拜意识和对女性雄壮诗风的推崇可显见，这正如凡例所言，“是编始托于沈云英、刘淑英、毕著，殿以秋瑾，所以寓崇拜女豪杰之微意。”[⑧]对女性豪杰的崇拜，施淑仪在诗文中也反复透露。“君不见，沈云英奋然独守道州城，又不见，秦良玉手握雄兵保川蜀。”（《寄瞿诵芬》）[⑨]如“金石论文最有情，壮怀绝似沈云英”。（《题徐安详遗像一绝》）[⑩]如《追悼秋女士瑾二首》：“扶桑万里只身游，国事驰骋几度秋。惭愧输君先一著，

① 桂英：《女子诗话》，《国货月报》1934第1卷第12期。
② 王蕴章：《然脂馀韵》，张寅彭主编：《民国诗话丛编》第五册，第104页。
③ 王蕴章：《然脂馀韵》，王英志主编，《清代闺秀诗话丛刊》，第735页。
④ 同上，第706页。
⑤ 雷瑨：《闺秀诗话》，王英志主编：《清代闺秀诗话丛刊》，第929页。
⑥ 同上，第910页。
⑦ 同上，第926页。
⑧ 施淑仪：《清代闺阁诗人征略》，王英志主编：《清代闺秀诗话丛刊》，第1698页。
⑨ 施淑仪：《冰魂阁诗存》（卷上），铅印本，民国二十六年（1937年），第10页。
⑩ 同上，第12页。

英明侠气动全球。”[①]将沈云英、秋瑾的侠气、豪迈写得淋漓尽致。金燕《香奁诗话》中的“闺秀部”中的闺秀多有巾帼气概，其胸襟让须眉汗颜，诗作也雄伟慷慨。例如薄少君“舌碎常山血溅花，樊期头落手犹提。寝终岂是男儿事，应怪家人咕耳啼”；周红梅“腥膻遍地泪斑斑,一卷黄书不可删。汉钟痴迷谁唤醒，中华尚有女船山”；陈若兰“魔云愁障郁穷荫，三字冤同碧海深。北地胭脂都化血，南天烽火剧惊心。持教异种筹分割，总为中原痛陆沉。聚铁九州终铸错，吴钩空作老龙吟”。直指时事（庚子拳乱），心系华族，沉雄含蓄。雷瑨、雷瑊《闺秀诗话》特重风格雄放有英雄气的作品，对擅长长篇古体等体制的女诗人极为推崇，格外留意搜罗身逢乱世之女性自叹飘零、直击时事的具有强烈现实主义精神的诗歌。周瘦鹃（辑）《绿靡芜馆诗话》是一部辑录近世女史诗的诗话，其中近世教育家吕碧城、秋瑾等女性豪杰及女子气象豪迈、雄姿英发的诗作也极为推崇。如作者指出秋瑾所作“诗跌宕起伏，纵横有不可一世之概，绝无半点脂粉气，女士一枝生花笔，实可横扫八千人也。兹录数首，为我诗话光。……女士虽死，其诗自当与日月同寿，千古不磨耳”。[②]并在诗话中评论：“其卒章云：‘将军手提贼人头，英风凛冽见者愁。马行迷路不可识，且卧沙场枕白骨。’气象豪迈，雄姿英发，如‘铜琵琶、铁绰板，唱大江东去。’孰谓女子诗吟风弄月之句耶？”[③]瘦鹃《闺秀丛话》纪人纪事录诗，中西闺秀荟萃于此，法国圣女贞德与吾国拒降投崖的烈女，洪承畴之母与美国总统华盛顿之母，相互映照，展现了中西妇人高洁的胸襟，将西方女子的事迹采录入诗话，并附有国人的颂扬的诗作（如丹徒叶中冷先生的《世界十二女豪杰词》），高扬女教，认为忠孝节烈足称吾国女界之光。[④]苕溪生（辑）《闺秀诗话》称其所“取闺秀诗只求性情，不尚格调魄力。亦以其难得也。清季刘景韩观察之夫人孔氏所著韵香阁诗草中，近古体近千首。均苍遒高华，洗尽铅华之气，真闺阁中仅见之才”。录其《三峡观瀑布》“奇峰秀削插当面，晓起凌虚天一线。轰轰震谷雷乍鸣，重岩陡转飞白练。如烟如雪势奔腾，大珠小珠满地溅。碧潭千尺窈而深，响滴铜壶漏传箭。蛟龙不作尘不

---

① 施淑仪：《冰魂阁诗存》（卷上），铅印本，民国二十六年（1937年），第18页。
② 周瘦鹃（辑）：《绿靡芜馆诗话》，《妇女时报》1911年第5期，第70—71页；
③ 同上。
④ 周瘦鹃：《闺秀丛话》，载《妇女时报》（1912—1916年）。

染，皎洁水光澈底见。静观顿使道心清，日暮云封犹眷念”以见之。以为张舜璇诗作多旷达语，不类闺阁，并录其旷达之作《短歌行》。仰厂《闺秀诗话》以为“国朝闺秀，能诗词者，多学术渊纯。当以吕东毕夫人为第一。夫人虽在闺阁，而通达政体”。[①]杨芬若《绾春楼诗话》品评城东女学校杨学子《送军事团北伐》古风“意殊遒壮，气吞万夫。真堪掷地，作金石声也”。[②]辑录提倡女子学校并资助之者吕家三姊妹惠如、眉生、碧城诗作。许慕西《苍崖室诗话》[③]也是专录闺阁诗作的诗话，在诗话中这样说道：“吾国文学冠绝环球，香闺淑媛，秀阁名姝，妙擅挥毫，雅解吟哦者，代不乏人。唯叶韵拈题，寻章摘句，恒多风流旖旎之作。难免华而不实之讥。如宋之朱淑贞、李易安辈，率皆目为有才无德，几至悬为厉禁，甚非女界前途之福也。然泾清渭浊，各循其流。贞节淫哇，讵必同道。靡丽艳情之作虽多，而冰霜铁石之章，亦复不少。安得一笔抹煞。谓女子之诗，悉系月上柳梢之词，而无激昂慷慨之调乎？爰集有明及前清闺阁之诗。择其光明磊落，名贵不凡者。以供秀阁才媛之讽诵浏览。虽不敢谓有裨于人心风俗，然较之于女红之暇，手小说读盲词笑语，闲谈虚掷时光者，其相去已不啻霄壤矣。”因此在诗话中作者录孤苦伶仃守节六十余年之毛钰龙《咏镜诗》，儒士郑坦室《读岳武穆王传》、《先翁捐世姑氏继殁哀挽》二诗“悲凉沉着，绝无巾帼气息”。[④]萧瑟庵主（辑）《漆室诗话》多辑女子慷慨之辞，如辛亥革命中上海城东女学校杨雪子《送军事团北伐》一首：“意殊遒壮，气吞万丈，真堪掷地作金石声也。”作者品评某自署楚北英雌者诗作“千载沉沉此睡狮，欲歌还哭我情痴。年来落拓无长物，剩却罗兰笔一枝。”又某女史诗“美雨欧风震地来，玉关消息费疑猜。楼兰未斩心先死，携手相将上舞台。声声铃响彻东京，漆室悲吟总不平。已国同关儿女事，早妆梳罢赋从征”。为“爱国之言，照人颜色”。品评金芷兰女史七古一篇“将军手提敌人头，英风凌冽世无俦。马行迷路不可识，且卧沙场枕白骨”为“气象豪迈，雄姿英发”。并称“闺阁诗中，言儿女私情者多，言慷慨爱国者少，惟刘孟熙《征妇词》‘征妇语征夫，有身当殉国。君为塞下土，妾作山头石。’

---

① 仰厂：《闺秀诗话》，《叒社丛刊》1917年第4期，第9页。

② 杨芬若：《绾春楼诗话》，《妇女时报》1912年第8期，第76页。

③ 许慕西：《苍崖室诗话》，《家庭杂志》1915年第1卷第1期，第8—13页。

④ 同上，第10页。

似此深明大义，正不知愧死几许偷生畏死之男子矣，是亦足为女界光也”。[①]辑录明亡时刘素素被掳所作慷慨之辞《题旅店壁诗》、吴中少妇赵雪华国亡被掳所作《题旗亭壁诗》三绝等，善化何慧生女士所著《梅吟馆残稿》中国多慷慨悲歌之什，如其《放言》：“天涯扰扰尽风尘，欲报国恩媿此身。若使朝廷用巾帼，高凉应有冼夫人。”有“磨盾横槊风，真愧煞西装洋奴也。”录杜英目睹清末之君臣不得，人欲横流，锦衣肉食者，蒿目时艰，酣歌恒舞，置国事不顾之现状，作时事杂咏八首，可见杜英女史关怀家国之情怀。[②]梁彦《妇女诗话》辑录少许元明清时期女子的诗作，并指出妇女诗亦多洒脱有丈夫气者，如元苏州郑云端《东城看花》诗：“不须问酒来邨店，便好行吟到日斜”以及明王凤娴诗句：“颓榭草深归燕绕，故宫月冷野狐埋”[③]等。

晚清以来中国妇女观受西方“天赋人权”等启蒙运动文化影响，参照西方女权运动的情况，结合自身民族独立的追求，提出“男女平等”、“女国民”等新观念，例如上海的《申报》早在1876年就发表文章宣传男女平等的新观念，提出“盖万物先阴后，不有女也，男何以生”[④]的观点。1880年，《申报》又继续发文，提出男女平等的问题，“泰西男女绝无异视，男子所为之事，妇女皆得而为之；男子所游之地，妇人皆得而游之。以视中国之妇女，其苦乐有大相悬殊者。”[⑤]另外20世纪前10年，全国妇女刊物多达十几种。袁世凯、端方等号召妇女恢复天足。因此在这样情势下，晚清妇女渐渐出席公众场合，在婚姻上也开始呼吁自主权利。教育女子的目的，也不再仅仅将她们培养成传统的贤妻良母，而在于培养女子之独立人格。受教育的新女性不仅仅在个人生活上得到改善，同时肩负起时代的重任，在反清运动以及革命爱国运动中发挥重大作用，如加入同盟会的秋瑾、积极创办女校的施淑仪、吕碧城等就是极好的例子。因此可以说晚清以来妇女解放思潮在特定时代背景下冲击着传统纲常体系下的妇女观，因此必然带来闺秀诗话或多或少的变化，施淑仪所辑

---

① 萧瑟庵主（辑）：《漆室诗话》的资料，《号角》1938年第11期，第7—8页。
② 萧瑟庵主（辑）：《漆室诗话（续）》的资料，《号角》1938年第12期，第3—5页。
③ 梁彦：《妇女诗话》，《实报半月刊》1936年第11期，第69页。
④ 《论女学》，《申报》1876年第3期。
⑤ 《论中国妇女之苦》，《申报》1880年第27期。

《清代闺阁诗人征略》在择诗标准等方面与历代闺秀诗话的不同就是现代妇女观极好的一个体现。然而有着几千年封建传统的妇女观根深蒂固，这使得20世纪的闺秀诗话在择诗方面仍主要坚持以“妇德”为主，或不离男子玩视的心态，《然脂馀韵》作者王蕴章、《闺秀丛话》作者周瘦鹃、《闺秀诗话》作者亶父等闺秀诗话的男性作家，在择诗、评诗方面表现出的浓郁的男权意识足见女性解放远比想象的困难。因此20世纪旧体闺秀诗话虽然有一定的创新，但整体上呈现出极其鲜明的承继性。

2. 滑稽诗话

晚清随着“诗界革命”的倡导，20世纪第一个文学社团“南社”社员大量激昂慷慨的热血诗文现于报端。但辛亥革命胜而无果，革命落潮了，曾经高涨过的社会政治热情迅速减退，文学表现出对政治的彻底失望和自行疏离。“娱乐消遣”的文学观迅速替代了“开启民智”的载道观。[①]文学成为娱乐的工具，并非自民初始，但大张旗鼓，理直气壮地宣扬文学的娱乐性质，确实是20世纪初期文坛一大特色，而鸳鸯蝴蝶派作品的流传更是推波助澜，使娱乐性形成了一股潮流。20世纪大量的滑稽诗话就是这场娱乐性文学潮流中的产物。如果说闺秀诗话主要产生在20世纪初，20世纪前半叶各个时段都可看到旧体滑稽诗话的存在，即使到抗战后期、抗战胜利后，报刊上仍连载着冯大光（主编），蛰存《滑稽诗话》[②]，龙（辑）《解颐诗话》[③]多卷。粗略算来，20世纪前半叶有胡延龄（述）《滑稽诗话百则》，定夷《滑稽诗话》，定夷《滑稽诗话》，召愚《滑稽诗话》，岩岩《还自笑庐滑稽诗话》，闻见《游戏诗话（附词曲对联）》，笑云《滑稽诗话》，野鹤《销魂诗话》，郁悼愚《滑稽诗话》，韦父《诗话：嘻嘻哈哈室诗话》，郑逸梅《滑稽诗话》，王兆霖《挹翠室滑稽诗话》，竹戈《谐诗话》，蛰存《滑稽诗话》，阳武、秋梦、鹤岩

---

① 黄轶：《“开启民智”与20世纪初小说的变革——从“政治小说”到“鸳鸯蝴蝶派”》，《郑州大学学报（哲学社会科学版）》2004年第2期。

② 冯大光（主编），蛰存：《滑稽诗话》，《立言画刊》1939年第41期，第27页；1939年第42期，第25页；1939年第43期，第24页；1939年第53期，第29页；1939年第55期，第28页；1940年第71期，第28页；1940年第91期，第16页。

③ 龙（辑）：《解颐诗话》，《交通部平津区铁路管理局公报》1947年第2卷第25、26、28、29、36、38、39、40、42期。

（等）《谐薮：滑稽诗话》，南熏《诙谐诗话》，范海容《滑稽诗话》，卞良选《游戏诗话》，何兆栋《谐文：滑稽诗话》，双热《谐诗：滑稽诗话》，吴夏伯《滑稽诗话》，佚名《滑稽诗话》，百花主人《谐诗：滑稽诗话》，《滑稽诗话：诗词》，许瘦蝶《滑稽诗话》，王翁曼《滑稽诗话·狂浪堂诗话》，天忧《滑稽诗话（续）》，方实甫《蛰庐打油诗话》录嘲讽赌博徒，打趣穷人的诗等，佚名《滑稽诗话》，玉郎《幽默诗话》，秋萍《幽默诗话》，章鉴《滑稽诗话》，胡徇遒《幽默的诗话》[①]，也白《热亚室滑稽诗话（未完）》，噱谈《游戏诗话》，顾国《谐诗忆话》，佚名《滑稽诗话》，孑弦《滑稽诗话》，鑫梁桥《打油诗话》，等等，40多种娱乐性诗话，其中以蒋箸超《蔽庐非诗话》，范左青《古今滑稽诗话》，胡山源编《幽默诗话》，上海会文堂书局1919年编印的《诗词趣话》，等等，系统整体追求幽默诙谐效果的结集成本的诗话富于代表性。这些滑稽诗话一反正统诗话正襟危坐的严肃面孔和重要的诗史意义，在轻松愉快的笔调中表现出生活的情趣，在嬉笑怒骂之间实现其讽喻意义。

晚清之际以李伯元《庄谐诗话》为代表的滑稽诗话以诙谐有趣、嘲笑讽刺的笔触记录诗坛趣闻、嘲时讽世，尤其对变态的社会和变态的人生进行无情的揭露和有力的嘲讽。[②]20世纪诸多滑稽幽默诗话延续了晚清滑稽诗话政治层面的关注，但更多的是把关注的目光投向到社会各个层面，这是与前代不一样的地方。例如蒋箸超在《蔽庐非诗话》中说："余著非诗话，有一极纯正之宗旨，不可不为阅者告者，则借诙谐以警世是也。本此宗旨，故搜罗极难，即以平生所作，亦多无理取闹，悉摈不录。仅择其尤关世道者录之。"[③]他还明确指出"以上十八章仅就不规则之社会言之"。[④]诗话中有讽抽大烟者、风流病者、狗仗人势者、为竞选丑态百露的议员等滑稽诗作，在幽默诙谐之间传达是对当前社会的关注隐忧。如录吴双热《嘲选举人》八绝、维衰十绝以嘲讽为选举而奔走钻营者。再如作者为其乡开口闭口言"呜呼"的诗派作诗云："意谓

---

① 胡徇遒：《幽默的诗话》，《论语》1933年第25期，第60—62页；1933年第30期，第36页；1934年第33期，第37—38页；1934年第48期，第38—40页。

② 蔡镇楚：《中国诗话史》，长沙：湖南文艺出版社，1988年，第340页。

③ 蒋箸超：《蔽庐非诗话》第2卷，上海：海上蔽庐，民国四年（1915年），第13页。

④ 蒋箸超：《蔽庐非诗话》第1卷，第26页。

改良是呜呼，呜呼惟我独呜呼。呜呼乡荐呜呼贡，及第呜呼落呜呼。”[①]既幽默风趣又针对时弊。范左青《古今滑稽诗话》选取的滑稽诗作既有趣味性，也有警世醒人的功用。例如昔人谓知县衙门种种人物有十二生肖之分，某君戏作十二诗称少爷属鼠、封翁属牛、小姐属兔、门告属虎、账房属龙、刑钱属蛇、姨太太属羊、官太太属马、本官属猴、书办属鸡、差役属狗、官亲属猪。可作“牛鬼蛇神，一时并现，可作一旧时代官场之现形记读”。[②]如《本官属猴》：“坐衙啊喝性方严，参儿夫人便杀威。移步随行顷刻换，真堪绝倒沐猴冠。”《官亲属猪》：“豆羹饱食共酣眠，无束无拘似散仙。独有赃私抡不到，眼红只好作旁观。”十二首滑稽诗作借生肖动物本性之特征对所述其人极尽讽喻之本领。另外作者通过记录逸事再次强调滑稽诗警世醒人的目的：“有梅生者，眷一薛姓姬人，留恋往返，迷而不悟，其友某君改为旧句讽之曰：‘梅薛争春未肯降，帮闲弄堂费文章。梅须逊薛三分阔，薛却输梅一段长。有梅无薛不成亲，有薛无钱也不成。日暮将钱交与薛，与梅并作十分春。’梅生见诗大悟，即起归家。诗之感人，一至于此，凡作滑稽诗者，以此为正宗，否则徒事嘲谑，取憎于人，有损于己，浪费笔墨。”[③]定夷《滑稽诗话》录迷津好客者讽上海奢靡成习，淫佚相尚，外强中干之荷花大少、锱铢必较的商人、性极浮躁好狎游闽人、上海马路妓女之作等。闻见《游戏诗话》有借滑稽之诗嘲讽讲学好引古之教员、清官员好狎、当选为议员之好赌某校长、官职愈卑官派愈甚之现象、吾国教育无进步教员滥竽充数之现象、留日道德败坏之人、留日学生狎下女众相习成风、吸鸦片之人、淫荡少年、逢人作揖者、爆发商人等等，可以说几乎涉及民国前后社会生活的各个生存现状，作者对这些丑恶社会现状极尽讽刺挖苦之能事。如“蜀中狂生”条云：“蜀中有自号狂生者，暇中戏拟唐人诗为数不少。兹录数章于此，借以见数年中四川之现象。其仿王维《鹿柴》云：通身不像人，吹的牛皮响。转瞬入公门，俨作公庭上。”仿裴迪《送崔九》云：“得委征收局，须尽包袱美。莫怕控告人，闹到上官里。”仿孟浩然《春晓》云：“年来已吃饱，处处无人晓。公司合资人，摊牌知多

① 蒋箸超：《蔽庐非诗话》第1卷，第17页。

② 范左青：《古今滑稽诗话》，刊本，上海：上海会文堂书局，民国十年（1921年），第32—33页。

③ 同上，第5页。

少。”仿王维《杂诗》云：“君为求利来，应知营利事。汇往申江钱，竹竿敲着未。”[①]令人发笑的诗作在幽默讽刺的笔触中寄托着作者对社会现实的深深失望和不满。阳武、秋梦、鹤岩（等）《谐薮：滑稽诗话》如辑某人《鸦片烟枪铭》，谑而不虐；某君作诗讽海上某医院、嘲爱财若命之张姓者等。[②]岩岩《还自笑庐滑稽诗话》“诗以言志，近人每喜欢以滑稽出之，亦东方曼倩之遗意也。余不善诗，好阅此种诗，将所得记忆者录之，以博阅者一粲，亦可谓诗界别开一生面也”。[③]指出近人作诗喜用滑稽的笔触，亦是承续了西汉辞赋家东方朔言词敏捷，滑稽多智，游戏文字之旨趣。而岩岩喜好滑稽诗，在于滑稽诗不但可以娱人心目，也是诗家之别调，即诗歌具有讽喻暗指性。如讽刺唯唯诺诺之外交官、长相怪异欠债不还同里某孝廉等。韦父《嘻嘻哈哈室诗话》录其友竹枝词“十条议案九条捐，不爱声名只爱钱。土木瓦泥齐列举，浴茶柴草更居先。二成好处甘尝粪，（因公所议有粪捐，以捐之八成入公，二层则各人分肥。）一半沾光在禁烟。更有两般堪发噱，教他僧道泪涟涟”[④]以讽某乡自治公所为搜刮民财制定的种种征税制度，具有很强的现实针砭性。胡延龄《滑稽诗话》中某人竹枝词“监学皤皤大度容，斋夫提着小灯笼。检鞋掀帐人无有，十室居然九室空”[⑤]嘲讽宁属师范学校世风日下的读书风气。噱谈《游戏诗话》[⑥]讽刺科举考试中意见不合之考官、嗜好鸦片败家子，讽刺“钻得教员局面撑，维新样子使人惊。与谈典籍浑迷窍，谬袭皮毛讲卫生。薪俸年年数十串，操场处处二三声。怕他视学来挑剔，私到城中结感情”之表面上趋同维新，实则虚张声势、不学无术、善于苟营私利的村学究者。召愚《滑稽诗话》[⑦]录稗偕居士讽喻表演戏中丑态毕露之瑞昌男女。喋喋江湖汉者《滑稽诗话》以辑录俗世生活中可笑之人之事为主，但也通过《嘲教书先生》、《嘲医生》以揭示世界颠倒是非混淆黑白之罪恶现状。录仲复颇解颐诗作：“几辈时髦新少年，金丝眼镜雪茄烟。谁知好个绣花枕，笑煞旁边一丐仙。七尺昂藏意

---

① 闻见：《游戏诗话》，《娱闲录》1915年第23期。

② 阳武等：《谐薮：滑稽诗话》，《民权素》1914年第1期，第19—24页。

③ 岩岩：《还自笑庐滑稽诗话》，《快活世界》1914年第1期。

④ 韦父：《诗话：嘻嘻哈哈室诗话》，《余兴》1917年第30期，第97—98页。

⑤ 胡延龄：《滑稽诗话》，《滑稽杂志》1913年第1期，第80页。

⑥ 噱谈：《游戏诗话》，《娱闲录四川公报增刊》1915年第24期，第53—54页。

⑦ 召愚：《滑稽诗话》，《自由杂志》1913年第2期，第3页。

态狂，可见风貌乞儿装。阮郎岂效穷途哭，为痛斯文吾道亡。文章空有生花笔，节气常流一竹竿。可惜街头势利狗，见人只咬破衣衫。”①以嘲讽表面上趋新但不学无术之少年。孙懼斋和俞稷卿之《戒洋烟》“原非有意吃洋烟，朋友同淘不出钱。那晓瘾头真个上，翻云穷富听凭天。”“买土烧烟当正经，朝朝暮暮不会停。床中宛像灵台样，常点洋灯一盏青。”②等，幽默诙谐又有惩戒之意。胡徇遒《幽默的诗话》内容广泛，辑录古今关涉“穷”、“钟馗”、“悲哀之洞房”“调笑什锦”、“闺秀韵事”、“画图题咏”、“名流与政客”、“说虫类”之滑稽幽默诗作。其“调笑什锦”、“说虫类”等章多辑录生活中滑稽之诗，生活气息很浓厚，但也不乏讽喻现实之作，如在“说虫类”一章中，作者在辑录了周作人《苍蝇》“我们说爱，爱一切众生；但是我——却觉得不能全爱。我能爱狼和大蛇，能爱在林野背景里的猪。我不能爱那苍蝇。我憎恶他们，我诅咒他们，我诅咒他们，大小一切的苍蝇们，美和生命的破坏者，中国人的好朋友的苍蝇门啊！我诅咒你的全灭，用了人力以为的，最黑最黑的魔术的力”后这样品评说：“诚然，际兹日暖风和之候，适正趋炎附势之时，一般跳梁小丑似的，冬眠已醒之隔年老蝇，早经蠢蠢思动，跃跃欲试！而业将负责产卵，繁殖了！可怕的蝇，杀人不见血！我顾举国同胞，皆奉此诗为金科玉律！”③由“苍蝇”想起如“苍蝇”一样的外国侵略者，具备了很明显的讽喻性。而“钟馗”“名流与政客”两章多借滑稽诗讽喻现实，例如作者在考证了钟馗由来及历史上各个时段的钟馗形象和内涵之后，以为杨维桢《大唐钟进士歌》、刘基钟馗投鬼移诗家园，均甚有趣。尤其诙谐者，如监官《查放园》七古笔情豪放，极嬉笑怒骂之能事。又如江都臧治孙太史谷，性诙谐，其咏钟馗诗：“岂有钟馗怕鬼迷，敢夸鸿福与天齐。发成一把盘于顶，须长千条垂过脐；阔派乌靴常不脱，及时旧扇且轻携。堂堂相貌人称善，那识胸中尽是泥。”④等，作者以为这些诗作，“又滑稽，又沉痛，信手拈来，纵横驰骤；冷峭尖刻，处处表现作者一副含着眼泪笑的尴尬面孔。”⑤在“名流与政客”

① 喋喋江湖汉者：《滑稽诗话》，《滑稽杂志》1913年第1期，第75页。
② 同上。
③ 胡徇遒：《幽默的诗话（续完）》，《论语》1934年第48期，第40页。
④ 胡徇遒：《幽默的诗话》，《论语》1933年第25期，第6页。
⑤ 同上。

一章中，辑录林语堂、康有为新旧体诗各一首以讽社会上名流政客之钩心斗角。以上可见20世纪滑稽诗话在滑稽之笔中流露出严肃的社会思考，有着重要的时代意义。这正如李德强说："滑稽诗话背后的这种严肃人文思考，正是传统诗学'刺政'传统在近代社会文明的延续，它带来的不仅是戏谑和玩世的放诞不羁，其中更重要的是作者深沉的反思。"[①]因此20世纪诸多滑稽诗话在幽默曲笔的书写中嘲笑社会上各色病态人生和丑陋现象，是讽世诗话。

20世纪滑稽诗话中有许多纯粹以娱乐和搞笑为主的诗话，这些滑稽诗话作品大多着眼于日常生活中可笑之人的可笑之事，极富生活气息。郑逸梅在《滑稽诗话》中说："夫歇后诗打油诗，大抵主文谲谏言为多，后之滑稽诗半由此出，沿及末流，但引人笑，解人颐，不必皆存讽世之心。"[②]因此其诗话辑录诸多古今纯娱乐之事此可及诗作，如诗话中指出前清康熙江阴吴仲渊善谐谑，古人按滑稽改诗可追溯到三国甚至更远，可知古圣人亦爱滑稽等等。但郑逸梅《滑稽诗话》也录谲谏之作，如他称其友病眉君最善滑稽，其七古一首"虽极滑稽，然多讥刺。帝制语不独饶有诙诡。亦未始非主文谲谏之作，君子亦有取焉"。[③]范左青在《古今滑稽诗话》自序中说："今之国步方艰，欲循世而未免有情。学营利乃为鬼所弄，拟放怀诗酒，遣兴浇愁，以度可怜之岁月。则酒虽能饮，愁总难浇，诗未学成，兴将和遣。于是不获已。而鄛袭陈言，搜罗新报，旁采时贤近作，选得古今滑稽诗词若干首。略加诠次，汇编为一册。以自娱乐。诗固波诡云谲朔髡逊此诙谐，词尤燕婉莺柔，温李无其香艳，把一编而在手，妙众论以粲花，历箴刺之微言，俗非伤雅，开胡庐之笑口，醒亦能狂，穷达虚妄，累块顿释。"正因"开胡庐之笑口"，诗话中辑录了若干趣味横生的打油诗、俗律俗绝，并偶涉男女之私情。仅录一首以一点窥见全豹，如昔人《咏剃头》："闻道头堪剃，马人不剃头。有头皆可剃，无剃不成头。剃是由他剃，头还是我头。请看剃头者，人亦剃其头。"[④]圆转如珠，传诵至今。蛰庐《滑稽诗话》辑录古今诗坛诸多谐趣之诗，如袁枚门人李香岩作诗自嘲两次

---

① 李德强：《近代报刊诗话的娱乐性新变》，《华南师范大学学报（社会科学版）》2014年第2期。

② 郑逸梅：《馀兴：滑稽诗话》，《游戏世界》1921年第3期，第8页。

③ 郑逸梅：《馀兴：滑稽诗话》，《游戏世界》1921年第4期，第9页。

④ 范左青：《古今滑稽诗话》，刊本，上海：上海会文堂书局，民国十年（1921年），第26页。

未遇袁枚女弟子的窘态，萧湛恩饶有趣致之诗，世人嘲讽驼背、麻面、跛足、近视眼等诗，模仿韩愈《石鼓歌》作麻雀歌即滑稽风趣麻将歌，顽父竹枝词，古人以孩童语气出之饶有奇趣之诗作，庄谐俊逸之竹枝词，顾兼塘饶有逸趣《赁屋诗》五首，颇具噱头之《咏北京马路》一排律，谐趣新婚诗，黄左用饶有逸趣之《猫诗》，宗子威之七绝四首以婉而多讽剽窃其诗者，郑板桥之谐诗等。值得一提的是蛰庐辑录了某人把陶渊明《桃花源记》以问答体裁改写成的七律六首，并称说这几首诗"辞藻典丽，情意殷勤，亦游戏文章中之上品也。"辑录一首以见之，如《武陵渔者问桃源人》："此身误入三叉路，到处欣闻笑语哗。洞口桑麻传几代？村中雞犬属谁家？可曾草种长生药？底事桃开夹岸花？好与居人问一一，从头指点定无差。"[①]岩岩《还自笑庐滑稽诗话》多录世俗生活中谐趣诗作，范海容《滑稽诗话》录某女士滑稽诗以嘲笑好修饰之男人，吾夏伯《滑稽诗话》嘲讽学问不够却严厉指斥学生的教师及题首句以俗语缀成的滑稽诗，阿呆、颠杏《滑稽诗话》辑录二人为消遣而作诗之过程。笑云《滑稽诗话》[②]辑录与友挹芳解诗、作谐诗过程，老彭《滑稽诗话》辑录剃须诗、嘲笑好吃者之滑稽诗，章鉴《滑稽诗话》多辑录妙趣横生的俗语俗事，如"今朝有酒今朝醉，糊里糊涂过一生"等；陈积勋《滑稽诗话》辑录嘲麻子、矮子、驼子诗及黄公侠等诙谐之作。卞良选《游戏诗话》[③]仿照"少小离家老二回，本是老大，因何言老二，只因老大嫁作商人妇。因而余拟撰数则以博阅者诸君一笑，邯郸学步耶，东施效颦耶，均所不计"，纯为娱乐。方实甫《蛰庐打油诗话》[④]辑录高霞觞、汪蘅洲等打趣生活的诗作。心父《谐诗话》以为俳体之诗，贵有风趣，而又须不涉淫佻；韵律稍差，尚无大碍。因而录某人仿崔护《题都城南庄》所作："去年今日过此门，人面麻花相对搓。人面不知何处去，麻花依旧下油锅。"[⑤]令人忍俊不禁。龙（辑）《解颐诗话》[⑥]辑录古代诗坛趣闻轶事，如欧阳修、尹文端与袁枚唱和之辞、四海骚人靡不倾仰张船山诗才蕴藉性格风流之辞坛韵事，清嘉庆道士苏门诙谐诗作、开元中宰相

① 蛰庐：《滑稽诗话》，《立言画刊》1939年第54期，第24页。
② 笑云：《滑稽诗话》，《余兴》1914年第2期，第91—92页。
③ 卞良选：《游戏诗话》，《学生文艺丛刊》1925年第2卷第9期，第210—211页。
④ 方实甫：《蛰庐打油诗话》，《学生文艺丛刊》1928年第4卷第10期，第198—199页。
⑤ 心父：《谐诗话》，《越国春秋》1934年第50—71期，第55页。
⑥ 龙（辑）：《解颐诗话》，《交通部平津区铁路管理局公报》1947年第2卷第40期。

苏味道与张昌龄暇日相互夸诮之诗、郑板桥以自己“少贫，尝为蒙师，即达”乃作谐趣自嘲诗，苏东坡携妓往谒大通禅师之趣事。闻见《游戏诗话》也录纯娱乐的诗作，如有谐趣之游戏对联、嘲矮子、妓女、懒人、落第者诗歌，名士张麟年之游戏联、清咸同年间陆某滑稽诗、颇有意趣之天隐君《铁拐李》词、航行船诗，某人以俗谚为题作滑稽试帖诗如《有借有还再借不难》、《有钱能使鬼推磨》、《叫化二年懒做官》，某君为近时多见新式结婚礼戏成贺联、游戏对联等。大《滑稽诗话》录咏麻将、嘲秃头者、讽监商娶艳妇诗等。①王翁曼《滑稽诗话·狂浪堂诗话》②专集朋辈戏谑放浪之诗。何兆栋《谐文：滑稽诗话》嘲讽驼翁③，章鉴《滑稽诗话》④辑录盛唐、晚唐派的出恭诗、寻常俗家语、嘲笑矮小知县诗、打趣某翁诗作等，佚名《滑稽诗话》全篇辑录咏车夫、女工、妓女、印捕、秃子、缺嘴等纯娱乐诗作。⑤此外篇幅短小的竹戈《谐诗话》⑥，畏匡《解颐诗话》⑦，孑玄《滑稽诗话》⑧，佚名《诗话：应君素诙谐》⑨，佚名《滑稽诗话》⑬秋萍《幽默诗话》⑩，野鹤《销魂诗话》⑪，召愚《滑稽诗话》⑫，南熏《诙谐诗话》⑬，也白《热亚室滑稽诗话（未完）》，吴夏伯《滑稽诗话》，佚名《滑稽诗话》，郁悼愚《滑稽诗话》，等等，皆为纯娱乐的滑稽诗话。

值得一提的是王兆霖《挹翠室滑稽诗话》关注到了滑稽诗的写作及其特点，他说“苏轼尝谓作文如行云流水，但能行于所当行，止于所不可不止。虽嬉笑怒骂之词，皆可书而诵之。余谓文固如是，诗亦何独不然。而滑稽诗尤当作如是观”，并称易实甫：“‘我年十五二十时，人人称我贾宝玉。我年三十四十时，

① 大：《滑稽诗话》，《香港九龙杂志》1932年第1卷第5期，第12页。
② 王翁曼：《滑稽诗话·狂浪堂诗话》，《金钢钻月刊》1933年第1卷第4期，第1—8页。
③ 何兆栋：《谐文：滑稽诗话》，《青年镜》1926年第45期，第57页。
④ 章鉴《滑稽诗话》，《余兴》1916年第13期，第129—131页
⑤ 佚名：《滑稽诗话》，《香海》1923年第1期，第27—33页。
⑥ 竹戈：《谐诗话》，《越国春秋》1934年第50—70期，第70页。
⑦ 畏匡：《解颐诗话》，《万岁杂志》1932年第1卷第5期，第35页。
⑧ 孑玄：《滑稽诗话》，《一四七画报》1948年第21卷第7期，第8页。
⑨ 佚名：《诗话：应君素诙谐》《华安》1934年第2卷第3期，第28—29页；1934年第2卷第5期，第31页。
⑩ 秋萍：《幽默诗话》，《黄陂月刊》1943年第3卷第4期，第33页。
⑪ 佚名：《滑稽诗话》，《监政周刊》1935年第110期，第17—18页。
⑫ 召愚：《滑稽诗话》，《自由杂志》1913年第2期，第3页。
⑬ 南熏：《诙谐诗话》，《广益杂志》1919年第5期第107—108页。

人人称我于宗肃。那个龟子亡八蛋，纷纷兢言利与禄。’是诚可谓嬉笑怒骂皆成文章。”[①]“滑稽诗太过则近俗，不及则寡趣。免俗饶趣，方可朗朗上口。”[②]“诗往往有笑中带哭，哭中寓笑者，所谓伤心人别有怀抱也。如王定洋哭儿诗骤视之若甚滑稽，细味之有无穷隐痛。”[③]即滑稽诗尤可书写嬉笑怒骂之词，创作时应注重“免俗饶趣”的原则，同时滑稽诗的特点在于往往“笑中带苦，苦中寓笑”，在嬉笑怒骂之间暗含其别样的情怀。《挹翠室滑稽诗话》还辑录其师《于莘拔夫子赋怀》“浇残块垒三杯酒，勿尽心思八股文”[④]，指出明清科举制度中八股文终非取士之道，并录清吴江布衣徐灵胎嬉笑怒骂之刺时文歌加深对滑稽诗创作和特点的认识。

清末民初社会局面的动荡，政治风潮起伏，各种思想的激荡，使许多人失去了价值判断的能力，生活的无力感、厌倦感使得他们追求短暂的快乐和刺激，于是游戏人生、及时行乐，遂成为一股文化思潮在社会上蔓延，尤其在市场和媒介的推动下，中国现代俗文学出现了前所未有的繁荣，五四新文学运动之后，也同样以其娱乐主义的风貌，表现出与高扬启蒙主义的新文学的异质性，并与其沿着两条平行的线索向前发展。20世纪诸多滑稽诗话或纯粹为娱乐、游戏、消遣，或在轻松谐趣之间传达着警世的讽喻目的，延续着中国传统文学以消遣愉悦为主要功能、以劝诫为目的创作观念，是中国现代俗文学中不可或缺的一部分。在此值得一提的是被文坛戏称为“鸳鸯蝴蝶派”的作家最初多为南社革命家，可以说对政治的失望，使得他们逃离了“开启民智”的桎梏，转向对现代平民日常生活的关注。而20世纪滑稽诗话作家将关注的视野转向对民众特别是市民的日常生存现状，是否恰恰也反映了滑稽诗话作家在新旧交替时期别样的人文关怀？而这种转变终究改变了历代诗话对正统“雅文学”一贯的关注，实现了诗话雅俗一体的特殊性。而在20世纪诸多的滑稽诗话中，王兆霖《挹翠室滑稽诗话》对滑稽诗创作的思考，表现出与林语堂等在20年代对“幽默”思考的一致性，因此尽管20世纪滑稽诗话多刊登在报纸杂志，篇幅极其短小，但它的出现却仍有不可忽略的历史意义，这正如有学者说滑稽诗话

---

① 王兆霖：《挹翠室滑稽诗话》，《社会之花》1924年第2卷第5期，第5页。
② 王兆霖：《挹翠室滑稽诗话》，《社会之花》1924年第2卷第1期，第8页。
③ 同上，第4页。
④ 王兆霖：《挹翠室滑稽诗话》，《社会之花》1924年第2卷第3期，第4页。

的产生“不仅丰富了诗话的内容，也对诗学艺术和文风的转变起到了很好的推动作用。”①

曾有学者指出：“形式的现代性与内容的现代性不可同日而语，形式具有超越性，可以承载不同的思想内容，而且形式具有脱离思想内容的继承性。所以，文学形式的现代性不同于内容的现代性。”②以上闺秀诗话、滑稽诗话绝大多数文本都沿旧例，冠以“诗话”名称，基本上采用随笔体式，各个条目之间并不存在绝对的意义关联性，批评的对象仍主要指向文言旧体诗，其形式与内容上的承传性是毋庸置疑的。然而闺秀诗话、滑稽诗话虽然承继了历代诗话的传统特征，但诸多闺秀诗话所表现出的现代女性意识及滑稽诗话所承载的现代市民日常生存关怀情怀又表现出了传统诗话所无法比拟的现代性，在此，传统的古雅与现代的瑰奇合为一体。事实上，清代诗话中如梁启超《饮冰室诗话》、林昌彝《射鹰楼诗话》、李伯元《庄谐诗话》等少数诗话随着西风东渐已经呈现出异于以往诗话的崭新面目，随着时代的演进20世纪的旧体诗话其现代性的光芒日渐突出和集中。例如宁调元《民族诗话》，梁乙真《民族英雄诗话》，王遽常《国耻诗话》，贝百能《沁园抗战诗话》，黄照熹《民族诗话》，子瑜《朋辈抗战诗话》，明强《抗战诗话》，丁之中《抗战诗话》，祝嘉《军国民诗话》，等等。仅从诗话名称就能触摸到其与时代同跳动的音符，而吴宓《空轩诗话》，钱钟书《谈艺录》，范罕《蜗牛舍说诗新语》，胡怀琛《海天诗话》更是光芒四射地散发着西学气息。不仅如此旧体诗话在诗歌辑录和论评专门性、系统性、理论性方面超出以往历代诗话，例如上述闺秀诗话专录妇人之作，幽默诗话专录幽默滑稽之作就是极好的例子，此外袁嘉谷《卧雪诗话》，杨香池《偷闲庐诗话》，由云龙《定庵诗话》专录云南诗人诗作，王守恂《说诗求已》，姚永朴《蜕私轩诗说四卷》，许钟璐《辛庵诗说》均为《诗经》的阐述之作，夏敬观《唐诗说》，秦佩珩《秋窗呓语》分别为唐诗和吴梅村诗作的专论之作，屈向邦《粤东诗话》，吕光锡《桃花源诗话》，李家孚《合肥诗话》，彭子兰《湘湄诗话》，等等，皆为地域性诗话，旧体诗话的专门性及系统性可见一斑。在此借用蔡镇楚对邵祖平《七绝诗论》和《七绝诗话》的品评以见20世纪旧体诗话对清代诗话的发展和超越之处：“是书专论七言绝句，

---

① 李德强：《近代报刊诗话的娱乐性新变》，《华南师范大学学报（社会科学版）》2014年第2期。

② 黄子平、陈平原、钱理群：《论二十世纪中国文学》，《文学评论》1985年第5期。

对这一诗体作了比较系统而全面的研究。作者以严肃的批判的态度，集中整理了前人论述七绝诗话的理论精华，阐明了七绝的缘起、体裁、风格、诗品、类别、作法、解法等理论性和实践性问题，既系统深刻，又具体详细，具有较高的学术研究价值和实际指导作用。……由此可见，是书论诗的系统性、理论化、专门化程度，则在清人诗话的起点上又向前跨越了一大步。作为大学中文系的专修教材，这部杰出的理论的广度和深度，体例的严谨和一致性，也许是清人诗话无法比拟的。”[①]以此观之，旧体诗话诸如黄节《诗学》、陈去病《诗学纲要》、王礼培《小招隐馆谈艺录》、龙汇川《汇川诗话》等等莫不呈现出与邵祖平《七绝诗论》、《七绝诗话》相似的诗学建构特点。由此可见，20世纪现代旧体诗话虽然在古典诗学的领域几乎提不出更新的观点和思想，但诗话这种传统式的随笔和漫谈，并非系统的现代专论可以完全代替，更何况诸多旧体诗话也于西学东渐的现代语境中从形式或内容上作着有形或无形的现代嬗变，因而旧体诗话中一些吉光片羽的精当之见以及佳构杰作所拥有的现代诗学价值即便是盛极一时的清代诗话也是无法企及的。总而言之从以上对闺秀诗话和滑稽诗话的分析可知20世纪旧体诗话虽然有其不可避免的传统性，但毕竟是社会急剧变革在文化意识上的反映，是中西文化撞击中矛盾和融合后的新观念，表现出新旧并存、旧中寓新、中西交汇、新质萌生的特性和价值意义。

---

① 蔡镇楚：《中国诗话史》，长沙：湖南文艺出版社，1988年，第377—378页。

第三章　西学东渐中旧体诗话的现代嬗变

20世纪初，中国文学批评的时代语境发生了翻天覆地的变化，现代旧体诗话作为新旧知识、中西文化并存的社会产物，表现出古典性与现代性共存的复杂品格。而“现代性” 作为近年来学术界热门的话题，也是一个丰富复杂、歧义丛生的概念，有种种归纳和概括，至今没有一个比较统一的说法。而长期以来人们在对中国文学的现代性问题论争中，一直认为只有现代文学才具有现代性问题可谈，除此之外的文学的现代性问题则是无从谈起的。因此对“现代性”概念的认识显得至关重要。有学者总结说：“‘现代性’在此不只是一个时间概念，更是一个价值尺度，它有一个不断生成的过程，意味着对过去的反抗、现在的偏爱和未来的企盼。它是在与过去有着难以割舍的关系的前提下又体现出了对于当下独特价值的肯定与关注。”[①]因此作为价值尺度的现代性是可以用来评价不同时期的文学及现象，也可以评价同一时期不同的文学现象，即是说并非所有的现代文学和文学批评都具有现代性，与此同时，也并非所有的隶属于现代时期的各种文学或文学批评都不具备现代性。以此来观之，20世纪旧体诗话作为发生在现代语境中的古典诗学批评，其学术的发展同研究主体的意识及其活动息息相关，学术研究主体的素养和取向在一定程度上是学术兴衰存亡的根本保障。20世纪旧体诗话因批评主体社会角色、知识结构、文化思想的现代嬗变导致了不仅导致了诗话批评对象的改变，同时导致了20世纪旧体诗话“多米诺骨牌”似的连锁反应，诗话文本作为批评客体其诗话批评内容、诗论、批评话语、批评思维等发生了一系列相应的现代嬗变。本章试图借助现

---

① 郁敏：《晚清诗论现代性初探》，重庆师范大学2003年硕士论文，第7页。

代性话语作为研究20世纪旧体诗话的价值尺度，一方面既不偏废现代旧体诗话与传统诗话诗论、现代诗学的联系，一方面更着重于挖掘现代旧体诗话的现代性本身所具有的独特价值内涵。

一、旧体诗话批评对象的变化

晚清以来，在强劲的西风吹拂下，中国社会的文化、文学等各个领域莫不开始了由传统向现代的转型过程。在这一转型过程中，传统的形式有的被扬弃，有的被进行创造性的转化，有的则隐入民间，流向边缘，默默地焕发着自己的生命力。就文学领域而言，具有悠久历史和稳定形态的中国诗话就属于这种民间化和边缘化了的理论批评形式。在文学理论由传统文论到现代文论的转型过程中，数量繁盛的传统古诗话被不分良莠地忽视了，[①]代之而起的是全新的现代文论及西方诗学（包括马克思主义文论）。在新与旧的激烈对立与冲突中，旧体诗话由于其结构封闭，造成内部循环机制缺乏从民间更不用说从国外汲取新鲜营养以增强自生活力的机会。当它面对西方诗学话语的挑战时，就显得色厉内荏、不堪一击，新的诗学话语成功占领了被旧式诗学话语长期霸占的统治地位。现代旧体诗话被挤进了尴尬的历史境遇，但是，它一方面凭借其高贵的血统、久远的历史，依托古典诗歌等文体堡垒，默默地鄙弃和抗拒着新式的诗学话语。陈衍《石遗室诗话》为代表的同光体诗话，以王闿运《湘绮诗话》[②]为代表的汉魏六朝体诗话等等，大都打出了“复古”、“拟古”的旗号；但另一方面也在历史的角落里无声无息地吮吸着欧风美雨吹过的清新气息，逐渐闪熠着现代性的光芒。旧体诗话中诸如高旭《愿无尽庐诗话》、胡怀琛《海天诗话》、吴宓《空轩诗话》、范罕《蜗牛舍说诗新语》、钱仲联《梦苕庵诗话》等一些诗话与晚清梁启超《饮冰室诗话》一样在诗话写作的历史长河中别开生面，均具有新诗话的性质，即便是被认为墨守成规的陈衍《石遗室诗话》、王逸堂《今传是楼诗话》、由云龙《定庵诗话》等旧体诗话的古旧壁垒也间或透露出现代气息。这正如张寅彭在《新订清人诗学书目》附录民国

---

① 张寅彭先生总结说：“以旧体诗为评说对象的诗话，长期以来一直处在湮蔽不彰的状态之中，虽距今不远而已如古物，沦为待挖掘、待整理的命运”。（《民国诗话丛编·自序》，第4页。）

②《湘绮诗话》，又名《湘绮楼说诗》，原仅4卷，后增补为8卷，改称《说诗》之名。

时期诗学著作目录共计一百六十六条时指出："本目所收，以说旧体诗为限。此一类著作，得承晚清旧体诗创作大复盛之势，又隐得其时西学大炽背景之助，故其说或被指为保守，实于旧体诗之总结，已颇有新义可採。"①此可采"新义"体现在诗话即为在西学大炽、新旧诗学话语激烈对抗的文化背景下彰显的现代性，具体体现为七十本（篇）左右旧体诗话批评对象的变化所导致的批评文本的嬗变，本章将从三个方面来探讨旧体诗话在西学东渐潮流中批评对象的变化。

1. 采集和评说"新派诗"

黄遵宪在晚清诗坛复古之风日盛的情势下，力倡"我手写我口，古岂能拘牵"，他的诗歌熔铸新理想以入旧风格，为晚清诗界革命开启了先河，在当时产生了十分广泛的影响。对于黄遵宪的"新派诗"，民国时代的诗话予以了高度的关注。梁启超说："近世诗人，能熔铸新理想以入旧风格者，当推黄公度。"又说："要之，公度之诗，独辟境界，卓然自立于二十世纪诗界中，群推为大家，公论不容诬也。"②陈三立说：公度"驰域外之观，写心上之语，才思横轶，风格浑转,出其余技，乃近大家。此之谓天下健者"。③袁鸿镳说："近代诗家能兼通新旧学融恰入诗者，首推嘉应黄公度廉访遵宪。此海内同声翕服者也。"④其他如康有为、丘逢甲、狄葆贤、潘飞声、徐世昌、林庚白、汪辟疆、吴宓、钱仲联诸先生，于黄遵宪的"新派诗"，均极力称赞⑤。潘飞声于《在山泉诗话》中这样赞誉黄遵宪的新派诗："海外景物，近人入诗者多。求其雄阔淋漓，不负万里壮游者，惟黄公度一人而已。"梁启超在《饮冰室诗话》具体指出黄遵宪的《今别离》四首，分别咏轮船、电报、照相以及东西半球昼夜相反，意境新奇，极富生活情趣（《饮冰室诗话》二十九）。他还盛赞黄遵宪另一首诗《以莲菊桃杂供一瓶作歌》"半取佛理，又参以西人植物学、化学、生理学诸说，实足为诗界开一新壁垒"。（《饮冰室诗话》四十）

---

① 张寅彭：《新订清人诗学书目》，上海：上海古籍出版社，2003年，第174—204页。

② 梁启超：《饮冰室诗话》，北京：人民文学出版社，1980年，第24页。

③ 李开军：《散原精舍诗文集》，上海：上海古籍出版社，2003年，第1127页。

④ 袁保香：《冷观庐诗草诗话·冷观庐诗话》，影印本，民国四年（1915年），第13页。

⑤ 高旭：《愿无尽庐诗话》，钱仲联：《人境庐诗草笺注》，上海：上海古籍出版社，1981年，第1275—1308页。

黄遵宪之外，《饮冰室诗话》还对其他“以旧风格含新意境”的诗人诗作给予高度评价。如称赞《灭种吟》十二章为“熔铸进化家言，而每章皆有寄托，真诗界革命之雄也”。（《饮冰室诗话》一一六）与《今别离》风格相似的杨惟敏《秋感四章》（见《饮冰室诗话》一〇九），楚北迷新子《新游仙》八首（见《饮冰室诗话》一六三），蒋智由《新游仙》二章（见《饮冰室诗话》一六八）《饮冰室诗话》都推崇备至。梁启超的《饮冰室诗话》是晚清“诗界革命”中最成熟的诗歌理论，他在《饮冰室诗话》中大量录入和评价以西方新事物（包括异国风光、民俗民情）和文明成果（西方文明即西方资产阶级的思想精神与自然科学等新鲜事物）作为表现对象而产生“新意境”的诗歌，势必加深一些诗人和批评家对新派诗的印象和批评。时至1935年，吴宓的《空轩诗话》还津津乐道“以新材料入旧格律”一事，可以说将晚清民初中国诗歌这一独特的风景涂抹至极致。

确实，紧随梁启超《饮冰室诗话》之后，旧体诗话中的一些诗话论著将此景演绎得如火如荼。据笔者统计，旧体诗话中大约有三十余本（篇）诗话分别收录和评价此类新派诗。具体言之，大致可分三类情况。第一种情况是对出使海外的一些诗人的纪游诗作的辑录。晚清以来，中西交往加快了步伐，不少出使海外的国家公使或职员本身就是诗人，他们将自己在海外的风物见闻记之于诗，诗中意境自然为之一变。旧体诗话对这些诗歌特别予以关注。如周实《无尽庵诗话》录马为珑从日本寄回的近作《过长崎》、《东渡杂感》等诗作。①录金泽苍东游扶桑后所著《春日感怀》及《日本东京旅居夜雨》一律。②觉公《抱一庐诗话》录吴挚甫游日本所作，如和日本诗人森槐南之长篇及在日本西京时游本愿寺十咏（咏如来像、祖师堂、漱枕居、印月谭、徊棹廊、孔雀、鹤、西国花、傍花阁）多为日本风物所作。③陈衍《石遗室诗话》录康长素愚海外十余年所作四首诗，诗题中分别出现“瑞士、但丁、那厘利”④等外来词汇。其《石遗室诗话续编》录陈丹桂游菲律宾为葡萄牙之航海家麦氏所作《麦

① 周实：《无尽庵诗话》第1卷，《无尽庵遗集》，上海：上海国光印刷所，民国元年（1912年），第3页。

② 同上，第8页。

③ 觉公：《抱一庐诗话》，《近代中国史料丛刊三编》第四十四辑，影印本，第227页。

④ 陈衍：《石遗室诗话》，张寅彭主编：《民国诗话丛编》，第125—126页。

哲伦墓》七言古一首，其中“西史、菲岛、葡王、太平洋、菲律宾、维多利亚、加那西巴斯（人名）、南亚”[①]等新词汇体现了诗歌的新意境；录陈任先诗作《逭暑法国嘉堡海壖》、《巴黎和王逸塘》、《库伦署斋夜坐》、《库伦感怀》。[②]陈作霖《可园诗话》认为“自海国开通，东南洋诸岛，山川俗物均入歌谣”，录入龚铭三（肇新）游历日本《小石川幼稚园》、《早稻田大学提灯会》诗歌，后者有“脱帽欢呼万载声（日人呼万岁为万载）”诗句，而兰孙侄（治庆）客寄爪洼有《持夜》、《茅坞公园》、《道中》、《村居》、《抒怀》各诗都可见异国风情。[③]录王六潭太守轮船行海以来路途所见歌咏，如《吴松早发》、《东出茶山》、《北过黑水洋》、《望成山》等。[④]赵炳麟《柏岩感旧诗话》录宋芸子师育仁参使法国时诗作《渡海至香港》、《题拿破仑墓》、《至巴黎》、《渡地中海》。[⑤]胡怀琛《海天诗话》录入孙毂任《东游吟草》中《居箱根》绝句八首，东海道驿名大矶、国府、伊豆国等外国词汇显其诗新意境。录王紫诠（韬）吟日本妓女的诗作《芳原新咏》、《赠墨川茶亭女子》、《席上赠角松校书》和咏日本国花诗作《樱花七咏》，辑蒋观云旅东瀛所作《居东集》中诗作《芦之湖》、《夜宿堂岛》、《志太温泉》等，录潘兰史游览德国所作《海山词》中诗作《一剪梅·斯布列河春泛》、《碧桃春·夏鳞湖在柏林西数里，松山低环，绿水如镜，细腰佳人，夏日多游冶于此》、《捣练子与嬉婵女士游高列林，林有酒楼，临夏菲利河，极烟波之胜》、《虞美人·书媚雅女史扇》、《点绛唇·白湖夜游》、《菩萨蛮·独游莎露园》、《宿威陵》、《蝶恋花·山道写望》等。并辑潘兰史《柏林竹枝词》，某君《伦敦竹枝词》，剑华《南京竹枝词》等诗题。[⑥]袁嘉谷《卧雪诗话》录夔举著《游美笔谈》，附《旅行杂诗》一卷，并录其诗作《舟出横滨，次夕狂风大作，浪涌如山，舟起伏十余丈，霆震雷轰，轮机仍轧轧破浪而行，作歌纪之》，《自国府津至沼津、遥见富士山嵯峨矗立，积雪皑皑，傍晚至大津经行琵琶湖畔，皆日本名山川也。沿途所见村居房屋，形式极古，殆我国唐

---

① 陈衍：《石遗室诗话续编》，张寅彭主编：《民国诗话丛编》第一册，第504—505页。
② 同上，第614—615页。
③ 陈作霖：《可园诗话》第6卷，民国八年刊《可园丛本》，第5页。
④ 陈作霖：《可园诗话》第7卷，民国八年刊《可园丛本》，第1页。
⑤ 赵炳麟：《柏岩感旧诗话》，张寅彭主编：《民国诗话丛编》第二册，第520页。
⑥ 胡海琛：《海天诗话》，张寅彭主编：《民国诗话丛编》第五册，第314—316页。

末遗规欤》，又《长崎有古寺数处，间系前明遗老避难所建。夜间钟声铿然，发人深省》。[1]傅熊湘《钝安脞录》录长沙杨烈士笃生居英时暑假诸作如《耶诃赖》等数诗尤足见外国风土。王逸堂《今传是楼诗话》录于右任《过大彼得湾》、《西伯利亚杂事诗寄王陆一》、《过乌拉山》[2]可作旅行游记读者。并录郑海藏《居东杂诗》[3]、吴挚甫游日所作《大仓招饮席上诗》[4]、周养安游日本摩耶名山所作《游摩耶山二律》及《登摩耶山谒天上寺佛殿及摩耶夫人堂，小憩眺海诗》[5]、出游纽约访美故总统兰脱墓所写长诗[6]、张君翔《雪中过北美落机山长歌》[7]等。李宗莲《碣阳诗话》录王恩澍游历日本所作《过山海观》、《过日本周防滩》、《自长崎登轮晕船作》，[8]录斌春友松奉命游历太西，作《咏宇宙之大观》、《红海吟》、《黑人谣》、《零丁洋大风》。[9]林庚白《孑楼诗词话》录柳亚子《游白俄舞场》，南社马君武诗作《宿Ems见鲁意沙》、《劳登谷奇柳人权》、《劳登谷独居》、《别英伦》、《别莱因》、《游拜伦》等等[10]。曼昭《南社诗话》录于右任《再过贝加尔湖》，杨笃生留学英伦时诗作：《芬园荡舟Finsburg Park》、《利赤蒙公园》（拟续游并荡舟泰晤士江中）、《步入罕林Hampstead Health缘村路西行至郭园Golder Hill》、《歪得湖源》、《自巴拉特至不内马山行即事》、《卡尔列麻尔嘴湖瀑布》（卡尔列麻尔嘴湖瀑布，距不内马三英里而近。）、《那诃赖嘎湖》、《那诃赖嘎湖吊摆伦》、《〈那诃赖嘎〉（改正近作〈那诃赖嘎湖诗〉，并呈新制，乞怀中叔祖大人训正）》[11]，这些诗歌对于英伦岛国的自然风景极尽描写之能事，可让国门初开但没有机会领略西方风景的读者大开眼界。夏敬观《学山诗话》录曾慧敏（通欧文，出使法兰西）《海外杂感》四首，此诗第一首言己习

---

① 袁嘉谷：《卧雪诗话》，张寅彭主编：《民国诗话丛编》第二册，第431页。
② 王逸堂：《今传是楼诗话》，张寅彭主编：《民国诗话丛编》第三册，第298页。
③ 同上，第336页。
④ 同上，第357页。
⑤ 同上，第363页。
⑥ 同上，第514页。
⑦ 同上，第650页。
⑧ 李宗莲：《碣阳诗话》，北京：北平出版社、京津印书局，1930年，第30页。
⑨ 同上，第31页。
⑩ 林庚白：《孑楼诗词话》，张寅彭主编：《民国诗话丛编》第六册，第125页。
⑪ 曼昭：《南社诗话》，曼昭、胡朴安：《南社诗话两种》，第42—46页。

欧文，志在觇国，第二首言同时使节非才。

第二种情况是辑录那些描写声光电热等现代科技文明的诗歌。科学技术是西方进入现代社会的物质基础，也是晚清以来中国开明知识分子一直积极追求用以富国强兵的利器，所以旧体诗话对于这类诗歌的关注乃是必然的事情。如陈栩《栩园诗话》收录周存伯先生《火轮船歌》。[①]孙雄《诗史阁诗话》辑陶无梦清宫词，其中一首云："天半灯摇紫电流，玲珑殿阁仿欧洲。郤因一炬西人火，化出繁华佛照楼"。又云："轮船似报巡游信，一带长河汽笛声。"[②]陈衍《石遗室诗话》录湘乡陈翼牟《火车过信阳州》。[③]蒋箸超《蔽庐非诗话》录刘豁庵《嘲商店》[④]，引入西方物质观念"电气"、"灯光"。陈作霖《可园诗话》称"西洋机器流入中国衍为诗歌，既苦前无可征刻画，殊难"，并辑陶巽人孝廉（隆僎）《电气灯》、《火轮车》、《电线报》、《德律风》各二联，称其可谓工巧绝伦[⑤]。魏元旷《诗话后编》录汤樾坡（起瑞）以西方科技入旧格律的诗作《照相》。[⑥]白采《绝俗楼我辈语》基本上以录入自己的诗歌为主，其《新咏大旅馆》中"洋楼高耸似蜂房"[⑦]诗句以及少时诗作《火车中望大小汉阳二峰》[⑧]均可见西方科技输入所带来的现代物质文明。陈锐《褒碧斋诗话》录谭延凯《显微镜诗》。[⑨]林廷玉《仙溪杂俎初集》为游剑池作五古中云："……安得轻气球，不碍白云对；安得电汽车，缩短山万里……"[⑩]钱仲联在《梦苕庵诗话》录入谭泽闿仿黄公度《今别离》作《拟子夜歌》，这些诗歌咏跳舞、电话、浴场、模特儿、有声电影、留声机、汽车、照相机、留声机，西方物质文明的代表产品在诗中尽皆亮相。曹昌麟仿黄遵宪《今别离》四章咏蜡像、蒸汽循环、月球与地球、报纸；毛乃庸亦用此体

---

① 陈栩：《栩园诗话》第五卷，《著作林》第二期，上海：上海著作林月刊社编，第6页。
② 孙雄：《诗史阁诗话》，张寅彭主编：《民国诗话丛编》第二册，第187页。
③ 陈衍：《石遗室诗话》，张寅彭主编：《民国诗话丛编》第一册，第220页。
④ 蒋箸超：《蔽庐非诗话》第4卷，上海：海上蔽庐，民国四年（1915年），第36页。
⑤ 陈作霖：《可园诗话》第7卷，《可园丛本》，民国八年（1919年），第2、3页。
⑥ 魏元旷：《诗话后编》，张寅彭主编：《民国诗话丛编》第二册，第53页。
⑦ 白采：《绝俗楼我辈诗语》第1卷，上海开明书店，民国十九年（1930年），第44页。
⑧ 同上，第4页。
⑨ 陈锐：《褒碧斋诗话》，张寅彭主编：《民国诗话丛编》第二册，第72页。
⑩ 林廷玉：《仙溪杂俎初集》下册，排印本，汕头华侨印刷公司，民国十七年（1928年），第8页。

吟咏留声机、电话、望远镜、南北半球寒暑相反等，恒社学生诗课《今子夜歌》24首，写舞会、电影等新事物。郭则沄《十朝诗乘》是一部以诗记史的诗话著作，诗话中有二十多处记述与西人交往、中西方互通之事迹，其中不少诗作涉猎到西方物质文明来到中国的景象。如录德州李渭占大令（征熊）《海舶行》，汝州马心城（振垣）《红毛酒歌》（当时习称西洋为“红毛国”），覃溪学士《洋画歌》，蒋苕生《泰西画》[①]，文达《西洋米船初到纪事》[②]，舒崇、宋西洲各自为荷兰千里马、西洋狮子赋歌一首[③]，唐赞襄明经（际虞）《电线歌》[④]和郑太夷、林暾谷皆以月喻电灯的诗作等等。陈衍《石遗室诗话续编》录姚味辛琮《重阳乘飞机自京赴汉口》言：“飞机从未见有诗，得此形容尽致矣。”[⑤]录蒋智由《题王晓籁先生照相》。[⑥]其中“飞机、照相”即为西方科技的产物。他还录丹徒戴镜激（增元）《哭女》警句：“科学细寻绎，晨兴光乍曙。”[⑦]“科学”一词入诗。赵元礼《藏斋诗话》称“咏乘飞机诗不多见，番禺许君崇灏《乘飞机入甘青》云：‘看罢黄河两岸山，奇峰收入画图间。明朝再奋凌天翼，携取春风度玉关。’又‘乘风直欲渡天河，万里云程转瞬过。’见《石遗诗话》。”[⑧]沈其光在《瓶粟斋诗话》直接夸赞西方物质入诗能开拓新境，“西人研求声光化电之学，于是舟车日用诸物无不巧夺天工，而诗文家集中亦因而拓一异境”。[⑨]他在诗话中辑录了刘锡之《咏火轮车二十二韵》，叶行百《咏电车》、《电灯》、《电话》等作品。

第三种情况是辑录那些吟咏西方精神文化的诗歌。晚清以来，师夷长技以制夷，这是朝野知识分子的一个共识。但对西方的文明观念、政治体制等，中国的知识分子却分化成保守和激进两种截然对立的阵营。激进者要求不仅学习西方的技术，更要学习西方的精神文明，保守者则鼓吹中体西用，保住自己文化传统的血脉。所以，相比之下，第三种情况对于旧体诗话在中国现代文学

---

① 郭则沄：《十朝诗乘》，张寅彭主编：《民国诗话丛编》第四册，第364页。
② 同上，第398页。
③ 同上，第68—69页。
④ 同上，第797页。
⑤ 陈衍，《石遗室诗话》，张寅彭主编：《民国诗话丛编》第一册，第543—545页。
⑥ 同上，第653—654页。
⑦ 同上，第511—512。
⑧ 赵元礼：《藏斋诗话》，张寅彭主编：《民国诗话丛编》第二册，第270页。
⑨ 沈其光：《瓶粟斋诗话》，张寅彭主编：《民国诗话丛编》第五册，第532页。

史上的意义而言，显得更为重要。如南社诗人周实《无尽庵诗话》录入少许包含了“自由、文明、民约”等象征着西方文明的诗歌，如金泽苍东游扶桑后所著《春日感怀》有“蛇走欧风亚雨中”①，左汉钬一律有“欧风美雨海西波、莫将民约让卢梭、自由笛下前功首”②，倩玉《赠炼石女士》“从此文明和雨化，自由花开满江南”③，高亚宾赠某七律“刀头争赛自由神”④，等等。竺仙《民权素诗话·清芬室诗话》录入革命者黄钟杰绝命诗两首，其中有“血中溅出自由花”诗句。⑤蒋箸超《蔽庐非诗话》收录醒独讽时歪诗“空教五族说共和，兄弟偏操同室戈。”“欧西束装把裙掩，参政频争像著魔”，“夫妇同心惟尔我，自由婚嫁莫蹉跎”。⑥不仅写到了西方文化中的婚姻自由观念，而且观察到了西方近代以来在女权主义不懈奋斗下才逐渐实现的女性参政权利。范左青所编《古今滑稽诗话》收录《游学生》：“洋衣洋帽又洋鞋，偷写情书蟹字排。科学无如生理重，结婚总观自由佳。们心欧化衔烟草，执度文明像火柴。三两胡须高矗起，金钱入手笑开怀。”⑦《玉皇》：“人间处处倡民主，天上何人奉玉皇。”《织女》：“纵使巧机多织出，无如下界已西装。”《月老》：“今日红丝多不用，由他男女自成亲。”《阎罗》：“文明审判到森罗，厉鬼如何好共和。”蒋绥之《拜新年》：“既然共和讲平等，拜年何不改鞠躬。”⑧等等，“洋衣”、“洋帽”、“洋鞋”、“蟹字”、“自由”、“文明”、“民主”、“共和”等西方物质、政界、精神等各个方面的新词汇可谓纷纷入诗。王蕴章《然脂馀韵》录黄易瑜《题海沤女士诗集》云：“独立平权并自由，放言高论震神州。”⑨赵炳麟《柏岩感旧诗话》录曾重伯为珍妃之死所作《庚子落叶词》，其中有“敌国文明佛不知”⑩诗句。孙雄《诗史阁诗话》录入报纸上《新北京竹枝词》数十首，其中“中外联欢两不惊”、“莫笑

---

① 周实：《无尽庵诗话》第1卷，《无尽庵遗集》，第7页。
② 同上，第4页。
③ 同上，第9页。
④ 同上，第10页。
⑤ 竺仙：《民权素诗话·清芬室诗话》，张寅彭主编：《民国诗话丛编》第五册，第206页。
⑥ 蒋箸超：《蔽庐非诗话》第2卷，第29页。
⑦ 范左青：《古今滑稽诗话》，古籍善本，上海：上海会文堂书局民国十年，第26页。
⑧ 同上，第30页。
⑨ 王蕴章：《然脂馀韵》，张寅彭主编：《民国诗话丛编》第五册，第62页。
⑩ 赵炳麟：《柏岩感旧诗话》，张寅彭主编：《民国诗话丛编》第二册，第520页。

共和名器滥”、“窄袖蛮靴色色新”[①]等可见诗歌新意境。林庚白《丽白楼诗话》录柳亚子词《丑奴儿令》“一往情深不自由”[②]，北丽《浙江省立各学校演说竞赛，以独裁政治与民主政治命题，任择其一。余取民主，得第二名。师私惋惜，望后勿尔，赋此谢之》：“专欲人情冀幸存，独裁制恐种危根。……民贵曾闻贤者倡，世新况见共和尊。剧秦直是书生耻，欲起卢梭与细论。”[③]中的“自由”、“民主”、“共和”和“卢梭”等展示了诗歌崭新面貌。白采《绝俗楼我辈语》尝画莎翁像，并系以诗云：“鄂谟加冕国人推，广大香山教化诗。欲得诗神与诗圣，莎翁杜老是吾师。”“至今遗墓委荒榛，石像雕塑尚有神。（莎翁石像及墓，及为世所保重。）闲杀布衣东亚士，也留长发学诗人。（欧美诗人多蓄发。）”[④]庚申春有离婚再婚者，作者赠联云：“江浙归来游历草，瀛寰移种自由花。”“……我是维新谈主义”。[⑤]以上诗歌出现了“莎翁”、“自由”、“维新”、“主义”等新词汇。海纳川《冷禅室诗话》录张文达公（百熙）《退思轩集》“七贤学派传希腊，四极文明始震东。”[⑥]辑杨皙子先生（度）《湖南少年歌》“北渚伤心二女啼，湖边斑竹泪痕滋。不悲当日苍梧死，为哭将来民主稀”[⑦]，“希腊”、“文明”、“民主”等西方地名及社会文明成果入旧体诗。此外还录李日华赠利玛窦及尤西堂诗作，后者出现“天主堂、玫瑰、利太西”新词汇。录振贝勒《太平洋歌》，其中有“维多利亚”西方地名[⑧]，录樊增祥《咏女学堂》，诗中引入“地球、改良、自由”等新词汇[⑨]。王逸堂《今传是楼诗话》所录孙诒让《自题变法条例后》“中西政法原同贯”、“东西瀛海匝圆球，行见隆平接盛周。中外文明傥同轨，岂徒闳侈说齐邹。”[⑩]可见诗歌新意境。林廷玉《仙溪杂俎初集》所辑诗

---

① 孙雄：《诗史阁诗话》，张寅彭主编：《民国诗话丛编》第二册，第193页。
② 林庚白：《丽白楼诗话》，张寅彭主编：《民国诗话丛编》第六册，第102页。
③ 同上，第141页。
④ 白采：《绝俗楼我辈语》第3卷，上海：上海开明书店，民国十九年（1930年），第65页。
⑤ 同上，第62页。
⑥ 海纳川：《冷禅室诗话》，张寅彭主编：《民国诗话丛编》第二册，第712页。
⑦ 同上，第689页。
⑧ 同上，第704页。
⑨ 同上，第707页。
⑩ 王逸堂：《今传是楼诗话》，张寅彭主编：《民国诗话丛编》第三册，第707页。

歌也出现“自由、欧风美雨”等新词汇，如铭君次韵“自安心德自由身”[①]，许淑媛《归宁母家，为母挽留，感赋七绝》中“欲践归期不自由”[②]，作者为癸生君所吟七律“欧风美雨供驰骋”[③]，等等。陈景寔《观尘因室诗话》录胡铁群《摩登媳妇》一篇：“世界进文明，妇女重解放。阿侬爱摩登，色色趋时尚。革履买高跟，旗袍制新样。游泳濯清流，春逐桃花浪。跳舞挟情人……”[④]诗歌刻画了一个在文明都市以追求个性解放为名实则放纵情欲的摩登女性，在此抛开对女性传统道德评判的标准，摩登媳妇以其表象的放浪形骸树立了一个崭新女性的形象，也许其“解放”的追求仅停留在外表还未深入到内心，但中国女性在西方文明的影响追求解放的路上终于走出了第一步，其意义不可小觑。沈其光《瓶粟斋诗话》录朱遁庸诗句：“自由婚嫁披猖甚，让尔锺家礼法多。”[⑤]录钱振锽《哀牛篇》书写西人残忍的宰牛术：“夷人多智慧，杀牛术更奇。……”[⑥]陈衍《石遗室诗话续编》认为陈柱尊近作多感愤时事，其中有《自由市》、《新中华战士歌》、《英国萧德义士歌》[⑦]。何家祥《求是斋诗话》录入徐笑云凸显现代意识的《咏文明结婚六绝》：“结彩张灯喜事成，墙门八扇一齐开。堂前漫供红唐子，先要安排演说台。华堂今日乐何如，男女来宾济济多。军乐一番初过处，女生娇唱结婚歌。风情洒脱好身材，纱罩浑身头上堆。不要喜娘随左右，自家步出轿帘来。鞠躬礼数不嫌疏，拜跪繁文一例除。红帖金庚都不用，只须一纸证婚书。琉璃眼镜碧波清，玉立亭亭体态轻。最好纤纤亲举手，红钤小字印分明。信物惟凭换指环，文明婚礼一般般。谁知到得罗帷里，颠倒狂郎总野蛮。”[⑧]诗中所表现的新式结婚形式足见西方文明对中国传统礼节的影响。而这种中英文杂陈所带来的轻松俏皮的感觉同样凸显了西方文化对中国日常生活的影响，汪辟疆《光宣诗坛点将录》录柯劭忞诗作“……谁似符头孤列物。……‘符头孤列物’盖英语photography之译

---

① 林廷玉：《仙溪杂俎初集》上册第2卷，第5页。

② 同上，第9页。

③ 林廷玉：《仙溪杂俎初集》下册第9卷，第9页。

④ 陈景寔：《观尘因室诗话》，铅印本，风台陈氏观尘因室，民国二十五年（1936年），第21页。

⑤ 沈其光：《瓶粟斋诗话》，张寅彭主编：《民国诗话丛编》第五册，第553页。

⑥ 同上，第532—533页。

⑦ 陈衍：《石遗室诗话续编》，张寅彭主编：《民国诗话丛编》第一册，第479页。

⑧ 何家祥：《求是斋诗话》，《学生文艺丛刊》1930年6卷6期，第302—303页。

音也”[①]，译音词入诗。上述可见，诗话作者之所以录下这类诗歌，就是因为这类诗歌中频频出现的诸如“欧风美雨”、“民约”、“卢梭”、“自由”、“民主”、“共和”、“女权”等新词语乃是西方精神文明的表征，这种与中国传统文化完全不同质的外来词汇，无疑为以中国传统文化为底蕴的旧体诗歌带来了生机勃勃的新鲜意境。

值得注意的是，现代旧体诗话作者不仅热衷于辑录这些新派诗歌，而且在辑录时往往加以评说，既体现了诗话这种旧式文学理论体式的特点，也不失时机地表露了诗话作者自身的文化态度。高旭在《愿无尽庐诗话》高度赞美黄遵宪：“黄公度诗独辟异境，不愧中国诗界之哥伦布矣，近世洵无第二人。”[②]并在谈诗歌“温柔敦厚”的诗教时说“所谓发乎情者，非如昔日个人私情而已；所谓止乎礼义者，亦指其大者、远者而言。如有人作为歌诗，鼓吹人权，排斥专制，唤起人民独立思想，增进人民种族观念，其所谓止乎礼义而未尝过也。若此者，正合温柔敦厚之旨。……苟其人以温柔敦厚之心出之者，词虽激，又奚伤于大雅！”[③]作者认为蕴涵了西方人权、种族等理想的诗歌是符合中国传统“温柔敦厚”的诗教观念的，并且黄遵宪等人所创作的新派诗所营造的“新意境”除了指向西方文明和西方事物，还包括指向具有强烈的战斗精神与鲜明的现实意义。这样的“新意境”，“词虽激，又奚伤于大雅！”高旭在此以不悖乎儒家诗教来夸赞熔铸了新意境和新理想的新派诗，显示出了作者的一种批评策略。虽然祭出的旗帜还是儒家诗教，但是实际上强调的乃是新派诗对西方文明观念的鼓吹与宣扬。夏敬观《学山诗话》录杨豫庭观察《感时诗》时评到“杨诗将‘罗卜’、‘耶苏’、‘传教’、‘全权’等字直写入诗，不觉其跋雄，殊不让黄公度也”，[④]还录高澹人以“玫瑰”直接入诗的诗歌《武彝茶》[⑤]和指代英相张伯伦的诗句：“英相老死谁复忧。”[⑥]魏元旷《诗话后编》录申甫《杂诗》则有云“哓哓立论说，转圣西人言。讵知西人法，不出

---

① 汪辟疆：《光宣诗坛点将录》，张寅彭主编：《民国诗话丛编》第五册，第337页。

② 高旭：《愿无尽庐诗话》，钱仲联：《人境庐诗草笺注》，上海：上海古籍出版社，1981年，第1282页。

③ 钝剑（高旭）：《愿无尽庐诗话》，张寅彭主编：《民国诗话丛编》第五册，第198页。

④ 夏敬观：《学山诗话》，张寅彭主编：《民国诗话丛编》第三册，第53页。

⑤ 同上。

⑥ 同上，第66页。

我所云。”“申甫尝言西法之妙，尽体现在中国古书《九章》之中，故有是作。”[①]“西法之妙我亦有之”，这是典型的晚清保守文人的论调，而且他的诗话辑陶稚箕（福履）《火车行》诗作，诗中因火车所经之地所造成坟塚破坏的这种景象导致了作者对当时政权的质疑，这表露了作者对西方科技所持的保守态度。作为清朝遗老，不管魏元旷在面对西方科技时有怎样复杂矛盾的心情，但他的诗话录入了以“照相”、“火车”等西方科技的产物作为表现对象的诗歌，这也无疑给他的诗话吹入一丝清凉之风。丁光极《耕云草堂诗话》阐述古人“吟诗忌新名词，有之，便不能古雅，刘禹锡为一糕字因前人诗内未曾用过，屏弃弗用。亦可见古来吟诗用字之难矣。”进而指出：“近来新名词甚多，如‘电灯’、‘汽车’、‘自由车’等，不胜胪举。近来咏诗者多主写实。不甚讲究。但以论诗，‘电灯’固不如‘豆油灯’。‘汽车’、‘自由车’，固不如‘薄笨车’。”但“此种新名词，非不可用，特不易用耳。”由此可见丁光极并不反对新名词入诗，只是认为用之不易。在诗话中，丁氏赞美梁先生诗作：“雪漫长天风满地，汽车载梦过辽阳。”中“用‘汽车’字，而风味乃特具也”；其畸形学生咏云：“一时风甚自由车，马路纵横兴未赊。遇着告儿（Girl）来处好，两三齐向路中遮。”诗作中出现“自由车”、“马路”（新名词），告儿（Girl的译音词）等学生日挂口头的词，“此等诗非此等写法不能传神”，肯定了新词运用所带来的传神效果。另外丁氏在诗话中辨析了：“不是花街即剧场，交来何计是歌郎。问他得益几多事，学罢西皮又二簧。”这首诗中新名词“剧场”、“西皮”、“二簧”的运用，并以为诗中“歌郎”二字的运用较旧，与诸新词不甚相称耳。[②]上述可见，丁光极作为传统的诗学批评家不仅能够接受新词在诗作中的运用，而且在试着探析新词在诗歌中运用的问题。作为清末民初最为重要的诗人和诗话家，同光派理论家陈衍在《石遗室诗话》中追踪了黄遵宪诗歌来源并给予了极高评价，说“《人境庐诗》，惊才绝艳，人谓其濡染定庵，实则宗仰《晞发集》甚至。十九年前，与余集于沪上酒楼。极喜言谢皋羽也，当时只见其和损轩一二诗而已。近始读其全集，则固甚似皋羽也”[③]、“中国与欧美诸洲交通以来……与敦槃者，不绝于道。而

① 魏元旷：《诗话后编》，张寅彭主编：《民国诗话丛编》第二册，第57页。
② 以上选自丁光极：《耕云草堂诗话》，《学生文艺丛刊汇编》1926年第3卷第4期，第382页。
③ 陈衍：《石遗室诗话》，张寅彭主编：《民国诗话丛编》第一册，第123页。

能以诗鸣者，惟黄公度。其关于外邦名迹之作，颇为夥颐”，[①]指出黄氏诗歌题材的特点，也指出他诗歌的取法对象，所说不一定准确，但“惊才绝艳”四字可见这位理论家对黄遵宪的仰慕与欣赏之情。因此陈衍在诗话中录入了他所赏识的新派诗，如录入王书衡摄入了“海外、欧化东行、新理、西书”[②]等新词汇的诗歌，并录入自己所作长诗，其中“图新舍旧醉欧化，国粹弃掷委蒿蓬”[③]写出了民国时期五四以来诗坛弃置传统醉心欧化的新气象。录严几道《何嗣五赴欧观战归，出其纪念册子索题，为口号五绝句》，陈衍认为这些诗作为“公理卓见，人道主义，于世界极有关系者。”[④]严复是晚清引进和翻译西方社会科学著作的第一人，对西方的精神文明有非常深入的了解，但是他在引进西方精神文明的过程中能站在西方人道主义的立场，重新评判西方科学之现代物质如火药、潜艇、绿气、火油的破坏性，指出西方优胜劣汰进化观下以大战为进化之大具所带来的“适得其反”，批评欧战导致了全球数千万人员的伤亡，狭隘的爱国之说导致种族之争频仍不休。这个时代世人皆在拥抱西方科技文明，陈衍也不例外，但同时他也对严复的诗歌表现出来的人道主义思想表示赞同。陈衍在此用人道主义观念评述仅仅点到为止，然而西方“人道主义”的名词概念首次出现在诗话传统诗学批评领域，这种意义是不可低估的。邵祖平《无尽藏斋诗话》录熊梵樵今乐府之流作品，认为诸作朴至真浑，妙在能采用今世名词成语而不害为好诗。其艳情诗四首大都隐指赛金花与德一某将军之情事，而特别是其诗作《日重光》[⑤]中“集权”、“平等”、“中央”、“大总统”等西方文明、政治体制术语的集中出现显示了诗歌的新意境。此外邵祖平诗作《雪夜曲》演西书郎法罗（美国浪漫主义诗人）乐府诗，微参他家记载而成。他认为西事可以入诗者甚多，即莎士比亚、腾纳逊尔士瓦斯诸作，不无缠绵哀丽恢诡动人者也。[⑥]诗话录入《雪夜曲》并于其序中介绍了郎法罗乐府故事。[⑦]这种以西方文化典籍作为中国旧体诗的材料在现代旧体诗话中是首

① 陈衍：《石遗室诗话》，张寅彭主编：《民国诗话丛编》第一册，第125页。
② 同上，第97—98页。
③ 同上，第98页。
④ 同上，第667—669页。
⑤ 邵祖平：《无尽藏斋诗话》，《学衡》1922年第2期，第116页。
⑥ 同上，第116—117页。
⑦ 同上。

次。王逸堂在《今传是楼诗话》推崇黄遵宪才力及其新派诗，与此同时指出其新派诗用典缺点：“嘉应黄公度京卿《人境庐诗》，多纪时事，且引用新名词，在晚清诗格中，良为变体。人谓其浸淫定庵，石遗则谓其嗣响晞发。要之一时代中，固有一时代作者，能开风气，舍君其谁？综其所作，关系戊戌、庚子间国故甚多，惜未及自注，时移事往，诚不免‘无人作郑笺’之叹。余最喜君《新别离》、《台湾行》诸诗，即论才力，固已一时无两。”[①]因此面对“滥用新名词入诗，每为雅人所病”的状况他说：“然亦有万不能不用者，概从禁避，似亦非宜。余夙持此论，乃与石遗不谋而合。”[②]并录陈石遗《匹园落成》、《九日集酒楼，时余以病痒戒酒》，认为诗中的“‘电灯’、‘啤酒’，固皆新名词也，果善用之，何伤诗格？况生今之世，万国棣通，事物繁颐，必欲求之载籍，比附有时而穷。与其泥古而失真，无宁自我而作古。新文学家所谓‘时代性’者，吾人又安可一笔抹煞乎！余近以‘墨雨’‘欧风’入诗，亦是此意。”[③]作者认为随着社会的发展，时代的变迁，与其墨守成规、泥古而失真，不如自我而作古，即在创作文言旧体诗时使用代表着时代性的新名词体现着个性的选择。此外诗话中所录菊生观日本岩畸氏静嘉堂文库所作长篇《戊辰暮秋至日本东京，观静嘉堂藏书，赠岩畸男爵，兼示冈部服吉诸君及斯文会会员》叙其观日本东京静嘉堂藏书对中日文化交往的思考很明显具备了现代质素，诗中“摩利于泽留东洋，目盲未识蟹行字。”[④]凸显了诗歌的新意境。杨香池推崇新派诗，他在《偷闲庐诗话》赞黄遵宪《今别离》四首，首首以新思想入诗。[⑤]并对录入的新派诗给予好评，如品评某某述感有句云：“不动产惟书与砚，自由权是酒和诗。”为“以新句词相对，俱见工稳。”[⑥]金山姚光《古意》：“依似团园月，愿郎如地球。月依地球行，昼夜无尽头。”为“新隽可味。”[⑦]并录周霞彰显新内容的诗作《甲辰冬日本战胜俄于奉天，商农组织十五万众至两重桥庆祝，天皇莅会感赋》：“三呼万岁震东京，汉国农

---

① 王逸堂：《今传是楼诗话》，张寅彭主编：《民国诗话丛编》第三册，第433页。
② 同上，第504页。
③ 同上。
④ 同上，第461页。
⑤ 杨香池：《偷闲庐诗话》，张寅彭主编：《民国诗话丛编》第三册，第703页。
⑥ 同上，第675页。
⑦ 同上，第680页。

商尽是兵。十五万人齐祝捷，他人含笑我吞声。”[①]钱仲联在《梦苕庵诗话》赞同黄遵宪诗歌主张，他说：“黄公度（遵宪）《人境庐诗》，以旧格律运新理想，诚不愧诗世界之哥伦布。”[②]“今日浅学妄人，无不知称黄公度诗，无不喜谈诗体革命。不知公度诗全从万卷中酝酿而来，无公度之才、之学，决不许妄谈诗体革命。”[③]还说：“清末新体艳诗者，颇有意趣，人境庐之流亚也。”其词曰“饮欢加非茶，忘却调牛乳。牛乳如欢甜，加非似侬苦”、“……为问蟹行书，可有鸳鸯字？”[④]“加非”本是翻译语，“蟹行书”是中国士绅对西方书写方式的戏称，这些词汇的出现，也无疑营造了诗歌的新意境。诗话中录夏映庵“景界新异，町畦独辟者也。”其中一首《自虹桥路驰车西新泾遂登疗养院楼》首二句：“烈日炙地肤，凝膏变熔液”[⑤]为人所未道。与众人殊异的是钱仲联对黄遵宪的具体诗作持以不同的评判态度，他说“然传诵一时之《今别离》四章、《以莲菊桃杂供一瓶作歌》诸首，笔路粗疏，大似张船山一流，并不见佳，余最爱其《拜曾祖母李太夫人墓》长五古，曲折详尽，语皆本色，真公度所谓‘我手写我口’者。运用古乐府之神理，而全变其面貌，不足与皮相者道。”[⑥]如果说诸多的传统诗学批评家对黄遵宪《今别离》四章、《以莲菊桃杂供一瓶作歌》诸首诗作的欣赏在于黄遵宪这些诗作抒写异国风土人情、自然景物和资本主义国家的物质文明开拓了题材的新领域，而钱仲联在此却是从古典诗歌的审美原则对其作诗学的评判。黄遵宪所倡言的新派诗中的新名词、新趣味与旧体诗歌形式之间的矛盾与紧张是有目共睹的，钱氏在此既欣赏黄遵宪以旧格律运新理想的诗学理念，又对其具体的诗作提出批评意见，可见钱氏对黄遵宪诗歌认识的深刻。除了“以旧格律运新理想”的诗学主张，黄遵宪另一诗学主张是提出了“我手写我口，古岂能拘牵”的著名口号，其用通俗语言的书写的长五古《拜曾祖母李太夫人墓》既有新诗的明朗畅达又有古乐府的神韵，这足以引起浸润在现代文化语境中的传统诗学批评家钱仲联的青睐。曼昭《南社诗话》针对陈坚士言新旧诗以为新诗不可入

① 杨香池：《偷闲庐诗话》，张寅彭主编：《民国诗话丛编》第三册，第689页。
② 钱仲联：《梦苕庵诗话》，张寅彭主编：《民国诗话丛编》第六册，第159—160页。
③ 同上，第290页。
④ 同上，第193页。
⑤ 同上，第228页。
⑥ 同上，第159—160页。

旧词藻，旧诗不可入新名词之论，指出“黄公度人境庐诗，多以新名词入旧体诗中，转觉甚妙。”[①]并录马君武《贺高剑公新婚》：“娶妻当娶意大利，嫁夫当嫁英吉利。我在英意闻此语，疑是英雄欺人语。社会有分子，分子之中有原子。……澄清天下始一室，改革社会双臂振。”[②]其中“意大利、英吉利、社会、分子、原子、改革”等均为新名词。屈向邦《粤东诗话》推崇黄遵宪，“称其与康有为、邱逢甲皆一时钜手，而公度突破前人范围一新诗界面目，尤为显著”。[③]钱钟书在《谈艺录》中指出：“近人论诗界维新，必推黄公度。《人境庐诗》奇才大句，自为作手。五古议论纵横，近《随园》、《瓯北》，歌行铺比翻陈处似舒铁云，七绝则龚定庵，取迳实不甚高。语工而格卑，伧气尚存，每成俗艳。尹师鲁论王胜之文曰：瞻而不流。公度其不免于流者乎。大胆为文处亦无以过其乡宋芷湾，差能说西洋制度名物，掎摭声光电化著学，以为点缀，而于西人风雅之妙，心性之妙，心性之微，实少解会，故其诗有新事物，而无新政……新学而稍知存古，与夫旧学而强欲趋时者，皆好公度。盖若辈之言诗界维新，仅指驱使西故，亦犹参军蛮语作诗，仍是用佛典梵语之结习而已。”[④]“这种否定性论述看来有道理，因为以旧格律体描写新体验，确实未能达到古典诗刻画古典性体验时所能达到的那种完美境界。但是，要真的能达到此类完美，则只有一种途径，就是以新体诗描写新体验，而不是强行以旧格律表现新体验，而这在黄遵宪年代是无法实现的。因此钱钟书对其的看法是一种苛求，他没有看到，黄遵宪《今别离》的真正价值并不在追新趋时，而在于显示旧的古典性体验与新的现代性体验之间的紧张关系。”[⑤]

与此同时，还有些旧体诗话作者在诗话文本中并没有直接表明对新派诗的欣赏态度，但其对具备了新意境诗作的录入也可见其诗学批评态度。如袁嘉谷在《卧雪诗话》录钱士青诗作“宗悫欣乘破浪风，游踪遍历海西东。（清宣统二年，余蒙学部奏派驻英游学生监督，曾游全世界一周。）洪波浩瀚航群岛，落日苍茫吊故宫。费裕胶庠士气振，（余驻英值祖国光复，各省学款不至，以

① 曼昭：《南社诗话》，曼昭、胡朴安：《南社诗话两种》，第74页。
② 同上，第74页。
③ 屈向邦：《粤东诗话》第1卷，排印本，香港：诵清芬室，1964年，第11页。
④ 钱钟书：《谈艺录》，北京：中华书局，1984年，第23—24页。
⑤ 王一川：《中国现代性体验的发生》，北京：北京师范大学出版社，2001年，第294页。

无担保品，为游学生筹借学费约五十万元之多，各生始不至辍学。）理争坛坫外情融。（余驻英时请求英国各大学承认中国大学为大学，驻美时息华侨之党争，免检查之受辱，以及巴拿马赛会抗议华茶得奖事。）生平富国强邦志，多在环球拙著中。”[①]此诗作指向了清末留学现象、在英国为中国大学立名正身、平息华侨之党争等等事件，很显然具备了与传统诗歌相异的新境界，在此作者称述“豪情逸兴不减昔时，知其得湖山之乐也”，可见袁嘉谷对具备了新意境诗作的欣赏。与此类似的有李宗莲《碣阳诗话》有诗曰：浑军练就扫红巾，百战贤劳算尽臣。可惜诛锄非异德，犹留惭德笑欧人。[②]本诗的创作源于德俾斯麦与李文忠（李鸿章）的对话。李文忠“曾在洪扬治乱中帅淮军崛起，与曾文正、左文襄工成底定之功”，因此事“李氏当世荣之，后世美之，从未有稍加疵议者。而昔李公使德与德俾斯麦闲谈盛道平灭长毛大功，俾斯麦曰：吾欧人以战胜异族为荣，残杀同胞为耻。公默然，独不满欧人之意何哉。”[③]俾斯麦对于德意志民族来说，他是一个绝对的功臣。但对于世界来说，他为了推动德国的统一所极力推行的军国主义为一战、二战埋下伏笔给世人带来了无尽的灾难。因此俾斯麦是一个出色的外交家、政治家，同时又是一个阴谋家。他所言“吾欧人以战胜异族为荣，残杀同胞为耻”不仅为其侵略他国找到了借口，也为其爱国找到了行为准则。在此笔者无意倾向于俾斯麦军国主义下狭隘的爱国主义，但其“残杀同胞为耻”的信念足以让李文忠等封建士大夫愧于以屠杀同胞尽愚忠的行为。“犹留惭德笑欧人”传达的是作者对李鸿章行为的讽刺和嘲笑。作者选录此首诗歌可见传统文人在新的历史时期反思并拷问封建制度下的忠君爱国行为，这样的思虑和拷问也许仅停留在感性的层面并没有形成爱国主义的新内涵，但传统文人敢于重新评价洪秀全等领导的太平天国运动，其反思和拷问的勇气可说振聋发聩。陈景寔《观尘因室诗话》录署名逐浪者《三八庚》：“难得名师懂爱情，幽怀未达目先成。杏坛独辟钟情局，窃负而逃为女生。”此诗材料来源于法国博士罗素与女学生的爱情故事：“当是民国十二三年事，时中国出重金特聘法国博士罗素来华演讲，其八庚一首或指罗素在法事也，罗素自言其同来之夫人，初本为女弟子，发生恋爱后，格于国法，

---

① 袁嘉谷：《卧雪诗话》，张寅彭主编：《民国诗话丛编》第二册，第468页。

② 李宗莲：《碣阳诗话》，北京：北平出版社、京津印书局，1930年，第9页。

③ 同上。

师生不得结婚，乃同避往英国行结婚礼焉。”[①]在此作者录入有关罗素离经叛道的情感故事，可知作者对其爱情追求持以欣赏的态度，五四以来随着西方自由之风强劲的吹拂，中国传统的文人不再拘囿于传统的爱情婚姻观，他们对崭新的情感模式的欣赏和接受显示了其不凡的勇气。

以上诗话批评家无论是陈衍、夏敬观等前辈旧体诗话作家，还是像钱仲联、林庚白等旧体诗话的新生代，其诗话产生于新旧交替的时代中呈现出现代性的光芒，然而这些诗话在采集和评价以西方新奇事物和西方文明成果构筑新意境的诗歌毕竟还是有限的。吴宓《空轩诗话》的出现才使这种状态得以改观。吴宓曾留学美国多年，深受美国新人文主义白璧德的影响，对文化的演进采保持传统融化新知的态度。所以他作为一个留学生，却对胡适他们掀起的白话文运动嗤之以鼻，他在大学讲堂教比较文学，但他却写旧诗，做文言文，而且对诗话甚感兴趣。吴宓在《跋〈人境庐诗草·自序〉》中特别推崇黄遵宪在“思想学识”上的成就：“谨按嘉应黄公度先生，为中国近世大诗人。《人境庐集》，久已流传，脍炙人口。二十年余年前，梁任公尝称其最能以新思想新事物熔铸入旧风格，推为诗界革新之导师。然先生不特以诗见长，其人思想学识，怀抱志趣，均极宏伟，影响于当时甚大。细读先生之诗，可以知之。”他还把《人境庐诗草·自序》与英国浪漫主义诗人华兹华斯《抒情歌谣集》1815年版《序言》相提并论，认为它“尤可珍贵”，“拟之西土作者，其重要殆不下于威至威斯之《诗集再版自序》”，“序中既明言作诗之方法及旨趣，其诗自必遵照兹所言者作成。是诗与序，实相得而益彰”[②]足见吴宓对黄遵宪推崇之高。而在《空轩诗话》吴宓更是明确地指出推崇黄遵宪“以新材料入旧格律”主张，认为其主张“不特为前此千百诗人所能言，所未敢言，且亦合于文学创造之正轨，可作吾侪继起者之南针。”[③]正是在这种观念的驱使下，《空轩诗话》录下了大量以“以新材料入旧格律”的诗作。其中录有顾凫公滑冰之作《晨起独往万泉河冰嬉观沿岸木稼》，[④]凌宴池《冬夜北京饭店偕夫人启兰

① 陈景寔：《观尘因室诗话》，铅印本，凤台陈氏观尘因室，民国二十五年（1936年），第13—14页。

② 钱仲联：《人境庐诗草笺注》下册，上海：上海古籍出版社，1981年，第1302—1303页。

③ 吴宓：《空轩诗话》，张寅彭主编：《民国诗话丛编》第六册，第37页。

④ 同上，第52页。

看跳舞》。[①]录入并称许吕碧城《忘湘人》词，认为其以新材料旧格律，真切典雅，实可为其《信芳集》全集诸词之冠。[②]尤其赞美李思纯“描绘欧洲旅途风景，以新材料入旧格律，而其诗作成又甚工美，风情婉约，辞采明丽，使人爱不释手者”。[③]录其《欧行旅程杂诗》、《巴黎杂诗》、《耶诞节》、《圣母寺Notre-Dam听歌乐》、《柏林杂诗》、《东归杂诗》等数首诗作[④]，录碧柳诗作《再送雨僧季龄（南川童锡祥）及天人诸弟昆赴美洲》[⑤]、曾重伯先生《宝荪赴欧西留学，将求景教甚深微妙义法。万里异域，仅与其师英国女士巴路义同往，期以三年始归。由浙返湘省觐，侍奉兼旬，挂帆遂往，题篷与之》[⑥]二首，其中诗句“郇城请赎首生羊”出自《圣经·新约·默示录》第四章第一至四节，“蜜蜂荆棘天交食”中“蜜蜂荆棘”见《旧约诗篇》第百十八篇第二节，“野鹿摽枝俗变讴”中来自《旧约箴言》第十一章二十八节，又见《耶利米书》第二十三章五节。西方文化典故再次作为“新材料”进入中国传统诗歌的“旧格律”中。又录徐澄宇《海上谣》，这首诗歌中音译外来词“沙利文”（Sullivan）、“卡尔登”（Carlton），“环珴璘”（Violin）直接入诗。吴宓甚至说自己最爱诵此诗歌，[⑦]也许是因为这些直接入诗的外来词能够引发他自己心灵深处对昔日留学生活的美好记忆吧。

晚清至民国以来的中国是半明半暗的时刻，光明与黑暗在此交汇，新与旧在此冲撞，错综复杂的矛盾都聚集于此。黄遵宪标新立异，迎入西洋制度名物和声光电化，既给诗歌带来新的视野，又更换诗歌的符号系统，更为深刻的是这些面对现实经验带入的新事物、新名词和新趣味，彰显了现代诗歌与古典诗歌的矛盾与紧张。其实从根本上来说黄遵宪的“新派诗”就是一种矛盾的诗歌，这种矛盾既有钱钟书等人指出的新名词和“性理”矛盾，也有古风格与新内容、旧意象与新生活、口头语与旧形式的矛盾。这些矛盾影响了

① 吴宓：《空轩诗话》，张寅彭主编：《民国诗话丛编》第六册，第52页。
② 同上，第62页。
③ 同上。
④ 同上，第63—66页。
⑤ 同上，第9页。
⑥ 同上，第45页。
⑦ “澄宇之诗，予最爱诵其《海上谣》”，吴宓：《空轩诗话》，张寅彭主编：《民国诗话丛编》第六册，第55页。

黄遵宪的诗歌成就，使他虽然成就了新派诗，却难以写出堪称典范的作品[①]。然而黄遵宪把“古人未有之物、未辟之境，耳目所历，皆笔而书之。”[②]把诗歌从山林和庙堂世界带到嘈杂喧闹的人间现实世界，强调诗文“适用于今，通行于俗”[③]的重要性，用诗歌接纳变动时代的新事物、新理致，用诗歌接纳这个急剧变动的世界，实际上是敞开了一个长期被僵化守旧、自我循环的传统诗歌所拒斥的另一个世界。因此黄遵宪的“新派诗”指涉着新的经验和新的世界，直接连接着现代意识形态现实和物质现实，彰显了现实感和流动感。再经梁启超的鼓吹宣扬，“新派诗”风靡一时，创作“新派诗”热潮直至辛亥革命前后尤为衰减。不少南社诗人，如高旭、马君如等，都是“新派诗”的热心作者。[④]即使民国时期新文学的局面迅速形成并呈现繁荣发展之势的时候，仍然有一些人迷恋旧体诗的写作，视黄遵宪为诗界革命的代表。可见旧体诗话热衷于“新派诗”的录入且多为赞誉之词，这不是偶然的现象，而是时代的必然，也是旧体文学与传统文论体式向现代转型的一个可贵的尝试。纵观上述诗话的作者，多数大致出生于晚清，又大都是旧士大夫出身，曾以科举入仕途，擅长吟诗填词，亦早有诗名。他们或属于“同光派”阵营，如陈衍、夏敬观；或曾参加过南社，如周实、陈栩、胡怀琛、蒋箸超、高旭、林庚白、曼昭、胡朴安等。民国以降，他们或继续留在政界如赵炳麟、袁嘉谷、郭则沄等，或赋闲在家如魏元旷、陈作霖等等，但皆写诗填词不辍，且多有诗词集付梓流传。也有出生于清末民初，如钱仲联、吴宓等，但他们的文化（文学）活动则在“五四”之后，他们早年接受过比较完整的传统的旧式教育，由此对旧体诗产生了浓厚的兴趣，以至在稍后接受新式教育（包括出洋留学）乃至“五四”新文化的冲击洗礼之后，仍对旧体诗创作艺术的执着追求不改初衷。而不管这些批评家是传统的知识分子还是新型的知识分子，他们对传统诗歌僵化形式、板结语言的思虑和试图以西方现代文明标志的“新意境”蕴含着的新理想、新理念改造传统诗歌的努力是一致的。在晚清民初剧烈动荡的中国社会里，他们不仅从精神或艺术上也从社会、政治的问题来考虑诗歌文学的问题是一致的。他

① 王光明：《现代汉诗的百年演变》，石家庄：河北人民出版社，2003年，第46页。
② 黄遵宪：《人境庐诗草·自序》，上海：古典文学出版社，1957年。
③ 黄遵宪：《日本国志·学术志二·文学》，《日本国志》卷三十三，广州：富文斋。
④ 张永芳：《诗界革命与文学转型》，北京：中国社会科学出版社，第48页。

们正逐渐游离“行有余力，则学以文”的古训，不再满足面向个人记忆和内心世界，而力求实践自身之外的更为伟大的理想也是一致的。因此，笔者认为诗话文本中收录评价的“新派诗”与新文化运动中兴起的白话新诗同为西方文化影响的产物，尽管在民国时期他们各自为阵，似乎水火不容，然而都是中国文人在新旧杂糅、中西结合的民国时期变革现实、实现理想的依托。以上旧体诗话论著各自在录入“新派诗”的数量上不尽相等，诗学批评家对“新派诗”推崇程度不一样，偶尔也传来矛盾的声音，如早年参加诗界革命，晚年又参加“南社”的著名诗人高旭，他一方面提出了“诗界日新，文界诗界当造出一新天地，此一定公例也”，另一方面又表示“新意境、新理想、新感情的诗词，终不若守国粹的、用陈旧语句为愈有味也”。甚至认为“故诗界革命者，乃复古之美称”。[①]屈向邦也一样矛盾，他在《粤东诗话》推崇黄遵宪，“称其与康有为、邱逢甲皆一时钜手，而公度突破前人范围一新诗界面目，尤为显著”。[②]而他又称“近人粤人间有用新名词或外国语译音入诗者，辄为人非笑，原来此事亦吾粤人好奇心使然，曲江余襄公（靖）使契丹作胡语诗，为御史王平所劾，今人之非笑其亦古意欤，予谓此种诗殊无谐趣可言，偶一为之亦觉无谓”。[③]面对世人对新派诗的嘲笑，屈向邦又认为此种诗歌“殊无谐趣可言”，但偶尔写写也没无伤大雅。由此可见旧体文人突破传统是何等之难。而刘衍文作为旧体诗话的新生代却反对新词入诗，他在《雕虫诗话》中说：“近代若干诗家，皆好拨弄新词以示维新气象者，终乃受人奚落失笑，反不若同、光诸老谨严整饰之为得也。”[④]然令人欣慰的是旧体诗话收录和品评新派诗，基本上延续了梁启超《饮冰室诗话》的批评倾向和批评态度，成为突破中国传统古诗话封闭的批评模式的凭证，为传统诗话批评注入了鲜活的血液。

2. 采集、品评外国诗及外国诗人

翻译文学在清末的兴盛，不是一般意义上的文学交流，而是中国文学家为

---

① 高旭：《愿无尽庐诗话》，徐中玉主编：《中国近代文学大系》第1卷，上海：上海书店出版社，1994年，第696页。

② 屈向邦：《粤东诗话》第1卷，铅字排印本，香港：诵清芬室，1964年，第11页。

③ 屈向邦：《粤东诗话》第3卷，第1页。

④ 刘衍文：《雕虫诗话》，张寅彭主编：《民国诗话丛编》第六册，第643页。

推动社会变革而主动引进西方的文明利器，为创作20世纪中国新文学而主动引进可资参照的域外文本，以此来启动中国文化现代化进程的文学实践活动。梁启超作为晚清“诗界革命”的倡导者，对外国文学的输入寄寓了无限的热情。他不仅亲自翻译欧洲的政治小说，写过译印政治小说的序言来为译介外国文学推波助澜，而且对西方的诗歌翻译具有特别浓郁的兴趣。晚清最早面世而又有影响的诗歌始于1871年王韬和张芝轩合译的《普法战记》中的《法国国歌》（即Chant de Marseillais，今译《马赛曲》）和《祖国歌》。前者被梁启超录入了《饮冰室诗话》，同时他称赞《法国国歌》和德国《祖国歌》“皆彼中名家之作，于两国立国精神大有关系者。王氏译笔亦尚能传其神韵”。[①]不仅如此，《饮冰室诗话》还评论了欧洲大诗人荷马、莎士比亚、弥尔顿、田尼逊以及日本、越南的诗歌，开启了中国诗话评论外国诗歌的新风，具有“鲜明的开发性和中西文化交流的特色”[②]。几乎与此同时潘飞声《在山泉诗话》[③]也品评了大量日本的诗歌。[④]由此可见晚清民初随着批评家视野的开阔，文化的交流和知识的增长，中国传统诗学批评的笔触已伸向世界文坛，中国诗人开始大胆地评论世界各国著名的文学家及其代表作品。据统计，20世纪大约有十多种旧体诗话作过这样的尝试，其中以胡怀琛《海天诗话》等最有代表性，如果说晚清梁启超、潘飞声等诗话在录入品评外国诗和外国诗人方面就像平静的海面上飘来一缕缕新鲜的域外海风，那么胡怀琛《海天诗话》、吴宓《英文诗话》、严士弘《看忙楼诗话》则犹如一阵阵震耳欲聋的海潮滚滚而至了。

20世纪采集和批评外国诗人及其作品的旧体诗话作品，具体罗列如下：胡怀琛《海天诗话》堪称中国第一部目光专注海外的诗话，短小的一部诗话，论及外国诗人多达42人，印证外国诗作70首[⑤]，可谓前无古人，后无来者。欧西方面，收录品评英国诗人4人，诗作4首，德国诗人2人，诗作10首，法国诗人1

---

① 梁启超：《饮冰室诗话》，北京：人民文学出版社，1982年，第37页。

② 郭延礼：《中国近代文学发展史》，北京：高等教育出版社，2001年，第120页。

③ 潘飞声：《在山泉诗话》，铅印本，上海：广益书局，民国2—4年（1913—1915年）。

④ 潘飞声：《在山泉诗话》，录山本梅涯佳作《楚南陶矩观察森甲》，录日本福岛安正《归海东赋诗留别》，日井上《夜归》、《处处鸣枭晚眺》等数首，称皆清新可诵；录日人三木贞一《仙洞绮语》一卷，下部鸣鹤《秦灯舫中呈太守》；录剌则永井久风神秀倩之《在墨东泛舟饮植半楼同次真韵》四绝，又录其诗境幽远高浑之《过瓜洲》、《夜泊浔阳江》等数首诗。

⑤ 秦秋咀：《社会文化转型与近代诗话创作》，湖南师范大学2006年硕士论文，第17页。

人，诗歌5首，印度1人，诗作3首，其中希腊、芬兰、挪威只提诗人不存诗。其中包括：收录并品评曼殊翻译雪兰之《冬日》，马君如译德国贵推之《阿明临海哭女诗》，英国克里斯之《三渔翁》，适之译德国诗人亥纳诗一章。梁任公、马君如、苏曼殊译裴伦《哀希腊》三种译本。曼殊译梵土女诗人陀露哆之《沙恭达纶》、《乐苑》。闽人某译西人阿乃《人生几何歌》、《明星诗》三章，录其末章最佳者。此外，诗话还辑录了英国诗人弥尔顿、芬兰文豪亨勤克斯差科、脑威伊布新翁、西西利达奥尼学，欧洲诗人多美生之逸闻趣事，英国诗豪拜伦之年谱。在日本方面，录入日本诗人共26人，诗作44首。

《海天诗话》之外，另有陈衍《石遗室诗话》辑有日本河濑如侗《留别》、《将游蜀赋呈》①等五首诗以及日本东京石田羊《子夜续歌》②和濑长定《咏竹》。③义皇《寸楼诗话》辑日本人佳作，其帅某赋诗曰："王师百万征强虏，野战功成尸积山。愧我何颜见父老，凯歌声里几人还。"④燕石（画）、柏生《笔记：筠溪壶斋随笔：东瀛诗话（附图）》品评日本名相伊藤博不仅"崇论宏议，精确不刊，论事洋洋数十万言，其诗亦奇情壮采，英光逼人。"辑录其《养老山作》、《中秋看月有怀》等七首汉诗。⑤金珙《读书斋诗话》辑英国约翰生咏女德三章和英国近代诗豪登尼逊氏即景赋诗一首："绿是苔痕青是草，舞风柳枝已渐老。苇声簌簌如浪推，长提回响惊鱼藻。群花一白浮银光，中有荒溪复野塘。淙淙汩汩何曾见，伊谁奏乐声悠扬。"⑥苏曼殊《民权素诗话·燕子龛诗话》评"英人诗句，以师梨为奇诡而兼流利。尝译其《含羞草》一篇，骏洁无伦。"⑦陈作霖《可园诗话》录东倭大将乃木希诗作《军中作》等，称其有"唐人格法"。⑧袁保香《冷观庐诗话》称"日本近百年来，负诗文盛名者，首推赖襄一人。……文集诗钞乐府若干卷，至今日人之攻汉学者，犹奉之若山斗。徐燕庭赠其遗稿一巨册，批阅再四，竟无惬意

---

① 陈衍：《石遗室诗话》，张寅彭主编：《民国诗话丛编》第一册，第347页。

② 同上，第347—348页。

③ 同上，第365—366页。

④ 义皇：《寸楼诗话》，《游艺杂志》1915年第1期，第15页。

⑤ 燕石（画）、柏生《笔记：筠溪壶斋随笔：东瀛诗话（附图）》，《余兴》1917年第25期，124—125页。

⑥ 金珙：《读书斋诗话》，《学生文艺丛刊汇编》第3卷第4期，第17页。

⑦ 苏曼殊：《民权素诗话·燕子龛诗话》，张寅彭主编：《民国诗话丛编》第五册，第251页。

⑧ 陈作霖：《可园诗话》第6卷，民国八年（1919年）刊《可园丛本》，第9页。

处，名未副实。为积疑者久之，顷读郑海藏先生诗云：'此都号文士，浮躁多不实。盛名如赖襄，语助未究悉。'恰与鄙见相同。"[①]作者敢于对日本百年来的文学泰斗赖襄诗文的盛名予以否定，可见其可贵的批评勇气。邵祖平《无尽藏斋诗话》认为莎士比亚、腾纳逊尔士瓦斯诸作，不无缠绵哀丽恢诡动人者也。[②]王逸堂《今传是楼诗话》辑英国诗人摆伦（拜伦）最脍炙人口之诗如《留别雅典女郎》四首，《吊碧伽女士墓》一篇，并称其"哀感顽艳，无愧西方温李"[③]。录日本诗人赖襄《杂诗》、《送百谷东行，用在萨别诗均》、《客恨》、《中秋无月侍母》；[④]日本诗人蓝由股野琢君诗作《朝鲜过中》、《访西便门白云观》、《游姑苏寒山寺》[⑤]诗作以及日本国使臣答里麻之《咏西湖诗》，并认为其可作时流当头棒喝[⑥]。白采《绝俗楼我辈语》说："以为必求诗王，庶几英之莎士丕尔乎！老杜鄂谟正堪配飨耳。并系以诗云：鄂谟加冕国人推，广大香山教化诗。欲得诗神与诗圣，莎翁杜老是吾师。"[⑦]对莎士比亚给予至高的评价。林庚白《孑楼诗词话》录汪精卫《译嚣俄共和二年之战士诗》，称其捶今铸古。[⑧]贞夫《南楼诗话》以为"大约未有爱好文艺之人而不爱好诗歌者，诗歌虽寥寥数字，而有时感人之深，流传之远，却与其他文艺作品长篇巨著有相等功效，古今中外，诗人之流芳百世，往往使人共鸣同感不能自已者，若震旦之李杜剑南，希腊之荷马，英之拜伦，雪莱，德之歌德海涅，意大利之但丁，俱诗人中之铮铮者。"[⑨]吴宓《空轩诗话》录杨葆昌所译摆伦（拜轮）之《王孙哈鲁纪游诗》第三曲*Childe Harold's Pilgrimage*；*CantoIII*。[⑩]录陶爂民词《一片子・意译魏兰Paulverlaine（法国著名诗人）秋歌Cbbansond' automme》[⑪]，并录李思纯译魏兰之《秋歌》与之比较。范罕《蜗牛

① 袁保香：《冷观庐诗草诗话・冷观庐诗话》，1915年影印本，第66页。
② 《学衡》1922年第2期，第116—117页。
③ 王逸堂：《今传是楼诗话》，张寅彭主编：《民国诗话丛编》第三册，第271页。
④ 同上，第336页。
⑤ 同上，第274页。
⑥ 同上，第402—403页
⑦ 白采：《绝俗楼我辈语》第3卷，上海：上海开明书店，民国十九年（1930年），第65页。
⑧ 林庚白：《孑楼诗词话》，张寅彭主编：《民国诗话丛编》第六册，第122页。
⑨ 贞夫：《南楼诗话》，《佛教与佛学》1936年第1卷第9期，第19页。
⑩ 吴宓：《空轩诗话》，张寅彭主编：《民国诗话丛编》第六册，第66页。
⑪ 同上，第69页。

舍说诗新语》梳理我国诗歌经过之时代时云："清末西教东渐，科学勃兴，诗之地盘，自当有一番变化，无足异者。……兹后科学入诗，亦理所当有，英国沙雷在开其端。"[①]赵元礼《藏斋诗话》辑日本诗一首（不知何人而作），[②]录日本递信大臣南弘《云仙口占一绝》[③]，称其有渔洋风味，并评说到："百年以前，日本人之能诗者甚多，且有极成家数者，明治维新醉心欧化，此风逐渐消歇。录日本近日听松主人、什公之作诗作，称其雅鍊超逸，余味盎然。"[④]陈景寔《观尘因室诗话》在评说"诗人多譬喻"的观点时指出"波斯诗人每以蔷薇喻意中人，印度诗人亦喜以莲花喻所欢。"[⑤]沈其光《瓶粟斋诗话》录朝鲜诗人申紫霞《广岩路傍小憩赏花作》、《贝勒巴多尔济求扇》、《闰六月十五夜月极明》、《秋柳》、《柳絮》、《西江》、《小园绝句》、《读东坡和陶诗》等诗作，沈其光评其诗温润缜密，有唐人气象，为海外之雄。[⑥]刘衍文《雕虫诗话》为驳其越园师"少年多才士，而无饱学"证成其鄙见，另推二学人以明之，其一即为俄之杜勃罗留波夫。[⑦]史大木在《近人诗话》对西洋小说《茶花女》在中国的译介和传播作一简略梳理："法国小仲马之《茶花女》，为西洋小说输入华土第一部，其最初译者为林琴南，今则又有夏康龙、秦瘦鸥、王慎之等译本。更有刘半农所译，则为剧本。忆民国初年，李叔同等所倡导之春柳剧社，演《新茶花》（即茶花女）一剧，风靡一时。（今出演改剧，又有称为天长地久者。）考最初译是书之林琴氏，不识西文，赖晓斋主人口述始克济事。"[⑧]可谓凸显了史大木现代的诗学关注目光。许厚基在《迎素月楼诗话》以为尼采不单是哲学家，也是一位诗人："德儒尼采，生平著述颇丰，尤著者如《否定历史万能论》，《查拉图如是说》，《道德底系统》等，世人多以哲学家视之，不知尼寔一诗人也"。而进一步称"尼采论诗谓'吾最爱以血书者'，此语寔引起余深切之同情，盖起他诗文，当有工拙之分，若以

① 范罕：《蜗牛舍说诗新语》，张寅彭主编：《民国诗话丛编》第二册，第559页。

② 赵元礼：《藏斋诗话》，张寅彭主编：《民国诗话丛编》第二册，第222页。

③ 同上，第238页。

④ 赵元礼：《藏斋诗话》，张寅彭主编：《民国诗话丛编》第二册，第240页。

⑤ 陈景寔：《观尘因室诗话》，铅印本，民国二十五年（1936年），九月皖江印书馆铅印本，第6页。

⑥ 沈其光：《瓶粟斋诗话》，张寅彭主编：《民国诗话丛编》第五册，第744—745页。

⑦ 刘衍文：《雕虫诗话》，张寅彭主编：《民国诗话丛编》第六册，第629页。

⑧ 史大木：《近人诗话》，《天文台》1947年第1卷。

血书成者，直不知是血是墨，只是一片挚情表露而已；然境遇优渥者当不能为此也。余生一岁而孤，母氏守节自誓，穷极艰苦，抚余至于成人，窃常有诗纪之，诗固不敢云佳，然亦所谓以血书者耶。”[①]阐述了正是因为自己充满艰辛又满怀感恩之情的人生经历才与尼采的诗论产生共鸣。严士弘《看忙楼诗话》西学气息尤其浓厚，其主要介绍了十七世纪英国两位抒情诗人勒夫列斯与赫利克、德国诗哲歌德、英国大文豪卡来尔鲁斯金（Rushin）、散文大家兼诗人安诺德（A rnold）近代英国诗人克勒夫（Clough），康白耳（Thomas Campbell ）等诸位外国诗人生平、诗作特点、诗论。具体而言，《看忙楼诗话》中录入了勒夫列斯《别鲁姬》（摘译）和《狱中作》末段，介绍了赫利克作品的特点及其诗歌两种不同的风格。[②]介绍德国诗哲歌德，称其如“英国之莎士比密尔敦，我国之李杜也。”录高老秀才敬轩所改译《努力歌》以及辜鸿铭先生译歌德诗一首，近代英国诗人克勒夫（Clough）“勇猛精进”“乐天知命”诗作《精进章》、《乐天章》各三首七绝。[③]录入康白耳（Thomas Campbell）其意译和直译诗作《征夫梦》，称其虽非第一流诗人，然其天性浑厚，忠君爱国，感慨世乱，其“征夫梦”乃其中年时之作品，个中情调，颇有“羌村”风味。此外作者还介绍了其师辜鸿铭先生之诗并辑录辜先生之译诗片段，汉译爱国歌，及钱仲联先生抄赠之《痴汉骑马歌》。

在现代旧体诗话中吴宓《英文诗话》[④]在录入和品评外国人和外国诗歌上是极为突出的。在此，作者论及到了Robert Burns、Edgar Allan Poe、Diderot、Pope、Wordsworth等诗人诗作及诗论。

首先诗话在谈及往往看似最自然之诗其实是经过苦心经营之后创作出来的诗时，作者列举西方诗人创作诗歌的情况进行说明。如英文诗中，以Robert Burns之诗，最为自然，多言田野风物，里巷琐事及农家之苦乐，儿女之隐情，不事雕镂，一本天真。故其诗成后，老妪都解，或当疑此公之诗，必非推敲而成。乃据晚近学者考据始知Burns之诗，亦系按步循规，苦心经营，久久始脱稿者。又如美国Edgar Allan Poe，其所作“Raren”一诗，悲戚缠绵，情深语

---

① 许厚基：《迎素月楼诗话》，《教育生活》1936年第4卷第4期，第50页。
② 严士弘：《看忙楼诗话》，《求是月刊》1944年第1卷第2期，第25页。
③ 严士弘：《看忙楼诗话》，《求是月刊》1944年第1卷第6期，第26—28页。
④ 吴宓：《英文诗话》，《留美学生季报》1920年第7卷第3期，第187—192页。

重。读者必谓其人确抱鼓盆之戚，身受心感，乃能言之如此。而其实竟不然，Poe作“Philosophy of composition”一文，自述作此诗之情形。则固未尝有悼亡之事，只欲作一篇佳诗，沈思至再。此后作者在诗话中对Edgar Allan Poe在作“Raren”一诗时悼亡题旨的选定、韵字的选用、层次的设立等作较为详细的阐述。

其次作者在谈及文非静心不能作的观点时选用的是外国人、外国文章来作例证，如Wordsworth谓诗为“静中回思前情”的观点、“Overhow of powerful emotions recollecled in tranquillity”祭文非易箦时所可作出、Diderot以言善表演的优伶来喻作诗，优伶摹拟局中人感情发动时之形于外，如面容手脚本姿态位置等，但其内心却是冰冷如铁石。若其内心真感动，则必动作失据，不能做戏。作诗亦如此。

再次吴宓论及文体之变迁时谈到了英国著名诗人Pope和Wordsworth。诗人以Pope首屈一指。Pope之诗，多言朝廷及都市事，然其诗曲尽人情之变。能以极凝练简短之句，达复折难显之情。此种才力，为英国至今诗人第一。其后学之者过多。而奇才罕见。在18世纪与19世纪之间，Wordsworth出，乃终变诗体。Wordsworth生长田间，性冲淡，不亲世事，盖陶渊明孟东野之流也。Wordsworth之诗，纯取清新，以矫当时之弊。Wordsworth天生诗才，故其诗极为名贵。在此作者指出了Pope和Wordsworth诗作的取材、风格等特征。紧接着吴宓对Wordsworth倡导的自然之说进行了批评，并指出Wordsworth的友人Coleridgr对其的批评对后之论者的影响，文中说：Wordsworth追后倡为自然之说，则大误。盖生于山者言乎山，生于水者喻于水。各人循其本分，不假虚伪，是谓自然。狮效驢鸣，即不自然。天下之人，不皆田夫，不皆村女。今于凡作诗者，悉令摹仿田夫村女之词意，是实专制之尤者，Wordsworth诚误矣。后之论者，谓Wordsworth只善作诗而不能谈诗，其所作之诗，确是极佳，而所谈则左。其后自作诗稿序，*Preface to the Second Edition of Lyrical BaHads*畅言作诗之道，其中瑕瑜互见。其至友Coleridgr，当时即于*Biographia Literaria*书中纠正其误。且曰：此公一生所作诗，可分二类。其中佳篇，悉与已所言作诗之条理相反悖。其按照此等条理，勉强作出者，皆属下品。后之论者，皆以Coleridgr之评，为不可易。盖知Wordsworth之深，而爱Wordsworth之切者，莫Coleridgr若也。

最后《英文诗话》介绍了Wordsworth倡导简洁诗风的原因、其诗多言农氓疾苦类似于我国白居易的创作："Wordsworth以当时诗体甚卑，满纸陈言，毫无新意，韵律虽协，而精彩甚乏。亦犹中国诗，以红香缘玉等字，堆砌成章者。Wordsworth思矫正之，作诗乃务为简洁。又多言农氓疾苦，有类白香山《秦中》、《乐府》。"值得一提的是吴宓对Wordsworth诗之法则作推测性的阐述："吾欲以生人实用之言语入诗"，推Wordsworth之意"似欲直抒胸臆，不假藻饰。"Wordsworth又言"客套语、酬应语、文人相与谈论之词，前人入诗者已多。渠今则欲以率直纯朴之农民，其天伦至情之事，取作诗中材料，止此而已。"吴宓以为Wordsworth作诗将去客套语、酬应语、文人墨客谈论之语，而将以率真纯朴农民之天伦至情之事，当作诗歌的材料。但Wordsworth"非谓照钞农民口中之言也。"即其作诗并非主张完全照搬农民的语言。针对Wordsworth用字浑含，后人将有误解之忧的缘故，Coleridgr即指正其非，且曰："俗语断不可入诗。"即主张俗语不可入诗。紧接着Coleridgr进一步阐述到："Wordsworth所生居之乡，The Cumberland and Westmoreland Counties本皆民风淳厚之地，居民久受宗教之陶镕，感化开通。故其所言，尚多和雅之致。Wordsworth间取其一二语入诗，故不为病。若谓凡俗语皆可入诗，则他处之流氓匪徒，诅咒詈之词，直钞以示众。吾知Wordsworth决不为此。后之读者，其幸勿以词害意而妄从之也云云。"可知Coleridgr否定凡俗语皆能入诗，而且以为Wordsworth决不会凡俗语入诗。他以为Wordsworth所生居之乡深受宗教的影响，多温和雅致之语，间或使用一二俗语故不为病。文后吴宓对Wordsworth及其对俗语的运用表达了与Coleridgr不同的见解："Wordsworth生平受卢梭之影响。其言亦多由感于时势而发，兹不具论，但其采用俗语入诗，亦系甄陶融化过来者。更以天生诗才，连用其间，故尚不为病。若后之人，欲作诗作文尽以白话，则实为Wordsworth所梦想未及者，作俑之，固不任受也。"[①]在此，吴宓以为Wordsworth作诗多由感于时势而发，兹不具论。但肯定了其以俗语入诗，认为以俗语入诗不能称之以病。不仅如此，作诗作文尽以白话，事实上是Wordsworth的梦想。吴宓以为，作为以俗语入诗的始作俑者，Wordsworth本不该承受这样的批评。可见吴宓是认同Wordsworth以俗语进行创作的。

晚清以来，在各种文体翻译中，外国诗歌在"五四"以前的文学翻译中显

---

① 吴宓：《英文诗话》，《留美学生季报》1920年第7卷第3期，第192页。

得比较少，这是因为诗歌的翻译公认是“至难之业”，而且晚清以来蓬勃兴起的报刊业，为了增大销售量，也引导着对外国文学的翻译朝重视通俗易懂的小说方面发展。尽管如此，大多数诗歌翻译家仍然抱着鼓动民气、呼唤国魂，宣扬爱国主义和民族主义的鲜明目的而非基于文学因素来选择译品。正因为抱着思想启蒙、开启民智的理想，拜伦、歌德、雨果、莱蒙托夫等蕴蓄着民主、自由的诗歌理所当然成为翻译家的译介重点。而在众多的翻译诗歌中，英国的诗歌最为丰富，其中又以拜伦的诗最多，其诗歌《哀希腊》先后有梁启超、马君如、苏曼殊、胡适的四个译本。1908年苏曼殊译著《拜伦诗选》收录了拜伦40多首抒情诗。拜伦的诗歌之所以受到中国人的青睐，在于拜伦作为英国杰出的积极浪漫主义诗人，反抗封建专制、呼唤独立自由、歌颂民族民主革命是其诗歌最常见的主题。处在民族积弱、外忧内患情况下的中国知识分子，正是在拜伦诗歌中找到了精神上的寄托和情感上的共鸣，尤其是他的仗剑从军，参加希腊的独立军，更令中国青年为之向往和敬佩。诚如梁启超通过他小说中的主人公李去病说：“《哀希腊》虽属亡国之音，却是雄壮愤激，叫人读起来精神百倍。……句句都像是对着现在中国人说一般。”[①]也正如鲁迅所说：“其实那时Byron之所以比较为中国人所知，还有别的原因，就是他的助希腊独立。当时清的末年，有一部分青年的心中革命思想正盛，凡有叫喊着复仇和反抗的，便容易惹起感应。”[②]晚清以来的诗歌翻译热潮从对拜伦的译介可见一斑。那么民国诗话收录和批评外国诗和外国诗人，尤其像《海天诗话》这样以品评外国诗人与诗歌为主体，就是对这场轰轰烈烈的翻译热的激情回应，在为数不多的诗话文本中有《海天诗话》、《今传是楼诗话》、《空轩诗话》三本诗话中均录入拜伦的诗歌，《海天诗话》中还不惜笔墨介绍拜伦的生平，拜伦及其诗歌在旧体诗话文本中脱颖而出就是回应翻译热的最好凭证。而有的批评家同时兼作翻译家，《燕子龛诗话》的作者苏曼殊就是晚清民初著名的翻译家，他在诗话中批评英国诗人雪莱的诗歌本身就是其翻译活动的见证。而同时可以毫不夸张地说，在20世纪初有影响的文化人几乎都卷入了当时翻译西著的文艺思潮，在20世纪文学史上占有一席之地的作家、批评家正是在清末民初翻译文学耳濡

① 梁启超：《新中国未来记》，阿英编：《晚清文学丛钞：小说卷》上册，北京：中华书局，1960年，第49页。

② 鲁迅：《杂忆》，《鲁迅全集》第1卷，北京：人民文学出版社，1981年，第220—221页。

目染下成长的，因此旧体诗话把批评的视野指向外国诗人也是批评家们海纳百川之胸怀、开阔视野之具体体现。

当然，胡怀琛《海天诗话》、王逸堂《今传是楼诗话》、吴宓《空轩诗话》收录品评拜伦的诗歌，以及胡怀琛《海天诗话》、苏曼殊《燕子龛诗话》收录批评雪莱的诗歌其着眼点似乎更为注重这些外国诗人的诗歌艺术风格。如王逸堂在《今传是楼诗话》中认为拜伦的《留别雅典女郎》四首，《吊碧伽女士墓》一篇，“哀感顽艳，无愧西方温李”[①]，苏曼殊在《燕子龛诗话》认为“英人诗句，以师梨为奇诡而兼流利。尝译其《含羞草》一篇，骏洁无伦。”并认为“其盖和中土义山、长吉英而镕冶之者”，[②]均是强调其诗歌的艺术特色并将其与中国古典诗歌作比较。由此可见，当中国翻译家、批评家从最初开启民智的启蒙思想角度译介外国诗人的作品展现其现代眼光之后，也迅即从这种政治的狂热中冷静退却，开始从艺术的角度来关注诗歌的本身，并在吉光片羽的比较中不自觉地又回归了传统。旧体诗话这种新旧、现代与传统的杂糅之处并不止于此，翻开已具有很多新质可采的胡怀琛《海天诗话》、吴宓《空轩诗话》、王逸堂《今传是楼诗话》，可以说所录的外国人的诗歌一律采用了中国古典诗歌的形式，似乎还带着海潮味的外国诗歌扑面而来的却是浓郁的中国诗的风味。这一特点在品评日本汉诗方面表现得尤其明显。日本汉诗即日本人用汉语和中国旧体诗的形式创作的诗歌。现代旧体诗话之所以录入日本汉诗，可以借用胡怀琛在《海天诗话》中所言“东瀛本重汉诗，名手亦复辈出。搜其著作，采其精华，或可为他山之石，或以供茶余客话。”[③]日本汉诗的输入是为了让中国的古典诗歌有“他山之石，可以攻玉”之借鉴，批评家的批评视野看似走了出去，却仍停留在中国传统的周围。诗话中录入的是日本人的诗歌，然而如同欧西诗人的译作一样流溢的同样是中国诗的情韵，这不能不说是旧体诗话在除旧立新的过渡时期所呈现出来的特殊性。然而尽管如此，我们仍要赞叹胡怀琛的《海天诗话》等旧体诗话紧跟着梁启超《饮冰室诗话》和潘飞声《在山泉诗话》对传统封闭的诗学批评领域的突破所带给人的惊喜。当众多的批评家录入品评以西方现代文明标志构建“新意境”即蕴含着新理想新理念的

---

① 王逸堂：《今传是楼诗话》，张寅彭主编：《民国诗话丛编》第三册，第271页。

② 苏曼殊：《民权素诗话.燕子龛诗话》，张寅彭主编：《民国诗话丛编》第三册，第251页。

③ 胡怀琛：《海天诗话》，张寅彭主编：《民国诗话丛编》第五册，第303页。

新派诗来突破中国诗歌传统领域之时，以胡怀琛、吴宓、严士弘为代表的诗学批评家已开始直接批评外国的诗人及其他们作品，相比之下，吴宓、严士弘的批评眼光显得更为开阔。而尤其是吴宓《英文诗话》中对Robert Burns、Edgar Allan Poe、Diderot、Pope、Wordsworth等诗人诗作及诗论深入细致的分析和探讨，在这20世纪现代旧体诗话中是独树一帜的。尽管这样的诗话文本在旧体诗话中数量甚少，尽管这样的外国诗歌批评除了在胡怀琛《海天诗话》、吴宓《英文诗话》、严士弘《看忙楼诗话》中蔚然成风其余都只是吉光片羽，尽管批评的外国诗歌的外在形式乃至批评绝大多数仍走不出中国诗歌传统的窠臼，也尽管这样的诗学批评远不如钱钟书《谈艺录》、朱光潜《诗论》等诗学批评的成熟理性，但胡怀琛《海天诗话》、吴宓《英文诗话》、严士弘《看忙楼诗话》等诗话所洋溢着的浓浓的西学气息无论是在视觉上还是在心灵上所带给我们的震撼都是历代诗话所无法企及的。因此旧体诗话把批评的对象指向了外国诗人及其诗歌，这从批评对象的主体构成方面为中国传统诗学领域注入了新的生机。

3. 品评白话新诗和“新文化”运动倡导人

初期的白话新诗一登上历史舞台，无论是内容还是形式都给人强烈的视觉冲击和心灵的震荡。如果说晚清诗界革命的倡导者在诗歌的古典辉煌和现代诉求二者之间犹豫不决试图作缓冲的妥协以致终将几乎是不战而败，那么新诗革命的先行者和他们的前辈则不同，面对古典诗歌千年的辉煌他们敢于对伟大的传统说“不”，而且采取了大胆而决绝的“推倒”（陈独秀语）的策略。陈独秀对胡适说：“改良文学之声，已起于国中。赞成反对者各居其半。鄙意容纳异议，自由讨论，固为学术发达之原则。独至改良中国文学，当以白话为正宗之说，其是非甚明，必不容反对者有讨论之余地。必以吾辈所主张为绝对之是，而不容他人之匡正也。”[①]胡适说“我们作白话诗的大宗旨，在于提倡‘诗体的解放’。有什么材料，作什么诗；有什么话，说什么话；把从前一切

---

① 这里仅举一例说明。陈独秀在《新青年》第三卷第三号给胡适的信说：“改良文学之声，已起于国中。赞成反对者各居其半。鄙意容纳异议，自由讨论，固为学术发达之原则。独至改良中国文学，当以白话为正宗之说，其是非甚明，必不容反对者有讨论之余地。必以吾辈所主张为绝对之是，而不容他人之匡正也。”时为1917年5月。

束缚诗神自由的枷锁镣铐，笼统推翻：这就是‘诗体的解放’。”[①]“先要做到文字体裁的大解放，方才可以用来做新思想新精神的运输品，”[②]至于具体怎样创建白话新诗，他更毫不含糊地指出：“若要作真正的白话诗，若要充分采用白话的字，白话的文法，和白话的自然音节，非作长短不一的白话诗不可。”[③]“长短不一的白话诗”，既区别于格律严整的旧诗，也区别于同样长短不一、但用文言写就的旧体词曲。以上的这些观点无疑是对古典诗歌传统有力的冲击，很有“离经叛道”的意味，新诗革命的先行者以改变诗歌语言为突破口，以白话为武器，发起了真正的“诗界革命”。胡适提出文学革命后，除了他本人尝试白话新诗的写作外，其他的文学革命的倡导者、先驱者如沈尹默、刘半农、鲁迅、李大钊、周作人、陈衡哲等等也纷纷用白话写诗，其间各报纸杂志也顺应潮流大量发表新诗。一时之间标新立异的白话新诗蔚为风气，一部分原来的旧诗人改而学写新诗，更有大量的新进青年直接取法白话新诗不再写旧体诗。显而易见在这场史无前例运动式的甚至有些极端的文学革命中，曾经辉煌了数千年的中国文言旧体诗的声誉一落千丈，其创作与发表呈枯萎状，这与传达了狂飙突进的五四革命精神的白话新诗如点燃的星星之火形成了强烈的对比。然而尽管如此，即使在五四文学革命风靡天下，滚滚而来的新诗浪潮几乎要吞噬文言旧体诗之即，仍有一批传统诗学家静默地守望着与之血肉相连的文言诗歌样式，与此同时他们也把诗学的批评的对象指向了白话新诗和新文化运动的倡导人。

20世纪现代旧体诗话共有三十余本诗话论述到白话新诗和新文化运动的倡导人。总而言之，对待白话新诗和新文化运动的倡导者们，这些旧体诗话家的批评态度是比较复杂的，褒贬不一，莫衷一是。青心居士《藕船诗话》记述自己“三五少年时，东涂西抹喜填词，中年而后知词律精细，苦其束缚，不敢孟浪下笔，遂不复作。曾信口撰词，但求谐韵，句之长短适如吾之所欲言，并不限阙，意尽则止，名之曰《天籁词》。蒋康之孝廉见之击节称赏，并携稿去。翌日仿其体有云：两小本无猜，甚来由，成人长大觌面不相陪，我见你有

---

① 胡适：《胡适文存卷一·答朱经农》，《胡适全集》第2卷，北京：北京大学出版社，1998年，第68页。

② 胡适：《尝试集·自序》，上海：上海亚东图书馆，1922年。

③ 同上。

万千心事，欲说口难开，你见我锁双眉，纵高声打散鸳鸯，叫伊知晓，总不肯把头抬。蓦启秋波，一转背，身躯无端的，红晕桃腮。到后来左思右想，万转千回，挣来一字听，分明道是媒。”作者品评道：“盖非真情真景，不能赞一词也。近人每言白话诗，不知对此文词又作何感想。”[①]在此，青心居士对蒋康之仿效《天籁词》词体所作的诗歌极其欣赏，认为非亲身经历其情其景者不能赞一词，而其不整齐的句式、文白相间的文字上等与初期白话新诗有很多相近之处，以致青心居士发出“近人每言白话诗，不知对此文词作何感想”的追问。答案看似悬置，但其实是很清楚的，作者在这里暗示了一个诗学观点，即文言句式同样可以写出白话新诗的效果来。

佚名《心汉阁诗话》对现代白话新诗风靡一时的盛况作了简单的描述：“近世教育家，提倡新文学，意在使民众之便于文学诵习也，又欲使言文之合一也，于是处处用白话文。最近曰禁止小学校用文言教授，而初中招考命题，亦纯用白话。此犹言乎文也，乃至于诗，亦复通行白话。青年学子，便其不学而能也。如蓬从风，如水赴壑，一唱百和，群焉趋之。”[②]在这样的情势下，“毕业于沪上某大学、皖省某少年”脱颖而出，其“以善为白话诗，见称于侪辈。若以视作白话诗，则矫然出类。恐又非近时自称专家者，所能望其项背也。”[③]在此作者肯定了某少年的所作，以为即使当时自称创作白话新诗的专家，也恐怕难以望其项背。诗话中录少年七首诗歌，在此选取其一以见之：“黄花黄，麦苗长，东家嫁姑子，西家讨新娘。新娘好嫁装，两相厨，四对厢，还有据木桌子椅子，排满新娘房。我家讨新娘，不问好嫁装，但愿新娘到了我家里，我的儿子依旧孝爷娘。”[④]对于这七首诗歌，作者具体这样品评到：“词虽俚俗。却含得讽世厉俗之意。”[⑤]肯定了白话新诗虽用语俚俗，但讽世厉俗的批判力度却不浅。诗话中作者补充称所录诗歌：“友人钞得见示，或云是某先生所拟，因白话诗盛行于时，而戏为之者，不知新文学家视为如何。[⑥]在此诗话作者追问新文学家们如何评判某先生在白话新诗盛行时戏而为

① 青心居士：《藕船诗话》，《苔岑丛书》第一册，民国九年（1920年），第9页。
② 佚名：《心汉阁诗话（六）》，《联益之友》1928年第99期，第3页。
③ 同上。
④ 佚名：《心汉阁诗话（七）》，《联益之友》1928年第100期，第3页。
⑤ 同上。
⑥ 同上。

之的这七首诗歌，答案亦看似模糊，但其实也暗示着作者这样的诗学观点，即传统诗人亦可创造出用语通俗、表达流畅、含蕴深刻的白话新诗。事实上，无论这七首诗歌出自少年或某先生之手，都可见白话新诗由最初的尝试阶段逐渐显露其叙事多样且灵巧的优势和长处。

由于写作现代旧体诗话者多是旧体诗的拥趸，都具有深厚的旧学功底，因而旧体诗话对白话诗的评价难免传来负面的声音。邵祖平《无尽藏斋诗话》反对新诗的写作，他认为“近日盛行新诗，句之长短，既难一定。韵之有无，亦不一致。可诵者既不多见。而狡者率割旧诗词头，砌入篇幅。友人戏呼之为百衲诗。余曰‘未若鹦哥娇拟之之当也。’”而“鹦哥娇意谓鹦鹉之于人言止能道此数句耳。”近人作新诗连鹦鹉学舌都不如，可见作者对新诗的态度。文中并录署名为韬君者《咏新诗》二首，称其颇为嘲弄尽致。[①]进一步否定白话诗人说：“近日新派者为诗者，多持无定韵、无定言、无定体之说，甚至不知其所谓韵句及体制也。”[②]他在诗话中进一步从美学的角度阐述白话诗因为缺乏诗歌所应具备的四美特征所以永难进步：“夫诗者世之公言，本不容有限制，体制虽异，要在归于至美。而考诗所以合于美者，有四事焉。一情意之美，二音韵之美，三声韵之美，四篇章之美是也。旧诗绝佳，四美无不悉具。真有不具者，则艺术上有不至也。情意之美，属于内美，凡为文章所必具。不仅韵文为然，音韵声韵篇章之美，属之外美，则视美文之种类而略有不同。旧诗之有感而作者，情之事也。有为而作者，意之事也。诗必用韵或一句一韵，隔句一韵，三句一韵，视其所为之诗而异。古体诗或换韵或通押，以其体大贵变化也。近体诗不宜换韵通押，以其体小贵精纯也。（唐人诗且多双声叠韵，音节最美。）此音韵之事也。古体诗平仄，忌如律句，以拗屈生劲致也。近体诗宫商必协，四声必究，以谐和多美响也。此声律之事也。诗长篇有长篇章法，短篇有短篇章法。一题数首者，贵有先后排次之法。此等虽难言，但一读杜诗，如《北征》者可悟长篇章法。此篇章之事也。白话诗既不用韵，又不拘平仄，不顾章法，诗之美之事，已去其三，所仅仅可自致力者，惟在情意之间，情意即有可取，其美已不逮诸事齐者远甚，况白话诗者，其感情未必悱恻动人，意

---

① 邵祖平：《无尽藏斋诗话》，《学衡》1922年第2期，第109页。

② 同上。

旨亦未必即能高深出俗。则读者宁不感如味同嚼蜡乎？此白话诗之所以永难进步者也。”[①]在此邵祖平从美学的角度对旧诗和新诗进行比较，认为旧诗具备这四美特征，而白话新诗却难有这四美，所以味同嚼蜡。在此先不论邵祖平所认为的新诗缺乏“情意之美、音韵之美、声韵之美、篇章之美”是否准确，邵氏从美学的角度思考新诗存在的问题是独到的。

刘永济《旧诗话》认为“白傅某些诗虽词意浅露，但不同于近人‘谁躲谁躲，那是去年的我’之徒逞口角毫无蕴藉。”[②]刘氏否定毫无蕴藉之白话新诗。杨香池《偷闲庐诗话》否定新诗的称谓，认为用白话书写且不用韵的新诗不能称之为诗，只能用小品文称之：“今日之所谓新诗，既属白话，且多不叶韵，纯为小品文字，则另以一种文艺名称称之可也，何必曰诗？”[③]并认为“……音韵者，构成诗之形式之一也。苟废之，已失去形式之美，仍不易动人欣赏。”“……世之主张作诗废韵，窃则不敢曲为附和。”[④]反对新文学家所作白话新诗无韵的主张。针对李西涯《麓堂诗话》曾评“水牛浮鼻渡，沙鸟点头行”之真切自然诗句为“下净优人口中语，乃唐诗之恶劣者”，杨香池说：“然则今之新诗有‘亲爱的，把我的性灵和心都给你了’，又‘月亮呀，我亲爱的月亮呀’等类，将更谓之何哉！”[⑤]如果“水牛浮鼻渡，沙鸟点头行”此种真切自然古诗句为“下净优人口中语，乃唐诗之恶劣者”，那么口语化方面表现更为彻底的白话新诗就不堪一提了。杨氏在此虽没有直接否定白话新诗的浅白无蕴藉的特征，但他已清醒地认识到了白话新诗在口语化方面比清浅自然的文言诗嬗变得更为彻底。由云龙反对白话新诗的创作，他在《定庵诗话续编》写到“今之提倡白话诗者，大抵谓《诗三百篇》，除《雅》、《颂》外，皆为妇人、女子、田夫、野老之所歌唱，故人人易晓。……为白话者，如田夫野老之所为，方言各异，迁地弗良，是欲求易解而反难通矣。”[⑥]他认为新诗创作者自以为用白话写诗浅显易懂，实则弄巧成拙，新诗因方言各异反而难于理解。南社诗人林庚白反对白话新诗的声音也是比较高亢的，他在《孑楼诗词

① 邵祖平：《无尽藏斋诗话》，《学衡》1923年第21期，第140页。
② 刘永济：《旧诗话》，《学衡》1925年第46期，第128页。
③ 杨香池：《偷闲庐诗话》，张寅彭主编：《民国诗话丛编》第三册，第716页。
④ 同上。
⑤ 同上，第679页。
⑥ 由云龙：《定庵诗话续编》，张寅彭主编：《民国诗话丛编》第三册，第668—669页。

话》对语体诗人创作新诗颇多微辞："新体诗人，每喜拾欧美牙慧，而不知其远于创作"。[①]"晚近新体诗，摹拟欧美，终嫌太肖，大类'洋试帖'"。[②]"凡文艺之上乘者，意境胜于辞藻，诗词亦莫不然。仅求律与辞之工，侈言风骨，全无意境，或虽有之，而陈陈相因，是途泽而已，摹拟而已，不足以语于创作，充其量仅可自傲曰'吾述而不作'也。故中国诗词之弊，至近百年而极。晚近耽于语体诗者，其剽窃欧、美、日本之辞与意，什九与此辈同是。亦不可以已乎？"[③]"诗始于民间之歌谣。歌谣皆有韵，故诗为韵文，百世不易。盖必有韵而后可以歌唱，而后可通于音乐也。苟其废韵，是文而非诗。欧、美诗，虽有不用韵者，乃例外，非原则。彼邦名之曰'自由诗'，具一格而已。今之号为诗人者，鸿篇巨制，炫人耳目，姑无论其向蟹行书中作贼，即果出于心裁，亦仅可美之曰妙文，不得谥为好诗也。"[④]林庚白认为当今的新体诗人作诗不过是拾西人牙慧，即使所作，绝大多数如同意境全无陈陈相因的中国旧体诗一样，充其量只是"吾述而不作"。而今之新体诗人模仿西方"自由诗"而作的鸿篇巨制只能称为美文，而不能称其为好诗。并且对以口号标语式之文，强而行列之，曰是诗表示反对。林庚白对"五四"时期白话新诗的批评是比较犀利的。不过，在批评了新诗弊端之余，林庚白对部分新体诗人作新诗善用韵或有才语也作了肯定："余所知语体诗人，如郭沫若、徐志摩、闻一多，皆颇善于用韵。而谢冰心、朱湘、田汉诸人，亦时有才语，盖皆善读欧、美诗者。近睹右倾之诗派中，后起之秀，政复不鲜。而号称左派之新诗人穆木天、王独清，诗才亦不恶，然皆未尝去韵也。"[⑤]灵荪《玲笙诗话》在"新诗人与创造家"一节介绍了白话新诗，并对其不足之处提出了批评："迩来人士，竞尚新声，一洗古典之陈词，创树新奇之领域。民五以来，天下靡然从风。然以成诗太易，佳句遂尔寥寥。一般组品，不过欣赏自然；讴歌恋爱；羡慕浪漫；赞颂虚无；形式上时受韵律之拘束，体裁之限制，虽思新建艺术之宫，仍未革成古诗之命。其甚者，郁而不伸，瞧而不讴，全无蕴藉，信口开

① 林庚白：《孑楼诗词话》，张寅彭主编：《民国诗话丛编》第六册，第120—121页。
② 同上，第128页。
③ 同上，第113页。
④ 同上。
⑤ 同上。

河，自夸真率；的，她，呀，呢，诸字，填塞满纸，如儿学语，不堪卒读，无怪为人诟病”。[①]灵荪以为白话新诗成诗太易，佳作甚少，而且其题材上不超乎欣赏自然、讴歌恋爱，羡慕浪漫，赞颂虚伪等内容，形式上仍无法突破韵律之拘束，题材之限制。虽思新创，但题材、形式等都难以突破传统进行创新。更有甚者，白话新诗存在着“郁而不伸，瞧而不讴，全无蕴藉，信口开河，自夸真率”的毛病及满纸堆满“的，她，呀，呢”不堪卒读的弊端。在此灵荪对初期白话新诗特点的认识全面且独到，然而白话新诗作为一种新起诗体，其批评不能不说是严苛的。尽管对白话新诗不怀有好感，灵荪还是赞美了某博士新诗“景不徙”三首，认为“辞浅意深，颇得风人之旨。”并强调其“三章皆有弦外之音，言外之意；具有司空表圣所谓‘味外味’者也。新诗若此，始可与言创造矣。”[②]作为传统的诗学批评家，灵荪坚持的仍然是重视“弦外之音，言外之意”的传统的诗学批评标准，其对白话新诗的诘难就不难理解了。陈景寔在《观尘因室诗话》认同了新诗的存在，他说：“诗潮革新以来，学子每译西诗为长短句或运己意创作新体诗一破声律之严格，家鸡野鹜各种一军。”[③]但他举杜甫《咏怀古迹.明妃村》“群山万壑赴荆门，生长明妃尚有村”一联，认为“其叙事用字是如何简明，其声韵格律是何等雄厚”，而其谓写作新诗必做：“这一代大些山头和那些山涧沟子一齐都对着荆门，路傍边有一个小村子里头有一位美貌的佳人。”[④]认为所举二体则新旧之能事差异可见。此外《观尘因室诗话》还举署名沧浪者于新闻纸端发表其《反尝试》诗篇，其用调侃戏谑的口吻来谈“尝试”的话题，其批评指向胡适《尝试集》用意一目了然，陈景寔却认为此诗篇于世道人心，颇有见地。[⑤]由此可见陈景寔虽然在诗话自序中称“诗固有一时代性之物也，是故古今诗人各有口吻，古今诗集各具体裁，余何可例外？”然他仍然附和民国以来保守派论调，以浅白不精炼为口实，力反白话诗。而且他以历经数千载磨炼之古典语言与五四初兴之幼稚白话相较，实有欠公允。杨钧《草堂之灵》中《论新文化》[⑥]一节笔锋犀利地否定了白话

---

① 灵荪：《玲笙诗话》，《铁路月刊津浦线》1931年第1卷第5期，355—356页。
② 同上。
③ 陈景寔：《观尘因室诗话》，铅印本，九月皖江印馆，民国二十五年（1936年），第9页。
④ 同上。
⑤ 陈景寔：《观尘因室诗话》，第12页。
⑥ 杨钧：《草堂之灵》，长沙：岳麓书社，1985年，第325—326页。

新诗及新文化运动，杨钧批评今之学者发起新文化运动实为东偷西抹之浅说，康有为物质拒外然精神媚外为矛盾可笑，近日中国报刊用鄙俚之言贻笑大方，同时声称自己无以言对世界第一之中文何以使用外国标点符号的质疑，主白话者其子弟却在教授经史，是为专事欺人，而不忍自欺之证。以上皆可视为杨钧作为留日回来的旧体文人对新文化运动的隔膜与不解，新文化运动所挟裹而来的新鲜事物所带给旧体文人的强烈冲击和影响从杨钧峻厉的辞锋可以感知一二。在此先不论杨钧批评见于报刊的白话文或因其产生之初的粗劣、美学意蕴的缺乏等本身的缺陷确实让旧学精湛的诗学批评家难以接受，然白话文与文言文相比起来自有其浅显、通俗易懂的优势，不至于以“俚词秽语”称代之，况且“白话文”作为一个“口号”与“术语”的出现与晚清白话文运动有紧密联系，新诗派的先行者黄遵宪就提出过“我手写我口，古岂能拘牵”的主张，近代最早的白话报——《申报》的副刊早在1887年就出现了等等，白话文运动的产生实在也是顺应了时代的发展，是一种历史的进步。在此杨钧借用他人之言以为白话的产生非进化而为退化之举，甚至将白话置于不如结绳的荒蛮之境。至于主白话者，其实并非就完全抛弃了传统，更何况1919年学术界发起“整理国故”运动提出从“新思潮的意义的高度”来对待处理传统学术思想的态度方针，新文化的领导人及其学生教授经史、研究典章古籍皆属于新文化运动中的研究活动，而杨钧指斥他们讲授经史是“专事欺人，不忍自欺之举”。杨钧对新文化的极其保守的态度现代旧体诗话作家队伍中无人能及。

吴宓作为《学衡》的主办者，“学衡派”的主要战将，对白话新诗的创作持以批评的态度，他曾经在文学思想上与倡导白话新诗的胡适等人有过尖锐而深入的理论交锋，在《空轩诗话》中他也把白话新诗当做批评的靶子。他批评“昔人过泥于旧，为格律所束缚，今之新派作者，则空骛于新，既无形式且乏材料。”[①]并借常乃惠《论新诗》长诗一首表现其对新体诗人和白话新诗的看法：“……国乱民蝓物力尽，安有精华泄文史！休言博大与雄深，即论偏师亦无几。绩溪博士（胡适）出新意，乞取欧苞续华蕾。著论恢奇动万言，一编《尝试》从兹始。诗人学士本殊道，论虽可取诗不似。大辂椎轮未可訾，君之所长不在是。《草儿》（康白情作）同出胜《冬夜》（俞平伯

① 吴宓：《空轩诗话》，张寅彭主编：《民国诗话丛编》第六册，第37页。

作），颇近自然吾所喜。小诗独步有冰心，或谓《繁星》过《春水》。偶然印象非不佳，千篇一律则厌矣。以词为诗刘大白，（其诗有《织布谣》、《秋之泪》、《丁宁》、《再造》等。）解放但觉不澈底。金莲衬底作旗装，步步生姿反可鄙。沫若（郭沫若，诗集曰《女神》）挺出颇尚气，志欲雄肆力不企。譬如寸寸挽强弓，天之所限划然止。从来真力在骨髓，不在行间与字里。汪（汪静之，其诗曰《蕙的风》、《寂寞的国》。）徐（徐玉诺，其诗曰《将来的花园》），抒情尚热烈，但伤稚弱欠链洗。《渡河》一集（陆志韦作）亦平平，偶有佳什糠间米。白屋诗人（吴芳吉）能立意，意胜未觉词为累。但惜新旧互杂糅，有似西装蒙西子。风会初成体未健，纷纷诗国茁兰芷。小草虽殊乔木材，蓬然生意非僵死。不知何人翻新调，掇拾螺蛤当甘旨。作诗一行定几字，为就敝屣割拇趾。长行字数逾廿余，其中一半惟的底。语法俗事不足道，意快不辞朱易紫。楼台七宝装片段，挝鼓三通乱宫征。居然风气倾市朝，此圣彼哲互比拟。别有文学号大众，口号宣言动满纸。没落篇篇'布尔乔'，意识个个'普罗里'。农工瞠目惊符咒，智士扪舌怕捣毁。倘能以此命为诗，歌诀《汤头》尽苏李。……"[①]在此，除了康白情的《草儿》，吴宓借常乃惠之文对胡适、康白情、俞平伯、冰心、徐玉诺、汪静之、刘大白、陆志韦、吴芳吉、郭沫若的诗新直至普罗诗派"口号诗"既指出各自创作之特色，又指其不足，最后得出"今之新诗如新树，乔木千章起根柢。须令雨露灌柔苗，莫使蝗蝻伤嫩蕊。今之新诗甫十稔，已见萌芽啮蝼蚁"。[②]而在吴宓《英文诗话》[③]中，可隐约见其对尽用白话的新诗并非持以决然反对的态度。在这篇诗话中吴宓以为英国诗人Wordsworth作诗多由感于时势而发，肯定了其以俗语入诗，认为以俗语入诗不能称之以病。不仅如此，作诗作文尽以白话，事实上是Wordsworth的梦想。吴宓以为，作为以俗语入诗的始作俑者，Wordsworth本不该承受来自Coleridgr批评。

就反对的态度而言，还有一部诗话是特别值得注意的，这就是屈向邦《粤东诗话》。他在这部诗话里写道：不匮室主有与协之兄谈述中山先生之论诗，叠韵记之云：我昔闻诸师，论诗乃独至，谓夺造化奇，惟此韵文字，严律胜行

① 吴宓：《空轩诗话》，张寅彭主编：《民国诗话丛编》第六册，第75—76页。
② 同上。
③ 吴宓：《英文诗话》，《留美学生季报》1920年第7卷第3期，第187—192页。

兵，用短运精思，神明规矩中，其美故无类，言志复缘情，绮丽何必弃，天然去雕饰，亦非巴人事，用夷变夏风，下乔入谷意，不能到古人，徒欲树新帜，三叹述师言，吾道有正味。跋云："七八年执信，偶为新体白话诗，中山先生不以为然，故有此论。后十年游伦敦，过某男爵，谓伦敦图书馆长某氏好中国诗，予以先生之论诗语之，渠谓某氏之意亦复如此，且云中国之诗，人道也，而泰西人诗则反是，予愕然，请审其说，谓某氏以为泰西诗人好言战伐，杀人流血，侈为美谈，中国则酷爱和平，未尝有此病。予曰昌黎作颂淮西，亦尝犯此，至为后人所讥，而《三百篇》则仅云：'薄伐猃狁，至于太原'而已，又'萧萧马鸣，悠悠佩旌，徒御不惊，大庖不盈'，如此精妙，可为中山先生与某氏论诗之证佐，渠大叹服。惜匆匆遂行，不及与某氏谈也，昨与协兄谈如上述，旋偕过谒唐少川先生，先生则谓近人粗知西人文字诗歌辄欲举我国之文字诗歌而废弃之，其罪过实浮于盗卖故宫文物者云云。"[①]民国七、八年朱执信作白话诗，孙中山先生不以为然，与胡汉民（不匮室主）、朱执信论诗。孙中山对中国古典诗歌推崇备至："中国诗之美，逾越各国。如三百篇以逮唐宋名家，有一韵数句，可演为彼方千数百言而不尽者；自非好诗。然如床前明月光'之句，谓妙于手偶得即可，惟非寻常人能道也。"[②]而对当时颇为时尚诗观诗潮则不以为然："今倡为至粗率浅俚之诗，不复求二千余年吾国之粹美，或者人人能诗，而中国无诗矣。"[③]孙中山的诗论得到了胡汉民的认同，并以诗记之，胡汉民在后跋中记录伦敦图书馆馆长对中国诗的称誉和唐少川斥责近人欲以白话新诗取代文言旧体诗是超乎盗卖故宫文物的罪过。屈向邦在诗话中指出"就中山、某氏室主及少川之论诗语，实精审，诚言新旧诗者之绝好资料也。"[④]可见屈向邦同孙中山等一样偏好中国旧体诗，对白话新诗持否定的态度。而这部诗话之所以特别值得注意，就在于它记叙了"中华民国"的国父孙中山先生对白话新诗的态度，虽然有扯大旗做虎皮以张声势之嫌，但它的这段记叙确实为研究孙中山的思想以及研究现代文学的发生发展历史提供了一段弥足珍贵的原始资料。值得一提的是屈向邦虽然在《粤东诗话》中借孙中山之口

---

① 屈向邦：《粤东诗话》第1卷，第11页。
② 孙中山：《孙中山全集》4卷，北京：中华书局，1985年，第539页。
③ 同上，第539页。
④ 屈向邦：《粤东诗话》第1卷，第11页。

道出了对新体白话诗的反对，但屈氏却又采集寥凤舒广东白话诗，称其尤戛戛独造，一时无两。录其《赠友云》“六年不见先生面，今见先生重有须。识透旧肴唔合炒，怕同新镬凑埋捞。风车世界啦啦转，铁桶江山慢慢箍。眼鬼咁冤唔愿睇，暂时诈醉学糊涂。”称其风车铁桶一联，用意深刻，而措辞轻隽。[①]在此，传统诗学批评家对白话新诗持以的矛盾态度可略知一二。

白话新诗初起时，尝试者寥寥无几，为了不让前驱者太过寂寞，甚至鲁迅也投身其中，写了一些白话新诗为新诗的革命主张敲敲边鼓。但短短几年过去，到20年代初期，新诗由于深受年轻一代的喜爱，很快就如千里江河，奔腾之势不可阻碍了。这种迅猛的发展势头无疑也影响了一些旧体诗话的作者，促使他们能够用一种新的理解的眼光来看待白话新诗。陈衍《石遗室诗话》三十一卷中说赵尧生“无故思君切”、“每罪将君说”、“怀旧出诗看”等诗句，真“吾两人相念之切，到无可奈何时，跳不出此几句白话诗，亦惟尧生能写出也。”[②]在此作者肯定尧生见怀至切时用白话，且惟“尧生能写出也”，表现出陈衍作为传统诗学批评家对旧体文人能作白话诗的欣赏。范罕在《蜗牛舍说诗新语》中针对其同人中有诋斥白话新诗而劝学生做攻习旧诗以养才者识，他说：“总之作诗不拘何体，皆能见谛，但不可无体，新诗亦诗体也。”[③]这就从诗体这一根本问题上肯定了白话新诗存在的合法性。白采多读西洋书，思想追随新潮，于当时新诗运动有通达见识，其《绝俗楼我辈语》云：“远祖乐天先生多为讽喻诗，卓然大家。如《秦中吟》等篇，务使老妪都解。彼其意固以为斯世尚可教耶？其用心苦，然其意亦迂矣。近有人甫倡用流行语创为诗体者（此举审为我国晚近诗学一大关键。其势必将寖盛锐甚莫可遏。待之百年，必有名世之作辈出，蔚为一代菁华者，惟非所语于顽钝拘虚浅躁者耳），惜标榜之者亦多藉口

---

① 屈向邦：《粤东诗话》第1卷，第9页。

② 陈衍：《石遗室诗话》，张寅彭主编：《民国诗话丛编》第一册，第446页。需要说明的是：早在清光绪二十四年（1898年），陈衍和同光体诗人沈曾植、郑孝胥同客武昌时，经常论，曾植要他“记所言为诗话”，但他没有动笔。1912年，客居北京，梁启超编《庸言杂志》，约他每月写诗话 1卷。到1914年《庸言》停刊，诗话仅发表13卷，坊间据以石印流传。次年，李宣龚约他为《东方杂志》续写诗话，也是月写 1卷，至18卷而止。1929年商务印书馆出版32卷本，是他删改合并旧稿且续增新稿而成。以后，他又续写，一小部分曾发表于《青鹤杂志》。1935年无锡国学专门学校为刊行《续编》6卷，流布未广。参见钱仲联：《石遗室诗话》，中国诗词网。可见陈衍《石遗室诗话》的创作是一个长期的过程，与新文学创作同时并行。

③ 范罕：《蜗牛舍说新语》，张寅彭主编：《民国诗话丛编》第二册，第556页。

于欲使听者尽懂云云。嘻，民间流传，自有一种伟大文学。但若诗之至湛深者，无论为奥词（古律等），为今语（语体等），岂世人所可尽通其意耶？”[①]白采对白话入诗之肯定，并断定百年之后白话新诗必有名世之作辈出，足显白采之深邃学术眼光。袁嘉谷《卧雪诗话》认为“古人诗句，陶写性情，指陈时事，与今日新学固不相似，固亦有新意可寻者。”[②]其后列举合乎“科学新理”的诗句。在此袁嘉谷聚焦点仍在文言旧体诗的品评上，但作者对古人诗句与今日新学作比较，可见作者在某种程度上也已认可了“今日新学”下的白话新诗的存在。此外作者对一些“以俚胜者”的诗句如“初七及下九，嬉戏莫相忘”、“吏民末作官长看，我是识字耕出夫”等等，品评为“清白如话，必经百炼，始到此境。”[③]如此“清白如话”的诗作与初期白话新诗有很大的相似性，袁嘉谷对其进行高度的评价，为白话新诗发展提供了一个极好的范本。“必经百炼，始到此境”，白话新诗的发展和完善也不是一蹴而就的事情，又表现出作者对处于发展初期的白话新诗的包容和期待。王逸堂《今传是楼诗话》认为“白话入诗，本无不可，《诗三百篇》其泰半皆当日之白话也。即如‘我闻有命，不敢以告人。’以今语体衡之，仍白话耳。”[④]王氏敏锐地发现了今之白话诗与《诗经》的传统渊源关系。他又说唐以来诸如李白：“借问别来太瘦生，总为从前作诗苦”等诗今之“白话诗又宁能尽佳袭？”[⑤]王逸堂并不否定白话入诗，但也以为今之白话诗并不是能完美地承袭《诗经》及唐以来的白话诗的佳处，指出白话新诗尚需进一步完善。他还称：“白话诗者，……然非如近世号称为新文学者所标举也。余谓能为文言诗者，殆无不工为白话，”[⑥]因此辑陈石遗近作《壬戌冬月与宗孟会于京师，属以白话诗成十八均》、《畏庐同年书来劝省食，报以长句》以证其实为明白如话之作，雅近香山。[⑦]在此作者指出白话诗非新文学家所标举，以为能书写文言诗者同样能写出清浅直白的白话诗，可见王氏洞悉了白话诗的特点。然

① 蒋寅：《清诗话考》，北京：中华书局，2005年，第669页。
② 袁嘉谷：《卧雪诗话》，张寅彭主编：《民国诗话丛编》第二册，第313页。
③ 同上，第371页。
④ 王逸堂：《今传是楼诗话》，张寅彭主编：《民国诗话丛编》第三册，第271页。
⑤ 同上，第294页。
⑥ 同上。
⑦ 同上。

而王氏又说“新文学家所谓‘时代性’者，吾人又安可一笔抹煞乎！”[①]即尽管中国自古以来就有白话诗，但今之白话新诗所承担的新的民族精神的却是古典诗学语境中的白话诗所不曾拥有的，因此新文学家所强调的“时代性”的价值和意义是无法抹杀和否定的。王逸堂既意识到了白话新诗与传统的联系，又注意到了白话新诗所承担的意义内涵，表现出了不寻常的诗学品评眼光。林廷玉《仙溪杂俎初集》认为“诗写性情，不过于雕饰，而一种蕴藉风情，便令人爱赏不置，何必拘作白话，何尝不是白话。”[②]即是说作诗只要不过于雕饰，也不必拘泥于白话，即使用文言创作的诗歌也可认定为白话诗，文言旧体诗与白话诗并不存在不可逾越的鸿沟。正因为如此，他指出“古有作《早行》诗，句云：‘早行真早行，残月伴长征。不见青山色，但闻流水声。’诗亦可作白话诗模范。”[③]又曾读法昭禅师偈曰：“‘同气连枝各自荣，些些言语莫伤情。一回相见一回老，能得几时为弟兄。’品评‘此诗可为边世人群中作当头一棒，而笔意清真雅正，又可作尚白话诗者模范也。’”[④]作者在此所列举文言旧体诗用语不事雕琢，清新简洁，几乎与白话新诗没什么两样。而作者一再将此等文言旧体诗作为白话诗的典范，可显见随着时代的发展，传统的文人不仅逐渐承认了白话新诗的存在，有意识地寻觅文言旧体诗与白话新诗的契合之处，也在积极思考白话新诗的建设问题了。俞大纲在《寥音阁诗话》赞同“诗无古今中外之分，亦无文言语体之别，论其优劣可也”的观点，正是这样，俞大纲评价新月派的诗歌创作时说：“民国十年间，徐志摩闻一多诸先生创新月社，倡导新文学，所为诗，世称新月派，其弟子陈梦家、方玮德，亦工语体诗，余尝遍取而嗜之。四君之诗，虽体制不同于旧诗，然其旨趣，实皆蕴孕于我国旧文化，非剽窃西人语法者所可比。一多诗格律极严，句炼字锤，一意摆落凡近，又颇类宋贤。具见得句之艰苦。志摩天才横溢，情意缠绵，有义山冬郎之遗意。梦家诗澹远闲适，邻于韦柳。玮德诗体，于梦家为近，而以气势胜，惟略有败笔。”俞大纲还将四人的诗歌比类于唐初四杰，“盖属于其有以启承于新旧文学，非虚设之词。”[⑤]在讨伐新诗的一片哗然

---

① 王逸堂：《今传是楼诗话》，张寅彭主编：《民国诗话丛编》第三册，第504页。

② 林廷玉：《仙溪杂俎初集》上册第2卷，汕头华侨印刷公司，民国十七年（1928年），第10页。

③ 同上，第4页。

④ 同上，第6页。

⑤ 俞大纲：《寥音阁诗话》，《俞大纲全集·诗文诗话卷》，台湾：幼狮文化事业公司，1987年，第212—213页。

声中，俞大纲肯定了新月派的新诗所蕴含的旨趣均来自中国传统，非剽窃西人语法者所可比。并将新月派四君类比于唐初四杰肯定其以启承于新旧文学，批评家于新月派的诗歌创作有其深刻独到的认识。丁光极在《耕云草堂诗话》谈及顾觃予先生与友偶相聚谈及白话诗："友谓先生曰：'余从事白话诗，诗凡两月，窃以为窥其奥为憾。'先生问曰：'另有得乎？'曰'有'，即三五句之白话诗，加上标点符号，每句另行写耳。"从顾觃予先生与其友的谈话中可略知尽管白话新诗的创作形式固然简单明了，但白话新诗的创作自有奥秘，要创作清浅通俗且有诗韵的白话诗也并非易事。在诗话中，丁光极明确表达了自己不擅白话诗但喜爱读白话诗的态度："余不善为白话诗，却喜读白话诗，尤喜读胡适之先生所作者。"①表现出传统诗学批评家兼容并蓄的诗学态度。李道衡在《道衡诗话》强调："唐人绝句，往往有白话诗。为'杜牧司勋字牧之'之句，不止一二诗。适读薛能《遇象耳山》诗："到处逢山便欲登，自疑身作往来僧。徒行至此三千里，不是有缘应不能。"此亦白话诗也。此类究与近人之新体诗不同。②在此李道衡将白话诗的存在追溯到了唐代，并以李商隐《赠司勋杜十三员外》中的诗句和薛能《遇象耳山》诗作作为例证，但作者以为此等白话诗终究与近人新体诗不一样。与李道衡持以相同观点的还有大木，大木在《古今诗话》以为"白话诗并非始于近代，而唐代已有之。唐代以白话名者，得王梵志、寒山子二人。"并录梵志之诗："他人骑大马，我独跨驴子。回头担柴汉，心下较些子。"又："世无百年人，强作千年调。打铁作门限，鬼见拍手笑。"称说"寒山子作有'寒山诗'，胡适所著《中国白话文学史》中，颇称道之。幼年为僧，居于天台寒岩中，其诗语带诙谐，大有近代'幽默'作风！如'猪吃死人肉，人吃死猪肠。猪不嫌人臭，人反道猪香。猪死抛水内，人死掘土藏。彼此莫相啖，莲花生沸汤。'又如'东家一老婆，富来三五年。昔日贫于我，今笑我无钱。渠笑我在后，我笑渠在前。相笑倘不止，东边复西边。'"③从语言的通俗直白方面来看，所选王梵志、寒山子的诗作确有今之白话诗的风格意蕴，可见作者对白话新诗特征的深刻认识和了解。

随着新文化运动进一步的开展，云松、黎系业等传统诗学批评家以极其理性

---

① 丁广极：《耕云草堂诗话》，《学生文艺丛刊汇编》1926年3卷4期，第383页。
② 李道衡：《道衡诗话》，《辽东诗坛》1932年第76期，38—45页。
③ 大木：《古今诗话》，《四明周报》1947年第14期，第9页。

的诗学态度自觉思考旧体诗和白话新诗的优劣，这在旧体诗话中极为少见。云松在《蓉江诗话》说："古人的诗，写情写景，纯任自然，所谓意随笔到，自鸣天籁者也。厥后辞藻学兴，诗学一道，渐尚格调，韵律对仗，矫揉造作，而诗学伪矣。夫诗要能描写情景，活泼为佳，拘泥一定格律，便生硬呆板，毫无兴趣矣。诗不但是描写情景，亦是表现人生，故个人处境之优劣，与诗境诚有直接密切之关系也。"①在此云松肯定了古人写诗意到笔随的自然之法，而对古人拘泥于格律对仗从而使诗歌生硬呆板、矫揉造作提出了批评。此外诗话作者倡导诗歌不但要描写情景且要表现人生，表现出与新文学创作重视表现人生的一致性。黎系业在《少芩诗话》赞美白香山的诗，以为白香山诗为我国上乘文字，可冶今日新旧体诗于一炉。……旧诗工于对仗，太嫌束缚，梏人性灵。新诗率意写去，较为自然。②在此，黎氏以为通俗、清浅、自然且不失韵律的白居易的诗歌能够为新旧体诗的融合提供了一个好的范本，而诗话作者的诗学审美标准也得以显见。值得注意的是黎氏指出了旧诗的缺点和新诗的优点："旧诗工于对仗，太嫌束缚，梏人性灵。新诗率意写去，较为自然。"这是传统诗学批评家在诗学方面自觉的反省与思考。

在肯定者中，刘衍文《雕虫诗话》别具一格而且值得特别关注。这部诗话多处以对话的形式表现其观点和主张，围绕新诗的对话是在反对者与肯定者之间进行。通过两种观点的不断申诉和驳诘，新诗的长处与短处也在其中得到了比较深刻的揭示。虽然这种对话体并不是为了驳难反对派而特意设置的，但它通过相互的问难来凸显作者对新诗的支持态度，确实颇有当年文学革命阵营中刘半农"骂倒王敬轩"的遗风。如作者在诗话中记录了作者和其师余越园的对话。余越园嘲笑胡适白话文尚不彻底的缺点："若论彻底，君当改姓名为'那里去'，不当用胡适、胡适之也。"③并称赞新文学健者徐志摩、郁达夫学俱有根柢，④其不取鲁迅，是"因为人应当厚道诚殷，为文尤不宜尖酸刻薄。而观其作，几全是绍兴师爷习气。"⑤而刘衍文声称自己"最崇敬且挚爱者，莫

① 云松：《蓉江诗话》，《青年友》1923年3卷4期，第28—29页。
② 黎系业：《少芩诗话》，《学生文艺丛刊汇编》1926年3卷4期，第297页。
③ 刘衍文：《雕虫诗话》，张寅彭主编：《民国诗话丛编》第六册，第628页。
④ 同上，第630页。
⑤ 同上。

鲁迅先生若”。遂喋喋与辩，而越园师“仍不以为然，谓此乃衰世之文也，焉得张皇鼓吹而尊之！”[①]如此对话可显见以余越园为代表的旧体诗人对新文化运动的先驱胡适、鲁迅等的片面认识，而刘衍文作为五四“新文化”运动之后成长起来的知识分子对有关白话新诗以及新文化运动的先驱有更公允的看法。此外他还公正地说：“适之著作，舛缪虽多，然多变旧法，发凡起例，令人耳目一新，影响当时及后人之取径，宁能忽诸？”[②]在《雕虫诗话》里，刘衍文还记录了自己和永康应思远的对话，应思远认为中国可悲在于中青年唯知有胡适、鲁迅，中年人或知康南海、梁任公，或敬章太炎、刘师培，而青年人已不能读其书。对此刘衍文深感惊愕：“胡适、鲁迅，有何不好？胡适论学，虽可议处颇多，而开创风气，一新面目，鄙意以其影响，尚较康、梁、章、刘为广为深。鲁迅先生之思想文章，尤吾所顶礼。”[③]刘衍对胡适、鲁迅超乎晚清康、梁等的推崇，于现代旧体诗话中极为罕见，批评家开阔的学术襟怀和可贵的批评远见以显现。应思远以为刘衍文误会了其意思，“吾非谓诸公皆非是，而以其皆不足也。”[④]即是说应思远并没有全盘不定胡适、鲁迅，而只是认为在学术界青年人只知胡适、鲁迅是不够的，从而可见其深沉的学术思考。正是基于对中国学术未来的思考，应思远说“吾所提及诸公，皆彼此各有龃龉者也，初亦俱在草芥江湖，为舆论所不取，而今俱成显学，虽有绪余，已罕有拓展，将盛极而衰矣。”[⑤]言语之间透露出对胡适、鲁迅等倡导的新文学的推崇和对其前途的担忧。

张白英在《远山楼诗话》对白话新诗的肯定在现代旧体诗话中显得格外引人注目。张氏首先指出白话新诗不押韵、句子可长可短、不被格律约束等特点，并肯定白话新诗亦能抒发感人至深的自然之情愫，所以亦不能废。而创作新体诗的白话文亦能如文言文抒发真诚的感情，强调今人不必学古人之语言，肯定白话文的使用：“今之白话诗，诗格太宽，不须押韵，不拘句之长短，及句之多少，其稍长之白话诗，读之恒类一篇短文；然实亦便于今之青年学子，

---

① 刘衍文：《雕虫诗话》，张寅彭主编：《民国诗话丛编》第六册，第629—630页。

② 同上。

③ 同上，第649页。

④ 同上。

⑤ 同上。

以其熟习白话文，一缩短即可成白话诗，不为格律所困，而又可抒其情愫亦犹三百篇多为闾巷风谣，脱口即可成诗，而感人之深，至今亦不能废，不过古人乃说古人之语言，今人乃说今人之语言，若能发于真诚，则白话亦何当不可，亦何必强今人而学古人之语言乃为佳耶！”[①]其次诗话中录入了胡适论诗之四大解放，其文略谓：“中国诗从三百篇变为骚赋，是第一次解放。从骚赋而变为五七言古诗是第二次解放。从五七言诗变为词，是第三次解放。直到近来之新诗发生，不但打破五言七言之诗体，並且推翻词调曲谱种种束缚不拘格律，不拘平仄，不拘长短，有什么题目做什么诗，诗该怎样做就怎样做，是为第四次诗体大解放。这种解放初看去似乎很激烈，其实只是三百篇以来的自然趋势，自然趋势逐渐实现，不用有意地鼓吹他，那便是自然进化。自然趋势，有时被人类的习惯性守旧性所阻碍到了该实现时不实现，必须用有意地鼓吹去促进他的实现，那便是革命了。”[②]胡适从中国诗歌整体的发展角度肯定白话新诗的历史进步性，无疑具有高瞻远瞩的历史眼光。张白英以为“此论颇精警，学新体诗者不可不知也。”[③]可见张氏同胡适一样认同现代白话新诗在中国诗歌发展史上的重要地位。

胡徇遒《幽默的诗话》是一部具备了很明显现代特征的旧体诗话，首先其文题中“的”的运用、外来词“幽默”的出现以及诗话中文白相间的书写都说明《幽默的诗话》是一种融汇了古今诗学特征的旧体诗话。而其现代的诗学特征突出体现在作者肯定了郑板桥《附诸润例后》七绝颇清新可喜后，发出这样的诘问：“孰谓旧诗不如新诗哉？”[④]指出旧诗不一定不如新诗，作为传统的诗学批评家，胡徇遒将新旧体诗作一简单比较，虽仍在为旧体诗张目，但已凸显很可贵的古今诗学比较的思虑。而他在“名流与政客”一章中不仅辑录了康有为旧体诗一首为“名流”与“政客”描绘小影，还辑录了林语堂《咏名流》一首新体诗：“1.他们是谁？三个砌墙的勇士，一个投机的好汉；他们的主义：吃饭！吃饭！他们的精神：不干！不干！2.他们骑的什么墙？一面对青年泣告，一面对执政联欢；他们的主张：骑墙！骑墙！他们的口号：不忙！

① 张白英：《远山楼诗话（续）》，《真光杂志》1937年第36卷第5期，第51—52页。
② 同上。
③ 同上。
④ 胡徇遒：《幽默的诗话（续三十期）》，《论语》1934年第33期，第469页。

不忙！3.他们的态度镇静，他们的主张和平，拿他来榨油也榨不出！什么热血冷汗；他们的目标：消闲！消闲！他们的前提：了然！了然！4.他们的胡须向上，他们的仪容乐观，南山的寿木也装不下——那么肥厚嘴脸；他们的党纲：饭碗！饭碗！他们的方略：不管！不管。"[①]并在"说虫类"一章中辑录了周作人新体诗《苍蝇》，如此长篇幅地辑录新体诗，在现代旧体诗话中并不多见，在此可显见作者并不反对新诗，并在一定程度上认同和接受了新诗。

然而传统批评家对新文化领导人和白话新诗的态度很多时候却不能用非此即彼的二元思维来做判定，在新的文化势力面前传统的文人总会表现出复杂矛盾的一面。曼昭《南社诗话》就是这样一部重要的诗话，在此我们既可以看到曼昭对新文化领导人的否定，却又可以见其对白话新诗的肯定。在诗话中曼昭指出"近见胡适之《人权集》，有《新文化运动与国民党》一篇，攻击叶楚伧'中国本来是一个由美德筑成的黄金世界'之说。楚伧此言，不惟浮夸，直是糊涂。适之得间攻击，使其体无完肤。吾人殊不必为楚伧辩护"。[②]在此曼昭认同了胡适对叶楚伧言辞的批评，并在无数南社诗人对胡适"因此指摘国民党为提倡复古，对于国学保存会、《国粹学报》、神州国光社、南社等皆致不满"见而不平之时，作者"以为无怪其然"。因为："盖适之乃民国以后之人物，并未参加民国以前之革命行动，对于民国以前之革命运动，其艰难险阻之经过，绝无所知，宜其漠然不关痛痒。须知中国自甲午败于日本，人心士气已日即于颓废。庚子以后，益靡然不知所届。若不发扬国光，以振起民族之自觉，恢复其自信力，则必日即于沉沦。故整理国故，当与新文化运动同时并行。盖固当取人之所长，以益己之所短，而尤当使一己成为独立健全的有机体，始能对于人而行吸收作用也。各国民族革命运动时代，莫不由此道，固非适之所解，且即以整理国故论，《国粹学报》、南社之所成就，较之考证《红楼梦》、对《水浒传》加以新式标点，不啻倍蓰过之。盖一扫从来屈于强暴之风气，而表现刚健独立之精神，实当时一般文学家之致力所在也。"[③]并以为汪精卫等对民族思想的鼓吹恐非以提倡新文化自命者如胡适之诸人所能

---

① 胡徇道：《幽默的诗话（续完）》，《论语》1934年第48期，第40页。

② 曼昭：《南社诗话》，曼昭 、胡朴安：《南社诗话两种》，北京：中国人民大学出版社，1997年，第73页。

③ 曼昭：《南社诗话》，曼昭 、胡朴安：《南社诗话两种》，第73页。

了解。[1]在此，曼昭看似认同了胡适对国民党的批评，实则否定了国民党的民族思想绝非未参加过革命战争的胡适等辈所能理解的。事实上胡适等作为新文化运动的发起人，其要建立起破旧立新的新文化必然会反对南社一味的复古运动，而胡适等对积贫积弱的民族之振兴的期冀和焦虑又岂非是曼昭等南社诗人所能了解的。由此可见，曼昭和胡适作为不同的文化阵营中的人物确实存在着文化上的隔膜和不解。曼昭说“南社艺文在中国历史上却有相当之位置。无论胡适之辈如何巧诬丑诋，不能损其毫末也。”[2]他在强调南社艺文的历史地位之时以为胡适之辈对南社的批评是“巧诬丑诋”尤显其对新文化领导人的不满。曼昭对胡适的批评态度颇能代表当时一批文化保守主义者对新文学运动倡导者的偏见。然而尽管如此，曼昭强调整理国故，当与新文化运动同行，并且他在诗话中又进一步强调：“新旧两体不妨并行”，并强调自己这么说并非故为折衷，而是诗之历史观应如是，“与其息争，不如激之使争，争愈烈，则其进步亦愈速。”[3]这段话启示我们，“中国现代诗歌创作和诗歌理论建设虽是以反抗和挑战古典诗歌传统为徽帜，在与古典诗歌的搏斗中求进步的，但新诗的风行并没有使旧诗萧条委顿，新旧之争引发的对古典诗歌传统的认真清理，反而使古典传统呈现得更为清晰和理性化，在给人压迫的同时更散发出迷人的魅力，吸引新诗人们的注意，这就是当时新文学运动所造成的‘传统的背弃和发现’的双重结果。”[4]曼昭在此将新旧事物在竞争中同时获得发展的普遍规律运用于新旧诗体的发展，可见其科学理性的思索精神。此外曼昭在诗话中大胆地质疑胡适作为白话诗的鼻祖，他认为早在胡适之前就有人作白话诗，“‘《新民丛报》曾载广州白话诗两首，一为《试贴》，五言八韵，题为张良椎秦；一为七律，题为《项羽垓下》。’因此白话诗之提倡，胡适不能被称之鼻祖。”[5]在中国诗歌史上，白话诗确实并非从胡适源起，这正如有学者说：“中国古代就有着较深的白话诗积淀。胡适本人也十分热衷于从古代找出白话并非反古的例证。胡适从《诗经》着手，其中的《上山采蘼芜》是他

① 曼昭：《南社诗话》，曼昭 、胡朴安：《南社诗话两种》，第67页。
② 同上，第74页。
③ 同上。
④ 蒋寅：《现代诗歌中的传统因子》，《文艺理论研究》2006年第3期。
⑤ 曼昭：《南社诗话》，曼昭 、胡朴安：《南社诗话两种》，第74页。

颇为欣赏的佳作，他认为，这首诗语言平实，并无常见诗歌的反复的典故，仅仅以夫妇的重逢来刻画新旧人的不同和人生的怅失，将旧人的被弃和新人的插足移至读者脑海之中，在现实的面对下引发读者的无限想象，实为白话诗的鼻祖。……”[①]白话诗的源头一直可以追溯到《诗经》产生的远古时代。由此看胡适《尝试集》虽说是要革文学于一新，但其间的传统色彩却不容质疑。从这个角度来看，胡适确实不能视为白话诗的鼻祖。但曼昭仅以为《新民丛报》的两首广州白话诗的出现来否定胡适之白话诗鼻祖的称谓未免显得狭隘。事实上，胡适的白话诗不仅流溢着传统文化的余韵，又在西方诗歌形式的感悟下对古典诗歌作一定的创变与革新，而胡适的贡献就在于“他将白话诗提升到了一个作用于民族精神的新的高度，是一场以文化革命掩护政治革命的变相表现”，[②]这与产生于中国传统语境中的白话诗又有着精神内涵的本质区别，因此如果从现代意义的角度视胡适为白话诗的鼻祖也未尝不可。

沈其光《瓶粟斋诗话》也是这样一部诗话。诗话中沈氏以为张颉钟所言：“‘足见杜诗声律之严，而读杜者心思之捆。自北大诸君新体之诗行，而村伧街之语、淫女狂且昵枕之言，皆谓之诗，并韵无之，曾童谣之不若。朱氏之说，虽於杜陵为末节，於诗家亦为捆流，然再阅数年，恐此种议论亦成绝学。’实获我心。”[③]在此沈其光借张颉钟之言指出白话新体诗存在着粗野、浅俗及无韵之弊端，连童谣也不如。并预言好音韵之学的吴樵长先生尽搜杜诗中用唇音为对者虽只是杜甫诗中的一末节，于诗家为一约束，但这种有关诗学音律的评说数年之后将成为造诣独到之学。然而沈其光并一味反对白话新体诗，他《瓶粟斋诗话》言：“白话诗，古人亦有之。”[④]举例说明并予以品评：“‘天下无难事，独怕有心人，’此语宋时已然，陈师道诗：‘人畏有心事无难。’此语虽鄙，理则然。乐府：‘江陵去扬州，三千三百里。已行一千三，所有二千在。’此为最古。近代赵瓯北《咏椎背儿女》：‘一个西瓜分八片，阿翁大费为酬劳。’袁子才：‘山妻含怒夺灯去，问郎知是几更

---

① 李悦：《胡适早期白话诗的传承与变革》，《嘉应学院学报（哲学社会科学版）》2011年第6期。

② 同上。

③ 沈其光：《瓶粟斋诗话》，张寅彭主编：《民国诗话丛编》第五册，第654页。

④ 同上，第567页。

天。’皆令人失笑。”[①]在此沈其光对古之白话诗的收录和品评可见其从诗体传承的角度承认了白话诗的存在，并对其语言浅俗但仍可以很好地表现哲理以及其清浅但不失风趣的特点给予了肯定。

以上20世纪旧体诗话作者对新诗和新文化倡导人的品评莫衷一是。总的来说，随着新文化运动的深入开展，旧体诗话作者对白话新诗的品评已经由最初的非此即彼的二元对立的评判观念表现出理性思考的态度，诸多旧体诗话作家已经在自觉地审视旧体诗、白话诗各自的优缺点了。然而，不管诗话作者对白话新诗和新文学的先驱抱以何种态度，一幕颇有意蕴的场景在现代旧体诗话批评文本中出现了：否定新诗的批评家写白话诗试与外国诗人一决雌雄，而新文学的先驱高举着白话文的旗帜却勒马回缰写起了旧体诗。林庚白在《孑楼诗词话》说：“曩见徐志摩译哈代所作《一个星期》，辞意并美，为之技痒，遂亦踵成一首，颇自矜以为突过哈代。”[②]作为对新诗颇多微词的林庚白，竟然被新体诗人徐志摩所译之作辞意并佳所打动，激情赋新体诗一首，声称“以资海内之嗜新体诗者”。[③]由此可见林庚白等在新文学运动中显示出新旧诗不分畦畛的倾向。其实当时国家形势以及徐志摩等对新诗格律所做的积极探索有利于林庚白等旧体诗人摆脱受冷遇的阴影，解放思想，大胆创作。这样的旧体诗人还有于右任、汪辟疆、田汉等。[④]林庚白还在《丽白楼诗词话》称“岁丁卯，余始治社会主义之学，旁及欧美文学。”[⑤]林氏对新文化的接受和容纳可见一斑。林氏在《孑楼诗词话》又说：“晚近文人，以‘左’倾称者，余所知有鲁迅、郁达夫、郭沫若、田汉、黄素，皆能为旧体诗词。录鲁迅、达夫各一律。”[⑥]并录鲁迅吊丁玲绝句，称其“以谕工力，突过义山。”[⑦]而林庚白称其北大同学俞平伯“又兼擅新旧体诗。”[⑧]谢似颜《鲁迅旧诗录：王道诗话》[⑨]辑录了鲁迅1933年创作的四首旧体诗，如“文化班头博士衔，人权抛却说王

---

① 沈其光：《瓶粟斋诗话》，张寅彭主编：《民国诗话丛编》第五册，第567页。
② 林庚白：《孑楼诗词话》，张寅彭主编：《民国诗话丛编》第六册，第120页。
③ 同上。
④ 胡迎建：《民国旧体诗史稿》，南昌：江西人民出版社，2005年，第22页。
⑤ 林庚白：《丽白楼诗话》，张寅彭主编：《民国诗话丛编》第六册，第140页。
⑥ 林庚白：《孑楼诗词话》，张寅彭主编：《民国诗话丛编》第六册，第103页。
⑦ 同上，第128页。
⑧ 林庚白：《孑楼诗词话》，张寅彭主编：《民国诗话丛编》第六册，第107页。
⑨ 谢似颜：《鲁迅旧诗录：王道诗话》，《台湾文艺》1946年第1卷第2期，第13页。

权。朝廷自古多杀戮；此理今凭实验传”等，史大木《乳花香：古今诗话》录“新月派”诗人方玮德殊端可诵一旧体诗。[①]杨香池《偷闲庐诗话》称“陈树人，今之新文学家也。工绘事，兼能事。”录其《题闲云野鹤图》。[②]品评“胡适旧体诗《江上诗》变化生动，妙胜于画。”[③]黄照熹《民族诗话》介绍了郁达夫是创造社成员，以文章名，赋性忧郁，近于颓废，因著《沉沦》一书成名。录入了郁达夫在抗日战争中感于国家多故，所作“绝诗一首：‘大醉三千日，微吟又十年。只愁亡国后，埋国已无田。’破碎河山，弥增感喟。又于前‘三二九’革命先烈纪念日，先生又成《热花节绝句》一首：‘年年风雨黄花节，热血齐倾烈士坟。今日不说闲涕泪，挥戈先草册倭文。’慷慨情怀，活跃纸上。”[④]邵祖平在《无尽藏斋诗话》明确指出新文化运动后青年由过去盛创白话诗变成专为创作文言诗的现象：“新文化运动后，国内青年，兢喜为白话诗。杂志报纸所载，绝少佳构。而前日之盛创白话诗者，今且专为文言诗矣。”[⑤]尤为值得一提的还有胥僧《当代诗话》[⑥]，他在诗话中不仅阐述当代新文学名家鲁迅、郭沫若、郁达夫、王统照、叶圣陶、夏丏尊、沈尹默、成舍我、田汉在新文学中的地位、创作特点、近况，并指出这些名家尤擅书写旧体诗作。例如“文坛祭酒，首推鲁迅，早年苦读，博览群书，杂文泼辣如匕首，作诗亦精炼”，并辑录其音调激越而苍凉之旧体诗《惯于长夜过春时》等；“郭沫若领袖文坛，虽垂垂老矣，而精力之充沛，写作力之强，与少壮时无异，亦擅旧诗，读其日记及其随邓演达北征诸文，旧诗造诣亦复不减”，辑录其和迅翁韵一首；而“并世文人，其胸怀之悽恻，身世之飘零，诗笔之悽苦，当无过郁达夫矣”，录其流亡时作《乱杂诗草》其三；指出叶圣陶成名作《倪焕之》，其弄学问认真而严肃，绝无海派风，录其《健吾兄和平颂上演为题一绝》；夏丏尊服务宗教界四十年，精神尤可佩，录其和章雪村醵筵祝寿诗；沈尹默白话诗《生机》，清新可喜，并以为其旧体诗得敦厚之旨，亦婉约清丽而谨严，录其《读北史儒林传》和《玉楼春》；成舍我以《骆驼祥子》成名，各

---

① 史天行：《乳花香：古今诗话》，《青年生活》1947年第20期，第22—23页。
② 杨香池：《偷闲庐诗话》，张寅彭主编：《民国诗话丛编》第三册，第689页。
③ 同上，第718页。
④ 黄照熹：《民族诗话》，《全面战》1938年第20期，第18页。
⑤ 邵祖平：《无尽藏斋诗话》（续第十三期），《学衡》1923年第21期，第140页。
⑥ 胥僧：《当代诗话》，《胜流》1947年第6卷第5期，第21页。

国皆有译本，其人平实，诗如其人，田汉与洪深齐名，早露头角于影剧坛，更有志于改良旧剧为京腔，辑录其《读张学良将军近作》、《田汉赠齐白石诗》等旧体诗；王统照散文小说，为文坛重镇，辑录其诗境高，感事伤时之四首七律。曙园《诗话纂集》[①]辑录新文化运动的发起者陈独秀《偕曼殊自日本归舟中》、《卅一年春作》、《自鹤出坪寄怀江津诸友》"旧学造诣甚深，才情蕴藉"、"一腔诗情、绮如新月"之三首旧体诗。值得一提的是中国现代作家、文学翻译家施蛰存甚至创作了旧体诗话《无相庵随笔·诗话》[②]。上述看似简单的错位中透露了一个极为重要的信息，那就是新诗和旧体诗各有其存在的理由和长处，它们应该是一个并存而非替代的关系，尤其是新文化的先驱勒马回缰写旧体诗更说明了在20世纪的知识分子无论激进还是保守主义者其内心深处都非常尊重古典诗词，对传统文化有天然的亲近，新学并不能从根本上改变这种群体心理，更妄论代而取之了。杨香池在《偷闲庐诗话》对新诗不能取代旧体诗表示了他精辟的见解："……以余所见，诗只宜辨美恶，不宜分新旧。对于古人之诗，当分别师法；对于作诗方法，亦可稍求解放，若必欲根本推翻，而代以新诗，则妄矣。"[③]范罕《蜗牛舍说诗新语》针对他人对胡适等诸君提倡新诗但仍作五七言提出的质疑做出了尤为合理的解释："将弁髦其学说耶？抑别有他说以自伸奥衍乎？"[④]范罕认为胡适等诸君兼做旧体诗词并不是对新诗学说的自我弃置，也并不是作故作高深莫测。"胡适之新诗，非胡自创之。当今欧美学者均倡自由诗，新中国成立前人一切束缚。而胡归国后适逢国变，将顺潮流，故亦力倡新说。"[⑤]胡适等诸君力倡新诗说只不过顺应潮流而已。"胡君虽主张新诗，乃借新体作后来真正国诗之发轫耳，非谓五七言不成诗体也。"[⑥]范罕认为胡适目前作新诗只是为了将来真正国诗的出现，并没有否定五七言的古代诗体，因此胡适兼做旧体诗并不是自相矛盾之举。"就胡君之意释之，既可任意发挥情趣，又必专专学步于过去之五七言者，其事倍难，而成

① 曙园：《诗话纂集》，《粤汉半月刊》1948年第3卷，第22期，第35页。
② 施蛰存：《无相庵随笔·诗话》，《自由谈》1947年第1卷第1期，第26页
③ 杨香池：《偷闲庐诗话》，张寅彭主编：《民国诗话丛编》第三册，第715页。
④ 范罕：《蜗牛舍说诗新语》，张寅彭主编：《民国诗话丛编》第二册，第555页。
⑤ 同上，第556页。
⑥ 同上。

功尤不可期，不若一例解放为佳。”[1]此又对胡适主张诗体的大解放做出了合理的解释。他还进一步指出：“吾之所以仍作五七言者，殆欲于难中就易。倘令我改作新体者，正是易中求难矣。所谓难中求易者，吾得古人之消息较多于青年，诗体不能加予以束缚。不于易中求难者，予于新诗之体裁构造形式上多费一番工夫，即于吾诗之本能上多一妨碍也。”[2]范罕阐述旧体诗的诗体对己来说是“难中求易”，新体之体裁才是“易中求难”，不可谓不具有远见。而当新诗运动的高潮过后，不论是主将胡适，还是副将郭沫若、俞平伯、闻一多，都勒马回缰写起了旧诗，而鲁迅和郁达夫，用白话写小说，其诗却大多为旧体。在新诗方面，从徐志摩、闻一多、戴望舒、卞之琳等开始，到朱自清、朱光潜，再到余光中，对新诗形式的探索可谓费尽心力。由此可见范罕的诗学批评为新文学的倡导者兼做旧体诗做出了合理的诠释，也为新诗存在的合理性以充分的理由，同时新旧诗体各有其创作的难点也是作者要表述的观点。然而尽管如此，范罕对白话新诗形式上的解放表示了不满，他说：“今之学者专就形式立论，鲜有潜心于古大家之制作洗涤心神发扬志气者。动必以西人为法，而于单音文字之体势，诗教之源，一概漠然置之，殊可怪也。”[3]而新文化的先驱勒马回缰写起文言旧体诗一方面说明其无法割舍传统，另一方面也说明白话新诗在现代建构的过程中确实存在着待解难题。林庚白、范罕、曼昭、刘衍文等在诗学批评中为新诗建构提出以下的建议，林庚白《孑楼诗词话》认为“现今的社会事物与意境较之古代倍增，白话新诗的创作不能局促于一隅的意境和社会，即语体诗人不必仅以欧、美之意境与句调入诗。”[4]范罕《蜗牛舍说诗新语》提出今之学者具体到诗歌的创作都应辩证地看待“新、旧”概念与“创新、保守”的关系，即“今之学者，非一概抹杀以为新，即一味顽守以为旧，诗其一也。”“新者不必用拾人之所吐弃，旧者亦须慎图其新。”“若舍己之所有，反而为他者代之，是应感到可耻的。至于新诗的发展，就不必一味地吸收外国诗的素养，也不必放弃古体诗的传统。”[5]曼昭《南社诗话》指出

---

① 范罕：《蜗牛舍说诗新语》，张寅彭主编：《民国诗话丛编》第二册，第556页。
② 同上。
③ 同上，第558页。
④ 林庚白：《孑楼诗词话》，张寅彭主编：《民国诗话丛编》第六册，第99页。
⑤ 范罕：《蜗牛舍说诗新语》，张寅彭主编：《民国诗话丛编》第二册，第570—571页。

"中西旧体诗歌的差别在于欧诗抒情淋漓尽致，中国旧体诗则追求一种韵外之致。应该将旧体诗追求'言外之意'的作诗方法移植新诗。"[①]刘衍文在《雕虫诗话》提到"文之变为易，诗之变为难，缘诗乃艺之最精者。今日新诗发展多途，而与旧体几不容若水火，倘为合而为新体，似尚有待，非一蹴而就；即以新词入旧体诸端，参合新意而为之，欲贴妥乎允，犹当有待也。"[②]总体看来林庚白、范罕、曼昭、胡朴安等主张虽然在表述上有些不一致，但总的看法是一致的，即新诗不必一味向西方学习，而应把旧体诗注重意境、追求言外之意等创作方法融入新诗中去。而刘衍文则认为新诗发展有多种途径，如果把这些发展因素合而考虑建设成新诗的新体形式似乎可以期待，但不能一蹴而就，如此看来新词入旧体诸端、融合妥帖的新体诗比前者还可以值得期待。比较看来，林庚白等虽然不满意目前新诗的诗体形式，但对白话新诗的自由体诗式并没有全盘否定，而到了刘衍文却坚持回到旧体诗的形式，以新词入旧体，参合新意而成，此似乎颇合梁启超"以旧风格含新意境"的诗歌主张，但却又有不同。刘衍文是反对黄遵宪式的新派诗的，他说"近世若干诗家，皆好播弄新词以示维新气象者，终乃受人奚落失笑，反不若同、光诸老谨严整饰之为得也。"[③]"新词嵌入旧体，融化未曾，遂令人有格格不入之感。但却不能对新事物的出现视而不见，要当在如何融入而统一之。"[④]由此看来，刘衍文对白话新诗的新诗体的定型何时能达成抱以悲观的态度，又否定生硬的嵌入新词的新派诗，从而期待一种新词入旧体且融合恰当的新体诗出现。

自晚清至民初，无论是诗界革命还是新诗革命主张的提出及其实践，其大的背景都是鸦片战争以来中国社会的积弱。列强虎视，国事无章，忧患迫使中国有识之士，四方寻求改变国运的药方。新诗革命作为新文学革命的组成部分，它继承了自龚自珍以来的一批先觉诗人的追求和理想。其明确的目标在于以诗唤起民众的觉悟，促使社会进步，即所谓的强国新民的目的，五四那一代人尤其把"创造新诗"作为文学革命运动的一场"攻坚"的硬仗来打的。如果说晚清以来黄遵宪等所倡导的新派诗仅从西方借来物质、精神等观念来构建一

① 曼昭：《南社诗话》，曼昭 、胡朴安：《南社诗话两种》，第75页。
② 刘衍文：《雕虫诗话》，张寅彭主编：《民国诗话丛编》第六册，第644页。
③ 同上，第643页。
④ 同上。

种“以旧风格入新意境”的新型诗歌以变革现实、寄托理想，那么民国时期的先进知识分子迫切需要一种新的诗歌样式来满足他们开启明智、拯救国家的愿望，白话新诗就这样应运而生。白话新诗从内容、形式上全方位地借鉴外国诗歌，正如梁实秋在1930年12月12日给徐志摩的信中也说：“我一向以为新文学运动的最大的成因，便是外国文学的影响；新诗，实际上就是中文写的外国诗。”[①]罗振亚在谈到中国现代主义诗歌时也认为：“现代新诗如果没有外来诗歌的刺激与冲击就无从谈起……面对几千年古老强大的诗歌传统，不借助外国诗歌力量做矫枉过正的偏激革命，白话诗的生命难以破土”。[②]可见白话新诗之所以敢于与旧传统决裂，有意识地摆脱古典诗词的严整格律，去实现“诗体的大解放”其实正是存在着一个参照系，这就是近代西方诗歌的经验典范的先在存在。这正如后来公木所说：“新诗在‘五四’时代基本上都是从外国诗借来的音律形式，是累积了几百年世界进步文学传统的一个新拓的支流。”[③]“五四”以来的白话新诗中产生的种种新体诗，与欧美近代、当代诗歌有某种亲近的血缘联系已充分说明了这一点。激进的人们为了创建新体白话诗，全盘否定旧体诗，不分形式内容，统统视为死文字，旧体诗犹如“孔家店”的谬种妖孽，必欲铲尽而后快。在一个中西文化激烈碰撞的年代，西方文化社会的一切当然显得比固有文化更为优越和进步。引进西方的文化来改造中国的落后是先驱者的共识，但这也就导致了否定一切传统的思想，诚如唐弢在《中国现代文学史》中所说：“当时的倡导者对于自己民族的古典文学大多采取轻视甚至一概否定的态度，而把人们的视线完全引向西方。”[④]白话新诗作为一种新兴的文学样式，其试图断裂与中国古典文学的关系而只顾吮吸外国诗歌的素养，这就注定新诗的产生与发展的过程中与旧体诗、外国诗歌的复杂关系是无法回避的。纵览现代旧体诗话，杨香池在《偷闲庐诗话》否定新诗只因为其不像文言旧体诗那样押韵，林庚白在《孑楼诗词话》否定白话新诗因为新诗大半“摹拟欧美，终嫌太肖”，全无旧体诗的意境和韵律，吴宓在《空轩诗话》否定新

---

① 梁实秋：《新诗的格调及其他》，杨匡汉、刘福春：《中国现代诗论》（上编），广州：花城出版社，1985年，第141页。原载1931年1月20日《诗刊》创刊号。

② 罗振亚：《中国现代主义诗歌史论》，北京：社会科学文献出版社，2002年，第120页。

③ 公木：《新诗鉴赏辞典·序言》，上海：上海辞书出版社，1991年。

④ 唐弢：《中国现代文学史》第1册，北京：人民文学出版社，1979年，第45页。

诗不仅因为其形式上如外国诗无格律太自由就等于无形式，而且因为内容材料上无法指涉新观念、新思想又显空乏，陈景寔否定新诗也是因为文言旧体诗叙事用字的简明和声韵格调的雄厚，屈向邦否定新诗则是因为“文言旧体诗‘惟此韵文字，严律胜行兵’及粗知西人文字诗歌就欲废弃文言旧体诗，与传统断裂实为一种罪过。”[①]而林庚白《孑楼诗词话》对部分新诗的肯定就在于部分诗人能善用韵，善读欧美诗，俞大纲《寥音阁诗话》对新月派的肯定在于其新诗旨趣皆蕴含于我国旧文化，非剽窃西人语法者所可比，白采《绝俗楼我辈语》预言白话新诗的伟大前程则是因为今人语体诗歌与远祖白乐天诗作表达上的明白晓畅以及期望人人皆懂的心愿是一致的，民间自有一种伟大文学。而林庚白、范罕等提出有关新诗建设的问题又何尝不是期望白话新诗在吸收外国诗素养之时也不必放弃体旧诗的传统？由此可见几乎所有的传统诗学评论家对新诗只专注于外国诗歌的影响而全然抛开中国古典诗歌的传统持以否定的态度，也由此可见抛弃中国诗歌的传统而谈新诗的建设问题无疑是空中楼阁。

朱光潜曾经说：“中国文学接受西方的影响是势所必至，理有固然的，但是，完全放弃固有的传统，历史会证明这是不聪明的，文学是全民族的生命的表现，而生命是逐渐生长的，必有历史的连续性……历史上还没有一个先例，让我们可以说某一国文学在某一个时代和它的整个的过去完全脱节，只承受一个外国的传统，它就能着土生根。”[②]确实，中国古典诗歌经过千年的发展演变为成熟的体式，已将中国文字起落有致的诗韵发挥到了极致，其优美的韵律及和谐对称的形式美，成就了中国古典诗歌最优美的情致。粗暴地对中国古典诗歌并冠以“旧体诗”之名加以贬斥，借牺牲旧体诗的韵致来凸显新体诗的价值，这种做法是荒谬的。因此在新诗创作中全面否定我国诗歌传统，盲目崇信和照搬外来诗歌的创作方法，就很容易导致新诗的形式发生负性蜕变，从而削弱甚至失去中国诗歌特有的美感与表现力。早期白话新诗的创作在诗美方面确实存在的很大不足不能说与此没有关系，梁实秋曾这样说：“自白话入诗以来，诗人大半走错了路，只顾白话之为白话，遂忘了诗之所以为诗。收入了

---

① 屈向邦：《粤东诗话》第1卷，第11页。

② 朱光潜：《现代中国文学》，《朱光潜全集》第9卷，合肥：安徽教育出版社，1993年，第330页。

白话，放走了诗魂。"[1]对此，有论者指出，"我们且慢为白话文运动的成功觉得欣喜。假如白话文只有实用的价值，假如白话文只为便于普及教育之用，白话文的成就非但是很有限的，而且将有日趋粗陋的可能。假如白话文不能成为'文学的文字'，我们对于白话文，始终不会尊重。……我们现在写诗是白话文能不能'担负重大的责任'，白话文能不能成为'美'的文字。假如不能，白话文将证明是一种劣等的文字；白话文既是大家写作的工具，那么中国文化的前途也就大可忧虑的了。"[2]其实当早期的新诗倡导者更多的是将诗歌视为改良政治和启蒙思想的武器，新诗主要是作为建构和宣扬社会现代性理念的工具而受到重视，新诗的根本价值在于其传播新思想的实用性，那么白话新诗在发展过程中所遇到的问题就可想而知了。庆幸的是随着白话新诗的发展，不仅是胡适，更多的人都开始认识到即使是白话诗也需要讲求艺术和格律，民国十五年，闻一多发表《诗的格律》一文，主张诗的音乐美、绘画美和建筑美，并身体力行用自己的创作加以印证，其主张也得到徐志摩、陈梦家、朱湘等人的应和而推广开去，新诗的发展即此将慢慢走向成熟。有论者说：后期新月派所要做的，就是要在反拨早期白话诗缺乏诗美的倾向，将诗歌创作的重心从"白话"转向"诗"，"使新诗成为诗"，"成为一种完美的艺术"，[3]从新诗创作中汲取旧诗的形式美，"在新诗与旧诗之间建立一架不可少的桥梁。"[4]从这个意义上说，吴宓对于新诗诗美的要求和新月派的努力方向基本一致，吴宓之所以对新诗人徐志摩激赏有加，主要是因为他看到了诗韵格律对徐志摩诗歌创作潜移默化的影响以及这种影响所带来的诗美。而以废名、林庚、卞之琳、何其芳等为代表的30年代现代派诗人，与早期白话诗人不同，坦然地表白自己对古典诗词尤其是晚唐诗和五代、宋词的热衷，试图在古典诗词与西洋诗歌的沟通中探索新诗的道路。何其芳曾说："我读着晚唐五代时期的那些精致的冶艳的诗词，蛊惑于那些憔悴的红颜上的妩媚，又在几位班纳斯派

---

① 梁实秋：《读〈诗底进化的还原论〉》，原载1922年5月27—29日《晨报副刊》，见《梁实秋文集》第6卷，厦门：鹭江出版社，2002年，第178页。

② 夏济安：《白话文与新诗》，《夏济安选集》，沈阳：辽宁教育出版社，2001年，第72—73页。

③ 于度虞：《志摩的诗》，《晨报·学园》1931年12月9日。

④ 石灵：《新月诗歌》，《文学》1937年1月1日。

以后的法兰西诗人中的篇什中找到了一种同样的迷醉。”[①]而在新诗的建设的过程中，诸多的诗人和诗学批评家在审视白话新诗舍弃传统的不足之处之时，同时也发现了旧体诗的不足和新诗的优点了。云松在《蓉江诗话》批评古人拘泥于格律对仗从而使诗歌显得生硬呆板、矫揉造作。黎系业在《少芩诗话》批评旧诗工于对仗，太嫌束缚，梏人性灵。新诗率意写去，较为自然。

由此可见随着新诗的发展，无论是传统的诗学评论家如前所述林庚白、杨香池、范罕、云松等，还是新文学运动的倡导者如闻一多、徐志摩、卞之琳等都在力图强调诗歌形式的艺术性和审美功能来试图超越新诗旧诗非此即彼的二元对立思路，打破偏激的新诗革命埋下的诗体定型的窠臼，使其可以获得不同诗体形式可以并存的视野和思路而努力了。然而在五四新文化运动中，当白话新诗的发展成为一种巨大的洪流之时，也有诸多学者对旧体诗的发展并不寄以希望，吴宓就曾在《空轩诗话》悲观地中说：“十余年来，所谓爱国革新之文化运动，已使文言书少人读，旧体诗几乎无人作。……汉文正遭破毁，旧诗已经灭绝，乃吾济所认为国家民族全体最不幸之事，亦宓个人情志中最悲伤最痛苦之事。”[②]这句话正道出了吴宓和新文化阵营之间产生隔阂的最敏感的话题。新文化阵营所倡导的白话文运动所面临的最大任务就是用“白话征服这个诗国”[③]，即“坚持要用白话作诗，以抢夺下白话文学这场战争中的最大壁垒……因为诗毕竟是文字最精纯的结晶，是文学艺术的极致表现。诗这个用以言志的战场可以攻下，白话文的成功才可以得到终极的保障。”[④]为了彻底攻下诗歌这个“战场”，新文学阵营讲旧体诗置于自己的对面，坚决反对文学写诗，主张“把从前一切束缚的枷锁镣铐，一切打破：有什么话，说什么话；话怎么说，就怎么说。”[⑤]而吴宓在新文学阵营占据主导地位的历史大环境中，

---

① 孙玉石：《新诗：现代与传统的对话——阐释20世纪30年代的“晚唐诗热”》，《现代当时中国》第1辑，武汉：湖北教育出版社，2001年；曹万生：《30年代现代派对中西纯诗理论的引入及其变异》，《文学评论》2003年第1期。

② 吴宓：《空轩诗话》，张寅彭主编：《民国诗话丛编》第六册，第90页。

③ 胡适：《逼上梁山：文学革命的开始》，欧阳哲生编：《胡适文集》（1），北京：北京大学出版社，1998年，第155页。

④ 李孝悌：《胡适与白话文运动的再评估——从清末的白话文谈起》，《清末的下层社会启蒙运动：1901—1911》（附录一），石家庄：河北教育出版社，2001年，第287页。

⑤ 胡适：《尝试集自序》，欧阳哲生编：《胡适文集》（9），北京：北京大学出版社，1998年，第81页。

反对废除文言诗的主张明显不合时宜且别有深意。也尽管他后来已经不再反对以白话写诗，[①]然而事实上，新文学阵营在这场“文白”之中虽表现出咄咄逼人的气势，但白话诗并未战胜文言诗获得完全的成功，林庚白《孑楼诗词话》等诗话中所记鲁迅等新文学的倡导人又回过头来写文言诗就是很好的证明。这也可从胡适后来在《四十自述》收录的《逼上梁山》一文中得到反证：白话文学的作仗，十仗之中，已胜了七八仗。现在只剩一座诗的壁垒，还须用全力去抢夺。待到白话征服这个诗国时，白话文学的胜利就可以说是十足的了。[②]而吴宓自己一直是积极倡导且身体力行地进行着文言诗歌的创作，因为在他看来，文言诗歌不仅可以发挥保存汉文文字特质光大民族文化的作用，还可以最大限度地继承和发扬中国诗词特有的韵律之美，具有白话诗歌不可替代的艺术价值。以上可知，要想征服历经千年走过来的旧诗壁垒，也并非易事。不管你是否承认，旧体诗即便在备受冷落的年代（民国六年至民国十六年）[③]仍有一些官僚热心写诗、编诗集为风雅，更不用说抗日战争爆发后旧体诗经过复苏复兴时期已汇成一股强大的暗流了。文言旧体诗歌的大量存在为现代旧体诗话的批评提供了文本上的可能，而上述现代旧体诗话文本在批评旧体诗和旧体诗人的同时也把批评的对象指向白话新诗和新文化运动的倡导人就使其突破了传统的批评藩篱，彰显了传统诗学批评家超乎寻常的开阔胸襟和学理精神。其中以旧体诗人林庚白自作一首新诗以饷嗜好新诗者勇气尤为可嘉，张白英对新诗地位的肯定也特别值得一提。虽然我们也不否定某些诗话如陈景寔《观尘因室诗话》对新诗表述能力的否定，屈向邦《粤东诗话》对新诗的否定，邵祖平《无尽藏斋诗话》对新诗的否定、刘衍文《雕虫诗话》中余越园对胡适、鲁迅等的否定等等都在一定程度上表现出了简单的二元对立的思维，林庚白《孑楼诗词

---

① 从1920年的《英文诗话》、1922年的《诗学总论》、1923年的《论今日文学创造之正法》、1932年的《论诗之创作——答方玮德君》等论文中，可以看出他对白话新诗从拒绝到接受的态度转变。而且，白话新诗创作者徐志摩罹难之后，吴宓在自己主编的《大公报·文学副刊》上开辟专版，发表叶功超的《志摩的风趣》、胡适的短诗《狮子》和自己写的诗歌《挽徐志摩君》对其进行哀悼，并在《宇宙风》上发表文章《徐志摩与雪莱》，对徐的诗歌大加赞赏，甚至将其和吴宓一向崇拜的英国大诗人雪莱相提并论。

② 转引自胡迎建：《民国旧体诗史稿》，南昌：江西人民出版社，2005年，第14页。

③ 胡迎建在《民国旧体诗史稿》中把民国旧体诗的发展分为四个时期：民国元年至民国十六年，旧体诗流派纷呈，民国十六年至民国二十六年，旧体诗被冷落。民国十六年至民国二十六年，旧体诗的复苏。民国二十六年至民国三十八年，旧体诗的复兴。

话》等主要从诗体的建设评判新诗和新诗人，对新体诗人和白话诗的隔膜难免过激和片面，刘衍文《雕虫诗话》因对白话新诗诗体的定型信心不足以及对新派诗的否定从而期待另一种新诗的出现也难免保守和狭隘。然而现代旧体诗话中更多是从传统的承继理性地思考有关新诗的诸多问题，例如上述林庚白《孑楼诗词话》、范罕《蜗牛舍说诗新语》等主张新诗的建设应不放弃传统而坚持新旧杂糅的主张，吴宓在《空轩诗话》期待在“旧统已溃新未成”的情况下新建一种蕴含“民族魂”、自然真率且能承继古风能媲美中国古典诗歌的新诗体。范罕《蜗牛舍说诗新语》认为胡适作新诗是为了真正的国诗出现其实并没有否定旧体诗，刘衍文在《雕虫诗话》从论学和思想的角度对胡适、鲁迅超乎梁、康的推崇，杨香池《偷闲庐诗话》主张诗只宜辨丑恶，不宜分新旧等等，章泽英等主张破调新旧诗派的界限等都可以在吉光片羽或系统性的阐述批评中获得批评家的真知灼见。况且这三十余本诗话除了青心居士《藕船诗话》，白采《绝俗楼我辈语》，袁嘉谷《卧雪诗话》，邵祖平《无尽藏斋诗话》，刘永济《旧诗话》，林廷玉《仙溪杂俎初集》，丁广极《耕云草堂诗话》，等等，诗话其余绝大多数刊于民国二十二年之后，也就是在旧体诗的复苏和复兴时期即新旧诗并存的时期。可以说新旧体诗经过了初期水火不容的对峙时期，这时的评论家无论是传统的诗学评论家还是现代的诗学批评家都更可能理性、全面地思考新诗以及与之相关的问题。例如杨香池在《偷闲庐诗话》中举出数首旧体诗“合于今之新文学家所谓的象征派者”，[①]并陈述新文学家以现代诗学术语拟称旧体传统诗人，“陶渊明为隐逸诗人或田园诗人，杜甫为社会诗人，白居易为革命诗人，王、孟、柳、韦为田园诗人，高、岑为边塞诗人，刘长卿、孟郊、贾岛、韩愈为苦吟诗人，李贺、温庭筠、李商隐为唯美诗人。”[②]作者说“此即由诗中得其生平之信事而拟称之也。”[③]在此杨氏虽没有直接表明对此称谓的认同，但其赞同的态度一目了然。重要的是在这样的拟称中新文学家对传统的重视以及与古旧文人的契合之处由此得以彰显。杨香池在《偷闲庐诗话》还说：“诗之次韵、叠韵、和韵，无异自作枷锁。集句则有类于窃夺他人之美衣而衣之，甚属无谓。不但为今之新文学家所诟病，即古人中如黄山谷、

① 杨香池：《偷闲庐诗话》，张寅彭主编：《民国诗话丛编》第三册，第705页。
② 同上，第706页。
③ 同上。

王阮亭、袁简斋诸名家，亦尝讥评之也。”[①]在此，杨氏理性地批评旧体诗创作的弊端且与新文学家达成共识，尤显传统诗学批评家可贵的自我反思能力和理性批评精神，这对于重新认识和估量向来被视为因循守旧的传统诗学批评家具有很重要的意义。而事实上不管上述现代旧体诗话有关新诗和新文化倡导人的批评客观与否，他们把批评的对象指向亲和西方文化的白话新诗和新文化先驱就意味着现代旧体诗话突破了传统的诗学领域，为中国传统诗学领域输入了另一份鲜活的血液。传统诗学批评家和现代诗学批评家看似来自不同的文化阵营却有着共同的诗学思虑和现实关怀，现代旧体诗话的现代意义由此得以凸显。

文学批评是批评主体按照一定的批评标准、方法，围绕着批评对象而展开的分析、阐释、鉴别、判断的理性活动，它意在表达批评主体的价值取向和观点立场。批评对象是批评主体表达自己意愿和取向的媒介，更是文学批评活动的中心要素。而诗话作为一种传统的诗学批评模式，自宋诞生以来，批评的范围和对象局限于中国古典诗歌和古典诗人。产生于中西文化与新旧文学大融汇之即的旧体诗话也不例外，从形式上看多数旧体诗话是古代文论中常见的诗话，即多数还是摘章引句，即兴点评，缺乏系统理论的阐发，基本上还是古代文论的诠释方式。如果说20世纪的中国的社会生活和社会结构已经发生明显变动，但学术文化变迁是相对滞后的。然而现代旧体诗话毕竟是社会急剧变革在文化意识形态上的反映，也是中西文化撞击中矛盾和融合后的产物，它较之以往的诗话著作既增添了新的内蕴，又具有了新的形态。而旧体诗话的现代性首先体现在上述五十本左右诗话将诗学批评的对象指向了新派诗、外国诗和外国诗人及新文化领导人和白话新诗。如果说晚清梁启超《饮冰室诗话》等少量诗话关涉到黄遵宪新派诗及少量的外国诗为现代旧体诗话改变批评对象引领一时风尚，那么现代旧体诗话中关涉白话新诗和新文化领导人的批评却是诗话史上绝无仅有的，而且诸多旧体诗话作者对白话新诗产生之初的缺点的认识和建设问题的思考已触及问题核心，与新文化倡导人在某种程度上已达成一致。由此可见随着“西学”的引入和逐步向中学的渗透以及“新学”的产生，传统中学本身也在不断地被改造和更新，自身发生了不同于“旧学”的质变。虽然大

① 杨香池：《偷闲庐诗话》，张寅彭主编：《民国诗话丛编》第三册，第706页。

多数旧体诗话作者如陈衍、魏元旷、袁嘉谷、由云龙等等学术与批评立场基本上是保守或传统的，他们按照古代诗学话语方式，我行我素地进行与白话文学无关的文言文学的批评与研究，尤其陈衍除了撰《石遗室诗话》（前编三十二卷、续编十卷），还辑《辽诗纪事》、《金诗纪事》、《元诗纪事》，然而在他们的诗话著作中仍能吮吸到现代的气息，新派诗、西方诗作、白话新诗所蕴含着的新名词、新观念、新理念、新意境所指向的现代性和流动感为传统的诗学批评体系涂抹上了丝丝缕缕的现代色调，如此这样就更不用说像吴宓、范罕、严士弘等深受西方思想的学者所创作的诗话在构建传统诗学批评所体现的新质了。因此上述旧体诗话在以反传统为主流话语的历史语境中能在随意闲谈之间或多或少地改变诗话批评的对象，反映了旧体诗话作者在坚守诗话创作的古典传统意蕴之时也灵动地为诗学著作注入了新的精神气质和思想内涵，其诗学批评眼光的开放显示了现代旧体诗话在主动顺应历史潮流，渗入时代精神条件下的内在生命力和创作实绩，体现了中西交汇、新旧交融的20世纪旧体诗学批评的现代品质。

二、旧体诗话批评内容的现代质素

1. 旧体诗话的入世情怀

诗话之起源，本来是诗界同好记叙诗林轶事、共赏名篇佳句、交换写诗心得的一种随兴而作的批评体式，所以传统诗话诗学批评在题材内容上主要集中在探究诗歌源流、论得失、述本事、谈诗法之类。即诗话的关注视野仅局限于审美领域，其为艺术而艺术的观念和实践，在回避政治和社会责任时，已经表明了自身的政治立场。由此来看历代诗话批评家几乎与世隔绝，毋需有深切的社会关怀，也不必有那种集体政治意识和社会责任感，强烈积极的政治介入的欲望在诗话中是极为罕见的。然诗话之批评文体自清末开始注重全面系统地反映现实社会人生中的重大历史事件，清林昌彝《射鹰楼诗话》专论鸦片战争时代之诗，《饮冰室诗话》专论戊戌变法过程中的诗人诗歌。而到了民国时期，关心时事政治、社会人生、历史变故以及凸显时代特征的诗话逐渐增多，即诗话的时代性得到进一步加强，这种强烈的入世情怀使得一些现代旧体诗话凸显了现代性特征，兹列举如下：

郭则沄《庚子诗鉴》专述庚子(1900)义和团抵抗八国联军入侵北京诗事，王熙《方家园杂咏纪事》专述慈禧、隆裕二后母家诗事，不异于一部清代王室兴衰史。周实《无尽庵诗话》以绝大部分篇幅品评师长、朋友、同志、同乡等之伤时念乱、反清爱国之作。蒋箸超《蔽庐非诗话》“则借诙谐，以警世也”，仅择述尤关世道之诗事。陈作霖《可园诗话》时述道、咸、同、光时期民生国计之变故，童逊组《蘵蘵室诗话》记述袁枚、阮元、林则徐等风云人物的诗事，《惜阴轩诗话初编》作者张昇三身处清亡民兴国体变更之际，意以国事为重，编辑诗话为“借人酒杯，浇我块垒”之举。青心居士《藕船诗话》（又一种）主述作者40年来身亲目击宫闱骨肉之变，中法、中东之役，戊戌党案，庚子拳祸等诗事。魏元旷《蕉庵诗话》所记多为辛亥易代前后诗事。孙雄《诗史阁诗话》所记多为清季名流，尤详于袁克文周围文人。此外如林纾、康有为及戊戌六君子事甚详，并记录辛亥革命之诗事及以《新北京竹枝词》[①]数十首记录近二年来日新月异的都门景象。郭则沄《十朝诗乘》以诗记史，所记事之系于治乱兴亡之大者，如康熙亲征、乾隆南巡、三藩之叛、林则徐督粤等则反复褒讥讽谕，时誉谓是编乃“集众诗而以为史”者。杨钟羲《雪桥诗话》（包括《雪桥诗话》、《雪桥诗话续集》、《雪桥诗话三集》、《雪桥诗话余集》共四十卷。）笔涉于清三百年间之帝王宗室、名臣硕儒、畸人逸士，所谈每能隐然于国政兴衰相关。夏敬观《学山诗话》辑录晚清民初的旧体诗人的诗作，多涉政坛逸事，颇显时代之风。如叙述在庚子拳匪之乱中被害的袁爽秋、禁烧鸦片的林则徐、中国初与外洋交往中能洞识时务者如左宗棠、曾文正、曾惠敏等以及珍妃之死等有关史料。而以下诗话大多出版于民族解放战争如火如荼的斗争年代，可以想见，它们在当时号召民众，鼓舞斗志，激发激情，团结抗敌的革命斗争发挥了巨大的精神作用，如宁调元《民族诗话》专述明季抗清人生之诗，多慷慨之作。梁乙真《民族英雄诗话》专录近代著名民族英雄的生平和创作。祝嘉《军国民诗话》专述我国自古以来大诗人及奇男子的有“刺激性”的诗歌。王遽常《国耻诗话》专录自鸦片战争起至淞沪之战之国耻国痛诗事。吕光锡《桃花源诗话》多述武陵之地慷慨激昂且立志恢复故土之诗事等等无不与时代的号召遥相呼应，体现了旧体诗话题材内容的现代性。照熹《民族诗

---

① 孙雄：《诗史阁诗话》，张寅彭主编：《民国诗话丛编》第二册，第193页。

话》专述历代民族战争诗话。大木《革命诗话》[1]专录辛亥革命前后牺牲的革命先烈诸如黄钟杰、陈更新、温生才、林述庆、熊朝霖、韩耆伯、宋教仁、秋瑾、林尹民诗作。右人《禁烟诗话》[2]专门摄取自鸦片输入我国之后之禁烟乐府数章。立人《先烈诗话》[3]专录革命先烈国父孙中山、黄克强、朱执信、胡汉民、秋瑾、宋渔父、蔡松坡、赵声、吴禄贞、钟明光、李辉、罗坚诗作。沈乙《抗战诗话》[4]录抗战中英雄人物诗作。谷光曙《抗战诗话》录抗战中许静仁、陈树人、俞逸凡、汪慕陶、杨云史等诗作。炎玉《抗战诗话》录抗战中陈树人、汪岳尊、俞友清、许静仁所作。而钱钟书在其《谈艺录》卷首小序云："比来湘西穷山中，悄焉寡侣，殊多暇日。兴会之来，辄写数则自遣，不复诠次。昔人论文说诗之作，多冠以斋室之美名，以志撰述之得也。赏奇乐志，两美能并。余身丁劫乱，贼命不辰。国破堪依，家亡靡托。迷方著处，赁屋以居。……因迳攘徐祯卿书名，不加标别。非不加也，无可加也。"[5]其序云："《谈艺录》一书，虽赏析之作，而实忧患之书也"[6]也无不透露出忧国之思。

此外还有一些诗话虽不像上述诗话以整本或绝大多数的篇幅收录凸显时代特征的诗歌，但某些内容时代性尤其明显，兹列举如下：袁保香《冷观庐诗话》"月宫霓裳，巫山云雨"，此诗文家之幻想耳，亦寓言耳，友人某据新学说著长篇辨之。余戏言谓之曰：子毋谓月宫之事不足信也。吾闻西人以远镜窥月，见月中有烟，推为动植物界与地球无异，将拟制汽球通之，安见月宫之不易到耶。[7]事实上美国1969年登月成功就开辟了太空探测的新纪元。在此作者对人类登陆月球作出如此乐观的推测，显其不凡的识见。白采《绝俗楼我辈语》称自己不喜学东文法，惟雅重欧西及我国文体，于画亦然。[8]录入美博士杜威之言：编织一事，可以概括人类进化之历史。[9]并记载苏俄政府为神经过

---

① 大木：《革命诗话》，《春秋（上海1943）》1948年第5卷第3期，第82—85页。
② 右人：《禁烟诗话》，《协力》1943年第1卷第6期，第19页。
③ 立人：《先烈诗话》，《协力》1943年第1卷第1期，第12—13页。
④ 沈乙：《抗战诗话》，《中央周刊》1941年第3卷第31期，第17页。
⑤ 蔡镇楚：《石竹山房诗话存稿》，长沙：湖南文艺出版社，1996年，第437—438页。
⑥ 同上，第438页。
⑦ 袁保香：《冷观庐诗草诗话·冷观庐诗话》，1915年影印本，第64页。
⑧ 白采：《绝俗楼我辈语》第1卷，上海开明书店，民国十九年（1930年），第25页。
⑨ 同上，第61页。

敏之儿童新设一学校，对此儿童教授音乐、绘画、雕刻、作诗，不仅成绩甚好，且在改良儿童神经系统。[①]关于杜威的记载，尚可显见在民国时期中西文化交流的盛况，但苏俄政府在当时是一直被西方世界所封锁的，国人一般很难了解到其间信息。在这种状况下，白采对苏俄政府的特殊儿童教育的了解与推崇，确实难能可贵。袁嘉谷在《卧雪诗话》说："中华文教远矣，尝游日本、安南之村落，见其题名，皆取华文，亦雅亦古叹为国光。"[②]袁嘉谷曾经游历到日本、越南，感受到了中国文化对周边国家的影响，作为具有前瞻性目光的传统文人，袁氏已预感到中国文化必然走向世界，世界文化也必然传到中国，影响中国。于是他遥想"欧学东来，华人竟通西文，近则欧美亦求通华文，将来地球之文化，概可想矣。[③]在此袁氏中外文化的沟通和融合的憧憬，今天已成为现实，这证明了袁嘉谷思想的先进性。王逸堂曾留学日本，官兵部主事等职。民国后在袁世凯、段祺瑞乃至汪精卫伪政府内皆任要职。他在《今传是楼诗话》中所录菊生长诗《戊辰暮秋至日本东京，观静嘉堂藏书，赠岩崎男爵，兼示冈部服吉诸君及斯文会会员》篇终数语"呜呼！世界学说趋鼎新，天意宁忍丧斯文？遗经在抱匹夫责，焚坑奚畏无道秦。当世同文仅兄弟，区区阋墙只细事。安得尔我比户陈诗书，销尽大地干戈不祥气"[④]为作者所赏识，而王逸堂之所以认同菊生的感慨，在于作者"夙主世界大同论，所谓'同轨、同文、同伦'，必有四海一家之日。衡以中日文化同源，尤应携手而肩此责。且按之学术真理，亦惟东方圣哲之精神学理，乃可以剂西方偏重唯物之平。持之有年，今更笃信，窃愿并时同志，有以广之也。"[⑤]王逸堂主张世界大同，并预计四海终有合为一家的时日，现今中外文化正逐步加强交流和融通，其开阔的文化胸怀和不凡的远见可以显见。然而在此需要指出的是王逸堂最终以汉奸的罪名被处以死刑，如果中日文化同源成为王逸堂背弃祖国背叛民族的借口，那么其文化大同思想下的政治立场就足以令人不齿了。吴宓《空轩诗话》内容上多现代质素，其突出之一即为吴宓对国民劣根性进行批判："国于天地，惟恃

---

① 白采：《绝俗楼我辈语》第1卷，上海开明书店，民国十九年（1930年），第70页。
② 袁嘉谷：《卧雪诗话》，张寅彭主编：《民国诗话丛编》第二册，第468页。
③ 同上，第468页。
④ 王逸堂：《今传是楼诗话》，张寅彭主编：《民国诗话丛编》第三册，第462页。
⑤ 同上，第462页。

民德，无之则虽富亦贫，虽强亦弱。而道德者无分公私，无间中外，首在重义轻利。近见某君引顾亭林之言，谓治黄河必先使人严义利之辨，否则徒糜巨款而河不治。呜呼！岂特治河之事，吾中国人素乏宗教、美术，而重利禄，好货财。所谓处世，实即自私。偶或好名，实亦图利。海通以后，未能窥知西洋文化生活之精深本源，但慕其物质经济之强盛，采其重功逐利之学说，于是增长恶风，变本加厉。试观报纸中所载社会新闻，或则假借礼教道德之美名，以为争财夺利之缘饰（如因家务或婚姻名分，涉讼法庭，皆为争遗产），或则巧用救国益群之标语，以为投机营业之手段（如商店竞销之广告），甚至如最近破灭汉字，斫丧国魂之种种所谓文字改革运动，亦以'国难'为根据，为理由，岂不可愤可伤哉！"[①]在此吴宓对中华民族的劣根性进行了直言不讳地批判。类似的国民性批判内容也出现在林庚白《孑楼诗词话》、《丽白楼诗话》中，他不仅对国民劣根性进行批判，还追问其劣根性产生的原因，《孑楼诗词话》中说："歌咏所发，性情胥见，此间于中外古今而皆然。中华民族富于惰性，故标榜清高，企求逸豫，虽在贤哲，犹所不免。其隐为民族性之翳者，盖深且远。诗词中举例，尤难更仆。唐之韩昌黎，宋之苏东坡，皆以名臣而兼诗人。然昌黎有句云：'断送一生惟有酒，寻思百计不如闲。'东坡有句云：'惟愿孩儿愚且鲁，无灾无难到公卿。'其委心任运之意绪，盎然字里行间。宜数千年以来，影响于智识阶级之心理而不自觉。民族性之日堕，固有由矣。"[②]作者认为中华民族的惰性、清高，企求逸豫等特性可以追溯到故作轻松、闲适实则隐藏了诗人无穷悲愤和怨恨的唐、宋诗歌。《丽白楼诗话》更是将中华民族国民的劣根性一直追溯到魏晋时期，他说："中华民族性之不振，魏晋之诗，亦有以毒之也。"[③]魏晋之诗所掀起的隐逸之风来自于当时有志之士壮志难酬，报国无门，只能作穷途一哭，寄情山水，隐逸山林，逃避现实了。回归自然固然可以体验到一种令人羡慕的境界，然而这股隐逸之风所带来的消极作用也是显而易见的。众多周知，有关"国民性"或"民族性"思考是"五四"启蒙运动中最主要的话题之一。"国民性"的提出应回溯到晚清，曾有学者指出："有关国民性的概念最初是由梁启超等晚清知识分子从日本引入中国时，

---

① 吴宓：《空轩诗话》，张寅彭主编：《民国诗话丛编》第六册，第72页。

② 林庚白：《孑楼诗词话》，张寅彭主编：《民国诗话丛编》第六册，第115页。

③ 林庚白：《丽白楼诗话》，张寅彭主编：《民国诗话丛编》第六册，第133页。

是用来发展中国的现代民族国家理论的。”[①]梁启超在《新民议》、《论中国国民之品格》、《论中国人种之将来》等多个文本中，批评了中国国民精神的种种“腐败堕落”之处，并表明自己倡言“新民说”，“欲以探求国民腐败堕落之根源，而以他国所以发达进步者比较之，使国民之受病之所在，以自警自厉自策进……”[②]这以后有关国民性的讨论就在与西方的对比中热烈展开，到了五四前后，东西民族性思想的、文化的及“种性”的差异（优劣），即国民性问题，几乎是广为人知的话题。五四运动期间，陈独秀、鲁迅则将“国民性批判”发展为对“传统文化”的全面批判。在这个声势浩大的“国民性批判”和“传统文化批判”思潮中，中国现代的知识精英几乎全都声气相投。李大钊、胡适、钱玄同、蔡元培、梁漱溟、林语堂等等，竞相发表自己的研究成果，毫不留情地批评国人的弱点，最后达成一个共识，大家顺理成章地将“国民劣根性”看作中国不能及时实现现代化的最主要障碍。[③]因此国民性理论由西方传入并被五四时期文学家广为接受，汇成一股强大的思想潮流。而吴宓、林庚白作为倾心于传统文化精髓的诗论家，他们同样在这场国民性思考的宏大潮流中，沉痛地思虑，强烈地批判。虽然，吴宓将五四时期新文化领导人所倡导的文字改革也归于“国难”的借口，显然是他没有认识到白话文运动所蕴含的彻底的反封建精神并与传统决裂的鲜明态度为西方文化的引进和重建以西方的民主科学精神为核心的中国文化体系所起的重要作用，相形之下，林庚白从传统文化中寻找国民性劣根性的缘由，无疑更具备深沉的自我反思的勇气。但不管怎样，吴宓、林庚白分别在《空轩诗话》和《孑楼诗词话》、《丽白楼诗话》对国民性的思考，是其现代性视野的体现，是从一个独特的维度对改造国民性这一时代共同的文化主题的积极呼应。

民国时期，虽然国民党已经建立起了中央政府，但国内政治依然是军阀割据，弊端丛生，国际形势也是强敌环伺，尤其是日本侵吞中国之心日益显露。国家始终处在内忧外患之中，这不能不使具有民族气节的知识分子，无论新旧，无论保守与激进，都已感怀民瘼，忧心国事为己任。当然，对于国家命运的关怀，各类知识分子都会有自己独特的角度，都会有自己独特的表达方式。

---

① 刘禾：《跨语际实践》，宋伟杰等译，北京：三联书店，2002年，第76页。
② 梁启超：《新民议》，《饮冰室合集》第1册，北京：中华书局，1989年，第105页。
③ 摩罗：《“国民性批判”是否可以终结？》，《中华读书报》2011年3月14日。

民国旧体诗话的作者大都是持保守的文化态度者，他们在这个多灾多难的时代里对国家兴亡的关注也多少体现出他们自己的文化特点。

袁保香《冷观庐诗话》录姜枕仙《林力山之日本》：“别君河亭饮君酒、西风萧瑟吹败柳，我为君歌一击缶，陆沉世界君痛否。”品评为“近来东邦游者量以斗，奇闻怪状无不有，自由书好译手，革命军大辩口，一种叫嚣气息相攻掊，青年中人十有八九询其实学等，肤受亡国黔奴为世病诟，以下不能记忆，是诗可作留学生写真观也。”[①]并记录了“美利坚国虐待华侨，福建曾少卿观察在沪召集商人，创议不用美货，以抵制之。全国男女，同声相应，我国民知合群力以文明排外，实始于此。后闻有中伤之者。观察乃作留别同胞书。桐乡郑静兰女士读之有感云：奇愤忽从商界起，一柱竟作中流砥，四万万人同一心，热诚相感有如此。读公留别天下同胞书慷慨激昂，良以美虐华侨不改约。惟有不用美货为抵制。兹事千秋万古闻。何特并世深仰。止普天率士气一伸。公虽即死流传矣。”[②]此外诗话中也涉及“李煜瀛留学巴黎研究化学一科，发现中国的豆腐之滋养力不减牛浆肉食，因著论说登巴黎各大报，法国社会极欢迎之，推公子为东方化学大家。今秋归国，招集资本，拟在巴黎创豆腐大公司。寒素之品，得争雄于全球，洵盛事也。”[③]等事件，作者对留日学生深受亡国之痛之同情、美虐华侨事件之后的慷慨激昂、李煜推广中国豆腐于全球的自豪均可见作者对国事的关注、对同胞的热忱关心。秋梦《民权素诗话·绮霞轩诗话》记载其乡马君武先生旧有句云：“甘以清流蒙党祸，耻于亡国作文豪。”人因呼之为“亡国文豪”。因而感叹曰：“曾几何时，亡国文豪竟一变为兴国志士，诚非当时所及料。然今日权奸当国，民生涂炭，共和政治，渐就澌灭。文豪在今日，诚负有指导国民之责者。”[④]秋梦对文豪当承担其指导国民之责的期待可见其对国之命运的深切担忧。袁嘉谷在《卧雪诗话》中专门论述了尚武之诗，他认为“汉朝的铙歌、碑铭，唐朝的从军、塞上之作都是尚武之诗。我中国之所以疆土日拓，雄视天下，蔚为大国，莫不于诗词见

① 袁保香：《冷观庐诗草诗话·冷观庐诗话》，1915年影印本，第14页。
② 同上，第23页。
③ 同上，第62页。
④ 秋梦：《民权素诗话·绮霞轩诗话》，张寅彭主编：《民国诗话丛编》第五册，第240页。

之。”[①]并辑录左延年《从军诗》、阮籍《咏怀诗》等诗作。这些尚武之诗并非“中国从军之作不外爷娘妻子牵衣拦哭的说法，‘非洞观古今之论也’”，即是说中国从军之作是可以激发爱国热情、昂扬战斗激情的。可贵的是，袁嘉谷在此认为“群雄角立，不得不尚武耳”，“尚武”是国际环境所逼迫不得不提倡，但同时他更殷切期盼国家安定，世界和平。他衷心希望人类和平与进步，并深情地说：“第世界必有无军之一日，足支予望之。”[②]另外袁嘉谷特别称赞有忧国忧民思想的诗作。他说在“宣民俗，资掌故”方面古诗中“三百篇其最也”；诗人里“唯杜子美纪事论理，既确且明”，可称为“诗史”[③]。而“咸、同来国势日岌，广州、台湾、高丽诸役不断。”[④]可见袁氏对当前国事不平的忧愤。他收录雪樵的两首诗《甲申腊日送人复安南诗》并品评到：“日南、九真，中原故地，一旦沦陷，悲愤无穷。我国士大夫几不过问，读先兄二诗，不禁愀然。”[⑤]爱国、忧国和怀念故人的情感溢于言表。由云龙《定庵诗话》也多涉忧国忧民之诗篇，其录清林鹭云廉访避台乱内渡所作《谒江口郑氏庙》感慨道：“此殆甲午之后，割弃台省，有凭吊苍茫之感。今则东北四省又继台而去矣！台湾与东三省、热河，皆设行省未久，昔也日辟，今也日蹙。虞伯生诗云：‘不须更上新亭望，大不如前洒泪时。’今日之谓也。”[⑥]录涤园《失辽宁》、《傀儡国》然后叹道：“嗟嗟！长白山脉物产最富之区，幅员有欧洲强国兼圻雄跨之地，竟拱手而让之人，殆自古失国让地所未有者矣！夫差之责，重贵之诮，夫岂为过。而论者乃有中国本部原为十八省，非我汉族，弃之何恤之言。呜呼！为此言怀此意者，是真全无心肝之人，岂知门户既失，堂奥何依，虽欲保我本部，其能得乎？”[⑦]作者深沉的忧国之思显而易见。陈衍《石遗室诗话》通过众多诗作的录载介绍表达了对社会政治与人的命运的深切担忧与关怀。卷三十一录赖歧生《南昌围解逃九江》“反映1926年国民党统治期间，社会混乱，百姓逃难之际，追兵迫近，车满难发，心忧成病，

---

① 袁嘉谷：《卧雪诗话》，张寅彭主编：《民国诗话丛编》第二册，第295—296页。
② 同上。
③ 同上，第297页。
④ 同上。
⑤ 同上。
⑥ 由云龙：《定庵诗话》，张寅彭主编：《民国诗话丛编》第三册，第593页。
⑦ 同上，第635页。

命贱如蚁的凄惨景象。[①]就是极有代表性的诗篇。林庚白在《孑楼诗词话》录王礼锡《洛阳道中》品评为“此篇七古，洵近人诗中仅见之作。盖既有时代之眼光，而辞意又并茂也。‘车中达者意甚尊，车后黄沙欲淹人’十四字，不惟状洛中‘汽车阶级’之情状，跃然纸上，抑可与杜陵之‘朱门酒肉臭，路有冻死骨’媲美。”[②]在此，“汽车阶级”疾驰而过留下的车行声、掀起的尘土欲掩盖蹲踞土墙根的三人，其目中无人、飞扬跋扈与衣不遮体、战战兢兢的三人形成了强烈的对比，此种现代社会图景可与杜甫“朱门酒肉臭，路有冻死骨”抒写贫富悬殊的社会现象相提并论。作者借王礼锡《洛阳道中》抨击了趾高气扬、极端腐朽的现代社会上层阶级，同时也表现了作者对下层人民苦难的洞悉及对其悲惨境遇的深深同情。曾啸宇在《杏山草堂诗话》言“吾国自鸦片战争而后，百年以来，国势即日就孱弱，民族亦渐趋于萎靡，忧时之士，每致慨于阿芙蓉之作俑，而太息于国人陷溺之日深也。”[③]并录朱芝珊、徐幼稚、林则徐三公咏罂粟诗作以见其对国势民族孱弱之担忧。吴宓《空轩诗话》录入反映“九一八”国难之后“吾中国人心实未死，而文化尚未亡”之常燕生旨意正大、深厚沉雄之《翁将军歌》诗作，王越发扬中华民族精神之二首长篇叙事诗，王荫南能宣示国家社会之真事真情十首诗歌。诗话中吴宓对国之安危、民族文化之消亡的强烈隐忧也同样彰显了其诗话内容的现代性：“呜呼！吾中国国家社会之危乱，文化精神之消亡，至今而极。……所赖以为民族复与之资，国众团结之本，文化奋进之源者，惟我中国固有之文字……所赖以为宓个人之鼓舞、策励、支持、慰借者，惟有我一生爱读爱作之旧体文言诗。然今日者，其他不论，十余年来所谓爱国革新之文化运动，已使文言书少人读，旧体诗几于无人作。而最近之注音字母及简字，复以政权及公令助之推行。由如是因。结如是果，可云今日（或最近之将来）汉文正遭破毁，旧诗已经灭绝。此后吾侪将如何而兴国？如何而救亡？如何以全生？如何以自慰乎？吾侪欲为杜工部，欲为顾亭林，欲为但丁，欲为雪莱等等，其可得乎？是故旧诗之不作，文言之堕废，尤其汉文文字系统之全部毁灭，乃吾侪所认为国家民族全体永久最

---

① 周薇：《传统诗学的转型——陈衍人文主义诗学研究》，上海：上海三联书店，2006年，第246—247页。

② 林庚白：《孑楼诗词话》，张寅彭主编：《民国诗话丛编》第六册，第102页。

③ 曾啸宇：《杏山草堂诗话（七）》，《国闻周报》1934年11卷45期。

不幸之事，亦宓个人情志中最悲伤最痛苦之事。吾之诗集出版，吾之诗话作成，无人称赏，少人购读，其失望尚有限：若吾中华古国，竟不能比于希腊、罗马之以学术文艺影响全世后来，且不能比于意大利、爱尔兰之得其道以复兴。（彼皆知利用本国之文字文学，为其政治独立革命之先驱及原动力。）此其摧心丧志，真无穷也！呜呼！今日国人之言爱国，言救亡，言民族之复兴，文化之保存者，何不于此（保存汉文汉字，发挥利用旧诗）加之意哉！”[①]民国时期，白话新诗与文言旧体诗曾一度被置于水火不容的两境，旧体诗曾因白话新诗的狂飙突进被视为新文化的对立面而被搁置起来，吴宓在此对传承了中国文化精髓、关系中华民族之复兴的文言旧体诗之不作、文言之堕废乃至汉文文字体系之全部毁灭的痛惜和担忧反映了时至民国时期曾经辉煌了数千年的中国文言旧体诗声誉一落千丈的历史境遇所带给一部分文化人强烈的内心震撼。

值得一提的是杨香池《偷闲庐诗话》凸显了作者忧国忧民的情怀。首先来看作者深切的忧民情怀，如作者在录唐人伤时感乱之作后感叹道：“皆描写当时兵祸之重，官吏之恶，人民之苦。抚今思昔，能不怆然！”[②]针对梁任公辈欲借诗歌鼓吹民气、尊崇尚武、好为雄壮之词而亟力痛诋杜子美之《兵车行》及伤乱诸作，他痛心地说道：“顾满清逊位，民国成立，兵遍全国，不可谓不尚武矣。然军阀专横，拥兵自卫。回首十年，烽烟满地，死亡枕藉，伤心惨目，又岂当时梁任公辈所料及哉！吾人丁此危难，读《兵车行》等诗，愈增悲感。并见古人非好为此，乃不期然而然者耳。”[③]此外《偷闲庐诗话》录明周岐《官兵行》、叶榆李愚园先生《食粥叹》、慎夫先生《老农叹》、于榕章《饥民叹》等诗作，寄寓了作者对适逢乱离之中备受官兵蹂躏、自然灾害摧残的穷困百姓悲惨人生的痛惜。其次诗话中多处可见杨香池对适逢内战、日寇横行的中华民族命运的深切忧虑。在诗话中作者录其友伯侨的一席肺腑之言：“内乱不息，十年之内成病国，二十年变弱国，三十年便要亡国。何其言之沉痛也。嗟乎！今民国已廿一年矣。此廿年中内战不息，国家之损耗，人民之牺牲，几不可以数计。假以之对外，纵不能决胜列强，亦足以固我边圉。奈何争地争城，自相残杀，置国家于不顾耶！若长此以往，自亡无日矣。对此：

① 吴宓：《空轩诗话》，张寅彭主编：《民国诗话丛编》第六册，第90—91页。
② 杨香池：《偷闲庐诗话》，张寅彭主编：《民国诗话丛编》第三册，第681页。
③ 同上，第681—682页。

‘吾甚愿吾友之言勿中’”。[1]在此值得一提的是作者除了表达对现世境况无限的忧虑时，还进一步思考治国的方法。他说：“天下之事理，未有一成不变者，亦未有变而可保其无鄙陋者”[2]。譬如我国精神文明强而不善变，欧西之国物质文明强而善变，但两者虽有差异，但结果一样都会导致国家动乱，因此作者认为善变与不善变都有各自的利弊，治理国家政事应注意变通：“天下之事理，未有一成而不变者，亦未有变而即可保其无弊陋者。譬如吾国素以精神文明见称于世界，其弱点则为物质文明之不及人。国家因以贫弱，且易召乱，说者咎其不善变。然在欧西已为善变者矣，物质文明虽远胜于我，其精神文明则又属不及，数年前亦有大战。夫吾国不善变而乱，欧西善变而亦乱。是善变与不善变，皆互有利弊之潜伏。故在识者之主张，治国之道，不能因噎废食。取长舍短，存善去恶，是大智慧。持此而论，治事为政，改革变通，皆宜有所斟酌损益。”[3]作为文化人杨香池在诗话中关注治理国家之道显示了其殷切的爱国热忱。值得注意的是在此作者从中西精神文明、物质文明的差异引出治理国家的变通之道，凸显了旧体诗话的现代性。其实，将中国的变革放在“文明”发展不可抗拒的世界潮流的大视野中去考虑，乃是戊戌维新思想家在戊戌变法全面启动之前就已基本形成的重大思路。在清末民初的“文明”思潮中，舆论界始终都存在着那么一股既认可“物质发达”、实业进步的必要性，更重视民族素质、精神文明培育的思想深流。体现在“文明”概念的理解上，就是许多思想精英都习惯于先将“文明”的内容予以二分：或曰形质与精神，有形和无形；或曰物质与道德，外在与内在等，而同时，又程度不同地将概念的重心置放在后者之上。[4]但是中国虽是一个举世闻名的文明古国，现代意义的文明却是通过日本从西方引进的。1910年，留日学生主办的《国民报》首次出现了“物质文明”与“精神文明”这两个集合概念。而1914年第一次世界大战爆发后，秉承“物质、精神（或道德）”二分的“文明”概念观来判定中西文明或文化之特点和优劣的议论更加流行了。杨香池在1934年出版的《偷闲庐诗

---

① 杨香池：《偷闲庐诗话》，张寅彭主编：《民国诗话丛编》第三册，第691页。

② 同上，第715页。

③ 同上，第715—716页。

④ 黄兴涛：《晚清民初现代“文明”和“文化”概念的形成及其历史实践》，《近代史研究》2006年第6期。

话》中将文明分为精神文明与物质文明，就是对当时二分“文明”概念认识的反应。然而需要注意的是杨香池强调的中国精神文明其实是指以儒家正统的思想观念及其伦理道德为中心的中国传统文化，与新文化运动中包含着自由、平等、民主等质素的精神文明概念是相去甚远的。这与20世纪20年代由张君劢、梁漱溟、梁启超等提倡的东方精神文明有一脉传承性。而东方精神文明思想隐然与“新文化运动”相抗，实际上表现出了文化上的保守性。然而尽管如此，杨香池作为一个传统诗论家能借用“精神文明”和“物质文明”外来概念来思索政事之变通，其对家国、民族之振兴等问题的考察和思考无疑也接受了现代精神的影响。

钱仲联《梦苕庵诗话》“多处辑录长诗或短章以显其忧国忧民的爱国情怀。首先诗话中这些千数百字的长诗所咏人物多与国家时局紧密关联，记人述事，以反映满清王朝之兴衰治乱。”[①]例如开篇即录王甲荣长庆体歌行《彩云曲》以咏名妓赛金花、薛秀玉《老妓行》咏彩云事。以下散见于诗话中的有张怀奇《颐和园词》写庚子年间八国联军入侵事，杨晚《长白山》写清末权臣端华、肃顺事，孙景贤《宁寿宫词》写当权太监李莲英，金兆蕃《宫井篇》写珍妃事，丁传靖《黄鹊云中曲》写清初女子刘三秀，赵允怀《刘淑英》写清初女子刘淑英练军抗清，徐维城《桃溪雪乐府题词》写清初烈妇吴绛雪，陈衍《题竹诧图五言五十八韵》咏清初诗人朱彝尊，陈寅恪《王观堂先生挽辞》咏著名学者王国维，曾广钧《绝干山歌》写张勋复辟事、佘梅《马僧》记马僧事，杨忻《檀青引》写名伶蒋檀青以咏咸丰年间英法联军入侵北京，焚毁圆明园事，傅霖《葛将军歌》写抗英名将葛云飞，黄摩西《元日日蚀诗》写日蚀现象以讽刺慈禧后，杨云史《檀青引》借檀青一事抚今悼昔。其次诗话中辑录了伤时感事的短章或组诗这一类作品，例如王甲荣《台湾秋兴》八首近杜老之苍凉、《台湾感事》二首指斥台湾巡抚唐景崧，《老革谣》以讽袁氏窃国时，宵小之乘机骚动；黄公度《冯将军歌》、《度辽将军歌》以突出冯将军威严若天神及度辽将军悲愤之思；刘裴村《城南行》和《杂诗》二十首皆讽刺时事，备极深刻；高心夔《城西》二首为雄才大略之肃顺而作；璠隐有《长安有狭邪行》以刺庆亲王奕匡“当国时，颇有贪贿名”及《甲午七月感事》等；邱沧海所著

---

① 刘梦芙：《读〈梦苕庵诗话〉》，《韩山师范学院学报》2001年第3期。

《岭云海日楼诗》，沈雄顿挫，悲壮苍凉，感怀旧事，伤心时变，激昂不平之气，真切流露，似陆剑南，似元遗山。[①]其《秋怀八首用覃孝方韵》、《秋怀》八首，《秋兴次张六士韵》八首皆念念不忘台湾，沈郁悲凉。企棠舅氏《感事》显其对离奇时局之嘲讽，其《风灾感赋》又可见对“屋破村氓鹿走危险”之深刻担忧。王瑗仲《快哉楼遇雨，与张镜人读报，拈元韵十字，督为诗成三章》以刺民国贿选一役；范肯堂已亥后诗，感德宗幽囚而作，多沈郁悲愤，驱迈苍凉之气，贯虹食昴之词，直欲抗韩杜而攀《离骚》。[②]吴野人《难妇行》、《江边行》、《邻翁行》“感军事而作者，诗人悯乱之情，溢诸楮墨矣。”[③]无恙为施从滨女剑翘刺孙传芳事所作《东海有勇妇》，为咏日兵踞丰台所作《哀丰台芍药》见其对时局之隐忧。俞恪士早期诗作如《鸿嗷叹》、《寄如皋吕士云》多反映现实，寄托对国事的关怀，其《寄如皋吕士云》写中法战事。鲁通甫在鸦片战时所作感事之作《读史杂感》、《辛丑重有感》，苍凉悲壮，足当诗史；为林文忠公遣戍作《烽戍四十韵》、《崖州司户行》以及《荒年谣》五首之《卖耕牛》、《拾遗骸》、《缚孤儿》、《撤屋作薪》、《小车辚辚》均可见对时局的担忧。而梅伯在清道光辛壬间，身丁英夷之难，出入干戈，备尝艰苦。空山拾橡，歌啸伤怀。其诗苍凉抑塞，逼近少陵，《北村妇》、《山阴兵》与工部“三吏”、“三别”，真挚飞动，如出一手。其他如《速速去五解》、《惊风行五章》诸篇，浸淫古人，极海立云垂之变。程春海《忠孝女沈将军歌》咏叹奇女子沈将军在其父其夫战死沙场之后统帅孤军以守备顽抗之忠孝之情。朱伯韩《道经河北，客问当时守浚事，为述其略》等皆感时念乱之作，雄深骏迈，无愧一代诗史。此外如姚燮、朱琦在鸦片战争期间的纪事诗；黄遵宪、俞明震在中法战争时的作品；王蘧常《快哉楼遇雨，与张镜人读报，拈元韵十字，督为诗成三章》以刺“为民国史上之贿选一役”，金松芩为沈阳变后所作七古一首。上述这些诗作共同奏响着具有史诗性质的爱国主义之乐，振荡着近代诗坛。

现代旧体诗话产生在一个经历了辛亥余绪、五四运动、抗日战争及国内民族战争烟火四起的多事之秋，其内容的时代性是可想而知的。其实旧体诗话内

---

① 钱仲联：《梦苕庵诗话》，张寅彭主编：《民国诗话丛编》第六册，第228—229页。

② 同上，第256页。

③ 同上，第310页。

容的现代性嬗变要追溯到民国前夕的晚清时代。自晚清1840年的鸦片战争起，中国历时几千年的封建帝国开始土崩瓦解，帝国主义侵略者的铁蹄使中国沦为半封建半殖民地的社会。处在乾坤之变、陷于历史漩涡之中的中国诗坛文苑，亦随之发生史无前例的巨大变革。梁启超等一大批立志改革的仁人志士，率先提出的“诗界革命”、“文界革命”、“小说界革命”和“戏剧改良”口号，最先用诗话举起文艺创作与文学理论批评的战斗旗帜。现代旧体诗话作家在这历经将近半个世纪的漫长岁月里，感受着中西文化大碰撞、大融合的历史潮流中血与火、灵与肉、传统与现代的政治层面、文化层面的有形无形之战。作为在主体意识上承继了中国古代知识分子“以天下为己任”的传统思想和积淀丰厚忧患意识的旧体诗话作家，他们沿着前人的脚步将诗学批评的眼光关注到关系到国家、民族命运前途的诗歌，事实上在于他们无法在国难当头之时只作个人风花雪月的吟诵和纯诗学的批判。郭则沄《庚子诗鉴》关注的是八国联军侵华事件，蒋箸超《蔽庐非诗话》展示的是破旧立新的民国时期灰暗、混乱的社会现实，周实《无尽庵诗话》展现的是晚清丧权辱国的黑暗现实状况，而宁调元《民族诗话》，祝嘉《军国民诗话》，王遽常《国耻诗话》的出版及贝百能《沁园抗战诗话》[①]，黄照熹《民族诗话》[②]，子瑜《朋辈抗战诗话》[③]，明强《抗战诗话》[④]，丁之中《抗战诗话》[⑤]，等等，其刊载无一不是响应了20世纪三四十年代的民族救亡运动。曼昭对蕴蓄着民主民生内涵的民族思想的呼唤，袁保香《冷观庐诗话》对同胞深受压迫的痛心和中国文化即将在全球兴起的喜悦，以及陈衍《石遗室诗话》对有关兵祸天灾、生离死别诗歌的录入均表现了诗话作者于时代危机中有着同样的家国旧情、兴亡遗恨与文化忧患的体认。而吴宓《空轩诗话》对国民性劣根性、民族危难、文化衰亡等重大问题的深沉思考，林庚白《孑楼诗词话》、《丽白楼诗话》对国民性的批判，杨香池《偷闲庐诗话》对治国变通之道的思考，钱仲联《梦苕庵诗话》不厌其烦对诸多反映

---

① 贝百能：《沁园抗战诗话》，《同仇》1938年第11期，第7页。

② 黄照熹：《民族诗话》，《全面战》1938年第16期，第4页；1938年第17期，第15—16页；《抗战新闻》1939年第1卷第2期，第7页。

③ 子瑜：《朋辈抗战诗话》，《公教周刊》1938年第9卷第47期，第4页。

④ 明强：《抗战诗话》，《西北研究》1939年第23期，第13页。

⑤ 丁之中：《抗战诗话》，《流声机》1938年第3期，第1页；1938年第4期，第1页；1938年第5期，第1页；1938年第6期，第1页；1938年第7期，第1页。

史事的长短诗作的辑录同样蕴蓄着他们对民族前途的深刻思虑，对国事、百姓苦难的隐忧。众所周知从1840年开始中国知识分子就把眼睛聚焦向西方，现实的原因就是要强国强种，解决西方列强虎视眈眈中国的危亡局面。一败再败的现实导致现代性的启蒙与救亡主题愈来愈突出，从辛亥革命的爆发到五四运动的产生，最终造成整个中国知识分子阶层试图通过文化变革来达到政治救亡的目的，而这种使命意识在“五四”达到了高潮。因此当五四时期现代知识分子在救亡图存的宏伟大业下，西方文化无论是进化论、泛神论、性心理学、基督教，还是科学主义、人道主义、无政府主义、马克思主义等，都为五四新文化运动的发起者各取所需地拿来，成为批判中国传统文化追求个人自由的精神武器之时，一些现代旧体诗话用传统的诗学批评样式熔铸进时代启蒙、救亡的内涵无疑与现代诗学的现实关注有着非同寻常的一致性。在此，值得关注的是现代旧体诗话作者因遗民身份、思想嬗变的差异其现实关注与新文学运动中蕴蓄着启蒙、救亡的爱国思想相去甚远，例如王熙《方家园杂咏记事》，青心居十《藕船诗话》，魏元旷《蕉庵诗话》，陈作霖《可园诗话》，杨钟羲《雪桥诗话》，夏敬观《学山诗话》，孙雄《诗史阁诗话》，等等，流溢着遗民感伤情绪传达的是诗话作者对已覆亡的封建政权的无限留恋和深深痛惜之情，而即便是当时思想已很开明的《偷闲庐诗话》作者杨香池其从精神文明和物质文明建设的现代角度思考治理国家的变通之道仍无法突破传统古旧思想的拘囿，表现出保守与现代共存的复杂局面。然而尽管如此，梁乙真《民族英雄诗话》，王遽常《国耻诗话》，祝嘉《军国民诗话》等现实关注尤为强烈诗话的出现以及吴宓《空轩诗话》，林庚白《孑楼诗词话》、《丽白楼诗话》，等等，对国民劣根性、民族危难、文化传承等重大问题的深沉思考无疑使旧体诗话获得了更为可贵的现代性。

2. 旧体诗话的世俗关怀

自晚清以来文学理论批评的重心从作为正统文学的诗文转向了通俗文学的小说戏剧，批评家把小说的地位提高到了系国家民族生死存亡于一体的高度。而时至民国五四时期，原本不登大雅之堂的词曲、小说等俗文学文体，尤其受到了五四新文学革命发起者们的高度重视，如胡适认为元曲是“第一流”的“活文学”，他在1916年4月5日的日记中说：“文学革命至元代而登峰造极。

其时，词也，曲也，小说也，剧本也，皆第一流之文学，而皆以俚语为之。其时吾国真可谓有一种‘活文学’出世。”[①]胡适的看法很有代表性，元曲和词、小说、剧本、民歌等古代俗文学文体，受到了五四文学革命参与者们的高度重视，共同成为五四白话诗文的一个渊源传统。有学者论道：“尤其是以趣为主的元散曲，语言通俗易懂，境界浅显直露，题材俚俗琐屑，题旨世俗凡近，风格幽默滑稽，这种整体上变诗词崇高优美为诙谐风趣的歌格调，正适合了“五四”白话诗歌语言形式解放、面向社会大众的需要，经过胡适等新文化运动领袖人物的大力提倡，对20世纪新诗产生了持续不断的影响和渗透。”[②]因此在这样崇尚趣味、追求浅俗幽默时风影响之下，一部分旧体诗话的批评对象不仅指向了小说、戏剧、打油诗、民歌、词等，而前文所分析的滑稽诗话整体追求幽默诙谐效果，通俗性进一步加强。

首先分述部分旧体诗话对小说的品评。陈衍《石遗室诗话》品评吴梅村《清凉山赞佛诗》五首为前清诗中一疑案，即章皇帝、董妃之事。由此引出：“有谓《红楼梦》说部虽寓康熙间朝局，其言贾宝玉因林黛玉死而出家，即隐寓此事者。《红楼梦》中诸闺秀结诗社、各起别号，独黛玉以潇湘妃子称”[③]的说法。孙雄在《诗史阁诗话》有如出一辙的品评：“吴梅村《清凉山赞佛诗》实暗指董妃逝世，有清世祖伤感去国，遁五台山为僧，语颇明显。……有谓《红楼梦》说部虽寓康熙间朝局，其言贾宝玉因林黛玉死而出家，即隐寓此事者。《红楼梦》中诸闺秀结诗社，各起别号，独黛玉以‘潇湘妃子’称。”[④]在此姑且不论《红楼梦》中的两主人公是否暗指清世祖和董妃，但陈衍、孙雄对《红楼梦》的评论很显然是受到时下清研究《红楼梦》索隐派的影响，陈衍、孙雄对《红楼梦》人物身份的猜测可见其对俗文学的关注。另外黄曾樾《陈石遗先生谈艺录》还谈到了陈衍对《红楼梦》的整体关注：“《红楼梦》一书，真是千古奇构。全部痛诋满清，而以一代文纲之密，无如之何，盖他小说皆以一人影射一人，故易被窥破；《红楼梦》则或以一人影射数人，或以数人影射一人，天花乱坠，使人迷于所往。近三十年，始有窥破一二者；

① 胡适：《胡适全集》第28卷，合肥：安徽教育出版社，2003年，第337页。
② 杨景龙：《试论古典诗歌对20世纪新诗的负面影响》，《文学评论》2007年第5期。
③ 陈衍：《石遗室诗话》，张寅彭主编：《民国诗话丛编》第一册，第163页。
④ 孙雄：《诗史阁诗话》，张寅彭主编：《民国诗话丛编》第二册，第196页。

蔡鹤卿《索隐》，可谓窥见全豹矣。”[①]袁保香《冷观庐诗话》录入为湘妃葬花图“遽园先生所作古风，师竹六律”，[②]此种录入以《红楼梦》中林黛玉的身世遭遇作为抒情对象之诗作在现代旧体诗话中是罕见的，雅俗共存的文学意趣在此得到了完美的统一。袁氏还称金夔伯（石）近受商务图书馆之聘，编辑新小说，颇为时下欢迎。[③]蒋抱玄《听雨楼诗话》说“《红楼》十二金钗中，独王熙凤不能诗。然‘昨夜北风紧‘五字，信口念来，便成佳句，所谓诗人贵自然也。”[④]点评小说中角色的诗歌特色，这在现代旧体诗话中是首例，类似的是刘衍文在《雕虫诗话》在谈“甜熟”之诗亦殊不易时也同样列举了《红楼梦》中的角色。香菱认为陆游“重帘不卷留香久，古砚微凹聚墨多”说的真切有趣。而黛玉认为此诗句浅近。[⑤]刘衍文认为“黛玉高自位置，实亦代表曹雪芹之诗学观。此一联之不足，岂惟浅近，正乃‘甜熟’之至耳。然而林妹妹亦坐眼高手低之病，似此境界，亦终身未能到也。”[⑥]王蕴章《然脂馀韵》称“《红楼梦》为说部名著，形诸题咏，无虑百十人。”[⑦]于榕章《紫荆山馆诗话存稿》中称“《红楼梦》一书久已脍炙人口，固不待今而然也。如证以张船山艳情人自说红楼之句则乾嘉早已风行矣。近读《学园诗谈》亦有《心存青厂三夹路》，志在《红楼》一部书，句注云：原帅风气之所嗜好也。作者系嘉道时人于兹益可覆参焉。”[⑧]对《红楼梦》的关注尤其要提到俞大纲《寥音阁诗话》，诗话“举世人习以陈郑诗优劣相辩诘的实例，正如二友同读《红楼梦》说部，一人爱赏林黛玉之幽姿绝调，一人推服薛宝钗之圆艳通才，各持己见。在此俞大纲以《红楼梦》林薛二人物类比陈郑，以此更形象生动地表明个人的观点，即陈郑二公旨趣不同，造诣各异，固不必遽定优劣，而对林、薛二者读者尽可赏其性之所近，不必有所抑扬于其间。”[⑨]他还说：“《红楼

① 黄曾樾：《陈石遗先生谈艺录》，张寅彭主编：《民国诗话丛编》第三册，第704—705页。
② 袁保香：《冷观庐诗草诗话·冷观庐诗话》，影印本，1915年，第20—22页。
③ 同上，第51页。
④ 蒋抱玄：《听雨楼诗话》，张寅彭主编：《民国诗话丛编》第五册，第292页。
⑤ 刘衍文：《雕虫诗话》，张寅彭主编：《民国诗话丛编》第六册，第529页。
⑥ 同上，第529页。
⑦ 王蕴章：《然脂馀韵》，张寅彭主编：《民国诗话丛编》第五册。
⑧ 于榕章：《紫荆山馆诗话存稿》钞本，民国十一年（1922年），第5页。
⑨ 俞大纲：《寥音阁诗话》，《俞大纲全集·诗文诗话卷》，台湾：幼狮文化事业公司，1987年，第186—187页。

梦》说部之所以深入人心，要亦不外乎性情文字，词锋文采，其余事也。……足证至性之人，然有至性之文。王观堂尝以雪芹人生哲学，悲天悯世，近于叔本华，观堂于人生观点，何独不然？故于雪芹独寄同慨，惟伦理观念，略有不同耳。”[①]俞大纲简要叙述了《红楼梦》颇受欢迎的原因，并把王国维、曹雪芹的人生哲学与叔本华联系起来。我们知道1904王国维年发表《〈红楼梦〉评论》第一次站在哲学和美学的高度对《红楼梦》的艺术价值作出了评价，其采用中西方的批评方法汇通交融，形成了一种新型的批评方式，突破了传统的批评观念，为中国文学批评带来了清新之气。在此俞大纲对曹雪芹、王国维的人生哲学与叔本华作一简单的比较，意味着传统诗学批评家在王国维的影响下对《红楼梦》本身价值认识有了突破性的提高，不仅如此，俞大纲从王国维的诗学批评中得到启示又以此反观王国维的悲剧人生，凸显了俞大纲深沉独到的生命哲学思考。除了关注《红楼梦》，少量旧体诗话还关注着其他的小说文本，并对清末小说的发展作整体观照。杨香池《偷闲庐诗话》评述“小说家张恨水君，所著《啼笑因缘》一书，风行海内，且争制为影片，可知价值之高矣。”[②]评晚清吴趼人谴责小说《二十年目睹之怪现状》：“揭破清末政治黑幕，针砭社会恶习，且处处表现其思想清明，人品高洁，诚旧小说之又价值者。”[③]高度评价《啼笑因缘》和《二十年目睹之怪现状》的文学价值。“诗之含有小说性质者，使人读之兴味醇醇。吾国古诗如《孔雀东南飞》、《木兰词》、《长恨歌》等类，皆可谓之诗体小说”。[④]“诗体小说是在欧洲浪漫主义文学运动中出现的新文体”，[⑤]“根据小说运用语言的特点划分出的一种小说体裁，是用诗的形式写成的小说，也被看成叙事诗的一种。如拜伦《唐·璜》、普希金《叶甫盖尼·奥涅金》等，都是世界文学史上著名的诗体小说。”[⑥]上述《孔雀东南飞》、《木兰词》、《长恨歌》等叙事诗固然包含一定的叙事成分，但篇幅一般不超过屈原的抒情长诗《离骚》（373句），相对于可作我国诗体小说样板的拜伦《唐·璜》和普希金《叶甫盖尼·奥涅

---

① 俞大纲：《寥音阁诗话》，《俞大纲全集·诗文诗话卷》，第210—211页。

② 杨香池：《偷闲庐诗话》，张寅彭主编：《民国诗话丛编》第三册，第711页。

③ 同上，第723页。

④ 同上，第705页。

⑤ 陈圣生：《现代诗学》，北京：社会科学文献出版社，1998年，第236页。

⑥ 郑乃藏、唐再兴主编：《文学理论词典》，北京：光明日报出版社，1987年，第379页。

金》，故事情节显得就很简单了。在此先不说称说《孔雀东南飞》、《木兰词》、《长恨歌》为诗体小说是否确切，但可见随着时代的进步，传统文人已开始思考旧体诗歌中的小说因素，可知旧体文人对小说的了解也日渐深入。不仅如此，杨氏在此尝试用西方诗学批评术语“诗体小说”来诠释中国传统文学，显示其开阔的学术批评视野。钱仲联《梦苕庵诗话》批评徐枕亚小说《玉梨魂》纯以烂四六堆垛而成，在说部中固下乘也。①品评“曾孟朴以著《孽海花》小说一书成名，颇涉晚清掌故。然其间是非颠倒，事实乖误者亦不少，描写床笫，尤涉淫秽。孟朴通法文，善迎合流俗心理，所译法国文学名作，时人盛称之。”②大木《古今诗话》说“民初《孽海花》小说，胡适鲁迅辈均极为推崇”，而且胡适也推崇《海上花列传》。③钱仲联否定了徐枕亚《玉黎魂》及孟朴《孽海花》，尤其对徐枕亚骈体言情小说《玉梨魂》评价极低，其实《玉梨魂》自有其独特的审美价值，④并非如此不堪，然《玉黎魂》同意婚姻自主，赞成婚姻必须以爱情为基础的爱情观势必在观念意识形态内对钱仲联造成强烈的冲击，因而《玉黎魂》获评极低在所难免。屈向邦《粤东诗话》对苏曼殊的批评也颇值得一提，屈氏批评“香山苏曼殊诗哀艳绝伦，惜诗格不高，语多颓废，影响青年学子至深。……海上青年女士竟有读其小说《断鸿灵雁记》著作如痴如醉者，实则曼殊本身有难言之痛，常借诗篇小说以抒洩之其事其人，未必真有而竟令青年女士感动如此，大师有知其亦合十自忏罪过不已乎。”⑤屈氏对苏曼殊哀艳绝伦的诗作以及其小说《断鸿灵雁记》之悲情对当时女青年造成消极影响的批评确实有一定的道理，然而恰恰就是苏曼殊对缠绵悱恻、凄楚哀怨的爱情悲剧甚至是人生悲剧的抒写凸显了理想和现实之间的矛盾，揭露和批判了封建宗法制和门第观念对人的毁灭，对人性的摧残。而这对于唤醒“人”的意识尤其是女性作为“人”的品性所起到的重要作用也是屈向邦等传统文人所不能理解的，传统诗学批评家也许更多地只看到蕴蓄着新观念、新精神的文学作品的外在消极影响，而未能从“人”的意识解放等最为重

① 钱仲联：《梦苕庵诗话》，张寅彭主编：《民国诗话丛编》第六册，第201页。
② 同上，第297页。
③ 大木：《古今诗话》，《胜流》1947年第5卷第7期，第16—20页。
④ 杨义主笔：《中国现代文学图志》，北京：三联书店，2009年，第73页。
⑤ 屈向邦：《粤东诗话》第2卷，第13页。

要的深层意义去把握苏曼殊作品的价值意义。汪国垣《光宣以来诗坛旁记》称自己年少时，“颇喜浏览今人所为小说。其最赏者，译著则以闽县林琴南，撰著则以李伯元、吴趼人、刘铁云、曾孟朴所著为笃嗜。”[①]诗话中汪国垣还录存与林琴南的往来书信以及对林琴南、李伯元、吴趼人、刘铁云、曾孟朴五人的生平经历、翻译和创作情况等用较多的文字篇幅进行了较为细致而全面的介绍。通过汪国垣的介绍，可知林琴南译欧美小说前后凡百五十六种，千二百万言，但林琴南译西方说部书，多藉王寿昌、魏易、陈家麟辈口述，平生实不谙西文；李伯元《官场现形记》、《活地狱》等风行一时；吴趼人《二十年目睹之怪现状》、《九命奇冤》为著，此外，《最近社会龌龊史》、《劫余灰》、《上海游骖录》、《痛史》、《两晋演义》、《恨海》亦有名；刘鹗以历来小说皆揭赃官之恶，则未有揭清官之恶者，实则赃官自知有病，不敢公然为非，清官则自以为不要钱，何所不可，刚愎自用，小则杀人，大则误国。其《老残游记》借铁英号“老残”者之游行，历记其言论闻见，暗相攻击；曾朴《孽海花》以名妓赛金花为主人，而穿穴以近三十年朝野名流轶事，以历史而兼社会小说体，立意既创，而文笔亦生动有趣，连自负译笔旨高之林琴南，认为其《孽海花》为近代自撰说部中第一流著作。[②]汪氏对清末小说家及其作品的品评关注在旧体诗话中最为突出和集中，在此与钱仲联相异的是他对曾朴《孽海花》给予高度的评价，并以“历史兼社会小说体”新学概念称之，汪氏作为传统的诗学批评家其开放的诗学品评眼光得以显现。而汪国垣另一重要诗话《光宣诗坛点将录》以《水浒》人物形象比拟诗坛之法，为清光绪、宣统年间一百多位诗人作评点小传。点将未必尽确切，但此种雅俗兼济、妙趣横生的书写方式使得《光宣诗坛点将录》在旧体诗话中别具一格。陈中岳《侠龛随笔》（二卷）品评大兴舒位《水浒传诗坛点将录》之作，以“洪稚存喻花和尚鲁智深、黄仲则喻行者武松、胡稚威喻豹子头林冲、姚姬传喻混江龙李俊，皆确切不移。以沈归愚喻托塔天王晁盖、袁子才喻及时雨宋江终未当也。”[③]作者针对舒位对诗人与《水浒传》人物喻拟做出了自己的看法，可见他谙熟《水浒传》小说内容。此外陈氏对《水浒传》、《儒林外史》、《西游记》、《封神

---

① 汪国垣：《光宣以来诗坛旁记》，张寅彭主编：《民国诗话丛编》第五册，第430页。

② 同上，第432—439页。

③ 陈中岳：《侠龛随笔》第1卷，铅印本，民国十五年（1926年），第9页。

榜》、《红楼梦》等长篇小说作了整体上品评，他说：“《水浒传》行文似司马子长，极解衣磅礴之致。《儒林外史》峭拔似柳柳州，雅健处似匡衡刘向。《西游记》、《封神榜》闳肆处皆似庄子，至《红楼梦》则奄有众长，非左丘明不能也。”[①]在此陈中岳虽把关注点指向了《水浒传》等俗文学样式，然品评之辞、诗学批评终难超越传统的羁绊。胡朴安《南社诗话》记录了陈善之工诗词，能文章，善小说家言。称其写一本《残水浒》，就《水浒》原有之人分为官军派、草寇派两部，以结《水浒》之残局。官军派以卢俊义为首领，草寇派以宋江为首领，吴用则周旋两派之间。就各人之身分（份）性情，写了极其自然，出于《续红楼梦》、《红楼后梦》之上，诚不愧于《水浒》之续。[②]也可见其关注俗文化的情怀。而杨钧《草堂之灵》云：“惟提倡《水浒》，其害正大，诲盗之罪，实不可辞。伯兄有言，对《水浒》，即思为强盗，而况知识未定之青年，道论沦为之浊世，又授之以其所无，易其所有之法宝，不造浩劫，其谁信之。”[③]认为《水浒传》对乱世之中的青年有极坏的影响。梁启超曾认为《水浒》一书，为中国小说中铮铮者，道武侠之模范，使社会受其余赐，实施耐庵之功也。《水浒传》的价值意义今人是有目共睹的。时至民国时期国门洞开，杨钧虽置身于西方自由、民主的强劲之风吹拂着的现代时空境遇，但其保守、狭隘甚至愚昧的思想与崭新的社会风气显得格格不入。

其次旧体诗话内容上关涉到词曲、民歌等俗文学方面的内容。冯大光《梨园诗话》专述梨园弟子及其唱曲、诗作。如其中有伶工汪笑侬的诗作、吴起凡咏梅尚剧等。南村《民权素诗话·摅怀斋诗话》先追述了竹枝词的来历及特点：“竹枝词本巴渝间俚歌，唐贞元中刘梦得守巴土，恶其里歌之亵陋，遂自著十二章，教市儿唱之。情词尽妙，于是艺苑中乃有此体。竹枝之作，其难殆不亚于诗，或且过之，盖其欲清新，欲隽永，而更欲雅俗共赏也。[④]”并举例说明世传之“‘收拾厨房挂着麻，红裙脱却步如车。邻东有事邻西去，记得姑姑要杏花’诸什是其正宗”[⑤]。作者品评两首竹枝词“垂髫弟弟慢前行，路在

---

① 陈中岳：《侠龛随笔》第1卷，第9页。

② 胡朴安：《南社诗话》，曼昭、胡朴安：《南社诗话两种》，第143页。

③ 杨钧：《草堂之灵》，长沙：岳麓书社，1985年，第325页。

④ 南村：《民权素诗话·摅怀斋诗话》，张寅彭主编：《民国诗话丛编》第五册，第216—217页。

⑤ 同上，第217页。

田边记不清。东岸桃花西岸柳，乱飞蝴蝶乱啼莺。”“屋边包谷十分收，火炕焦乾满竹楼。老土财东真享福，热伏常煮腊猪头。”及《五溪竹枝词》：“五溪山水清且雅，五溪女子会当家。五溪男儿不识字，火墨壁上画叉叉。”为“隽峭可喜，而蛮溪土俗，因之可以想见矣。”[①]蒋抱玄在《听雨楼诗话》中录入了杨南村对竹枝词来历、特征等看法，并评价其“数语论竹枝词，颇有见解。”[②]夏敬观《学山诗话》介绍说明院本、杂剧的来源，并对杂剧段数、歌词、角名进行说明并引述多处资料考证。[③]刘衍文《雕虫诗话》以梨园角色之类别比附诗人之诗：“李冰之正生也。李献吉正净也。李于麟、蒋心馀、王仲瞿，副净也。正旦之青衣，王渔洋也。贴旦者，陆务观、袁简斋、赵瓯北也。花旦者，吴梅村、陈碧城、舒铁云也。老外者，苏字瞻也。老旦者，黄山谷也。”[④]并录虞淳熙《袁中郎解脱集题词》以梨园拟诗、板桥以梨园喻词及陈石遗以诗体喻梨园[⑤]以显示梨园喻诗亦各有所见、未可执一而定也。不仅如此，作者认为“以诗词及诗体拟梨园，实乃喻其小者耳。从古皆尝有天地大舞台，舞台小天地之说。于是有‘乱哄哄你方唱罢我登场’之讥。”[⑥]录纪河间本此意演作戏台联云：“尧舜生，汤武净，五伯七雄丑脚耳。汉祖唐宗，也算一时名角，其余拜相封侯，不过肩旗打伞跑龙套（一作“不过摇旗呐喊称奴婢”）；《四书》白，《五经》引，诸子百家杂曲也，杜甫李白，能唱几句乱弹，此外咬文嚼字，都是求钱乞食耍孩儿（一作“都是沿街乞食闹莲花”）。又录近人名段中皑者，撰题戏台联，亦本此意，语较概括洗练，而讽愤之情深远矣。联云：“喂，何必认真，看他们武略文才，任吐气扬眉，不过乱抓几把；唉，无非是戏，似这班秦皇汉武，到曲终人静，原来胡闹一场！”[⑦]评述元张鸣善《双调水仙子》之曲。[⑧]录入赵孟頫与管夫人道昇唱和调笑小词，如：“赵词云：‘我为学士，你做夫人，岂不闻王学士有桃叶桃根，苏学士有

① 南村：《民权素诗话·摅怀斋诗话》，张寅彭主编：《民国诗话丛编》第五册，第217页。
② 蒋抱玄：《听雨楼诗话》，张寅彭主编：《民国诗话丛编》第五册，第287页。
③ 夏敬观：《学山诗话》，张寅彭主编：《民国诗话丛编》第三册，第63—64页。
④ 刘衍文：《雕虫诗话》，张寅彭主编：《民国诗话丛编》第六册，第457页。
⑤ 同上，第457—459页。
⑥ 同上，第459页。
⑦ 刘衍文：《雕虫诗话》，张寅彭主编：《民国诗话丛编》第六册，第459页。
⑧ 同上。

朝云暮云。我便多娶几个吴姬越女无过分。你年纪已过四旬，只管占住玉堂春。’管答以《我侬词》云：‘你侬我侬，忒煞情多；情多处热如火。把一块泥，捻一个你，塑一个我。将咱两个，一齐打破，用水调和，再捏一个你，再塑一个我。我泥中有你，你泥中有我；与你生同一个衾，死同一个椁。’”[①]陈衍《石遗室诗话续编》集丹初《菲律宾竹枝词》数首，录一首以见之：“千行银烛万家灯，绿女红男祝佛生。生佛一年三百六，乞将香水锡嘉名。”[②]孙雄《诗史阁诗话》辑录数十首反映都门日新月异的《新北京竹枝词》，摘取其中最有风趣者，如“窄袖蛮靴色色新，招摇过市彼何人？比肩比翼徇西例，马走双头车四轮”[③]以及绮佛、窳庵两家七首极诙谐之趣诗作[④]，等等。杨香池《偷闲庐诗话》录近人杨榆《竹枝词》：“琵琶湖下水悠悠，湖上青山点点浮。郎住山头妾水尾，要来相见有渔舟。”与宋人《期郎》：“与郎相期月上时，及至月上郎不知。妾住平原见月早，郎住青山见月迟。”作比较，认为“两诗用意不同，而幽情密意各极其妙。”[⑤]以为：“民谣俗歌，余尝比之为山花野草，别具一种天然姿态，足以动人，自非牵文拘义、镂字凿句之诗词可比。特选其极堪寻味者。”[⑥]并录民谣俗歌如“龙养龙，凤养凤，老鼠生儿会打洞”，“衙门大大开，有理无钱莫进来。得了牛儿失了马，赢了官司散了财。”“树大不怕乱风刮，真金不怕烈火烧”，“黄金有价人无价，男儿无性铁无钢。”等十九首，增加了诗话的趣味性及通俗性。袁嘉谷《卧雪诗话》集“诗有以俚胜者，”如“初七及下九，嬉戏莫相忘”、“吏民末作官长看，我是识字耕田夫”[⑦]等等，彰显了俚语入诗所带来的趣味性。曼昭《南社诗话》录陈元孝《耕田歌》：“耕田乐、耕田苦。……泥汩汩，水光光，二月稻芽，三月打秧。五月收花……”[⑧]清新自然却又情趣盎然。沈其光《瓶粟斋诗话》称“《竹枝词》与《柳枝》皆道风土及男女相悦之情，辞虽俚而意取新鲜，调虽

---

① 刘衍文：《雕虫诗话》，张寅彭主编：《民国诗话丛编》第六册，第465页。
② 陈衍：《石遗室诗话续编》，张寅彭主编：《民国诗话丛编》第一册，第543页。
③ 孙雄：《诗史阁诗话》，张寅彭主编：《民国诗话丛编》第二册，第193页。
④ 同上，第195—196页。
⑤ 杨香池：《偷闲庐诗话》，张寅彭主编：《民国诗话丛编》第三册，第699页。
⑥ 同上，第712页。
⑦ 袁嘉谷：《卧雪诗话》，张寅彭主编：《民国诗话丛编》第二册，第371页。
⑧ 曼昭：《南社诗话》，曼昭、胡朴安：《南社诗话两种》，第77页。

悲而韵取连绵。”[①]诗话中因此集《饮冰室诗话》中《台湾竹枝词》数首，如“韭菜花开心一枝，花开黄时叶正肥。愿郎摘花连叶摘，到死心头不肯离。”以及金曼虹先生三首《云间竹枝》。[②]录世俗谚语：“天下无难事，独怕有心人；高不来，低不就。”[③]不仅如此，沈其光还在诗话中说：“自政体改革，社会趋重老农，风气为之丕变。诗人往往喜为秧歌，写乡村现代生活，不嫌其俚，盖亦古《竹枝》之遗也。”[④]并录《超伦》、《雪泥》、《夏令班学习听讲》数首秧歌，仅举一例以见之，如“黄梅雨过插新秧，少妇分工脚手忙。道是绿氍毹上舞，不知人在水中央。”[⑤]屈向邦《粤东诗话》多记粤东民间风情习俗的资料，如称赞廖恩焘的《粤讴集》“融入新智识，新思想，欲以歌谣醒粤人”，又谓廖氏的“广东白话诗尤戛戛独造，一时无两，所作又富，以是名满羊城”，并举出其中的《赠友》、《咏张良》、《咏萧何》、《咏班超》、《咏范增》、《咏秦始皇》、《自述》等作，“可谓绝妙好辞”，可见屈氏对俗文学的态度。[⑥]上海会文堂书局于1919年汇编《诗词趣话》，汇集了自唐起，历数宋、元、明、清以至民国初年与古体诗词及俚俗曲词有关趣闻轶事。全书收集七百多篇趣话，大多记述寓有嘲讽、调侃意味，机智、灵巧，可逗人一乐。如书中所辑《湘中童谣》，传自明季，妙趣横生。而值得一提的是赵元礼《藏斋诗话》在录入僧人智能一绝“浊酒浑浆丐一杯，欢颜但博阿娘开。着娘微醉扶娘睡，不敢温经独坐陪”后，也录入某《哭母诗》：“叫一声，哭一声，儿的声音娘惯听，如何娘不应。”并品评为：“以上两作，读之未有不凄然生感者。”[⑦]在此，作者录入民间歌谣《哭母歌》，并认为其具有与绝句同样的表达效果，可见赵氏开放包容的诗学胸襟。

最后旧体诗话中出现辑录品评打油诗等滑稽诗词的滑稽诗话。“打油诗是汉语诗歌中长期流行的特殊文体，是中国正统诗歌的俗化形式和非正统诗歌

---

① 沈其光：《瓶粟斋诗话》，张寅彭主编：《民国诗话丛编》第五册，第624页。
② 同上。
③ 同上，第567页。
④ 同上，第666页。
⑤ 同上。
⑥ 陈永正：《岭南诗歌研究》，广州：中山大学出版社，2008年，第179页。
⑦ 赵元礼：《藏斋诗话》，张寅彭主编：《民国诗话丛编》第二册，第245页。

的雅化形式。”[①]其通俗与雅趣结合，实用与审美并重，其贴近现实的草根情结赋予它蓬勃的艺术生命。打油诗不但长期受到群氓百姓的“公开”喜爱，也得到文客骚人的“暗中”青睐，可以说它是历代中国官方主流诗歌重要的补充形式。它来源于生活，又折射生活，反映现实的情形就像一面镜子，通过聚焦现实生活中的假恶丑，以变形、夸张等讽刺手法达到对社会不正之风的委婉批判，和对畸形心理的善意修补。但是在传统旧体诗领域内，打油诗这种俳谐体诗却因其词句粗鄙、音调不谐和品格低下，往往被认为是市井小民戏谑之作，向来不登大雅之堂。它与正统旧体诗的区别，接近文学理论中的高雅文学与通俗文学之分，很难进入严肃文学研究者的视野。因此滑稽诗话的整体出现加强了旧体诗话的通俗性，前文已有详述，不再赘述。

自先秦迄晚清时代，中国文学的发展经历了从俗到雅、从雅到俗不停演变转化的过程，尤其是进入隋唐以来，俗文学的发展就日益繁荣起来、而至宋元明清，以小说、戏曲等为代表的俗文学无论从创作群体还是接受群体都走向成熟，俗文学的繁荣发展已成必然之势，对俗文学的关注和研究自然也亦步亦趋。然而，小说戏曲之崛起，并未能改变其作为“末枝”“小道”之俗文学的地位，未可与作为“文学正宗”的诗文相提并论。唯其至晚清时代，随着西学东渐的深入，西方大量的文学理论著作此时也陆续传入中国，以小说、戏剧、诗歌、散文为主体的现代文学观在很大程度上冲击着国人的文学思想，中国文学结构开始出现整体性的位移，即由以诗文为中心的传统文学观转向以小说、戏曲等俗文学为中心的现代文学观。例如梁启超等人是在接受了西学之后，才提出“小说乃文学之最上乘”的说法，可说资产阶级改良派经历了欧风美雨的洗礼之后，才看到了种种被正统文人冷落的俗文学对唤醒国民精神的重大作用，故而大力张扬小说戏剧之长，借鉴日本和西方文体改革经验，明确提出“适用于今，通行于俗”（黄遵宪《日本国志·学术志》）的文体要求。如果说西学的影响是促使俗文学发展的外来因素，那么晚清科举制度的废除和新式学堂的建立，传统知识分子从“士子”到“学者”的身份悄然发生了位移则是本土因素。科举制度的废除，意味着几千年来文人学士一直视

① 王珂：《论打油诗最重要的文体特征平民性》，《山西大学学报（哲学社会科学版）》2003年第5期。

为正统的文言市场的丢失，这正如有学者所说：“如果说1905年之前，知识分子苦读圣贤书，视文言文为生命，是因为那缥缈的人生仕途之梦，但科举的废除宣告了梦想的破裂，也同时宣告了他们与古文的决绝。这种文化身份的陡然转向，促使新的知识分子群体在新的文化环境下既要不停地接受外来文化，西为中用，更要从内心深处去梳理传统文化，挖掘、发扬传统文化中有利于新的文化体制建设的内容，在新旧更替的特定历史环境中生存的知识分子的本色决定了他们既要否定传统，又要高扬传统的矛盾心理。在这种矛盾心理的支配下，曾经被视为不登大雅之堂的俗文学就成为他们关注的主要对象，成为他们治学的最佳选择。”①因此从文学结构来讲，明清文学仍以诗文为正宗，小说戏曲仍为从属地位，而到了19世纪末20世纪初，小说戏曲等俗文学的地位已从边缘转为中心。而在俗文学研究现代转型中，王国维和鲁迅两位学者无论是从文学史学的探索还是现代性的批评范式上都做出了巨大贡献。论及王国维涉足俗文学领域，首先是他于1904年撰写的《红楼梦评论》，这是20世纪初期中国学界第一篇现代性的小说批评文章，其学理关注、批评方式和学理精神都对后来的学术研究产生了极大的影响。因此在这样的学术观照中，《红楼梦》备受俞大纲《寥音阁诗话》及刘衍文《雕虫诗话》等诸本旧体诗话的关注就很自然了。在此需要强调的是“晚清至民初以来谐趣文学与谐趣文化借中国报刊等新型传播方式之便，谐趣文得以趁势而起，成为一种重要的报刊和文学表达方式，对文学的传统格局产生了巨大影响。”②而“20世纪20年代以北京大学为中心的歌谣学运动的兴起将民间文学、说唱文学等等文学样式与小说、戏曲一并进入研究者的视野。从文学观念上看，它改变了知识分子对文学、对社会乃至对普通民众的根本态度，彻底打破了以诗文为中心的传统文学观念，在晚清民初以来高扬小说、戏曲等俗文学样式的基础上，将俗文学的研究彻底引向民间，深入到社会最底层深处。”③几乎与此同时，20年代中期林语堂热衷于提倡幽默文学，30年代中期他主编《论语》、《人世间》、《宇宙风》等杂志，大力提倡幽默，为幽默文学尤其是小品随笔提供创作园地。因此在这样张扬幽默、谐趣的俗文学时代潮流中，南村《摅怀斋诗话》，陈衍《石遗室诗话》，

---

① 谭帆：《论二十世纪上半叶的俗文学研究》，华东师范大学2008年博士论文，第52页。

② 杜新艳：《晚清报刊诙谐文学与谐趣文化潮流》，《中国现代文学研究丛刊》2008年第5期。

③ 周忠元：《20世纪20年代歌谣学运动与俗文化研究》，《绥化学院学报》2007年第6期。

杨香池《偷闲庐诗话》，沈其光《瓶粟斋诗话》，孙雄《诗史阁诗话》，曼昭《南社诗话》，刘衍文《雕虫诗话》，等等，收辑民谣俗歌、调笑小词，竹枝词，数量虽不多，但无疑可见传统诗学批评家批评视野的转变。而蒋箸超《蔽庐非诗话》，范左青《古今滑稽诗话》，上海会文堂书局《诗词趣话》，胡山源《幽默诗话》更是将晚清以来对幽默谐趣俗文学的关注进行到底。胡山源在《幽默诗话》自序中说："看来天下大势，由盛而衰，六十年风水轮流转，物极必反，幽默的气数已到，不久之间，一定又会有什么东西，出来奉天承运，在出版界称孤道寡的。好在我早已无此幽默雅兴，用不着如丧考妣的痛悼也。更用不着在发什么别的幽默的宏愿了，在这里，我叫了一声：'再会吧，幽默'。"[①]林语堂提倡的幽默文学遭到鲁迅的血淋淋的解剖之后，迫使他不得不远离中国，而他所办的幽默刊物，虽未停刊，然声色究竟大减了（引自《中国二三十年代的作家》）。胡山源作《幽默诗话》自序所言应是对针对当时幽默文学由极盛而转为衰微的文学现象，虽然胡氏在序言中宣称自己已无幽默雅兴，然胡氏编写《幽默诗话》的文学批评行为可见其对充满着谐趣、幽默俗文学的热爱及对幽默文学盛极而衰的痛惜。由此可见，旧体诗话作者不同程度地关注俗文学，不仅延续了晚清以来关注俗文学的情绪，为"五四"以后的新文学推波助澜，然而同时也是"五四"以后新文学运动平民化关注视野的体现和产物，因而传统诗话所表现出来的通俗性同样具备一定的现代性。

3. 旧体诗话的中西比较视角

晚清以来随着中西文化交融的加强，出现了中西诗学比较的萌芽。张海明在《中西比较诗学的历史与发展》中指出：在中国大陆，最早将比较诗学作为一个专门术语正式提出的，大概是钱钟书。1981年，张隆溪在《读书》第10期上发表了《钱钟书谈比较文学和"文学比较"》一文，介绍钱钟书对开展比较文学研究的若干意见。文中写道："钱钟书先生认为文学理论的比较研究即所谓比较诗学（comparative poetics）是一个重要而且大有可为的研究领域。如把中国传统文论中的术语和西方的术语加以比较和互相阐发，是比较诗学的重要任务之一。"其后1983年，张隆溪又撰写了题为《应该开展比较诗学的研

---

① 胡山源：《幽默诗话》，刊本，上海世界书局，民国二十三年（1934年），第2页。

究》的短文，就开展比较诗学研究的意义、方法等问题提出了自己的意见。该文发表于1994年《中国比较文学》创刊号，在某种意义上可以看作是中国比较诗学研究趋于自觉的一个标志。[①]不过，如果不拘泥于名目，比较诗学作为一种研究方法，其历史在中国几乎和比较文学一样悠久。而在中国从事中西诗学比较的，或许当推清末的王国维，这在他的《红楼梦评论》（1904）、《人间词话》（1908—1909）和《宋元戏曲考》（1913）中均有所表现。陈寅恪曾在《王静安先生遗书序》中将王国维的治学方法概括为三条，其中第三条就是“取外来之观念与固有之材料互相参证，凡属于文艺批评及小说戏曲之作，如《红楼梦评论》及《宋元戏曲考》等是也”。王国维受康德、叔本华和尼采哲学、美学思想影响较深，并有意识地以之与中国传统诗学、美学相比较，这是王国维诗学的一个很突出的特点。虽然这种比较离现代意义上的比较诗学尚有距离，但应该说确有比较诗学的因子。[②]由此可见王国维中西比较的眼光为传统的诗学批评提供了一个全新的视角，20世纪诸多旧体诗话作者也注意到中西比较的重要性和必要性，诗话中摄入了中西诗学比较的内容。

如胡怀琛《海天诗话》：“番禺高冠天为余言，西人诗大半激发人之志气，或陈述社会疾苦，字句不嫌浅易，而以能感人为归。求之吾国诗人中白香山之讽谕，庶几近之。其言甚是。芬兰文豪亨勤克斯差科，生平作文必以红墨水，他不用也。脑威伊布新翁，以文名，属稿时案头必置泥人数枚，非然者文思即塞，终日不能成一字。走入醋瓮，捻断别须，为吾国诗人奇癖。然观亨伊二人事，此癖岂中国人所独有哉。”[③]西人诗歌大半重激发志气或陈述社会疾苦，字句浅显与白居易基本是一致的，中西诗人作诗时均有奇癖也是一致的。苏曼殊《民权素诗话·燕子龛诗话》认为“英人诗句，以师梨为奇诡而兼流利。……其盖和中土义山、长吉英而镕冶之者”。并引用章太炎评说进一步“称许师梨（雪莱）所作诗，于西方最为艳丽，犹中土唐代诗人李义山。”[④]

---

① 在此之前，胡经之曾提出“比较文艺学”的概念，发表于《北京大学学报》1980年第6期的《中国美学史方法论略谈》一文道：“近几年来，比较文艺学蓬勃发展起来，中外都有人在对中国和西方的美学、艺术传统作比较的研究”；后又在1981年2月25日《光明日报》发表《漫谈比较文艺学》。

② 张海明：《中西比较诗学的历史与发展》，《北京师范大学学报（社会科学版）》1998年第1期。

③ 胡怀琛：《海天诗话》，张寅彭主编：《民国诗话丛编》第五册，第306页。

④ 苏曼殊：《民权素诗话·燕子龛诗话》，张寅彭主编：《民国诗话丛编》第五册，第251页。

高旭《愿无尽庐诗话》指出中西诗人之差别，即“中国旧时所称诗人，乃狭义之诗人，而非广义之诗人。若西国则所布龙、苏克斯比、弥儿登诸人，称之为世界大诗人者”，[①]并指出西方的诗歌“非专指五七言之韵语而言，凡一切有韵之文，传奇脚本之类，皆包括在内。”[②]对中西诗学作简单比较。竺仙《民权素诗话·清芬室诗话》将《明诗别裁》中《征夫》、《征妇词》二首与日本《祈战死》诸歌相比较，称其“雅俗之别，不啻霄壤”。[③]袁保香《冷观庐诗话》称“日人咏樱花诗最多，竟少佳者。郑海藏有樱花花下作四诗，当为樱花绝唱。”[④]蒋抱玄《听雨楼诗话》中说：“明相刘健最恶诗人，有‘此辈造到李杜亦不过一酒徒耳’之语。英相格兰斯顿亦恶之，有投之以诗者，弃之破簏中，从不一阅。”[⑤]汪辟疆《光宣诗坛点将录》“近二十年金和曾被人推为中国密尔顿、莎士比亚，稍稍露头角。”[⑥]王逸塘《今传是楼诗话》论及英国诗人拜伦最脍炙人口之诗如《留别雅典女郎》四首，称其“吾国译本，已数数见之”。录其少时所著《吊碧伽女士墓》中警句：“万木无声兮风寂寂，黄土一抔兮血痕碧。草自芳兮花自红，我所欢兮今在帝之宫。帝亦无情兮，遽夺予之爱依。”品评为“哀感顽艳，无愧西方温李。”[⑦]将拜伦的诗歌与温庭筠、李商隐的诗歌作整体简洁的评价。此外作者还把日本国使臣答里麻之《咏西湖诗》与王逸堂的《西湖诗》作简要比较，称其用意约略相同，均可作时流当头棒喝。[⑧]林庚白《孑楼诗词话》将徐志摩译哈代新诗《一个星期》与己仿哈代新诗作比较，称之为：“似较哈氏为深刻。”[⑨]吴宓《空轩诗话》称黄公度先生《聂将军歌》：“所叙之聂士成将军，其志节（守职尽忠，殉国死难。）及境遇，（内外矛盾，友敌均仇。）实合于西洋文学中所谓悲剧中之主角，即志行均合于理想道德而竟致失败牺牲之英雄是。（参阅JohnA.Scott之*The Unity of Homer*一书第七章，论Hector为道德之英雄，故为悲剧之主角云云……）此歌亦

---

① 钝剑：《愿无尽庐诗话》，张寅彭主编：《民国诗话丛编》第五册，第196页。
② 同上，第196页。
③ 竺仙：《民权素诗话.清芬室诗话》，《民国诗话丛编》第五册，第204页。
④ 袁保香：《冷观庐诗草诗话·冷观庐诗话》，1915年影印本，第35页。
⑤ 蒋抱玄：《听雨楼诗话》，张寅彭主编：《民国诗话丛编》第五册，第287页。
⑥ 汪辟疆：《光宣诗坛点将录》，张寅彭主编：《民国诗话丛编》第五册，第346页。
⑦ 王逸堂：《今传是楼诗话》，张寅彭主编：《民国诗话丛编》第三册，第271页。
⑧ 同上，第402—403页
⑨ 林庚白：《孑楼诗词话》，张寅彭主编：《民国诗话丛编》第六册，第121页。

《人境庐集》全集中最佳之诗，有声有色，以句法及韵律之变换，衬出战士军前之事实转动，［兼有修辞学中所谓Onmatopoein（以字音模仿实在之声音）可与英国诗人Dryden之“Alexander's Feast”一诗比较。］”[①]对黄遵宪诗作中主人公的志节、境遇及诗作的句法、韵律与西方诗学作一简单比较。另外吴宓还录入凌宴池《甲戌重九独登北海白塔，并坐揽翠轩》二首后品评道：“故都风景之美，为东西万国之人所共称。予多年目中所见、心中所感者，宴池此诗能代写出。宴池以诗人而兼画家，两艺并高，故其诗善于描绘景物。技术精工，所成者真切美富，可比英国前拉飞叶派之罗色蒂Dante Gabriel Rossetti。”[②]并把陶燠民词《一片子·意译魏兰Paulverlaine（法国著名诗人）秋歌Cbbansond'automme》与李思纯译魏兰《秋歌》作比较。[③]钱仲联《梦苕庵诗话》将邱沧海与英国诗人拜伦作比较：“昔英吉利诗人拜伦，匹马从军，为世艳称，《哀希腊》诗流传万国。若仓海者，其流亚欤？”[④]陈景寔《观尘因室诗话》将李长吉与英国诗人开茨的寿命作比较：“中国诗人李长吉、英国诗人开茨寿命同，止二十七岁。西籍载开茨寿命二十六岁，欧俗盖以实龄计，故当与长吉相同也。”[⑤]对我国国人每闻杜鹃声而悲，日本国人闻之而乐进行比较，日本国人五月有宿山林不寐，以赏其音者。[⑥]并对中外文字、韵学进行比较：“中国文字为单音，欧美文字为复音，是故我国之诗由四言进而为五言为七言，欧美所不能也。欧美之诗为长短句，如我国之歌谣。然韵学亦为我国之独有，欧美所未有也。”[⑦]秦佩珩《秋窗呓语》谓吴梅村七古《永和宫词》与《琵琶行》“其激楚缠绵处不亚于拜伦《佛落棱斯和笔萨间大路上》（“Stanzas Written on the Road between Florence and Risa”）之咏怀也……”[⑧]是为中西诗学比较谈。刘衍文《雕虫诗话》认为“赋体之夹叙夹议之诗，不能不使事，后之所作，使事更有多于梅村者。且为体裁用语所限，不能使之如荷马史诗、弥尔敦《失乐

① 吴宓：《空轩诗话》，张寅彭主编：《民国诗话丛编》第六册，第38页。
② 同上，第53页。
③ 同上，第69页。
④ 钱仲联：《梦苕庵诗话》，张寅彭主编：《民国诗话丛编》第六册，第231页。
⑤ 陈景寔：《观尘因室诗话》，第9页。
⑥ 同上，第4页。
⑦ 同上，第9页。
⑧ 秦佩珩：《秋窗呓语》（吴诗札记），铅印本，民国二十七年（1938年），第8页。

园》、歌德《浮士德》之发挥自如，是则元明剧曲之兴，《天雨花》、《榴花梦》、《再生缘》弹词之继，亦必然之势也。”[①]作者点元明剧发展的原因，在于赋体之夹叙夹议之诗不如荷马史诗、弥尔敦《失乐园》、歌德《浮士德》之发挥自如，为简单的中西诗学比较。灵荪《玲笙诗话》以为：“诗人——不惟为革命之先导者，且为促成革命之宣传家。我国作者，自杜子美，李义山，元微之，白居易，以至吴梅村，钱蒙叟。外国读者，如拜轮，莎士比亚，郎法罗，探骊生等，靡不洞悉人情；体察物理；工为社会之生活；曲绘人性之良能。对于漫漫长夜黑暗之情状，大声疾呼；而于后此欣欣未艾之理想，千呼开拓。其音调之铿锵哀艳，使读者如听韩娥之歌。如聆渔阳之鼓；始而感而欢，不期眼流泪而口大笑也。”[②] 指出了中西诗人作为革命先导者和革命宣传家的相同点。吴宓《英文诗话》[③]在中西诗学的比较方面在现代旧体诗话中是极为突出的，在此吴宓对中西诗学进行整体和局部的观照。首先作者指出：“若论诗之本旨，诗之妙用，美恶工拙，如何分辨，作诗必讲韵律等事，则中西各国之诗皆同。西儒自亚里士多德以下，其论诗论文，悉与吾国先贤名家之说，节节吻合，或互相发明，苟博读细思，必知其然。而惟其外形之有异也。”强调的是中西诗学在本质、妙用、美丑、分辨、韵律等存在着诸多相同之处，仅是外形不同。其次作者指出：“故韵律文字，各国不同。又诗中材料，多系本国之历史国情。及当时之事迹，群众之习尚，作者之境遇。凡此非熟知之，群解之，则不能领悟诗之妙义。例如未读唐史者，决不能了解杜诗。未悉西洋历史，及十七八世纪英国情况者，决不能判断Pope与Wordsworth之高下。且诗之所述，无非喜怒哀乐之情而已，此情为人所同具。而诗之妙处，正在其形式，韵律格调之工。若去韵律格调而不讲，则所余之糟粕，人人心目中有之，何必于诗中求之。韵律格调，属于文字之本体，不能以他国文字表出。故诗决不能翻译，强译之亦必不佳也。”意即韵律文字，各国不同，但却存在着同样的问题，即非熟知诗歌之材料，不能领悟诗歌的妙处，不能判断诗歌之高低。在此强调的是中西诗都需要了解创作背景材料。此外作者以为诗之妙处在于其形式，在于其韵律格调之工，而韵律格调，属于文字之本体，不能以他国文字表出。因此

① 刘衍文：《雕虫诗话》，张寅彭主编：《民国诗话丛编》第六册，第475页。
② 灵荪：《玲笙诗话》，《铁路月刊津浦线》1931年第1卷第5期，第355—356页。
③ 吴宓：《英文诗话》，《留美学生季报》1920年7第3期，第187—192页。

中西诗歌存在着同样的问题，即不能翻译，强译必定不佳。上述可见，中西诗歌存在着诸多相同之处。

严士弘《看忙楼诗话》多处出现中西诗学的比较。首先作者以为“英国诗哲渥兹渥斯（Wordsworth）短文‘诗’，颇与吾东方诸先哲说诗之趣旨暗相吻合”，并录其诗说（Cn Poetry），[①]指出诗歌来自于内在的情感冲动并自然地流露于言辞之间中西诗学存在着一致性。其次作者指出赫利克最脍炙人口之名著Counsel to Girls《为少女进一言》，可与中国唐人《金缕衣》（注）一诗东西媲美。[②]以为近代英国诗人克勒夫（Clough），其“勇猛精进”“乐天知命”之二义，诚有类于我国宋代诗人陆剑南之所为。因此以七绝诗式，译其诗若干首，以见东西人之同此心，同此理耳。[③]以为康白耳（Thomas Campbell），虽非第一流诗人，然其天性浑厚，忠君爱国，感慨世乱，与老杜一无二致。[④]

方孝岳在《中国文学批评》（1934）中说：“百年以来，一切社会上思想或制度的变迁，都不是单纯的任何一国国内的问题；而且自来文学批评家的眼光，或广或狭，或伸或缩，都似乎和文学作品的范围互为因果，眼中所看到的作品愈多，范围愈广，他的眼光，也从而推广。所以‘海通以还’，中西思想之互照，成为必然的结果。”[⑤]也就是说1840年以来中国与外界的交往导致国际间相互影响的扩大，中西思想之互照遂成为学术研究的必然。上述所举诗话中西诗学比较的实例就是中西交流逐渐加强的有力证明，其中以吴宓《空轩诗话》、《英文诗话》中西比较的成分稍多。而众所周知在中国比较典型的比较诗学研究直到三四十年代才出现，其中最具有典范性代表的是钱钟书、朱光潜、梁宗岱和宗白华等人的著述。尤其值得一提的是钱钟书《谈艺录》，《谈艺录》虽为传统诗话的著述形式，但堪称比较诗学的典范之作。这是《谈艺录》基于“东海西海，心理攸同；南学北学，道术未裂”的信念，因此写作“颇采‘二西’之书，以供三隅之反”[⑥]，即是说《谈艺录》所谈虽为中国古代之诗文创作，却能广采西方文艺家相关的理论和作品实例与中国文论互为印

① 严士弘：《看忙楼诗话》，《求是月刊》1944年1卷2期，第23页。
② 同上，第25页。
③ 同上，第28页。
④ 同上。
⑤ 张海明：《中西比较诗学的历史与发展》，《北京师范大学学报》1998年第1期。
⑥ 钱钟书：《谈艺录·序》，北京：中华书局，1984年，第1页。

证，从中寻绎出共同或共通的文心。《谈艺录》中超越国别的界限、学科的界限来探讨文艺创作的一般规律的例子不胜枚举。以此来反观上述现代旧体诗话，除却钱钟书《谈艺录》、吴宓《英文诗话》，其他旧体诗话中中西比较的例子大多为最粗浅最表层的诗学比较，而且仅点到为止，但诗话作者的比较意识却是难能可贵的，现代旧体诗话摄入了历代诗话中不曾拥有的现代质素。因此当比较诗学研究成为近年来发展的一个新的趋势，愈来愈备受关注之时，20世纪旧体诗话中中西诗学比较的内容是不可忽视的。

4. 旧体诗话诗论的现代色彩

长期以来人们执意于民国时期五四诗歌与诗论发展所具有的现代意义进行探讨，而对此阶段诸多传统诗论家的努力关注甚少，甚至以其作为落后、愚昧的代名词而长期被遮蔽在主流正统话语之后。其实中西、古今观念的碰撞、交流、杂糅是民国时期社会思想文化领域的主要特色，诞生于这种时代背景与文化背景中的诗话批评样式其诗论无可避免地打上了时代的烙印。虽然20世纪旧体诗话诗论的发展进程并不完全与政治经济的变革以及诗歌本身的发展表现出一种亦步亦趋的态势，但却不可避免地受到了大环境的制约与影响，显示出了特有的时代气息。也就是说，20世纪旧体诗话虽采用的是“诗话”的批评形式，大多数诗话固守“温柔敦厚”诗教观，并且更多地倾心于诗歌艺术和古典诗学的总结，但某些诗话其理论内涵上却已呈现出了新的现代质素。其中以高旭《愿无尽庐诗话》[①]，胡怀琛《海天诗话》，范罕《蜗牛舍说诗新语》，林庚白《孑楼诗词话》，吴宓《空轩诗话》，等等，上述诗论最富于代表性。

胡怀琛《海天诗话》专论“东瀛欧西之诗和吾国人诗纪海外事”，是民国初期颇有特色的开放式的诗话著作。《海天诗话》以旧体诗话的形式初探诗歌译论，最早对译诗理论进行探讨。他在诗话前言中作者说：“欧西之诗，设思措词，别是一境。译而求之，失其神矣。然能文者撷取其意，锻炼而出之，使合于吾诗范围，亦吟坛之创格，而诗学之别裁也”。[②]表明译

---

① 关于高旭《愿无尽庐诗话》诗论的现代性，此处不再赘述。

② 胡怀琛：《海天诗话》，张寅彭主编：《民国诗话丛编》第五册，第303页。

诗重在“创造”，因为诗歌重在“神”和“情趣”。在诗话中他进一步阐述到：“或谓文学不可译，此言未必尽然。文学有可译者，有不可译者。能文者善于剪裁锻炼，未为不可译。若据文直译，则笑柄乃见矣。相传英人译中国‘驰骋文场’四字为‘书桌上跑马’，如此安怪夫或之言。以予所见，英人译李白《子夜吴歌》一诗，‘总是玉关情’一句，‘玉关’即译其音，不可谓错。然华人可按文而知玉关为若何地，英人不知也。此句精神已失。推此意，吾国人译西文，亦犹是。大抵用典愈多，愈不可译。如义山《锦瑟》一诗，虽使义山解英语，以其意口授摆伦，命译为英文，与原文丝毫不差，吾可决其不能。此文学之不可译者也。然欧西诗人思想，多为吾国诗人所不能到者。如某君译《晚景》诗云：‘暮天苍紫若洪海，枯枝乱撑如珊瑚。’此种境界，若不读西诗，谁能悬想而得？故取其意，以吾词出之，斯为杰构。又英人诗有譬清天如浅草之场，而白云片片，舒卷天际，若群羊之游戏草场者。然此意若以韵语写之，亦为绝妙之诗，而为中土诗人所未道过者也。孰谓西诗无益于我乎？大抵多读西诗以扩我之思想；或取一句一节之意，而删节其他，又别以己意补之，使合于吾诗声调格律者，上也。译其全诗而能颠倒变化其字句者，次也。按文而译，斯不足道矣。昔某君尝为予言，学一国文字，如得一金矿，其言谐而确。然余谓既得金矿，尤当知锻炼，不然金自为金，何益于我哉。此言然否，愿质之通人。”①以上作者首先认为中西诗歌用典，思想不同，不能直译，否则就会闹出笑话，并举例具体阐述。其次作者强调翻译外国诗歌有益于扩大国人思想、意境，使《海天诗话》具备了现代性。再次胡怀琛将根据译诗是意译还是直译以及是否合乎我国诗歌之声调格律等规则将诗歌划分为三个优劣等次。在此他强调译诗不能按文而译，而认为可以有较大的在创造自由，这一观点已开郭沫若、茅盾、成仿吾等人有关相似的译诗理论的先河了。②最后，胡怀琛用得金矿而不知冶炼这一比喻来阐述学习外文与运用、研究的关系也很深刻。胡怀琛《海天诗话》有关译诗的理论多属感性认识，但已触及某些本质方面的理论，可视为我国诗歌翻译理论的滥觞。我国早在后汉、南北朝已有人开始译诗，但

① 胡怀琛：《海天诗话》，张寅彭主编：《民国诗话丛编》第五册，第305页。
② 陈福康：《胡怀琛论译诗》，《中国翻译》1991年第5期。

迄于晚清，有关诗歌译论的文字尚无片言见于文献。直至胡怀琛《海天诗话》的出现，才有了译诗的精彩论述，彰显了其诗学主张的现代性特征。因此当我们审视五四新文化运动勃兴之后，郭沫若、茅盾、成仿吾、闻一多等于创作、翻译之余，竞相撰文研究译诗的得失，遂使我国诗歌翻译理论初具框架，初显雏形，并开始走上正途之时，胡怀琛作为新旧诗人，其于民国初创作的《海天诗话》中有关译诗的主张理应受到重视。

吴宓在青年时代所作《空轩诗话》，其“以新材料入旧格律”的诗学观点贯穿始终，成为繁复诗话材料清晰的命脉，也使其诗话拥有了异于传统诗话的现代品质。言及《空轩诗话》诗论的现代性需要回溯晚清梁启超《饮冰室诗话》，其《饮冰室诗话》作为“诗界革命”最成熟的诗歌理论，其中最有代表性的思想是“以旧风格含新意境”，而“新意境”指诗歌描写的新事物反映晚清社会的巨大变化，表现新的思想潮流并承担一定的思想启蒙意义，并且梁启超赞誉“近世诗人能熔铸新理想如旧风格者，当推黄公度”（《诗话》四），而黄遵宪处于新旧交替时代的诗歌，较早地描写了海外世界以及伴随近世科学而涌现的新事物，拓展了题材和反映生活的领域，具有古典诗歌所没有的新气象。其《今别离》四首分别吟咏在出现轮船、火车、电报、照相、和东西半球昼夜相反的情况下离别的新况味，令人耳目一新。除却“旧风格”的诗歌体式仍拘囿于传统诗歌形式不论，“新意境”的开拓已使“以旧风格含新意境”的诗歌理论是具有现代意识的诗歌革新理论。以此视角来观照，吴宓的“以新材料入旧格律”的诗歌创作理论也同样具备了现代意识。吴宓这一诗歌创作观念的提出比“诗界革命”的年代要晚，但与“诗界革命”一样，本质上都是在“西学东渐”的中外文化交流启发下进行的一次具有开放意识的诗歌革新。中国古代的诗歌改革运动大都目光向内，希望托古改制以实现对当下的文学现状和文学思潮的修补和改造。而吴宓的诗歌创作论正是学习了“诗界革命”的精髓，他目光向外，努力向西方寻觅新的参照系统，汲取外来的新材料，充实诗歌的内容，革新诗歌的题材。以新材料入旧格律，是吴宓倡导的文学创造方法。而关于新材料的对象，吴宓作了详细的解释，他认为“所谓新材料者，即五大洲之山川风土国情民俗，泰西三千年来之学术文艺典章制度，宗教哲理史地法政科学之书籍理论，亘古以还名家之著述，英雄之事业，儿妇之艳史幽恨，奇迹异闻”，[①]“吾国近三十年国家社会种种变迁，枢府之掌故，各省之情形，人民之痛苦流离，军阀、政客、学生、商人之行事，以及学术文艺之更张兴衰，再就作者一身一家之所经历感受。”[②]这样看来，吴宓所说的新材料既包括中国的，也包括外国的；既包括古代的，也包括现代的；既包括物质上的，也包括精神上的。新材料在此成了现代精神、现代意识和现代观念问题寄托之所在。正是在这种诗学观念的支配下，《空轩诗话》文本中收集大量的“以新材料入旧格律”的诗歌，使其诗话随处散发着新的气象、新的精神。固然不可否认的是吴宓诗学观念与梁启超的诗学主张有着一目了然的传承性，然而吴宓在新的时代境遇中将此诗学演绎得更为全面和彻底，使《空轩诗话》闪烁着比《饮冰室诗话》更多的现代光芒。

林庚白《丽白楼诗话》诗论观念具备了现代性。他说：“一代有一代之文物典章，而文物典章所被，人情与风俗亦因而异。形诸诗歌，宜表其真实。春秋、战国人之生活，不同于三皇五帝时代；汉魏六朝人之生活，又不同于春秋、战国时代；而唐宋元明人之生活，则又与汉魏六朝时代不同。清戊戌维新，迄于民国，远沿五口通商之旧，近经辛亥与丁卯革命之变，文物典章，几于空前。生活之因革，虽或矛盾杂陈，要其于人情与风俗之推移，实为有史以来之创局。苟诗人于此，懵焉无睹，行今人之行，而言古人之言，人人自以为陶、谢、李、杜，其去陶、谢、李、杜益远矣。”[③]作者认为一个时代有一个时代的特征，时至民国时期人情、风俗变化之大史无前例，诗歌应真实地反映现实生活，诗人在当前的社会不是行今人之行而言古人之言。另外林庚白《丽白楼诗话》中对杜甫的否定也能见其此诗学主张，他说：“十年前郑孝胥诗今人第一，余居第二。若近数年，则尚论今古之诗，当推余第一，杜甫第二，孝胥不足道矣。”[④]在此他推举自己于杜甫之上在于他认为：“余之处境，杜甫所无，时与世皆为余所独擅，杜甫不可得而见也，余之胜杜甫于此，非必才力凌铄之也。”[⑤]即林庚白认为自己作诗胜于杜甫的原因就在于其得天独厚拥有

---

① 孙尚扬、郭兰芳主编：《国故新知论：学衡派文化论著辑要》，北京：中国广播电视出版社，1995年，第269页。

② 同上，第269页。

③ 林庚白：《丽白楼诗话》，张寅彭主编：《民国诗话丛编》第六册，第133—134页。

④ 同上，第141页。

⑤ 同上。

前人无法表现的现世处境。这正如他在（《吞日集·自序》）中说：“抑余诗之用意，与以意驱辞，什九求之于古人诗中而不可得，此固时世之厚余，非必余之才力突过古人。然综此数者，益知余诗非惟远胜郑孝肯，直与杜甫争席可也。余论诗旨趣，别待发挥，今所欲言者，诗贵能深入浅出，意为主，力次之，辞又次之，若乃以古人之意为意，但薪貌似，自丧其所履，末矣。月仅搏。其形核，而涂泽之，标榜之，直是从朽骨中生活，此晚近诗之所以衰也。吾侪生今日，诗材盖多于古人，古人之意境，吾侪有之，而吾侪之意境，古人不可得而有也，时世固已驱吾挤以与古人竞旗鼓，何妄自菲薄之甚耶！”更是鲜明地表明了他的诗学主张。另外作为深受宋诗派诗学影响的诗人，林庚白在《丽白楼诗话》中严厉斥责同光派诗人什九无真感，也是因为后期的同光派诗人诗作多作书斋里的浅斟低吟以及吊古伤今的纯粹个人性的体验与感情的抒发，很少反映现代现实人生，他说：“旧诗人之作，虽多囿于阶级的意识与情绪，秦汉以后，同光以前之诗人却多时代性表现的作品。同光以来，时代渐变，一切政治上社会上现象，乃至个人的环境，无一日不受时代潮流所激荡。独怪一般的诗人，若毫无感觉焉者，甚可哀也。”（《与柳亚子书》）相反的是林庚白少年时即投身民主革命，一生关注国计民生，他的诗有着冷静客观的独到视角，更有其思虑深远的透彻洞察。尤其在五四文学革命以后林氏的旧诗创作，表现现代新生事物，描绘时代世风民情，融注现世政治民主思想，带有鲜明的现代色彩。作为旧体诗人，林庚白的诗歌创作就是梁启超等人在19世纪末所发起的“诗界革命”，“熔铸新理想以入旧风格”的诗学理论下的积极响应。梁启超的“诗界革命”本身并不成功，然而却使旧体诗在近代的改造与发展中注入了新的气象，首辟了新的途径，影响至“五四”以后。南社不少诗人，包括柳亚子，在创作上都依然保留着“挦扯新名词以自表异”的痕迹，可以说民国以后的旧体诗坛，除了一些晚清遗老的古董诗以外，那些描绘时代风云、弘扬爱国主义、反对封建专制、鼓吹民主革命的诗词基本可看作是诗界革命精神的延续和发展。由此可见，作为南社诗人林庚白主张诗歌的现实功利性与梁启超“熔铸新理想以入旧风格”有着某种内在的延续和发展，并与当时文学史上的进步潮流是一致的，从而也使林庚白诗学主张仍具有一定的现代性。

《蜗牛舍说诗新语》是民国十二年（1923年）范罕在南通学院时讲演之稿。与“诗界革命”不一样的是，范罕没有倡导旧体诗革新，相反的，他还强调自己仍习五七言旧体，声称“吾之所以仍作五七言诗，殆欲于难中就易。……不于易中求难者，予于新诗之体裁构造形式上多费一番工夫，即于吾诗之本能上多一妨碍也。”①作为范家的后代，范罕深受诗文世家源远流长的文化熏陶，诗歌创作仍几乎是旧体诗，根深蒂固的家学渊源决定了他的诗歌很难跳出传统模式。然而范罕身处思想碰撞激烈的时代，《蜗牛舍说诗新语》作为传统意义的诗话，形式上尽管有点散漫而零碎，然而其中的一些诗学主张彰显了传统诗话的现代品质。这种现代品质主要表现在三个方面：

其一，范罕强调诗人个体的情感抒发：“实则诗之真际，厥在主观。盖所谓主观诗者，必能表示诗人个体，而诗之价值亦因其人。……就实际言，所谓诗者，独有主观，此外皆其支流馀裔也。”②古今诗学都强调诗歌抒发情感的特质，但是在对情感的具体理解上，现代诗学是不同于传统诗学的。新诗强调抒发的情感是自由、个人、带有精神解放性质的，与中国古典诗学要求“发乎情，止乎礼义”、“温柔敦厚”、“怨而不怒”大不相同。而西方浪漫主义诗学在五四诗人身上普遍发生了影响，郭沫若是典型突出的代表。在此范罕强调了诗歌主要是个人的情感抒发，很显然具有了现代诗学的特征。

其二，范罕沿用西人以音乐、绘画来谈诗歌的美，“音乐之美属耳觉，绘画之美属目觉，诗之美不仅属耳目，兼属心意，固也。”③现代诗学领域对诗歌音乐、绘画因素的重视在新月派诗人尤为突出，新月派诗人对诗的音乐性问题的思考主要依据西方的诗歌资源，而闻一多对诗的绘画美的主张也是受到罗瑟蒂等先拉飞主义的影响。④此外20世纪20、30年代，象征主义诗学建设者穆木天、王独清、冯乃超等清醒地意识到早期胡适、郭沫若等“破坏”的一代虽然在语言介质、文体形式方面完成了现代白话新诗对古典诗歌的第一次革命，使新诗获得一次精神和形式的大解放，但流于简单而随意的新诗在发展初期就呈现出现代语言与现代意识之间的分裂。他们以对“象征”和“意象”的深度发掘，“音乐”与“色彩”这些形式因子也被用作纠偏诗歌非艺术倾向的“纯

---

① 范罕：《蜗牛舍说诗新语》，张寅彭主编：《民国诗话丛编》第二册，第556页。

② 同上，第558页。

③ 同上，第561页。

④ 谭桂林：《本土语境与西方资源——现代中西诗学关系研究》，北京：人民文学出版社，2008年，第129页。

粹力量”，成为对“诗的世界”的独特艺术创造。[①]在被视为中国象征主义诗学宣言的《谭诗》一文中，穆木天主张“诗要兼造形与音乐之美”，并在自己的诗歌实践中用富于律动感的语言，来表现内心世界对外界的声音、光亮、运动所获得的交感和印象。正如叶芝所言：“当声音、色彩和形状间具有一种和谐的联系，相互间一种优美的联系，它们仿佛变成一个色彩，一个声音，一个形状，从而唤起一种由它们互不相同的魅力构成的情感，合一的情感。”[②]王独清更极力赞成诗歌“纯粹化”的主张，并进一步提出要和音乐、绘画紧密联系，坦言自己“很想学法国象征派诗人，把‘音’与‘色’放在文字中，”[③]在诗歌中实现一种心理上“色的听觉”和艺术方面的“音画”效果。范罕作为长期浸润在西方诗学和新诗理论中的传统诗人，他主张：“予谓乐以时间著，画以空间著，诗则兼而有之。诗之时间，节奏也；空间，影像也。”[④]强调音乐节奏和绘画色调在诗歌中的作用，并且“真诗之节奏及影像，均不属于物体，而属于作诗之人。诗之影像，即作者之灵魂，其节奏亦即其人之音响。”范罕进而强调诗歌的音乐和色彩“属于作诗之人。诗之影像，即作者之灵魂，其节奏亦即其人之音响”，即是说诗人的情绪和观念与音韵色彩应该化炼到不能分辨的程度，这正如梁宗岱所言：“当我们凝神握管的时候，我们整个生命的系统——官能和理智，情感和意志，意识和非意识——既然都融作一片，我们的印象和观念，冲动和表现，思想和技术，就有如铜山西崩洛钟东应，一切都互相通约，互相契合，互相感召。”[⑤]由此可见范罕以音乐、绘画来谈诗歌的美，虽言简意赅不如现代诗学阐述新诗追求音画时尚未鞭辟入里，但很显然已显示出现代诗学色彩。

其三，关于诗之真韵蕴的言说。“西人之言诗也，曰：诗之要素有三：活力也，热情也，音韵也。斯言当矣。无情不得谓之诗，情之发于外者为声，音韵是矣。情因连续发动而成为气，气即活力矣。我国文学家谓之气势，谓之

---

① 柴华：《中国现代象征主义诗学研究》，南开大学2009年博士论文，第159页。

② 叶芝：《诗歌的象征主义》，璐璐主编：《准则与尺度——外国著名诗人文论》，北京：北京出版社，2003年，第323页。

③ 王独清：《再谭诗——寄木天、伯奇》，《创造月刊》1卷1期，1926年3月。

④ 范罕：《蜗牛舍说诗新语》，张寅彭主编：《民国诗话丛编》第二册，第561页。

⑤ 梁宗岱：《试论直觉与表现》，李振声主编：《梁宗岱批评文集》，珠海：珠海出版社，1998年，第276页。

情韵，亦当。逊于西人者，歉明显之界说耳。诗要成于活力，故死字、死句、无生气者非诗。诗要有热情，故槁寂冷淡者不尽诗量。热情是活力之本体，音韵是活情鼓荡之波文。情之活力，可以王阮亭之‘神’字当之。力变为气，气之充溢者为神，其实一物而已。王但言‘神韵’，而不提出情字。二者皆自情发，不言可喻。故诗之真蕴，可以中西两家之言概之矣。”[①]范罕认为西方诗学活力、热情、音韵三要素与中国古代诗学“神韵说”有契合之处，从而得出“活力、热情、音韵”可以云诗之蕴也可见其诗学主张的现代品质。

其四，范罕对白话新诗的考虑凸显了《蜗牛舍说诗新语》诗论的现代性。范罕认为胡适的新诗是学欧美所倡自由诗，“适逢国变，将顺潮流。”[②]就诗之本质讲，与五七言殊途同归。“总之，作诗不拘何体，皆能见谛，但不可无体，新诗亦诗体也。”[③]作诗的目的是要达到所谓“诗之本能”，至于途径，则因人而异。范罕揣度胡适推广新诗，是认为此体更易；而范罕本人仍作五七言，“殆欲于难中就易”，“吾得古人之消息较多于青年，诗体不能加予以束缚”。[④]范罕在此对新诗和旧体诗表现出无所臧否的态度，在于当时即便是新文化运动中心北京的高等学府内，都允许存在着学术和思想上新旧的兼容并蓄，而当时正值新旧（白话、文言）并存之际，难以厚此薄彼。其实在没有一个鲜明导向的大趋势面前，他的评价与其在评胡适，倒不如说是他自己对未来的一种预见。“胡君虽主张新体，乃借新体作后来真正国诗之发轫耳”，[⑤]即是说得诗真谛后仍回归古体经典，也许当时胡适未必这般计划过，有学者认为这一殊途同归理论可以看成是范罕在博通中西诗学观点立场后申发的一种具有和谐意味的综合理解，也可见其对中西各自学说的充分尊重，既重视传统文化，又不排斥新事物。[⑥]因此在新的时代境遇中，范罕认为：“欧洲十九世纪以来，学术思想迥异古昔。我国承其波，驯至今日，尤为奇幻。……但不徒矜持一国之文明，拘拘步武前人，依傍门户。先当置身于世界之广场，放大眼光，抛弃从来诗人之恶习，然后探元索隐，择术立言，性情之余，兼通利

---

① 范罕：《蜗牛舍说诗新语》，张寅彭主编：《民国诗话丛编》第二册，第565页。
② 同上，第556页。
③ 同上。
④ 同上。
⑤ 同上。
⑥ 朱菊颐：《范罕诗歌研究》，苏州大学2010年硕士论文，第48页。

济，则艺之为用，亦何尝不宏。”[①]范罕对诗人在新时代放眼世界的要求，尽显诗学主张的现代性。同时他也对“今之学者专就形式立论，鲜有潜心于古大家之制作洗涤心神发扬志气者。动必以西人为法，而于单音文字之体势，诗教之源，一概漠然置之”[②]表示了不满。最后作者认为“清末西教东渐，科学勃兴，诗之地盘，自当有一番变化，无足异也。”[③]这一点他与黄遵宪、梁启超等提倡的“以旧风格含新意境”对接上了。而范罕反对政治语佛语、科学语入诗，认为“诗不可说理，故哲学非诗；不可解剖分析，故科学非诗。质言之，既不到形上之道，亦不丽形下之器。可以悦目而非绘画，可以悦耳而非音乐，可以思考而不落言铨，一切形器不足喻也”。[④]这种精妙的诗之本体论阐释，又非他的前辈黄遵宪之诗论所能涵盖的了的。[⑤]总之在诗话内容上，范罕博古通今，融汇中西诗学，其从认识诗到如何作诗，都作了详尽的解答，这是范罕思想现代性的火花迸射，使得《蜗牛舍说诗新语》之“新”字名副其实。

屈向邦是明末清初番禺著名学者诗人屈大均的后人，生卒年不明，约活动于清末民初。其民国二十六年（1937年）所作《粤东诗话》卷二云：“昔人诗话常论及某也许《诗经》最爱某章，某也又最爱某句。所谓性情不同，所感自异。孔子之称《关雎》，谢安石之称‘讦谟定命’，许彦周、王阮亭之称《燕燕》，皆缘夫人之情也。或曰：子好《诗经》，亦有最爱诵者否？予曰：乌能无？《鸱鸮》之诗常讽诵不去口。或问何以然，则予亦不自知。或者以为有危厉悽惋之音欤？然则亦时代环境有关之说而已矣。”[⑥]有学者曾评说：“此论人对作品之接受，已超越昔人性情相近之说，而究其时代、环境及心态也。”[⑦]可谓一语中的。众所周知，中国自古以来重视文学接受中的性情因素，汉代的刘安就说过：“夫载哀者闻歌声而泣，在乐者见哭者而笑，哀可乐者，笑可哀者，载使然也。”（《淮南子·齐俗训》）这一段话是从接受美学角度思考的，突出了接受方在接受中的性情参与特点，突出了性情参

---

① 范罕：《蜗牛舍说诗新语》，张寅彭主编：《民国诗话丛编》第二册，第558页。
② 同上。
③ 同上，第559页。
④ 潘建伟：《蜗牛小语接诗道——读范罕〈蜗牛舍说诗新语〉》，《书屋》2009年第8期。
⑤ 同上。
⑥ 屈向邦：《粤东诗话》第2卷，铅字排印本，香港：诵清芬室，1964年，第11页。
⑦ 蒋寅：《清诗话考》，北京：中华书局，2005年，第689—690页。

与的效应。而中国古典诗学中一直所崇尚言外之意、韵味之致等诗学标准，其实强调的是批评者自主意志和自由精神，强调批评者性情参与的合理性和必要性。而有关作品接受的环境、时代说要提到20世纪初法国文艺理论家泰纳主张文艺研究与批评应注重决定文学形成的三个要素即“种族、环境、时代”的理论为中国文学理论家、批评家所青睐的诗学批评现象。“从清末到20世纪二三十年代长达半个世纪中泰纳的学说不断被译介，20世纪二三十年代是译介的高潮。其中周作人、茅盾、郑振铎、张资平等诸多学者对泰纳的文艺思想产生浓厚的兴趣，学者们或翻译或阐释，同时以此进行理论研究与文学批评。而中国学界受泰纳文艺理论影响最深的莫过于茅盾了，他于1922年《文学与人生》的演讲以及在《被损害民族的文学背景的缩图》敬告《小说月报》的读者中都沿用了泰纳的文艺理论。除了茅盾，新文学理论家们如张友仁、郑振铎重点吸收了泰纳的‘种族’理论，甚至‘环境’理论。而李之常、胡云翼、张资平、郁达夫等人主要接受了泰纳文艺理论中的“时代”思想。”[①]由此可见泰纳的文艺理论思想“种族、环境、时代”在20世纪二三十年代的中国学者风靡一时并成为中国现代诗学批评中的常见概念。屈向邦突破中国传统诗学性情相近的接受理论而提出作品的接受不仅重视内在的心理因素，也关注外在的时代、环境因素。而正是对环境因素的重视，屈向邦曾这样强调：“宋诗之为宋诗，自有其时代环境，自然趋势者在，至于近代之时代环境，其为近于盛唐欤？抑宋代欤？稍明时势者，所能知之。若于此时而倡为盛唐之说，其必被讥为不伦可知也。”[②]并借用陈衍所言：“清之人多为宋诗，其敝也。蓄积贫弱翻覆只此数意数言，或作色张之。非其人其时，而亦为是言，与貌为盛唐者，何以异也。”[③]指出清人不顾清代的时代背景而仍作宋诗的弊端。屈氏对诗歌创作背景的强调使《粤东诗话》一定程度契合了现代诗学的理论品质。杨香池《偷闲庐诗话》也有类似的观点：“余尝谓诗人生平所作之诗，常含有个人之信事，使读者得知其一生性情所在，事业所

① 文中国学者对泰纳的译介和接受均详见付建舟：《泰纳文艺理论在现代中国的传播与接受》，《天津社会科学》2010年第5期。

② 屈向邦：《粤东诗话》第2卷，第11页。

③ 同上，第11页。

在，及所处之时代与环境，始臻于上乘。否则无病呻吟，有何价值？”[①]作者认为诗人创作诗歌与诗人的性情、事业及所处时代、环境的因素分不开，只有这样才会是臻于高妙的境界的诗作。而其中时代、环境的因素显得尤为重要，这正如作者所言：“时代变迁，思想言论亦因之而多变迁，操觚者当就时立言。作文如此，作诗如此，作诗话亦莫如此。”[②]由此可见，如果说屈向邦在《粤东诗话》提出时代环境的概念突破传统的诗学范畴令人惊喜，而杨香池在《偷闲庐诗话》中较为细致地阐述了时代环境于人作诗、作文甚至作诗话的重要性，已在很大程度上显示了现代诗学的理论特征。

众所周知，中国传统诗论发展到晚清，一些基本的理论问题，除了综合调和前人之说，几乎已提不出新的概念和思想。即便是高旭《愿无尽庐诗话》的新诗论也只是为传统“温柔敦厚”的诗论注入新内涵，吴宓《空轩诗话》中“以新材料入旧格律”的诗学主张显然与梁启超《饮冰室诗话》提出的“以旧风格含新意境”的诗学理论有内在的一致性，吴宓“以新材料入旧格律”的诗论彰显现代性的同时同样具备传统古典性。而值得一提的是范罕在《蜗牛舍说诗新语》中对诗的本质、诗歌艺术美、中西诗学的契合之处、白话新诗的考虑以及对诗人的要求等等也是在中西诗学大融合之际重新评估和解答汉诗所遇到的情感、艺术手段、体式、文字、修养等等问题，虽然这些考虑很明显已具备了现代诗学的特征，但通观《蜗牛舍说诗新语》，范罕是在汉诗整体体系下立足于新的时代境遇中对汉诗面临的种种新问题作深沉的诗学思索，古典汉诗仍是其关注的重点。而屈向邦《粤东诗话》接受理论中的时代、环境说就是对前人性情说传统诗论拓展，并没有否定性情说。值得注意的是，民国时期中的五四阶段是异于传统诗学的现代诗学体系得以形成的时期，西方和西方诗学话语始终是中国现代诗学视野中的主要理论资源，是构成中国诗学由古典走向现代的重要知识背景。中国现代诗学在几十年的发展历程中，每向前行进一步都笼罩着西方诗学话语的巨大影响。因此从这个角度来看，20世纪旧体诗话诗论虽无法割断与传统的联系，但很明显接受西方诗学的影响并已表现出新质，并且高旭、范罕、屈向邦的诗话已与中国现代诗学话语有诸多融通之处，这显然

---

① 杨香池：《偷闲庐诗话》，张寅彭主编：《民国诗话丛编》第三册，第705页。

② 同上，第681页。

与西方诗学话语的巨大影响是分不开的。综上所述，这些旧体诗话中提出的新诗论，尽管数量不多，并且仅点到为止，阐述不足，但新的诗论在现代旧体诗话中的出现，毕竟体现了传统诗学领域在发展方向上向现代理论品质的趋近，意义不可低估。

三、旧体诗话批评话语的现代性

自晚清开始，中国诗学批评话语就有了一定的变化，这体现在旧体诗话敢于吸收西方诗学的理论批评形态和现代西方文明中语言词汇，资产阶级政治经济学、社会学、哲学、美学乃至自然科学领域中的许多概念、范畴、学说，无不一一进入诗话批评论著中的字里行间，旧体诗话不再囿于传统的理论批评体系中固有的名词术语和理论范畴而呈现出新貌。例如狄葆贤《平等阁诗话》以“平等”名书，梁启超《饮冰室诗话》及潘飞声《在山泉诗话》等也在诗学的批评中摄入了或多或少的西方名词术语，显示出诗学批评者对资产阶级倡导的民主、科学、自由、平等、博爱的现代理想的憧憬和向往。而到了民国时期，尤其是五四运动之后，中西语言激烈冲突，中国被迫向西方学习，从而改变了语言体系。西方诗学话语以急剧膨胀的姿态冲击着几近强弩之末的古代汉语诗学并在现代汉语诗学话语的建构过程中取得了话语霸权地位。向天渊曾说：“虽然西方诗学话语从19世纪中叶就已登陆我国文学批评领域，但大规模的入侵却是在新文学运动爆发之后，而且在短短20年之中，以不断膨胀之势，强占了现代汉语诗学话语的权威地位。”[①]对西方诗学话语及其言说方式的大量引进是中国现代诗学语言形成的重要手段。与现代旧体诗话处于相同语境的中国现代诗学的著述中，对西方话语的运用可以说是太普遍了。许多诗论满篇夹杂着英文词汇和句子，更有甚者则是大段大段地引用英文全文，至于对西方诗学的专门介绍那更是非常普遍。整个现代汉语确实受西方的影响是巨大的，甚至连文章分段、标点符号和竖派横派都深受西方影响。谢应光在《中国现代诗学的语言结构与性质》中具体指出“现代诗学对大量西方词汇的吸收，吸收的方式是有的从西方诗学中直接意译或音译过来，大多数假道日本而借用过来。而这些大量的词汇

---

① 向天渊：《膨胀与误读——西方诗学话语的汉化机制》，《四川外语学院学报》2005年第4期。

在融入现代诗学系统后，一方面成了现代诗学的基本词汇，另一方面许多都被现代中国的历史语境加以了改写，在新的诗学话语体系中拥有了与原来有所不同甚至相差较远的涵义”。①崔志远在其论文《中国现代文学批评范型与新时期文学批评形态》②更是将中国现代文学批评范型关键词系统进行了三大分类。因此在西方诗学话语形式大行其道、新的现代汉语诗学话语成功夺取诗坛霸主位置之时，旧体诗话虽然仍以温和但不失韧性的方式构筑着中国传统诗学体系，也以其不同开放的姿态接受西方诗学话语、现代诗学话语从而呈现出现代性。在此需要说明的是现代汉语诗学话语虽然是随着西方诗学潮涌而入并急剧膨胀迅速起来的，但现代汉语诗学话语与西方诗学话语毕竟是两个不同的诗学体系，更何况现代诗学话语虽然在引进西方诗学观念、实践其话语方式时，也在进行着中国化或称本土化的努力。③正如陈希所说：“中国现代诗学是中国传统诗学的现代性转换，是‘异质’于西方诗学传统的汉语诗学。”④因此本章从现代旧体诗话接受西方诗学话语或现代汉语诗学话语两大类分别阐述。但同时需要说明的是现代诗学话语同时又是西方诗学话语，两者具有差异又存在血肉关系难以作泾渭分明的区分，因此本章只能作大致的区分。

第一梳理西方诗学话语在旧体诗话中的呈现。向天渊《膨胀与误读——西方诗学话语的汉语机制》认为西方诗学话语的膨胀主要表现为“主义”横

---

① 谢应光：从词汇角度讲，现代诗学引进西方诗学的词汇很多，如下面这些词（此处就广义的诗学词汇而言，含现代诗歌的精神和思想在内，非纯粹的诗歌艺术的理论术语）都是从西方引进的：美感、情感、纯诗、古典、现代、作品、典型、散文、诗歌、理想、具体、抽象、理性、文学、民主、科学、人格、现实、主观、客观、象征、内容、联想、艺术、文化、表情、自由、人道、假说、想象、意味、表象、革命、浪漫、自我、民族主义、自然主义、现实主义、浪漫主义、口语化、理想化、现代化、民族化、大众化、科学化、想象力、表现力、创造性、真实性、美学、泛神论、进化论等等等这些词。《中国现代诗学的语言结构与性质》，《西华大学学报（哲学社会科学报）》，2007年第4期。

② 崔志远将中国现代文学批评范型关键词系统进行了三大分类：（1）以意识形态为核心的本质论系列，关键词有经济基础、上层建筑、意识形态、社会生活、反映、社会性、阶级性、党性、人民性、倾向性、世界观等；（2）以创作方法为核心的创作论，关键词有创作方法、现实主义、革命现实主义、社会主义现实主义、革命浪漫主义、革命现实主义与革命浪漫主义相结合、创作个性、创作风格、创作流派、个性化、典型化等；（3）以艺术形象为核心的本体论，关键词有艺术形象、人物性格、典型环境、典型人物、个性、共性、个性与共性的统一、思想内容、主题、题材、情感、表现形式、语言、结构、手法、体裁等。《中国现代文学批评范型与新时期文学批评形态》，《理论与创作》2008年第5期。

③ 向天渊：《膨胀与误读——西方诗学话语的汉化机制》，《四川外语学院学报》2005年第4期。

④ 陈希：《中国现代诗学的发生》，广州：中山大学出版社，2009年，第104页。

行。[①]以此来观照现代旧体诗话，“主义”构成的诗学话语不时闪现其间，另外诸多包含着强烈西学色彩的诗学话语广泛进入到了传统诗学批评中。

首先来看“主义”构成的西方诗学批评话语。“主义”在古汉语就曾出现，是“主旨”、“根本的、主要的主张和伦理要求”及“主张”、“申张”义。[②]但皆非现代的“主义”义。现代汉语中词缀“主义”的用法来自日本。据日语权威词典《日本国语大词典》记载，日本明治时期的福地源一郎用古汉语词“主义”来翻译英语“principle”。[③]词缀“主义”在汉语中出现较晚，最早见于黄遵宪的《日本国志》（1879），19世纪末开始大量出现。[④]“主义”词缀伴随日语借词进入并逐渐被汉语接受，成为汉语能产性十分强的构词词素，造就了大量汉语派生词。[⑤]尤其文学革命发生前后十来年时间内，各种“主义”纷至沓来，很快成为新文学批评与理论界所熟悉的话语，甚至发展到“主义”泛滥的程度。这正如郑伯奇所说：“由1921年到1926年这后半的五年，情形的确‘大不同了’。不仅是‘一个普遍的全国的文学的活动开始到来’，而且19世纪到20世纪这百多年来的西欧活动过了的文学倾向也纷至沓来地流入到中国。浪漫主义、现实主义、象征主义、新古典主义，甚至表现派、未来派等尚未成熟的倾向都在这五年见在中国文学史上露过一下面目。”[⑥]而“各种‘主义’只有一部分能够在西方找到根源，而别的种种‘主义’，则出自中国批评家的想像与杜撰。”[⑦]因此在“主义”如此恶性膨胀、横行无碍的状况下，现代旧体诗话中出现了不少“主义”构成的批评话语。

杨香池《偷闲庐诗话》及吴宓《空轩诗话》曾用现代象征主义的概念来说诗，杨香池在《偷闲庐诗话》说道：“诗有合于今之新文学家所谓象征派

---

① 本章关于“主义”横行和术语置换的类别区分，借用的是向天渊在《膨胀与误读——西方诗学话语的汉化机制》的提法，《四川外国语学院学报》2005年第4期。

② 顾江萍：《汉语中日借词研究》，厦门大学2007年博士论文，第108页。

③ 相贺徹夫：《日本国语大词典》，小学馆昭和49年，转引自顾江萍：《汉语中日语借词研究》，厦门大学2007年博士论文，第108页。

④ 顾江萍：《汉语中日语借词研究》，厦门大学2007年博士论文，第108页。

⑤ 同上，第108—109页。

⑥ 郑伯奇：《中国新文学大系·小说三集·导言》，上海：上海良友图书印刷公司，1935年，第5页。

⑦ 向天渊：《膨胀与误读——西方诗学话语的汉化机制》，《四川外国语学院学报》2005年第4期。

者，如王龙标之‘玉颜不及寒鸦色，犹带昭阳日影来’，‘寒鸦’指得君王之宠者，‘日影’指君王。李白之‘昔在长安醉花柳’，‘花柳’指妓院。杜甫之‘秦城楼阁烟花里’，‘烟花’喻繁华也。……诸如此类，常见古人用之诗句之中。至《毛诗》为象征之作者，更不胜枚举矣。”[①]吴宓《空轩诗话》称王越《主与驴》诗，“用问答体，象征资产阶级压迫劳动阶级。……以其甚似法人拉丰丹之寓言。其格调则出于《左传》及《诗经》，而经济压迫，社会革命，名生状况，时代消息，悉于此寄托，言近而旨远也”[②]“意在象征，体同寓言。”[③]“‘象征’这个词是从日语翻译过来的西方词汇，它进入中国现代的诗学领域是伴随西方象征主义文学在中国的传播而完成的。其间茅盾、刘延陵、鲁迅、朱光潜、梁宗岱等曾关注过象征主义。‘象征’一般被看成是一种表现手法，到鲁迅使它上升到与‘表现’相等的高度。真正在象征理论上做到中西会通，代表中国现代诗学这个理论问题上的最高水平的应该是梁宗岱。他把西方的象征和中国古代的诗歌概念‘兴’加以融通，取刘勰《文心雕龙》‘兴者，起也；起情者依微以拟义’的意思，将象征的意义锁定在‘依微以拟义’上。他把象征本体和象征体之间的微妙关系理解得很到位。然而尽管如此，梁宗岱的象征理论与西方的概念非常接近，但却又有不同。”[④]由此可见，杨香池在《偷闲庐诗话》中对“象征派”的使用，显然与“象征派”概念的原义不尽符合，用“象征派”的概念来说《诗经》中的作品，那就更是相差不可以道里计了。吴宓对王越诗作《主与驴》批评涉及了“象征”与“寓言”的概念。“‘寓言’（allegory）来自希腊文‘allos’和‘agoreuein’，前者指‘其他’、‘另外’（other），后者指‘言说’（speaking），二者合在一起就是‘另外一种言说’。即用浅显易懂之物来表现抽象的理性或道德训诫。因此寓言除了书面意义之外，还有其他的所指含义。而象征和寓言一样，字面义不完全等同于所指寓意，隐含义才是表达的重点。”[⑤]因此吴宓品评《主与驴》体同“寓言”，意在“象征”，形式像寓言，意在隐含义无疑准确地把握了此

---

① 杨香池：《偷闲庐诗话》，张寅彭主编：《民国诗话丛编》第三册，第705页。

② 吴宓：《空轩诗话》，张寅彭主编：《民国诗话丛编》第六册，第80页

③ 同上，第83页

④ “象征”进入中国现代的诗学领域是伴随西方象征主义文学在中国的传播而完成的资料详见谢应光：《中国现代诗学的语言结构与性质》，《西华大学学报（哲学社会科学版）》2007年第4期。

⑤ 罗良清：《寓言和象征之比较》，《中国文学研究》2009年第1期。

首诗的形式特点和真正内涵。然而“象征”一词在此仅作为一般的表现方法，与成熟的象征理论同样存在着一定的距离。尽管如此，杨香池、吴宓在中西文化汇融时期对中西诗学契合之处的主动探索和自觉以西方诗学概念来批评文言诗歌的现象确实令人鼓舞。

陈衍在《石遗室诗话续编》中赞许严几道站在西方人道主义的立场重新评判西方科学之现代物质如火药、潜艇、绿气、火油的破坏性，称其诗为“公理卓见，人道主义，于世界极有关系者。”[①]作为一种现代的社会思潮，人道主义不是西方的专利品，早在明朝中后期，带有人道主义色彩的新思想就出现在中国文化的舞台上，只不过鸦片战争以后，中国先进知识分子学习和借鉴国外的社会制度和思想文化，大力宣扬以自由、平等、博爱、人权为主要内容的人道主义思想。在此陈衍显然借鉴了西方资产阶级人性论、天赋人权论、进化论等先进思想，其人道主义思想融入到了晚清民国时期以人道博爱哲学为核心的资产阶级启蒙思潮中。而五四运动前后，以陈独秀、鲁迅为代表的激进民主主义者，高举民主和科学的旗帜，宣扬平等自主之人格和个性解放，更是掀起了彻底反传统的人道主义思潮。所以陈衍用人道主义观念评论严复的诗歌，虽仅点到为止，但人道主义批评话语的使用仍然可以理解为时代潮流使然，即使像陈衍这样甘以前朝遗老自居者也在尝试沐浴欧风美雨的清凉。

吴宓《空轩诗话》品评黄晦闻时将其诗教与英国安诺德的诗教、美国白璧德的新人文主义作简要比较。新文化运动之后梁实秋、梅光迪、吴宓等都曾受教白璧德的门下并深受其影响，其新人文主义在中国现代文化发展中留下了抹之不去的印痕，“新人文主义”作为外来的诗学话语体现了《空轩诗话》的现代性。此外吴宓在宣称自己秉承西方基督教的精神更参以西人之注重效率之办事方法以及浪漫文学、唯美艺术，遂有《学衡》，为《文学副刊》。[②]浪漫主义就其原初意义上讲，是属于西方的，是西方文明的产物。最早阐述中国现代浪漫文学的接受与发展趋势的梁实秋当时就说：“‘浪漫的’系指西洋文学的‘浪漫主义’而言”，与传统的浪漫文学无关，明确揭示中国新文学的浪漫主义是呼应西潮的产物。[③]五四文学思潮在新文化运动和文学革命的推动下，承

① 陈衍：《石遗室诗话续编》，张寅彭主编：《民国诗话丛编》第一册，第667—669页。

② 吴宓：《空轩诗话》，张寅彭主编：《民国诗话丛编》第六册，第46页。

③ 梁实秋：《现代中国文学之浪漫趋势》，上海：新月书店，1927年。

继近代文学革新思潮并大量引进和吸收西方浪漫主义文学思潮的影响，从而形成了一种新的文学时代潮流。鲁迅、郭沫若、沈雁冰、成仿吾、郁达夫等无不是受西方积极浪漫主义的影响而成为五四新文学文坛上的代表人物。而“唯美艺术尤其是唯美主义文学在20世纪初的中国出现，一方面是西方唯美主义思潮冲击和影响的结果，另一方面也在于中国文学自身发展的内在需要。它通过多种途径悄然进入中国，后来借‘新浪漫主义’之名，作为现代主义的一个组成部分为人们所瞩目。在学理、价值层面，唯美倾向于世纪初王国维的理论中初露萌芽，经过周作人、梁宗岱、李健吾、朱光潜、梁实秋等人的建设，初步建立起了具有中国化色彩的唯美观念。”[①]创作方面经过新月社、张爱玲、戴望舒等唯美作品更是成就了唯美文学发展之洪流。由此可见“浪漫主义”、“唯美艺术”等西方诗学词汇出现在吴宓《空轩诗话》中，一方面在于留学经历使其深受西方文化的熏染，另一方面也是五四新文化运动之后中国文坛西方文化强劲之风使然。此外吴宓称自己“与萧公权论学、论道、论文、论事，皆极深契合。盖皆取于西洋之积极的理想主义，持此反观中国文化、学艺，乃见其深厚之价值焉。”[②]其中的“理想[③]主义”仍是“主义”风暴中的产物。钱仲联在《梦苕庵诗话》中也曾用“浪漫”一词，如：“谭复生诗，代表当时浪漫风气”。[④]“近人论浪漫诗人，争称苏曼珠。曼殊尚浮浅，不足道。若吾邑黄摩西，则不愧近代浪漫诗人之魁首矣。”[⑤]曼昭《南社诗话》称“清季诗人，如龚定庵，已带浪漫主义色彩。”[⑥]以上皆可视为旧体诗话作家对西方诗学话语的自觉运用。

再如屈向邦《粤东诗话》卷四第十四页“为诗有宜用形容之笔，有易用写实之笔。用形容之笔不嫌加倍写法，如‘黄河之水天上来’，‘白发三千丈’之类是也，用写实之笔则不可与事实相去太远”。其中“形容之笔”中的“形容”一词古义主要是容貌神色，今义指对事物的形象或性质加以描述，显然

① 李红霞、金仕霞：《唯美主义的现代中国气派》，《名作欣赏》2009年第23期。

② 吴宓：《空轩诗话》，张寅彭主编：《民国诗话丛编》，第85页。

③ 冯天瑜认为“理想”是日制汉语，《新语探源》，北京：中华书局，2004年，第393页。

④ 钱仲联：《梦苕庵诗话》，张寅彭主编：《民国诗话丛编》第六册，第166页。

⑤ 同上，第194—195页。

⑥ 曼昭：《南社诗话》，曼昭、胡朴安：《南社诗话两种》，北京：中国人民大学出版社，1997年，第69页。

屈氏诗论中的“形容”之意符合后者。而作者所举实例“黄河之水天上来”、“白发三千丈”所采用的“不嫌加倍写法的形容之笔”与以充满激情的夸张方式来表现理想与愿望的浪漫主义文学创作方式有着很明显的一致性。屈氏在此虽没有直接提出浪漫主义的写法但其“形容之笔”已颇有浪漫主义的内涵。而其中“写实之笔”即为写实主义的写作方法。五四时期，人们对于传输来的现实主义和自然主义，一概用写实主义的名称来替代，在求真的立场和方法上，自然主义和现实主义自然叠合。在中国现代文学史上陈独秀最先提倡写实主义文学，1915年10月，陈独秀就指出“写实主义”是“文学美术者”描述人生真相的重要方法。文学要揭示“人生真相如何”就必须借助“写实主义”。[①]此后胡适、周作人、鲁迅、沈雁冰等对此作出积极响应。写实主义文学是新文学的主流并逐渐成长为20世纪中国文学创作的重要文学现象。由此来看，屈氏在旧学批评中涉及了现代新文学潮流中“浪漫主义”和“写实主义”两大创作方式，阐述虽为只言片语的碎片式批评难以与声势浩荡的新文学潮流相提并论，但其可贵的尝试却令人惊喜。

吴宓《空轩诗话》及刘衍文《雕虫诗话》用“个性主义”来说诗，吴宓说：“以新材料入旧格律，不但描绘景物，又必须表现自我，情意丰融，方合。”[②]刘衍文说：“然《诗经》实为四言诗之极诣。后有作者，纵陶元亮亦未能及之。但苦文繁意少。就成熟而言，其诗虽具社会性与地方性，而无我之个性在焉。”[③]其中“自我、个性”[④]为“个性主义”意识下的两大表征。五四时期，“个性主义”是指个性解放，其思想解放运动的理论深受西方文化的影响，这主要来源于古希腊文学中对“人”的发现、俄国文学中对人的心理的探究、易卜生主义、尼采的“超人”哲学以及德国“狂飙突进运动”。“个性主义”或“个人主义”赋予“五四”一代作家最重要的品质就是自我意识，这正如郁达夫所说：“五四运动的最大成功，第一要算个人的发现。从前的人，是为君而存在，为道而存在，为父母而存在，现在的人才晓得为自我而存

---

① 陈独秀：《今日之教育方针》，《青年杂志》1卷2号，1915年10月15日。

② 吴宓：《空轩诗话》，张寅彭主编：《民国诗话丛编》第六册，第63页。

③ 刘衍文：《雕虫诗话》，张寅彭主编：《民国诗话丛编》第六册，第415页。

④ “自我、个性”，日制汉语，冯天瑜：《新语探源》，北京：中华书局，2004年，第391页。

在了。”[①]他认为“‘五四’文学创作中，作家们的每一篇作品里表现出的个性，比以往任何时候都来得强，现代的散文“却更是带有自叙传的色彩了，我们只消把现代作家的散文集一翻，则这作家的世系，性格，嗜好，思想，信仰，以及生活习惯等等，无不活泼地显现在我们的眼前。这一种自叙传的色彩是什么呢，就是文学里所最可宝贵的个性的表现。”[②]由此可见“表现自我、张扬个性”是整个“五四”时期文学的一种普遍精神状态。因此吴宓蕴含新质的传统诗学主张“以新材料入旧格律”融入了“表现自我”的审美需求而获得了更多的现代性。刘衍文用“个性”来品评《诗经》、建安文学可见其意识到了现代诗学与古代诗学之间的契合之处。吴宓、刘衍文简单的诗学批评虽不及新文学家们呼唤“个性”排山倒海之声势，但无疑呼应了五四新文学运动的“个性主义”浪潮。

王一叶《食藿斋诗话》：近所谓印象派者，盖专于景物幽窅处取材，不必有何甚深之感慨及最高之理致，但随物取形，因事寄意，愈幽愈曲，愈峭愈深。知几何之状物，但著横斜之痕，乐谱之表音，惟记高低之度。无论何事何物，专就超形体的色彩，声音，质性上描摹。其于绘事，谓之透一层写法。如绘缀网劳蛛者，但画一小人卧荷叶上，仰视蛛网。揆之形式，人绝不能如此渺小，但此处所画是相像中烦忧之人，反易无理为有理。无论在艺术上或文学上，以想像之事物与实体之事物，联合写出，即所谓印象派也。诗中此体，倡于钟谭，近人为之尤工，如陈三立《十一月十四，夜发南昌，江月舟行》云：“晨席张大谈，夜城曳微醉，负手江茫茫，一片鸥鹭地。”“子安乘兴处，牧之怀旧情。西山压梦破，微怜篙橹声。……”[③]“印象派是欧洲十九世纪文艺思潮中所谓印象主义的一派，它主要反映在绘画上，同时波及于文学领域。诗歌创作方面，诸如法国的波德莱尔、马拉美、魏尔伦、兰波等，都是体现印象主义作风的代表人物。”[④]“他们在艺术表现上的共同实践和主张，是强调艺术家的主观感受，注重事物给人的一瞬间的感觉印象，用隐喻和暗示的方法

---

① 郁达夫：《中国新文学大系散文二集·导言》，上海：良友图书印刷公司，1935年，第5页。

② 同上，第5页。

③ 王一叶：《食藿斋诗话》，《新东方杂志》第2卷第6期。

④ 陈伯海在《李贺与印象派》中说：严格说来，印象派的名称多用于绘画，波德莱尔等的诗作则归属于颓废派或象征派.但两者精神实质相通，本文为方便计，姑且统称为印象派。《上海师范大学学报（哲学社会科学版）》1981年第4期。

来渲染气氛，以引起读者观众情绪上的共鸣与联想。”[①]由此可见，王一叶有关印象派的阐述与“印象派”的概念原义不尽符合，其中“随物取形，因事寄意”、“以想像之物与实体之物，联合写出”使得他对“印象派”的阐述充满了中国古典诗学的韵味。值得一提的是王一叶的阐述强调了印象派的“想象”的因素，这与印象派不拘泥于所见而能摹写记忆和想象中的事物以表现自我感觉是一致的。因此在这样的情况下他用“印象派”尝试来解读中国古典诗歌也是有其合理的一面。然而“印象派”毕竟是舶来品，中国地道的印象派旧体诗人却是没有的，这正如有学者说：“其实中国的古典诗人并没有道地的印象派，然而也有一些比较接近印象派作风的。”[②]因此王一叶以“印象派”来指称中国古典诗歌“诗中此体，倡于钟谭，近人如陈三立尤工”未免有些武断和绝对，但终可见作者可贵的现代性的批评眼光。

王逸堂《今传是楼诗话》品评舒铁云《瓶水斋集》中《读论语六十首》：“此诗发皇阴教，左袒女权，在当时或为游戏之作，在今日则不幸言中矣。”[③]其中“女权”即为女权主义，最早出现在法国，后传到英美逐渐流行起来。而中国随着中华有识之士先后发起戊戌变法、辛亥革命、五四运动等，中国女权主义运动也在中西文化的碰撞交融中兴起。在新文化运动中涌现出来的许多女作家（丁玲等）和部分男作家（鲁迅、周作人等）努力提倡女权主义思想，这给中国女权主义的生存与发展创造了一些可行的环境。“女权”这个新名词也随之在社会上流行并逐步被关注起来。与“女权主义”相对的是“男权主义”，中国自古以来是一个男尊女卑的社会，新时期女权主义思想的兴起意味着对中国传统男权社会的极力反叛。刘衍文在《雕虫诗话》这样评判吟梅山人《兰花梦》：“全书主旨，则为歌颂女子之才能，兼悲其为妇女之不幸。刻划性格，极其鲜明。抨击男权，痛入骨髓。”[④]他对“男权”的抨击即为其女权主义思想在旧体诗话中的体现。“女权”、“男权”的出现凸显了王逸堂、刘衍文现代的价值观念。

曼昭《南社诗话》：“《风洞山传奇》为瞿忠宣式耜而作，亦民族主义

① 陈伯海：《李贺与印象派》，《上海师范大学学报（哲学社会科学版）》1981年第4期。
② 同上。
③ 王逸堂：《今传是楼诗话》，张寅彭主编：《民国诗话丛编》第三册，第380页。
④ 刘衍文：《雕虫诗话》，张寅彭主编：《民国诗话丛编》第六册，第519页。

之宣传品也。”[①]林庚白《孑楼诗词话》：“宜某君作小说，描写徐志摩全然不似。此殆其局于封建社会之意识与情绪，于近代资本社会之人物，即不能了解，而突过资本主义社会之人物，又不待言。”[②]其中“民族主义、封建主义、资本主义、社会主义”均为从日语中借来的词汇。[③]这些社会学概念多次出现，不仅体现了《南社诗话》、《孑楼诗词话》的现代性，同时也彰显了曼昭、林庚白作为南社诗人积极的政治参与激情。

赵元礼《藏斋诗话》录白香山“只有一身宜爱护，少教冰炭逼心神”诗句，称自己“于家庭亲友间，向持和平主义，故对人从不过苛，而冰炭之我心神仍不复免。”[④]近代和平主义始于19世纪初在拿破仑战争后，英国基督教新教中的教友会宣传反对一切战争和暴力，鼓吹和平主义，并得到英国自由贸易派的支持。随后和平主义运动在英、美得到发展。而到20世纪30年代整个欧洲和平主义思潮盛行，民众惧怕战争，政府同样惧怕战争，奉行消极的和平观，甚至为了和平奉行“绥靖政策”，不惜牺牲弱小国家的利益以领土换和平。中国自古以来就有和平主义，墨家的兼爱、非攻思想即是和平主义在古代中国的体现，只是“和平主义”词汇是晚清民初西学潮流中的舶来品，它的出现彰显了《藏斋诗话》的现代性。

其次要提到的是“科学”的概念。中国在宋代就出现了“科学”一词，但它的意思是“科举之学”的意思，与现代意义上的“科学”大异其趣。[⑤]中国传统诗学话语缺乏科学、理性精神，现代汉语诗学话语主体对于科学话语与理性精神的强调，是受西方诗学话语影响的结果。“时代已经充满了科学的精神，人人都带点先天的科学迷”；[⑥]在崇拜科学的潮流中传统文人尝试着用“科学”的概念阐述诗歌。如周实《无尽庵诗话》评凤阳高亚名士《智兴》一卷；“禅机哲理融会贯通，其义者而又以科学实证之，乃庸耳”。[⑦]袁嘉谷

---

① 曼昭：《南社诗话》，曼昭 、胡朴安：《南社诗话两种》，第51页。
② 林庚白：《孑楼诗词话》，张寅彭主编：《民国诗话丛编》第六册，第103页。
③ 冯天瑜：《新语探源》，第461页。
④ 赵元礼：《藏斋诗话》，张寅彭主编：《民国诗话丛编》第二册，第243页 。
⑤ 谢应光：《中国现代诗学发生论》，四川大学2005年博士论文，第94页。
⑥ 茅盾：《茅盾文艺杂论集》（上集），上海：上海文艺出版社，1981年，第98页。
⑦ 周实：《无尽庵诗话》第1卷，《无尽庵遗集》，上海：上海国光印刷所，民国元年（1912年），第7页。

《卧雪诗话》："古人诗句，陶写性情，指陈时事，与今日新学固不相似，顾亦有新意可寻者。……'海日生残夜，江春入旧年。'尤合科学新理。"[①]杨香池《偷闲庐诗话》品评黄之隽《咏水碓》："语多明其制作之法，具有现代科学眼光，可谓心细于发，别开生面者矣。"[②]"科学与文艺性质各别，岂可混为一谈！正如法律与道德，事实与理论，经验与理想，似已接近，但不能相提并论。诗者文艺之一也，若以科学之理绳之，则不可解者多矣。"[③]刘衍文《雕虫诗话》举出简斋《意有所触得诗三首》之一："'天地汤风轮，三百六十度。星坠与木鸣，不能稍回护。何况蚩蚩氓，傀儡宁不悟。耳目手足间，丹漆胶丝竹。汝巧非汝能，汝拙非汝误。茫茫大化中，主之别有故。'或曰：此乃不明科学之理所致也。"[④]范罕《蜗牛舍说诗新语》多次出现"科学"的概念，如他认为"科学之入诗，亦理所当然，英国沙雷早开其端"。[⑤]"若新学家所云诗之起原、诗之定义、诗之原则等名词，亦不过集古人之成语，借科学方法分析，次第之而已"。[⑥]赵元礼《藏斋诗话》"前记日本近数十年来力行科学，讲求旧学者少。"[⑦]以上诗话作家周实意识到科学不能证之禅机哲理，袁嘉谷以为"海日生残阳，江春入旧年"所蕴含的新旧递替的恒常规律尤其合乎科学，杨香池从现代科学眼光批判诗歌及其对科学与文艺差别的阐述，刘衍文对诗歌不明科学道理的批评，范罕以为科学也可入诗的见解以及对新学家与古人差异的考虑等，都足见诗学批评到了20世纪初，中国人对西方科学的引进由形而下的器与技转向了思想、观念、制度等层面后，对科学的理解，也往往与世界观、思维方式、价值观念等等相互融合。19世纪中叶以后，西方的科学逐渐被引入中国，这是继明清之际以后西学的再度东渐，而它所产生的文化影响，则更为深远。尤其是五四时期，科学树立了绝对权威，它不仅战胜了传统的道德主义，而且也排斥了宗教，甚至取代了哲学的地位。胡适曾经对此做出描述："近三十年来，有一个名词在国内几乎做到了至上尊严的地

---

① 袁嘉谷：《卧雪诗话》，张寅彭主编：《民国诗话丛编》第二册，第313页。
② 杨香池：《偷闲庐诗话》，张寅彭主编：《民国诗话丛编》第三册，第703—704页。
③ 同上，第719页。
④ 刘衍文：《雕虫诗话》，张寅彭主编：《民国诗话丛编》第六册，第447页。
⑤ 范罕：《蜗牛舍说诗新语》，张寅彭主编：《民国诗话丛编》第二册，第559页。
⑥ 同上。
⑦ 赵元礼：《藏斋诗话》，张寅彭主编：《民国诗话丛编》第二册，第240页。

位：无论懂与不懂的人，无论守旧和维新的人，都不敢公然对它表示轻视或戏侮的态度。那个名词就是科学。”[①]就在胡适为“科学”张扬其至高无上地位之时，杨钧在《草堂之灵》发出了 对“科学” 质疑，他说：“天下事每多出于情理之外，使人莫解，若仅以科学为凭，谓不合科学者，为莫须有之事，此说只足以欺脑力简单之人，不足以欺鄙人。何以言之？科学本身亦渺茫也。”[②]针对湘黔之交“赶尸”民俗至奇至怪之现象作者说：“此于科学关系如何，愿见通人解兹疑惑。”[③]“赶尸”等属于传说的神奇故事，本身与科学无关，无法用科学解释，从作者的疑惑中以及“科学本身渺茫”一语中可见他对“科学”概念认识的模糊。杨钧对“科学”的态度代表了一批传统文人在新的时代面对新事物极其保守的态度。然杨钧大胆批评的勇气是值得肯定的，也许正是在强烈对峙的肯定与质疑声中，科学的概念才进一步被认识被确定。在此尤其值得指出的是，“科学”一词的确立，所确立的不仅是一个名词，一个事件，而且确立的是一种研究事物的思维，一种看待事物的方法，因此，这一词汇的确立最能代表着现代性质素的发展程度。由此可见，“科学”的批评言辞不断地出现在诸多旧体诗话文本中，无可置疑地体现着现代旧体诗话在诗思方式上所酝酿着的现代化转型。

20世纪末，在近代新兴资产阶级代表人物严复的积极推动下，进化论思想在中国思想界产生了巨大震荡和深远影响。同“科学”观一样，“进化论”是20世纪初在中国知识精英中影响深远的西方科学理论之一。从洋务运动以来，科学精神的主要表征是达尔文的进化论，而进化论在中国的接受过程中演变成社会达尔文主义，成为一种意识形态。它认为人类社会也遵循“物竞天择，优胜劣汰”的自然法则，所以中国非奋起自强不可，否则就要亡国灭种。因此，进化论成为社会变革的思想动力。五四文学革命中，社会达尔文主义仍然有绝大权威，并形成了进化论的文学观。进化论的文学观认为，文学是在由低级到高级、由蒙昧到文明的进化过程，因而要进行改良、革命、反传统。这种进化论文学史观同科学概念一样，深刻地影响民国时期旧体诗话作者的言诗方式。

---

① 胡适：《科学与人生观序》，《胡适文集》第3册，北京：北京大学出版社，1998年，第152页。

② 杨钧：《草堂之灵》，长沙：岳麓书社，1985年，第322页。

③ 同上，第323页。

白采《绝俗楼我辈语》录入美博士杜威之言：编织一事，可以概括人类进化之历史。[①]袁嘉谷《卧雪诗话》“……盖初进化时，三数即为多数。……吾国诗家能变古人之诗而卓然特创，此乃文字之美，人心之灵为之，不可不谓为进化。”[②]范罕《蜗牛舍说诗新语》，肯定“诗在我国学术上是进化者，后胜于前，毫无疑问”。[③]刘衍文《雕虫诗话》：“然《诗经》实为四言诗之极诣。后有作者，纵陶元亮亦未能及之。但苦文繁意少。就成熟而言，其诗虽具社会性与地方性，而无我之个性在焉。故《诗经》虽为源汇，而不能不有待于进化矣。”[④]“进化”一词的使用显现其诗学批评的现代性质素。

“民权”的概念，即公民在政治领域里享有的民主权利也一样成为晚清民初以来新型知识分子追求的新政治文化内涵的一项重要表征。“‘民权’一词，是近代日本创制的。……‘民权’成为自由民权运动的关键词。”[⑤]中国历史上只有重民思想和无君思想，并没有民权思想。[⑥]“鸦片战争后，中国社会发生了亘古未有的深刻变化。在中西文化的膨胀和民族危机的激发之下，近代中国民权思想的演进从稚弱走向成熟，其民权意识在辛亥革命之后尤为高涨。”[⑦]在孙中山三民主义体系中，民权主义是其核心。如果说孙中山更多地表达了对中国民权的整体关怀和民主理想的积极诉求，那么五四新文化运动则将这种关怀和诉求推进到了维护人的个性、人格、尊严和自由的高度，这种转变意味着中国民权主义在理论上的进一步深化和具体化。可喜的是具有现代意义的“民权”概念进而影响到传统诗话的诗学品评。如蒋箸超编辑《民权素诗话》，其题名即为“民权”，秋梦《民权素诗话·绮霞轩诗话》评“张苍水《戊戌冬怀》八律，其于种族之辨，亦凌若秋霜。特当时民权之说未明，不免迷于君臣之义。”[⑧]屈向邦《粤东诗话》卷四写道：“梁任公著《饮冰室诗话》，尝论及石达开致曾国藩诗五章。惜其怀抱，帝王思想不知民权大

① 白采：《绝俗楼我辈语》第3卷，第61页。

② 袁嘉谷：《卧雪诗话》，张寅彭主编：《民国诗话丛编》第二册，第297页 。

③ 范罕：《蜗牛舍说诗新语》，张寅彭主编：《民国诗话丛编》第二册，第558页。

④ 刘衍文：《雕虫诗话》，张寅彭主编：《民国诗话丛编》第六册，第415页。

⑤ 冯天瑜：《新语探源》，第368页。

⑥ 嵇文甫：《中国历史上曾有过民权思想么？》，《河南大学学报（社会科学版）》1934年第3期。

⑦ 燕继荣、陈璇雯：《百年中国民权发展之初考》，《科学社会主义》2011年第1期。

⑧ 秋梦：《民权素诗话·绮霞轩诗话》，张寅彭主编：《民国诗话丛编》第五册，第238页。

义。”[①]因此在“民权”的含义不断被充实的过程中旧体诗话作者在诗学品评中借用“民权”概念显示了旧体诗话的现代特征。

与此同时“文明”、“平等”、“自由”等作为西方文化的象征是新型知识分子自晚清以来就极力引进的现代质素。19世纪与20世纪之交，中国学术思想界对待西学的态度和认识发生了重大的演变，从单纯地引进西技西政发展到开始追究西方文明的实质，以西方文化反观中国传统文化的意识开始逐步形成，以“正宗本源”的中学化解“旁支末流”的西学这一主流意识行将瓦解，五四新文化运动之后，西方的文化意识基本主宰了中国诗学话语模式。因此“文明、自由、平等”等话语不但成为旧体诗人诗歌创作中所表现的西方精神文化精髓的象征，同时也成为批评家品评诗歌的一个诗学标准。袁嘉谷《卧雪诗话》解注张文昌《蛮州诗》为：“象州今为名郡，城郭巍然。而在唐时仅书名松牌，其野可想。虽然，城以拒兵，兵为凶物，世界大同之日，销兵乐业，凡城郭皆无用也。所谓松牌记名，其文明又何如。”[②]由云龙《定庵诗话》说：“作诗自以品格为第一，……夫北平狎优之风，最为恶劣……而乃自诩曰文明，曰平等，未免自欺欺人。”[③]曼昭《南社诗话》以为“‘孟夏草木长，绕屋树扶疏，众鸟欣有托，吾亦爱吾庐’读后直觉天地万物，一切平等，一切自由。”[④]刘衍文《雕虫诗话》评论“袁简斋《谢太傅祠》首联：‘一笑翩然载酒行，东山女妓亦苍生。’《乙亥杂诗》第一二六首亦云：‘不容儿辈妄谈兵，镇物何妨一矫情。别有狂言谢时望，东山妓即是苍生。’是皆能以平等待下层人士，虽妓女亦不例外。”[⑤]并因初见《续幽怪录》载韦固旅次遇月下老人以赤绳子系男女足而成婚事，感叹“今人恋爱自由矣，亦岂无怨耦而各皆如愿！”[⑥]以上诗话作者袁嘉谷从今日“文明”来品评古之象州松牌记名的现象，由云龙从诗人的自身品格谈及文明、平等的现代质素的要求，徐谦从现代婚恋观念评判《诗经》中的作品，曼昭以为彰显了平等、自由的诗歌为最好的诗歌，刘衍文对“平等”观念的欣赏以及对今人“恋爱自由”的忧虑均可见传

---

① 屈向邦：《粤东诗话》第1卷，第30页。
② 袁嘉谷：《卧雪诗话》，张寅彭主编：《民国诗话丛编》第二册，第342页。
③ 由云龙：《定庵诗话》，张寅彭主编：《民国诗话丛编》第三册，第576页。
④ 曼昭：《南社诗话》，曼昭、胡朴安：《南社诗话两种》，第78页。
⑤ 刘衍文：《雕虫诗话》，张寅彭主编：《民国诗话丛编》第六册，第541页。
⑥ 同上，第446页。

统诗话作家现代的诗思方式和对西方文化观念的积极认同。

自晚清以来，“革命”一词的出现彰显了摧古拉朽之时代最强音。“革命”，在中国古代是变革天命、改朝换代的意思，这与西方和现代中国的“革故更新”的主要思想也有差距。[①]有学者具体指出说：“近代汉字新语不少是由汉语古典词衍生而成的，历经了从古典义向现代义的转换，而外来概念对固有语的意义渗透和改铸，是导致这种转换的重要助力。‘革命’便是典型案例。19世纪中叶以降，由工业文明装备起来的西方殖民主义大举入侵东亚……孙中山、章太炎等高扬中国古典的‘革命’旗帜，倡导暴力反清；并汲纳欧美革命思想，以‘万民’为主体，取代‘一君’为主体，使‘革命’获得现代义，汇入世界义。”[②]在中国现代的革命观念经过19世纪末20世纪初数年间的宣传，尤其是革命派革命实践的展开渐入人心。到辛亥革命前夕，“革命”更成为国人的口头禅。在20世纪初，中国思想界开始出现革命崇拜的现象，随着革命的声浪日渐扩大，革命崇拜日渐散布，中国思想界出现了激化的现象。到了五四后期，这种激化现象已经相当普遍。现代旧体诗话中具有现代意义的“革命”概念已屡见不鲜，如豁庵《民权素诗话·豁庵诗话》评无名氏题壁诗：“太息神州事，夷氛满域中。睡狮何日醒？惊世一声中。”“亦有革命之思想者。”[③]杨香池的《偷闲庐诗话》：“文学屡经革命，而旧日所号为富有诗书之上，大受排击，难以谋生，甚且流为乞儿者多矣。”[④]吴宓的《空轩诗话》：“三百年后，中华民族由其所教，卒能颠覆异族。成革命自主之业。”[⑤]钱仲联的《梦苕庵诗话》：“今日浅学妄人，无不知称黄公度诗，无不喜谈诗体革命。不知公度诗全从万卷中酝酿而来，无公度之才、之学，决不许妄谈诗体革命。”[⑥]曼昭的《南社诗话》频频出现“革命”一词，曼昭认为：“在《民报》未出世以前，革命宣传文字，最有力者无过章太炎《驳康有

① 谢应光：《“科学”、“民主”、“革命”：语言学视野中的五四文学革命》，《西南师范大学学报》2004年第5期。

② 冯天瑜：《新语探源》，第525—526页。

③ 豁庵：《民权素诗话·豁庵诗话》，张寅彭主编：《民国诗话丛编》第五册，第253页。

④ 杨香池：《偷闲庐诗话》，张寅彭主编：《民国诗话丛编》第三册，第677页。

⑤ 吴宓：《空轩诗话》，张寅彭主编：《民国诗话丛编》第六册，第21页。

⑥ 钱仲联：《梦苕庵诗话》，张寅彭主编：《民国诗话丛编》第六册，第290页。

为书》及邹容《革命军》矣。”[①]“亚子于南社诸人为革命死者，以文纪之，以诗哭之。”[②]以上诗话从革命的角度来品评诗歌或陈述革命事实，无疑就是这场革命浪潮的见证。

“心理“或“心理学”是西方科学文化的一个重要标志，有学者曾说：“私塾先生当然不会讲授与科举考试毫无关系的心理学知识；直到20世纪初，有关心理学的论文、译著陆续出现，心理学这门学科才得到越来越多的重视。”[③]20世纪20年代后期，伴随着西学的大潮，再次引起了社会的广泛关注。以下旧体诗话已经开始从心理学的角度来做简约的诗学品判，如蒋箸超《蔽庐非诗话》中评杨椒山诗作“饮酒读书四十年，乌纱头上少青天。男儿欲到凌烟阁，第一功名死要钱”云：“此二十八字之考语者，能有几人哉。好官自我为之，笑骂由他人笑骂，充此心理，彼被尽可以自豪，然而四万万之赤子苦矣。国之不亡，将何以待。”[④]林庚白《孑楼诗词话》：“中国士大夫，囿于封建社会传统之心理，其于不正确之身分（份）与名誉上观念什九重视，浅者挟此为嘲骂、诬蔑、报复之资，受之者亦耻之恨之，实则甚属无谓。”[⑤]钱仲联《梦苕庵诗话》“曾孟朴通法文，善迎合流俗心理，所译法国文学名作，时人盛称之。”[⑥]吴宓《空轩诗话》品评叶石荪“善以心理观点评论文学。”[⑦]范罕《蜗牛舍说诗新语》“前人说诗有精到处，语虽简浑，不合现代学者之心理。然不可否认。”[⑧]刘衍文《雕虫诗话》诠释蒋振麟先生《如园诗稿》中《闲情集》为：“上十首诗大体而言，皆浅显清丽，情意深长，尤以前四首情景交融，可画而非画所能传，且有类小说之心理描写。”[⑨]又称“小赋为有诗情画意之赋，为侧重心理描摹与感受之赋，是赋之抒情化。”[⑩]上述旧

① 曼昭：《南社诗话》，曼昭 、胡朴安：《南社诗话两种》，第39页。
② 同上，第33页。
③ 据高觉敷主编《中国心理学史》统计，从1900年至1918年共出版心理学译、著三十种，北京：人民教育出版社，1985年。
④ 蒋箸超：《蔽庐非诗话》第2卷，第19页。
⑤ 林庚白：《孑楼诗词话》，张寅彭主编：《民国诗话丛编》第六册，第107页。
⑥ 钱仲联：《梦苕庵诗话》，张寅彭主编：《民国诗话丛编》第六册，第297页。
⑦ 吴宓：《空轩诗话》，张寅彭主编：《民国诗话丛编》第六册，第71页。
⑧ 范罕：《蜗牛舍说诗新语》，张寅彭主编：《民国诗话丛编》第二册，第566页。
⑨ 刘衍文：《雕虫诗话》，张寅彭主编：《民国诗话丛编》第六册，第580页。
⑩ 同上，第473页。

体诗话用“心理”、“心理描摹”话语来诠释中国古典诗学以及与将其诗歌与西方小说的心理描写相类比，均可视为现代质素的体现。值得一提的是刘衍文《雕虫诗话》评述唐伯虎《题仕女图》“梅花萧寺日斜时，蓦见惊鸿软玉枝。撮取绣鞋尖下土，搓成丸药疗相思。”为“可为变态心理学或性心理者取作佐证。”[①]20世纪20年代后期，伴随着对西方心理学介绍的热潮，欧美各国有关变态心理学的著作陆续介绍到中国。中国学者朱光潜等较系统地评价变态心理学的各种学派，论述了这一学科的任务和研究方法，推动了当时中国变态心理学的科学研究与实际应用。“变态心理学或性心理者”为心理学的名词概念，刘衍文在此用跨学科的术语来进行诗学批评，说明了西方科学精神在传统诗学领域的渗透。

“幽默”译音词的身份显现了“五四”以来的新文化精神。钱仲联《梦苕庵诗话》：“钟、谭诗派，自牧斋掊击以来，论者薄之过甚。沈归愚选《明诗别裁》，至不登二家诗一首。李越缦、陈石遗稍为之平反。近人倡所谓幽默文学者，于是钟、谭二集，又风行一时。”[②]“近人倡幽默文学者，奉袁中郎为初祖。坊间颇多翻印其集者。不知中郎诗文伉爽而犀利，并不幽默也。”[③]“幽默”一词最先出现在王国维在1906年出版的《屈子文学之精神》一书。后于1924年，林语堂在《晨报》副刊上连续撰文，定“幽默”为“humor”的汉译名。自20世纪20年代，林语堂和中国新文学运动旗手鲁迅一起，运用幽默手法开展反帝反封建的政治、思想和文化斗争，探索幽默理论，并创造了基调高亢、语言诙谐、讽喻犀利的“语丝体”散文，而林语堂本人也被称为“幽默大师”。钱仲联在《梦苕庵诗话》中提及“近人倡幽默文学”应指向新文学倡导人林语堂、鲁迅等倡导的一新文学现象。在此重要的是钱氏不仅仅关注到了这种幽默的文学现象，而是用“幽默”来品评明代文学家袁宏道的作品风格，体现了传统诗学批评家对现代诗学观念的自觉使用。

宗教话语的出现使吴宓《空轩诗话》在诸多的旧体诗话中彰显了别具一格的现代性。吴宓评述高阳李文勤《心远堂集》《拟宫词》七律四首为：“中国以男女喻君臣之际，西国则以男女喻天人之接引，耶教以上帝或耶稣为新

---

① 刘衍文：《雕虫诗话》，张寅彭主编：《民国诗话丛编》第六册，第469页。

② 钱仲联：《梦苕庵诗话》，张寅彭主编：《民国诗话丛编》第六册，第365—366页。

③ 同上，第368页。

郎Bridegroom或新妇Bride，均以男女至情可以深致思慕，而其苦乐成败，又极变化奇诡之致故也”[1]并以为曾宝荪女士《贺谭蘩女士颂洗》和其祖父曾重伯《宝荪赴欧西留学，将求景教甚深微妙义法。万里异域，仅与其师英国女士巴路义同往，期以三年始归。由浙返湘省觐，侍奉兼旬，挂帆遂往，题篷与之》二首“皆可为景教（即耶教，又曰基督教。）影响及于中国文学之好例也。”[2]宗教自唐传入以来从未停止过对中国的文化入侵，而清末1900年义和团运动开始20年间，其传教活动尤其是新教在中国的传播得到了空前的发展，虽然辛亥革命和五四运动以后，民主和科学思想极大地影响了中国人民，但并不能阻止中国人对基督教的信仰，吴宓就是诸多文化人中很有代表性的一位。他宣称自己“深信宗教与上帝”，[3]并同时把这种信仰也灌注到自己的诗评之中。耶稣或上帝为基督教的中心人物，吴宓借用基督教中术语直陈中西文化之异同，这在20世纪旧体诗话中是颇为独到的视角。

上述极具西方精神内涵而为新文化倡导人所极力移植的西方诗学话语出现在旧体诗话中，旧体诗话因此获得了令人欣喜的现代性。与此同时，现代旧体诗话也接受了诸多西方诗学术语。这就如向天渊在《膨胀与误读——西方诗学话语的汉语机制》中说西方诗学话语的膨胀还表现为术语置换。[4]他说：“术语不仅仅是诗学观念的载体，它本身也有独立性与系统性。某种术语的流行程度，也就意味着该种术语所代表的话语系统生命力的强弱程度。就20世纪二三十年代而言，西方诗学术语可以说已较彻底地置换了古代汉语诗学中的术语，在现代汉语诗学话语中大肆流行开来。”[5]以此来观照现代旧体诗话，西方诗学术语也广泛地进入到了旧体诗话中，其中以吴宓《空轩诗话》、林庚白《孑楼诗词话》及《丽白楼诗话》，刘衍文《雕虫诗话》，杨香池《偷闲庐诗话》，范罕《蜗牛舍说诗新语》，等等，最具代表性。本章先列举出旧体诗话中较为典型的西方诗学术语以略观之。

---

① 吴宓：《空轩诗话》，张寅彭主编：《民国诗话丛编》第六册，第5页。

② 同上，第45、47页。

③ 同上，第46页。

④ 本章关于“主义”横行和术语置换的类别区分，借用的是向天渊在《膨胀与误读——西方诗学话语的汉化机制》的提法，《四川外国语学院学报》2005年第4期。

⑤ 向天渊在《膨胀与误读——西方诗学话语的汉化机制》的提法，《四川外国语学院学报》2005年第4期。

首先要列举的是“形式”和“内容”这对西方诗学术语。“从40年代以后，除了古代文论研究方面的文章之外，‘文质’、‘形神’等术语在批评文章中，几乎都被‘形式’与‘内容’所取代。”①“形式”作为一个词，在中国古代一般是指“外形”的意思，与现代诗歌中的“形式”概念差距较大。在中国古代，还没有“内容”一词。从语源学的角度看，“内容”是源于日本的一个词语，日本则是源于对英文“Content”的意译。②在中国古代，“文”一般是指诗歌中那些外观形式方面的东西，譬如诗体的样式，字数，句子，韵律，用字等等，“质”一般是指诗歌所表现的内容，即“志”“情”“意”“景”等等，即文与质才是文学作品的形式与内容。以下诗话中出现了具有现代诗学意义的“形式”和“内容”。如范罕《蜗牛舍说诗新语》“予以新诗之体裁构造形式上多费一番功夫”③“诗未有无形式者，英国诗形式甚多，我国词曲亦然。”④杨香池《偷闲庐诗话》“诗在文艺中别为一体，且具有美性。一方面是由其实质上之分辨，一方面又由其形式上之分辨。音韵者，构成诗之形式之一也。苟废之，已失去形式之美，仍不易动人欣赏。”⑤屈向邦《粤东诗话》卷四第三页云：“无意境而多作，将失之浮滑，浮而不实便是无聊，所谓实者，有内容之谓也。有内容云者，即诗中有人谓也。”邵祖平《无尽藏斋诗话》称《诗学捷径》一书“其内容之乖谬，随手一披。”⑥吴宓《空轩诗话》品评吴碧城《信芳集》中之诗词，“独有深契于新，自谓于其技术及内容，颇多精到之评解。”⑦

“文学”，“在古代是‘文’（文章，指文字性作品）和‘学’（博学，指学术）的综合，而近代日本以‘文学’翻译Literature，词义缩小，定格为‘以语言塑造形象来反映现实的艺术，如小说、散文、诗歌等。’”⑧较之古

---

① 向天渊在《膨胀与误读——西方诗学话语的汉化机制》的提法，《四川外国语学院学报》2005年第4期。

② 刘正埮、高明凯、麦永乾、史有为编：《汉语外来词词典》，上海：上海辞书出版社，1984年。

③ 范罕：《蜗牛舍说诗新语》，张寅彭主编：《民国诗话丛编》第二册，第556页。

④ 同上。

⑤ 杨香池：《偷闲庐诗话》，张寅彭主编：《民国诗话丛编》第三册，第716页。

⑥ 邵祖平：《无尽藏斋诗话》，《学衡》1923年第13期，第135页。

⑦ 吴宓：《空轩诗话》，张寅彭主编：《民国诗话丛编》第六册，第62页。

⑧ 冯天瑜：《新语探源》，第362页。

典的泛义“文学”（文章博学），变得单义化和确定化了。以下旧体诗话运用了具有现代意义的“文学”，如周实《无尽庵诗话》：“山阴沈怀仲昆弟四人均娴文学。”[①]胡怀琛《海天诗话》：“余作《海天诗话》，多搜日人诗，非扬之，亦以见中土文学传播之广耳。”[②]赵元礼《藏斋诗话》品评王静安先生谓诗词之境界在乎步隔之时说：“文学之妙在乎隔与不隔之间……”[③]杨香池《偷闲庐诗话》：“文学中之有诗歌一门，亦犹禽鸟中之有黄鹏、画眉一类。”[④]吴宓《空轩诗话》称黄遵宪“新材料入旧格律”之主张合于“文学创造之正规。”[⑤]曼昭《南社诗话》称润生“不娴文学，而于南社赞助甚力。”[⑥]

“文艺即‘文学’与‘艺术’的简称，在中国古代多在技艺意义上使用‘艺术’一词。清末入华新传教士以汉语古典词‘艺术’对译art，又将近代西方art引申出来的新义：人类以情感和想象为特征把握和反映世界的一种特殊方式，注入‘艺术’这一词语之中。日本幕末明初的各种双语词典也仿效来自中国的《英华字典》，用‘艺术’译art，并逐渐使‘艺术’一词脱离技术的原义，成为指通过审美创造活动再现现实和表现情感的方式，以与其他把握和说明世界的理性方式（如科学）相区别。”[⑦]以下旧体诗话运用了具现代意义的“文艺”或“艺术”，如杨香池《偷闲庐诗话》：“诗在文艺中别为一体，且具有美性。”[⑧]胡朴安《南社诗话》称“亚子之掊击宋诗，非文艺之观念，是政治之观念。”[⑨]范罕《蜗牛舍说诗新语》称“要之文艺一道，真赏不虚，直接国民之精神。”[⑩]林庚白《孑楼诗词话》：“南社同人马君武，以理化学者兼擅文艺，朋侪中叹为难能。”[⑪]刘衍文《雕虫诗话》：“夫诗与词，乃艺术也。”[⑫]

---

① 周实：《无尽庵诗话》第1卷，第8页。
② 胡怀琛：《海天诗话》，张寅彭主编：《民国诗话丛编》第五册，第307页。
③ 赵元礼：《藏斋诗话》，张寅彭主编：《民国诗话丛编》第二册，第234页。
④ 杨香池：《偷闲庐诗话》，张寅彭主编：《民国诗话丛编》第三册，第716页。
⑤ 吴宓：《空轩诗话》，张寅彭主编：《民国诗话丛编》第六册，第37页。
⑥ 曼昭：《南社诗话》，曼昭、胡朴安：《南社诗话两种》，第49页。
⑦ 冯天瑜：《新语探源》，第368—369页。
⑧ 杨香池：《偷闲庐诗话》，张寅彭主编：《民国诗话丛编》第三册，第716页。
⑨ 胡朴安：《南社诗话》，曼昭、胡朴安：《南社诗话两种》，第125页。
⑩ 范罕：《蜗牛舍说诗新语》，张寅彭主编：《民国诗话丛编》第二册，第555页。
⑪ 林庚白：《孑楼诗词话》，张寅彭主编：《民国诗话丛编》第六册，第124页。
⑫ 刘衍文：《雕虫诗话》，张寅彭主编：《民国诗话丛编》第六册，第650页。

“观念”[①]为日源新词，如胡朴安《南社诗话》称“亚子之掊击宋诗，非文艺之观念，是政治之观念。”[②]吴宓《空轩诗话》：“其诗实能表现先生之精神、思想、学术、行事，此亦中国文学之正宗观念也。”[③]林庚白《孑楼诗词话》品评白居易和王荆公诗作为：“仅以意绪而论，此二诗盖于封建社会中士大夫之哲学观念，……”[④]俞大纲《寥音阁诗话》：“王观堂尝以雪芹人生哲学，悲天悯世，近于叔本华，观堂于人生观点，何独不然？故于雪芹独寄同慨，惟伦理观念，略有不同耳”[⑤]

“情感”[⑥]为日源新词，杨香池《偷闲庐诗话》：“诗之作，不外‘情感’二字。此说古今中外皆同。”[⑦]林庚白《孑楼诗词话》品评白居易和王荆公诗作为：“仅以意绪而论，此二诗盖于封建社会中士大夫之哲学观念及其囿于阶级与家庭之情感，不自觉而流露于外，若此其深且挚。”

“主观、客观”为近代日本自创汉字新词以对译西洋概念。[⑧]如范罕在《蜗牛舍说诗新语》中强调说“近人说诗常以主观、客观对待理论，未尝不明显，但亦就诗之品类加以界说耳。……”[⑨]吴宓《空轩诗话》批评赵翼《题元遗山诗》说：“清盛时之诗人，乃多能同情亡国遗老，盖真客观之欣赏也。”刘衍文《雕虫诗话》：“师用此字，删尽主观设想之虚言，遂能真象突现，境界一新。”[⑩]林庚白《孑楼诗词话》以为王礼锡《洛阳道中》“……举皆宜从客观上探讨，不以先入为主焉。”[⑪]

“思想”在“中国古典词汇中指‘想念、怀念或思忖、考虑’的意思，如曹植《盘石篇》：‘仰天长太息，思想怀故乡’；《素问·上古天真论》：

---

① 冯天瑜：《新语探源》，第444页。

② 胡朴安：《南社诗话》，曼昭、胡朴安：《南社诗话两种》，第125页。

③ 吴宓：《空轩诗话》，张寅彭主编：《民国诗话丛编》第六册，第23页。

④ 林庚白：《孑楼诗词话》，张寅彭主编：《民国诗话丛编》第六册，第102页。

⑤ 俞大纲：《寥音阁诗话》，《俞大纲全集·诗文诗话卷》，第210—211页。

⑥ 词尾是“感”的词，如美感、好感、情感、性感等是日源新词，冯天瑜：《新语探源》，第460页。

⑦ 杨香池：《偷闲庐诗话》，张寅彭主编：《民国诗话丛编》第三册，第680页。

⑧ 词尾是“观”的词，如主观、客观、悲观、乐观、人生观、世界观等为日源新词，冯天瑜：《新语探源》，第460页。

⑨ 范罕：《蜗牛舍说诗新语》，张寅彭主编：《民国诗话丛编》第二册，第401页。

⑩ 刘衍文：《雕虫诗话》，张寅彭主编：《民国诗话丛编》第六册，第631页。

⑪ 林庚白：《孑楼诗词话》，张寅彭主编：《民国诗话丛编》第六册，第102页。

‘外不劳形于事，内无思想之患。’而明治时代日本首次出版的哲学用语集《哲学字汇》以之翻译Thought，词义扩大为‘客观存在反映在人的意识中经过思维活动而产生的结果或形成的观点。’”[①]以下旧体诗话中“思想”具备的是现代义，如豁庵《民权素诗话·豁庵诗话》评无名氏题壁诗有“亦有革命之思想者。”[②]蒋箸超《蔽庐非诗话》品评山舟一四言诗“亦庄亦谐……举一切名利之思想一扫而空。”[③]杨香池《偷闲庐诗话》品评黄公度《今别离》四首“首首以新思想入诗。”[④]吴宓《空轩诗话》“王国维早年文学……以其受西洋思想，故能发人之所未发。”[⑤]范罕《蜗牛舍说诗新语》“诗之一艺，实能引发国故，鼓舞民风，亦今日我国学者应有之思想也。”[⑥]林庚白《孑楼诗词话》“晦闻思想较迂旧，宜于欧化之东渐，不胜其痛心疾首也。”[⑦]

“精神”，原指人的精气、元神。后指人的意识、思维活动和一般的心理状态。为物质运动的最高产物。或者指宗旨、意义。[⑧]以下旧体诗话中出现的是具备现代意义的“精神”。如胡怀琛《海天诗话》认为“中英人译‘总是玉关情’因不懂‘玉关’，而‘精神’已失掉”。[⑨]范罕《蜗牛舍说诗新语》“要之文艺一道，真赏不虚，直接国民之精神。”[⑩]吴宓《空轩诗话》评柯先生“其诗实能表现先生之精神、思想、学术、行事，此亦中国文学之正宗观念也。”[⑪]曼昭《南社诗话》认为“整理国故，当以新文化运动并行。……盖一扫从来屈于强暴之风气，而表现刚健独立之精神，实当时一般文学家之致力所在也。”[⑫]胡朴安《南社诗话》称其弟胡寄尘“三十五首诗，即为寄尘精神之所托可也。”[⑬]刘衍文《雕虫诗话》：“苏（东坡）诗近体……且多有模拟痕

---

① 冯天瑜：《新语探源》，第362—363页。
② 豁庵：《民权素诗话.豁庵诗话》，张寅彭主编：《民国诗话丛编》第五册，第253页。
③ 蒋箸超：《蔽庐非诗话》第2卷，第47页。
④ 杨香池：《偷闲庐诗话》，张寅彭主编：《民国诗话丛编》第三册，第703页。
⑤ 吴宓：《空轩诗话》，张寅彭主编：《民国诗话丛编》第六册，第23页。
⑥ 范罕：《蜗牛舍说诗新语》，张寅彭主编：《民国诗话丛编》第二册，第558页。
⑦ 林庚白：《孑楼诗词话》，张寅彭主编：《民国诗话丛编》第六册，第103页。
⑧ 香港中国语文学会：《近现代汉语新词词源词典》，上海：汉语大词典出版社，2001年，第134页。
⑨ 胡怀琛：《海天诗话》，张寅彭主编：《民国诗话丛编》第六册，第309页。
⑩ 范罕：《蜗牛舍说诗新语》，张寅彭主编：《民国诗话丛编》第二册，第555页。
⑪ 吴宓：《空轩诗话》，张寅彭主编：《民国诗话丛编》第六册，第23页。
⑫ 曼昭：《南社诗话》，曼昭、胡朴安：《南社诗话两种》，第73页。
⑬ 胡朴安：《南社诗话》，曼昭、胡朴安：《南社诗话两种》，第159页。

迹，而畦町未化，不意后人反于此等诗篇誉之效之，焉知苏之面目精神，原在彼而不在此哉。”[①]

“表现”为现代汉语中纯粹的日语。[②]吴宓《空轩诗话》评述柯凤孙：“其诗实能表现先生之精神、思想、学术、行事，此亦中国文学之正宗观念也。”[③]品评于右任《民治学校园杂事诗》前后二十首为：“以花草植物之色性，喻英雄志士之怀抱，融合自然Nature与人事，而又能表现自我……”[④]刘衍文《雕虫诗话》“所论虽仅谈笠翁，实可为戏曲中之性灵表现立一准则。”[⑤]

“情节”为西方现代文学理论批评术语之一。[⑥]屈向邦《粤东诗话》称：“诗有个体，宜明其体制，近见有人标题曰行曰吟云云随便为之，若按其诗中情节往往不相合，亦一病也。”[⑦]刘衍文《雕虫诗话》评判吟梅山人《兰花梦》：“全书主旨，则为歌颂女子之才能……人物似纯属虚构，而情节颇耐人思。”[⑧]

“结构”是现代批评中使用最为广泛、最频繁的术语之一。[⑨]陈衍《石遗室诗话》：“诗要处处有意，处处有结构。”[⑩]《粤东诗话》卷四第十五页云：“不知诗有章法有格律，不观全诗结构，只着眼一二好句，亦误”，沈其光在《瓶粟斋诗话》“诗有看而喻者，命意之深浅、结构之疏密是也。”[⑪]

“体裁”为西方现代文学理论批评术语之一。[⑫]范罕《蜗牛舍说诗新语》“要无妨于诗之整个精神与韵味可矣，非独立体裁也。”[⑬]陈景寔《观尘因室诗话》“诗文用字，各有体裁，界限严明，不能通融。”[⑭]刘衍文《雕虫诗话》如谈赋体起源时说：“故倘以今语言之，赋之演变，先为诗之一种创作方

---

① 刘衍文：《雕虫诗话》，张寅彭主编：《民国诗话丛编》第六册，第425页。
② 高名凯、刘正埮：《现代汉语外来词研究》，北京：文字改革出版社，1958年，第82页。
③ 吴宓：《空轩诗话》，张寅彭主编：《民国诗话丛编》第六册，第23页。
④ 同上，第40页。
⑤ 刘衍文：《雕虫诗话》，张寅彭主编：《民国诗话丛编》第六册，第646页。
⑥ 王先霈、王又评主编：《文学理论批评术语》，北京：高等教育出版社，2006年，第225页。
⑦ 屈向邦：《粤东诗话》第3卷，第15页。
⑧ 刘衍文：《雕虫诗话》，张寅彭主编：《民国诗话丛编》第六册，第519页。
⑨ 王先霈、王又评主编：《文学理论批评术语汇释》，第218页。
⑩ 陈衍：《石遗室诗话》，张寅彭主编：《民国诗话丛编》第一册，第236页。
⑪ 沈其光：《瓶粟斋诗话》，张寅彭主编：《民国诗话丛编》第五册，第552页。
⑫ 王先霈、王又平主编：《文学理论批评术语汇释》，第233页。
⑬ 范罕：《蜗牛舍说诗新语》，张寅彭主编：《民国诗话丛编》第二册，第557页。
⑭ 陈景寔：《观尘因室诗话》，第21页。

法，渐而成为一种表现手法，终而成为一种独立之文学体裁，颇类今日散文诗。”①

“背景”为日源新词。②范罕《蜗牛舍说诗新语》在论述诗歌功用时说诗“本不是世间物，是比世间高一等之物；但亦不是出世间物，是在世间背后之物，西人所谓背景是也。”③在此范罕借用西方的名词术语“背景”阐述诗歌创造既高于生活又出于生活的特性，“背景”概念的阐述虽有些隐晦难解，但终见范罕对西方诗学术语的自觉使用。吴宓《空轩诗话》“诗话仅乃为本集中之诗之参考与背景而已，未可以诗选或诗史视之也。”④

“叙事”是西方现代文学理论批评术语之一，是叙事学的基本术语。⑤屈向邦《粤东诗话》认为顺德梁子春《莲须阁牡丹》诗“笔意沉着，无限低徊，惜全篇叙事似署冗沉耳。”⑥

晚清民初由于“西学东渐”，古代诗学术语已捉襟见肘，不敷应有，这正如有学者说：“晚清以来，白话文之所以伴随着西学浪潮而逐渐盛行以至渐成时势，恰是因为现代理性的逻辑难以用文言文来圆满显现，甚至连西学的一些概念都无法在文言文中找到对应物。”⑦王国维也指出：“事物之无名者，实不便于吾人之思索，故我国学术而欲进步乎，则虽在闭关独立之时代犹不得不造新名，况西洋之学术骎骎而入中国，则言语之不足用固自然之势也。”⑧百年以来，中国诗学基本上是通过借鉴西方理论来开展自身的现代性建设的，这种西语的输入并不是“话语主体强行霸占的结果，而是我国文学及文论话语主动的寻求、模仿、融合理解及民族国家的现代性需求使然”。⑨这就从语言变革的现实需要说明了“造新名”的必要性和紧迫性。所以“用白话文代替文

① 刘衍文：《雕虫诗话》，张寅彭主编：《民国诗话丛编》第六册，第472页。

② 冯天瑜：《新语探源》，第444页。

③ 范罕：《蜗牛舍说诗新语》，张寅彭主编：《民国诗话丛编》第二册，第562页。

④ 吴宓：《空轩诗话》，张寅彭主编：《民国诗话丛编》第六册，第46页。

⑤ “叙事”为西方现代文学理论批评术语之一，王先霈、王又平：《文学理论批评术语汇释》，第345页。

⑥ 屈向邦：《粤东诗话》第1卷，第14页。

⑦ 许纪霖、陈凯迪：《中国现代化史》，上海：上海三联书店，1995年，第311页。

⑧ 王国维：《论新学语之输入》，周锡山编：《王国维文学美学论著集》，太原：北岳文艺出版社，1987年，第112页。

⑨ 王钦峰：《论处于全球化外围的文学与文学研究》，《文学评论》2002年第1期，第124页。

言文的‘正宗’地位，不仅是一个语体形式的革命，而且是一个创造新的语义系统的过程，其目的在于适应变迁了的现代社会心态以及与外部世界交流的需要。”[①]而语言学家王力更是从词语的角度肯定了新词汇的输入：“近百年来，从蒸汽机、电灯、无线电、火车、轮船到原子能、同位素等等，数以千计的新词语进入汉语的词汇。还有哲学社会科学、自然科学各方面的名词术语，也是数以千计地丰富了汉语的词汇。总之，近百年来，特别是近五十年来，汉语词汇的发展速度，超过了以前三千年的发展速度。”[②]因此在这样的情势下西方诗学术语或现代诗学话语以成对甚或以群体的形象广泛进入传统诗学话语体系之中，古雅诗意的旧体诗话中因此闪耀着熠熠的现代光芒并由此获得了非同寻常的现代意义。

上文主要考证了有代表性的西方诗学术语进入不同的旧体诗话文本中，而以刘衍文《雕虫诗话》，胡朴安《南社诗话》，范罕《蜗牛舍说诗新语》，吴宓《空轩诗话》，《英文诗话》，等等，为代表的旧体诗话可见西方诗学话语在传统诗话文本中异彩纷呈的现象。例如《雕虫诗话》有“题材、多样化、个性化、现代化、表达、演变、创作方法、表现手法、散文诗、概括”[③]等不胜枚举的外来诗学术语。在此值得一提的是刘衍文《雕虫诗话》中对“散文诗”一词的使用。虽然中国一千多年前就有类似散文诗的作品，而欧洲16、17世纪不少作家也写过很有诗意的散文，但作为一种独立的文学样式流行起来是在19世纪中叶以后。第一个正式用“小散文诗”这个名词和有意采用这种体裁的是法国十九世纪诗人波特莱尔。在中国新文学中，散文诗是一个引进的文学品种。刘衍文在诗话中用“散文诗”来类比赋体体现了他诗学批评的现代视角。而刘氏在品评王渔洋《冶春绝句十二首》之三之所以能“脍炙人口，亦唯在若隐若现，而包孕无穷也。举凡论‘含蓄’、讲‘神韵’、解‘心理距离’、倡‘朦胧美’者，似皆可以此道通之。”[④]也可见“朦胧美（gossamer

① 毛丹：《打倒“孔家店”与“文学革命”》，许纪霖、陈达凯主编：《中国现代化史·第一卷（1800—1949）》，上海：学林出版社，2006年，第270页。

② 王力：《汉语浅谈》，《王力文集》第3卷，济南：山东教育出版社，1985年，第680页。

③ 题材为汉语新词，见香港中国语文学会《近现代汉语新词词源辞典》，第424页。词尾是“化”和“法”的词是日源新词，分别见冯天瑜：《新语探源》，第460、461页。“概括”为日源新词，冯天瑜：《新语探源》，第444页。

④ 刘衍文：《雕虫诗话》，张寅彭主编：《民国诗话丛编》第六册，第462页。

beauty）”、“心理距离”这样的现代诗学批评术语。“朦胧美”作为美学概念中外古典著名哲学家、美学家并没有直接论述过。而中国近百年来的美学发展是在西方美学的巨大影响下进行的，“‘美学’一词正式流行开来是20世纪初年之事，即从日本引进此词之后。”[①]早在1912年瑞士心理学家、美学家布洛在他发表的论文《“心理距离”作为一项艺术因素与审美原则》中使用“心理距离”解释了一切审美现象。由此，“心理距离说”即距离产生美这个概念开始广泛流传。而朦胧美是有“距离”的概念。在20世纪心理学美学诸流派中，布洛的“心理距离说”对朱光潜早期学说影响至深，其《悲剧心理学》几乎处处可见“距离说”的影子。而中国现代派诗人如戴望舒、施蛰存等诗作追求意象繁复、广泛象征、知性追求所造成的朦胧美是其突出的特征之一。因此刘衍文对“朦胧美”、“心理距离”的运用体现了《雕虫诗话》的现代性。而胡朴安《南社诗话》反复出现了“现象、想象”[②]，范罕《蜗牛舍说诗新语》多处可见“定义、原则、分析、要素、解放、否认”[③]等日制新词，吴宓《空轩诗话》、《英文诗话》中英文词汇俯拾即是，而《空轩诗话》中“归纳、经验”[④]等西方诗学术语的出现均体现了诗话的现代性。

第二梳理现代诗学话语在旧体诗话中的呈现。首先一向被视为卑俗、地位低下的白话文，此时凭借“开通民智”的口号，声威大振，一时竟形成与文言文分庭抗礼之势。例如祝嘉《军国民诗话》，用白话文品评79首旧体诗，纳入了现代的批评元素。胡山源《幽默诗话》收集古今文言诗词中之涉诗趣事，而自序为白话文的书写形式。陈登元辑《唐人故事诗》，前有陈氏以白话写成的导言，正文则仍用文言。陈景寔《观尘因室诗话》夹用白话文，其发刊词

---

① 黄兴涛：《“美学”一词及西方美学在中国的最早传播》，《文史知识》2000年第1期。

② “现象”，原指神、佛、菩萨等现身于人间，后指事物在发展、变化中所表现出来的外部形态。香港中国语文学会：《近现代汉语新词词源词典》，第282页。“想象”为日源心理词汇，高名凯、刘正埮：《现代汉语外来词研究》，第132页。

③ “定义、原则、解放”为日源新语，见冯天瑜：《新语探源》，第444页。要素为日源新语，见冯天瑜：《新语探源》，第497页。日本人用古代汉语原有的词法“意译”欧美语言的词，再由汉族人民根据这些日语的外来词改造而成的现代汉语的外来词，“分析”为其中之一。分析的古典义是“分开”、“解析”，日本借此翻译analysis，冯天瑜：《新语探源》，第469页。“否认”也为类似于“分析”的外来词，冯天瑜：《新语探源》，第475、480页。

④ “人生观”、“归纳”为日制新语，分别见冯天瑜：《新语探源》，第460、455页，“经验”为外来新词，见香港中国语文学会：《近现代汉语新词词源词典》，第134页。

云："现在的时代是古今不同了，无论说什么话，作什么事，都要抱着科学化的主义。就是我这一卷小小的诗话，也是拿着世界眼光来说的。"虽然在具体的诗话论评之中，陈景寔的论评仍旧拘囿于传统的诗论之中，并没有所谓世界的眼光和科学主义，然而诗话发刊词白话文的使用以及"科学化的主义"、"世界眼光"等话语的出现，都体现了其批评话语的现代性。刘衍文《雕虫诗话》卷四在评述蒋麟振诗歌《无题》时多次运用"这个"、"那个"①之类的白话文，卷五中多文白夹杂，如录入余越园、查宽之、黄煦的语言均为口头白话文。②品评查宽之《沉渣的浮起》使用的也是白话文③等等。其次五四"新文化"运动中的诗学话语也进入到了旧体诗话中，如傅熊湘《钝安脞录》称："临湘吴凤孙先生善道俗情，无意不达，颇见今日所谓平民文学。"④平民文学是五四文学革命中提出的一个建设新文学的主张和口号。最初由周作人于1919年1月在《平民文学》一文中正式提出，指与文言的贵族文学相对立的、普遍表现人们普遍与真挚感情的文学。而《钝安脞录》所录吴凤孙一诗："街头买饼街头啖，君道旁人耻笑多。我若巧偷并豪夺，被君知道又如何"，虽为旧体诗，记录的却是俗情俗世，且"我"现代人称词语的使用都使其与现代平民文学相近，因此作者采用"平民文学"的批评言辞恰切且体现了其诗学批评形式的现代性。还有作者称"蔚庐诗，喜谈经世，纵笔所至，在当时已为新派，犹今日所谓文学革命化也。"⑤众所周知，文学革命始于1917年，它在中国文学史上竖起一个鲜明的界碑，标志着古典文学占主导地位的时代一去不回，新的现代文学的帷幕已轰然打开。在此傅熊湘居然也使用"文学革命"的批评词汇，即使不是有意地趋新骛时，也可以显示出其批评视野的开阔，联系到他对"平民文学"概念的使用，可见其诗话批评所受到的现代意识的影响。

杨香池在《偷闲庐诗话》以现代诗学术语称代中国古典诗人："陶渊明为隐逸诗人或田园诗人，杜甫为社会诗人，白居易为革命诗人，王、孟、柳、韦为田园诗人，高、岑为边塞诗人，刘长卿、孟郊、贾岛、韩愈为苦吟诗人，

---

① 刘衍文：《雕虫诗话》，张寅彭主编：《民国诗话丛编》第六册，第620页。

② 同上，第656页。

③ 同上。

④ 傅熊湘：《钝安脞录》第1卷，铅印本，长沙鸿飞印刷局，民国二十一年（1932年），第1页。

⑤ 傅熊湘：《钝安脞录》第1卷，第1页。

李贺、温庭筠、李商隐为唯美诗人。”[1]其中“社会诗人”、“革命诗人”、“唯美诗人”的划分很显然具备了现代诗学的特征，让我们感受到了当年陈独秀倡导文学革命时的“三大主义”对传统诗学批评的影响。

20世纪是中国诗学发生前所未有的大变革、大转换时期，在西方强劲文化的冲击和传统文化相对衰竭的双重力量的挤压下，中国诗学的历史使命就是实现自身诗学话语从古典向现代的转换，而除了借西方现代形态的话语来实现自身诗学的变革以外，别无其他选择。有学者说：“西方话语不仅作为一种体现了某种先在的强势理论话语形态成为中国现代诗学颠覆古典诗学的内在动力，而且随着西方话语在中国现代诗学领域的逐渐深入，这种强势话语也成为了中国现代诗学自觉建构的体系化结构中的躯体和血肉。”[2]加之“20世纪初的语言变革又为新术语、新概念的产生提供了一个上佳的契机。西方文学术语藉此大量输入，诸如反映、认识、本质、规律等西方哲学概念也全面进入文学批评视野，真实性、典型性、形象、内容、形式、思想性、艺术性、现实主义、浪漫主义等等在现代批评中曝光率最高、最基本的话语登上了批评舞台。”[3]确实，如果说汉唐时期中国引进的词汇主要是一些商品的名称和佛教用语，几乎不涉及政治、文化、哲学、科学等方面，但当西方列强用大炮打开中国的国门之后，晚清以来的一些有识之士出于自强的意图，开始大规模地学习西方的科学知识。最初的洋务运动是学习西方的物质文化，从语言的角度来说，就是大量输入西方的实物和科学技术名词，它对中国社会的影响主要是物质层面。其后的戊戌变法是学习西方的政治文化，就是输入西方的政治制度和社会历史性名词。五四新文化运动则是在深层上学习西方的精神文化，语言上则是大量输入西方的哲学、文学、伦理学、文化学、历史学、社会学、政治学等思想性或者说是精神性的术语、概念和范畴。五四文学中，西方词汇之多，在中国文学史上是绝无仅有的。人们运用西方语言在当时是一种时髦，就连私人通信里也是欧语不断。譬如郭沫若在给田汉写的信中这样说：寿昌兄呵，我给你说的话老是说不完，一支“新pen”都写秃了。这可视为不放过任何使用英语词汇可能性的典型例子。因此在西方诗学话语大举入侵和现代诗学话语积

① 杨香池：《偷闲庐诗话》，张寅彭主编：《民国诗话丛编》第三册，第706页。
② 龙泉明、赵小琪：《中国现代诗学与西方话语》，《文学评论》2003年第6期。
③ 邵滢：《语言变革与中国现代文学批评的发生》，《福建论坛》2003年第1期。

极建构之崭新的诗学背景中，旧体诗话作家虽然仍用传统的诗学批评样式进行诗学批评，但很明显已经以各自不同的姿态接受着来自西方和国内新型气象的影响。在此，无论是带着强烈西学色彩的诗学话语还是纯粹的诗学术语，无论是散落在旧体诗话文本中的英文单词抑或是与文言相对的白话口语，无论是诸如吴宓《空轩诗话》、刘衍文《雕虫诗话》等诗话中西方诗学话语、中国古典诗学话语、中国现代诗学话语水乳交融、难分疆界，还是如袁保香《冷观庐诗话》、孙雄《诗史阁诗话》等掩藏在庞大的古典诗学话语之中的零星的西方诗学话语都彰显了旧体诗话作者在传承古典诗学的同时表现出对西方文化以及中国新文化运动的自觉或不自觉的回应。值得强调的是语言学家索绪尔认为，语言是一种表达观点的符号系统。语言不仅是一个封闭的、完整的、自主的符号系统，并且还是社会文化的系统。具体到中国语言体系，曾有学者说："古代文言在其发展的历史长河中，形成了自己独有的语义系统，即古汉语系统。这个系统不单纯指语言本身，更是文化传统、民族精神、社会心理等综合交汇、积淀的结果。因此，古代汉语作为中航民族两千年来的书面语，其使用就不仅是文言和白话的雅俗之别，更内在的则是传统文化精髓、士大夫情结、诗书礼义等传统和精神的体现和表达。因此语言从根本上说就是一个民族精神、历史文化的系统化和精神化，甚至文化表达，在这种意义上来说，语言的隔膜是民族之间文化、精神最根本的隔膜，而语言的变革也将会是根本的变革。"[①]由此来看，语言的变革就不仅是语体形式的变革，更重要的是思想的变革和精神的变革。所以现代旧体诗话对中国现代诗学话语或西方诗学话语的输入不只是视觉感官上的崭新名词的集体呈现，其意义就不是简单的字、词、语法结构、发音等等方面的不同，新词汇的输入从根本上改变了汉语的言说方式、话语方式，改变了中国人的思维方式、思想方式以及价值观念，而其中极其重要的意义就是西方诗学话语的输入使中国人的思想精神因此发生了蜕变。由此来看，现代旧体诗话作为传统的诗学批评模式，其接受崭新的诗学话语所获得的现代意义却是深刻的，其中"科学"、"进化"、"形式"和"内容"等批评话语的频繁出现就是一个很好的例子。然而需要注意的是现代旧体诗话对西方诗学

① 梁桂莲：《对晚清白话文运动的语言认识》，《海南师范大学学报（社会科学版）》2008年第2期。

话语或中国现代诗学话语的输入一方面使其获得夺目的现代性，另一方面又显其孱弱和不足。从上述材料可以发现诸多现代旧体诗话作者虽然热衷于借用西方诗学话语进行传统的诗学阐释，然而却对某些西方诗学概念和术语缺乏科学的界定和理解，甚至只作中国古典式的诗学阐述，表现出思维的简单粗糙，上述材料中对“象征主义”、“印象派”“背景”等的阐释和运用就存在着这样的问题。之所以会这样是因为发生了现代嬗变的旧体诗话的语言构成分属不同的语言体系，即旧体诗话中古典诗学话语体系中融入了中国现代诗学话语和西方诗学话语，而古代诗学与现代诗学和西方诗学话语体系不仅存在着语言系统之间的根本差异，更存在着思想和精神方面的根本差异，当它们突发性地聚合在一起，往往缺乏必要的消化和整合。这正如谢应光说：“诗学作为一种独立自足的学术话语系统本应该有自己的规范性、独立性和系统性，但一旦遇到外力的强力作用，它就有可能突破自身的学术限制而畸形地增生新的形态。”[①]具体而言，这主要表现在中国人在接受西方诗学时，本土传统中那些根深蒂固的东西像思维方式和认知方式与外来文化仍有抵触，而且这种抵触也是很难消失的。由此可见，旧体诗话在强大的西方诗学和中国现代诗学强劲有力的冲击下表现出无法从容应对崭新诗学洪涌而至的尴尬和局促。海德格尔也说过“语言是存在之家”，如果“家”都不同，那么与“家”一体的“存在”肯定就难以相同了。因此旧体诗话作者虽然在崭新的诗学话语面前积极地求新创变，然其自成体系、不容置疑的价值观使得他们对西方诗学话语或现代诗学话语的运用难以突破传统的局限，这也就是旧体诗话的批评话语仍主要为“以意逆志、知人论世、道、气、神、形、兴、韵、味、趣、格、致、意境、意象、形神、境生象外、虚境、穷而后工、言不尽意、兴象、神韵、气韵、才性、神思、兴会、妙悟、格调、活法、真、淡、雅、自然、含蓄、典雅、本色、诗言志、兴观群怨、温柔敦厚”，即旧体诗话的话语体系仍旧停留在中国古典诗学的意义范畴，强调的仍然是一种意义指向模糊、妙在不可言传之间等古典诗学审美品判标准。然而尽管如此，诸多旧体诗话作者对西方诗学话语和现代诗学话语的大量引进无疑使旧体诗话获得了数量丰富和表达精准的崭新诗学话语甚至更为

---

① 谢应光：《中国现代诗学的语言结构与性质》，《西北大学学报（哲学社会科学版）》2007年第4期。

自由、灵活的诗学批评方式和科学的诗学批评精神，旧体诗话因而获得超乎历代传统诗话的现代性。尤其是杨香池《偷闲庐诗话》，范罕《蜗牛舍说诗新语》，吴宓《空轩诗话》，刘衍文《雕虫诗话》，等等，包容和接纳西方诗学话语和现代诗学话语赋予旧体诗话的现代意义在庞大的旧体诗话中颇为重要。

四、旧体诗话批评思维的现代性

晚清以来，西方自然科学对中国文学批评的影响，不仅仅体现在与“科学”相关的系列概念陆续成为文学批评的理论范畴，更为重要的是自然科学的思维方法对文学批评产生的影响越来越显著，越来越成熟。王国维在《论新学语之输入》中就对中西思维方式自觉地进行了比较，非常清晰地指出了西方理论家所擅长的抽象思维与分析综合能力恰恰是中国传统理论思维的弱项，他说：“西洋人之特质，思辨的也，科学的也，长于抽象而精于分类；对世界一切有形无形之事物，无往而不用综括及分析之二法”，可是“吾国人之所长，宁在于实践之方面，而理论之方面则以具体的知识为满足。至分类之事，则除迫于实际之需要外，殆不欲穷究之也”，“故我国中国肖辩论而无名学，有文学而无文法，足以见抽象与分类二者，皆我国人之所不长”。事实上抽象分类、分析综合的科学方法，对学术研究是十分重要的。所以他指出，为了推进我国的学术研究，“今日最急者在授世界进步学问之大略，使知研究之方法。”[①]黄曼君先生在《中国20世纪文学理论批评史》中也说：“我国古代文论，由于直觉思维和整体把握的方式及长于辩证逻辑，使得它用许多成对的美学范畴诸如情与理、形与神、虚与实等来对文学艺术的特征、构成、布局予以把握和描述，而这些范畴大多却‘只可意会、不可言传’，具有相当大的弹性和张力；还有许多概念、术语如气、神韵、风骨、情采、性灵等同样显示出灵活性、多义性、多功能性、整体性的特点。这是因为统于一尊的经学思维方式遏制了思维的个性化，神秘的直觉代替了思维的理性化，笼统的整体直观妨碍了思维的精确性。但是，中国文学批评现代转型的发生打破传统整体直觉

---

① 王国维：《论新学语之输入》，周锡山编：《王国维文学美学论著集》，太原：北岳文艺出版社，1987年，第111页。

思维的格局，引入了西方科学思维方式……使文学批评出现了重事实、重演绎，强调理性分析和逻辑实证的特征；在概念范畴上则力求遣词造句的严密准确，使之具有稳定性、精确性和解析性。”[①]以此角度而观之，与历代诗话一样，现代旧体诗话同样注重直观感受、切身体悟，运用艺术直觉思维对诗歌作整体观照，具体表现为现代旧体诗话如历代诗话一样以细致的文本批评见长，从名句名段的点评之中，发现情趣，迸发思想火花，捕捉瞬间的美感。正是由于这样的功能与作用，诗话表达一般都十分简洁，以注释、点评形式为主，将貌似散乱的思想记录在文本片断中，少至一句两言，多则两三页。就其内容而言，诗话所关注的并非诗歌创作中的一些重大的问题，大多是辨析文义，钩沉诗界轶文趣事，并以此而自乐。批评家的文艺思想与诗学观念，以印象式的方法加以表达，其真知灼见往往凝聚于片言断语中。然而所不同的是晚清以来，中国人的思维方式经过现代语言、逻辑的洗礼，已经相当趋近于西方的模式，传统思维方式只是作为一个要素混合包容在现代思维中；因为个人气质、文化背景、受教育程度的不同，它对有些人的影响可能更大些，有的则弱一些；对诗学批评家来说，有的更多地受传统思维的约束，有的则偏向于现代思维。由此来看，与五四新文化运动同时发生发展起来的现代旧体诗话，虽然它在思维方式、理论范畴乃至诗学观念上更多的接近于中国传统诗学，更多地受到中国诗学传统的浸润，但是它存在于一个新文化新思潮势如潮涌的时代里，就不可能不受到新思潮新文化的影响，这种影响当然也包括科学思维方式的运用。因此为数不少的现代旧体诗话已经不同程度地打破中国人重直觉的思维惯性，而开始重视逻辑推理、综合分析、专题分类等强调理性的方法的运用，其中以陈衍《石遗室诗话》，袁嘉谷《卧雪诗话》，吴宓《空轩诗话》，钱仲联《梦苕庵诗话》，刘衍文《雕虫诗话》，由云龙《定庵诗话》，范罕《蜗牛舍说诗新语》，屈向邦《粤东诗话》，等等，最具典型性。

陈庆元品评《石遗室诗话》曾这样说：“虽然采用的是中国传统的形式，但和传统的三言两语的评点式诗话已经不完全相同，陈衍的诗话更注意专题性，更注意论述的条理和文字内在的逻辑关系”。[②]陈衍《石遗室诗话》在现

① 黄曼君：《中国20世纪文学理论批评史》，北京：中国文联出版社，2002年，第64页。

② 陈庆元：《诗词研究论集》，成都：巴蜀书社，1998年，第309页。

代旧体诗话文本中批评思维的现代质素是较为显著的。诗话二十三卷陈衍对钟惺、谭元春评诗的论述犹如一篇言简意赅的论文。首先批评钟谭“说诗既不能触处洞然，自不能抛砖落地”，往往有“说不得”、“不可解”等评语，即钟、谭以含糊的语言解不出诗的妙处，然后列出钟谭所评近二十首诗作为具体实例并分缕析。在此仅举两例以见之，如针对《后游》：“江山如有待，花柳更无私”，钟云：“‘无私’二字解不得，有至理。”而对《江亭》：“寂寂春将晚，欣欣物自私”，钟云：“自私无私，各有其妙，传不出。”对此作者分析到：“均此春物，而忽言‘无私’，忽言‘自私’，宜敬伯之解不得、传不出也。不思江山何待，即待此花柳等物，为之点缀。前此经过秋冬，摇落闭蛰，黯然无色，一旦春来，烂熳者行将至矣，故言待也。‘万木无声待雨来’之‘待’亦此意。花柳得气而生，各效其红紫青绿之色，以妆点江山，虽欲闭而不发，花柳不能自主也；使卷而藏之，花柳亦不愿也，供人把玩，供人攀折，真可谓无私矣。然凡物之各尽其能事而不遗余力者，皆由自私来也。桃之或红或白，李之白，杏之红，柳之长条细叶，各有独到之处。花柳无知则已，使其有知，必阴喜自负，汲汲然上承雨露风日，下吸土膏泉脉，以增高而继长，故逢春倾阳，皆有欣欣向荣之意。由是能自立者，各有以自见。人之寻花问柳，于花柳实有荣焉。在花柳只知自私，在人则但见其无私。不自私无以为无私也。”[①]以上简而言之即陈衍认为花柳妆点江山，任人把玩，可谓“无私”，但凡物之各尽其能事而不遗余力者，即便春之将尽，花柳也会尽其所能显其红颜绿意，因为“人之寻花问柳，于花柳实有荣焉”。事实上“在花柳只知自私，在人则但见其无私。”“无私”或“自私”只不过从人作为观赏者还是花木自身的角度作不同的解释罢了。在此陈衍将钟伯敬无以言说的“自私”和“无私”的奇妙诠释分析得清晰、明了。又《中宵》云：“西合百寻余，中宵步绮疏。飞星过水白，落月动沙虚。”谭云：“‘过’字妙，‘白’字更妙。每见飞星而不能咏，于此始服。”陈衍分析到：“题系《中宵》，诗中又说明月落，飞星于此时过水，故倍觉其白，不然且月明星稀矣。首句言‘西阁百寻’，故能见‘飞星过水’，拖晕甚长，不然地窄天小，飞星且见首不见尾

① 陈衍：《石遗室诗话》，张寅彭主编：《民国诗话丛编》第一册，第314页。

矣。”[①]在此陈衍否定了谭元春对《中宵》“白”字更妙的评价，作者认为诗题为“中宵”即半夜时分，又有月落，这应该是一个月明星稀的夜晚。而尤其《中宵》诗首句是“西阁百寻”，故能见“飞星过水”，然飞星稍纵即逝，如果不是托晕甚长，如果不是不地窄天小，飞星应该是见首不见尾，怎么可能在诗人千百度的寻找中显其特有的明亮呢？与谭元春的诗评比较起来，陈衍对《中宵》诗作所呈现的自然现象的分析可见其逻辑推理的科学思维。

袁嘉谷在《卧雪诗话》在诗话中梳理了中国文字及文字声韵的渊源发展，并总结说：“声之始当为一言，韵之始当为二言。二言叠字如赫赫、明明、穆穆、皇皇之类，叠韵如崔嵬、虺隤之类，然声短节促，不足以发扬心志，不得不进为三言。三言之诗畅而和，简而达。《三百篇》及汉以后作，有全体三言者。盖初进化时，三数即为多数。（如三人成众、三女为粲之类，不可悉数。古人言三，不啻言百言千。）三言之变当为四言，再进为五言，而声韵益畅。……六言、八言、九言以至十数言，非不可用，但全篇者鲜耳。……总之，古人声音简，诗以三四言为多。后人声音畅，诗以五七言为多。皆文之一体，不能别出于文外，法理均同，不过诗用韵耳。乃若五七律，则与古体大异，上对叶律，尤为古人所无，盖古诗实古文之一体，而律诗又古诗之变相。”[②]中国文言旧体诗的发展脉络一目了然。袁嘉谷通声韵学，故论诗颇看重声调谱一类的著作，如：“自秋谷《声调谱》、阮亭《平仄定体》出，古诗音韵日严。覃溪《三谱》续出，海内宗之（《四谱》不甚为世重。）几以为不奉其书，不可为诗。”然后作者举实例证之：“夫五古自伯玉、曲江始，变齐、梁、陈、隋之体，直追建安、黄初。七古则李杜特创一体，前无古人。韩以一韵到底为胜，苏以长篇裁对为工。”最后作者总结出：“其音节之要有三：一曰三平三仄，谓逆数每句第三字须与句末之字平仄相同。二曰忌四平五平，连用防板防滞。仄声有上、去、入之分，虽四五可以间用。三日上句末字四声并用，押仄韵诗上句末字尤不得多用平声。三者既备，古调谐矣。”[③]分析归纳的批评思维很明显。

沈其光《瓶粟斋诗话》针对“昔人以荆公为人拗强乖僻，至谓其诗无一

---

① 陈衍：《石遗室诗话》，张寅彭主编：《民国诗话丛编》第一册，第315页。
② 袁嘉谷：《卧雪诗话》，张寅彭主编：《民国诗话丛编》第二册，第296页。
③ 同上，第318页。

语自在者，是直欲以人废言矣”的情况，认为“荆公古诗故作惊人语，时或有之，至其近体，无不循声按律，其支对之工整，有非当时苏黄欧苏所能并者，何尝拗强乎？若夫‘花枝到眼春相照，山色侵衣晚自迷’、‘柳条不动千丝直，荷叶相依万盖阴’、‘野草自花还自落，鸣禽相乳亦相酬’、‘山鸟自呼泥滑滑，行人相对马萧萧’等句，恐舍此更无有自然者矣。随园不读其全集，随声附和，甚至诋其于诗终身在门外，非所谓信口雌黄耶？”[①]在此作者在进行反驳昔人的诗学观点时，先退一步陈述王荆公确有故作惊人语，但紧接着肯定王荆公的近代诗作，然后以列实例以证实自己的观点，最后批评袁枚不读王荆公诗歌全集就片面地否定王荆公是信口雌黄。在此，以退为进，层层深入的理性逻辑思辨加之实证举例使作者的论辩很有说服力。又如沈其光认为金元两代诗人，当推遗山为大家。[②]作者首先介绍元遗山的生平、交友及生逢易代，至性天成。然后论述元遗山的诗歌，先肯定遗山七言古歌行开阖动宕，驰骤奔放，盖所谓“挟幽并之气”，此为第一。如《虞坂行》、《南溪》等20篇，读之神为之王。在此作者分析上述诗篇中往往杂糅唐宋人句，如“黄鹤一去不复返”、“白鸥万里谁能驯”、“事殊兴极幽思集”、“天淡云闲今古同”等等恰如自出机轴，无襞积痕，此其独长也。紧接着作者对元遗山的其他诗体作整体评述：“其次为七言律，又其次为五言古，亦浏亮闲婉。至五言绝，多率易，不足观。七言绝，题画诗十居五六，亦无甚佳思矣。”肯定中有批评，理性批评可见一斑。紧接着作者对其七律“篇篇钩勒，字字辟灌，而尤工于隶事”举例进行说明，之后列举昔人评遗山诗及元遗山自题诗以说明其得诗中奥旨，最后并举元遗山与杜甫诗作，以便说明元遗山诗全得力于杜。如此整体观照、条分缕析的诗学批评增加了《瓶粟斋诗话》批评的逻辑紧严性。

由云龙《定庵诗话》列举了王安石、黄山谷、陈后山、陆放翁等诗作后，总结出：“以上所列宋诸家之作，皆格律浑成，气息深厚，非一味生涩槎枒可比，而每首中必有一二联精到名隽之句。”[③]通过归纳总结，概括出宋代诗人作品的特点。《定庵诗话》多处可见逻辑思辨、理性的诗学批评。如针对清代吴修龄疑惑今世学宋诗尊尚何人，子瞻、鲁直、放翁之诗，一泻千里，不堪

---

① 沈其光：《瓶粟斋诗话续编》，张寅彭主编：《民国诗话丛编》第五册，第526页。

② 同上，第583—584页。

③ 由云龙：《定庵诗话》，张寅彭主编：《民国诗话丛编》第三册，第567—568页。

咀嚼，是文非诗的观点，作者先理性指出苏黄之诗，未尝无一唱三叹者，未尝无言近旨远者，吴氏一概抹杀，未得为定论。接着作者认为唐人之所以为浑沦渊雅之诗，宋人之所以为真率新辟之句，固时势然也。在此作者列证据，从《论语》、《孟子》起，一直到清代的道咸以来，这时国事日非，非讲求经世之学，不足以济时；非主张通变之道，不足以应用。……其诗亦皆廉悍坚卓，趋于有宋诸大家。最后作者得出结论，今人学宋诗，也是时势使然。在此，作者进一步强调自祁文瑞、曾文正就已主张宋诗，其门生承流响化，莫不瓣香双井，希踪二陈。迄于同光之交，宋诗派诸多诗人皆出入南北宋，标举山谷、荆公、后山、宛陵、简斋。其诗清新警拔，涵盖万有，诗家之真旨自此而始显。[①]其实就诗歌本身来说，一种流派，一种诗体，都有一个产生、发展，鼎盛并逐渐走向衰落过程，为另一种流派、诗体所代替。因此，文艺要发展需要继承，但更需要创新。在此由云龙对宋诗及宋诗派的肯定就在于宋诗创新的特征。在这段诗学批评中，作者批驳之中列举实例予以证实自己“今人学宋诗是时势所致”的观点，面对吴修龄对宋诗的否定，作者不仅以实例反驳了其观点，还认为清宋诗派诗歌清醒警拔，诗歌的真旨得以显现。由云龙诗学批驳之中有破有立，分析有论有据，条理清晰，诗学批评的逻辑思辨性可见一斑。又譬如针对金匮杨夔生所言：“诗虽有为而作，然古人多以自写其性情。而曲士小生，往往索解于解之外，曰某句刺某事，某章刺某人，温厚和平，荡然无遗。至于字句多引前人之诗，谓其某字本于某人，亦过矣。盖多读书，则落笔自无杜撰，岂择其为某人之字句而用之哉。”[②]由云龙提出：“然古今人读书多，见诗多，作诗多，则搞词命意，不免相袭”[③]的反驳意见，然后列举古人相袭的诗句若干句以证之，也可见作者逻辑推理的批评思维。

刘衍文《雕虫诗话》本来就对新文化思潮比较亲近，对新文学亦有好评，因而其诗话批评的思维现代性也比较突出，诗学批评之中分析综合、归纳的逻辑批评随处可见。例如刘衍文对赋体的发展纲要做了总结。[④]将理学家的哲理

---

① 由云龙：《定庵诗话》，张寅彭主编：《民国诗话丛编》第三册，第562—563页。

② 同上，第556页。

③ 同上。

④ 刘衍文：《雕虫诗话》，张寅彭主编：《民国诗话丛编》第六册，第472—474页。

诗总体分为六类视之[1]，并对每个类别进行分析，有理有据，逻辑性强，西人擅长的分析综合的方法在此得自如的运用。尤为值得一提的是刘衍文在诗话中对哲理诗进行了总结，刘氏说："宋代道学兴盛，遂有理学家之哲理诗，顾哲理诗非始于宋也。"[2]在此作者将哲理诗分为六类进行总结，并以为"作诗者参透世情物态道出之人生真谛者第六种哲理诗之最难得者。前述五种哲理诗，虽有据理立说者，初不免终欲傍人门户也。而此类哲理诗，则一无依傍，全以造化为契机。虽胸中亦时有各种教义充塞其中，而落笔时则已全然一扫而空，诚所谓有理如无、无理却有。不为大言空言，却极通情达理。"[3]刘衍文以为最善为此种哲理诗者，莫袁简斋若。正是由于"其不深明哲理，始不为一曲之士，为人所共知之哲理所拘，感触一深，性灵独至，虽解哲理诗之内涵未当，而发抒之哲理则能以俗谛通真谛，于人心有戚戚焉。"[4]其后举数例以证之。在此刘衍文对赋之起源发展的归纳总结、对哲理诗的总结和品评已远非传统诗话随性而至的评点式的诗话批评所能比拟，现代诗学批评的特色极为明显。又如作者针对世人以为如樊增祥之《彩云曲》、《后彩云曲》，王国维之《圆明园》等等夹叙夹议之诗不如荷马史诗、弥尔敦《失乐园》、歌德《浮士德》之发挥自如，便以为我国无史诗，为我国文学不如他国之明证。在这样的情况下，作者冷静地指出："殊不知各国自有各国之传承，不得一律求之也。倘欲言我国之史诗，元明剧曲，非诗剧而何？弹词小说，非我国之特种史诗而何？若推之远古，当知我国人文之学，'方以类聚，物以群分'，分工之早，他国未有。……国家积弱受侮久矣，国人因而自卑，以一不如人，遂百不如人，甚且以'月亮也是外国的好'而传为笑柄，实当引以自警。倘专以我为准的，以之绳人，言他国之学职责不明、混淆不清，实不文明之所致也，可乎？夫道当并行而不悖，悖则非道，绝不可一例求之、一类取之。比较其特色可也，探究其因果可也，相互交融而各取所长使各有所得尤善也。妄自菲薄与妄自尊大，则两皆失之矣。"[5]这段诗话，既以人种、环境为基础，强调了各国文学自身

---

① 刘衍文：《雕虫诗话》，张寅彭主编：《民国诗话丛编》第六册，第425—448页。

② 同上，第425页。

③ 同上，第444页。

④ 同上。

⑤ 同上，第475—476页。

传统的必然性，不得一律求之，又对世人认为我国无史诗的论点进行了心理剖析，观点鲜明但又说理辩证，足可见作者对现代分析方法的娴熟运用。

重视归纳总结、演绎推理、逻辑思辨，这种理性的批评思维在范罕《蜗牛舍说诗新语》中表现得比较突出。范罕对诗之“有用”与“无用”[①]的回答尤其可见作者诗学批评的逻辑思维。在此作者首先用宇宙间存在的自然现象来说明不可以“有用”或“无用”的功利标准来衡定诗的价值，如有作之者，即是作者表述其个人情绪情感之用而没有其他的用处。且诗不可作，而即便诗人自有诗，不得以无用来咎责诗人。其次作者陈述诗界向来存在的一种恶习，即藉诗作为标榜之具，因而能作、能识好诗的人不多见。在于作者认为诗之为物本不是世间物，是比世间高一等之物，如果不明于此，而将诗以世间美好之物看之，则种种名利之见，就会随着产生。再次作者强调世间学术各有其美，不可辨其分量。如果作诗者不明于此，种种进退、取舍等滥说之言不能幸免。而尤其诗本是退一步说话，退至何处始说则因时而异，难以度量。因而作者主张作诗者不犯诗人本位，文字并无限制。而作诗有了“穷通利害”之功用，又何足来书写呢？再其次作者陈述自己的观点，即诗在环境上是退后一步说话，在学业上是离开一步说话。并列举精于数学、物理等学者与作诗者研究方法、思维、衡定、心理等的差异说明科学未必能入诗，并最后推论出，顾论诗之价格，仍在诸科之上，而绝非科学所能拟议。在此且不论范罕的观点是否准确，但他在阐述的过程中列举实例、原因推理、分立观点、假设例证、总结归纳等方法的一一使用，其长于分析、重视逻辑推理的现代思维可见一斑。

在诗学批评上重视分析归纳、逻辑推理的理性批评思维方面，屈向邦《粤东诗话》也值得一提，如卷二第九页作者先称番禺陆石孙《素心兰室诗钞》集中佳作《蟚虾谣》一首初读颇觉风致，洒然无怪，但未必为佳作，因诗歌中“似有不贯串处”。其一在于作者认为首句写好蟚虾，网蟚虾，颇有风致，而歌中“阿妹烹鱼中有书”中所言鱼书为必无之事，使诗歌没有风趣可言，因为作者认为“古人尺素结为鲤鱼形，烹即开缄之意，非真江湖之鱼”。其二作者认为“蟚虾红酒兴始佳，今言蟚虾黑而继言酒已空，亦不紧切。”面对他人所问：“蟚虾黑以酒腌之则稍红，诗中岂指此乎？”作者答曰：“腌蟚虾何须

---

① 范罕：《蜗牛舍说诗新语》，张寅彭主编：《民国诗话丛编》第二册，第561—563页。

用许多酒，且即得即卖，腌之何谓？”在这一问一答中作者认为其诗句中说鳌虾黑而继言酒为不解之辞。其三作者认为此诗句之后应该说是网鳌虾之乐，但诗人却反说渔人生计穷困，作者认为其是否夹杂不清，颇堪研究。在此作者引用典故、生活常识及对诗歌内涵、情绪的整体把握来阐述自己的观点，显得条理清晰，实证的逻辑推理很有说服力。屈氏质疑乡人的佳作并对此做出分析可见其理性的诗学批评精神。此外卷三第十页分析杨诚斋《谢赵吉守饷三山生荔枝》中“南海绿罗犹带酸”中南海绿罗荔枝是酸的与事实有出入，于是总结出“作诗有时不可不顾事实。”在此作者引用苏轼的诗句及介绍荔枝的特点、吃法等作细致分析后才最后推出结论。还有卷四第四页作者提出观点：诗固有才，尤须博学，学博以意境高阔，气象万千，学贫则拘于苦寻眼中所见之景，若拾平常惯之字，而诗境浅，气象小矣。然后用《六一诗话》所记事以证之。此类例子在《粤东诗话》中多见，正如《粤东诗话》序言中所指特色四：自来作诗话者，多先见到可说之诗，然后加以论说，此作则多是先欲论说某一种诗，然后征引以实，其诗话颇异于全是以意就诗者。而这正是屈向邦对归纳法中的实例论证的广泛、自如的运用。由此可见，《粤东诗话》在诗学批评上多注重实证推理，逻辑演绎的思维方式，与意到随性的诗话已有了很大的差别。

但需要注意的是，以上所列陈衍《石遗室诗话》，袁嘉谷《卧雪诗话》，范罕《蜗牛舍说诗新语》，屈向邦《粤东诗话》，等等，多有新思想、新思维，但其专述的结构却仍然是约千余年前的随笔式旧形式，点点滴滴，笔随心想，散漫而无统帅，理性逻辑的批评思维终究只能是其诗话直观感性批评思维的补充，直观感性的批评仍是其诗话的主要思维形式。而以下诗话如冷卿《诗学笔谭》，刘铁冷《作诗百法》，顾亭鉴《诗法指南》，王文茹《学诗入门》，何达安《诗学概要》，傅汝楫《最浅学诗法》，陈去病《诗学纲要》，冯振《诗词杂话》，黄节的《诗学》、《律诗》，丁仪《诗学渊源》，王礼培《小招隐馆谈艺录》，夏敬观《唐诗说》，俞巨溟《诗学咫闻》，邵祖平《七绝诗论诗话》，徐敬修《诗学常识》，龙汇川《汇川诗话》，等等，比起随笔式的诗话均属系统之作，内容安排注重体系性、逻辑性，与东西洋学术体系接近，撰述形式有进步。例如黄节《诗学》不以“诗史”名书，实际上是诗史。除起首一段文字不署题目可作序言看待以外，下分《诗学之起源》、《周秦间诗学》、《汉魏间诗学》、《六朝诗学》、《唐至五代诗学》、《宋代诗学》、《金元诗学》、《明代诗学》八题，其言简括，总计字数才两万有余，而中国诗学发展，脉络分明。王礼培《小招隐馆谈艺录》分为四卷：一论唐代诗派，二论宋代诗派，三论元明清诗派，四论历代文论，试图系统地对有以后诗歌各个流派的产生、发展及艺术特色飞成败得失作分析比较，为这一段诗史勾画出一个清晰的轮廓，以论述诗艺学习的门径。这部专著研究的范围从唐代开始，下至宋元、明、清（前期），其注意力主要在宋以后，评论的诗人有180多位。邵祖平《七绝诗论诗话》将诗体的源流、作法梳理叙述得非常清楚，操作上已很符合现代学术的规范等等。

在源远流长的中国诗学批评史上，我们并不否定中国诗学批评史上也有如刘勰之《文心雕龙》式的有宏大体系且逻辑性极强的诗学论著，但自古以来注重感性批评的诗学论著毕竟占据了诗学批评的主流。而到了在中西诗学汇融的现代时期，致力于建设现代形态的文学批评的中国文学批评家们，拒斥传统形态的文学批评可说是一种自然而符合逻辑的心理，趋西斥中（古）似乎是一种近乎本能的选择。茅盾就这样说过："中国一向没有正式的什么文学批评论；有的几部古书如《诗品》、《文心雕龙》之类，其实不是文学批评论，只是诗赋、词赞等等文体的主观的定义罢了。所以我们现在讲文学批评，无非是把西洋的学说搬过来，向民众宣传。但是专一从理论方面宣传文学批评论，尚嫌蹈空，常识不备的中国群众，未必要听；还是从实际方面下手，多取近代作品来批评。"[①]在这种思路的左右下，"针对作家作品的实用批评自然应该取法西方文学批评家的理论化、逻辑化套路"。[②]茅盾面对崭新文学背景下产生的文学作品曾提出这样的批评方法："先来类别这三个月里的创作，显出他们各所描写的社会的一角，然后再去考察同属于一类的创作，有什么共同色彩与中心思想，描写的技术又有集中不同的格式。"[③]在如此注重逻辑推理清晰的范式要求之下，现代文学批评文本中可以代表传统的直觉感悟式的批评思维的语言外壳诸如气、韵、境界之类可意会但难以分析的术语概念几乎绝迹了。因此在这样的学术范式之下，与古典诗学无法割舍的诗学批评家如黄节、陈去病、王礼培等，他们一方面或注重诗歌历史的点、线、面的全面呈现或执着于旧体诗

---

① 茅盾：《茅盾全集》第18卷，北京：人民文学出版社，1989年，第254页。

② 黄键：《中国现代文学批评与传统批评思维》，《青岛科技大学学报（社会科学版）》2003年第3期。

③ 茅盾：《茅盾全集》第18卷，第132页。

诗学主张、法则、规范等的介绍，而另一方面取法西方诗学的逻辑体系，分析综合、逻辑演绎的诗学批评构成其诗学阐述的主要思维方式，而冷卿《诗学笔谭》，刘铁冷《作诗百法》，顾亭鉴《诗法指南》，王文茹《学诗入门》，傅汝楫《最浅学诗法》，等等，其阐述虽为最粗浅的诗学探讨，仍可视为诗学批评主张逻辑化、体系化套路下的最初尝试，因此传统的诗学思考虽深浅不一但同样隐蓄着现代的诗学批评思维，构成了旧体诗话独有的现代性。当然，尽管在新文化思潮的影响下，不少旧体诗话在思维方式上或多或少、自觉或不自觉地得到现代科学思维方式和方法的浸润，呈现出新的特点，但传统的力量依然是强大的。即便是如茅盾，其理性的文学批评也难免流出一些直觉式的印象。如在《读〈呐喊〉》一文中，他叙述自己初读《狂人日记》时的体验："那时我对于这古怪的《狂人日记》起了怎样的感想呢，现在已经不大记得了；大概当时亦未必发生了如何明确的印象，只觉得受着一种痛快的刺戟，犹如久处黑暗的人们骤然看到了绚绝的阳光。这奇文中的冷隽的句子，挺峭的文调，对照着那含蓄半吐的意义，和淡淡的象征色彩，便构成了异样的风格，使人一见就感着不可言喻的悲哀的愉快。这种快感正像爱吃辣子的人所感到的'愈辣愈爽快'的感觉。"[①]事实上在茅盾等人的批评思维中，直感印象已经不具有在古典批评中所占用的那种重要地位。[②]然而到20世纪30年代中国传统的感悟式批评与直觉式批评思维在现代文学批评界得到了一定程度的肯定。1933年，当时的青年批评家李长之在《王国维文艺批评著作批判》一文中谈到《人间词话》时说："我以为这是中国印象批评的极致，确乎是中国所特有而作了几千百年的传统了的。……这种印象的批评，在中国很早，钟嵘的诗品，便已经发展得很好了……那方法完全是为王国维所保存了的，任何样的学术，不能劈空而存在的，在现在还有国界的世界，一国所特有的长处，倒也应该发挥了去，以备广大的人类文化之建立之采择的。在认识王国维的文艺批评之余，不能不确定其中国特有之精神在，更不能不思及后人发挥广大之责。"[③]20世纪20年代西方的印象主义批评在中国就已为中国现代批评界所熟知，李长之在此以"印象

---

① 茅盾：《茅盾全集》第18卷，第66页。

② 黄键：《中国现代文学批评与传统批评思维》，《青岛科技大学学报（社会科学版）》，2003年第3期。

③ 《文学季刊》1934年创刊号，第245—246页。

批评”这一概念来指称与概括中国传统的直觉式批评思维无疑使之以一种全新的面貌回归现代批评家的视野，显示一种新的现代化潜能。而1936年出版的李健吾批评文集《咀华集》，“通过对中国传统以直觉感悟为优势与主导的印象式批评思维与西方以理论逻辑的推演为主导优势的批评思维的融汇将直觉感悟式批评思维提升达到了一个新的高度与境界。”[①]由此来看，中国传统的直觉感悟式的批评方式直到20世纪30年代才在现代文学批评界得以重新认识和价值重估。至于旧体诗话这种文体，与现代文学批评文本相比较，其形式本身在接受新鲜事物时就具有不可避免的保守性，所以概而观之，绝大多数旧体诗话诸如周实《无尽庵诗话》，陈栩《栩园诗话》，金先知《抱一庐诗话》，佚名《名流诗话》，袁保香《冷观庐诗话》，陈作霖《可园诗话》，青心居士《藕船诗话》，胡光国《愚园诗话》，范左青《古今滑稽诗话》，刘永济《旧诗话》，于榕章《紫荆山馆诗话存稿》，白采《绝俗楼我辈语》，邵祖平《无尽藏斋诗话》，袁嘉谷《卧雪诗话》，钱振锽《谪星说诗》、《名山诗话》，王蕴章《然脂馀韵》，蒋抱玄《听雨楼诗话》、《蔽庐非诗话》，胡怀琛《海天诗话》，林庚白《孑楼诗词话》、《丽白楼诗话》，魏元旷《蕉庵诗话》，陈锐《褒碧斋诗话》，等等，在诗学批评思维方式上表现出来的基本上还是感性、直观、领悟式的传统。而上文分析中所提及的随笔式的诗话文本，尽管已或多或少表现出西方批评思维的特征，但诗话中仍主要为直觉的印象式的品评和鉴赏和言只言片语式的探幽发微，表现为感性思维与理性思维并存的错综性特点，这恰恰是20世纪这个新旧杂糅时代里旧体诗话不可能摆脱的历史宿命。

20世纪中国在社会实践中对现代化的追求以及在思想价值领域对现代性的认同，是西方现代批评话语得以在中国移植的历史背景。传统与现代美学价值的对立正是在这种对现代性的构造过程中产生的。钱中文曾在《文学理论现代性问题》中说：“现代性是一种被赋予历史具体性的现代意识精神，一种历史性的指向。在各个发展阶段，现代性的内涵有着共同之处，但又很不相同。一些学术思想问题，在彼时彼地的提出，看来有违那时现代性的要求，而不被重视，甚至还要遭到批判；而在此时此地，则不仅与现时现代性的要求相通，而

---

① 转引自黄键：《中国现代文学批评与传统批评思维》，《青岛科技大学学报（社会科学版）》2003年第3期。

且还可能成为现代性的基本组成部分。一个动态模式下的现代性的概念界定使我们对现代性的认识有了一种开放的、历史的眼光，一种辩证的、变化的思路，一种宽容的、超越的气度。以此视角来通观旧体诗话，诗话外在形态、内在的深层模式在一定程度上具备了与前承晚清林昌彝《射鹰楼诗话》、梁启超《饮冰室诗话》精神品质又主要拥有了与现代诗学精神相融通的现代性。众所周知20世纪是一个包容了新旧文学、雅俗文学等各体文学的时期，尤其西方科学、民主的新奇之风熏染下的五四新文学的兴起，更是为现代文学批评模式的产生准备了最为必要的条件。在这样的欧风美雨中，现代的文学家、文学批评家无不是有意识地吸收西方新的素养积极地创作并作理论上的鉴赏批评，文学批评家更是模仿、吸收西方的批评术语、模式，使文学批评朝着思辨性和系统性的理论形态发展，并试图通过理论，推导出艺术和美的本质和规律，建立一套具有严格理论范畴和论证手段的新的思想体系。这样一种努力和尝试对于古代文学批评只重美感经验而缺乏本体反思的传统，无疑是一个冲击，也是一个进步。从以上诸方面的分析可以看出，在20世纪这样一个融汇着晚清戊戌、民国辛亥、五四、抗日情绪的复杂的时代，旧体诗话无论是其时代性、通俗性、中西比较的诗学关注还是有关诗学理论的现代思考及诗学批评话语、批评思维的现代性改变，其影影绰绰的现代性身影难与现代诗学体系花枝招展、鲜亮夺目的身姿相媲美，其总体上仍然是传统古雅的，是中国文学理论传统链条上的一环，具有特定的古典性性质。但旧体诗话作为远离现代文学、现代文学批评百花园里幽香暗溢的传统诗学体式，其现代性光芒却与现代诗学有着令人炫目的契合与一致，从以上分析可以看出一部分旧体诗话从外在浅层到内在深层都自觉或不自觉地，或显或隐地体现着时代精神，吸收、融合着来自西方的素养，而吴宓《空轩诗话》，吴宓《英文诗话》，范罕《蜗牛舍说诗新语》，刘衍文《雕虫诗话》，黄节《诗学》，陈去病《诗学纲要》，邵祖平《七绝诗论诗话》，等等，尤其体现了一部分旧体诗话介于现代诗学与传统诗学之间的过渡形式所拥有的复杂的现代诗学特征。因此当我们从外在形式、思维方式、具体内涵、话语方式以及精神品格方面来审视中国现代诗学作为一种新的诗学体系与中国传统诗学的相异之处时，一部分旧体诗话所拥有的现代性质素与现代诗学品格的一致性充分说明曾经被视为新文学对立面的旧体诗话与现代诗学体系中新体诗话实质存在着一定的契合性。

第三编
西学东渐中新体诗话的现代性与传统性

作为现代诗学中的一种，20世纪新体诗话与担负着新文化建设重任的新诗几乎同时登上了历史舞台，这种从文言的诗话到白话的诗话甚至可称为诗论的转变就不仅仅是语言工具的变化。相对旧体诗话，接受西学影响的新体诗话整体上表现出了更为深刻的现代性。然传统无声无息地浸润，与旧体诗话分属不同诗学体系的新体诗话以自身的方式从不同的方面延续了传统诗话的概念范畴、言说方式乃至诗话的精神内蕴，而对“意境”理论的现代阐述中中国千余年“诗话”韵味深长的传统诗学意义在现代诗学建构中进而得以显现。

第一章　新体诗话的萌生与发展

狂飙突进的五四新文学运动对中国诗坛和诗歌评论界产生巨大而深远的影响，中国传统诗话从此进入一个崭新的历史发展时期。有学者这样说道："在中国诗话史，诗话的语言形式，一般以'五四'时期为界诗。'五四'以前的历代诗话，都是文言体式，即使是近代诗话中的'新派诗话'也不例外；而'五四'以后，诗话创作的语言有文言，也有白话，而以白话为主。这种语言形式的变化，也正是诗话的历史转变之一种表现。而这种历史转变，得力于'五四'时期掀起的白话文运动。"[①]因此，"如果我们把用文言写作的以复古为崇尚的诗话称之为'旧体诗话'，而把用白话写作又含新内容的诗话称之'新体诗话'的话，那么，从诗话创作的语言形式的主导方面而言，'五四'新文化运动则是'新体诗话'的助产婆。"[②]因此，五四新文化运动之后，具有新形式和新内容的"新体诗话"应时而生，打破了旧体诗话一统天下的局面。之后随着新文学运动如火如荼地展开，白话取代文言，旧体诗话逐渐衰落，新体诗话在80年代最终取代了旧体诗话的历史地位。

一、民国时期的新体诗话

民国时期，随着五四新文学运动的狂飙突起，诸多新体诗话仍用"诗话"

① 汤保华：《现代诗话研究》，复旦大学2007年硕士学位论文，第10页。
② 同上。

命名，形式上仍保持着传统诗话随笔和漫谈的体式。此外这个时期还有一些具有鲜明现代性特征的新体诗话虽不以“诗话”命名，但具有中国诗话诗性言说的话语传统[①]。据不完全统计，大概近七十种。

紧随着五四新文学运动，20年代出现了少量的新体诗话，如胡怀琛《新派诗话》（1920）[②]，徐志摩《杂记》（1923），游国恩《樊川诗话》（1924），潘大道《诗论》（1924），饶孟侃《新诗话》（1926年），璧《呕人的诗话》（1926），德征《新诗话》（1928），章泽英《诗话》（1928），《文艺界消息：诗人诗话》（1928），胡怀琛《诗歌学A B C》（1928），傅东华《诗歌原理A B C》（1928），刘大白《旧诗新话》（1928），汪蔚云《读诗杂记——“新诗”诗话》（1929），绍虞《诗话丛话》（1929年），等等。

三四十年代新体诗话的数量明显增多，例如30年代诗话有谢无量《诗学指南》（1930），青主《亦乐话，亦诗话》（1930），倪垚甫《听诗话》（1931），岂明《姑恶诗话》（1932），孙俍工《诗底原理》（1932），戴望舒《望舒诗论》（1932），胡寄尘《福履理路诗话》（1933），刘麟生《中国诗词概论》（1933），白虹《喷饭诗话》（1934），钱畊莘《严州永兴客店题壁诗话》（1933），追灵《新年诗话及其他》（1934），高疆《今人诗话》（1934），峰《谈水浒诗话》（1934），洪为法《绝句论》（1934），梁宗岱《诗与真》（1935），刘圣旦《诗学发凡》（1935），关露《大众诗话》（1935），杨启高《唐代诗学》（1935），赵景深《随笔：诗话的诗话》（1935），王森然《杏岩书屋诗话》（1936），正之《诗话》（1936），绍虞《照隅室诗话》（1936），耿耿《舞场诗话》（1936），佚名《诩明诗话》（1936），梁宗岱《诗与真二集》（1936），亚珊《诗话》（1937），忙蜂《忙蜂室诗话》（1937），今虚《新诗话》（1937），老曹《滑稽诗话》（1937），江帆《暑天诗话》（1937），路易士《诗话钞》（1938），苑苑《新婚诗话》（1938），王季思《岳坟诗话》（1938），后门货《四季诗话》（1939），等等；40年代诗话有天婴《新诗话》（1940），京华憔悴客

---

① 详见权雅宁：《现代文论的诗话传统刍议》，《咸阳师范学院学报》2011年第5期；汤保华：《现代诗话研究》，复旦大学2007年硕士学位论文。

② 胡怀琛：《新派诗话》，《俭德储蓄会月刊》1920年第1卷第2期，第83—98页；1920年第1卷第3期，第71—82页；1920年第1卷第4期，第81—86页。

《诗：也算是诗话》（1940），八仙《闺媛诗话》（1940），陶在东《三忠诗话（苗山今昔谈）》（1941），卓右交《关于民族精神的诗话》（1941），艾青《诗论》（1941），李长之《新诗诗话》（1941），梁岵庐《石达开诗话》（1942），姜丹书《红叶丹枫室诗话》（1943），李广田《诗的艺术》（1943），戴望舒《诗论零札》（1944），谭惟翰：《诗话录》（1945），卧佛《汉奸诗话》（1945），时人《扑克诗话》（1946），孙约翰《情王诗话》（1946），朱维之《赞美诗话》（1946），任钧《新诗话》（1946），方敬《新诗话》（1947），劳无施《论石遗室诗话》（1947），重甫（辑）《僧诗话》（1947），静闻《鼓楼诗话》（1948），李湘萍《丘八诗话》（1946），编者《半月文化：时事诗话》（1946），名贤《诗话》（1945），锡金《鲁迅诗话》（1945），黄声远《抗战诗话》（1945），斯尔螽《书简诗话》（1947），朱自清《新诗杂话》（1947），朱光潜《诗论》（1948），谭惟翰《诗话录》（1948），蒋伯潜《诗论》（1948），一行《鲁迅诗话》（1948），翁亭《新年诗话》（1949），等等。

上述可见，紧随着五四新文化运动，新中国成立之前的新体诗话数量可近达百种，李长之在《新诗诗话》序言中说："旧诗有诗话，难道新诗不可以有诗话么？于是作'新诗诗话'。"[①]并指出诗话随兴而谈的特点："诗话的好处是可长可短，可庄可谐，可精可粗，总之，可以随自己的兴致。……我现在要写下去的诗话，多少姑不预计，完全本着小说家的名言'有话即长，无话即短'，随兴之所至，权当和最熟的朋友通通讯或者聊聊天而已。"[②]作为新诗的批评论著，新体诗话的产生顺应了时代的要求。而G.L.在《新诗与新诗话》针对胡适尝试新诗时对于新诗的一些反对论调，这样说道："细查旧诗入人甚深于原因，诗话之力也是不少！我们看各家诗话，狠可看出古人对于'诗'的零碎的意见，而读诗话的人，也就因此得引起作诗的兴趣，因而旧诗在我国的努力，甚为浓厚了。我们既是要新谋诗的发展，那么，我们也须要注意诗话上的努力！试看新诗萌芽在我国，已经六年了，而人众尚未能澈底的了解的原因，便是没有得着诗话的辅助，现在要救此病，只不希望国内的诗家，把你们

---

① 李长之：《新诗诗话》，《中国诗艺》1941年复刊第3期，第26页。

② 同上。

自己对于新诗的见解，努力于新诗话的执笔，使新诗在中国的努力，会渐渐发展起来。”[①]更是指出了五四新诗产生之后新体诗话产生的必要性。此阶段的新体诗话体制上可略分可分为两大类，一类形式上还保留着传统诗话漫谈随笔的写法，如高疆《今人诗话》是以主客体对话的形式品评鲁迅、郁达夫、沈尹默等的旧体诗作，白虹《喷饭诗话》从“四人联吟”、“中英合璧”、“加减两字”、“荒唐矛盾”“黄王不分”等方面漫谈滑稽诗词。其他如倪垚甫《听诗话》，高疆《今人诗话》，岂明《姑恶诗话》，赵景深《随笔：诗话的诗话》，白虹《喷饭诗话》，钱畊莘《严州永兴客店题壁诗话》，追灵《新年诗话及其他》，峰《谈水浒诗话》，关露《大众诗话》，陶在东《三忠诗话（苗山今昔谈）》，重甫（辑）《僧诗话》，斯尔螽《书简诗话》，黄声远《抗战诗话》，等等，绝大多数的新体诗话莫不是保留了漫谈随笔式的诗话风格。戴望舒《望舒诗论》共十七条新诗诗论，零札片论，独立成条，具有很明显的传统诗话的形式特征。“戴望舒的诗论无疑是直觉感悟式的。无论是思想还是表达方式，他都接续了中西感悟式诗论的传统。他没有预先给出一个‘诗’的定义，然后围绕它分门别类，条分缕析。而是不厌其烦地进行现象描述，用打比方的方式迂回说明，力图让别人去领悟那没有被他言说出来的‘诗’是什么。然而戴望舒《望舒诗论》、《诗论零札》[②]，包括艾青《诗论》，其‘采用诗话的文体。自欧阳修《六一诗话》始，诗话从来就是中国诗学著作的主要文体，‘诗话者，辩句法，备古今，纪盛德，录异事，正讹误也’（宋许颐《彦周诗话》）。《诗论》采用生动的类概念，随处格言隽语，定位灵活，含论于象，诗的气质很浓，既是中国风格，又有现代色彩；既是简洁隽永的古代诗话的继承，更是‘以资闲谈’的古代诗话的大飞跃；既是诗论，又是诗一般的理论。”[③]这些新体诗话虽形式上零散独立，但对新诗创作的思考所表现出的现代品格却又是诸多旧体诗话所难以企及的，朱光潜、朱自清、戴望舒、艾青等系统的现代诗学建构毋庸讳言，例如艾青《诗论》中写于20世纪80年代的

---

① G. L.：《新诗与新诗话》，《孤吟》1923年第3期。

② “戴望舒《诗论零札》采用的也是诗话的这种文体，艾青的文体显然直接受到了戴望舒的影响”。参见吕进、岩佐昌暲：《中国与日本：中国现代诗学的昨天与今天》，《文艺研究》2007年第6期。

③ 吕进 、岩佐昌暲：《中国与日本：中国现代诗学的昨天与今天》，《文艺研究》2007年第6期。

《中国新诗六十年》一篇对新诗产生的背景及新诗发展过程中各个阶段的重要诗人、诗歌流派的特点进行了总结，即便篇幅短小的如正之《诗话》、章泽英《诗话》等对新诗的思考也远远超过旧体诗话。

此外这个阶段也有一些新体诗话一改传统诗话“闲谈”的特点，不再仅停留在对诗歌本事的阐说，而重视对诗歌进行系统的理论研究。也就是说诗话之“话”的故事成分逐渐消失，而为系统的专论所取代，并且成为现代新体诗话的主流，朱光潜《诗论》，潘大道《诗论》，俞陛云《诗境浅说》，蒋伯潜、蒋祖怡《诗》，梁宗岱《诗与真》、《诗与真二集》，等等，都显露出偏重于诗学理论的论诗倾向。而尤其是朱光潜的《诗论》是中国现代文论史上一部具有开创意义的专著，堪称“中国现代诗学的第一块里程碑。”[①]这些诗学专著，继承和发挥了中国历代诗话的论诗成果，以宏观审视的态势，对中国诗歌理论进行了比较全面、系统的研究。不仅如此，随着西方各方面思潮的大量涌进，人们的思维空间得到了前所未有的拓展，思维方式也出现了明显的变化，人们对诗歌的研究则更趋于系统化、理论化和专门化，胡怀琛《诗歌学A B C》、傅东华《诗歌原理A B C》、刘圣旦《诗学发凡》、杨启高《唐代诗学》、刘麟生《中国诗词概论》、徐敬修《诗学常识》、谢无量《诗学指南》、刘文蔚《诗学含英》、孙俍工《诗底原理》、范况《中国诗学通论》等以“诗学”命名的论诗专著的大量涌现就是最好的说明[②]。这些诗学专著注重于诗学理论的阐述，且具有理论的系统性和创造性，正是对中国历代诗话论诗传统的一种异乎寻常的拓展[③]。

诗话作为绵延了千年的中国传统批评体式，至“清代随着创作之盛，诗话的理论化、系统化、专门化日益增强，诗话创作偏重诗学理论的倾向也愈加明显，而‘以资闲谈’的记事随笔体诗话，虽亦然不时出现，即使是以记事为主的诗话随笔，也超越了欧阳修设置的‘以资闲谈’的藩篱，变成了严肃的著作了。”[④]而时至五四新文化阶段，诗话作为中国传统灵巧便捷的说诗体式依

---

① 李黎：《中国现代诗学的第一块里程碑——读朱光潜先生的〈诗论〉》，《读书》1986年第8期。

② 蔡镇楚：《中国诗话史》（修订本），长沙：湖南文艺出版社，2001年，第415页。

③ 同上，第417页。

④ 同上。

然为论诗谈艺者所乐用，新体诗话几乎与新诗同时登上历史舞台。由于新诗和新诗理论均处于萌生和发展时期，因此此阶段出现了许多诸如徐志摩《杂记》、汪蔚云《读诗杂记——“新诗”诗话》等篇幅短小的报刊诗话，这些诗话往往从作品出发，由欣赏的感受引起，偶有心得便随手记下，反映的是新体诗话作者在阅读中零星真切的体会和感触，很有欧阳修“以资闲谈”说诗的闲情逸致。然而五四新文学时期毕竟是一个融汇了中西、古今文化的新时期，西学的大炽和发展演变了几千年的中国诗学本身的成熟，使得这个阶段出现的诸如朱自清《新诗杂话》，宗白华《美学散步》，梁宗岱《诗与真》，艾青《诗论》，任钧《新诗话》，戴望舒《望舒诗论》，朱光潜《诗论》，等等，融汇了中西诗学特征的杰出的新体诗话，这些新体诗话体现了中国传统诗话向现代新体诗话甚至诗学演进的光辉的轨迹，开启了中国诗话的新篇章，显示了诗话在新时期的新的生命力。

二、共和国时期的新体诗话

走过“五四”炽热的新旧文化对抗时期，随着新诗和新诗理论的进一步成熟，新中国成立之后的新体诗话以“锐利的思想武器、更开放的思维结构、站在更高的理论制高点，对中国诗歌的渊源流派、诗人诗作诗学理论等复杂纷呈的文学现象，进行实事求是的科学的分析研究，开创了诗话创作的新局面”[①]。

共和国成立后的近20年，由于种种原因，诗话曾一度遭受了较长时间的冷落，从20世纪50年代到70年代只有李季《兰州诗话》（1959），何其芳在1958年、1959年陆续发表《新诗话》十篇，后来加入两篇，在1962年集结为《诗歌欣赏》出版。本社编《哲学诗话》（1959），李景林《四百天游击诗话》（1961），陈迩东《东廊诗话（三则）》（1961），徐迟《三峡诗话》（1961），丁力《和里诗话（三则）》（1961），苗得雨《文谈诗话》（1961），陈大远《北欧行诗话》（1962），闻山《新诗话》（1963、1964），邹问轩《诗话》（1963），曹晓波《法家诗话》（1976），林以亮诗

① 蔡镇楚：《中国诗话史》（修订本），第384页。

话（1976）。值得一提的是《诗刊》这本杂志从1964年“本刊从这一期起，将‘一得诗谈’栏目改名为‘新诗话’”[①]，如《诗刊》1964年第12期“新诗话”栏刊登了吴笳、晓寒、叶耘、闻山、刘啸、石竹、贺兰等诗人诗话。事实上《诗刊》从1964年至1998年前后54期，发表了许多篇幅短小的新体诗话，如80年代之前有思蜀、木东、王术、青野、田棚、韦秀、李国涛、陈山、耶曼、谢冕、易林、尹在勤、左人、邓海南、刘汉民、金波、马焯荣、李汝伦、照青、华荣、徐明寿、苗得雨、刘湛秋、莫少云、黄益庸、陶泽爽、徐振辉、沈志冲、周涛、阿红、满锐、周稼骏、谢文利、吕进等诗人诗话。而到了20世纪80年代，以白话文为语言形式的新体诗话如雨后春笋出现，新体诗话迎来了蓬勃发展的新时期。除了《诗刊》有46期刊登了篇幅大小不等的多种新体诗话，此外还有《山东文学》上李先铁《新诗话》等，这些诗话多发表在杂志刊物上，内容短小且多为漫谈随笔体的诗话。这个时期标志着新体诗话进入了新的发展时期的是一些以著作形式结集出版的新体诗话，仅明确命名为“诗话”的大致就有鲁迅撰、吴奔星辑《鲁迅诗话》（1981），郭沫若撰、吴奔星选编《沫若诗话》（1984），臧克家撰、吴奔星辑《臧克家诗话》（1984），孙克恒《现代诗话》（1981），长江日报编辑部编《楚天诗话》（1981），余之《中外诗话》（1983），李木庵编著《窑台诗话》（1984），肖荣华《魏晋南北朝诗话》（1986），斯尔螽《西湖诗话》（1982），黄中模编《郭沫若历史剧〈屈原〉诗话》（1981），黎洪《诗话一百篇》（1983），林彦《黑牢诗话》（1983），吕进《一得诗话》（1985），曹正文《咏鸟诗话》（1984），阿红《探索诗的奥秘——西窗诗话》（1984）曹正文《群芳诗话》（1985），阿红《漫谈当代诗歌技巧——西窗诗话》（1985），蔡镇楚《中国品茶诗话》（1986），沈海宝《饮茶诗话》（1986），王充闾《人才诗话》（1987），王充闾《人才诗话》（1987），斯尔螽《题书诗话》（1987），柳倩、贺捷《人才诗话》（1988），许明善、徐戈冰《中国导游诗话》（1988），金性尧《炉边诗话》（1988），尹涵《森林诗话》（1989），张百三《趣味诗话》（1989），曹爽《神童诗话》（1989），鲁扬《编余诗话》（1989），佟道庆《人口诗话》（1989），余之《面壁诗话——诗美品评录》（1989），浩明

① 《诗刊》1964年第1期。

《乌鲁木齐诗话》（1989），杨光治《情趣诗话》（1989），杨国安《本草诗话》（1991），岳光《益寿诗话》（1991），吴奔星、李兴华选编《胡适诗话》（1991），丘振声《桂林旅游山水诗话》（1992），蒋祖怡、张涤云《全辽诗话》（1992），王佑夫、钟兴麟《民族团结诗话》（1993），流沙河著《流沙河诗话》（1995），李安葆编著《长征诗话》（1996），浪波《文谈诗话》（1996），陈浩望《民国诗话》（1996），吴开晋、耿建华《三千年诗话》（1998），丁晓禾《尘劫：知青诗话》（1998），瞿兑之著《燕都览古诗话》（1998），马一浮《马一浮诗话》（1999）。此外还有许多著作虽不以“诗话”命之，但具有诗话词话的诗性和对话性，文心仍然是一颗中国的诗心，例如艾治平《古典诗词艺术探幽》（1981），艾治平《诗词抉微》（1984）及邵燕祥《人间要好诗》，罗洛《诗的随想录》（1980），荒芜《纸壁斋说诗》（1985），施蛰存《唐诗百话》（1987），不胜枚举。

共和国时期的新体诗话具备了很明显的现代性，这正如刘汉民说：“新诗话，要在‘新’字上下功夫。旧诗话，民主精华与封建糟粕杂糅在一起。新诗话，应一反旧的传统观念，做到旗帜鲜明，力求观点正确，要有真知灼见，敢于标新立异——标无产阶级之新，立社会主义之异。”[①]照青、华荣在《新诗话》中说：“新诗话，主要在于立场新，观点新，方法新。即以马列主义、毛泽东思想为指导，总结诗歌创作的经验，探讨其规律，精粹简洁地说出有关诗歌的一得之见。至于所话对象，诗歌创作既然应以新诗为主体，当然也应以‘话新诗’为主，但不应排斥以新观点话旧诗。”[②]应该说新中国成立后的“新体诗话受了马克思主义的理论指导，论诗体系已纳入了无产阶级思想的轨道，诗话的面目已焕然一新。例如李木庵《窑台诗话》，采用以事系诗，以诗系人的体例，全面记载了朱德、董必武、林伯渠、徐特立、谢觉哉等老一辈无产阶级革命家工余以诗词遣兴抒怀的动人事迹，再现了革命战争年代延安的窑洞生活，堪称中国抗日战争和解放战争的一部史诗，是中国革命战争历史的真实记录。内容是全新的，思想是全新的，体例也是全新的。”[③]而吴奔星在20世纪80年代之初整理出版的两部诗话巨著——《鲁迅诗话》与《沫若诗话》，

---

① 《新诗话（七则）》，《诗刊》1977年第6期，第95页。
② 同上。
③ 蔡镇楚：《中国诗话史》（修订本），第392页。

选辑者对鲁迅、沫若诗论的分类，内容完备，体例清晰，诗论具有很强的系统性和理论性。《鲁迅诗话》与《沫若诗话》以崭新的面貌，开创了诗话创作的新时代。①

文言作为中国传统文学的语言形态在历经多年的辉煌之后，到晚清已经呈现出不能承受表情达意之重的疲态，在风云激荡、思想多元的社会背景产生的五四文学革命从语言形式革命发端，直接促进了中国诗话创作由文言向白话的转变，应该说五四新文学运动是中国诗话的历史转折点。然而语言的变革不仅是语体形式的变革，更重要的是思想的变革和精神的变革，因此“五四”以来新体诗话的形式、内容以及更深层的结构及逻辑思辨方式都与传统诗话表现出了极大的差异。我们知道，中国传统诗话本身存在着系统性不强的弱点，加之缺乏缜密严实的逻辑思辨能力，不具备对诗歌创作进行高屋建瓴式的规律性理论指导，因此诗话这种传统的诗学批评样式只有输入新的血液才能焕发出新的生机。五四新文化运动为新体诗话的萌生和发展提供了一个绝好的契机。20世纪是一个新旧诗话并存的时期，在这期间，尤其是20世纪前半叶，旧体诗话的数量虽然不及清代诗话的数量，但整体上还是颇丰的。旧体诗话相对来说较为狭窄的诗学批评视野以及本身所具备的弱点使其无法承担新诗的批评任务，尽管部分现代旧体诗话也在有意无意之间作着现代性的嬗变，但这种现代性的嬗变毕竟是有限的。而20世纪部分新体诗话虽然保留了传统诗话注重评点鉴赏式的点悟，感性经验的总结等特点，但它阐发新诗的理论，承担着新诗的批评任务，进行着中西诗学比较等，作为现代诗学建构中的弄潮儿，新体诗话所获得的崭新生命力是不容置疑的。尤其是诸如梁宗岱《诗与真》、《诗与真二集》，朱自清《新诗杂话》，朱光潜《诗论》，艾青《诗论》，鲁迅《鲁迅诗话》，等等，新体诗话在西学东渐中对西方哲学、诗学、美学及其理论思辨方式的借鉴及吸纳更是被赋予了极其强大的生命力。因此，无论从顺应时代的潮流还是其本身的优势来看，新体诗话取代旧体诗话是一种历史的必然。然而旧体诗话作为绵延了千年传统批评模式不可能立即消失殆尽，因此20世纪前半叶还有为数不少的旧体诗话，但20世纪下半叶以文言创作的旧体诗话数量日渐减少，目前可知仅有沈其光《瓶粟斋诗话》前后有五编之多，至一九五六年还勉

---

① 蔡镇楚：《中国诗话史》（修订本），第394—413页。

成《馀卷》一卷；陈声聪（1897—1987）因“友慨于石遗诗话后，又五六十年未有作者，曷不广其范围而接其前绪”遂作旧体诗话《兼于阁诗话》。时至20世纪80年代如雨后春笋般涌现的新体诗话以一种绝对的优势取代了旧体诗话，曾经绵延了千余年的旧体诗话最终湮没在滚滚的现代诗学潮流中，成为永恒逝去的一道风景。然而尽管如此，思想的基本特征就在于它不像文学那样依赖于语言形式外观的唯一性，而是能够以不同的语言和话语方式生存，透过不同的语言和话语方式，其内涵可能会产生某种变化，但是其内在连续性是存在着的，因此20世纪旧体诗话作为中国古代文论的一种，其概念范畴的言说体系以及其命运的终结并非戛然而止，而是一个渐进的过程，在这个过程中，尽管为数甚少，但还是存在着试图延续中国古代文论话语体系的努力，钱钟书的《谈艺录》就是这种努力的结果，其《谈艺录》则被认为“是中国诗话里集大成的一部巨著，也是第一部广采西洋批评来诠注中国诗学的创新之作”。[①]而新体诗话作为“诗话”的另一种形式，尽管其萌芽、发展是伴随着新诗的诞生与发展，与旧体诗话分属不同的诗学体系，但仍以自身的方式从不同的方面延续了传统诗话的概念范畴、言说方式乃至诗话的精神内蕴，是“诗话”这种传统的诗学批评方式在新的历史时期的不同表现形式。

① 代迅：《西方文论在中国的命运》，北京：中华书局，2008年，第18—19页。

第二章　新体诗话与外国诗学的关系

胡适在倡导文学革命时就提出“西洋的文学方法，比我们的文学，实在完备得多，高明得多，不可不取例”。[①]艾青也说：“我们的新诗，从它诞生的一天起，都是大量地吸取外来的影响的。我们也可以从许多中国诗人的作品中看出了受许多外国诗人的影响的痕迹。”[②]20世纪中国新诗的倡导者为了冲破中国传统诗学的沉重压力，选择的是面向外国寻找助力，从异域文学中借来火种，以点燃自己的诗学革命之火。应该说20世纪的新诗理论从一诞生，就与中国古代诗学处在完全不同的背景，新诗理论刚刚冒头的时候，来自西方的思想革命、政治革命、新技术革命、道德价值革命等已在轮番攻击着中国的思想文化传统。正是一些留学西方的青年最早进行了新诗的尝试，正是西方诗学的引进才促发了新诗理论的萌芽。在这过程中，新诗人主动翻译外国诗论诗作，在借鉴和模仿中进行创作实验和理论探索。可以说，没有外国新诗及其理论的介绍，就没有中国新诗及其理论发展，也就不可能有新体诗话的产生。由此来看，新体诗话与外国诗学有着不可回避的联系。本章将从新体诗话批评对象的西化倾向、诗学理论与外国诗学的相通、中西诗学比较和融合以及新体诗话中的译诗理论略谈新体诗话与外国诗学的关系。

---

① 胡适：《建设的文学革命论》，胡适编选：《中国新文学大系·建设理论集》，上海：上海良友图书印刷公司，1935年，第129页。

② 艾青：《诗论》，上海：复旦大学出版社，2005年，第214页。

一、新体诗话批评对象的西化倾向

诗话作为一种传统的诗学批评模式，自宋诞生以来，批评的范围和对象仅限于中国古典诗歌和古典诗人。但20世纪新旧体诗话作为产生于西学东渐中的诗学批评样式，其批评视野的打开所关涉到的外国诗学内容使其与历代传统诗话有着很大的差异性从而呈现出一种西化倾向。如果说旧体诗话如胡怀琛《海天诗话》，吴宓《空轩诗话》、《英文诗话》，严士弘《看忙楼诗话》，王逸堂《今传是楼诗话》，苏曼殊《燕子龛诗话》，等等，少量诗话批评外国诗人和作品表现出与历代传统诗话的异质性，新体诗话中徐志摩《杂记》，青主《亦乐话，亦诗话》，朱维之《赞美诗话》，水建彤译《美国诗话》，尤其是梁宗岱《诗与真》，鲁迅《鲁迅诗话》，郭沫若《沫若诗话》，余之《中外诗话》，流沙河《流沙河诗话》，等等，其诗话品评辑录世界各国著名诗人的逸闻趣事及其代表诗作、诗论、诗风包括对译诗理论的思考，更是表现出了新体诗话超乎历代传统诗话包括20世纪旧体诗话的现代性。

新月派诗人徐志摩《杂记》是20世纪最早出现的新体诗话之一，这是一种“西洋诗话”，徐志摩这样说“我早已想做一种西洋诗话，记述西洋诗人有趣味的逸事，他们各个人砥砺工具的方法。”[①]在诗话中他认为勃兰克（Black）、开茨（Keats）、罗刹帝（Rossetti）的杂记和信札和William Archerd的From Ibson’s Workshop、契考夫Tehekov的信扎都是他们随意流露的真心得，这些灵活的种子要你有适当的心田来收留培畴就会发芽生长。录葛莱符司Robert Graves的诗论《狗食盆》以嘲讽作诗自居高明的腐朽守旧派和盲目乐观、一味趋新的新青年。

关露《大众诗话》辑录并分析了Gafun Galaun的作品[②]和德意志诗人弗里希拉的诗歌。[③]如她对Gafun Galaun诗歌：“沙皇会御着白象到道路上来，/驶往他流血的宝座。/王冠在他那空漠的/头顶上摇幌，/像一个乌黑的灯笼”做出详细的分析：“这首诗写出了一位将要没落的专制君主，一面骑着白象，在他统治的区域里展示着威风，同时宝座里流着鲜血的利刃在等候着他。‘空漠的

① 徐志摩：《杂记》，《努力周报》1923年第49期，第3页。

② 关露：《大众诗话》，《生活知识》1936年第1卷第7期，第330—331页。

③ 关露：《大众诗话》，《生活知识》1936年第1卷第6期，第284页。

头顶’是没有力气的了；‘摇幌’是不稳固了。‘乌黑的灯笼’是王冠已经失去了王威，帝王的光彩没有了。这把一个即刻就要倒下去的君主描写得淋漓尽致，使人立刻可以看见一个倒楣失势的帝王，乌黑而可怜的坐在阴森森的宝座上，等着死亡。”①

青主《亦乐话，亦诗话》是一篇别致的诗话，他以为“中国的诗就是一种变相的乐歌”，而“现时的音乐就是一种使用音律的诗，并可以沿用中国旧日那句诗中有画的话，说音乐是音的形象艺术。”②而“我们要讲求现时那种含有世界性的音乐，最好从世界民歌讲起。”③因此作者在诗话中辑录了法国民歌《我一日不见你》、《我的诺曼蒂Ma Normandie》，意大利民歌《谁夺了我的欢笑》，爱尔兰民歌《寒的玫瑰》，德国民歌《Ade，可爱的绿松林》、《在那一般姑娘当中》、《此何声？从何处来？》、《在门前那个井傍》等多国民歌。

德征在《新诗话》以为“朴质，具体，直接，自然，真纯，开门见山，直截了当，‘一下打入脑筋里’，是史诗与民歌的优点，荷马如此，诗经如此，魏吉尔与密尔顿就不大能如此。所以‘依尼易德’与‘失乐园’虽称史诗，但在‘史诗’之前还得冠上一个‘Literary’。一切含含糊糊，吞吞吐吐，忸忸怩怩，做做作作的东西，纵然技巧多么高，也不会是上品，读起来令人着急，摸不着头脑。”④否定了英国诗人魏吉尔与古罗马诗人密尔顿的诗歌。

水建彤译的《美国诗话》来自于“Thing of the Past”（自“Coronet”. Thompson Young原著），在这篇诗话中作者首先对“诗”的本质作了诗意化的思考。他以为“诗”的本质凡是定义所充分限定的，都不能包罗诗上所具足的，放远了说：它是比文艺性的东西更具风格的文字发泄。并进而认同他人所言：“‘诗者，道所不能道者也。’斯言似痴，其实倒有几分是处。诗到了希有的高潮时，便成为整个经历色彩的再造，而非经历的描写。”⑤其次作者以为美国现世间本非诗域，因为最先所读的诗给我们一个“诗”的观

① 关露：《大众诗话》，《生活知识》1936年第1卷第7期，第330页。
② 青主：《亦乐话，亦诗话》，《乐艺》1930年第1卷第3期，第65页。
③ 同上。
④ 德征：《新诗话》，《文艺周刊》1928年第1期，第3页。
⑤ 水建彤译：《美国诗话》，《文笔》1939年第2卷第1期，第31页。

念，而我们所吟诵的又无一不写成于千百年前。例如但尼孙，朗裴洛罗威惠蒂（Whittier）、蓓安（Buyant）、鲍（Poe）等诗，并且诗也从过去承袭些色泽来造作古风，这古风常常成了诗的特有的风格。再次作者对埃里奥特（T.S.Eliot）、康瑞德（Conrad Aiken）、鲁宾逊（Robinson Jeffers）、罗柏特（Robert Frost）、米雷女士（Miss Milly）等近体诗作的特点进行了简洁的品评；最后作者呼吁书写用美国的题材反映现世当下的诗歌："我们需要林那诺（Ring Lardner）熟悉美国俚语的耳朵，罗柏特细腻的感受力，辛克莱的一双时代的眼睛，还有康瑞德对声色的情绪，和鲁宾逊雄劲的气势。我们希望这些人用美国的体材入之于诗，更加些褒贬当世之意。一个美国的赫斯曼（A.E.Housman）诏告我们的人生价值，当远胜白宫之卷卷秘档也。"[①]

朱维之《赞美诗话》是介绍基督教赞美诗的诗话。首先作者提出在鉴赏赞美诗的文学之先，要有一个预备的概念，即赞美诗是抒情诗中的一种，和恋爱诗、田园山水诗鼎立而三。西洋的抒情诗偏于恋爱诗，中国的抒情诗偏于田园山水诗，而赞美诗却是最难能可贵的，崇高的，国际的，宗教情操底流露。其次作者提出赞美诗是合乐的诗，我国历代的诗歌都是合乐的，从诗经，楚辞，汉魏六朝底乐府，唐绝，宋词，到元明清第南北散曲，都是合乐的。而赞美诗恰巧给了我们一个启示即为新诗底新路线，可能是合乐的新诗。再次作者认为赞美诗要做得好是非常艰难的。因为要有虔诚的宗教情操，又要不失文学的价值；既要用音乐的言词，而又须是朴素平凡的语句。要做到这种雅俗共赏的大众文学妙品，的确不是容易的事。并指出赞美诗和民间歌谣有些共通的地方，就是诉诸听觉的艺术，往往要用单纯的字句，反复回还地表现出来。最后诗话本着"并不专选有名的，却要从文学价值方面去选择"的原则辑录了世界各地的赞美诗，如美国乔治·达飞（George Duffield，1818—1888）的《奋起歌》（"Stand up，Stand up for Jesus"），英国巴林果牧师《信徒精兵歌》（"Onward，Christian Soldiers"），介绍美国多产的盲女诗人（Fanny Crosby）及其《尽力救人歌》（"Rescue the perishing,care for the dying"），英国托卜力特A.Montague Topledy一首成名诗《万古磐石》（"Rock of Ages"），司克利文（Joseph Seriven）难言之恸《思友歌》（"What a friend we have in Jesus"），

---

① 水建彤译：《美国诗话》，《文笔》1939年第2卷第1期，第32页。

英国华富（W.W.Walford）《祷告良辰歌》（“Sweet Hour of Prayer”），苏格兰麦洗生（George Matheson）《盲目底爱——爱歌》（“O love that will not let me go”），英国蔼利奥·洒洛（“Miss Charlotte Elliott”）《就是这样》（“Just as I am,without one plea”），蔼利奥·爱弥丽（Emily E.S.Elliott）《离天歌》（“Thou didst leave thy throne”），等等，十九首赞美诗。

妙娣在《新诗话》赞美林庚白效哈代《一个星期》：“指出近来一般做新体诗的很有许多爱拾欧美牙慧。这种做法，是离开创作的意义太远了！林孑楼先生效哈代《一个星期》体一首，词意也非常深刻。他不但不拾人牙慧并且能把东方诗意融入，现在先把徐志摩先生译的哈代，一个星期介绍出来，再把林先生效体诗录出来两相比较便知道其中的价值了。——林先生旧诗词极有根底，所以作的新体诗造词命意念到口里，便觉得不平凡。”

梁宗岱《诗与真》中有专文论及保罗·梵乐希先生、歌德、罗曼·罗兰等外国诗人。梵乐希，通译瓦雷里或瓦莱里，法国诗人及诗论家，《保罗·梵乐希先生》相当于梵乐希先生的评传，作者用诗意化的语言介绍了梵乐希的生平经历及创作历程。作者开篇指出：“当象征主义——瑰艳的，神秘的象征主义在法兰西诗园仿佛继了浮夸的浪漫派，客观的班拿斯派枯萎了三十年后，忽然在保罗·梵乐希底身上发起了一枝迟暮的奇葩：它底颜色是妩媚的，它底姿态是招展的，它底温馨却是低微而清澈的钟声，带来深沉永久的意义。”[①]在文中，作者介绍了梵乐希《水仙辞》、《年轻的命运女神》等诗作的创作背景、风格特征、读者接受情况以及诗界的相关品评，最后指出梵乐希诗歌的思想内容和艺术形式。他说梵乐希诗歌包含的内容和思想是永久的哲理和玄学问题，其诗“所宣示给我们的不是一些积极或消极的哲学概念，而是引导我们达到这些观念的节奏；是充满了甘，芳，歌，舞的图画，不是徒具外表与粗形的照相。”[②]而读他的诗，“应该准备想像和情绪，由音乐和色彩底波澜吹送我们如一苇白帆在青山绿水中徐徐千金，引导我们深入宇宙间底脉搏之跳动——一种严静、深秘，停匀的跳动。它不独引我们去发现哲理，而且令我们重新创造那首诗。只有这样才是达到纯真的哲学思想的适当步骤，也只有这样才是伟大的哲学诗。”[③]在艺术形式上，梵乐希

---

① 梁宗岱：《诗与真》，卫建民校注，北京：中央编译出版社，2006年，第7页。

② 同上，第26页。

③ 同上。

最遵守那最谨严最束缚的古典诗律的，作者从他的文字中推论出“诗，最高的文学，遂不能不自己铸些镣铐，做它所占有的容易的代价。这些无理的格律，这些自作孽的桎梏，就是赐给那松散的文字一种抵抗性的；对于字匠，它们替代了云石底坚固，强逼他去制强，强逼他去解脱那过于散漫的放纵的。”[①]此外《诗与真》中辑录了梵乐希翻译的《歌德论》和作者写给梵乐希《歌德论》跋语——《歌德与梵乐希》，在《歌德与梵乐希》中作者指出“歌德和梵乐都是诗人兼思想家科学家，虽然他们底出发点，他们底方法，他们底艺术都极不相同甚至相反。”[②]例如从原则上说，歌德探讨底对象是外在世界，是世界底形相；而梵乐希探讨对象是内在世界，是最高度的意识，是“纯我”。在艺术上，“歌德底诗不是这形相世界在他心灵内时时刻刻所唤起的反应底记录（“我底抒情诗都是即兴诗”，他说），便是他底灵魂在这形相世界的热烈的感受，憧憬，探讨和塑造底升华（《浮士德》）；梵乐希底诗却是透过这形相来反映或凝定心灵活动或思想本体底影像。……因此，歌德底诗不独在量上比较梵乐希丰富，就在质上也比较普及：前者底诗可以，或比较上可以，诉诸一般读众；后者底读众却几乎完全限于一般思想家和诗人，或具有这两种倾向的人。”[③]在认识事物的普遍性，两人的方法和路径也不同，梵乐希“先要对于自身法则有澈底的认识或自觉，然后施诸外界底森罗万象”；歌德“则从森罗万象中找出共同的法则，然后从那里通道自我底最高度意识。”[④]但歌德和梵乐希这两条不同的路径，却“同样引我们超过那片面的狭隘的唯心论和唯物论底前头。他们教我们发觉那自我中心主义的唯心论固然距离客观的真理很远，就是那抹煞心灵和忘记了自己的唯物论，究其竟，亦不过是——如果我可以造一个名词的话——客底主观性而已。真正的，或者，为准确起见，比较客观的真理只能过——虽然这表面似乎是个矛盾的方式——存在于物与我，主与客，心灵与外界底适当的比例和配合。换句话说，真理底探讨是二者底互相发展与推进，相生与相成：我们对于心灵的认识愈透澈，愈能穷物理之变，探造化之微；对于事物和现象的认识愈真切，愈深入，心灵也愈开朗，愈活跃，愈丰

---

① 梁宗岱：《诗与真》，卫建民校注，第28页。
② 同上，第169页。
③ 同上，第170页。
④ 同上，第171页。

富，愈自由。”[①]而“用这经过了客观洞照的心灵去体验和辨认客观的事物，用那体验事物得来的结果来启发和开拓心灵底眼界：像人游泳，像鸟飞翔，真理与新知就在这两种互相激荡，互相抗拒，互相贯通的动律中前进和上升了。”[②]上述可见尽管歌德和梵乐希探讨的对象、诗歌艺术，认识世界的方式均有不同，但他们物我相通、物我契合的认识世界的方式却是我们的向导和典型。

梁宗岱还对西洋各国的诗人进行了比较研究，《歌德与梵乐希——跋梵乐希〈哥德论〉》就是很好的例子。梁宗岱比较了德国大诗人哥德和保尔·瓦雷里两人不同的世界观、诗歌审美观后指出：“哥德探讨底对象是外在世界，是世界底形相，”“梵乐希则‘专注于心灵底活动和思想底本体；他底探讨对象是内在世界，是最高度的意识，是‘纯我’’”。在艺术上，哥德的诗记录“形相世界在他心灵内时时刻刻所唤起的反应”和“他底灵魂在这形相世界的热烈的感受，憧憬，探讨和塑造底升华”，而瓦雷里则“透过这形相世界的心灵活动底最深微的颤动底结晶，藉了这世界底形相来反映与凝定心灵活动或思想本体底影象。”歌德诗量丰富，也较普及，能诉诸一般读众，梵乐希的读者几乎完全限于一般思想家和诗人，或具有这两种倾向的人。从认识路线看，歌德从被认识的物体出发，找出共同的法则，然后再通到自我的最高意识；梵乐希则从心灵出发，对自身法则有彻底的认识，然后施诸外界的森罗万象。而无论是哥德的偏重于“物”，抑或瓦雷里的偏重于“心”都是失之于偏颇的。因此梁宗岱认为“真理底探讨是二者底互相发展与推进，相生与相成：我们对于心灵的认识愈透彻，愈能穷物理之变，探造化之微；对于事物与现象的认识愈真切，愈深入，心灵也愈开朗，愈活跃，愈丰富，愈自由。”在此基础上，梁宗岱指出：“诗人是两重观察者”[③]。而在《谈诗》中，他也曾开宗明义指出：“诗人是两重观察者。他底视线一方面要内倾，一方面又要外向。对内的省察愈深微，对外的认识也愈透彻。”并且进一步认为，这“内”“外”二者不但相成，而且相生：“洞观心体后，万象自然都展示一副充满意义的面孔；对外

---

① 梁宗岱：《诗与真》，卫建民校注，第174页。

② 同上。

③ 梁宗岱：《歌德与梵乐希》，《诗与真二集》，北京：外国文学出版社，1984年，第39—42页。

界的认识愈准确，愈真切，心灵也愈开朗，愈活跃，愈丰富，愈自由。”梁宗岱从哥德、瓦雷里比较研究中得出的这一结论不但揭示了诗歌创作的真谛，在当时乃至现在也是富有积极的现实意义的。

任钧《新诗话》多处表现出对外国诗学的关注，首先作者肯定了意大利的但丁和俄罗斯的普希金是能改造“文学的国语“和“国语的文学’的能手：“所有伟大的诗人，都是能改造‘文学的国语’和‘国语的文学’的能手。最著名的实例，便是意大利的但丁，和俄罗斯的普希金。”[①]其次辑录了俄国诗人马雅可夫斯基《我怎样写作》的诗论和诗作，其一为“作诗的人必须养成一种推敲字句的习惯。这种习惯完全属于个人的，而且要长年不断的工作才能养成。它包括音节、韵律、头韵、想象、编排、风格、情节、诗尾、标题布局等等；”[②]其二为刻意搜求韵脚而又没有找到时，生活是苦到极点。作者从马雅可夫斯基作为天才但却异常谦虚、其有着辉煌的成就一方面在于其独特的天才，更由于他严肃的创作态度和认真的工作精神以及全力以赴完成自己的作品等方面总结了马雅可夫斯基所说的话和所举的例子，对于诗作者的教训意义。不仅如此，作家还借助了巴尔扎克、歌德、苏联诗人白德所言及普希金写了十年的《奥尼金》、歌德占用了具一生的《浮士德》阐述了写诗是一件呕心沥血的事情，但唯有如此，才能创作出成功的作品。再次列举了《海涅政治诗集》，彼得斐《自由的旗帜》，惠特曼《开拓者》、《普希金诗钞》，般士、霍斯明等《我的心呀，在高原》，苏联诗人《天蓝色的信》，等等。最后特别值得一提的是作者漫谈未来派和苏联的诗歌[③]。在此，任钧首先对席卷世界诗坛的未来主义（Futurism）的发源地、重要的理论家马里内蒂（Marinetti）和诸多表现主义诗人、诗作的主要内容、艺术形式，前后期未来主义不同的表现进行了全面的梳理。未来主义发源于意大利，是现代资本主义社会的产物。他们的诗歌是适合于工业、技术的，如歌颂都市、机械、新的交通工具，其前期作品内容是新的，但形式上确蹈袭了已存在的自由诗的样式。但为了更好地表现生活，后期未来主义创造“自由的言词与空泛之想象的样式”。其次作者借苏联三位革命诗人白德内依、马雅可夫斯基、倍兹励斯基三人的诗作以了解苏

① 任钧：《新诗话》，北京：国际文化出版社，1948年，第20页。
② 同上，第106页。
③ 同上，第222—235页。

联诗歌的特色。三者的诗歌有着同样的革命特征，白德内依的诗单纯，有力，采用民众的口语，形式多为民谣、俗曲、寓言诗等；马雅可夫斯基的诗歌讴歌革命、嘲笑和讽刺革命的敌人，使用接近口语的诗歌创造有雄大主题、强力影响和激情鼓舞的诗歌，倍兹励斯基的诗歌最能跟上政治经济的步伐，常常具有乐天主义的倾向并透出明朗的笑声。最后作者对未来派和苏联的诗歌进行了比较，以为这两个诗派是现代领域中的两大流派，虽同为现代的崭新产物但完全是异质的。在此任钧借助艺术学者弗理契（V.M.Friche）所论指出意大利的未来主义者是帝国主义者，他们除了讴歌现代文明还讴歌屠杀，作为帝国主义的留声机，他们创造不出真正新的艺术诗歌。相对来说苏联的诗歌与未来派诗歌正相反，在主题上是大众的生活、思想、情感的最真切的反映，在形式上最能为民众所理解接受，因此苏联这朵历史的、时代的、新世纪的“钢铁的花”，如今不但在苏联而且还在世界各国继续盛开着。上述可见，任钧漫谈未来派和苏联的诗歌带有很强烈的政治倾向。

朱自清《新诗杂话》中附录了自己的译——美国诗人麦克里希（Archibald Macleish）的《诗与公众世界》[①]，并在《诗的趋势》中指出《诗与公众世界》所论公众生活、社会生活“是有强烈的私人的感情的经验，那么这些经验便是诗能够使人认识的经验了——也许只有诗才能使人认识它们呢。”[②]“要用归依和凭依的态度将我们这样的经验写出来，使人认识，必须那种负责任的，担危险的语言，那种表示接受和信仰的语言。”[③]以及麦克里希论滂德（Ezra Pound）所言：“他夜间做梦，总梦见些削去修饰的词儿，那修饰是使它们陈旧的；……”论及“时代的真诗”所用的经验和所用的语言，而且以英美诗人诗作为例，具体说明英美现代青年的诗已有不同于“近代”、“当代”诗的地方，离“真诗”越来越近。例如英国现代诗选《再别怕了》（*Fear No More*）中《给读者》对这本书目的和特性叙述如“过去五年时运压人，是些黑暗而烦恼的年头；可是比私人的或个人的幸福更远大的幸福却在造就中。凡沉思[的人]是不能不顾到这些烦恼。……诗的重要不是特殊的结论而是鼓励沉思。……人要诗，如饥者之于食，不为避开环境，是为抓住环境。人要的是例子；不是

① 朱自清：《新诗杂话》，北京：三联书店，1984年，第116—132页。

② 同上，第62—63页。

③ 同上，第61页。

诗人写下的聪明话，是他们沉思的路子；更不是别的旧诗选本，是切于现时代的事例和实证——这事例和实证表显人类用测量并维持那些精神标准的权力。本书原不代表一切写着诗的英国诗人；可是只要诗人，同是活着的人，本书也可以代表他们，并可以代表人类。因为时代的诗是人类的声音。这种诗没有劝告，没有标语；只有自觉的路子。诗人在写作的时候，他们是自己的一贴解药，可以解掉群众心理［的影响］；他们将孤注押在自己这个人身上，这个自觉的人身上，这个正视自己的人身上。这样做时，他们就表显怎样为人类作战。"[①]可以印证可麦克里希对诗的艺术的经验，对诗人如何看待诗与政治生活关系的见解等。而具体到选译本中的两首诗《冬鸳鸯菊》、《一九三九年九月三日》可以作为例证。在此朱自清首先借用麦克里希论爱略特（T.S.Eliot）曾用到的"近代"或"当代"诗的特色"冷讽和否定"来判定这两首诗是不一样的。"前一首没有冷讽和否定，不避开环境而能够抓住环境，正是'负责任的，担危险的语言'。那鸳鸯菊耐寒不怨，还能够'用心头较热的力，造他们心头自己的气温'，正是我们'生活的路子的一个例子'。后一首第一节虽由冷讽和否定组织而成，第二节却是'表示接受和信仰的语言'——跟前节对照，更见出经验的强烈来。这正是"正视着自己"，正是"自觉的路子"。"[②]其次朱自清指出虽然"将孤注押在自己这个人身上"，但"自己这个人"是"作为社会分子"而生活着，而他们生活的环境就是"政治生活"、"公众生活"。对于这种生活的经验，就是"怎样为人类作战"。最后朱自清以为这两首诗用的都是些"削去修饰的词儿"，这跟"近代"和"当代"的诗是不同的。而英诗选《明日诗人》（*Poets of Tomorrow*）（第三集）可知英国近年的诗人已经不爱"晦涩"，不迷恋文字和技巧，而要求无修饰的平淡的实在感，要求明确的直截的诗。因此上述两首诗的平淡也是近年一般的倾向了。

蒋祖怡、蒋伯潜《诗论》[③]第十章大略梳理了欧洲诗史，其中论及到了古希腊的荷马史诗、希腊海斯亚特等诗作，中世纪德国神话诗集《尼白龙琪》，意大利但丁、英国古代最著名诗人加塞、意大利亚里斯脱、英国伊丽莎白时代的诗人魏特、莎莱，17世纪英国诗人黑里克、弥尔顿，18世纪英国诗人

---

① 朱自清：《新诗杂话》，第62—63页。

② 同上，第65页。

③ 蒋祖怡、蒋伯潜《诗论》，广州：广东人民出版社，1986年，第106—114页。

“Pope”、查托登、18世纪法国讽刺诗人Vollairc、抒情诗人Ohenior，18世纪德国诗人Goeth，18世纪意大利悲剧诗人Alliori，19世纪英国湖上诗人华兹华士、可罗律琪、拜伦、丁尼孙、白朗宁等，19世纪法国浪漫主义诗人拉马丁、诗歌之王雨果、恶魔诗人波德莱尔、象征诗人魏伦、麦拉莱尔，19世纪德国浪漫主义诗人契米莎、爱清杜夫、孟拉，写实诗人海涅，19世纪俄国诗人普希金、屠格涅夫、莱蒙托夫、尼克拉沙夫，19世纪挪威Wergeland、西班牙Quintana、葡萄牙Garret等70多位诗人及其诗作。

吴奔星主编的《沫若诗话》辑录了郭沫若从1920—1962年18篇论及品评了多位外国诗人及其作品诗话，如有海涅、惠特曼、歌德、柯勒律治、骚塞、波斯诗人莪默.伽亚谟、英国诗人雪莱、拜伦、渥兹华斯、葛雷、苏联诗人布洛克、俄国诗人阿赫玛托娃、普希金、马雅可夫斯基以及评论西洋的诗剧、谈惠特曼、泰戈尔对自己的影响、评波德莱尔、鲁那尔、屠格涅夫的散文诗、歌德、拜伦、惠特曼的散文诗、评拜伦与雪莱、论歌德《浮士德》等等，例如作者评论海涅的诗丽而不雄，惠特曼的诗雄而不丽。英国诗人葛雷一生好像晴朗的秋空一样，非常静穆，但是无形之间带了一种不可言说的哀调。这种哀调，尤其是他诗歌的特征。评论雪莱是自然的宠子，泛神论的信者，革命思想的健儿。他的诗风多样，如同大宇宙中意志流露时的种种的风。雪莱的诗是从心坎中流露出来的真正的诗，雪莱是真正的诗的作者。俄国诗人阿赫玛托娃的著作表现着古典的清澈意味和沉着的用词，疏淡的韵文喜欢用颠倒的简语。以为惠特曼的长诗气魄雄伟，自由，爽直，是我们宜学的长诗。

余之《中外诗话》收辑了作者多年写作、积累的两百多篇诗话，分“诗志”、“诗趣”、“诗艺”三辑，“集诗歌的知识，有价值的诗歌史料，古今中外有代表性的诗歌作品的评价，甚至于诗人们有益的趣闻、轶事于一炉”。[①]“诗志”中有24篇诗话涉及了诸多外国诗人如俄国诗人马雅可夫斯基、苏格兰诗人彭斯、俄罗斯诗人普希金、俄罗斯诗人涅克拉索夫、英国盲诗人弥尔顿、俄国盲诗人爱罗先珂、英国诗人拜伦、德国诗人奥尔格·维尔特、法国作家、诗人伏尔泰革命导师马克思和恩格斯等诗事。例如《“把海涅打进行李中去”》叙写了马克思和海涅的友情和相似的遭遇；《圣的泰戈尔》记叙

① 余之：《中外诗话》，上海：知识出版社，1983年，第346页。

了泰戈尔抒情诗集《吉檀迦利》带给他的荣誉，以及他在荣誉面前的清醒和理智。《向“诗人之王”挑战》记录了马雅可夫斯基对吹捧为“诗人之王”、象征派台柱的康士坦丁·巴立蒙特的宣战等等。“诗趣”中有46篇诗话论及外国诗人的逸闻趣事，占了此辑的绝大多数篇目。如“被罚一万法郎的诗人”法国贝朗瑞，“靠朗诵获得收入的诗人”美国罗伯特·弗洛斯，“‘用诗换面包’的诗人”美国法希尔·林赛，“最诗人的诗人”法国拉马丁，“死后成名的‘名诗人’”美国艾米莉·狄耿生等等。“诗艺”有26篇诗话品评和介绍了外国诗人诗作及其诗体。如11世纪波斯诗人奥马尔·哈亚姆“柔巴依体”抒情诗，中世纪欧洲盛行的骑士爱情诗、十四行诗，日本的和诗，西班牙的深歌，英国宪章派诗歌，英国湖畔诗人华兹华斯、柯勒律治、骚塞，美国诗人朗费罗《生命颂》诗作，歌德写了60年的诗剧《浮士德》，法国浪漫诗人谬塞《四夜组诗》，等等。

流沙河在诗论《流沙河诗话》中《意象派一例——伊兹拉·庞德：〈地铁站内〉》论及“意象主义”诗学概念、美国意象主义诗风的形成、意象主义诗风在中国的两次传播，庞德诗歌对中国古典诗歌的借鉴及庞德早期典型的意象派诗作《地铁站内》。首先针对意象主义强调“意象形成于一瞬间，全靠直觉，不露情感，不涉理念”主张，作者主情感和理念透意象而出，意象必须苦心经营，方能得到，常常不是一瞬间形成的。并指出“意象主义倡言意象至上，以象为体，正如伊兹拉·庞德所说：‘与其写万卷书，不如一生只写一个意象。’我则主张情理象三结合，以象为用，所以我不是意象主义者”。[①]指出自己与西方意象主义差异。其次作者阐述了意象主义的兴起和在中国的传播，“20世纪初，为了扫除滥情泛理的美英浪漫诗，以庞德为首的一群美国青年诗人吹起意象主义诗风，提倡使用日常口语写自由诗（free verse），要求诗意浓缩，呈现意象。这一股强劲的风，越过西欧，甚至吹到俄国去了。”[②]而美国意象主义在中国的传播分别是通过胡适和施蛰存介绍传播过来的，第一次的传播是胡适引入了西方意象主义理论的有益成分以攻打古典形式主义旧堡，创建白话新诗；第二次的传播施蛰存等为了疏离30年代新诗的战斗性，引

① 流沙河：《流沙河诗话》，北京：新星出版社，2002年，第290页。

② 同上，第290页。

入英美已式微的意象派诗及其理论中的有害成分（为意象而意象），最后落入神秘主义。其次针对美国意象派诗人对中国古典诗的借鉴，作者以为“庞德他们只不过各取所需罢了，绝非真正钻透了中国古典诗。”[①] “庞德改写中国古典诗，使之具有意象派自由诗白描的味道，无助于欧美读者确切第了解中国诗艺，仅仅有利于为他自己的意象主义论诗做宣传而已。”[②]最后作者梳理了庞德诗作《地铁站内》的创作过程、不同译文及对诗歌中从“脸”到“花”的运用手法的辨析，指出美国意象主义的优缺点。“意象主义诗风当然有积极意义。庞德他们看中意象思维，这并没有错。……只是不宜捧得太高，解得太玄，尤其不宜数典忘祖。”[③]强调美国意象主义的写作技巧在中国古典诗歌中早已有之。缺点在于“意象派的理论，如果过于狭窄地加以理解，就可能束缚诗人的创造，使他只能写些虽然精美但单调贫乏的小诗，尤其因为限制发议论，使得诗缺乏丰富的社会内容。”“意象派诸人的作品往往沦于为意象而意象，只能一新视觉，不能诉诸心灵。”[④]此外流沙河在《客观对应物》一文中用西方诗论如德国心理学家卡尔.荣格的原始意象说、神秘主义哲学家威登堡提出的“对应论”、法国象征主义诗人波德莱尔象征派诗论及美国诗人T.S.艾略特“客观对应物”的理论来阐述自然物象与情绪之间的关系。值得一提作者对艾略特“客观对应物”理论进行了辨析，认为其存在着漏洞和偏颇，其漏洞即“某些境遇中，主观的情绪不是抽象的。吹皱一池春水，只为有风。大喜大悲，缘物而发，因事而起，具体得很，这种情绪爆发之前，常常已具有形象的外壳，不需要去寻找‘客观对应物’。这种情绪，不借隐喻，不假象征，不用暗示，或滔滔地或娓娓地直抒而出，也具有鲜明的形象性，也具有强烈的感发力。大喜的如杜甫《闻官军收河南河北》，大悲的如元稹《遣悲怀》，前者滔滔，后者娓娓，皆直抒而出之。出现在两诗中的物象（该说意象才对）与另外诗人的情绪之间存在着什么样的关系呢？我看不是对应的关系，而是共生的关系。作诗并不都是寻找‘客观对应物’啊！”[⑤]偏颇在于“在某些境遇中，

---

① 流沙河：《流沙河诗话》，第293页。
② 同上，第294页。
③ 同上。
④ 同上，第299—300页。
⑤ 同上，第305页。

是客观物象来引起主观情绪，而不是主观情绪去寻找客观物象。”[①]而艾略特“客观对应物”的理论作者以为经过“填补漏洞，纠正偏颇”之后便完善了。此外，艾略特“客观对应物”所阐述的“有了情绪，然后去寻找‘客观对应物’的观点，亦即“因情生景”的境遇在中国古代诗歌也是常有的。而我国古典诗歌中的象征和兴象都可纳入客观对应物象的范畴。因此作者以为艾略特的“客观对应物”的理论可以说是亦旧亦新。“说它旧，是因为在中国古代的象征原理中能找到它的胚胎，是因为在唐代李商隐和李贺的诗中，宋代周邦彦和姜夔的词中，能找到它的实践；说它新，是因为它开创了20世纪的现代派诗人，是因为它对我国当代新诗的影响确实存在着，而且不时地引起争议。在这个问题上，我主张中西合璧，协调古风洋风，化为和风。”[②]

罗洛在《诗的随想录》较为系统地论及了法国现代诗歌、德国表现派诗歌以及惠特曼、聂鲁达等外国诗人及其诗作。对法国现代诗歌“现代派”诗学潮流的阐述中，作者从诗歌的风格、样式等介绍了法国后期象征派诗人瓦雷里、重要诗人克洛岱、信仰宗教的诗人夏尔·佩吉、法国大诗人圣琼·拜斯、法国立体未来派的代表阿波里奈、立体派诗人马可斯·雅各布、达达派诗人查拉、超现实派诗人德斯诺斯、艾吕雅、阿拉贡等等创作特点。例如拜斯的诗语调总是高雅的，在散文诗体的内部流动着徐缓的、有规则的韵律。他常用倒装句法，常常不顾语法规则。他后期的诗中出现的缺少过渡的跳跃、梦幻般的感觉等等，表明超现实派对他也不是没有影响的。[③]同样的，在对德国表现派诗歌的阐述中，作者首先明确作为一种表现主义主要出现在德国但又不限于德国，因此作者从诗歌表现手法、风格特点的角度介绍了早期德国表现派诗人利希藤斯坦、盖欧尔格·海姆、恩斯特·斯塔德勒、奥地利诗人特拉克尔、奥地利诗人韦尔弗尔、德国约翰内斯·贝歇尔等诗人的诗作并总结出表现主义题材上的开拓和艺术表现手法的种种创新。在《惠特曼二题》中，作者首先突出表现惠特曼对新的世界和新的种族的礼赞，对新的妇女和新的男人的欢呼，对于新的创造力量的向往，是一个与时代紧密相连的现代诗人；其次作者指出奥地利诗人韦尔弗尔有着惠特曼的影子，他接受了惠特曼的人道主义思想，宣扬普遍的人类之爱。在此需

---

① 流沙河：《流沙河诗话》，第305页。

② 同上，第311页。

③ 罗洛：《诗的随想录》，北京：三联书店，1985年，第175页。

要注意的是作者说："我在读西方一些进步诗人的作品时，一方面欣赏他们的诗艺，一方面总感到他们在思想体系上是属于资产阶级的，因而应该有分析、有批判地借鉴，而不能盲目崇拜。"[①]可见作者的诗论属于无产阶级的理论范畴。而在《聂鲁达印象》中作者指出聂鲁达的诗与人民存在着血肉联系，同生活有着紧密的有机联系，并指出诗歌有着独特的艺术风格和表现手法的多样性。他早期的诗受现代主义的影响，情调比较阴郁、低沉，后来其诗变得明朗、激昂、深沉甚至严峻。他的诗中充满了突兀的想象和意象，说不清他究竟是现实主义者还是超现实主义抑或是浪漫主义者。

吴奔星主编的《鲁迅诗话》辑录了鲁迅从1907年到1936年共31篇品评外国诗歌流派、外国诗人及其作品的诗话，如有柏拉图、摩罗诗派、拜托、雪莱、普希金、莱蒙托夫、涅克拉索夫、勃洛克、爱罗先珂、裴多菲、密茨凯维支、斯洛伐斯基、密尔顿、但丁、波特莱尔等。荒芜《纸壁斋说诗》有九篇文章论及了外国诗人及其作品，如《读惠特曼随笔》、《惠特曼与林肯》、《惠特曼与奥康诺》、《几片小草叶》、《谈〈草叶集〉》、《麦凯和他的诗》、《漫谈美国黑人民歌布鲁斯》、《谈安格尔的〈中国印象〉》等。苗得雨在《文谈诗话》论及了诗歌发展过程中外国诗歌的影响作用及注意要点。他以为在诗歌的发展中，外来影响是不可缺少的，从古代唐朝的诗歌发展到"五四"白话诗运动，外来影响起了相当的推动作用。而在学习外国的东西时不能关门，也不能照搬，要有分析，要取其有用的，或加以改造变成我们的，总之要化为我们自己的血肉。例如过去囫囵吞枣学习俄国马雅可夫斯基的"马体"，以为这种楼梯式的诗行是一种诗体，不管有没有朗诵的必要，都照楼梯的形状安排诗行，硬将一行拆为数行，硬把短诗排成长诗，写所谓楼梯式。但是，作者以为只要是好诗，无论是楼梯式、宝塔式、长句体、短句体，或者像散文似的不分行，人们都喜欢看；而那些只在形式上搞猎奇，搞新奇，实是依傍与模仿的做法，人们是不欢迎的。而针对过去有人认为句子越长越好，调子越洋越好，作者以为语言再发展，也得一句句说，人一呼一吸只有几秒钟，语言的句子应大体与这相同。而调子越洋越好，也不是必然规律，学洋是为了土，是洋为中用，化洋为土，像"洋槐"、"番薯"化成"土"味最浓的刺槐、地瓜一样，

---

① 罗洛：《诗的随想录》，第175页。

也一定要把诗味的“洋”化得更大众化、民族化一些好。[①]

80年代多数刊登在《诗刊》杂志上的新诗话，虽然其篇幅短小，但其西化的批评倾向也不可忽略。例如黄树则在《诗话三则》“从一首诗回想起一席话”一则中记录了由郭沫若《参拜列宁墓》诗作引发作者对1957年在莫斯科偶遇郭沫若言说文学言说歌德的回忆。为了明确了解郭沫若所说的歌德谨严的写作态度，作者重新翻阅了郭沫若所译的《浮士德》，并辑录其《序剧》一章中这样一节：“啊！我们深心中，深心中之所潜迸，/我们唇舌上，唇舌上之所低吟，/忽焉而成词，忽焉耳飞逝，/要被那一瞬的粗暴鲸吞。/每每有经过多少的岁时，/我们的作品然后才能完成。/外貌只能徒耀一时，/真美方能百世不殒。”[②]曾卓在《新诗话（五则）》“诗的敌人”中论及了美国诗人庞德及其诗歌的特点。首先曾卓以为谈到美国诗人庞德时，人们往往都要提到他的《在一个地铁车站》，而“这首诗在说明意象的诗的特点是有力的，用以说明他对写诗的严谨的态度，也是很好的例子。这首诗的初稿是三十行，半年后改写为十五行，一年后又压缩为两行。但作为诗本身，却显得一般。”[③]其次曾卓介绍了庞德的另一首小诗《为了艺术的胜利》：“什么是艺术？/主人公：‘把真理/用美的语言说出来。’/（对主人公）你/是谁？/‘给我写下这句话，财富/是他的头号敌人’。”曾卓以为这也不是一首很好的诗，但其中所表达的意义却是值得想一想的，而且以为陶醉于廉价的荣誉，也是诗人的头号敌人。紧接着曾卓介绍庞德一首《诗歌》：“呵，我的心/我胸中真正的心/再次跳动。/呵，我的爱情/我心中真正的爱情/再次升腾”作为他所说的“把真理用美的语言说出来”这句话的注释。最后曾卓对庞德对美英诗歌发展的意义和其所辑诗歌特点作了简单的品评：“庞德在促进英美现代派诗歌的发展中，起过很大的作用。他的这两首小诗倒是写得很直白，很质朴的。”成庶在《新诗话（四则）》“斯大林习诗”一则中介绍了俄国革命导师斯大林习诗的情况。[④]

20世纪是新旧体诗话并存的时期，如果说前文所论及的胡怀琛《海天诗

---

① 苗得雨：《关于外来影响》，《文谈诗话》，济南：山东人民出版社，1981年，第277—280页。

② 黄树则：《诗话三则》，《诗刊》1980年第11期，第60页。

③ 曾卓：《新诗话（五则）》《诗刊》1989年第2期，第61页。

④ 《新诗话（四则）》，《诗刊》1987年第7期，第61页。

话》、吴宓《英文诗话》、严士弘《看忙楼诗话》等为数甚少的现代旧体诗话因为批评对象指向外国诗人及其诗作已显示出与历代传统诗话极大的不同，而新体诗话作为新文化运动的产物，其批评对象同样指向外国诗人及其诗歌所作的诗学思考却是旧体诗话所无法企及的。虽然徐志摩《杂记》、青主《亦乐话，亦诗话》以及80年代一些篇幅短小的报刊新体诗话作为随笔漫谈式的随性点评诗话，其与旧体诗话除了文言、白话表达的差异，其辑录外国诗歌与旧体诗话有着很大的相似性，那么梁宗岱《诗与真》对保罗·梵乐希、歌德、罗曼·罗兰其人其诗的品评及比较，任钧《新诗话》对未来派和苏联诗歌的阐述和比较，流沙河《流沙河诗话》对美国意象主义诗风，艾略特"客观对应物的梳理和辨析，罗洛《诗的随想录》对法国现代诗歌、德国表现派诗歌以及惠特曼、聂鲁达等外国诗人及其诗作得评论和介绍，已经不再是传统诗话的感性随意的诗学点评，而是具备一定深度和系统的诗学思虑，具有很明显的现代诗学的特征。而梁宗岱在《诗与真》中对梵乐希、歌德关照世界的出发点、方法、艺术等不同的辨析和对比，尤其可见批评家独到的现代诗学目光。而鲁迅《鲁迅诗话》、郭沫若《沫若诗话》、余之《中外诗话》、荒芜《纸壁斋说诗》等在辑录外国诗人及其诗作、介绍诗歌流派等方面所表现出的广度和深度也是任何旧体诗话所无法比拟的。如果说20世纪旧体诗话中的外国诗人及其诗作的呈现是难得的一道异国风景，那么新体诗话中外国诗人及其诗作的品评和西方文艺思潮的系统性和理论性的介绍则随处可见，成为构成新体诗话不可弃置的一部分。

二、新体诗话诗论与外国诗学的相通

"不从西方'拿来'，不从西方'借鉴'，就不会有'五四'以来的新文学的面貌"。[①]面对几千年强劲古典传统的五四时期，不借助外来诗学力量做矫枉过正的偏激革命新诗的生命之树就难以破土而出，所以西方各种文艺思潮顺理成章地被援引入境，并给当时的诗歌探险者们以坚实的支撑。而中国新诗对古典传统自觉的断裂性的选择，使它与西方诗歌的关系更为切近，那么以评说新诗、外国诗兼谈旧体诗的新体诗话的诗论与外国诗学存在着诸多的契合和相通之处。梁

① 卞之琳：《人与诗：忆旧说新·新诗与西方诗》，北京：三联书店，1984年，第186页。

实秋先生说："我一向以为新文学运动的最大的成因，便是外国文学的影响；新诗，实际上就是中文写的外国诗。"①

在五四时期，人的发见，即发展的个性，个性主义成为五四新文学运动的主要目标。而站在个性主义的立场作自我表现，成了五四时期中国浪漫诗学与西方浪漫主义诗学相联系的主要思想纽带；也正是个性主义在"五四"前后的影响，中国浪漫主义诗风风靡诗坛。②在诗坛，以郭沫若为首，以创造社成员为核心，形成了中国浪漫主义诗派。他们的思想主导是个性主义，在美学特征方面强调自然、情感、想象和灵感。华兹华斯在《抒情歌谣集·序言》定义"诗是强烈的情感的自然流露"，集中表现了浪漫主义者对感情的理解。而郭沫若在《少年维特之烦恼》的译序中，宣布自己与歌德的共鸣之处，其中一点即为"主情主义"。③而郭沫若早期诗论归结以来即为两句话：文艺的本质是主观的；艺术的根柢是，是立在感情上的。④他的《女神》即为这场浪漫主义风暴中最有代表性的产物。新体诗话汪蔚云在《读诗杂记——"新诗"诗话》以为"诗是生的冲动，灵的叫喊。诗要从真实的情感中冲出，才是有生命的东西。"⑤指出郭沫若《女神》就是真情的产物，因而"一个（Pure Peat）都应该具有郭沫若这样的态度去作诗，他的诗才是火一般的活跃，潮一般的澎湃底情感的结晶。"⑥强调"诗是感情的产物"，作诗应该像郭沫若一样充满激情。在此汪蔚云论诗及对郭沫若诗作的品评表现出与西方浪漫主义主情说的一致性。方敬在《新诗话》中表达了类似的观点："要写诗，首先就要有真的神往的心，诗人内心遇到强烈的冲动，生命的激荡，情感的燃烧，不抒发出来好像就活不下去似的。"⑦即一份真情，一份融和生命的热，才有一份诗。

在20世纪20年代初期的浪漫主义诗学"洪浪"面前，新月诗人明确提出"情感不能不受理性的相当节制与调剂"，"感伤主义是现在新诗一个绝大危险"，

---

① 梁实秋：《新诗的格调及其他》，《诗刊》创刊号，1931年1月20日。
② 许霆：《中国现代诗学论稿》，上海：复旦大学出版社，2012年，第37页。
③ 郭沫若：《论诗三札》，刘匡汉、刘福春编：《中国现代诗论》上编，广州：花城出版社，1985年，第59页。
④ 许霆：《中国现代诗学论稿》，第39页。
⑤ 汪蔚云：《读诗杂记——"新诗"诗话》，《学生文艺丛刊》1929年第5卷第10期，第30页。
⑥ 同上，第31页。
⑦ 方敬：《新诗话》，《诗创造》1947年第1期，第10页。

试图使“感伤”规范为“健康”。而新月派主张理性节制感情，格律形式严谨的诗学主张是新月派诗人接受西方法国诗歌流派巴那斯派的影响。[①]新月派诗人饶孟侃在《新诗话》谈及诗歌“情绪与格律”的问题，以为“一首诗最重要的是情绪，然后才是格律。而情绪是一首诗里必须的东西，它的存亡即是诗的生死。格律并不会妨碍情绪的表现，反而一部分可以由格律来表现。真正妨碍情绪的东西并不是格律和音节，而是冒牌的假情绪。这种冒牌的假情绪有个名称又叫做‘感伤主义’（sentin entalism）。现在的新诗差不多有一百份的九十五份是这怪物的支配；我们要不趁早把牠的假面具撕破，到真正有‘新诗的死期到了’的危险。”[②]在此饶孟侃主张诗中要有情绪，但并不主张自然流露的情绪，而主张理性和格律节制下的情绪，这是饶孟侃接受西方巴那斯主义[③]理性表现情感的一个表现。徐志摩所自己写诗初期“是最不受羁勒的一匹野马”，但到了新月时期，他就对此不满了，并提出了用理性节制感情，用格律调剂诗情，他说：“不论思想怎样高尚，情绪怎么热烈，你得拿来彻底的‘音节化’（那就是诗化）才可以取得诗的认识，要不然思想自思想，情绪自情绪，却不能说是诗。”[④]正是从理性节制感情的诗学出发，新月派的诗风冷峻，情绪藏匿。如臧克家在介绍饶孟侃的诗时说：“有的诗，成了谜语，象卞之琳的某些作品，有的只剩下一个‘美丽’的形式，如同一朵纸花，他所有的诗，像陈梦家、林徽因、方纬德的那些作品，真是达到了陈梦家在《新月诗选》序言中所要求的那个‘纯’的火候了。”[⑤]

此外巴那斯主义倡导诗的精美，除了格律严谨，还要语言精确，色彩鲜艳，线条突出。新月诗人也追求诗外形的精美，重视新诗音韵格律的整饬。德征在《新诗话》赞美了与新月派诗歌的认同，他说：“有词曲格调的新诗，爱读的人非常之多。良以这一类的新诗意义含蓄得甚富，而情感底流露，却也很丰满，读起来，好比吃鲜苹果一样的有味。”[⑥]具有词曲格调，诗意含蓄，情感丰富，显露出新月派诗作的特点。事实上新月派在注重诗歌“音乐美”方面做出过很多努力，为了增强诗的音乐性，新月诗人朱湘尤其注重古代词曲及民

---

① 许霆：《中国现代诗学论稿》，第41—46页。
② 饶孟侃：《新诗话》，《晨报副刊诗刊》1926年第9期，第64页。
③ 许霆：《中国现代诗学论稿》，第42页。
④ 徐志摩：《诗刊放假》，《晨报副刊·诗镌》1926年6月10日。
⑤ 臧克家：《中国新诗选（1919—1949）·序》，北京：中国青年出版社，1956年。
⑥ 德征：《新诗话》，《文艺周刊》1928年第1期，第3页。

谣鼓词所讲究的韵律节奏的特点，于外形的完整与音调的柔和上寻求某个契合点。而新月派诗歌受“理性节制情感”美学原则的影响，往往能够摆脱早期白话新诗所存在的情感独白的缺陷，呈现出一种内敛的美。

五四后期，在“文学只有美丑之分，原无新旧之别”的观念影响下，诗人们开始思考建设新诗的问题，除了新月诗派的酝酿，到20世纪20年代中后期初期象征诗派正式举起了纯诗学旗帜。到30年代“现代”新诗的创作掀起了新诗史上的纯诗运动。而30年代中期发展成熟的现代派诗歌主要受到了西方象征主义及意象派的影响。美国意象主义诗人庞德等人反对把诗作为“情绪喷射器”，主张诗是有感性意象组成的人类情绪的方程式。因为也反对直接抒情，反对即兴抒情，我国现代派诗人往往把心中隐约的难以描述的情绪，转化为具体可感的形象的东西。“无论是主情诗还是主知诗，都用意象来暗示。而且现代派人对意象，加以繁复的表现。”①而现代诗的繁复的意象往往通过隐喻、象征、通感等手法以表现现代生活和现代人的精神特征，事实上通过描绘意象的方法来传达诗情本身会使诗意变得暧昧难测，再加人有些诗人刻意构筑意象，并将它以诗人个人独特的自由联想的方式串联，诗意表达将更加晦涩难解，而这必将导致对现代派诗作的质疑和不满。今虚在《新诗话》肯定了中国“意象派”和“新形式主义”的诗学意义：“有人因偏面的看到了魔道的‘意象派’和‘新形式主义’的诗之猖獗在某一些杂志上，而不曾认识新兴的诗歌从大众之间成长起来。他便感慨的发出伟大的言论，让人去学习胡适，走回到《尝试集》的时代去。”②尽管中国的现代派在诗学创作上存在着意象堆砌、诗意晦涩的弱点和不足，但现代派密集的、含义丰富的意象所包含的多种体验特别适合表现现代生活和现代人的精神特征。而30年代现代派诗歌是中国诗歌为了摒弃诗歌创作初期的缺点为新诗的发展所做的新尝试，在推动新诗的形式和内容发展方面做出了贡献，因此尽管在创作中存在着失衡现象，但再回胡适时代是不合适的。

象征主义运动是19世纪后半叶到20世纪初，一场“渊源于爱伦·坡始于奈瓦尔和波德莱尔，以法国象征派为中心辐射到欧美进而波及亚洲以及拉美的国

---

① 许霆：《中国现代诗学论稿》，第55页。
② 今虚：《新诗话》，《读书之友》1937年第1卷第3期，第93页。

际性运动”。[①]象征主义诗歌自诞生之日起，就迅速产生了包括中国在内的全球性的广泛影响。李金发是把“法国象征诗人的手法”介绍到中国现代诗坛的第一人，在努力实践象征主义的诗人群中，戴望舒要算是最为成熟的一个。而梁宗岱依靠他坚实的西方诗学理论基础，和将其与中国传统诗学相融合的强烈愿望，提出了“纯诗说”等一系列象征主义诗学理论。梁宗岱的诗学理论文章集中在《诗与真》和《诗与真二集》。“纯诗说”并非梁宗岱首创，在西方，它起源于美国诗人兼批评家爱伦·坡，中经法国诗人波德莱尔及瓦雷里大力弘扬，最终成为法国象征主义者的共同追求。梁宗岱在《谈诗》一文中明确地表述了他的“纯诗观”：“所谓纯诗，便是摒除一切客观的写景，叙事，说理以至感伤的情调，而纯粹凭借那构成它底形体的元素—音乐和色彩—产生一种符咒似的暗示力,以唤起我们感官与想象底感应，而超度我们底灵魂到一种神游物表的光明极乐的境域。像音乐一样，它自己成为一个绝对独立、绝对自由，比现世更纯粹、更不朽的宇宙；它本身底音韵和色彩底密切混合便是它底固有的存在理由。”[②]梁宗岱强调的是纯诗的超越功能，它构成的是绝对独立与自由，比现世更纯粹、更不朽的另一个宇宙。这一理论在很大程度上借鉴了其师瓦雷里的论述，如所提倡的诗的音乐性，诗的绝对独立和自由，诗通过它的形体元素产生的暗示力等等，都能看出瓦雷里论述的影子。梁宗岱对象征主义诗学的独特理解还表现在他对宇宙意识的诠释。他认为象征之道在于“契合”，而“契合”则是诗人和读者在创作和欣赏时全神贯注，达到冥想出神，物我两忘的境地，正如他所说的，“我们在宇宙里，宇宙也在我们里：宇宙和我们底自我只合成一体，反映着同一的荫（阴）影和反应（映）着同一的回声。”[③]梁宗岱“宇宙意识”的提出饱含了他对诗坛现状的改造意识。当诗人和诗论家们意识到白话诗“少了点余音与回味”和“浅入浅出”的弊病之后，开始了又一轮的深刻反省和重建，但是大多数诗人首先着眼于由形式层面的“诗化”来代替“白话化”，使得诗坛又陷入了另一种重形式而轻内容的弊端。梁宗岱此时提出“宇宙意识”，并注重探索诗歌内蕴的深广与厚重，这就及时纠正了诗

---

① 吴晓东：《象征主义与中国现代文学》，合肥：安徽教育出版社，2000年，第21页。
② 李振声编：《梁宗岱批评文集》，珠海：珠海出版社，1998年，第79—80页。
③ 同上，第63页。

歌形式主义的流弊。[①]

继李金发之后的戴望舒等现代诗人，他们既不满意新月派在讲究格律上的片面与回复传统的倾向，又对李金发把西方象征主义的神秘诗风搬进中国诗坛多有微词。作为"现代"诗派的首席诗论家戴望舒，他以《诗论零札》建构了自己的诗歌理论纲领。他语录式的《论诗零札》[②]（17则）的诗歌主张基本是转化西方象征派、意象派的观点。施蛰存曾这样回忆说戴望舒的《论诗零札》介绍的"都是法国象征主义诗人的理论"，[③]而戴望舒的诗论主要内容是对新格律派"三美"说的批评和对象征主义要义的阐释。他非常强调"纯诗"的观念，专用象征和抒情，蔑视格律而追求自然的旋律，顺应情绪的节奏。虽然戴望舒的诗论没有像梁宗岱《诗与真》、《诗与真二集》那样在比较中西诗论中对象征主义以及"纯诗"进行明确的界定与透彻的分析，但他敢于独创性地从诗歌本体的角度出发，突出诗歌最重要因素"诗情"[④]为核心的诗论观，这是非常值得肯定的。

朱光潜《诗论》中有许多诗学理论都受到了西方文学理论的影响。他在《诗论》中对克罗齐的"直觉——表现"说既有继承，又有创新，并在此基础上提出了自己的诗境理论。同时，朱光潜还吸收了西方文论中心理学的成果，将心理学与诗学相结合，吸收了布洛的心理距离说，立普斯的移情作用，谷鲁斯的内模仿说等来丰富他的诗学理论。应该说，朱光潜《诗论》的诗学思想是以中国传统文化与诗学为基础的，又从西方文学理论中吸收资源，他在吸收了桐城派文论思想、魏晋人格及道家思想的基础上，又继承并改造了克罗齐的直觉说，布洛的心理距离说、立普斯的移情作用和谷鲁斯的内模仿说等西方文艺心理学理论，所有的这些都为朱光潜《诗论》的诗学理论体系的构造打下了坚

---

① 以上关于梁宗岱的诗论分析均参考俞燕：《"诗与真"的不倦探索——试论梁宗岱的诗学与美学》，安徽师范大学2002年硕士学位论文。

② 1932年戴望舒在《现代》第二卷第一期上发表了《诗论》（十七条，又称《望舒诗论》）。1937年1月《望舒草》出版时，诗人将它改题为《诗论零札》，作为附录收入诗集中。1944年2月6日，诗人在他自己主编的《华侨日报》副刊《文艺周刊》第二期发表过鲜为人知的《诗论零札》，计诗论七刊。

③ 施蛰存：《〈现代〉杂忆》，《新文学史料》1981年第1期。

④ 戴望舒的"诗情"论与西方象征主义"纯诗"论的契合与差异详见朱源：《"诗情"论与"纯诗"论之比较——戴望舒与法国象征主义诗论研究》，《辽宁师范大学学报（社会科学版）》2007年第2期。

实的基础。[①]

艾青早年曾接受过西方象征主义的诗论，抗战初期他撰写的《诗论》就明显地借鉴了西方象征主义诗学，对象征主义推崇的意象、象征、联想、想象等诗学问题做了精当的论述。在《诗论》中，艾青要求诗人在诗作中“给声音以颜色，给色彩以声音，使流逝变幻者得以凝形。”可以明显看出受到了象征主义通感说的影响。[②]

近百年来的中国美学的发展离不开西方美学的巨大影响，在西方美学潮流的冲击下，中国学者把论诗的笔端伸向了美学的领域，20世纪二三十年代从事诗歌美学研究又卓有成效的有宗白华，朱自清、梁宗岱、艾青等。宗白华20年代发表的《新诗略读》和《中国诗画中所表现的空间意识》等，朱自清《诗言志辨》，梁宗岱《诗与真》中包括《保罗梵乐希》、《象征主义》等，尤其是艾青的《诗论》是现代中国颇有影响的诗歌美学专著，最鲜明地表现了诗话与美学的结合。[③]如宗白华在《新诗略谈》中给诗下的定义便是：“用一种美的文字——音律的绘画的文字——表写情绪中的意境。”闻一多在《诗的格律》中提出了诗的音乐美、绘画美、建筑美的“三美”的理论主张。这些理论主张，“虽然已经接触到了新诗美学的问题，但是他们都没有自觉地意识到诗论应该与美学结合起来。”[④]艾青在《诗论》中说：“一首诗的胜利，不仅是那诗所表现的思想的胜利，同时也是那诗的美学的胜利——而后者，竟常被理论家所忽略。”“新的风格，是在对于新的现实有了美学上的新的肯定时产生的。”这标志着中国现代新诗理论建设的一个重大飞跃，它说明中国现代化诗论进入了自觉地与美学相结合的阶段。[⑤]静闻在《鼓楼诗话》对美感和快感的辨析也从美学的角度沟通了中西诗学的关系。静闻说：“观念主义的美学家以为自然或艺术品所给与的‘美感’诗和我们平常感官的‘快感’绝不相同的。它是人类精神上的一种特殊的活动。法国天才美学者居的（Gnyau）氏在‘现代

---

① 刘壮：《朱光潜〈诗论〉研究》，辽宁大学2011年硕士论文，第5页。

② 潘颂德：《中国现代新诗理论批评的历史经验》，《东疆学刊》2012年第4期。

③ “诗话与美学的结合”，详见汤保华：《现代诗话研究》，华中师范大学2007年硕士论文，第31—34页。

④ 潘颂德：《艾青的诗论》，《阜阳师范学院学报》1989年第2期，第22页。

⑤ 以上关于艾青诗论与美学的结合见潘颂德：《艾青的诗论》，《阜阳师范学院学报》1989年第2期，第22页。

美学底几个问题’中，会竭力说明感官的快感也是美感，不应该把它从所谓精神的快感斩截地隔开。这是很明通的见解。明人王伯谷题女作家景惊鸿底《散花吟》诗：‘闽中女子最能诗，寄我一部散花词。虽然未见天女面，快语堪当食荔枝。’末句说读诗所得的快感恰像吃荔枝一样。这虽是诗人一时比喻的话，也可以叫我们省悟到感官的快感也正是一称‘美感’，和所谓高级的精神的快感并不是截然不相通的东西——自然，我们不应因此就否认两者相对差异性底存在。”[①]观念主义的美学家以为美感和快感是绝不相同的，前者是人类的精神活动，后者来自平常的感官。而法国美学者居的（Gnyau）氏却以为感官的快感也是美感，不应该将此截然分开。静闻认同Gnyau的看法，并举出明人王伯谷诗句中言读诗的快感像吃荔枝，从而得出这种感官的快感也是一种美感，因此美感与快感并非截然不相通，然而静闻进一步提出不能因此否定两者的差异性所在。由此可见静闻以为美感和快感既存在相通之处，又存在着差异，其观点既不同于观念主义者，也与Gnyau的看法有区别。

其次静闻在《鼓楼诗话》谈到了色彩在诗歌创作中的作用，他说：“色彩对于情绪有很大的刺激力。它底变动能够使情绪起显著的反应。这是现在的心理学家已经实验过的事情。诗人工作底主要任务是唤起读者底某种情绪及思想。他们往往能够非自觉地利用色彩词儿去达成他们底目的。”[②]接着静闻列举了杜甫、李白、白居易、元微之、王荆公、陆放翁、赵瓯北以及新体诗人汪静之的诗句以证实色彩词使用过后确实能唤起读者底某种情绪及思想，此强调了使用色彩词的好处。他说：“这些诗句中的色彩词儿，都是很动情荡感的。过去一般诗人喜欢用青山绿水，白发红颜一类习套辞藻，大半的原因也恐怕在这里。而新诗诗人汪静之君底一首情诗中有这样两句——‘我的相思和你家的桃花，/一起红到你的窗前了。’虽然是十多年前读过的，回想起来却印象鲜明而且情感跳动。原因也正由于那个‘红’字用得特别有劲。[③]20世纪二三十年代，象征主义诗学建设者穆木天、王独清、冯乃超对“象征”和“意象”的深度发掘，“音乐”与“色彩”这些形式因子也被用作纠偏诗歌非艺术倾向的

---

① 静闻：《鼓楼诗话》，《现代华侨》1948年第1卷第4期，第14页。
② 同上。
③ 同上。

“纯粹力量”，成为对“诗的世界”的独特艺术创造。[①]王独清更极力赞成诗歌“纯粹化”的主张，并进一步提出要和音乐、绘画紧密联系，坦言自己“很想学法国象征派诗人，把‘音’与‘色’放在文字中，”[②]实际上就是在诗歌中实现一种心理上“色的听觉”和艺术方面的“音画”效果。在此尽管静闻论及色彩与情绪的关系远不如其他现代诗学批评家阐述一种“色的听觉”那样富有张力与深度，但其对色彩的重视也离不开西方象征主义诗学的影响。

流沙河在《流沙河诗话》对诗的本质的界定沟通融合了中外诗学。他从建筑学的角度提出诗的“三柱论”的观点，指出诗是三柱平台的空中花园，情、智、像是构成诗的三柱子，缺一不可，古今中外，凡诗莫不是如此。而世界各诗派，此三柱各有侧重。情柱太长者，有19世纪浪漫主义诗派；象柱太长者，有20世纪初叶美国意象主义诗派与当代朦胧诗派，前者认为意象万能，不要情智二柱，后者抛出意象，情智二柱或短或缺；智柱太长者，有20世纪中叶中国宣传诗派，过分宣传诗之宣传功能，其实总在说教，弄得智性露骨，感性很差，久读乏味。而流沙河对诗的界定就如他自己所说：“余操三柱论，综合三家说，谓诗之本质为三柱平台空中花园。”[③]即综合了“古人所云：‘诗言志’，诗之本质在于情；林语堂‘诗歌，那不过是渲染着情感的真理’，诗之本质又似智；而意象主义者乃以象为本质。”[④]

林希在《新诗话》[⑤]“形象结构”一则中指出结构是极难说清的概念，结构主义就更深奥了。在此诗话作者由十字路口交通指示灯的例子沿及谈诗歌的形象结构，而在结构主义理论中“每一个符号都有或者表示三种关系：象征、纵聚合和横组合关系。”林希以为结构主义理论所指的符合，是语言符号，在诗歌作品中，语言符号更大程度上可以解释为形象符号，在此他以诗人曾卓《悬岩边的树》为例进一步探讨诗的形象构成可归属为形象结构，例如：“不知道是什么奇异的风/将一棵树吹到了那边/平原的尽头/临近深谷的悬岩上，”其中符号：树，结构：树—风—悬岩，象征：诗人—时代—命运（第

① 柴华：《中国现代象征主义诗学研究》，南开大学2009年博士论文，第159页。
② 王独清：《再谭诗——寄木天、伯奇》，《创造月刊》1卷1期，1926年3月。
③ 流沙河：《流沙河诗话》，第360页。
④ 同上。
⑤ 林希：《新诗话》，《诗刊》1987年第5期，第58—59页。

一意义）；“它倾听远处森林的喧哗/和深谷中小溪的歌唱/它孤独地站在那里/显得寂寞而又倔强”，其中符号：树，第二意义：横组合，树—森林、小溪—孤独、倔强；“它的弯曲的身体/留下了风的形状/它似乎即将倾跌进深谷里/却又象是展翅飞翔……”符号：树，第三意义：纵聚合，风的形状←树→展翅飞翔，向以前的追溯←符号→向未来的延伸。并由此总结出：“任何一个形象，都必在其能指，能象征和所指、所象征之间存在着一种关系，而正是这种关系，将形象、能指、所指组合成为结构，在这一结构当中，显现符号的象征、横组合和纵组合。”并宣称自己“不懂结构主义，更不懂符号学，但对于一首诗，不妨作一下纯形式主义的分析、常常又是在纯形式主义的分析中，才更能显现诗美的所在。”结构主义文学理论是兴盛于20世纪60年代至70年代的西方文学理论，而现代的符号学则是由瑞士语言学家索绪尔和美国哲学家皮尔士分别从语言学和逻辑学的角度创立的，在此作者借助结构主义理论对诗歌作纯形式上的分析，不仅彰显了诗歌的外在形式与内蕴所在的紧密联系，并进一步沟通了中西诗学的交流。

晚清以来，风起云涌的西方文艺思潮及其理论流派的译介，为中国人打开了一片崭新的理论天地。20年代中国作家“认为西方文学比自己的古典和民间文学传统更为优越”，“把人类看成一个整体，要比民族或国家本位思想更加开明”，“通过20年代的英、日两种语言的书籍，20世纪的中国人几乎可以接触到古今所有的世界文学。”[①]五四时期、建国初期、新时期为20世纪三次大规模外来文论输入的时期。五四时期，以《新青年》为主阵地，其他一些刊物也开辟专栏介绍西方文论思潮。在很短的时间内，西方文艺复兴以后的各种思潮、流派及其相关的哲学被纷纷引进中国，其中包括：现实主义、象征主义、自然主义、浪漫主义、唯美主义、表现主义、象征主义、意象派、心理分析派、未来派、现代派等等。在30年代，以上海为中心，以“左联”为主将，引进了大量左翼文艺理论。德国、法国、美国等国家的左翼文艺理论被先后引进，苏联的社会主义现实主义创作方法被详尽地介绍进来。80年代以来紧跟世界潮流，介绍了西方各种

① [澳] B.S.麦克杜格尔：《西方文学思潮对中国的影响》，陈圣生译，《中国现代文学研究丛刊》第一辑，北京：北京出版社，1983年，第233页。

文学思潮，新中国成立初期主要输入苏联的马克思主义文艺理论，新时期西方文论在中国大举登陆产生了强大的震撼力与冲击波。上述所举的诗话如《新诗话》作者饶孟侃及《诗与真》、《诗与真二集》作者梁宗岱，《诗论零札》作者戴望舒，分别是新月诗派、象征诗派和现代派的出色代表，如梁宗岱留欧七年，精通四门外语，尤其是英、法两种外语。而他之所以能有高瞻远瞩的眼光，与法国象征主义有着渊源的关系，他与象征主义大师瓦雷里的结识，是他一生中最重要的转折点，由此完全接受象征主义诗学观念。而戴望舒先后翻译过法国前期象征派诗人魏尔伦、波特莱尔、法国后期象征派诗人保尔以及福尔、果尔蒙、耶麦等人的诗作，因此他们的诗论与外国诗学存在着的亲密关系不言而喻。需要说明的是梁宗岱、艾青、戴望舒的诗论，包括后人辑录的《沫若诗话》所显示的郭沫若早期诗论与西方诗学的关系目前学术界研究颇丰，故文中仅简要述之。而本章所提及的今虚《新诗话》、饶孟侃《新诗话》、静闻《鼓楼诗话》等虽简短，保留着传统诗话漫谈随笔式的写法，对新诗理论阐述也不够，但它们同样是外国诗学潮流汹涌而至的产物，其诗论同样与西方诗学有着不可忽视的契合与相通。

三、新体诗话中西诗学的比较与融合

从前文可知，晚清以来随着中西文化交融的加强，出现了中西诗学比较的萌芽，此风源于王国维。而20世纪现代旧体诗话诸如胡怀琛《海天诗话》，高旭《愿无尽庐诗话》，王逸塘《今传是楼诗话》，吴宓《空轩诗话》、《英文诗话》，秦佩珩《秋窗呓语》，严士弘《看忙楼诗话》，等等，以上诗话已出现的少量中西诗学的例子就是较好的例证。新体诗话如汪蔚云《读诗杂记——“新诗”诗话》，静闻《鼓楼诗话》，等等，也不乏中西比较的例子。值得一提的是宗白华《美学散步》和梁宗岱《诗与真》、《诗与真二集》及朱光潜《诗论》以专著形式出现的新体诗话，其中西诗学的比较和融合在广度和深度上远远超过同时代任何现代旧体诗话。虽然这几本著作学术界研究颇多，但为了更为清晰地阐述，本文仍借鉴了前人的研究成果略一述之。

汪蔚云《读诗杂记——“新诗”诗话》介绍了李金发诗宗法国Lamertine氏及其诗独树一帜的风格：“李金发君是我国的一个名雕刻师，同时他的诗做得也很好；以诗人而兼雕刻家，恐怕在我国新文学界是第一人了——他的诗是私淑法国的Lamertine氏的。Lamertine氏的诗意意境很是神秘，即在他本国亦少人了解。李金发的诗也和Lamertine一样，诗的意境非常婉约，非常曲折，而文字又很美，很简洁；所以读者初读的时候，只觉得字句的美丽，音韵的流畅，而对于诗的内涵往往不能了解。——殆读过三四遍，始渐渐的体会出她的意思。这种诗在我国可谓‘别树一帜’了！”①静闻《鼓楼诗话》将韩愈的软骨头与雨果的英雄气概作一比较。②

朱自清《新诗杂话》不据守传统，勇于吸收中国古代和西方现代的诗学资源，不薄古人，也不排斥西方的各种诗学流派，有融会贯通之风。他在《诗的趋势》中谈及美国诗人麦克里希（Archibald Macleish）的《诗与公众世界》，并以英美诗人诗作为例，具体说明英美现代青年的诗已有不同于“近代”、“当代”诗的地方，离“真诗”越来越近。而反观抗战以来的中国新诗，虽然东西方诗人身处同一战争，中国诗人却侧重表达“群众的心”，没有从“个人的心”即从私人的强烈经验出发，故而过分散文化。③

梁宗岱《诗与真》、《诗与真二集》，属比较文学专著，通过德、法、中三国诗歌的比较研究，得出“真是诗底唯一深固的始基，诗是真底最高与最终实现”的结论，重在个案分析比较。他在《李白与歌德》中指出歌德和我国抒情诗的共同点：“节奏分明，音韵铿锵的短促的诗句蕴藏着深刻的情感或强烈的思想——这特征恐怕不是希腊和歌德底抒情诗所专有，我国旧诗不甘让美的必定不在少数。而歌德底‘抒情诗应该是即兴诗’这主张，我国地旧诗差不多全部都在实行。我国旧诗底长处和短处也可以说全在这一点：长处，因为是实情实景底描写；短处，因为失了应付情与境的意义，被滥用为宴会或离别底虚伪无聊的赠答，没有真实的感触也要勉强造作。”④其次作者指出歌德和李白的相似一在于他们的艺术手腕。这体现在“歌德诗不独把他当时所能找到的各时代和各民族——底至长与至短的格律都操纵自如，并且随时视情感或思想底方式而创造新的诗体。而李白亦然。……若从形式看，李白底诗正如他底《天马歌》所说的‘神行电迈慑慌惚’何尝不抑扬顿挫，起伏开翕，凝炼而自然，

① 汪蔚云：《读诗杂记 ——“新诗”诗话》，《学生文艺丛刊》1929年第5卷第10期，第42页。
② 静闻：《鼓楼诗话》，《现代华侨》1948年第1卷第7期，第12页。
③ 朱自清：《新诗杂话》，第67页。
④ 梁宗岱：《诗与真》，卫建民校注，第118—119页。

流利而不率易，明丽而无雕琢痕迹，极变化不测之致？”[①]二在于他们的宇宙意识，对于大自然的感觉和诠释。与诸多西洋诗人片段、狭隘、间接的宇宙意识不同是“歌德以极准确的观察扶助极敏锐的直觉，极冷静的理智控制极热烈的情感——对于自然界上至日月星辰，下至一草一叶，无不殚精竭力（虑），体察入微；对于思想则卢骚与康德兼收并蓄，而上溯于史宾努沙（Spinoza）和莱宾尼滋底完美无疵的哲学系统。所以他能够从破碎中看出完整，从缺憾中看出圆满，从矛盾中看出和谐，换言之，纷纭万象对于他只是一体，‘一切消逝的’只是永恒底象征。”[②]至于李白，在大多数眼光和思想都逃不出人生狭窄的笼的中国诗人中，“他独能以凌迈卓绝的天才，豪放飘逸的胸怀，乘了庄子底想像的大鹏，‘烨赫乎宇宙，凭陵乎昆仑’，挥斥八级，而与鸿蒙共翱翔，正如司空图所说的‘吞吐大荒……真力弥漫，万象在旁’。”[③]梁宗岱进一步指出李白和歌德的宇宙意识同样是直接的，完整的，他们笔下的无论是一首或一行小诗常常展示出一个旷邈，深宏而又单纯，亲切的华严宇宙，像一勺水反映出整个星空的天光云影一样。而歌德和李白的不同在于歌德不独是多方面的天才，并渊源于史宾努沙的完密和谐的系统，而李白则纯粹是诗人的直觉，植根于庄子的瑰丽灿烁的想像的闪光。因此前者的宇宙意识永远是充满了喜悦，信心与乐观的亚波罗式的宁静；而后者却有时不免渗入多少失望，悲观，与凄惶和那幻灭的叹息。尽管如此，歌德全集中恐怕只有《浮士德》里的《天上序曲》可以比拟李白音调雄浑，气机浩荡的《日出入行》。[④]

关于法国前期象征派诗人马拉美和我国南宋词人姜夔。在《谈诗》一文中，梁宗岱认为马拉美酷似姜夔，他们的诗学，同是趋难避易；他们的诗艺，同是注重格调和音乐；他们的诗境，同是空明澄澈，令人有高处不胜寒之感；尤其连他们癖爱的字眼如“清”、“苦”、“寒”、“冷”等也相同。梁宗岱不停留在表面的简单的比较，而是由此悟出一个道理，发现一个文学现象：其实有些字是诗人们最隐秘最深沉的心声，代表他们精神的本质或灵魂的怅惘的，往往在他们凝神握管的刹那有意无意地流露出来。这些字简直就是他们诗

① 梁宗岱：《诗与真》，卫建民校注，第119页。
② 同上。
③ 同上。
④ 同上，第120—123页。

境的定义或评语，除了马拉美与姜白石有共同癖爱的字眼外，陶渊明诗里的“孤”字，“独”字，杜工部的“真”字，都是能够代表他们人格的整体或片面的。这种精彩的比较，对我们很有启发。由此联想陆游诗中经常出现的“望”字（“早岁那知世事艰，中原北望气如山”；“遗民泪尽胡尘里，南望王师又一年”；“我欲登城望大荒，勇欲为国平河湟”；“遗民忍死望恢复，几处今宵垂泪痕”）简直就是他的全部爱国诗篇的“诗眼”，是他灵魂的窗户。

蒋祖怡、蒋伯潜《诗论》称中世纪德国《尼白龙琪》和荷马的史诗一样，完全搜集了古代神话做题材，但是它的笔调远不及荷马的作品。①作者在考察欧洲诗史的基础上总结了中西诗的相同和不同之处。不同之处在于欧洲长的叙事诗多于中国；欧洲的诗歌在古代大抵是叙事的，而且所叙的大半是神话，或者是传奇，而中国以抒情诗为多。相同之处在于欧洲古典主义派的作诗与中国旧诗的注意格律这一点似乎是相同的。他们不忽略诗与音乐的关系，与中国旧诗注重音调相同。②

在中西融合方面，不乏经典之作，朱光潜《诗论》堪称其中之一。《诗论》以崭新的学理解构了传统诗话琐碎的生存状态，他在《诗论》中自觉采用严谨的分析与逻辑的归纳方法，克服中国人由于重综合、直觉而产生的某些心理偏向，凭借对中西文论的深刻理解，在互证、互释中把握中西诗学的不同特点和共同规律，将中西文论的精髓融合在一起。这正如他曾这样大力提倡他的中西互证法：“用西方诗论来解释中国古典诗歌，用中国诗论来印证西方诗论。”③他的中西互证的诗学研究方法开拓了中国学者的眼界，他对诗学比较研究方法的运用，开拓了中西比较诗学的先河。④在《诗论》中朱光潜引西方的“游戏”说阐发中国诗的“谐”与“隐”，进一步揭示诗歌的本质特征；结合了中国传统诗画论朱光潜对莱辛的诗画异质说进行阐发和

---

① 蒋祖怡、蒋伯潜：《诗论》，第107页。

② 同上，第114页。

③ 朱光潜：《朱光潜全集》，合肥：安徽教育出版社，1987年，第2页。

④ 刘壮：《朱光潜〈诗论〉研究》，辽宁大学2011年硕士论文，第30页。

修正；改造了克罗齐的观点而提出了自己的“表现说”——诗的表现：情感思想语言一致说。朱光潜在《诗论》中以西释中，以中格西，把中西方文艺理论融合在一起，为中国诗学的发展做出了突出的贡献。

流沙河《流沙河诗话》在《意象派与李白》中通过对李白《长干行》诗作的分析，借用清代文人纪晓岚表达对此诗的品评“兴象之妙不可言传，此太白独有千古处”，并指出现代派意象派大师庞德曾将此诗译成英文诗。“而中国古诗的绘画成分便包含着意象，如李白的《长干行》便是，流传到国外去，滋生出意象派，又流传回国来，使我们感到很新鲜。这不是有点像‘出口转内销’吗。”[①]可知李白诗包括有绘画成分的中国古诗都包括意象，与借鉴了中国古诗的西方意象派有着很大的相似性。

公输鲁《诗话三则》“童趣”一则中以为杨诚斋（万里）《有叹》诗：“若道愁多头易白，鹭鸶从小鬓成丝。”，辛稼轩《菩萨蛮》词“人言头上发，总向愁中白。拍手笑沙鸥，一身都是愁。”此类诗句，皆如孩童之推想，稚朴趣人。而在人的成长中，“从孩童到成人，自然聪慧，理智，然也失却单纯、天真，故时有‘童心来复梦中身’（龚自珍语）的呼唤”。诚斋、稼轩之“返老还童”式的思维，与当今西方现代派艺术追求人类童年的“原始味”实属同一路头。[②]指出中国古诗中的童趣与西方现代派追求人类童年的“原始味”的一致性。

由于时代的限制，清以前的历代传统诗话只能局限在古今对话、不同文化传统对话等几组关系中。20世纪现代新体诗话尽管在对话性和“诗味”等方面保留着相当的诗话传统，但新体诗话却在多方面表现出与传统诗话的不同，这正如权雅宁说：“现代诗话与传统诗话有明显的区别，主要体现在思想武器、论诗眼光、论述方法、理论观点等方面。如其多以西方各家思想、马列思想为指导理论；论诗时眼光不再局限于中国古代，而是古今打通，中西打通，汉族与少数民族打通。”[③]（这里的现代诗话可理解为本书所界定

---

① 流沙河：《流沙河诗话》，第168页。

② 公输鲁：《诗话三则》，《边疆文学》1995年第11期，第20页。

③ 权雅宁：《现代文学的诗话传统刍议》，《咸阳师范学院学报》2011年第5期。

的现代新体诗话）以此观之，“中西对话”的因子显现了现代新体诗话与现代旧体诗话最明显的差异。事实上从前文所述中可知20世纪为数不多的现代旧体诗话如胡怀琛《海天诗话》、吴宓《空轩诗话》、《英文诗话》等加强了中西诗学的对话，表现出了可贵的现代诗学的品质，但这样的域外关注还多停留在对西方诗人及其作品的介绍，还不曾触及诗学本身之间的对话和融合。而20世纪现代新体诗话虽然也以中西对话的显著特征传承了传统诗话的对话特点，但其中西诗学之间的沟通与交融所体现出的深刻性却远远超出了现代旧体诗话。例如朱光潜的《诗论》中西互证的诗学研究方法充分体现了中国传统诗话向现代诗学演进的光辉的轨迹，具备了突出的现代性；宗白华《美学散步》西方理论被化入中国传统的语境中，中西对话、古今对话，水乳交融，旗鼓相当。杨义曾说：“宗白华的比较诗学研究，不停留在表面地用西方观念套解中国例证的层面，而是能够中西贯通，以行家的丰富学养和精微感悟，透视中国艺术的深层的文化思维方式，包括其文化精神、意境深度、时空意识和表达形态。这种贯通，旁及儒、道、玄、禅，横跨诗、画、乐、舞和书法，言之有据，思理条贯，取得了比较诗学中独到的成果。”[①]而梁宗岱《诗与真》《诗与真二集》的现代诗学建构也是“在中西两种异质诗学体系中寻找可沟通之处，发现二者的衔接点，以期能在一种‘共相’研究中展开一场深入的诗学对话。”[②]其实除了朱光潜、宗白华、梁宗岱等在比较诗学上的这种自觉，还有茅盾、陈寅恪、周作人、许地山、李健吾、李广田等一大批有着丰硕研究实绩的比较诗学大家。“据有关资料统计，从1900年至1949年，我国报刊上发表的讨论中外文学比较研究的论文就有400多篇，著作达30多种。这一无不表明我国现代比较诗学的早熟和繁荣。”[③]而时至20世纪80年代之后，如果说此前新体诗话主要从关注西学对中学的影响来做中西诗学的比较与融通，而流沙河等则在新体诗话中关注到了中学对西学的影响而寻求西学与中学的相似点了。中西诗学的比较角度使得新体诗话获得不一般的现代特征。

---

① 杨义，陈圣生：《中国比较文学批评史纲》，台北：台湾业强出版社，1998年，第467页。

② 姜涛：《论梁宗岱的诗学建构及批评方式》，《清华大学学报（哲学社会科学版）》1995年第4期。

③ 阳文风：《宗白华与中国现代诗学》，暨南大学2003年博士论文，第88页。

四、新体诗话中的译诗主张

翻译事业在我国有着悠久的历史，从前文论述可知我国早在后汉、南北朝已有人开始译诗，但迄于晚清，有关诗歌译论的文字尚无片言见于文献，直至胡怀琛于1914年4月出版的颇有现代意义的旧体诗话《海天诗话》的出现，才有了译诗的精彩论述。事实上，“从20世纪初叶开始中国翻译界开始将西洋诗歌引人中国的尝试，近百年来经历了三次诗歌翻译高潮，五四前后，诗歌翻译已经取得了相当可观的成绩，算是中国诗歌翻译的第一个高潮。建国之后，50年代至70年代，更系统、更理智的诗歌翻译活动取得了很大的进展，许多大部头的外国诗歌（尤其是俄苏诗歌）作品译成了汉语。这可以说是诗歌翻译的第二个高潮。从20世纪80年代起到现在，虽然只有短短的20多年，诗歌翻译迎来了它最活跃兴旺的时代，应该是诗歌翻译的第三个高潮。”①因此在这样的翻译热潮中，“五四”前夕崭露头角的一批青年翻译家如鲁迅、胡适、郭沫若、饶孟侃、朱自清等人以及共和国时期新体诗话作家林以亮等也于创作、翻译之余，竞相自觉或不自觉地创作新体诗话研究译诗的得失。

诗歌翻译是文学翻译中的一大课题，译诗理论也较早受到学者重视。胡适在《胡适诗话》回忆在写所忆裴伦《哀希腊歌》，不能作序，因作“译余賸墨，”数则牟之，其中《论译诗择体之难》（1914年7月13日）指出：“译诗者，命意已为原文所限，若更限于体裁，则动辄掣肘，决不能得惬心之作也。”此意乃阅历所得，译诗者不可不理会。②指出了翻译诗歌要尊重原文的内容及体裁，因此受到种种牵制往往得不到契合心意的好作品。类似的观点出现在《鲁迅诗话》中，《鲁迅诗话》辑录了鲁迅分别作于1919年的《翻译外国诗很不容易》和1925年的《诗的“翻译最不易”》诗话。在《诗的“翻译最不易”》中，作者指出俄国诗人勃洛克的《十二个》的体式在中国很异样，但他以为却能表现俄国十月革命的神情。可惜诗中那大震撼，大咆哮的气息翻译最不容易。作者指出“诗是只能有一篇的，即使以俄文改写俄文，

---

① 辜正坤：《中国诗歌翻译概论与理论研究新领域》，《中国翻译》2008年第4期。第35页。

② 吴奔星、李兴华选编：《胡适诗话》，成都：四川文艺出版社，1991年，第14页。

尚且决不可能，更何况用了别一国的文字。然而我们也只能如此。”[①]在此，鲁迅注意到了诗歌相较于小说、散文等体裁最难翻译。对于翻译之难，其他学者也有这样的阐述，如傅雷曾说：“即使是最优秀的译文，其韵味较之原文仍不免过或不及。”[②]钱钟书也说：翻译是很艰辛的历程，“一路上颠顿风尘，遭遇风险，不免有所损失或受些损伤。因此，译文总有失真和走样的地方，在意义或口吻上违背或不很贴合原文。”[③]

力主译诗“创作”论的，应该首推郭沫若。《沫若诗话》辑录了郭沫若1922年的《关于〈国风〉的翻译》，1924年的《诗的翻译要复现原诗的情绪》，1953年的《译诗是一种创作》、《译诗是创作》、《论屈原作品的翻译与理解》。《关于〈国风〉的翻译》中，作者以为自己所选译《国风》中的四十首诗，译述的方式不是纯粹逐字逐句的直译，译得非常的自由。而作者承认自己译诗的方法受了泰戈尔将自己的诗歌译成英文的方法，泰戈尔在其《园丁集》的短序上说过：“这些译品不必是字字直译，原文有时有被省略处，有时有被义释处。”[④]而郭沫若翻译《国风》就是为这最优美的平民文学化石吹嘘些生命进去，使其获得新的生机。在《译诗是创作》中指出译诗不是注疏，译文也应该是艺术品，是诗，不仅要求信、达，还要求雅。应该允许译者有部分的自由，即有时候他不能逐字逐句地硬译，他可以统摄原意，另铸新辞。[⑤]《译诗是一种创作》进一步强调了译诗是一种创作，读诗也是一种创作。在译诗的过程中，诗歌的翻译是很困难的，译古代的诗歌尤其困难。经历了两千多年的古诗，有多少词句和文字上的任意改窜、增益。过于大胆，强作解人，容易犯错；过于胆小，拘泥成文，那也永远读不通。因此只要有相当的根据，不妨稍微胆大一点。原作是歌，译文也希望是歌，这就不免更受了一层约束。在此，他在译诗中所强调的要注重原诗的情绪、译诗要注重诗的元素和新的

---

① 鲁迅著，吴奔星选辑：《鲁迅诗话》，天津：天津市新华书店，1981年，第145页。

② 傅雷：《〈高老头〉重译本序》，罗新璋编：《翻译论集》，北京：商务印书馆，1984年，第559页。

③ 钱钟书：《林纾的翻译》，刘靖之：《翻译论集》，香港：香港三联书店，1981年，第302—303页。

④ 郭沫若著，吴奔星、徐放鸣编：《沫若诗话》，成都：四川人民出版社，1984年，第34页。

⑤ 同上，第336页。

创造。他的译诗主张，不仅适用与对古诗也适用于外国诗。作为诗人，五四时期的郭沫若对诗歌翻译理论做出了很大的贡献，他曾创造性地提出了“风韵译”的说法。1922年6月24日，郭沫若在《批判〈意门湖〉译本及其他》一文中曾比较详细地指出：

“我们相信译诗的手腕决不是在替别人翻字典，决不是如象电报局生在替别人翻电文。诗的生命在它内容的一种音乐的精神。至于俗歌民谣，尤以声律为重。翻译散文诗、自由诗时自当别论，翻译歌谣及格律严峻之作，也只是随随便便地直译一番，这不是艺术家的译品，这只是言语学家的翻译了。我始终相信，译诗于直译、意译之外，还有一种风韵译。字面，意义，风韵，三者均能兼顾，自是上乘。即使字义有失而风韵能传，尚不失为佳品。若是纯粹的直译死译，那只好屏诸艺坛之外了。”①

此外郭沫若在诗歌译论方面还十分强调译者的主观感情的投入，他在《论英国诗人雪莱》中说：

“译雪莱的诗，是要使我成为雪莱，是要使雪莱成为我自己。译诗不是鹦鹉学话，不是沐猴而冠。

男女结婚是要先有恋爱，先有共鸣，先有心声的交感。我爱雪莱，我能感听得他的心声，我能和他共鸣，我和他结婚了。——我和他合二为一了。他的诗便如像我自己的诗。我译他的诗，便如象我自己在创作的一样。”②

汪蔚云在《读诗杂记——“新诗”诗话》中首先以为译诗是一件艰难的工作，译者必须具备三个条件，即“译者一要天才，二要有艺术的涵养，三要能领悟——因为译诗不仅要把原诗婉约的情调内涵再现出来，而且还要把原诗的音韵和节奏保存在译文里。”其次以为中外文字根本上的不同使得情调内涵能“近似”者已是难得，至于音韵节奏等，那是更不用说了：“我们知道，一国的文字有他的特色，传译到别国文字里去很难保存他的特色；尤其是我国象形文字和西洋衍音文字因为根本上的殊异，所以翻译起来容易失实！Pross尚且如此，何况有音律有声韵的（Peatry）呢？所以译诗实在是一件不容易的工作！——只要看我国近来译诗中，能够求其情调内涵能‘近似

① 陈福康：《中国译学理论史稿》，上海：上海外语教育出版社，2000年，第260页。
② 吴奔星、徐放鸣选编：《沫若诗话》，第42页。

‘者已是难得，至于音韵节奏等，那是更不必谈了！”最后指出在少量的译诗中，可知郭沫若是具有天分的译者，他在《少年维特之烦恼》中所译的《莪相之诗》以及《茵梦湖》中的几首歌谣，不但把原诗的情境内涵尽量的再现出，即音韵上亦能曲折的介绍过来，这在译诗中是极难得的极珍贵的珠玉。[①]

与闻一多、成仿吾赞成“译诗应当也是诗”[②]较为一致的是饶孟侃在《新诗话》针对现在许多译诗的“译家”多半是眼睛里只看见“译”字面，没有看见“诗”字，所以译出的东西都是一些半诗半散文的东西，主张译诗偏重于“译”字，远不如偏重于“诗”字，因为偏重“诗”字，结果只是离了一点原意，但只要是一首诗，总比不成诗也不成散文的东西好：“译诗是一件万难的事，尤其是想把牠（它）译成诗（不是散文），是更难的一种工作。我们知道有些人因为怕别人攻击不懂原文，便咬着牙齿死板板的照着字面上的意思直译下来，我并不是反对译诗应当忠实，但是我以为关于‘译诗’两个字，‘译’字和‘诗’字不是一般的重要。……因此我认为以其译诗偏重‘译’字，还远不如偏乎‘诗’字。因为偏重‘诗’字的结果就是离了一点原意，只要牠（它）能成为一首诗，总比那不成诗又不成散文的东西好的多。”[③]接着饶孟侃指出译诗不但应当把原诗的意思抓住，而且同时也应当依照原诗把牠（它）的韵脚，格式，和音尺一并译出，译诗能够做到这样的精细，那就等于创作了。最后通过介绍英国一位诗人的地位完全是由翻译得来的。这位诗人译的“Rubaixat of Knayym Fitageratd”这首长诗和原诗不同的地方很多，只因为那首诗译得很好，译的是一首好“诗”，所以如今他得到一个文学史里不朽的位置。这样看起来，译诗还是看重“诗”字的妥当些。[④]进一步强调译诗应更看重“诗”字。

朱自清《新诗杂话》（1947年）中《译诗》一文集中体现了他的译诗主张。在该文中，作者指出：诗是否可以译，或值得译，关键“要看保存的部

---

① 汪蔚云：《读诗杂记 ——“新诗”诗话》，《学生文艺丛刊》1929年第5卷第10期，第40—41页。

② 高伟：《翻译家徐志摩研究》，南京：东南大学出版社，2009年，第94页。

③ 饶孟侃：《新诗话》，《晨报副刊诗刊》1926年第9期，第64页。

④ 同上。

分是否能够增福用来翻译的那种语言。”[①]他还主张就具体的译诗本身而论，的确可以算是创作，因为“译诗对于原作是翻译；但对于译成的语言，它既然可以增富意境，就算得一种创作。况且不但意境，它还可以给我们新的语感，新的诗体，新的句式，新的隐喻。”[②]例如梁宗岱所译的《莎士比亚的商籁》、苏俄诗人玛耶可夫斯基的诗歌都很注重隐喻，给近年新诗不少的影响。

蒋伯潜、蒋祖怡《诗论》中第十章《新诗的创作与译作》，指出新诗到了徐志摩、朱自清、闻一多、戴望舒的诗，是新诗进化的时期，一方面是自然的收获，另一方面是受了外来文学的影响，译诗的风气大盛起来。译诗不但译西方的诗，也译东方的诗。普希金、莱蒙托夫、席勒、歌德等等的诗篇被人们介绍到中国来，泰戈尔和日本作者的诗也有很多的译作。但译诗并不是一件容易的事，诗的字句、格调可以照译，而诗的风趣却不容易译过来的，所以西方的诗影响于中国的只是一个格式而已。而这个时期译的是西方的有韵的诗，如沈雁冰所译的捷克Peter Bezrnc的《坑中的工人》，但译诗要用韵，始终也不是一件容易事，如屠格涅夫的散文诗较普希金的流行，也就是这个缘故。但直到现在译诗还被人认为是一件不容易的事。如苏曼殊一样把外国诗译成旧体诗固然不好，语句完全欧化而不能表达作者的性灵与风格的，也是失败的译诗。诗，和一国的语言与风俗、人情很有关系，译诗的人不单自己会了解诗，而且也得了解原作者的性情与风格。所以译诗的工作和新诗一样，到现在还不曾有一个标准，各人译各人的诗，各人有各人的译法，一直到现在还不曾有满意的收获。[③]强调的是译诗之难在于诗的字句、格调可以照译，但诗的风趣却不容易翻译，译诗需要了解原作者的性情与风格，否则是失败的译诗。

伧父在《新诗话（三则）》[④]“译诗与仿作”中首先指出诗歌恐怕是最难翻译的，因为诗歌的语言常常是最精粹、最具民族特色的，这种特色又与这个民族的深厚文化相联系。其次指出译诗不能仅停留在文字表面，还要能传达内在的意蕴、情趣、节奏、韵律，乃至习俗、典故以及某些可意会而难以言传的妙处；再次指出由于译诗实在很难把原诗的一切方面全都移植过来，因此再

---

① 朱自清：《译诗》，《新诗杂话》，桂林：广西师范大学出版社，1984年，第68页。
② 同上，第72页。
③ 蒋伯潜、蒋祖怡：《诗论》，第118—122页。
④ 伧父：《新诗话（三则）》，《诗刊》1988年第9期，第63—62页。

好的译诗也不再是原诗，不要说不同语言之间的移译了，即使把中国古典诗词译成新诗，也难做到十全十美；最后作者指出以翻译诗作为他山之石，借而鉴之则可；若以至作为法帖、范本，临而摹之，仿而效之，恐怕未必能创作出能“走向世界”、“登上顶峰”的精美之作。

林以亮（1919—1996）在《林以亮诗话》中《译诗的散论》[①]一篇，结合中外译诗情况及中西学者译诗情况论及了翻译之难的原因、翻译应遵循的目标、立场、译诗中所要注意的问题及对中西诗歌翻译情况的总结等。首先作者指出“严格说起来，翻译是不可能的。近世语意学及语言学研究的结果亦证明：世上并没有绝对准确的译文；由此可见，昔日所谓直译、意译之争，实属多此一举。……正如有人说：翻译这回事，不过是尝试解决不可能解决的事。”[②]因为“译诗除了要表达内容与含义之外，还要兼顾形式、格律、叶韵等因素。正如德纳姆爵士（Sir John Denham）译‘Aeneid’《自序》中说：‘问题不只在于把一种语言译成另一种语言，还要把一首诗译成另一首诗，而诗这种东西的精粹偏偏最难保存，若由一种语言倾入另一种，就会像酒精般蒸发得无影无踪，只剩下糟粕——除非在移注的过程中代之以另一种精粹。’”[③]作者在指出翻译之难的基础上指出诗歌因为内容、格式、形式、格律、叶韵等皆需要兼顾使得诗的翻译尤其之难。其次作者指出翻译需要弄清翻译的目标与立场，并引用世界上的学者和翻译家如卡恩罗斯（D.S.Carne-Ross）、帕更斯、温特（Winter）各自对翻译的认识如“真正的翻译与其说是原著的替代品，不如说是原著的批评”、“成功的译文应该是原著的弟兄，不该是原著的儿女”、“翻译可以引导读者认识原著，可以提供灵感写出一篇媲美原著的伟大作品，但与原著是两回事”指出翻译其实是一项创造性的活动。在指出了翻译本质特征之后，作者用新的眼光深入探讨研究诗的翻译。在诗的翻译中，作者以为首先译者应该有相当的自由供他驰骋，这一点要看译者本身的修养和功力而异，并举证莎士比亚《哈姆雷特》中“Not a mouse stirring”诗句不同的译法、爱德华兹（Oliver Edwards）英译的威尔斯文的诗句、怀登布勒（Nora Wydenbruck）

---

① 本文据1966年香港大学举行首届中国语言研讨会中宣读之论文改写而成，详见林以亮：《林以亮诗话》，台北：洪范书店，1981年，第120—141页。

② 林以亮：《林以亮诗话》，第120页。

③ 同上。

德译艾略特托的《四重奏》中的一段、作者自己所翻译的密莱（Edna St.Vincent Millay）诗作《第二个四月之歌》等具体分析其中翻译的优劣并具体指出其翻译中所做的改动。而就翻译中对诗句含义的改动，作者以为并非仅仅为了配合音律，而是正如德纳姆爵士所说："要'在移注的过程中代之以另一种精髓'"，并举证郎费罗（Longfellow）、梁宗岱、莱蒙托夫（Lermontov）对歌德著名的《流浪者之歌》的翻译，指出郎费罗（Longfellow）的翻译"其忠实程度毋庸置疑，但thou一字听上去特别刺耳"，而梁宗岱的翻译在"信"的方面无懈可击，但脚韵叶成aabbaaa，单调沉闷，读来竟像首叶韵单调而乏善足陈的习作。莱蒙托夫俄文版翻译却可看出这一首最不忠实于原诗的一种，从严格的角度来看，这是失败的翻译之作，但作为俄文诗，却可登大雅之堂，成为不朽之作。由此可见，郎费罗、梁宗岱在诗歌翻译所要遵循的"信"的要求上无可挑剔，但绝非上乘之作。相反莱蒙托夫的翻译最不忠实于原作，然却可以成为不朽之作。在此，作者强调的仍然是诗歌翻译是一种创造活动，应给译诗者足够的自由空间供其驰骋。在以上分析的基础上，作者总结出两个翻译诗歌的结论，一是译诗最好由诗人来译，二是次要的诗人和次要的诗译起来较容易讨好。但同时指出这两点并非金科玉律，须视情形而定。例如诗人未必个个都是好的翻译家，上述郎费罗、梁宗岱、莱蒙托夫就是诗人，但其译诗并非没有瑕疵。而世界上享有盛誉的诗人作品翻译过后并非能达到原作的高度，因为"主要诗人的作品字字玑珠，可以说是上天的恩赐，绝不能轻易移译。"[①]如莎士比亚的作品被译成法文后，法国读者对莎士比亚的评价并不高，而施莱格尔（Schlegel）与提克（Tieck）合译的德文莎剧则在德国轰动一时，是极少见的例外。虽然作者在此指出次要的诗人和次要的诗译起来较容易讨好，但这也并不是说次要的诗必然可译，事实上即便如此也一定还要有合适的时机、合适的人选才能水到渠成。例如费滋杰罗（Edward Fitzgerald）翻译的《鲁拜集》使身为数学家而非主要诗人、几近遭受遗忘的波斯诗人莪默（Omar Khayyam）摇身一变为悲观的英国天才就是很好的例证。在此作者也强调了费氏的译文一点也不忠实于原作，其译诗一首分为四行，aaba式韵脚，倒和中国诗绝句的格调无异。而在多年的译诗过程中，作者分别介绍和总结了中诗英译和西诗中译

---

① 林以亮：《林以亮诗话》，第128页。

的情况。在中诗英译中，自然首推著名英国汉学家、文学翻译家韦理（Arthur Waley），尤其是他依据英国诗人霍普金斯（Gerard Manley Hopkins）所创造的"跳动韵律"（sprung rhythm）来译中国五言诗，确是一种独特的贡献。而布利特（Gerald Bullett）所译的范成大《四时田园杂兴》六十首田园诗若略去，难免有遗珠之憾。原诗本是次要的诗人的作品，近乎音乐作品中的短调，布利特用叶韵偶句来译原作的七言单行，恰巧能表现这种情调，虽然不能称之为辉煌的成就，但至少传达出原诗细致的笔触。相对来说，作者以为中国译者把西方诗译成中文成就稍显逊色，主要的障碍在于恐怕在语言方面，因为近世汉语在不断地蜕变，旧诗逐渐淘汰，新诗却未能找到合适的形式，新的格律尚有待建立。然而即便如此，仍有好些译诗令人侧目相看。例如卞之琳所译的法国象征主义诗人马拉美（Mallame）的《海风》（"Brise Marine"）就是一首好诗；而余光中所译美国诗人狄瑾荪（Emily Dickinson）的《虫鸣》尤为出色，原诗中字里行间流露出来的宗教气息，在译诗中也能感受得到，但就翻译来说，颇有不足之处。狄瑾荪诗才卓越，不易翻译，她作品中精粹极易蒸发消失。但以之作为中国诗来看，余译简洁而"舒缓"，可为诗人写现代中国诗的典范，较诸当前模仿自由诗的作品高明得多。最后作者强调译诗是一种极大的挑战，希望有前途的诗人也用心去译诗。

梁宗岱曾这样说："我们底文字经过了几千年文人骚士底运用和陶冶，已经由简陋生硬而达到精细纯熟的完美境界，并且更由极端的完美流而为腐，滥，空洞和黯晦，几乎失掉表情和达意底作用了。"[①]由此可见，以文言书写的中国旧体诗在国力衰微的20世纪已经是徒有其表的旧体律诗的空架子。自"五四"以来，中国现代诗人为了促进诗歌向现代化转型，反抗僵化的文言传统，就必须借鉴外来诗歌的积极因素，大胆探索和尝试全新的诗歌表现形式，因此，如何有效地翻译外国诗歌成为一种历史的必然。事实上，从20世纪初叶起，在西学东渐的翻译热潮中鲁迅、胡适、郭沫若、成仿吾、闻一多、朱湘、徐志摩、朱自清、朱光潜、林语堂、朱生豪、梁宗岱等著名翻译家就积极进行

① 梁宗岱：《文坛往哪里去——用什么话问题》，《诗与真》，上海：商务印书馆，1935年，第66页。

着文学包括诗歌的翻译工作和文学翻译理论的探索和建构，例如鲁迅曾大力倡导“直译”，着重在传真，茅盾的“意译”志在“保留原作神韵”，成仿吾在《论译诗》明确提出“理想的译诗”原则即“译诗应当也是诗”，林语堂在《论翻译》一文中提出了“传神”理论。而到了20世纪七八十年代卞之琳“亦步亦趋”理论对诗歌形式、许渊冲“三美”理论对传达诗美，丰华瞻对译诗民族化、大众化的强调重视等等。而上述为数不多的新体诗话诸如《胡适诗话》、《沫若诗话》、《鲁迅诗话》，汪蔚云《“新诗”诗话》，饶孟侃《新诗话》，朱自清《新诗杂话》，伧父《新诗话》，等等，也或多或少显现出新体诗话作者的译诗倾向，虽不尽相同，但强调译诗之难、译诗是一种创作、译诗需要传达原诗内在的情韵内涵等存在着大致的统一，而且与旧体诗话胡怀琛《海天诗话》在诗话前言中强调说：“欧西之诗，设思措辞，别是一境。译而求之，失其神矣。然能文者撷取其意，锻炼而出之，使合于吾诗范围，亦吟坛之创格，而诗学之别裁也。”[①]强调译诗重在“创造”重在“神”和“情趣”也有着惊人的一致。事实上，有学者说：“诗歌翻译界讨论最多的无非是从文学翻译理论中借用来的术语如‘直译’、‘意译’、‘传神’等”，[②]译诗理论其实并没有太多的创新。以此来观之，新体诗话也很难在译诗理论上有所突破。但值得一提的是林以亮在《译诗的散论》中结合中西诗人的翻译作品及翻译理论细致分析阐述译诗所要遵循的原则和要求等，涉及了译诗过程中诸多深层具体的技巧和方式方法，对诗的翻译具有很强的指导意义。值得一提的是作者在此不仅论及到了西诗中译的情况，还对中诗英译的情况进行小结，并指出西诗中译不如中诗英译的原因，如此对译诗情况作细致深入的思考，彰显了作者在20世纪中叶之后融汇中西诗学的开阔胸襟和其深沉严谨的学理思考，也凸显了共和国时期新体诗话突出的现代性。虽然现代新体诗话中译诗理论只是20世纪诗歌翻译理论中极其微小的一部分，但尽管如此，新体诗话作家从诗歌本身的特征出发认识到诗歌翻译之难以及从诗歌外在的形式到内在的神韵等思考和探索如何翻译外国诗歌却凸显了新体诗话异乎历代传统诗话的非同一般的现代质素。历史证明，诗歌翻译经历了语言和诗体的探索，成功地实现了语言和

---

① 胡怀琛：《海天诗话》，张寅彭主编：《民国诗话丛编》第五册，第303页。

② 陆钰明：《中国诗歌翻译理论漫评》，《上海大学学报（社会科学版）》1992年第1期，第19页。

新诗体的转换,这种转换同时促进中国新诗体的诞生，实现了中国诗体的现代化，由此更进一步证明了诗歌翻译的文化交流的本质，彰显了新体诗话中译诗理论的文化历史意义。

从孔子的“兴观群怨”一直到王国维《人间词话》两千多年的历史发展中，传统诗学曾一直处于文学理论的核心部分，并形成了具有独特话语方式、思维特征的理论体系。诗话作为传统诗学中的一种诗歌品评方式，尤能代表中国传统文化重感性综合认知的特性。[①]由于自身资源的匮乏，新诗在诞生的第一个十年里积极地吸收外来营养，外国诗歌作品和理论的译介也因此而空前活跃，“外来影响在新诗成长中发挥了比民族传统更大更突出的作用。”[②]而到20世纪20年代初，外国诗学思想的大量输入和中国现代诗学思想的“西化现象”，使得传统诗话失去了赖以存在的最有利的文化和诗学语境。因为“文学革命在理论上的倡导已经风起云涌，新文学先驱者为了把口号具体落到实处，以诗歌作为突破口，开始着手于新诗的理论建设和创作实践。中国文学历史悠久，特别是古典诗词更是源远流长的精华，它体现了汉语言的独特性和文学丰富的艺术审美力，如果能在诗歌上打出一条通路，则白话新文学就可以获得不容置疑的文化地位。”[③]新体诗话就是与担负着新文化建设重任的新诗几乎同时登上了历史舞台，即新体诗话的现代诗学建构主要是与新诗创作紧密联系的。而五四新文学运动的先驱者胡适、鲁迅、周作人、郭沫若、刘半农、俞平伯等人在创建新诗的同时就开始了新诗的理论建设和批评实践。作为现代诗学中的一种，新体诗话的出现恰恰是作为传统诗学的一种反叛而出现的，这种从文言的诗话到白话的诗话甚至可称为诗论的转变就不仅仅是语言工具的变化，以上新体诗话对外国诗人和外国诗作的批评、诗学理论与外国诗学的相通、新体诗话中中西诗学的比较与融合、新体诗话中译诗主张也仅从外在表象探究新体诗话中的西方诗学因素，而更为细微甚至更为深层的是新体诗话的诗学思

① 张国强：《浅论中国现代诗学的现代性》，《现代语文》2011年第1期。

② 李岫、林廷芳等编著：《二十世纪中外文学交流史》，石家庄：河北教育出版社，2001年，第381页。

③ 李生滨、田燕：《远去的背影：朱自清及其诗学研究》，长春：吉林大学出版社，2010年，第215页。

想、批评意识、理论术语乃至批评思维、著述体例等方面也都已经具备了很明显的西学特征。因为新诗的出现、迅猛发展以及现代诗学的建构，并不是自发的，而是在一定的西方诗学观念与艺术思维的渗透与影响下才得以实现的。这正如龙泉明说：“为适应中国新诗变革的需要以及外来诗学的冲击和影响，中国诗学在五四时期实现了从古典向现代的转换。西方文化和诗学的影响，是中国诗学实现现代化转换的根本动力。”①潘颂德也说：“如果说，新诗是在外国诗歌，主要是欧美的现代诗歌影响下诞生的，那么，中国现代新诗理论批评也是在欧美现代诗学的影响下逐步发展起来的。”②之所以会如此，是20世纪以来中国现代诗学意识薄弱，现代诗学尚且无法完成独立自足的身份作学科意义的建构，曾有学者说：“中国文论界对西方诗学之‘异’的价值和意义进行了充分的认识，对某些西方的诗学理念与方法在文学领域也得到了全面落实和应用，结果是迄今为止，中国对文学理论的言说基本上是以西方诗学框架和范式为‘本’，而本土的诗学话语反而沦落为‘末’，仅仅成了对前者的补充、佐证和辅助性的诠释。”③因此在这样一种情势下，就其体裁、语体和风格而言，新体诗话作为现代诗学中的一种，虽然其或隐或显地葆有“古典体貌、体制和韵味”④与传统诗话存在着某种契合，但新体诗话表现出更多的更显在的却是浓浓的西学色彩，新体诗话与外国诗学的紧密联系不言而喻。

---

① 龙泉明：《中国现代诗学历史发展论》，《文学评论》2002年第1期。
② 潘颂德：《中国现代新诗理论批评史》，上海：学林出版社，2002年，第695页。
③ 杨乃乔编：《比较文学概论》，北京：北京大学出版社，2006年，第353页。
④ 李建中：《古典批评文体的现代复活》，《中山大学学报》2008年第1期。

第三章 新体诗话在意境理论上对旧体诗话的承继

中国传统诗话中有些独特的概念，如意境、形神、文气、风骨等，它们的产生带有浓重的直观和经验的色彩，因而一般具有多义性和不定性，往往因人、时、地的不同而各异。其中“意境”作为中国传统诗话甚至中国古代文论最为核心的范畴之一，在中国文学批评上有着重要的意义，钱钟书指出“意境”是：“埋养在自古到今中国谈艺者的意识田地里，飘散在自古到今中国谈艺者的著作里，各宗各派的批评都多少利用过。”[①]意境以其灵活的姿态延续着绵延不断的生命力。而在此要论及新旧诗话中的“意境”理论，首先要大致确定传统诗话的范畴。由于传统诗话在内容和形式上都没有严格的规定性，因而它的外延往往不容易确定，从古到今关于诗话的界定[②]、起源[③]等问题众说纷纭，莫衷一是。例如明代胡应麟在《诗薮》中开列了“唐人诗话入宋可见者”二十种，并强调“近人见宋世诗评最盛，以为唐无诗话者，非也。”[④]清代何

---

① 钱钟书：《中国固有的文学批评的一个特点》，《文学杂志》1937年第1期。

② 蔡镇楚说：诗话，是中国古代一种独特的论诗体裁。诗话这个概念，即概念的外延而论，有狭义和广义之分。狭义的诗话，按其内容来说，是诗歌之“话”，就是关于诗歌的故事；按其体裁而言，就是关于诗歌的随笔体，以欧阳修的《六一诗话》为首创，以资闲谈为创作旨归。广义的诗话，乃是一种诗歌评论样式，凡属评论诗人、诗歌、诗派以及记述诗人议论、行事的著作，皆可名之为诗话。《中国诗话史》，长沙：湖南文艺出版社，1988年，第5页。刘德重、张寅彭《诗话概说》：诗话是一种用笔记体写成的、兼具理论性质和资料性质的诗学著作。北京：中华书局，1990年，第1页。郭绍虞：诗话之体，顾名思义，应当是一种有关诗的理论的著作。郭绍虞：《〈清诗话〉前言》，郭绍虞编选：《清诗话》，富寿荪校点，上海：上海古籍出版社，1978年，第1页。

③ 有关诗话源流的问题，前人曾做过许多有益的探溯，如清代诗话研究专家何文焕以为诗话始于三代（夏、商、周），即《诗经》诞生的时代；清代著名史学理论家章学诚以为诗话之缘，本于钟嵘《诗品》；今人罗根泽提出本事诗是诗话的前身；清人吴琇以为诗话出于诗律之“细”说等。详见蔡镇楚：《中国诗话史》，第7—9页。

④ 刘德重、张寅彭：《诗话概说》，合肥：安徽教育出版社，2009年，第6页。

文焕编《历代诗话》丛书，更以南朝梁钟嵘的《诗品》列入开卷之首。周振甫《中国历代诗话选.序》中指出“欧阳修和司马光的诗话，引起读者注意的，是在他们论诗的部分。这样，诗话的重心就从讲诗的故事转到诗论，从说部转到诗评，转到文学论和美学论了。到了钟嵘的《诗品》和其他论诗的书，像皎然《诗式》、司空图《诗品》等都可以归入诗话了。”①中华书局文学编辑室也以为：“从梁钟嵘的《诗品》问世以后，陆续出现了各种类型的诗话”②概而论之，以上学者认同了诗话范畴在内容、形式上的扩展和时限上的延伸，即诗话的名称虽始于欧阳修的《六一诗话》，却上溯至南北朝钟嵘的《诗品》，唐朝释皎然等人的《诗式》、《诗格》等。然而也有学者以为宋以前的诗学著作是在诗话的范畴不断扩展之后而被人类推、追认的，宋以前的诗话算不上严格意义上的正式的诗话，如郭绍虞在《清诗话·前言》所说：“诗话之体，顾名思义，应当是一种有关诗的理论著作。溯其渊源所自，可以远推到钟嵘的《诗品》，甚至推到《诗三百篇》或孔、孟论诗的片言只语。但是严格地讲，又只能以欧阳修的《六一诗话》为最早的著作。”③刘德重、张寅彭《诗话概说》中所论述诗话，其上限即自欧阳修始，至于此前的诗学著作，则视为诗话的渊源。④以上诗话范畴的界定实际上涉及了诗话范畴的广狭二义。郭绍虞在他早年撰写的《诗话丛话》中就已经指出：“诗话有广狭二义，”“论诗话之得称，始于欧阳修《六一诗话》”，“诗话之体，肇自欧阳”，“故由诗话之得称言，则当主于狭义”；“章学诚谓‘诗话之源，本于钟嵘’，所以论其滥觞所始，本不主于狭义，”“论其流别所滋，更不限于狭义。”“郭绍虞主张分别使用诗话的广狭二义，是十分正确和通达的。这一观点，也已经为学术界所普遍接受。”⑤而中国古代文论中的“意境”理论是一个不断发展的动态过程，它和诗话的产生一样经历了一个漫长而复杂的孕育过程，因此本章论述的旧体诗话更适宜选择广义的“诗话”范畴进行阐述。值得说明的是意境是作为中国文论的核心范畴使用的，具体说来，既包括旧体诗话中传统的意境理论，

---

① 中国社会科学院文学研究所文艺理论研究室：《中国历代诗话选·序》，长沙：岳麓书社，1985年，第2页。

② 中华书局文学编辑室：《历代诗话·出版说明》，北京：中华书局，1981年。

③ 刘德重、张寅彭：《诗话概说》，第7页。

④ 同上，第8页。

⑤ 同上，第7页。

也包括新体诗话中现代美学领域的意境理论；前者主要表现为意象与意境，后者是由宗白华、朱光潜等开拓创造的现代意境美学。“意境”作为我们民族独有的批评话语论，其产生、内涵发展及批评运用目前学界阐述颇多，本节借助目前学界研究成果略一述之。

一、旧体诗话中传统意境理论的演变

任何一种理论自发端、建构都不可能一蹴而就，意境作为中国古代文艺理论中最富于民族特色为美学范畴发轫于先秦两汉，酝酿于魏晋南北朝，而兴盛于唐代，发展于宋朝，明清时代意境说逐渐广泛运用于包括诗歌在内的一切文学艺术部门，在诗论词论中比比皆是。[①]在我国古代诗论史上曾流行一时的“兴象”、“意象”、“兴趣”、“情景”、“境”、“境界”、“神韵”等概念，仔细加以考察，就可以发现它们都是意境的别名或与意境相关的概念，实际上都是古代诗论家攀登意境高峰留下的脚印。[②]

“意境”这一概念的源头可以追溯到《易传·系辞》云：“书不尽言，言不尽意……圣人立象以尽意”，圣人出“言”与明“象”的目的在于引导人们去把握“意”，由此启发人们对于“意”与“象”之间关系的思考。与之并举的儒家的“言志”说、道家的“得意忘言”以及魏晋南北朝玄学家王弼的“言不尽意”说，陆机《文赋》的“缘情说”，刘勰《文心雕龙》“文外重旨”和“义生文外”的论述，正是后来有关意境美学特征论述（刘禹锡的“境生于象外”论和司空图的“象外之象，景外之景”论）的滥觞。

魏晋南北朝是意境说的孕育期。传统旧体诗话钟嵘《诗品》中的“滋味说”可视为意境理论发生前最初的阐释。在此钟嵘“以味论诗”，他指出诗歌应该有“滋味”，“使味之者无极，闻之者动心”，只有这样才是“诗之至也”。他说：“五言居文词之要，是众作之有滋味也”（《诗品序》）。他进一步指出，诗要富有滋味，必须赋、比、兴并重，做到情感动人、文采美丽、意象鲜明。他以“滋味”作为评诗的标准，批评排斥艺术形象的说理式的作

---

① 蓝华增：《古代诗论意境说源流刍议》，《文艺理论研究》1982年第3期，第82页。

② 同上。

品，是“理过其辞”，则“淡乎寡味”。他还以“滋味”作为论诗的方法，注意从滋味入手，评论诗人及其作品。

唐代伊始，意境理论逐渐成熟。唐代旧体诗话中对意境的阐述代表性的有盛唐诗人王昌龄《诗格》中提出的“三境说”、中唐诗僧和文学理论家皎然《诗式》中“境界”说，和晚唐诗人、诗论家司空图《二十四诗品》中的“象外之象”说。具体而言，“意境”一词是最早是由唐代诗人王昌龄与物境、情境并列提出来的三境之一，在《诗格》中王昌龄将诗境区分为三种：诗有三境。一曰物境，二曰情境，三曰意境；欲为山水诗则张泉石云峰之境极丽绝秀者，神之于心，处身于境，视境于心，莹然掌中，然后用思，了然境象，故得形似。情境二：娱乐愁怨皆张于意而处于身，然后驰思，深得其情。意境三：亦张之于意而思之于心，则得其真矣。[①]在此王昌龄将“意”和“境”合用，形成了“意境”概念，在某种程度上等于提出了意境说。王氏所说的意境指的是人的内心意识中的境界，并不直接涉及意境的情景交融、有无虚实统一和言有尽而意无穷这些基本特征，与后来所说“意境”内涵有差异，但却是旧体诗话中“意境”可见的最早论述。中唐时期皎然在《诗式》、《诗义》意境理论的构建开后世之先河，影响深远。傅璇宗先生主编的《中国诗学大辞典》在“皎然”与“《诗式》”条中，均指出：《诗式》“阐说意境”，“对司空图、严羽之论诗有一定影响。”[②]“在中国古代意境理论形成过程中是一个重要环节。”[③]皎然《诗式》明确提出意境、境界的词根“境”，又称“境象”作为文论术语。诗歌意境的构思，《诗式》称作“取境”，而皎然对“意境”理论的特殊贡献就在于提出了“取境”说。在《诗式》中他以为境象既包括具体的客观物象又包括抽象的情思，且变化多姿：“夫境象非一，虚实难明。有可睹而不可取，景也；可闻而不可见，风也；虽系乎我形，而妙用无体，心也；义贯众象，而无定质，色也。凡此等，可以偶虚，亦可以偶实。”[④]这正如有学者指出此“境”非指一端：既是心外之物，如景，如风，如色；又是心中之用，如心。既是象内之实境，如可睹之景，可闻之风，妙用之心，众

① 王大鹏、张宝坤等编选：《中国历代诗话选》，长沙：岳麓书社，1985年，第38—39页。
② 傅璇宗主编：《中国诗学大辞典》，杭州：浙江教育出版社，1999年，第343页。
③ 同上，第153页。
④ 王大鹏、张宝坤等编选：《中国历代诗话选》，第51页。

象之色；又是象外之虚境，如不可取之景，不可见之风，无体之心，无定质之色。[1]此境具有超越表层文字和形象之外的多层的乃至不尽的审美意味。于是皎然提出了“文外之旨”的看法：“两重意已上，皆文外之旨。若遇康乐公览而察之，但见性情，不睹文字，盖谐道之极也。（《诗式》卷二重意诗例条）且如池塘生春草，情在言外；明月照积雪，旨冥句中；风力虽齐，取兴各别。……抑由情在言外，故其辞似淡而无味，常手览之，无异文侯听古乐哉！（卷二池塘生春草，明月照积雪条）”这样的作品“情在言外，旨冥句中”，能激起读者多层次乃至无穷无尽的审美情景。司空图诗论集唐代意境说之大成，有关意境说的论述甚为丰瞻完备，其诗话《二十四诗品》更直接成为严羽“兴趣说”、王士祯“神韵说”的理论之源。司空图在《二十四诗品》没有直接表述“意境”的含义和特征，但是通过以“象外之象”、“思与境偕”、“韵外之致，味外之旨”意境论的表述，总结并概括了前人对于“意境”的论述，丰富了“意境”说的蕴涵，同时也为后人发掘“意境”深层次的内容做好了铺垫。其中“象外之象”是在传统的诗歌理论基础上提出的，“正是形似和神似的高度统一，‘象’要真实、完整、鲜明不浮，‘象外之象’要含蓄、隽永、深远不尽。”[2]而“思与境偕”中“思”为创作中的神思，即艺术思维活动，侧重于创作主体的情志意趣活动；“境”则是激发诗情意趣并且表现之的创作客体境象。简而言之“思与境偕”是创作主体的情志与创作客体境象产生了共鸣。“韵外之致，味外之旨”，是司空图在继承钟嵘“滋味说”的基础上，在唐代诗歌意境理论的启发下，对“诗味论”做出进一步的开拓。《诗品·含蓄》中说：“不著一字，尽得风流。……是有真宰，与之沉浮。”此品要求将主观感情全部纳入描写景物之中，做到没有一个字、一句话的正面陈述，而读者观之却已“尽得风流”，这等于把“味外之旨”推到了顶峰。诗歌的意境也不过如此，它强调精练、含蓄和言短意长，流露出诗的“味外味”，从而使意境也达到了至高的境界。

至宋代，欧阳修、梅尧臣、苏轼等诗文革新运动的领袖人物全面地继承并发展了唐代诗论中的意境说。正如有学者说：“宋代无论意境创造和意境

---

① 许连军：《皎然〈诗式〉研究》，上海师范大学2004年博士论文，第58页。

② 程国赋：《世纪回眸：司空图及〈诗品〉研究》，《学术研究》1999年第6期，第2—8页。

理论，都在唐人的基础上有着进一步的发展。而至此诗话如雨后春笋般的出现，对意境理论的发展有着更为自觉的贡献。”[①]如欧阳修《六一诗话》记述他同梅氏有关诗歌意境的讨论，以梅氏语云：“必能状难写之景如在目前，含不尽之意见于言外，然后为至矣”。[②]此论直承司空图“思与境偕”，“超以象外，得其环中”。此后北宋蔡启《蔡宽夫诗话》，北宋司马光《温公续诗话》，北宋刘攽《中山诗话》，北宋陈师道《后山诗话》，北宋魏泰《临汉隐居诗话》，北宋叶少蕴《石林诗话》，南宋周紫芝《竹坡诗话》，南宋葛立方《韵语阳秋》，南宋姜夔《白石道人诗说》，南宋张戒《岁寒堂诗话》，对意境理论的发展和完善作了突出的贡献，而尤其是南宋严羽《沧浪诗话》作为中国诗歌理论史上的集大成之作，其兴趣说更是影响深远。[③]严羽《沧浪诗话》直接继承了司空图“不著一字，尽得风流”的主张，要求诗歌创作“不涉理路，不落言筌”，承继并发展了唐代意境说，首创“兴趣”说，认为诗的“妙处”就在于“透彻玲珑，不可凑泊，如空中之音，相中之色，水中之月，镜中之象，言有尽而意无穷。”其中已涉及情感、意象、韵味、浑成等诗歌意境的重要特征。“兴趣”说主要包括两方面的内涵。其一，强调情感的自然抒发，要求词理意兴高度融合，形成浑然一体的情境或意境。其二，崇尚含蓄、蕴藉、朦胧之美，要求诗中境象如同镜花水月，既空灵虚幻，又富有无穷的情致韵味。[④]严羽之说玄奥而又玄虚，在当时和以后，其影响不小并直接孕育了王士祯的“神韵”说，影响可谓深远。此外南宋葛立方在《韵语阳秋》以为梅圣俞所云“作诗须状难写之景于目前，含不尽之意于言外”为真名言，并在阐述“意”时主张“人情对景，自有悲喜，“人之悲喜，虽本于心，然亦生于境”，“心融外物”等，已关涉“意”与“境”之关系。[⑤]姜夔在《白石道人诗说》中仍承司空图之说，他说：“说理要简切，说事要圆活，说景要微

---

① 夏昭炎：《意境概说：中国文艺美学范畴》，北京：北京广播学院出版社，2003年，第204页。

② 王大鹏、张宝坤等编选：《中国历代诗话选》，第159页。

③ 夏昭炎：《意境概说：中国文艺美学范畴》，第204页。

④ 李瑞：《严羽〈沧浪诗话〉诗学理论研究》，青海师范大学2011年硕士论文，第12页。

⑤ 束景南：《论〈韵语阳秋〉文艺美学“意”本体论》，《江南大学学报（人文社会科学版）2007年第2期，第73页。

妙。”[①]等均为对意境理论的阐述。

明清时代，意境说逐渐广泛运用于包括诗歌在内的一切文学艺术部门。诗话明朱承爵《存余堂诗话》，明胡应麟《诗薮》，明谢榛《四溟诗话》，明陆时雍《诗镜总论》，明王夫子在《姜斋诗话》，清王士祯《带经堂诗话》，《渔洋诗话》，清袁枚《随园诗话》，等等，其在意境理论方面的阐述是比较突出的。朱承爵《存余堂诗话》：“作诗之妙，全在意境融彻，出声音之外，乃得真味。”[②]胡应麟《诗薮》“作诗大要不过二端，体格声调，兴象风神而已。”又云：“盖作诗大法，不过兴象风神，格律声调。”其中“兴象风神”讲的就是诗的意境。《诗薮》对“兴象风神”有许多提法：兴象、气象、意象、风神、丰神、神韵等。而意象、神韵、意致，三者共同构成了“兴象。”意象为表层结构，意致为内在组含，神韵为生命灵魂。这样构成的艺术境界才是生气蓬勃的、超玄高远的极致。[③]明都穆在《南濠诗话》中说：“作诗必情与景会，景与情合，始可与言诗矣。”[④]明代谢榛《四溟诗话》中几乎没有“象”、“意象”和“境”、“意境”这样的术语，但他用了“景象”一词，尤其喜欢使用“气象”这个术语，并大量使用“情”、“景”和“情景”的术语，提出“情景之合”说，如“景乃诗之媒，情乃诗之胚，合而为诗”（《四溟诗话》卷三），其具体的创作过程是“景出想象，情在体贴，能以兴为衡，以思为权，情景相因”（《四溟诗话》卷三）。谢榛的“意境”论的特点是从“情景”的角度来谈论[⑤]。明陆时雍在诗话《诗镜总论》常常谈论“情境”的创造问题，形成了比较系统的“情景创造”论。明王夫子在《姜斋诗话》也是通过“情”、“景”的关系来谈论“意境”的，提出“情景交融”说，以为“情景”在观察阶段就相融而不相离，否则“截分两橛，则情不足兴，而景非其景”（《姜斋诗话》卷二）。

继南宋严羽《沧浪诗话》的“兴趣说”和“镜花水月”论，清王士祯在《带经堂诗话》、《渔洋诗话》提出了“神韵”说，“兴会”说等。所谓“神

① 转引自李铎：《王国维的境界与意境论》，《华南师范大学学报（社会科学版）》2004年第4期，第55页。

② 蓝华增：《古代诗论意境说源流刍议》，《文艺理论研究》1982年第3期，第88页。

③ 冯仲平：《简论胡应麟〈诗薮〉的诗歌理论》，《学术论文》1993年第5期，第87页。

④ 古风：《意境探微》（上卷），南昌：百花洲文艺出版社，2009年，第102页。

⑤ 同上，第103页。

韵”，是指诗应在清远、朦胧的景物中，含蓄地传达情意，使其具有耐人寻味的深远韵味，而“兴会”则是“无迹可求”的境界。而无论“神韵”还是“兴会”，都是诗的理想境界，包含清幽淡远、兴象超逸、闲适自然、意在言外、诗禅一致、典正雅致等内涵要素。有人以为王士祯“为我国千百年来对于诗的意境美的追求作可一个最丰富、最周全、最突出的理论总结。”[①]清叶燮在《原诗》指出：“诗之至处，妙在含蓄无垠，思致微渺，其寄托在可言不可言之间，其指归在可解不可解之会；言在此而意在彼，泯端倪而离形象，绝议论而穷思维，引人于冥恍惚之境，所以为至也。”在此叶燮对诗歌境界特征的把握与严羽的“兴趣”说有着异曲同工之妙。[②]不仅如此他还在《原诗》称“境”、“境界”为“理、事、情”相统一的审美规范，但这“理、事、情”相统一的审美范畴有其形象思维的特点：“惟不可名言之理，不可试见之事，不可径达之情，则幽渺以为理，想象以为事，惝恍以为情，方为理至、事至、情至之语。”即说诗中之理不是哲学上抽象化、概念化道理，诗中之“事”（形象）是想象性的，不是可视可触的事物，诗中之“情”是蕴蓄深致的，不是裸露在外的感情。[③]后来沈德潜《说诗晬语》倡导“格调”说，翁方纲在《石州诗话》提出“肌理”说，袁枚在《随园诗话》主张“性灵”说，虽名目各异，但都对意境进行过总结和论述。王士祯“神韵说”产生于康熙年间，而沈德潜、翁方纲、袁枚诗说产生于乾隆年间，可以评说乃至纠正神韵说。例如沈德潜在诗话《说诗晬语》中倡导盛唐格调即弘声大音，以取代王士祯之“清音”即神韵，但又说：“即征实一派，亦宜多换意境。”翁方纲在《石州诗话》认为神韵说“似涉空言”，“欲以肌理说实之”，实际是以其义理、学问代替神韵。袁枚在《随园诗话》中提出了以真情、自然、个性为核心的“性灵说”，虽然仍以补救“神韵”和“格调”为出发点，对同时代的格调说、肌理说欲取而代之，故极尽否定之能事，对王士祯神韵说则有褒有贬，有肯定有否定，远比沈、翁宽容。[④]袁枚批评王士祯“羚羊挂角”、“香象渡河”为至

① 黄保真、蔡仲翔、成复旺：《中国文学理论史》第四册，北京：北京出版社，1987年，第441页。

② 南开大学中文系古典文学教研室编：《意境纵横探》，天津：南开大学出版社，1986年，第289页

③ 蓝华增：《意境论》，昆明：云南人民出版社，1996年，第58页。

④ 王英志：《不相菲薄不相师——袁枚对王士祯的评价》，《古典文学知识》1995年第5期。

论，就说“诗不必首首如是，亦不可不知此种境界。”[①]事实上，清王士祯的“神韵”说与袁枚的“性灵说”有相同之处，并非截然对立。如袁枚论“神韵”云：“仆意神韵二字，尤为要紧。体格是后天空架子，可仿而能；神韵是先天真性情，不可强而至。”[②]这与王士祯称“神韵天然，不可凑泊”，[③]意思相通。在《随园诗话》中袁枚主张作诗从“性灵”出发创造诗境，认为“诗境最宽”，只要“性灵”真，触处可生。“性灵”是他在《随园诗话》中对创造较为个性化的诗境就创作主体提出的最起码的要求。为了较为完整地阐述意境理论的演变，王国维在清末撰写的《人间词话》尤为值得一提，因为意境理论到了在《人间词话》中实现了古典美学向现代的过渡。“境界”说是贯穿其中的核心理论，《人间词话》开宗明义提出：“词以境界为最上。有境界则自成高格，自有名句。”至于境界的内涵，他具体指出“境界”首先必须有言外之味，弦外之响；其次，“境界”、“意境”具有真实自然之美。他说：“大家之作……其词脱口而出，无娇柔妆束之态。以其所见者真，所知者深也。”又说：“能写真景物、真感情者，谓之有境界。否则谓之无境界。”不仅要求内容方面的情景之真，而且要求艺术表现方面自然传神，造语平淡，尽弃人为造作之痕迹。惟其如此，作品方能具有“不隔”的自然真切之美。另外，同是体现出自然真切之美的作品，王国维又从美学上根据作者主观介入程度的差异而区分“有我之境”和“无我之境”，并且概括说明两种境界的基本形态的美学特征是“一优美，一宏壮也”。王国维继承和融会了钟嵘、司空图、严羽、王夫之、王士祯等人的理论，同时接受了西方美学的影响，创造了境界说，标志着中国意境理论开始向现代转换。

对于意境的探寻，古往今来，论者甚多。对于意境本身的意指、构成以及同其它相关范畴的关系等等几千年来一直众说纷纭。而诗话作为我国古代诗学著作所特有的形态，始终以其独有的漫谈、零碎的诗评言说方式承担着对“意境”理论的诠释、阐发和运用，以致形成概念繁杂、重叠、交叉、互相包容的光怪陆离现象，其丰富而深刻的理论内容往往通过令人眼花缭乱的论述形式表述出来，不似西方诗论有较统一而严谨的理论系统，这正如有学者说“从古代

---

① 袁枚：《随园诗话》第8卷，北京：北京燕山出版社，2001年，第169页。
② 袁枚：《再答李少鹤》，袁枚：《袁枚文选》，北京：作家出版社，1997年，第176页。
③ 王士祯：《香祖笔记》，《带经堂诗话》第3卷，北京：人民文学出版社，1982年，第71页。

到近代，公认的意境理论大家皆未提出体周思密，具有涵盖性和普适性的意境理论。”[①]而有学者说“梁刘勰所言的‘独照之匠，窥意象而运斤’（《文心雕龙·神思》）的‘意象’，应视为意境初始的一种表述。嗣后，钟嵘的《诗品序》、司空图的《二十四诗品》以及‘六一’、‘岁寒堂’、‘沧浪’等数以百计的诗话，都做了许多有益的探索与攀登，可惜大多是以片言只语侧重于经验式的描述，缺少透彻的系统的理论阐释，王国维所标举的‘境界’所被称为‘古典意境理论的终结’，也未能超越这一局限性。”[②]然而仔细推敲传统旧体诗话中“意境”的用法，诸如钟嵘的“滋味说”、王昌龄的“三境说”、司空图的“象外之象说”、严羽的“镜花水月”说、王士祯“神韵说”、袁枚的“性灵说”，包括王国维的“境界说”，不难看出他们的“意境”含义互有参差，不尽相同。但事实上从意境概念发生的源头，即可探寻到这一概念所包含的两个重要元素，即意和象，其后演绎为情和景，历经数代众多论述所涉内容概莫能外，而且传统的“意境”说在谈及“意境”时，经常出现诸如“言已尽而意无穷”、“羚羊挂角，无迹可求”、“神龙见首不见尾”这样的语词，以突出“意境”说的含蓄蕴藉和“只可意会不可言传”的神秘之感。有学者这样总结到“在古代‘意境’美学中，人们对于‘意境’的认识尽管也不太一致，但对于‘意境’内涵的把握却基本达到了共识，即情景交融。”[③]唯到了王国维的《人间词话》中，“境界”始有了崭新、特定的内容，王国维在意境理论上的贡献在于他首先将“意境”与西方的美学观念加以对照，试图融中、西于一炉，他作为古典时代总结意境理论的最后一人，也同时引领意境理论向着现代形态过渡。

二、新体诗话现代意境理论的传统承继

自从王昌龄首先在诗词批评领域提出“意境”概念，释皎然和司空图等

---

① 王建疆：《意境理论的现代整合与内审美的视域超越》，《西北师大学报（社会科学报）》2006年第1期，第2页。

② 张炳煊：《意境产生缘由考》，《意境文气的阐释及其他》，武汉：武汉大学出版社，2012年，第5页。

③ 古风：《意境探微》上卷，2009年，第162页。

极大地丰富了意境的概念，并指出意境是有限与无限的统一，即司空图所说的“象外之象”、“景外之景”，严羽所说的“言有尽而意无穷”等语。经过宋元明清的充实、发展、扩拓，意境成为诗文、绘画批评领域的一个重要概念。而到了现代，意境概念受到许多学者的重视。王国维在20世纪初开创了现代意境论文学批评之后，在随后的新文化运动中，胡适、康白情、宗白华等常以意境论新诗。胡适在1919年《谈新诗》中通篇以“意境”作为审美标准评说现代新诗的优劣，并在《词选》一书中将“诗之意境”定义为诗之“情绪”或“情感”，这种以意境论新诗的做法在当时的现代新诗评论中引起了很多人的共鸣。[①]与文化思想领域大规模的中西古今的论争相比，意境研究显得相对冷寂。据古风的统计，从1919年到1950年间共有29人发表意境研究论文30篇。除宗白华先生发表2篇外，每个研究者才发表1篇次，几乎每年还平均不到1篇。[②]言及新体诗话中意境理论的研究和运用，民国时期有宗白华、梁宗岱、朱光潜、罗庸、许君远、艾青等，共和国时期有邹问轩、流沙河、艾治平、尹涵、阿红、七孟等。

宗白华先生是现代研究意境最早的人，也是20世纪上半叶意境研究最有影响的美学家。他在1920年2月发表的《新诗略谈》一文中，将意境看作新诗的本质，要求“新诗的创造”，应“表写天真的诗意与天真的诗境。”20世纪30年代以后，宗白华写了大量诸如《中国艺术意境之诞生》、《中国艺术表现里的虚和实》、《中国诗画中所表现的空间意识》等多篇意境理论批评的文章。这些论文在中西视野下对意境理论作创造性的阐释具有开拓性意义。尤其是《中国艺术意境之诞生》是宗白华几十年来对意境问题进行深入思考的结晶。其内容非常丰厚，论述了意境的本质、意义和种类；谈到了意境创造与人格涵养的关系，以及意境在中国和世界文化史上的地位，特别是结合佛禅和庄道哲学，论述了中国艺术意境的结构特点，即讲究深度、高度和阔度，尤其是对空灵飘逸的灵境给予更多的关注和论述。从广度来看宗白华的意境概念已经突破前人的诗学范畴，指向多种艺术，除诗歌外，还包括中国绘画、书法，从深度上看，宗白华的意境阐释综合了中西多种哲学文化思想，立足于中国古代哲学文化精神，解释意境的本体论意

① 马正平：《五十年来意境研究述评》，《中国人民大学复印资料·文学理论》1986年第11期。
② 古风：《现代意境研究述评》，《社会科学战线》1997年第2期。

蕴。由此可见宗白华的意境理论既有现代的思想质素又包含着传统因子。宗白华现代意境理论对中国古典意境说是有着总结和继承的。

“什么是意境？……以宇宙人生的具体为对象，赏玩它的色相、秩序、节奏、和谐，借以窥见自我的最深心灵的反映；化实景而为虚境，创形象以为象征，使人类最高的心灵具体化、肉身化，这就是‘艺术境界’”。“艺术家以心灵映射万象，化山川而立言，他所表现的是主观的生命情调与客观的自然景象交融互渗，成就一个鸢飞鱼跃、活泼玲珑、渊然而深的灵境，这灵境就是构成艺术之所以为艺术的‘意境’。”[①]

情与景的关系是古代意境理论不可绕过的话题，宗白华首先在“意境”概念的界定中强调意境中的情景交融，主观生命与客观景象的融合：“意境是‘情’‘景’（意象）的结晶品”，并发挥说“在一个艺术表现里情与景交融互渗，因而发掘出最深的情，一层比一层更深的情同时也透入了最深的景；景中全是情，情具象而为景，因而涌现了一个独特的宇宙、崭新的意象，为人类增加了丰富的想象，替世界开辟了新境，正如恽南田所说‘皆灵想之所独辟，总非人间所有’！这是我的所谓‘意境’。”[②]强调在艺术里的情境交融，情变成了最深的情，景变成了最深的景，情具象化为景，景中全是情，在此融汇过程中，诞生了崭新的意象。景丰富了情，情生动了景。在彼此互动中，交汇成一个情景交融的意境，这个情不仅仅是主体审美情感的融入，更是一种拓展，从而融景成境。其次宗白华承继了古典意境说虚实相生的法则，他在《中国艺术表现的虚和实》一文中，“由于‘粹’，由于去粗存精，艺术表现里有了‘虚’，‘洗尽尘滓，独存孤迥’（恽南田语）。由于‘全’，才能做到孟子所说的‘充实之谓美，充实而有光辉之谓大”。[③]在此他以中国绘画、舞台表现和布景问题、书法、舞蹈等艺术形式，来探讨艺术表现里虚实问题，得出由舞蹈动作伸延，展示出的虚灵空间，是中国艺术特殊风格的结论。以舞蹈论虚实、论意境，这是宗白华先意境美学的一个独到之处。此外宗白华意境理论中道、禅的思想背景，人格的涵养对意境创造的重要性等方面承续了古典意境

① 宗白华：《美学散步》，上海：上海人民出版社，1997年，第70页。

② 同上，第70页。

③ 同上，第89页。

中佛道的思想渊源和古典诗论中关于“诗品和人品”的命题的阐释[①]。如宗白华强调意境要靠艺术家平日里对精神的培育，在心灵飞跃间屏息凝神，捕获瞬间的惊喜，与叶燮所说的“有胸襟，然后能载其性情、智慧、聪明、才辨以出，随遇发生，随生即盛”[②]有着相似之处。

梁宗岱1935年出版了诗学论集《诗与真》，在《象征主义》这篇美文中，他将象征与意境相结合，创造了“象征底灵境”这一意境理论。象征灵境论是现代美学意境论中的理论形态之一，是中西美学的一次成功融合。象征主义作为一种西方文艺思潮，相对于中国文学来说具有异质性。而“在象征主义的引入和传播过程中，梁宗岱作为后期象征派代表瓦雷里的弟子，其特殊的身份使他对象征主义本身有着更深入的理解，而深厚的古典文学素养又使他对象征主义进行了得心应手的中国化阐释”。[③]在《象征主义》中，梁宗岱认为真正的象征与传统美学中的“兴”相近。“兴”在《文心雕龙》中被解释为“依微拟义”，最能体现象征的微妙。梁宗岱认为真正的象征具有两个特性：一是融洽或无间，是指一首诗的情与景，意与象的惝恍迷离，融成一片；二是含蓄或无限，是指意义或兴味的丰富和隽永。在这两个特性的基础上，他给出了象征的完整定义：“所谓象征是藉有形寓无形，藉有限表无限，藉刹那抓住永恒，使我们只在梦中或出神底瞬间瞥见的遥遥的宇宙变成近咫尺的现实世界，正如一个蓓蕾蓄着炫熳芳菲的春信，一张落叶预奏那弥天漫地的秋声一样。所以，它所赋形的，蕴藏的，不是兴味索然的抽象观念，而是丰富，复杂，深邃，真实的灵境。”[④]在此，看似“不相联属”的事物成为“传达心情的符号”从而借助“两事物之间微妙的关系”来间接地表达了主观意图，梁宗岱非常清晰地揭示了象征作为意境形态所具有的全部美学内涵。在此基础上，梁宗岱进一步辨析了“情”和“景”的关系。他区分了情景配合的两种情况，一种是“景中有情，情中有景”，另一种是“景即是情，情即是景”，指出前者“物我之间，

① 宗白华意境论对古典意境论的传承参见祁艳：《浅析宗白华意境说对中国古典意境说的承变》，《河南教育学院学报（哲学社会科学版）》2011年第4期。

② [清] 叶燮著,霍松林校注等：《原诗 一瓢诗话 说诗晬语》，北京：人民文学出版社，1979年，第17页。

③ 李敦东：《梁宗岱对象征主义的中国化阐释》，《郴州师范高等专科学校学报》2003年第3期，第28页。

④ 梁宗岱：《诗与真二集》，上海：商务印书馆，民国二十五年（1936年），第77—86页。

依然各存面目”，只有后者达到了“心凝形释，物我两忘”的地步，所以是“象征底最高境界”。另外梁宗岱曾经用诗一般的语言说，“正如风底方向和动静全靠草木摇动或云浪起伏才显露，心灵底活动也得受形于外物才能启示和完成自己：最幽玄最缥缈的灵境要借最鲜明最具体的意象表现出来。”①上述可见，梁宗岱在理解和诠释象征主义概念的过程中毫无例外地把它和传统意境理论思想结合在一起，中国在接受象征主义的一开始就已经打上了自己的烙印。

20世纪40年代，于意境研究最深、且运用意境从事文学批评最为用力的非朱光潜莫属。②朱光潜运用西方理论对“境界”理论进行了新的剖析，是对王国维“境界”说的进一步延续与发展。与王国维的意境研究旨趣相同，朱光潜也是尝试用西方美学理论观照意境的实质。但朱先生不像王国维那样从康德、叔本华那里寻找解释的灵感，而是将对意境的解释嫁接在克罗齐的表现主义哲学与美学的理论框架上。③而朱光潜无论对“意境”术语的界说还是对意境论批评的运用，都带有以往意境论批评所少有的“谨严的分析和逻辑的归纳”，④这种重学理分析和逻辑归纳的特点在20世纪40年代意境论文学批评中很具代表性。⑤但深受中国文艺传统濡染的朱光潜的现代意境理论的传统色彩却是很明显的，在《诗论》中朱光潜以为中国美学的“境界”概念，就是克罗齐所说的“直觉”⑥，而这里的“境界”其实可以理解为中国传统美学的核心概念“意境”。⑦在中国古代诗歌作品中，意境的“境”表现为景的描写，意境的“意”表现为情的抒发，“情景”说构成了中国古代诗歌的意境论⑧。谢

---

① 梁宗岱：《诗与真二集》，第1页。

② 王一川主编：《批评理论与实践教程》，北京：高等教育出版社，2005年，第253页。

③ 王建轸：《论意境研究在现代的发展》，《华北电力大学学报》（社会科学版）1999年第4期。

④ 朱光潜：《诗论·抗战版序》，《朱光潜全集》第3卷，合肥：安徽教育出版社，1987年，第3页。

⑤ 林精华主编：《民族认同和语言表述：全球化时代的语言、文学和文化认同》，北京：人民文学出版社，2006年，第174页。

⑥ 朱光潜：《诗论》，合肥：安徽教育出版社，1997年，第42页。

⑦ 有学者指出，“境界”与“意境”没有什么分别，经常通用。参阅叶朗：《美学原理》，北京：北京大学出版社，2009年，第267页。另见祁志祥：《中国古代文学理论》，太原：山西教育出版社，2008年，第224页。

⑧ 祁志祥：《中国古代文学理论》，第238页。

榛《四溟诗话·卷四》认为“夫情、景相触而成诗，此作家之常也”。而朱光潜同样指出，“诗的境界是情绪与意象的融合。情趣是感受来的，起于自我的，可经历而不可描绘的；意象是观照来得来的，起于外物的，有形象可描绘的”，[①]他进一步解释说：情感与意象卒然相遇而契合无间，这种遇合就是直觉，就是表现，也就是艺术。创造如此，欣赏也是如此。所以“表现”变成情感与意象之间的关系。在心中直觉到一个完整的意象恰能蕴含一种情感时，情感便已表现于意象。[②]这其实就是钟嵘表达的文艺创作主张，诗歌要写“即目”所见，“观古今胜语，多非补假，皆由直寻”。[③]从这里朱光潜很自然地把西方的表现论美学和中国固有的意境论融为一体。[④]

罗庸《诗的境界》一文收录在《鸭池十讲》一书（1943年曾由昆明开明书店刊行出版）。罗庸关于“意境”的界定和分类的“这段文字通古变今，笼络百家，又自出心手，成一己之言。”[⑤]在此，他以为“境界就是意象构成的一组联系”，“是一切艺术生命的核心。”即意境是“意象构成的”艺术境界。诗境有不同的类型：物境最低，“无意味之可言”；“略高一筹是事境”；“比事境更高一筹的是情境”；“驾于情境之上，而求超出，便是理境”；“最后是无言之境”。在此罗庸将意境确定为一种涵盖了“物境、事境、情境、理境、无言之境”即咏物、叙事、抒情、哲理等一切文艺作品的大范畴，真正将“意境”提升到哲学美学的最高层面，这是现代“意境”美学的卓越贡献。然而其中“物境”、“情境”的概念的提出可说仍是重新复活和启用了王昌龄《诗格》中“物境”、“情境”的范畴，因而具有很明显的传承性。接着罗庸指出衡量意境高下优劣的标准为“神形兼备、情景交融”，罗庸这样具体论述到：“诗的境界，下不落于单纯的事境，上不及单纯的理境，其本身必须是情境不二的中和。而一切物态，事相，都必需透过感情而表现；一切理境，亦不必需不脱离感情，所以感情是文学的根本”。又说：“一切感情必有所托才能表现。所谓‘其歌也有思，其哭也有怀’，单纯的歌哭是不容易表现的，

---

① 朱光潜：《诗论》，第52页。

② 同上，第76页。

③ 郭绍虞主编：《中国历代文论选》第一册，上海：上海古籍出版社，1979年，第310页。

④ 以上朱光潜现代意境理论对古典意境理论的传承见代迅：《朱光潜与表现论：中西美学融通的另一条逻辑线索》，《文艺理论研究》2013年第2期。

⑤ 古风：《意境探微》（上卷），2009年，第11页。

此所以情语必须兼是景语。彼此分数的多少，便有刻露与含蓄之分，而在艺术的原则上说，含蓄高于刻露。也就是说，寄托越深远，便表情越深远。……所以情景交融，便是最高之境，再加上寄托深远，便是诗境的极则了。”[①]强调的仍然是传统意境理论中“情景交融”的审美标准。

许君远在《论意境》[②]用现代意境概念来阐述西洋文学作品和中国现代戏剧、小说等文学体裁，扩大了意境的使用范围。首先他指出“意境是一个不受时代的和地域限制的艺术因素，对于文学的各个部门都能适用它是一个非常抽象几乎可以意会不可言传的名词，人称王摩诘‘诗中有画，画中有诗’，很可以从这两句话中悟出意境的道理。”并以为意境是作品的灵魂，是作者天才的最大的表现，它的由来多半发自偶然的灵感。其次作者以为幻化出来的意境往往比写实更为引人入胜，《红楼梦》及西洋伟大的作品诸如莎士比亚的《仲夏夜之梦》及格莱葛丽的《月亮上升》等就以“意境”取胜。在此作者提出的“幻化出来的意境”和“写实的意境”即衍自于王国维“境界说”的造景和写境概念：“有造境，有写境，此理想与写实二派之所由分。”而“造境”一词唐代吕温、明代陆时雍和清代林纾都用过。王国维的“造境”由此而来，“写境”则是他自创。但其内涵又是受西方美学的影响，这是以艺术创作方法所划分的境界类型。所谓“写境”，即“写实之境”，具体客观的“自然及人生”，做到穷形尽象；所谓“造境”，即“虚构之境”，在理想珠光的观照下，借景抒情，神似微妙。[③]因此许君远意境理论中的“幻化出来的意境”、“写实的意境”既有传统承继性又有现代因素。再次指出意境的创造又往往与作者的品格有关系，即若没有广阔的胸襟，也绝不能创造高越的意境，延续了中国古典诗论中关于“诗品和人品”的命题的阐释。最后作者指出大自然是取之不尽用之不竭的意境的源泉，这与传统意境美学中自然意象是营构“意境”的基本材料的思想是一脉相承的。

艾青在写于抗战初期1938年至1939年间的《诗论》中以为诗的形象应该有

---

① 许君远：《论意境》，《新人生观·鸭池十讲》，沈阳：辽宁教育出版社，1997年，第45—48页。

② 许君远：《论意境》，《许君远文集》（下编），天津：百花文艺出版社，2007年，第510—516页，原载1943年6月15日《东方杂志》。

③ 王国维“写境”与“造境”的划分转引自古风：《意境探微》，2001年，第130页。

所隐喻："一首诗不仅使人从那里感触了它所包含的，同时还可以由它而想起一些更深更远的东西。"[①]这种"更深更远"的东西就是意境。而意境是"诗人对于情景的感兴：是诗人的心与客观世界的契合。"[②] 在此，"意境"中的"境"，已经从自然意象（景）的狭小圈子里走了出去，成为环境、时代和社会生活，简而言之就是客观世界。艾青对意境的界定标志着传统意境向现代意境的一次脱胎换骨的转变。在艾青诗的意境里，审美主体（情）在与审美客体（景）的激荡斗争中始终是占主导地位的，因此艾青这样说："意境，就是把感觉、感情、想象、思想都放在一个更高的境地来处理。使事物更美化。使所写的东西更有诗意。"[③]即是说在意境的创造中，艾青以为直觉、意象、情感、灵感、想象、思想等都是必不可少的重要因素。艾青还指出，诗人不能停留于感觉，因为"感觉只是认识世界的钥匙"[④]只有由此而向意象进发，才可能成为诗境。他说："意象是从感觉到感觉的一些蜕化。""意象是纯感官的，意象是具体化了的感觉。""意象是诗人从感觉向所采取的材料的拥抱，是诗人使人唤醒感官向题材的迫近。"[⑤]可见，艾青在使用意象这一概念的时候，紧紧扣住了感觉和感官这些主体性的概念，明确了意象的形成是从感觉到感觉的蜕化，是纯感官的，也就是说，意象是主体感觉反复酝酿形成的。而且，"意象是诗人从感觉向所采取的材料的拥抱"，"是具体化了的感觉"，可见，诗歌作品中的意象是主体意象的具体化，是创作主体通过材料经过意象经营后形式化了的结果。而意象"是诗人使人唤醒感官向题材的迫近"，既说明了意象离不开客观物象，但又不是客观物象的临摹。以上可见艾青的意境观从审美主体"感觉"立论，通向思想与感情，使之与现实发生紧密联系，他的意境说深入血和火的人生，并且化为行动，起而斗争，是"有我之境"。应该说艾青的意境说偏于《人间词话》所说的"写境"，即对于社会现实生活的直接反映，面向人生。因此"艾青虽然说他的诗论绝少受中国传统的影响，但他承认，他最初接受的是中国文化，其后才接触西方美学和诗学影响；但正如他

---

① 艾青：《诗论》，北京：人民文学出版社，1956年，第131页。
② 同上，第27页。
③ 同上，第109页。
④ 同上，第140页。
⑤ 艾青：《诗论》，上海：复旦大学出版社，2005年，第25页。

所说，‘我们的诗歌是在本国诗歌传统的基础上丰富与发展起来的’，他就不能不是富于民族性的。”[①]

此外民国时期还有些篇幅短小的诗话如路易士在《诗话钞》中用传统的意境理论来论诗，“若是意境的本身是明朗的或是朦胧的。因而产生一种明朗的或是朦胧的诗来。那是根本无可疵议的。”[②]“意识地把属于明朗的意境来朦胧化了，那是在做谜语，而不是做诗。那种‘文字的魔术’乃是顶顶肤浅的东西！”[③]

共和国时期的新体诗话对意境的阐述虽各有特色，并已具备很明显的现代性，但都可见其对传统意境理论传承。如邹问轩《诗话》中有《谈意境》、《再谈意境》两篇文章论及意境理论。在《谈意境》中，作者阐述了意境在诗中的重要地位、意境达成时“见景生情”、“情景交融”的两种状态，意境达成的“初境（意触）、拓境（意展）和凌境（飞跃）”等三个段落层次，其中凌境是更高境界。最后作者强调了不仅诗歌，其他一切艺术活动都有意境问题。[④]《再谈意境》中作者以为意境是作者对外观事物（社会现象和自然现象）感受所达成的一种情怀。那么，意境的高低，取决于感受的深浅；而感受的深浅，取决于立场，“站得高来看得远”；取决于各个人的基础不同，取决于各个人的经历（或锻炼）、修养、品德、学问、资质的总和，而达不同深度，从而表现为意境的不同高度。[⑤]在此邹问轩谈意境状态时仍脱离不了传统意境中“情”和“景”的关系，而人格的涵养对意境创造的重要性等方面承续了古典意境中关于“诗品和人品”的命题的阐释。

流沙河《流沙河诗话》对“意境”的阐述特别值得一提。他在《象外之像》[⑥]中首先对司空图最早提出的“象外之象”进行阐述，作者以为司空图所谓“象外之象”同他所谓的“味外之旨”、“韵外之致”是一回事，都可纳入言外之意这个框框。而在此“味旨”是理，“韵致”是情，他的“象外之象”是理是情，根本不是有形的象，所以“神而不知，知而难伏”，他的“象外之

---

① 蓝华增：《艾青、朱光潜〈诗论〉比较论》，《中国现代文学研究丛刊》1987年第7期。

② 路易士：《诗话钞》，《纯文艺》1938年创刊号，第44页。

③ 同上。

④ 邹问轩：《诗话》，哈尔滨：黑龙江新华书店，1963年，第2—5页。

⑤ 同上，第6页。

⑥ 流沙河：《流沙河诗话》，第325—336页。

象”是朦胧的理，是缥缈的情，是一种空虚的存在，仅可意会的“环中”（圆环空虚部分，摸不着，捉不住，是一种空虚的存在）而已。他的“景外之景”也不是“景”，而是一种“可望而不可置于眉睫之前”的非景，也是朦胧的理，也是缥缈的情，也是仅可意会的。作者以为所要探讨的象外之象不是言外之意，并与司空图的象外之象是有区别的，他说“诗之形象中的遮蔽部分，相当于画之‘不该画出来’而‘有意留给观众去想象’的那部分”，即“飞白”的部分才是他认为的“象外之像”。针对刘禹锡《董氏武陵集记》中所说的“境生于象外”，作者以为“象外之象”便是刘禹锡所说的“境”。有“境”乃有空间，这个空间就是莱辛所说的“不该画出来”而有意“留给观众区想象”的艺术空间。要有这个空间存在，观众才可能入“境”。观众入“境”才可能在灵视中看见“境”象，亦即看见象外之象。作者进一步以为对于艺术形象而言，象外之象普遍存在，无论中外古今，而诗的“内象+飞白（象外之象）= 一首诗的全部形象”。作者最后指出有时诗的言外之意就是象外之象，因为象外之象，在诗，也是一种意象，意象当然有其含意，这个含意可以说是言外之意。在此，流沙河对意境的阐述沟通了中外诗学，但他对“象外之象”的阐述其实与司空图的“象外之象”如出一辙，仍然强调的是诗歌“虚实相生”的诗学境界。

流沙河对意境产生中的意象因素的阐述是颇有独见的。作者在《意象》[①]篇中首先指出书中所阐述的八象：“《易》之象、象征、兴象、喻象、拟象、隐象、典象、赋象”都可归纳入诗之“意象”。其次作者指出意象论胚胎于《易》，形成于三国时期，在古代是“意”和“象”特殊组合，而今使用在文艺学和美学领域的意象，是取“表意的象”的一般含义，而促成这样的取舍在于image的引入。因此“意象”一词，既不是纯粹的老古董，也不是纯粹的舶来品，而是中西合璧概念。再次作者梳理了中外如康德、庞德、覃子豪、余光中、向明、朱光潜、艾青、李元洛、周发祥、王长俊十家“意象”之说，并对八家之说（除却艾青、庞德之说，以为存有疑惑和待商榷之处）分成中、西两派，从而指出意象的界定越细，漏洞愈多，距离准确愈远，而最返璞归真的方法即为“表意的象”，其中的“意”可以是心意、情意、意思、意图、意义、

① 流沙河：《流沙河诗话》，第293—301页。

意念、意向等。最后作者以美国插图画家弗兰克·法拉捷达的一段话指出意象的完成得通过“物体—物象—显现在我心中的意象—完成在作品中的意象”四个步骤，而要完成从“客观的物象—心中的意象—完成的意象”的意象制造的工艺流程，动力是作者的想象（至少可以有“回想、联想、拟想、推想、聚想”五种），而想象在此是灵视，是心灵的视觉，除此之外，想象还需要理念和情感的配合溶于意象，才能给读者以“理趣”和“情趣”，避免“泛理”和“滥情”。在此，流沙河借助了外国的文艺理论概念来界定“意象”概念、对中外意境理论的梳理以及意象完成的四个步骤的划分具备了很明显的现代特色，但其对传统意象概念的传承也是有目共睹的。

艾治平《诗词抉微》（1984）对意境的阐述也比较突出，其诗话中有多篇文章对传统意境理论有所阐述和运用。在《虚实相生》中作者指出“艺术家创造的艺术形象是实，引起读者的联系是虚；由形象而产生的意象境界就是虚实的结合。”[①]而作者也以为尽管“诗画本一律”，但绘画中先要有逼真的艺术形象，才可能有“虚”的实现。但诗中虚实的运用并无定则，它总是根据根据内容的需要和思想感情的充分表达而定，不管是先实后虚写，先虚写后实写，还是虚实相间，都能收到虚实相生的效果。强调的依然是传统意境概念中的“虚实相生”的特点。在《意境的演绎和“意与境浑”》中，作者从中国古籍的产生之始梳理了“意境”概念萌芽、明确和发展直至20世纪王国维对“意境”理论的阐述。值得一提的是作者肯定王国维开拓与深入了“意境说”，他“不仅注意到诗人主观情意的一面，同时还注意到客观物境的一面，既不囿于‘理’、‘情’的比较，也更系统化；而尤其高超的是，他要求二者交融——只有这样的意境，才能是‘上焉者’”[②]而且作者强调“意境”“作为历代文艺鉴赏家审美的一个重要标准，当前对意境的含义，在某些精微方面还有分歧，但总的说，它是作家的思想感情和作品的生活图景的和谐统一所产生的一种艺术境界，则是为大多数人所赞同的。不过同是有意境的作品，事实上也的确如王国维讲的，有的以意胜，有的以境胜，而且只有‘意与境浑’的‘上焉者’，具有最动人的艺术魅力。”[③]在《意胜·意胜》中对王国维“意境”

---

① 艾治平：《诗词抉微》，长沙：湖南人民出版社，1984年，第143页。

② 同上，第159页。

③ 同上，第160页。

中的“意胜”和“境胜”两个概念进行阐述并结合具体古典诗篇进行阐释“意胜”、“境胜”之篇。他指出“以意胜”是指示的内蕴深刻，感情真挚，但艺术形象不鲜明生动；“以境胜”，则是说艺术形象真实生动，而诗的内蕴不丰富饱满。或者说，前者着眼于思想内容方面，后者注意于艺术构思、篇章词语。即便是在“意与境浑”的作品中，同样存在着“或以意胜”、“或以境胜”的现象。而总的来说，一般宋代的豪放词，“以意胜”者多，婉约词“以境胜”者多。[①]在《不着一字，尽得风流》中对司空图《二十四品》第十一《含蓄》开头两句：“不着一字，尽得风流”意境内涵及其在历代诗词中的呈现作一梳理和分析。例如“不着一字，尽得风流”的意境风格即为从字面上看，诗人似乎没有吐露他的思想感情，而将它蕴藏在字里行间。它与那些“矢口而道，率意而陈”之作不同，只有“思而得之”以后，才能体会到如饮甘泉般的甜美。历史上周邦彦的《点绛唇》，李煜的《捣练子令》，李频的《湖口送友人》，李商隐《吴宫》，张渭《送人使河源》后两句，刘长卿《送李判官之润州行营》，等等，就是极好的例子，例如李商隐诗作《吴宫》：“龙槛沉沉水殿清，禁门深掩断人声。吴宫宴罢满宫醉，日暮水飘花出城。”在揭露封建统治者荒淫生活，讽刺宫闱丑事，正是传递着“不着一字，尽得风流”丰厚意蕴。在此，诗人只写“宴罢”，着意渲染此时的一片沉寂：禁门深锁，宫殿沉沉，不闻人声，只有亭轩殿影现在朦胧暮色中；落花伴随流水，静悄悄流出宫城……言虽止，而意未尽，从这悄没声息的沉寂中，会想起“满宫醉”前的狂欢纵乐，骄奢淫逸；有多少宫女在嗟叹自己的命运：“唯向深宫望明月，东西四五百回圆”；“三千宫女胭脂面，几个春来无泪痕”，展现的是广阔的想象余地。而如何获取“不着一字，尽得风流”的技巧，艾治平以为诗人应独具慧眼，选取精华，并用奇巧的构思，精妙的语言表达出来，这样，便能臻于“不着一字，尽得风流”的境界。[②]

阿红在《漫谈当代诗歌技巧——西窗诗话》（1985）中《围绕着意象的创造》[③]论及与意象相关的诸多问题，如“意象”、“意境”是属于中国传统

---

① 艾治平：《诗词抉微》，第165—170页。

② 同上，第192—198页。

③ 阿红：《围绕着意象的创造》，《漫谈当代诗歌技巧——西窗诗话》，北京：中国文联出版社，1985年，第103—111页。

的美学范畴，与意象相近概念意境、形象的辨析，意象的审美价值，意象的社会性，意象创造的理性思维，创造意象中“意”的指导性作用、意象的特征、诗人创造意思所持有的创作态度等等。其中颇值得一提的是诗话作者对意象与意境、意象与形象概念的辨析、对意象特征的阐述及对意象创作中的“意”的阐释。例如阿红指出意境是产生诗的总体境遇和诗的总体情思相互影响、相互作用的完美统一，是诗的总体结构所展示的总体画面；而意象是诗的总体境遇或超总体境遇中的物象相撞击而产生的诗的火花，是诗的总体结构的组成片断。并指出一般说，诗可以无意境，但很难无意象，诗有意境，必定有意象；意境概念大于意象，因为意境往往含着意象群；意象小于意境，但意象本身往往构成局部意境。而意象与形象，形象或人态、物态、事态描写，要描写自然状态，强调细节真实，不一定有言外的寄寓和他向的暗示；而意象不是简单的人态、物态、事态描写，是把诗人的情思埋伏在人态、物态、事态的独特描绘里；不重视自然形态，不讲求细节真实，却有言外之意和象外之象。而意象和形象的相同点在于都能向读者提供直观的审美形象，但意象的内涵、外延、魅力均大于形象。至于意象的特征作者指出意象是创造的，而不是因袭的；应有情思的内涵，而不是简单的描绘；应是可感的，而不是概念的；应是暗示的，而不是明说的；应是灵动的，而不是板滞的；有时是象征的，但不是非象征不可；有时有多解性，但不是非有多解性不可。而意象中的“意”不是诗人个人纯粹的情绪、感觉和潜意识，而是具有理性、生活性和社会性。意象的创造中，可以联想和想象，充分发挥诗人的主观能动性，可以夸张、象征、变形，可以重新组装、跨越时空进行衔接等等，很随意，但总得受“意”的制约，考虑其合理性、美感和在总结构中的作用。总而言之，阿红从意象的角度谈及当代诗歌的创作技巧，很有一定的指导意义。

尹涵《森林诗话》（1988）中有《凡诗无不讲意境》、《诗的第二境界》、《意境属于诗人（一）》、《意境属于诗人（二）》等篇论及意境理论。例如《凡诗无不讲意境》①一文中首先指出意境是诗歌的灵魂，并指出诗歌诞生之日，意境便随即问世了。古往今来，意境已成为衡量一首诗歌的优劣成败的重要标准也是每个诗歌作者所必循的创作方法中的一条原则。在此意境

① 尹涵：《凡诗无不讲意境》，《森林诗话》，石家庄：花山文艺出版社，1989年，第1—3页。

在诗歌创作和评定中的至上的位置可想而知。其次作者对意境这个概念进行界定，指出：意即主观（思想感情），境即客观（具体事物）；意境者，主客观统一之谓也。并引述当代诗人柯岩的话语："当诗人的思想感情与客观事物结合起来，做到了情景交融，寓情于景，借景抒情，寓理于境，借境达理，创造出一个可捉摸，又可感觉的，既不同于生活原形、感情原形、又可感可信，神形兼备的；用极凝炼"准确、优美的语言表达出不尽之意，不尽之情的高度概括的艺术境界"。指出这便是意境——形象思维之特殊表现。再次作者指出唐代著名诗人、画家王维"诗中有画"，即是指他非画又似画的诗歌意境。这种意境（画），是诗作者用形象思维方法构思而成，又是通过文字感知，借助于读者的联想呈现的。它不比真画那么真切而被人的视觉所直接感受，但其不致受时间与空间的限制，境界自由、广阔得多。更由于文字可以纵意描绘人之内心世界和各种感受，以及表现于视觉上的间接性，因而就更丰富、更含蓄，别有一番非画可比的动人魅力。例如艾青诗歌《树》："一根树，一根树/彼此孤立地兀立着/风与空气/告诉着他们的距离// 但是在泥土覆盖下/他们的根伸长着/在看不见的深处/他们把根须纠缠在一起。"在此，能看见的画面既是"彼此孤立地兀立着"的"一根树"，又"一根树"，看不见但能想象得到的是"在泥土下的覆盖下""伸长着"的"根须"。从表面能看到的是树与树之间的"距离"，到"看不见的深处，他们的根须纠缠在一起"，便会引起人们由表入里、由标入本的联想。各自独立，又相互依存，构成了树与森林的关系。一个人、一个阶级，以至整个民族的关系，同样如此。作者以为这些微妙的弦外之音即是人们写诗与读诗时所应把握的意境内涵。最后作者指出一些青年爱好者的习作，常不够注意借物载情，以致出现有意无境（概念化）或有境无意（自然化）诸现象。总而言之，不含蓄、不深刻、不形象，违反了作为艺术规律的形象思维的基本要求。这也就是由于对"意境"缺乏理解的缘故。

尹涵在《诗的第二境界》①中首先针对《历代诗话》中所云："凡诗恶浅陋而贵含蓄，浅露则陋，含蓄则令人再三吟唱而有余味。久之，而其句与意之微，乃可得而晰也。"指出这能给人长久留下深刻记忆的所谓"余味"，即属

① 尹涵：《诗的第二境界》，《森林诗话》，第112—115页。

诗的境界、又多指“第二境界”而言的。其次作者指出有关诗的“境界”说，或许出自清代诗评家王国维之手，因他于《人间词话》中曾自我标明：“沧浪所谓兴趣，阮亭所谓神韵，就不过道其面目；不若鄙人拈出‘境界’二字，为探其本也。”由此作者以为不必追根寻底，无论如何，诗的境界是决不可缺少的。正如王国维所注释的：“境非独谓景物也。喜怒哀乐，亦人心中之一境界。”“故能写真景物、真感情者，谓之有境界。”那么无境界便难以称之为诗。因为试想，写景不能夺人耳目，写情不能沁人心脾，将何以感人？一首诗除了“真情、真景”之外，恐怕只有华丽的形容词、枯燥死板的名词堆砌了。接着作者针对王国维《人间词话附录》中所言：“文学之事，其内足以摅己，而外足以感人者，意与境二者而已。”说明意境对文学（尤其诗）来讲，至关紧要。而“意境”就是“境界”。人们在解释它的时候往往把“意”与“境”分开。严格地说，“意境”一次是不允许割裂的，因它不是“意”加“境”，而是主客观的艺术统一，是情景交融。再次作者就他拟出的“第二境界”进行阐述。“第二境界”即是人们常要求诗应有“言外之意”，“弦外之音”，诗要有“余味”。例如白居易的《忆江南》有意境美，但若再深入品读，却或多或少要“有水清无鱼之恨”了。因此作者以为写风光的确不能满足于“春山淡冶而如笑，夏山苍翠而如滴，秋山明净而如妆，冬山惨淡而如睡。”（宋画院郭熙语），这些形象、情态，可以说是很生动的，比喻得也很传神。但总还让人觉得表面东西多，内在东西少。因表面的现象便于被人发现、捕捉；而内含的情味，则需付出艰苦的努力去挖掘，去开拓，去创造。为此，相比较来说：写得美些（形象些）容易，写得深些（蕴藉些）就难。但古来诗人偏偏知难而进，所以字字为人心中所欲言而又非人人所能言的、大量的带有“余味”的诗篇还是不断涌向并流传下来。例如唐杜牧的绝句《秋夕》“银烛秋光冷画屏，轻罗小扇扑流萤。天街夜色凉如水，坐看牵牛织女星。”的第一境界即为画面上所显示的一位年少女子星夜庭院观天的景象。而“牵牛织女”便把人们带入了“第二境界”，诗以七夕牛、女回合之期，少妇坐看不睡，隐藏起一种独处的怨情。这是需要读者透过“凉如水”的“夜色”，拨开扰人乱飞的“流萤”，步入那“冷画屏”中才可以寻得到的。最后作者总结出诗要有境界，而且需要第二境界。使人读之“如食橄榄，其味久愈在。”（欧阳修《六一诗话》）而且诗的第二境界没有精巧的构思、“缘情造境”，而单靠自然写生不行。要从生活的矿藏中去开采、提炼和加工，在“第二境界”中练功，争取作诗出“余味”，品诗品出“余味”来。此外尹涵还分别在《意境属于诗人（一）》《意境属于诗人（二）》指出自然的普通的自然现象一到诗人们的手里，就变得含情蓄理，变得娇美诱人，一方面在于世间众多的客观景物本身形体美之外，更在于诗人的“深入发现”与“炼化”的功夫，不断地在精神上给以丰富与充实。这些司空见惯的自然之物，才象“两点间连线最短”的定理一样，让读者“随绝诗人之言，字字为我心中所欲言，而又非我之所能言”了。[①]

吕进在《一得诗话》（1985）《意象技巧》一文中论及到了“在中国古典诗歌和诗论中，意象是一个丰富的领域，”而“意象技巧在新诗中是活跃的。一方面，它是古典诗歌意象艺术的继承；一方面，它又是对外国诗歌的借鉴；更主要的，它是新诗人的创造。”[②]在新诗中，描述性意象比较常见，这种意象，来自诗人的感官印象。诗人见物起兴，由物及心，又在物的描述、咏唱中，寄寓着自己的心情。例如台湾诗人彭邦桢《月之故乡》中的月亮是诗味浓郁的意象。而艾青《雪落在中国的土地上》中的第三节“赶马车的农夫”和第七节的“蓬头垢面的少妇”两个意象是虚拟性的意象。它并不是诗人实际的感官印象，而是昔日的感官印象（目之所见，别人的叙说，书籍，戏剧……）的沉淀、复苏与组合。描述性意象饱涵诗人的创造，虚拟性意象的创造性是在更加显眼的形式中表现出来的，它是诗人展开的或浓缩的记忆，新诗近几年出现了不少这类意象；还有一类意象艺术即意象的叠加。这不是庞德所说的那种“意象迭加”（Superposition），而是指描叙性意象和虚拟性意象交错统一的意象技巧。在庞德的名作《地铁站上》“人群中出现的这些脸庞：/潮湿黝黑树枝上的花瓣”可以看到我们所给予的“意象迭加”的含义。第一行是一个意象，第二行是一个意象，第一个意象是描述性意象，第二个是虚拟性意象。二者交错统一，表现了诗人“动于中”的“情”：幻梦般的美，强烈的色彩（黝黑的地铁车站与美人的红颜）对比中的美。再如胡笳的《伞》中撑开西湖伞的半遮半掩的杭州姑娘是描叙性意象；姑娘般的莲叶下的半遮半掩的西湖是虚拟性意

① 详见尹涵：《意境属于诗人（一）》，《森林诗话》，第116—117页。
② 吕进：《意象技巧》，《一得诗话》，成都：四川文艺出版社，1985年，第27页。

象，二者交错统一，如醒如醉，如实如幻。类似的还有陈犀《火把梨》、陈浩记《月儿的故乡》同样存在着意象叠加的技巧。而作者以为《老子》中所说："有无相生，难易相成，长短相形，高下相倾，音声相和，前后相随"同样可当"意象迭加"的话来理解。由此来看意象迭加是基本的意象技巧。而普希金在《秋》的这首抒情短诗中，谈到他的具体创作过程："我忘掉了世界——在媚人的静谧中，/我的想象将我带入了梦境，/并在我的心中唤起了诗意：/抒情的激动压抑着我的心，/它战栗着、鸣叫着、摸索着，宛如在梦中。/最后终于自由地出现了——/一群无形的客人向我走来，/他们是昔日的知己，我的幻想的果实。"准确无误地揭示了这位俄国诗人在创作过程中"昔日的知己"和"幻想的果实"两类意象在心上纷呈迭出的情景，这是带有普遍性的情景。在此吕进不仅结合中外诗歌对新诗意象进行了三大分类，即描述性意象，虚拟性意象，迭加意象，还对意象的产生、特点及欣赏角度进行了具有现代意识的较为全面的阐述："意象是诗人深入对象和深入自己的形象思维的产儿。意象就是深度。它既有形象性，又有概括性；既有生动的形态，又有智性的内容，体现着诗人的人格，体现着诗人对现实的理解、把握和评价。从诗人的意中象去体会其间的象中意，是欣赏者的使命。"①

吴开晋、耿建华《三千年诗话》（1998）《不同境界的"江雪"诗》②一文以为唐代诗人柳宗元和郑谷各自的"江雪"诗在历史上不同的际遇在于两首诗具有两种不同的境界。宋苏东坡就以为"子厚此诗，信有格也哉，殆天所赋，不可及也。"品评柳宗元的"江雪"诗，有格调，有境界，是天赋；而批评郑谷的诗是"特村学中语"，只不过是农村私塾中一些人写诗的水平。如此殊异的际遇，诗话作家对这两首同题材的江雪诗进行简要的分析。首先柳宗元的《江雪诗》全诗突出一个"静"字。由于下雪，不但没有人影，连鸟迹也没有。诗到如此，只是如实地写雪中景象而已。但忽然出现了一个披蓑笠的渔翁，他在钓鱼吗？此时江面封冻，恐怕鱼也没有。然而老翁却"独钓寒江雪"，全诗的神韵马上出来了，原来老翁是一位意不在渔的隐士。这一组画面连起来便构成一个已经深邃高远的境界，高雅，清奇，脱俗。而渔翁何以能

---

① 吕进：《意象技巧》，《一得诗话》，第36页。

② 吴开晋、耿建华：《不同境界的"江雪"诗》，《三千年诗话》，南昌：江西高校出版社，1998年，第108—109页。

“独钓寒江雪”，可以想到他对世尘的不满和与之决绝，也可以想到他是不问世间杂事专心在大自然中寻找乐趣而追求一种天人合一的境界。总之，此诗确有超脱尘世的幽深意境，所以受到后人的称赞。而郑谷的“江雪”诗“乱飘僧舍茶烟湿，/密洒歌楼酒力微。/江上晚来堪画处，/渔人披得一蓑归”，诗话作者以为也应该说是一首好诗，在这首诗中，由于雪飘，连烧茶的烟缕都打湿了，这里边还有点由视觉到触觉的“通感”思维。而歌楼上饮酒的人酒力已微弱，可能在赏雪中喝了不少。而那如画的江面，披着蓑衣的渔人也归来了，也许由于大雪，无法捕鱼了。的确，诗对雪中的景色描写很具体，尤其是描绘了一些外在的现象，没有什么让人回味的意境和高格。即是说，郑谷此诗，就雪写雪，没有什么“韵外之旨”和内蕴，受到后人的冷遇便是很自然的了。吴开晋等在另一篇《高远意境 淡出新词》中以为南唐中主李璟《浣溪沙》[①]二首，意境高远，词语清丽，蕴含着一种淡淡的忧愁。尤其是其中一首中“青鸟不传云外信，丁香空结雨中愁”一联，含蓄隽永，被后人所称道。

朱子庆在《新诗话》“两首小诗的比较”中指出咏物诗有侧重写形的，有侧重写神的。刻意形容，则物趣盎然；摄取魂魄，则必有远韵。然而，当以形神兼备。例如苏轼曾作《蜗牛诗》：“中弱不胜触，外坚聊自郛。升高不知倦，竟作粘壁枯。”觉得不满意，又改作：“腥涎不满壳，聊足以自濡。升高不知回，竟作黏壁枯。”作者以为经这么一改，文字更有表现力了，形象也更鲜明逼真了。苏轼严格恪守了咏物诗的艺术原则，即准确，也即苏诗的妙处所在。然而，徒有形似，不能给人以更广泛、更深远的联想。同样题材，艾青的小诗就来得神奇、警策。其诗云：“软体动物，最需要硬壳。”（《无题》之八）艾诗着眼于写“神”，挖到了这一类小生灵的内在本质。这特征也不可移易地只属于软体动物，但同时又与人类社会的某些现象相通。如果说，读苏诗，我们赏玩的目光始终逗留在蜗牛身上，追索关于它的那儿时的记忆；那么，读艾诗，我们则不免要掉回头来，把审视的目光投向广阔的现实生活。艾诗有弦外之音，更深刻，更耐人寻味，是更上一层楼之作。[②]

知非子在《新诗话（五则）》[③]“全息意象诗”一则中以为贺海涛《木材厂

① 吴开晋、耿建华：《不同境界的“江雪”诗》，《三千年诗话》，第108—109页。
② 朱子庆：《新诗话》，《诗刊》1983年第9期，第54页。
③ 《新诗话（七则）》，《诗刊》1987年第10期，第61页。

印象》：“雀鸟/在/高高在木堆上/盘旋/电/锯/在/响”这首诗的组合造型，本身就是一棵树（只是，那要命的电锯之声，已“响”在树脚），雀鸟还栖止在树梢呢。诗的内容，刚好是一切的毁灭。这首诗纯以意象出之，而且是“全息意象”（整一意象）。意象之包孕有“意”，在于它的诸构成元素的有序性组织。此诗中就伏有三层真实而深刻的关系：a. 雀鸟依林而生；b. 木材乃树木剖解而成；c. 电锯乃树木的索命鬼（当然，其控制者乃是人）。这三层关系乃生活常识，因而诗人处理为“潜在逻辑”，这就带来了诗的省净与蕴藉。雀鸟无枝可栖，电锯声对它之残酷，可想而知。牛汉的《悼念一棵枫树》，也有类似的表现：“哦，湖边的白鹤/哦，远方来的老鹰/还朝着枫树这里飞翔呢。”树已伐倒三天了，白鹤、老鹰将俯临怎样悲哀的景象呢？雀鸟在这里是生命的象征。此诗精粹，功劳全在意象；欲求“悟入”，途径也仅在于此。在此，贺海涛、牛汉的诗作虽为现代诗，但其中对意象的强调，延续了对古代意境论中的意象的本质内涵。

黄益庸在《新诗话（七则）》“一样意境，两样形式”中针对有人所言：“新诗的意境，旧体诗不能表现；旧体诗的意境，新体诗也不能表现。这话也许不无道理，但我以为也不要说的过于绝对化。”例如卢祖品的散文诗《无题》之八：“等候着，暝色来到门前。/可要悄悄地来，半掩的门扉，不/发出一丝儿声响。”用旧体诗的形式表现它的意境，变成“到门暝色悄无声”，不是也很好么！又如管用和的散文诗《露珠集》之一：“莫以为占春光最多的是艳丽多彩的鲜花/你看那小草绿遍天涯”用词的形式表现它的意境，写成：“莫以为/繁花似锦/把春光独占/且看那/无名小草/绿遍天涯/不是也很好么？”[①]

马立鞭在《新诗话》在“虚幻之象”一则中谈到了意境相关的概念。作者说：“小说家要善于讲故事；诗人的看家本领，则在能巧妙取象，借象传情达意。细分之，诗家所取之象又有事象、景象与物象之别。而从虚实角度来看，则又实象与虚象之分。如果说诗之难不难于立意而难于取象，那么，取象之难不在实象的拈取而在虚象的把握。虚象即是心造之象。王观词：‘才始送春归，又送君归去。若到江南赶上春，千万和春住。’（《送鲍浩然之浙东》）把握的即是空灵度甚大的心造之象。特别后两句，看似字字平易，却非悟性极

① 《新诗话（七则）》，《诗刊》1988年第2期，第60页。

高的诗人道不出。也由于这类诗的主观性与空灵度甚大，留给诗人的创造空间也就无穷无尽。所以，尽管古人所已达到的高峰给今人的超越设置了难度，却还不能说好诗已被古人写完。”①

上述可见，在20世纪二三十年代，当西方文化如潮水般涌来之时，仍有人诸如宗白华、梁宗岱、朱光潜、罗庸等坚持研究“意境”；在20世纪五六十年代，由于马克思主义文艺学对于“民族性”的提倡，使“意境”研究得到了发展的机遇，新体诗话中仍有少量的新体诗话作家如邹问轩进行意境理论的探讨。进入80年代以来，随着“传统文化与现代化”讨论的深入，随着“传统文化热”的不断升温，随着“民族特色”的讨论和实践，逐步掀起了“意境”研究的高潮。②新体诗话中有流沙河、艾治平、尹涵、阿红、朱子庆、吕进、吴开晋、耿建华、七孟、知非子、黄益庸、马立鞭等从意境的概念、分类、层次等各方面阐释构建现代的意境理论。现代意境理论的建构中，“从20世纪初王国维站在中西文化的交汇点上，以邵雍和叔本华的哲学思想来阐释‘意境’，给传统‘意境’论赋予了一个现代思想体系的框架。朱光潜以克罗齐的‘艺术即直觉’论阐释‘意境’。认为，意境是用‘直觉’见出来的，是‘情趣与意象的融合’。在这种阐释的背后，弥漫着传统‘情景’说和尼采、叔本华、博克、里普斯的影响。进入80年代以来，还有用西方‘形象’说、‘典型’说、‘意象’说、‘模糊’说和接受美学等观点来阐释‘意境’的。”③以此来观照新体诗话中的意境理论，这些或深入的探讨或简单地运用有着很明显的现代性，其传统承继性也是不言而喻的。例如流沙河在《流沙河诗话》结合刘禹锡所说的“境生于象外”和莱辛的艺术空间理论来阐述意境的“象外之像”对传统意境概念“虚实相生”特点的阐述，对“意境”概念萌芽、明确和发展，直至20世纪王国维对“意境”理论发展的梳理；阿红在《漫谈当代诗歌技巧——西窗诗话》对“意象”与“形象”等概念的辨析，意象概念的理性思维、社会性等的阐释；尹涵在《森林诗话》中对意境概念主客观统一的界定，对诗必须具备“余味”，即第二境界的阐述；吕进在《一得诗话》不仅结合中外诗歌

① 《新诗话》，《诗刊》1993年第9期，第81页。

② 古风：《意境探微》，2001年，第6页。

③ 同上，第364页。

对新诗意象进行了三大分类，即描述性意象，虚拟性意象，迭加意象，还对意象的产生、特点及欣赏角度进行了具有现代意识的较为全面的阐述；吴开晋、耿建华《三千年诗话》对意境韵外之旨的强调，七孟《云经诗话：1917年以来有关白话新诗的札记》用意境理论对新诗、古诗的沟通等等。总而言之，正如有学者说："意境"范畴里"蕴含有理论的金块"（刘若愚语）。这些现代淘金者们虽然用的思想武器各异，但目的却是相同的，即借石攻玉，以"西来意"为"东土法"（钱钟书语），使"意境"理论现代化。[①]

在强调民族特色的语境中，"意境"通常被视为中国文化独一无二的美学范畴，其在当代文论、美学中的民族话语地位十分醒目，意境作为民族独有的批评话语，已是众所公认的事实。"'意境'一词，是我国所独有的一个名词，作为艺术批评或文学批评的一个重要术语。但是，它的语意非常抽象和暧昧，因此在比较实际的西洋美学或艺术体系中，几乎找不到一个同等的用语来传达。"[②]有人甚至愿意相信"'意境说'一经产生，就成为中国古典美学中影响最大、生命力最强、民族特色最为显著的重要范畴。我们不妨把西方文学中'典型论'和中国的'意境说'看做是整个世界文学中两个最重要的文学思想命题。"[③]然而在现代诗学"全面西化"的时代浪潮中，当中国传统诗学中经常出现的一些术语，诸如"自然"、"性灵"、"生命"、"情感"、"意境"等，已历史性地被"社会"、"大众"、"政治"、"阶级"、"典型"等所替代之后，意境，这个在中国古代诗学中流衍不息的民族理论，已经不可挽回地由中心跌入边缘，逐渐地淡化了、远去了，不仅失去了存在的话语环境，也失去了其辉煌的中心话语地位。可以说从"五四"到新时期，"反传统"的声浪时断时续，绵延不绝。例如五四时期的钱玄同不仅把中国传统文化看得一钱不值，就连历史悠久的汉字也要废除，他说"二千年来用汉字写的书籍，无论哪一部，打开一看，不到半页，必有发昏做梦的话"，"欲废孔学，不可不先废汉字。"[④]实际上，"反传

① 古风：《意境探微》，2001年，第364页。
② 姚一苇：《艺术的奥秘》，台湾：开明书店，1968年，第314页。
③ 赵明、郎伟：《人类重要文学命题》，武汉：湖北教育出版社，2000年，第314页。
④ 钱玄同：《中国今后之文字问题》，《新青年》第4卷第4期。

统”往往只是某些人一时的带有策略性和情绪性的口号。事过境迁之后，他们可能更加热心地从传统中寻觅自己发展的依据。钱玄同虽然激烈得要废除汉字，但他却成了一位造诣极深的文字音韵学家。在80年代初期和中期我国的诗坛上，有的青年诗人颇有“反传统”的气概和举措，但这种狂热劲很快就过去了。牛汉曾说：“几年来，我们看到青年诗人，正不约而同地回溯祖先，像一尾尾逆水而上的鱼。”[①]这正是青年诗人争先恐后回归传统的一种写照。因此古代诗学的某些富有生命力的质素还很有机地熔铸在一些现代诗学理论家的诗学思想中是不足为怪的，早在1921年，宗白华就说：“我以为中国将来的文化决不是把欧美文化搬来了就成功，中国旧文化中实有伟大优美的，万不可消灭……主张中国以后的文化发展,还是极力发挥中国民族文化的‘个性’，不专门模仿，模仿的东西是没有创造的结果的。”[②]并强调“我们所谓新，是在旧的中间发展进化，改正增益出的，不是凭空特创的，勿要误会。”[③] 杨炼这样描绘他心目中的传统：“它早已活着，现在活着，将来也会继续活下去。……它溶解在我们的血液中、细胞中和心灵的每一次颤动中，无形，然而有力！它使我们不断意识到：我们今天所做的一切并非对于昨天的否定。昨天存在过，还会永远存在在那里。在渐渐远去的未来者眼中，昨天和今天正排成一列，成为各自时代的标志。它是传统，谁都无法、谁也不能摆脱的传统。”[④]事实上，在新诗发展史上，闻一多、朱光潜、朱自清、徐志摩、沈从文、周作人、林语堂、梁实秋、梁宗岱、宗白华、艾青乃至邹问轩、流沙河、艾治平、尹涵、吕进等人的诗学思想，也大都不管欧风美雨的冲击，仍把自己的诗学之根深深地扎进中国传统的诗学土壤中。而需要注意的是，有学者在《为意境（境界）研究热降温》中称“1980年代至今二十多年多位意境研究者对意境的解释是大同小异的。”[⑤]由此观之，上述20世纪的新体诗话对意境理论的阐述和运用各有特色，已经具备了很明显的现代性，但新体诗话

---

① 牛波：《略论青年诗人的“古老”以及关于征程生长的一般性看法》，吴思敬编：《磁场与魔方·新潮诗论卷》，北京：北京师范大学出版社，1993年，第137页。

② 宗白华：《自德见寄书》，《宗白华全集》第1卷，合肥：安徽教育出版社，1996年，第321页。

③ 宗白华：《中国青年的奋斗生活与创造生活》，《宗白华全集》第1卷，第103页。

④ 杨炼：《传统与我们》，《山花》1983年第9期。

⑤ 黄维樑：《从〈文心雕龙〉到〈人间词话〉中国古典文论新探》，北京：北京大学出版社，2013年，第140—148页。

中意境理论对传统旧体诗话的传统承继也是很明显的，应该说这种回归不再是如国粹派那样奉传统文化为圭臬，而是在经过西方文化的洗礼后螺旋式上升的一种回归。朱光潜曾在《诗论》中明确指出“意境”概念的使用：“从前诗话常拈出一两个字来称呼诗的这种独立自足的小天地。严沧浪所说的‘兴趣’，王渔洋所说的‘神韵’，袁简斋所说‘性灵’，都只能得其片面。王静安标举‘境界’二字，似较赅括，这里就采用它。”[①]因此在到处都充斥着西方诗学话语的现代诗学中，新体诗话中的意境研究宛如一道独特的风景，不但很好地辨识了新旧体诗话之间血肉相连的关系，而且在诗学“西化”的时代浪潮中，也以不凡的研究实绩有力地捍卫了中国诗学的民族尊严。而尤为重要的是诗话这种民族传统的批评文体，尽管在20世纪的现代语境中有着新旧体的分野，却千余年来承担着同样的诗学命题存在着惊人的内在契合，表现出了强大的生命力和独有的魅力和价值。

---

① 王德胜：《宗白华评传》，北京：商务印书馆，2001年，第190页。

结语：诗话作为现代民族文学理论建构的思想资源

19世纪末20世纪初，伴随着民族存亡的焦虑，中国本土文化产生一种史无前例的危机，求新求变的急切迫使国人只能将目光投向外界、投向西方。文学理论与批评的现代建构也概莫能外。由传统意识的危机转而对西学的渴望，可以说是中国文学批评更新的开端。而外国诗学思想的大量输入和中国现代诗学思想的“西化现象”，中国古代诗学失去了其赖以存在的那种文化和诗学语境。然而在中国现代诗学史上，虽然由于受外因和内因的驱使，诗学的轴心确实发生了很大的转换和调节，马克思主义文艺理论等西方诗学成了诗学的主流，然而却并不意味着传统文化和诗学的丢失。因为传统如同血液流淌在每个中国人的血管里，每个中国人的心灵里有着传统文化的深层积淀。放眼20世纪的现代诗学，其实古代诗学的研究一直在延续着，民族诗学的传统和精神也一直没有断过。诗话作为中国传统文论中最典型的诗学批评样式在西学大炽的20世纪的大量存在就是一个极好的说明，尽管这时期的“诗话”因研究对象和表述方式的不同已分别署名为现代旧体诗话和现代新体诗话，两者已分属两个不同的诗学系统，然而考量“诗话”的题名或漫谈随笔的叙事甚或以感性为基础的诗性演说以及内在的“诗味”、诗论等等可知新旧体诗话从内到外存在着某种的契合，20世纪的旧体诗话发生着现代性嬗变有着明显的现代质素，20世纪新体诗话与传统的诗学保持着无法斩割的千丝万缕的联系。

与这个世纪大多数文化保守主义者一样，现代旧体诗话作为传统文论中最典型的诗学批评样式虽然在20世纪上半叶还有高达几百种的数量，但随着现代诗学的进一步演进终究难逃历史的宿命。尽管某些现代旧体诗话也在尝试着现代嬗变，钱钟书《谈艺录》就是融合了中西诗学、古今诗学发生了现代嬗变的传统诗话论著，在接受西学诗学的影响方面与新体诗话表现出很大的一致性。事实上，绝大多数旧体诗话作为传统诗学的一种特定形式，它的存在主要是与旧体诗研究紧紧联系在一起的，虽然旧体诗的写作至今不绝如缕，但1919年前后文言书写被废止，白话新诗逐渐取代文言旧体诗，旧体诗在现代诗坛已不占重要地位。而主要谈论白话新诗兼谈论旧体诗、外国诗的新体诗话作为现代诗论中的一种，是中西诗学融合汇通的结果，诸如朱光潜《诗论》，梁宗岱《诗与真》，朱自清《新诗杂话》，鲁迅《鲁迅诗话》，艾青《诗论》，流沙河《流沙河诗话》，吕进《一得诗话》，林以亮《林以亮诗话》，等等，其文学思想、批评意识、理论术语乃至著述体例等方面都具有十分明显的现代西学特征，在西学大举入侵的20世纪，新文化运动的狂飙突起使得旧体诗话的逐渐衰微和新体诗话的灿然兴起成为一种历史的必然。

因为长期以来“二元对立”的文学史观使20世纪旧体诗话曾一度被视为新文学的对立面而加以忽略，但20世纪末期以来重建现代文学史和重建现代诗学体系的一直高涨不下的学术呼声，以及20世纪旧体诗话本身所体现出的现代性使得旧体诗话作为中国古代诗学谱系的一支潜流纳入现代诗学体系提供了可能，因为它本身就具备了现代诗学的某些现代质素。而对中国文论重建的热切期望，其实是对中国古典文论的依恋，对那种鞭辟入里、精到深邃的东方文化精神的回归心态。高玉就曾这样说过：“过分依赖于西方诗学资源，使中国现代诗学话语和思想体系包括中国现代文学史总体上局促、狭隘和封闭。在具体的诗学建构中，中国现代诗学主要是以西方话语方式为主体，在诗歌材料上当然也适当吸收了中国古典诗学资源，把古典诗歌纳入其现象范围，但在现代诗学体系中，中国古代诗学的谱系不存在了，整体不存在了，只留下一些观念和材料性的东西。”①事实上，20世纪现代旧体诗话的批评对象主要仍为旧体诗，其古典诗歌神、味、气、清、丽、奇、调、辞、法、体、韵、律、理、变、典、泥、凿、征声、直寻、隐秀、诗眼、家数、熔裁、“三境”与“三格”、“活法”与“死法”、生字与熟字的用法等传统诗学术语、理念的呈现仍旧展示了完整的中国古代诗学谱系话语。在此同光派诗话自晚清以来不仅积极构建宗宋诗学，而且与南社存在着诗学上的契合，尤其与新文学的诗学观

① 高玉：《重建中国现代诗学话语体系》，《西南大学学报（社会科学版）》2008年第1期。

念的血肉相连更是具体说明了20世纪旧体诗话作为潜在的诗学理论著作，其与现代诗学论著虽各自成其不同的诗学体系，但并非势如水火、毫无关联；而南社诗人在20世纪初期对革命的推崇，其南社诗话中“唐宋之争”诗学之争下所潜藏的政治倾向以及诗话本身在诗歌辑录和品评时所呈现的革命倾向，“不仅对中国诗学理论产生了影响，也为五四新文化运动作了文化上的铺垫。”①而闺秀诗话对女性及其诗作的关注可视为20世纪女性诗学话语不可弃置的一部分；幽默诗话或纯粹为娱乐、游戏、消遣，或在轻松谐趣之间传达着警世的讽喻目的，“不仅丰富了诗话的内容，也对诗学艺术和文风的转变起到了很好的推动作用。”②除此之外，为数颇丰的旧体诗话的现代嬗变，表明大多旧体诗话已在旧体的外衣下包藏着了体现时代人文精神的现代质素，这无疑体现了中国传统旧体诗话在崭新的时代境遇里，对于新兴诗学潮流的主动顺应和其求新创变的精神，如胡怀琛《海天诗话》最早对译诗理论进行探讨，开启了郭沫若、茅盾、成仿吾、闻一多等对译诗理论的探讨。其中钱钟书《谈艺录》曾一度被称为中国传统诗话的巅峰之作，但其中西比较的批评视野所显示出的现代性与新体诗话现代性存在着非同寻常的契合，曾有学者评说钱钟书《谈艺录》突破“中体西用”的文化、思维模式，站在中西文化、中西诗学的交汇点上探讨普天下共有的“诗眼”、“文心”。这种“打通”式的研究使得《谈艺录》不仅在内容上，更在方法论上成为中国诗话上难以逾越的顶峰。③而他在诗话中提炼出的“诗可以怨”说、“穷而后工”说仍源自中国古代文论。新体诗话作为现代民族文学理论建构的一部分是毋庸讳言的，但朱光潜《诗论》，任钧《新诗话》，戴望舒《望舒诗论》，艾青《诗论》，等等，其作为新体诗话，同样延续了诗话作为批评方式注重批评家的审美经验、审美印象和思想碎片等最为明显的特征，只是它们与旧体诗话比较起来采用白话的书写形式，言说旧体诗、新诗甚至西诗表现出更多的现代性，是中国现代诗学批评文论中极为重要的一部分。这正如胡晓明曾说：“朱光潜《诗论》的成功除了作者西学人文

---

① 朱文华、李德强：《近代报刊革命诗话的创作与传播》，《合肥工业大学学报（社会科学版）》2012年第4期。

② 李德强：《近代报刊诗话的娱乐性新变》，《华南师范大学学报（社会科学版）》2014年第2期。

③ 李洲良：《诗话的顶峰——钱钟书〈谈艺录〉的历史地位和治学启示》，《哈尔滨工业大学学报（社会科学版）》2001年第2期。

知识与理论的厚积薄发，长期积累而化为挥洒自如的充分表达，还因为作者极为成功地借助了中国古代诗词/诗话的丰富资源，一方面如水中着盐似地融化了很多古代诗学的精华，另一方面也化腐朽为神奇，以现代心理学/美学理论，点化了传统诗词/诗话中的文史语料，从现代意义上活转了中国诗学的生命。”[①]而宗白华《美学散步》提炼出来的意境的“灵境”说、“虚实相生”说，梁宗岱《诗与真》，朱光潜《诗论》，流沙河《流沙河诗话》，尹涵《森林诗话》，等等，亦对“意境”这个古代诗学理论阐述和思考，此外，鲁迅提炼出来的“白描”说、“知人论世”说、“形神”说、“文人相轻”说，郭沫若提炼出诗歌舞“同出一源”说、“阳刚”说、“阴柔”说、“推敲”说，朱光潜提炼出来的“不即不离”说等等均来自古代诗学。而如下古代文论术语如“发愤著书”、“气势”、“含蓄”、“自然”、“灵气”、“胸襟”、“本色”、“童心”、“感悟”、“主旨”、“意象”、“性格”、“传神”、“神似”、“形似”、“滋味”、“韵味”、“知音”、“品味”、“豪放”、“婉约”、“谨严”、“衬托”、“对仗”、“伏笔”、“直叙”、“补叙”、“插叙”、“见景生情”、“情景交融”、“诗中有画、画中有诗”、“疏密相间”、“前后呼应”、“波澜起伏”、“言之有物”、“一唱三叹”、“以一当十”、“小中见大”、“声情并茂”、“知人论世”、“功夫在诗外”、“文如其人”、“意在言外”、“韵外之致”、“奇正相生”、“成竹于胸”、“胸中之竹”等等，经过现代精神的洗礼，直接融入现代的文论话语体系中，也融入了20世纪新体诗话中，而这些中国古代文论、艺论中的概念、术语，不但用来解释传统的诗文，也用来解释现代的文学创作和鉴赏活动，传统的范畴概念被注入现代的意义，成为现代文论体系中的一部分。[②]

“二三千年光荣的诗底传统，那是我们底探海灯，也是我们底礁石。”[③]学贯中西、融古化今的梁宗岱如是说，确实民族文化传统的审美因素世代相传，滋养着现实。上述可见，尽管新旧体诗话因为研究对象和表述方式的不同分属两个不同的诗学体系，但无论是旧体诗话的古典诗学建构还是新体诗话中

---

① 胡晓明：《真诗的现代性：七十年前朱光潜与鲁迅关于“曲终人不见”的争论及其余响》，《江海学刊》2006年第3期。

② 以上观点转引自童庆炳：《文艺学创新——以20世纪中国现代传统为起点》，《北京师范大学学报（社会科学版）》2003年第3期。

③ 梁宗岱：《论诗》，《诗与真》，上海：上海商务印书馆，1935年，第50页。

对意境理论等传统诗学概念和术语的使用，都却以自己的方式或显或隐地承继着中国古典诗学的概念和话语，面对着文艺学界内部古代文论“失语症”以及“全盘西化”的言论，无论是传统的旧体诗话，还是发生了现代嬗变的新体诗话，诗话在现代民族文学理论建构中的思想资源得以凸显，诗话作为现代中国诗学文论体系建构潜在资源意义将提升为一种显在资源，从而显现了中国现代文学史建构的独特性、丰富性和复杂性。

| 主要参考文献 |

著作

周实．无尽庵诗话．[A]．无尽庵遗集[M]，铅印本．上海：国光印刷所，1912．

潘飞声．在山泉诗话[M]．上海：广益书局，1913~1915．

蒋箸超．蔽庐非诗话[M]．上海：海上蔽庐，1915．

袁保香．冷观庐诗草诗话．[M]．影印本．1915．

陈作霖．可园诗话[M]．铅印本．可园丛本，1919．

于榕章．紫荆山馆诗话存稿[M]．钞本．1922

胡适．五十年来中国之文学[M]．上海：新民国书局，1921．

范左青．古今滑稽诗话．[M]，上海：上海会文堂书局，1921．

陈衍编辑．近代诗钞．[G]．北京：商务印书馆，1923．

胡怀琛．小诗研究[M]．上海：商务印书馆，1924．

陈中岳．侠龛随笔[M]，排印本．1926．

梁实秋．现代中国文学之浪漫趋势．[M]，上海：新月书店，1927．

杨鸿烈．中国诗学大纲[M]，北京：商务印书馆，1928．

林廷玉．仙溪杂俎初集[M]．排印本．汕头：汕头华侨印刷公司，1928．

李宗莲．碣阳诗话[M]．北京：京津印书局，1930．

白采．绝俗楼我辈诗语[M]．上海：上海开明书店，1930．

傅熊湘．钝安脞录[A]．钝安遗集[M]，铅印本．长沙：长沙鸿飞印刷局，1932．

赵家壁主编. 中国新文学大系[M], 上海: 上海良友图书印刷公司, 1935.
陈景寔. 观尘因室诗话[M], 铅印本. 皖江印书馆, 1936.
秦佩珩. 秋窗呓语（吴诗札记）[M]. 铅印本. 1938.
胡山源. 幽默诗话[M], 上海: 上海世界书局, 1944.
任钧. 新诗话[M], 北京: 国际文化出版社, 1948.
高名凯, 刘正埮. 现代汉语外来词研究[M], 北京: 文字改革出版社, 1958.
王夫子, 吴乔、冯班, 清诗话[G], 上海: 上海古籍出版社, 1963.
邹问轩. 诗话[M]. 哈尔滨: 黑龙江新华书店, 1963.
屈向邦. 粤东诗话[M]. 石印本. 香港: 诵清芬室, 1964.
姚一苇. 艺术的奥秘[M]. 台湾: 开明书店, 1968.
夏敬观. 唐诗说[M]. 台北: 台北河洛图书出版社, 1975.
唐弢. 中国现代文学史[M]. 北京: 人民文学出版社, 1979.
郭绍虞主编. 中国历代文论选[G]. 上海: 上海古籍出版社, 1979.
梁启超. 饮冰室诗话[M]. 北京: 人民文学出版社, 1980.
林以亮. 林以亮诗话[M]. 台北: 洪范书店, 1981.
苗得雨. 文谈诗话[M]. 济南: 山东人民出版社, 1981.
郑逸梅. 南社丛谈[M]. 上海: 上海人民出版社, 1981.
容闳. 西学东渐记[M]. 长沙: 湖南人民出版社, 1981.
鲁迅著, 吴奔星选辑. 鲁迅诗话[M], 天津: 天津市新华书店, 1981.
何文焕. 历代诗话[G]. 北京: 中华书局, 1981.
刘靖之. 翻译论集[C]. 香港: 香港三联书店, 1981.
茗溪生（辑）. 闺秀诗话. [M]. 台湾: 广文书局, 1982.
王士祯. 带经堂诗话[M]. 北京: 人民文学出版社, 1982.
柳亚子. 南社纪略[M]. 上海: 上海人民出版社, 1982.
余之. 中外诗话[M]. 上海: 知识出版社, 1983.
丁福保. 历代诗话续编[G]. 北京: 中华书局, 1983.
柳无忌编. 柳亚子文集. 南社纪略[C]. 上海: 上海人民出版社, 1983.
实藤惠秀. 中国人留学日本史[M]. 北京: 三联书店, 1983.
吴奔星, 徐放鸣选编. 沫若诗话[G]. 成都: 四川人民出版社, 1984.

朱自清．新诗杂话[M]．北京：三联书店，1984．
艾治平．诗词抉微[M]．长沙：湖南人民出版社，1984．
罗新璋编．翻译论集[G]．北京：商务印书馆，1984．
卞之琳．人与诗：忆旧说新．新诗与西方诗[M]．北京：三联书店，1984．
阿红．漫谈当代诗歌技巧 西窗诗话[M]．北京：中国文联出版社，1985．
高觉敷主编．中国心理学史[M]．北京：人民教育出版社，1985．
刘匡汉，刘福春编．中国现代诗论[M]．广州：花城出版社，1985年．
孙中山．孙中山全集[M]．北京：中华书局，1985．
杨钧．草堂之灵[M]．长沙：岳麓书社，1985．
王力．王力文集[C]．济南：山东教育出版社，1985．
罗洛．诗的随想录[M]．北京：三联书店，1985．
吕进．一得诗话[M]．成都：四川文艺出版社，1985．
南开大学中文系古典文学教研室编．意境纵横探[M]．天津：南开大学出版社，1986．
蒋祖怡，蒋伯潜．诗论[M]．广州：广东人民出版社，1986．
吉川幸次郎．中国诗史[M]．合肥：安徽人民出版社，1986．
朱光潜．朱光潜全集[M]．合肥：安徽教育出版社，1987．
周锡山编．王国维文学美学论著集[C]．太原：北岳文艺出版社，1987．
蔡钟翔，黄葆真，成复旺．中国文学理论史[M]．北京：北京出版社，1987．
佛雏．王国维诗学研究[M]．北京：北京大学出版社，1987．
俞大纲．俞大纲全集·诗文诗话卷[M]．台湾：幼狮文化事业公司，1987．
汪辟疆．汪辟疆文集[C]．上海：上海古籍出版社，1988．
蔡镇楚．中国诗话史[M]．长沙：湖南文艺出版社，1988．
梁启超．饮冰室合集·文集之十一[M]．北京：中华书局，1989．
余英时．中国思想传统的现代诠释[M]，南京：江苏人民出版社，1989．
尹涵．森林诗话[M]．石家庄：花山文艺出版社，1989．
蔡镇楚．诗话学[M]．长沙：湖南教育出版社，1990．
刘德重，张寅彭．诗话概说[M]．北京：中华书局，1990．
吴奔星，李兴华选编．胡适诗话[M]．成都：四川文艺出版社，1991．

马亚中．中国近代诗歌史[M]．台湾：台湾学生书局，1992．

吴宓．吴宓及其诗话[M]．西安：陕西人民出版社，1992．

包忠文．现代文学观念发展史[M]．南京：江苏教育出版社，1992．

黄霖．近代文学批评史[M]．上海：上海古籍出版社，1993．

姜义华主编．胡适学术文集·新文学运动[C]．北京：中华书局，1993．

郑师渠．晚清国粹派[M]．北京：北京大学出版社，1993．

周庆华．诗话摘句批评研究[M]．台北：文史哲学出版社，1993．

胡适．胡适留学日记[M]．海口：海南出版社，1994．

熊月之．西学东渐与晚清社会[M]．上海：上海人民出版社，1994．

许纪霖，陈凯迪．中国现代化史[M]．上海：上海三联书店，1995．

蔡镇楚．石竹山房诗话论稿[M]．长沙：湖南文艺出版社，1995．

柳亚子．南社史长编[M]．北京：中国人民大学出版社，1995．

黄霖．中国文学批评通史（近代卷）[M]．上海：上海古籍出版社，1996．

袁进．中国文学观念的近代变革[M]．上海：上海社会科学院出版社，1996．

宗白华．宗白华全集[C]．合肥：安徽教育出版社，1996．

蓝华增．意境论[M]．昆明：云南人民出版社，1996．

周俊旗，汪丹．民国初年的动荡[M]．天津：天津人民出版社，1996．

钱钟书．谈艺录[M]．北京：中华书局，1996．

蒋祖怡，陈志椿主编．中国诗话辞典[M]．北京：北京出版社，1996．

王运熙主编．中国文论选（近代卷）[G]．南京：江苏文艺出版社，1996．

朱乔森编著．朱自清全集[M]．南京：江苏教育出版社，1996．

曼昭 ，胡朴安．南社诗话两种[M]，北京：中国人民大学出版社，1997．

钱中文，杜书瀛、畅广元主编．中国古代文论的现代转换[M]．西安：陕西师范大学出版，1997．

黄曼君主编．中国近百年文学理论批评史[M]．武汉：湖北教育出版社，1997．

朱光潜．诗论[M]．合肥：安徽教育出版社，1997．

陈圣生．现代诗学[M]．北京：社会科学文献出版社，1998．

钱仲联编．陈衍诗论合集[C]．福州：福建人民出版社，1999．

郭绍虞．中国文学批评史[M]．天津：百花文艺出版社，1999．

张健．清代诗学研究[M]．北京：北京大学出版社，1999．

张利群．批评重构：现代批评学引论[M]．桂林：广西师范大学出版社，1999．

沈卫威．回眸“学衡派”：文化保守主义的现代命运[M]．北京：人民文学出版社，1999．

秦佩珩．秦佩珩学术文集[C]．郑州：中州古籍出版社，1999．

郭延礼．近代西学与中国文学[M]．南昌：百花洲文艺出版社，2000．

马卫中．光宣诗坛流派发展诗论[M]．苏州：苏州大学出版社，2000．

吴晓东．象征主义与中国现代文学[M]．合肥：安徽教育出版社，2000．

庄锡华．二十世纪中国文学理论[M]．上海：上海三联书店，2000．

吴晓东．象征主义与中国现代文学[M]．合肥：安徽教育出版社，2000．

陈福康．中国译学理论史稿[M]．上海：上海外语教育出版社，2000．

赵明，郎伟．人类重要文学命题[M]．武汉：湖北教育出版社，2000．

周劭．向晚漫笔[M]．上海：上海古籍出版社，2000．

吴晓东．象征主义与中国现代文学[M]．合肥：安徽教育出版社，2000．

王德胜．宗白华评传[M]．北京：商务印书馆，2001．

张新颖．20世纪上半期中国文学的现代意识[M]．北京：三联书店，2001．

郭延礼．中国近代文学发展史[M]．北京：高等教育出版社，2001．

汪辟疆．汪辟疆说近代诗[M]．上海：上海古籍出版社，2001．

俞兆平．写实与浪漫：科学主义视野中的“五四”文学思潮[M]．上海：上海三联书店，2001．

张利群．中国诗性文论与批评[M]．北京：人民文学出版社，2001．

李岫，林廷芳等编著．二十世纪中外文学交流史[M]．石家庄：河北教育出版社，2001．

邢建昌，姜文振．文艺美学的现代性建构[M]．合肥：安徽教育出版社，2001．

胡晓明．唐宋诗之争：陈衍诗学的近代转义[C]．古代文学理论研究（19辑），上海：华东师范大学出版社，2001．

袁枚．随园诗话[M]．北京：北京燕山出版社，2001．

香港中国语文学会．近现代汉语新词词源词典[M]．上海：汉语大词典出版社，2002.

张寅彭主编．民国诗话丛编（全六册）[G]．上海：上海书店出版社，2002.

周昌忠．中国传统文化的现代性转型[M]．上海：上海三联书店，2002.

杨义，陈圣生．中国比较文学批评史纲[M]．福州：福建教育出版社，2002.

王一川．中国现代性体验的发生[M]．北京：北京师范大学出版社，2002.

潘颂德．中国现代新诗理论批评史[M]．上海：学林出版社，2002.

马敏．中国文化教程[M]．武汉：华中师范大学出版社，2002.

李欧梵．中国现代文学与现代性十讲[M]．上海：复旦大学出版社，2002.

黄曼君．中国20世纪文学理论批评史[M]．北京：中国文联出版社，2002.

季进．钱钟书与现代西学[M]．上海：上海三联书店，2002.

流沙河．流沙河诗话[M]．北京：新星出版社，2002.

罗振亚．中国现代主义诗歌史论[M]．北京：社会科学文献出版社，2002.

潘颂德．中国现代新诗理论批评史[M]．上海：学林出版社，2002.

夏昭炎．意境概说：中国文艺美学范畴[M]．北京：中国传媒大学出版社，2003.

张寅彭．新订清人诗学书目[M]．上海：上海古籍出版社，2003.

王光明．现代汉诗的百年演变[M]．石家庄：河北人民出版社，2003.

尚小明．留日学生与清末新政[M]．南京：江西教育出版社，2003.

李开军编．散原精舍诗文集[C]．上海：上海古籍出版社，2003.

赵敏俐主编．中国诗歌研究（第2辑）[C]．北京：中华书局，2003.

夏昭炎．意境概说：中国文艺美学范畴[M]．北京：北京广播学院出版社，2003.

璐璐主编．准则与尺度：外国著名诗人文论[G]．北京：北京出版社，2003.

蔡镇楚编．中国诗话珍本丛书[G]．北京：北京图书馆出版社，2004.

冯天瑜．新语探源[M]．北京：中华书局，2004.

张永芳．诗界革命与文学转型[M]．北京：中国社会科学出版社，2004.

刘世南．清诗流派史[M]．北京：人民文学出版社，2004.

王济民．晚清民初的科学思潮和文学的科学批评[M]．北京：中国社会科学出版社，2004．

王一川主编．批评理论与实践教程[M]．北京：高等教育出版社，2005．

谭好哲．现代性与民族性[M]．北京：社会科学文献出版社，2005．

蔡镇楚．中国文学批评史[M]．北京：中华书局，2005．

侯建新．西欧资本主义起源研究[M]．北京：高等教育出版社，2005．

胡迎建．民国旧体诗史稿[M]．南昌：江西人民出版社，2005．

蒋寅．清诗话考[M]．北京：中华书局，2005．

姜文振．中国文学理论现代性问题研究[M]．北京：人民文学出版社，2005．

郭延礼．中国近代翻译文学概论[M]．武汉：湖北教育出版社，2005．

杨春时、俞兆平．现代性与20世纪中国文学思潮[M]．桂林：广西师范大学出版社，2005．

艾青．诗论[M]．上海：复旦大学出版社，2005．

许龙．钱钟书诗学思想研究[M]．北京：中国社会科学出版社，2006．

陈伯海．中国诗学之现代观[M]．上海：上海古籍出版社，2006．

杨乃乔编．比较文学概论[M]．北京：北京大学出版社，2006．

林精华主编．民族认同和语言表述：全球化时代的语言、文学和文化认同[M]．北京：人民文学出版社，2006．

林东源．坚守在荒寒之路：陈衍评传[M]．福州：福建教育出版社，2006．

梁宗岱．诗与真[M]．卫建民校注．北京：中央编译出版社，2006．

胡适．国语文学史[M]．合肥：安徽教育出版社，2006．

王先霈，王又评主编．文学理论批评术语[M]．北京：高等教育出版社，2006．

郑逸梅编著．南社丛谈[M]．上海：上海人民出版社，2006．

许纪霖，陈达凯主编．中国现代化史·第一卷（1800—1949）[M]．上海：学林出版社，2006．

陈谊编．夏敬观年谱[M]．合肥：黄山书社，2007．

许君远．许君远文集[C]．天津：百花文艺出版社，2007．

郑伟章，姜亚沙．湖湘近现代文献家通考[M]．长沙：岳麓书社，2007．

王志清．中国诗学的德本精神研究[M]．济南：齐鲁出版社，2007．

祁志祥．中国古代文学理论[M]．太原：山西教育出版社，2008．

谭桂林．本土语境与西方资源——现代中西诗学关系研究[M]．北京：人民文学出版社，2008．

代迅．西方文论在中国的命运[M]．北京：中华书局，2008．

古风．意境探微[M]．南昌：百花洲文艺出版社，2009．

林精华主编：民族认同和语言表述：全球化时代的语言、文学和文化认同[M]．北京：人民文学出版社，2006．

杨义主笔．中国现代文学图志[M]．北京：三联书店，2009．

高伟．翻译家徐志摩研究[M]．南京：东南大学出版社，2009．

刘德重，张寅彭．诗话概说[M]．合肥：安徽教育出版社，2009．

陈平原．中国小说叙事模式的转变[M]．北京：北京大学出版社，2010．

周忠厚主编．文艺批评学教程[M]．北京：中国人民出版社，2010．

王英志主编．清代闺秀诗话丛刊[G]．南京：凤凰出版社，2010．

李欧梵．中国现代作家的浪漫一代[M]．王宏志等译．北京：新星出版社，2010．

王力．汉语史稿[M]．北京：中华书局，2011．

王志清．中国诗学的德本精神研究[M]．济南：齐鲁出版社，2011．

张炳煊．意境文气的阐释及其他[M]．武汉：武汉大学出版社，2012．

许霆．中国现代诗学论稿[M]．上海：复旦大学出版社，2012．

期刊论文

王堃．南社始末[J]．中国社会科学，1980（1）：73—98．

施蛰存．《现代》杂忆（一）[J]．新文学史料，1981（1）：213—220

陈伯海．李贺与印象派[J]．上海师范大学学报（哲学社会科学版），1981（4）：37—41．

蓝华增．古代诗论意境说源流刍议[J]．文艺理论研究，1982(3)：82—90．

黄子平，陈平原，钱理群．论二十世纪中国文学[J]．文学评论，1985(5)：3—13．

刘洪元．白采其人其作评介[J]．中国现代文学研究丛刊，1986（2）：111—123．

李黎．中国现代诗学的第一块里程碑——读朱光潜先生的《诗论》[J]．读书，1986（8）：77—83．

王礼培．小招隐馆谈艺录（一）[J]．船山学刊，1986（1）：118—125．

王礼培．小招隐馆谈艺录（二）[J]．船山学刊，1986（2）：119—124．

王礼培．小招隐馆谈艺录（三）[J]．船山学刊，1987（1）：96—123．

王礼培．小招隐馆谈艺录（四）[J]．船山学刊，1987（2）：108—113．

蓝华增．艾青、朱光潜《诗论》比较论[J]．中国现代文学研究丛刊，1987（7）：129—149．

陈福康．胡怀琛论译诗[J]．中国翻译，1991（5）：47—48．

陆钰明．中国诗歌翻译理论漫评[J]．上海大学学报（社会科学版），1992（1）：19—24．

冯仲平．简论胡应麟《诗薮》的诗歌理论[J]．学术论文，1993（5）：85—90．

葛兆光．从宋诗到白话诗[J]．文学评论，1994（4）：77—92．

王英志．不相菲薄不相师——袁枚对王士祯的评价[J]．古典文学知识，1995（5）：69—74．

钱仲联，严明．袁枚和陈衍——论诗坛盟主对清诗发展的积极影响[J]．江海学刊，1995（1）：155—160．

姜涛．论梁宗岱的诗学建构及批评方式[J]．清华大学学报（哲学社会科学版），1995（4）：46—61．

古风．现代意境研究述评[J]．社会科学战线，1997（2）：35—41．

张海明．中西比较诗学的历史与发展[J]．北京师范大学学报（社会科学版），1998（1）：72—79．

郭隽杰．时代诗人林庚白[J]．南京理工大学学报（哲学社会科学版），1998（3）：31—33．

钱中文．文学理论现代性问题[J]．文学评论，1999（2）：5—19．

王建轸．论意境研究在现代的发展[J]．华北电力大学学报（社会科学版），1999（4）：76—80．

查屏球．“三元说”与中唐枢纽的学术因缘[J]．复旦大学学报，2000（2）：64—73．

李洲良．诗话的顶峰——钱钟书《谈艺录》的历史地位和治学启示[J]，哈尔滨工业大学学报（社会科学版），2001（2）：69—71．

杨丽芳．论苏曼殊在中西文化冲撞中的心灵眩晕[J]．晋东南师范专科学校学报，2001（2）：69—71．

黄兴涛．“美学”一词及西方美学在中国的最早传播[J]．哲学动态，2000（7）：35—36．

刘梦芙．读《梦苕庵诗话》[J]．韩山师范学院学报，2001（3）：60—86．

袁进．中国现代文学中的旧体文学亟待研究[J]．河南大学学报（社会科学版），2002（1）：88—92．

龚喜平．南社诗人与中国诗歌近代化[J]．西北师范大学，2002（2）：29—36．

叶瑞昕．国学在新文化运动前的一场自救运动：[J]．安徽大学学报，2002（1）：34—40．

龙泉明．中国现代诗学历史发展论[J]．文学评论，2002（1）：51—61．

胡迎建，朱玉华．论南社与同光派[J]．南京理工大学学报（社会科学版），2003（2）：89—96．

龙泉明，赵小琪．中国现代诗学与西方话语[J]．文学评论，2003（6）：92—96．

杨景龙．主情、主知与主趣——诗论新诗发展史上的唐诗、宋诗和元曲路径[J]．文学评论，2004（6）：23—33．

李铎．王国维的境界与意境论[J]．华南师范大学学报（社会科学版），2004（4）：51—59．

胡迎建．论南社中的湖南醴陵诗人[J]．南京理工大学，2005（5）：51—59．

王建疆．意境理论的现代整合与内审美的视域超越[J]．西北师大学报（社会科学报），2006（1）：1—7．

蒋寅．现代诗歌中的传统因子[J]．文艺理论研究，2006（3）：75—83．

胡晓明．真诗的现代性：七十年前朱光潜与鲁迅关于“曲终人不见”的争论及其余响[J]．江海学刊，2006（3）：183—190．

黄兴涛．晚清民初现代“文明”和“文化”概念的形成及其历史实践[J]．近代史研究，2006（6）：1—34．

谢应光．中国现代诗学的语言结构与性质[J]．西华大学学报（哲学社会科学报），2007（4）：32—35．

吕进，岩佐昌暲．中国与日本：中国现代诗学的昨天与今天[J]．文艺研究，2007（6）：61—71．

周薇．“三元”说之宗宋及其诗学价值指向[J]．西南大学学报（社会科学版），2007（4）：144—148．

朱源．“诗情”论与“纯诗”论之比较——戴望舒与法国象征主义诗论研究[J]．辽宁师范大学学报（社会科学版），2007（2）：83—87．

杨景龙．试论古典诗歌对20世纪新诗的负面影响[J]．文学评论，2007（5）：109—116．

束景南．论《韵语阳秋》文艺美学“意”本体论[J]．江南大学学报（人文社会科学版），2007（2）：71—73．

周忠元．20世纪20年代歌谣学运动与俗文化研究[J]．绥化学院学报，2007（6）：64—67．

梁桂莲．对晚清白话文运动的语言认识[J]．海南师范大学学报（社会科学版），2008（2）：25—29．

辜正坤．中国诗歌翻译概论与理论研究新领域[J]．中国翻译，2008（4）：34—38．

崔志远．中国现代文学批评范型与新时期文学批评形态[J]．理论与创作，2008（5）：18—24．

李海珉．南社兴衰纪略[J]．社会科学战线，2008（3）：162—176．

高玉．重建中国现代诗学话语体系[J]．西南大学学报（人文社会科学版），2008（1）：22—28．

潘建伟．蜗牛小语接诗道——读范罕《蜗牛舍说诗新语》[J]．书屋，2009（8）：39—41．

罗良清．寓言和象征之比较[J]．中国文学研究，2009（1）：12—15．

李文俊．清末民初留日热潮与留美热潮之比较[J]．理工高教研究，2009（4）：112—115．

周晋华．同光体诗人的荒寒之路[J]．邢台学院学报，2010（3）：81—83．

祁艳．浅析宗白华意境说对中国古典意境说的承变[J]．河南教育学院学报（哲学社会科学版），2011（4）：94—97．

李悦．胡适早期白话诗的传承与变革[J]．嘉应学院学报（哲学社会科学），2011（6）：62—66．

权雅宁．现代文论的诗话传统刍议[J]．咸阳师范学院学报，2011（5）：116—120．

李德强．中国近代报刊诗话的流变[J]．北京科技大学学报（社会科学版），2012（4）：98—102．

李德强．唐宋诗之争：南社文人群关于报刊诗话的最后诗学论争[J]．北京工业大学学报（社会科学版），2012（6）：67—72．

潘颂德．中国现代新诗理论批评的历史经验[J]．东疆学刊，2012（4）：8—15．

代迅．朱光潜与表现论：中西美学融通的另一条逻辑线索[J]．文艺理论研究，2013（2）：112—119．

学位论文

唐建明．宁调元生平及思想论述[D]．长沙：湖南师范大学历史系，2001．

俞燕．“诗与真”的不倦探索——试论梁宗岱的诗学与美学[D]．芜湖：安徽师范大学文学院，2002．

郁敏．晚清诗论现代性初探[D]．重庆：重庆师范大学文学院，2003．

许连军．皎然《诗式》研究[D]．上海：上海师范大学人文与传播学院，2004．

秦秋咀．社会文化转型与近代诗话创作[D]．长沙：湖南师范大学文学院，2006．

周薇．陈衍诗学研究[D]．上海：华东师范大学人文学院中国语言文学系，2006．

张立程．西学东渐与晚清新式学堂教师群体研究[D]．北京：中国人民大学历史学院，2006．

葛春蕃．古今之际：晚清民国诗坛上的同光派[D]．上海：复旦大学中国古代文学研究中心，2007．

顾江萍．汉语中日借词研究[D]．福建：厦门大学中文系，2007．

汤保华．现代诗话研究[D]．武汉：华中师范大学文学院，2007．

侯长生．同光体派的宋诗学[D]．上海：复旦大学中国语言文学系，2007．

柴华．中国现代象征主义诗学研究[D]．天津：南开大学文学院，2009．

周少华．晚清民初诗歌批评转型研究[D]．武汉：华中师范大学文学院，2011．

朱菊颐．范罕诗歌研究[D]．苏州：苏州大学文学院，2010．

刘壮．朱光潜《诗论》研究[D]．沈阳：辽宁大学文学院，2011．

李瑞．严羽《沧浪诗话》诗学理论研究[D]．西宁：青海师范大学人文学院，2011．

后 记

从2009年博士入学不久后开始接触诗话至今已经有7个年头了。从最初诗话阅读造成的思维上的不连贯以及文言旧体诗词阅读理解上的障碍甚至旧式文人名号繁复称谓等引起的思绪混乱，到如今“诗话”已成为了朝夕相处的朋友，虽时不时它仍会摆出极为深沉的模样让我难以读懂它的内在，但我们始终相伴相随，不离不弃。尤其在忙完琐碎的工作之后，它忠实地留在我身边，默默无语，却真实，可靠。

打开尘封的记忆，回味无数次聚散离合间的百般滋味。巍巍的岳麓山、悠悠的湘江水悄然记载着我与湖南师范大学的不解之缘。从本科到做访问学者、硕士直至博士学习，我曾经前后有十余年的时间往返于长沙和故乡之间。无论彼此之间的距离从过去10多个小时的火车路程到今日4个多小时的高速车程，无论岁月的痕迹怎样或深或浅地印在我的容颜及心坎上，无论每一次重逢和离别的滋味不尽相同，也无论回乡的路途中青黛的山峦悠远无声地诉说着我的心情，但远离的不舍终究转化为一次次温暖的回望和默默的虔诚祝福，“聚总会散，散是为聚”，如今聚散之间的安然和宁静不再有年少时分强说愁的伤感和落寞。

回想起在湖南师范大学读本科时，除了按部就班地上课之外，很多时候就是凭着自己的兴趣杂乱无章地阅读。而这种阅读很多时候仅停留在对故事主人公命运及故事情节的关注，很少作学理上的自觉思考。然而就是这种发自内心的喜欢最终让我放弃了工作上的专业方向，坚持了自己最初的文学梦想。而这一坚持就是10年的时间，而这一坚持无论路途怎样崎岖我以为都是一种诗意的坚守，梦想之花静静地开在心头，前行的路上就不会孤单。

在这对梦想的坚守中，我非常感谢来自于湖南师范大学文学院老师在学业上对我的指导以及在人格精神方面对我的熏陶。凌宇老师为我们朗读《莺啼序》时抑扬顿挫的声音一直还停留在耳旁；罗成琰老师儒雅的翩翩风度仍清晰地浮现在眼前，如今却已是阴阳相隔……在此我尤要感谢我的导师谭桂林老师，2004年乍暖还寒的初春，先生以温和的笑容、宽容的姿态接受了学业荒废颇久的我做他的访问学者，此后我就一直在先生的名下攻读硕士、博士学位，直到2012年栀子盛开的初夏。先生学术功底深厚，学问精深渊博，他对我的硕士、博士论文的悉心指导自不必说，而今能完成书稿付梓出版，仍然离不开先生的鼓励和帮助。更为重要的是先生是一个视学问为生命的人，他以自己对生命最为诗意的坚守以及其宽厚仁爱之心不仅为我也为身边的人指引了一条诗意的生命之路。我无以言说对老师的深深谢意和敬意，唯有永怀感恩之心永不放弃努力才不辜负先生多年的关心和鼓励。

在本书的写作和出版过程中，感谢北京师范大学的李怡老师、花城出版社的张瑛老师以及羊城晚报出版社的领导和编辑为本书的问世付出的巨大的劳动。同时本书是2013年国家教育部人文社会科学研究一般项目的结项成果，在此向本课题组成员杨小波、彭大庆、张翼、田红、李美容，向帮助我刊发阶段性成果的《江苏社会科学》的主编李静老师、负责项目管理的吉首大学社科处的老师们以及帮助我整理诗话资料的吉首大学师范学院2013级中文本科班的同学们一并表示感谢。在此并向宋剑华老师、赵树勤老师、龚敏律、杨姿、唐东堰、周敏、潘冬梅、彭宏辉等多年来一直关心和帮助我的老师和朋友们以及工作单位的领导和同事对我工作、学习、生活等多方面的支持、鼓励及包容表示感谢。

最后感谢我的亲人们，感谢他们多年来对我的关爱，尤要感谢老公和女儿在我忙着书稿的时间内给予我的理解和支持。

2015年3月6日